A GUERRA DAS DUAS RAINHAS

Obras da autora publicadas pela Galera Record

Série Sangue e Cinzas
De sangue e cinzas
Um reino de carne e fogo
A coroa dos ossos dourados
A guerra das duas rainhas
Uma alma de sangue e cinzas

Série Carne e Fogo
Uma sombra na brasa
Uma luz na chama

O problema do para sempre

JENNIFER L. ARMENTROUT

A GUERRA DAS DUAS RAINHAS

Tradução
Flavia de Lavor

8ª edição

— **Galera** —

RIO DE JANEIRO

2025

CAPA
Adaptada do original de Hang Le

REVISÃO
Cristina Freixinho
Mauro Borges

TÍTULO ORIGINAL
The War of Two Queens

CIP-BRASIL. CATALOGAÇÃO NA PUBLICAÇÃO
SINDICATO NACIONAL DOS EDITORES DE LIVROS, RJ

A76g   Armentrout, Jennifer L.
     A guerra das duas rainhas / Jennifer L. Armentrout; tradução Flavia de
Lavor. – 8. ed. – Rio de Janeiro: Galera Record, 2025.
(Sangue e cinzas ; 4)

Tradução de: The war of two queens
Sequência de: A coroa de ossos dourados
ISBN 978-65-5981-186-1

1. Ficção americana. I. Lavor, Flavia de. II. Título. III. Série.

22-78298

                            CDD: 813
                            CDU: 82-3(73)

Meri Gleice Rodrigues de Souza – Bibliotecária – CRB-7/6439

The War Of Two Queens © 2022 by Jennifer L. Armentrout

Direitos de tradução mediante acordo com Taryn Fagerness Agency
e Sandra Bruna Agência Literária, SL.

Todos os direitos reservados.
Proibida a reprodução, no todo ou em parte, através de quaisquer meios.
Os direitos morais da autora foram assegurados.

Texto revisado segundo o Acordo Ortográfico da Língua Portuguesa de 1990.

Direitos exclusivos de publicação em língua portuguesa somente para o Brasil
adquiridos pela
EDITORA GALERA RECORD LTDA.
Rua Argentina, 120 – Rio de Janeiro, RJ – 20921-380 – Tel.: (21) 2585-2000,
que se reserva a propriedade literária desta tradução.

Impresso no Brasil

ISBN 978-65-5981-186-1

Seja um leitor preferencial Record.
Cadastre-se e receba informações sobre nossos
lançamentos e nossas promoções.

Atendimento e venda direta ao leitor:
sac@record.com.br

Dedicado a você, leitor.

Guia de Pronúncia

Personagens

Aios – (a-uh-us)
Alastir – (al-as-tir)
Bele – (bell)
Casteel Da'Neer – (ca-steel) (da-near)
Delano – (dee-lay-no)
Eloana Da'Neer – (eee-lah-nah) (da-near)
Ione – (eye-on)
Isbeth – (is-bith)
Jasper Contou – (jas-per) (con-too)
Kieran Contou – (kee-ren) (con-too)
Kirha Contou – (k-ah-ruh) (con-too)
Kolis – (co-lis)
Malec O'Meer – (ma-leek) (o-mere)
Malik Da'Neer – (ma-lick) (da-near)
Naill – (nuh-ile)
Nektas – (nic-tas)
Nyktos – (nik-toes)
Penellaphe Balfour – (pen-nell-uh-fee) (bal-floor)
Rainha Ileana – (uh-lee-aaa-nuh)
Rei Jalara – (ja-la-ra)
Rhahar – (ruh-har)
Rhain – (rain)
Saion – (si-on)
Seraphena – (see-ra-fee-na)
Sera – (see-ra)

Valyn Da'Neer – (va-lynn) (da-near)
Vonetta Contou – (vo-net-ta) (con-too)

Lugares

Dalos – (day-los)
Lasania – (la-sa-nee-uh)
Massene – (ma-see-nuh)
Pensdurth – (pens-durth)
Solis – (sou-lis)

Termos

Arae – (air-ree)
dakkai – (di-ah-kee)
graeca – (gray-cee)
kiyou – (ki-you)
meeyah Liessa – (mee-yah lee-sa)

Reproduzimos o guia de pronúncia original da autora, com exceção dos termos que receberam tradução para o português. (N. E.)

Casteel

O estalido e o arrastar das garras se aproximaram quando a chama fraca da vela solitária crepitou e depois se apagou, lançando a cela na escuridão.

Uma massa espessa de sombras surgiu sob a arcada, uma silhueta disforme rastejando com mãos e joelhos no chão. Ela parou, farejando tão alto quanto um maldito jarrato, sentindo o cheiro de sangue.

O meu sangue.

Os aros lisos feitos de pedra das sombras se apertaram ao redor do meu pescoço e tornozelos quando mudei de posição, me preparando. A maldita pedra era inquebrável, mas veio bem a calhar.

A criatura soltou um gemido grave.

— Filho... — A coisa saiu em disparada debaixo da arcada e avançou, com o lamento se tornando um guincho ensurdecedor. — da *puta*...

Esperei até que o fedor de decomposição chegasse até mim e então pressionei as costas contra a parede e levantei as pernas. O comprimento da corrente entre os meus tornozelos era de uns 15 centímetros e as algemas não cediam, mas era o suficiente. Coloquei os pés descalços sobre os ombros da criatura e dei uma boa e infeliz olhada na coisa quando seu hálito fétido me atingiu no rosto.

Cara, esse Voraz era bem velho.

Havia pedaços de carne cinzenta grudados no crânio sem cabelo e metade do nariz tinha desaparecido. Um osso malar estava completamente exposto e seus olhos ardiam como brasas. Os lábios estavam rasgados e mutilados...

O Voraz virou a cabeça para baixo e cravou as presas na minha panturrilha. Seus dentes rasgaram a minha calça e alcançaram carne e músculos. Sibilei quando uma dor lancinante subiu pela minha perna.

Vale a pena.

A dor valia muito a pena.

Eu passaria a eternidade recebendo aquelas mordidas se isso significasse que *ela* estava segura. Que *ela* não estava naquela cela. Que *ela* não estava sentindo dor.

Desvencilhei-me do Voraz e passei a corrente curta sobre o pescoço da coisa enquanto cruzava os pés. Girei o corpo na altura da cintura, puxando a corrente de ossos ao redor do seu pescoço e acabando com os gritos do Voraz. O aro apertou meu pescoço conforme eu girava, impedindo a minha respiração enquanto a corrente afundava no pescoço do Voraz. Seus braços se debateram no chão quando virei as pernas na direção oposta, quebrando a coluna da criatura. O espasmo se tornou uma contração quando eu o puxei para o alcance das minhas mãos algemadas. A corrente entre os meus pulsos, conectada ao aro ao redor do meu pescoço, era bem mais curta — mas suficientemente comprida.

Agarrei as mandíbulas frias e pegajosas do Voraz e puxei sua cabeça com força, batendo-a contra o chão de pedra ao lado dos meus joelhos. A carne cedeu, espirrando sangue podre sobre o meu abdome e tórax. Osso se quebrou com um estalo úmido. O Voraz ficou flácido. Eu sabia que ele não continuaria caído ali, mas isso me dava algum tempo.

Com os pulmões ardendo, desenrolei a corrente e chutei a criatura para longe de mim. Ele caiu sob o arco em um emaranhado de membros enquanto eu relaxava os músculos. O aro em volta do meu pescoço demorou a afrouxar, mas finalmente permitiu que o ar entrasse nos meus pulmões em brasa.

Olhei para o corpo do Voraz. Em outro momento, eu teria chutado o maldito para o corredor, como de costume, mas estava ficando fraco.

Estava perdendo muito sangue.

Já.

Não era um bom sinal.

Respirei pesadamente e olhei para baixo. Logo abaixo dos aros de pedra das sombras, cortes superficiais subiam pelo interior dos meus braços, passando por ambos os cotovelos e sobre as veias. Eu os contei. De novo. Só para ter certeza.

Treze.

Treze dias se passaram desde a primeira vez que as Aias invadiram aquela cela, vestidas de preto e silenciosas como um túmulo. Elas vinham uma vez por dia para rasgar a minha carne, tirando o meu sangue como se eu fosse um maldito barril de vinho.

Retorci a boca em um sorriso tenso e selvagem. Consegui acabar com três delas no começo. Rasguei suas gargantas assim que elas chegaram perto de mim, e foi por isso que encurtaram a corrente entre os meus pulsos. No entanto, apenas uma *continuou* morta. As malditas gargantas das outras duas se fecharam em questão de minutos — algo impressionante e também revoltante de testemunhar, mas que me fez descobrir uma informação valiosa: nem todas as Aias da Rainha de Sangue eram Espectros.

Ainda não sabia muito bem como poderia usar essa informação, mas imaginei que estivessem usando o meu sangue para criar novos Espectros. Ou como sobremesa para os sortudos.

Encostei a cabeça na parede e tentei não respirar fundo. Se o fedor do Voraz derrotado não me sufocasse, a maldita pedra das sombras em volta do meu pescoço o faria.

Fechei os olhos. Passaram-se mais alguns dias antes que as Aias aparecessem pela primeira vez. Quantos? Eu não tinha certeza. Dois dias? Uma semana? Ou...?

Foi nesse momento que me contive. *Pare com isso, porra.*

Não podia seguir por esse caminho. Não faria isso. Tinha feito da última vez, tentando cronometrar os dias e semanas, até que chegou um ponto em que o tempo simplesmente parou de passar. Horas viraram dias. Semanas viraram anos. E a minha mente ficou tão podre quanto o sangue que escorria da cabeça destroçada do Voraz.

Mas as coisas eram diferentes agora.

A cela era maior, e a entrada, desbloqueada. Não que precisasse, com a pedra das sombras e as correntes. Eram uma mistura de ferro e ossos de divindades presas a um gancho na parede e a um sistema de polias para alongar ou encurtá-las. Eu conseguia me sentar e me mexer um pouco, mas só isso. Contudo, a cela não tinha janelas como antes, e o cheiro de umidade e mofo me dizia que eu estava preso no subsolo outra vez. Os Vorazes que iam e vinham livremente também eram uma novidade.

Entreabri os olhos. O cretino sob a arcada devia ser o sexto ou sétimo a entrar na cela, atraído pelo cheiro de sangue. A aparência deles me fazia pensar que havia um problema sério de Vorazes lá em cima.

Já tinha ouvido falar dos ataques de Vorazes dentro da Colina que cercava a Carsodônia. A Coroa de Sangue culpava a Atlântia e a irritação dos deuses por isso. Sempre pensei que isso acontecesse porque os Ascendidos tinham ficado gulosos e deixado que os mortais, dos quais se alimentavam, se transformassem. Agora estava começando a achar que os Vorazes eram mantidos ali, onde quer que *ali* fosse. E se fosse isso mesmo e eles conseguiam fugir e chegar até a superfície, então eu também conseguiria.

Se ao menos eu conseguisse afrouxar essas malditas correntes. Perdi um tempo precioso puxando o gancho. Depois de todas as tentativas, a corrente deve ter deslizado um centímetro da parede, se tanto.

Mas essa não era a única diferença. Além dos Vorazes, eu só tinha visto as Aias. Não sabia o que pensar a respeito disso. Imaginei que seria como da última vez. Com visitas frequentes da Coroa de Sangue e seus acólitos que passavam o tempo provocando e infligindo dor, se alimentando e fazendo tudo o que quisessem.

Certamente a minha última incursão naquela merda de cativeiro não tinha começado assim. A Rainha de Sangue tentou *abrir os meus olhos* primeiro, me persuadir a ficar do seu lado. Virar-me contra a minha família e o meu reino. Depois que não deu certo, a diversão começou.

Será que foi isso que aconteceu com Malik? Meu irmão se recusou a colaborar, e então eles o destruíram, como quase conseguiram fazer comigo? Engoli em seco. Não sabia. Tampouco tinha visto o meu irmão, mas eles devem ter feito alguma coisa com ele. Malik fora mantido preso por muito mais tempo, e eu sabia do que eram capazes. Conhecia o desespero e o desamparo. Sabia como era respirar e saborear a percepção de que você não tinha controle nem senso de si próprio. Mesmo que eles nunca o tenham tocado, ser mantido em cativeiro assim, ainda mais em isolamento, destruía sua mente depois de um período. E *um período* era um espaço de tempo mais curto do que se poderia imaginar. Fazia você pensar em certas coisas.

Acreditar em certas coisas.

Puxei a perna dolorida para cima o máximo que pude e olhei para as mãos sobre o meu colo. Em meio à escuridão, eu quase não conseguia ver o brilho do redemoinho dourado na palma esquerda.

Poppy.

Fechei os dedos sobre a marca, apertando a mão com força como se pudesse, de algum modo, conjurar qualquer coisa que não fosse o som dos gritos dela. Apagar a imagem do seu lindo rosto contorcido de dor. Não queria ver isso. Queria vê-la como ela estava no navio, com o rosto corado e os olhos verdes deslumbrantes com o ligeiro brilho prateado atrás das pupilas ávidas e desejosas. Queria me lembrar de bochechas vermelhas de luxúria ou aborrecimento, esse último quando ela estava silenciosa ou verbalmente decidindo se me apunhalar seria considerado inapropriado. Queria ver seus lábios carnudos entreabertos e a pele brilhando enquanto me tocava e me curava de um jeito que jamais seria capaz de saber ou compreender. Fechei os olhos mais uma vez. E, merda, tudo o que vi foi o sangue escorrendo de suas orelhas e nariz enquanto ela se contorcia nos meus braços.

Deuses, eu vou deixar aquela maldita Rainha em pedacinhos assim que me libertar. E eu vou me libertar.

De um jeito ou de outro, vou me libertar e garantir que ela sinta toda a dor que *já* infligiu a Poppy. Dez vezes mais.

Abri os olhos de repente, ao ouvir o som fraco de passos. Os músculos do meu pescoço se retesaram enquanto eu abaixava a perna lentamente. Isso não era normal. Poucas horas se passaram desde a última vez que as Aias fizeram a sangria. A menos que eu já estivesse começando a perder a noção do tempo.

Senti uma palpitação no peito enquanto me concentrava no som dos passos. Havia muitos, mas um deles era mais pesado. Botas. Cerrei o maxilar assim que olhei para a entrada.

Uma Aia entrou primeiro, quase se fundindo à escuridão. Ela não disse nada quando suas saias pairaram sobre o Voraz caído no chão. Com um golpe de aço contra a pederneira, uma faísca acendeu o pavio da vela na parede onde a outra havia queimado por inteiro. Outras quatro Aias entraram enquanto a primeira acendia mais velas, com os rostos ocultos atrás da tinta preta.

Fiquei imaginando a mesma coisa que imaginava toda vez que as via: qual era a história por trás da pintura facial?

Já tinha perguntado dezenas de vezes. Nunca obtive uma resposta.

As Aias ficaram paradas em volta da arcada, junto com aquela primeira, e eu logo soube quem estava vindo. Fixei o olhar na entrada entre elas. O aroma de rosas e baunilha me alcançou e uma fúria ardente e infinita invadiu meu peito.

Em seguida, ela entrou, surgindo como o completo oposto das suas Aias.

De branco. O monstro usava um vestido justo de um branco imaculado, quase transparente, que deixava muito pouco para a imaginação. Repuxei os lábios de nojo. Além dos cabelos castanho-avermelhados que chegavam até a cintura fina e marcada, ela não se parecia em nada com Poppy.

Ao menos é o que eu continuava dizendo a mim mesmo.

Que não havia nenhum vestígio de similaridade no conjunto das suas feições — o formato dos olhos, a linha reta do nariz com piercing de rubi ou a boca carnuda e expressiva.

Não importava. Poppy não se parecia em *nada* com ela.

A Rainha de Sangue. Ileana. *Isbeth*. Mais conhecida como a vadia prestes a morrer.

Isbeth se aproximou e eu ainda não fazia a menor ideia de como não tinha percebido que ela não era uma Ascendida. Seus olhos eram escuros e insondáveis, mas não tão opacos quanto os de um vampiro. Seu toque... Inferno! Ele tinha se misturado aos outros com o passar dos anos. Mas, apesar de frio, não era gélido nem exangue. Por outro lado, por que eu ou qualquer pessoa consideraria a possibilidade de que ela fosse algo diferente do que dizia ser?

Qualquer pessoa, menos os meus pais.

Eles deviam saber a verdade sobre a Rainha de Sangue, sobre quem ela realmente era. E não nos contaram. Não nos avisaram.

Uma raiva mordaz e pungente corroeu as minhas entranhas. A informação talvez não tivesse mudado o resultado, mas teria alterado completamente a maneira de enfrentá-la. Deuses, nós estaríamos mais bem preparados se soubéssemos que uma vingança de séculos guiava o tipo peculiar de delírio da Rainha de Sangue. Isso nos teria feito refletir. Teríamos percebido que ela seria capaz de fazer *qualquer coisa*.

Mas não havia nada que pudéssemos fazer a respeito disso agora, não quando eles me acorrentaram a uma maldita parede e Poppy estava lá fora, lidando com o fato de que aquela mulher era a sua mãe.

Ela está com Kieran, eu me lembrei. *Ela não está sozinha.*

A falsa Rainha também não estava sozinha. Um homem alto entrou atrás dela, parecendo uma vela acesa ambulante. Era um filho da puta todo dourado, do cabelo até a pintura facial no rosto. Os olhos eram de um tom de azul tão claro que pareciam quase sem cor. Eram parecidos com os das Aias. Outro Espectro, eu podia apostar. Mas uma das Aias cuja garganta não continuou aberta tinha olhos castanhos. Nem todos os Espectros tinham as íris claras.

Ele permaneceu na entrada, com as armas não tão escondidas quanto as das Aias. Uma adaga preta estava presa ao peito e duas espadas estavam nas costas, com os punhos curvos visíveis acima dos quadris. *Que se foda.* Voltei a atenção para a Rainha de Sangue.

A luz das velas reluziu nas torres de diamantes da coroa de rubis conforme Isbeth olhava para o Voraz.

— Não sei se você já percebeu — comentei casualmente —, mas está com uma infestação de pragas.

A Rainha de Sangue arqueou uma sobrancelha escura e estalou os dedos pintados de vermelho duas vezes. Duas Aias se moveram como uma só e apanharam o que sobrou do Voraz. Elas carregaram a criatura para fora da cela enquanto Isbeth se voltava para mim.

— Você está com uma aparência de merda.

— Sim, mas eu posso me limpar. E você? — Abri um sorriso quando notei a pele se retesando ao redor da sua boca. — Você não pode se livrar desse fedor nem com água, nem com alimento. Essa *merda* está dentro de você.

A risada de Isbeth parecia vidro tilintando, irritando cada um dos meus nervos.

— Ah, meu caro Casteel, eu tinha me esquecido de como você é encantador. Não é à toa que a minha filha parece estar tão apaixonada por você.

— Não a chame assim — rosnei.

A Rainha arqueou ambas as sobrancelhas enquanto brincava com um anel no dedo indicador. Um aro dourado com um diamante cor-de-rosa. Aquele ouro era lustroso, brilhando mesmo na penumbra — brilhando de uma forma que só o ouro de Atlântia era capaz.

— Por favor, não me diga que você duvida que eu seja a mãe dela. Sei que não sou um exemplo de honestidade, mas só falei a verdade a respeito de Penellaphe.

— Não dou a mínima se você a carregou no ventre por nove meses e deu à luz com as próprias mãos. — Fechei as mãos em punhos. — Você não é nada para ela.

Isbeth ficou estranhamente imóvel e calada. Alguns segundos se passaram antes que ela prosseguisse:

— Eu fui uma mãe para ela. Penellaphe não se lembra disso, pois era apenas uma bebezinha, perfeita e adorável em todos os sentidos. Eu dormia e acordava com ela ao meu lado todos os dias, até saber que não podia mais correr esse risco. — A bainha do seu vestido se arrastou pela poça de sangue do Voraz quando ela deu um passo à frente. — E fui uma mãe para Penellaphe quando ela achava que eu era apenas a Rainha, cuidando dos seus machucados quando foi gravemente ferida. Eu teria dado qualquer coisa para impedir aquilo. — Sua voz ficou mais aguda, e eu quase acreditei que ela estivesse falando a verdade. — Teria feito qualquer coisa para que ela não tivesse sentido sequer um segundo de dor. Para que não tivesse uma lembrança daquele pesadelo toda vez que olhasse para si mesma.

— Quando olha para si mesma, ela não vê nada além de beleza e coragem — vociferei.

Ela ergueu o queixo.

— Você acredita mesmo nisso?

— Eu *sei* disso.

— Quando criança, ela costumava chorar quando via o próprio reflexo — disse ela, e eu senti um aperto no peito. — Ela me implorava para consertá-la.

— Ela não precisa ser consertada — espumei, odiando, absolutamente *detestando*, que Poppy já tivesse se sentido assim, mesmo quando criança.

Isbeth permaneceu calada por um momento.

— Ainda assim, eu teria feito qualquer coisa para impedir o que aconteceu com ela.

— E você acha que não fez parte disso? — desafiei.

— Não fui eu quem saiu da segurança da capital e de Wayfair. Não fui eu quem a sequestrou. — A Rainha cerrou o maxilar, que se projetou de um jeito malditamente familiar. — Se Coralena não tivesse me traído, traído *ela*, Penellaphe nunca teria conhecido esse tipo de dor.

Minha incredulidade lutou contra a repulsa.

— E ainda assim você a traiu, mandando-a para a Masadônia? Para o Duque Teerman, que...

— Não — interrompeu, se retesando novamente.

Ela não queria ouvir isso? Que pena.

— Teerman abusava dela regularmente. E deixava que outros fizessem a mesma coisa. Fez disso um passatempo.

Isbeth se encolheu.

Ela realmente se encolheu.

Repuxei os lábios sobre as presas.

— Isso é culpa sua. Você não pode culpar mais ninguém e se eximir disso. Toda vez que tocava nela, ele a machucava. Isso é culpa sua.

Ela respirou fundo e endireitou o corpo.

— Eu não sabia disso. Se soubesse, teria aberto seu estômago e dado as próprias entranhas para ele comer até que se engasgasse com elas.

Não duvidava nem um pouco, pois já a tinha visto fazer isso com um mortal antes.

Seus lábios firmemente fechados tremeram quando me encarou.

— *Você* o matou?

Senti uma onda selvagem de satisfação.

— Sim, matei.

— Você o fez sentir dor?

— O que você acha?

— Sim, você fez. — Ela se virou e caminhou na direção da parede quando as duas Aias voltaram e, em silêncio, assumiram seus postos ao lado da porta. — Ótimo.

Dei uma risada seca.

— E vou fazer a mesma coisa com você.

Isbeth me lançou um sorrisinho por cima do ombro.

— Sempre fiquei impressionada com a sua resiliência, Casteel. Imagino que tenha herdado isso da sua mãe.

Senti um gosto ácido na boca.

— Você saberia disso, não é?

— Só para você saber... — começou ela com um encolher de ombros. Um momento se passou antes que continuasse: — Eu não odiava a sua mãe no começo. Eloana amava Malec, mas ele me amava. Eu não a invejava, eu tinha pena dela.

— Tenho certeza de que ela vai ficar feliz ao saber disso.

— Duvido muito — murmurou ela, endireitando uma vela que estava inclinada. Seus dedos deslizaram pela chama, fazendo-a ondular intensamente. — Mas eu realmente a odeio agora.

Não me importava nem um pouco com isso.

— Com todo o meu ser. — Fumaça surgiu da chama que ela tinha tocado, assumindo um tom intenso de preto que roçou na pedra úmida, manchando-a.

Aquilo não era nada normal.

— Mas que diabos é você?

— Eu não passo de um mito. Uma fábula moral que era contada às crianças de Atlântia para garantir que elas não roubassem o que não mereciam — respondeu ela, olhando por cima do ombro para mim.

— Você é uma *lamaea*?

Isbeth deu uma risada.

— Que resposta fofa, mas pensei que você fosse mais inteligente. — A Rainha passou para outra vela e a endireitou também. — Posso não ser uma deusa pelos seus padrões e crenças, mas não sou menos poderosa. Então por que não sou apenas isso? Uma deusa?

Uma lembrança me veio à mente, algo que eu tinha certeza de que o pai de Kieran havia nos dito quando éramos jovens. Quando a lupina que Kieran amava estava morrendo e ele rezou para que os deuses que sabia que estavam hibernando a salvassem. Quando ele rezava para qualquer coisa que pudesse estar ouvindo. Jasper o alertou que algo que não era um deus poderia responder...

Que um falso deus poderia responder.

— Falso deus — sussurrei com a voz rouca, arregalando os olhos. — Você é uma falsa deusa.

Isbeth repuxou um canto dos lábios, mas foi o Espectro dourado que falou:

— Bem, parece que ele *é* bastante inteligente.

— Às vezes — corrigiu Isbeth com um encolher de ombros.

Puta merda. Achei que os falsos deuses fossem um mito, assim como as *lamaea*.

— É isso que você sempre foi? Uma imitação barata, determinada a destruir a vida dos desesperados?

— Essa é uma suposição bastante ofensiva. Mas não. Um falso deus não nasce, ele é criado quando um deus comete o ato proibido de Ascender um mortal que não foi Escolhido.

Não fazia ideia do que ela queria dizer com um mortal que foi Escolhido, mas não tive a chance de perguntar, porque ela continuou:

— O que você sabe sobre Malec?

Com o canto dos olhos, vi o Espectro dourado inclinar a cabeça.

— Onde está o meu irmão? — interpelei em vez de responder.

— Por aí. — Isbeth me encarou, entrelaçando as mãos. Elas não tinham outras joias além do anel Atlante.

— Quero vê-lo.

Um sorriso rápido surgiu em seus lábios.

— Acho que isso não seria sensato.

— Por que não?

Isbeth avançou em minha direção.

— Você não fez por merecer, Casteel.

Ácido se espalhou pelas minhas veias.

— Detesto desapontá-la, mas não vamos fazer esse joguinho outra vez.

Ela fez um beicinho.

— Mas eu adorava aquele jogo. Malik também. Se bem que ele era muito melhor do que você.

A fúria assolou cada centímetro do meu corpo. Saltei do chão quando a raiva me dominou. Não fui muito longe. O aro no meu pescoço puxou a minha cabeça para trás enquanto as algemas nos tornozelos e pulsos se fechavam, me sacudindo contra a parede. As Aias deram um passo à frente.

Isbeth ergueu a mão, gesticulando para que se afastassem.

— Está melhor agora?

— Por que você não chega mais perto? — rosnei, com o peito ofegante conforme o aro afrouxava aos poucos. — Eu me sentiria bem melhor.

— Aposto que sim. Mas, sabe, tenho planos que exigem que eu mantenha a garganta intacta e a cabeça sobre os ombros — respondeu ela, alisando o peitoral do vestido.

— Os planos sempre podem mudar.

A Rainha deu um sorriso irônico.

— Mas esse plano também exige que você permaneça vivo. — Ela me observou. — Você não acredita nisso, acredita? Se eu quisesse matá-lo, você já estaria morto.

Estreitei os olhos para ela quando Isbeth inclinou o queixo em um aceno rápido. O Espectro dourado saiu para o corredor, voltando rapidamente com um saco de estopa. O fedor de morte e decomposição me alcançou de imediato. Todo o meu ser se concentrou na bolsa que o Espectro carregava. Não sabia o que havia ali dentro, mas sabia que era algo que estivera vivo antes. Meu coração começou a martelar dentro do peito.

— Parece que a minha filha, que costumava ser amigável e encantadora, se tornou bastante... violenta, e com um talento especial para a teatralidade — comentou Isbeth quando o Espectro se ajoelhou, desamarrando o saco. — Penellaphe me enviou uma mensagem.

Entreabri os lábios quando o Espectro dourado inclinou o saco com cuidado e uma... maldita cabeça rolou para fora dali. Reconheci imediatamente os cabelos loiros e o queixo quadrado.

Rei Jalara.

Puta merda.

— Como pode ver, foi uma mensagem muito interessante — observou Isbeth com a voz sem expressão.

Não podia acreditar que estava olhando para a cabeça do Rei de Sangue. Um sorriso lento tomou conta do meu rosto. Dei uma gargalhada, profunda e alta. Deuses, Poppy era... Cacete, ela era cruel da maneira mais *magnífica*, e eu mal podia *esperar* para mostrar a ela o quanto eu aprovava isso.

— Isso é... Deuses, essa é a minha Rainha.

O Espectro arregalou os olhos dourados em surpresa, mas eu ri até sentir dor no estômago vazio. Até sentir as lágrimas brotarem nos meus olhos.

— Fico feliz que você ache isso divertido — comentou Isbeth friamente.

Inclinei a cabeça contra a parede, sacudindo os ombros.

— Para falar a verdade, essa é a melhor coisa que eu vi em um bom tempo.

— Eu diria que você precisa sair mais, porém... — Ela apontou com desdém para as correntes. — Essa foi só uma parte da mensagem que ela enviou.

— Havia algo mais?

Isbeth assentiu:

— Muitas ameaças.

— Aposto que sim. — Dei uma risada, desejando estar lá para ver isso. Não duvidava nem um pouco que Poppy tivesse acabado com a vida de Jalara com as próprias mãos.

A Rainha de Sangue inflou as narinas.

— Mas uma advertência em particular me deixou interessada. — Ela se ajoelhou com um movimento lento que me lembrou das serpentes de sangue frio encontradas no sopé das Montanhas de Nyktos. Cobras vermelhas e corais de duas cabeças eram tão venenosas quanto a víbora na minha frente. — Ao contrário de você e da minha filha, Malec e eu não recebemos o privilégio da gravação de casamento, uma prova de que estávamos vivos ou mortos. E você sabe que nem mesmo o vínculo compartilhado entre os corações gêmeos é capaz de alertar o outro sobre a morte. Passei os últimos cem anos acreditando que Malec estava morto.

Perdi completamente o senso de humor.

— Mas parece que me enganei. Penellaphe afirma que Malec está vivo e que sabe onde ele está. — O Espectro inclinou a cabeça outra vez e se concentrou nela. Isbeth não pareceu notar. — Disse que iria matá-lo e, no momento em que começar a acreditar no próprio poder, poderá fazer isso facilmente. — Ela fixou os olhos escuros nos meus. — É verdade? Ele está vivo?

Cacete, Poppy não estava brincando mesmo.

— É verdade — respondi suavemente. — Malec está vivo. Por enquanto.

O corpo esguio dela quase vibrou.

— Onde ele está, Casteel?

— Ora, *Isbruxa* — sussurrei, me inclinando para a frente o máximo que podia. — Você sabe muito bem que não há literalmente nada que possa fazer para me obrigar a lhe contar isso. Nem mesmo se você trouxesse o meu irmão aqui e começasse a esfolá-lo.

Isbeth me estudou em silêncio por um bom tempo.

— Você está falando a verdade.

Dei um sorriso largo. Estava mesmo. Isbeth achou que poderia controlar Poppy através de mim, mas a minha esposa impressionante e cruel deu um xeque-mate nela, e eu não colocaria isso em risco de jeito nenhum. Nem mesmo por Malik.

— Lembro-me de uma época em que você faria qualquer coisa pela sua família — observou Isbeth.

— Era outra época.

— Agora você faria qualquer coisa por Penellaphe?

— Qualquer coisa — assegurei.

— Pelo que ela representa? — arriscou Isbeth. — É isso que o consome? Afinal de contas, através da minha filha você usurpou o trono do seu irmão e dos seus pais. Você é um Rei agora. E por causa de sua linhagem, ela é *a* Rainha, o que faz de você *o* Rei.

Balancei a cabeça, nem um pouco surpreso. É óbvio que ela acharia que o que eu sentia tinha a ver com poder.

— Por quanto tempo você planejou reivindicá-la? — continuou ela. — Talvez nunca tenha pretendido usá-la para libertar Malik. Talvez você nem a ame de verdade.

Sustentei o olhar dela.

— Se reinasse sobre todas as terras e mares ou fosse a Rainha de nada além de uma pilha de cinzas e ossos, ela seria, ela *será*, sempre a *minha* Rainha. Amor é uma emoção muito fraca para descrever o que ela significa para mim e o que sinto por ela. Ela é tudo pra mim.

Isbeth ficou em silêncio por um bom tempo.

— Minha filha merece alguém que se importe com ela com a mesma ferocidade. — Um leve brilho prateado cintilou nos olhos de Isbeth, embora não tão vívido quanto o que eu via nos olhos de Poppy. Ela olhou para o aro em volta do meu pescoço. — Nunca quis isso, sabe? Entrar em guerra com a minha filha.

— É mesmo? — Dei uma risada seca. — O que você esperava? Que ela concordasse com os seus planos?

— E se casasse com o seu irmão? — A luz nos olhos dela se intensificou quando eu rosnei. — Minha nossa, só de pensar nisso você já fica aborrecido, não é? Se eu tivesse te matado quando o mantive em cativeiro da última vez, então ele teria contribuído para a Ascensão dela.

Tive que me conter para não reagir, para não tentar arrancar o coração dela do peito.

— Ainda assim, você não conseguiria ter o que queria. Poppy descobriria a verdade sobre você, sobre os Ascendidos. Ela já suspeitava, mesmo antes que eu entrasse em sua vida, e jamais deixaria que você assumisse o trono de Atlântia.

O sorriso de Isbeth voltou ao rosto, embora de lábios fechados.

— Você acha que eu só quero Atlântia? Como se a minha filha só estivesse destinada a isso? O destino dela é muito maior. Assim como era o de Malik. Como é o seu agora. Todos nós fazemos parte de um plano maior e juntos restauraremos o plano ao que sempre deveria ter sido. Já começou.

Fiquei imóvel.

— Do que você está falando?

— Você vai entender com o passar do tempo. — Isbeth se levantou. — Se a minha filha realmente o ama, isso vai doer em mim de um jeito que duvido que você vá acreditar. — Ela virou a cabeça ligeiramente. — Callum?

O Espectro dourado contornou a cabeça de Jalara, tomando cuidado para não esbarrar nela.

Ergui o olhar para ele.

— Eu não o conheço, mas vou matá-lo também, de um jeito ou de outro. Só achei que você deveria saber — anunciei casualmente.

Callum hesitou, inclinando a cabeça para o lado.

— Se você soubesse quantas vezes eu já ouvi isso antes — debochou ele, abrindo um ligeiro sorriso enquanto tirava uma lâmina de pedra das sombras da faixa no peito. — Mas você é o primeiro que acho que pode conseguir.

Em seguida, o Espectro avançou, e meu mundo explodiu de dor.

Poppy

Em meio ao labirinto de pinheiros nos arredores da cidade murada de Massene, avistei um lupino prateado e branco rastejando adiante.

Arden permaneceu abaixado junto aos arbustos densos que recobriam o chão da floresta e se moveu silenciosamente conforme se aproximava dos limites da Terra dos Pinheiros. A extensa área de bosques pantanosos fazia fronteira com Massene e a Trilha dos Carvalhos e se estendia até a costa do Reino de Solis. A região era cheia de insetos que tinham cheiro de decomposição e se alimentavam de qualquer pedaço visível de pele com a fome de um Voraz. Havia *coisas* rastejando pelo chão coberto de musgo, se alguém parasse para olhar com vontade. Nas árvores, havia círculos toscos feitos de paus e ossos que se pareciam vagamente com o Brasão Real da Coroa de Sangue, só que a linha era inclinada — na diagonal — ao perfurar o centro do círculo.

Massene estava aninhada no que era conhecido como território do Clã dos Ossos Mortos.

Nós ainda não tínhamos visto nem sinal do misterioso grupo de pessoas que costumava morar no lugar onde a Floresta Sangrenta existia agora e parecia preferir se alimentar da carne de qualquer ser vivo — incluindo mortais e lupinos —, mas não significava que eles não estivessem ali. Desde que entramos na Terra dos Pinheiros, parecia que uma centena de pares de olhos nos vigiavam. Por todos esses motivos, eu não era fã da Terra dos Pinheiros, embora não soubesse ao certo se detestava mais os canibais ou as cobras.

Mas se quiséssemos assumir o controle da Trilha dos Carvalhos, a maior cidade portuária a leste, nós teríamos que tomar Massene primeiro. E teríamos que fazer isso só com os lupinos e um pequeno batalhão. Eles tinham chegado antes do exército maior liderado pelo... pai *dele*, o antigo Rei de Atlântia, Valyn Da'Neer. Todos os dragontinos, exceto um, viajavam com esse exército. Mas eu não tinha convocado os dragontinos, despertando-os do seu sono, só para que eles queimassem cidades e pessoas.

O General Aylard, que comandava o batalhão recém-chegado, ficou muito descontente ao saber disso e dos nossos planos para Massene. Mas eu era a Rainha, e havia duas coisas de suma importância: libertar o nosso Rei e não ir à guerra como antes, matando pessoas aleatoriamente e transformando as cidades em um aglomerado de cemitérios. Não era isso que *ele* queria. Não era isso que eu queria.

Massene era maior que Novo Paraíso e Ponte Branca, mas menor que a Trilha dos Carvalhos, e não tão bem protegida quanto a cidade portuária. Mas não era indefesa.

Ainda assim, não podíamos esperar mais pela chegada de Valyn e dos outros generais. Os Ascendidos que viviam atrás daqueles muros levavam os mortais para a floresta, se alimentavam deles e os abandonavam para que se transformassem em Vorazes. Os ataques de Vorazes estavam se tornando mais frequentes, com cada grupo maior que o anterior. Pior ainda, de acordo com os nossos batedores, a cidade ficava silenciosa durante o dia. Mas à noite...

Havia gritos.

Então eles mataram três lupinos que patrulhavam os bosques no dia anterior, deixando somente as cabeças cravadas em estacas na fronteira com Pompeia. Eu sabia quais eram os seus nomes. Nunca iria me esquecer deles.

Roald. Krieg. Kyley.

E não podia mais esperar.

Vinte e três dias se passaram desde que *ele* se entregou a um monstro que o fazia se sentir como um *objeto*. Desde a última vez que o vi. Vi os olhos dourados dele se aquecerem. A covinha surgir primeiro na bochecha direita e depois na esquerda. Senti o toque da pele dele na minha e ouvi a sua voz. *Vinte e três dias.*

As placas da armadura no meu peito e ombros se apertaram quando me inclinei para a frente em cima de Setti, atraindo a atenção de Naill quando o Atlante cavalgou à minha esquerda. Segurei as rédeas do cavalo de guerra com firmeza como... *ele* me ensinou. Agucei os sentidos e me conectei com Arden.

Senti um gosto azedo, quase amargo, na boca. *Angústia*. E algo ácido. *Raiva*.

— O que foi?

— Não tenho certeza. — Olhei para a direita. Havia sombras no rosto de Kieran Contou, o outrora lupino vinculado e agora Conselheiro da Coroa. — Mas ele está aborrecido.

Arden pausou a patrulha incansável quando nos aproximamos, voltando o vívido olhar azul para mim. Ele gemeu baixinho, me deixando com o coração aflito. A assinatura pessoal de Arden me fazia lembrar do mar, mas não tentei falar com ele através do Estigma Primordial, já que o lupino ainda não se sentia confortável em se comunicar dessa maneira.

— Qual é o problema?

Ele acenou com a cabeça salpicada de listras brancas e prateadas na direção da Colina de Massene e então se virou, rondando no meio das árvores.

Kieran ergueu o punho fechado, fazendo com que aqueles atrás de nós parassem de cavalgar enquanto ele e Naill avançavam, ziguezagueando pelos pinheiros. Esperei, levando a mão até a bolsa presa ao meu quadril. Pressionei o cavalinho de madeira que Malik tinha esculpido para... o sexto aniversário *dele* contra a marca de casamento na minha palma.

Malik.

O outrora herdeiro do trono de Atlântia. Ele havia sido capturado quando fora libertar o irmão. Ambos foram traídos pela lupina que *ele* amava.

A tristeza que senti ao descobrir que Shea tinha feito isso agora era ofuscada pela dor e raiva por Malik ter feito o mesmo. Tentei não deixar que a raiva aumentasse. Malik foi mantido em cativeiro por um século. Só os deuses sabem o que fizeram com ele ou o que ele teve que fazer para sobreviver. No entanto, isso não era desculpa para a sua traição. Não diminuía a força do golpe. Mas ele também era uma vítima.

Faça com que a morte dele seja a mais rápida e indolor possível.

O que Valyn Da'Neer me pediu antes que eu partisse de Atlântia pesava no meu coração, mas era um peso que eu carregaria. Um pai não deveria ter que acabar com a vida do próprio filho. Eu esperava que as coisas não chegassem a esse ponto, mas também não conseguia ver como não chegariam.

Kieran se deteve, com as emoções súbitas e intensas arrebentando sobre mim em ondas amargas de... *horror.*

Abalada pela reação dele, senti um nó de temor no estômago.

— O que foi? — perguntei, vendo que Arden tinha parado mais uma vez.

— Bons deuses! — exclamou Naill, recuando em cima da sela com o que viu, sua pele negra assumindo uma palidez acinzentada. Seu horror era tão potente que arranhou o meu escudo como garras envenenadas.

Quando não obtive resposta, o temor aumentou, tomando conta de todo o meu ser. Guiei Setti para a frente, até ficar entre Kieran e Naill, onde era possível ver os portões da Colina de Massene entre os pinheiros.

A princípio, não consegui entender o que vi, as silhuetas em forma de cruz penduradas nos portões enormes.

Dezenas.

Minha respiração ficou entrecortada. Éter vibrou no meu peito apertado. Bile subiu pela minha garganta. Joguei o corpo para trás. Antes que eu perdesse o equilíbrio e caísse da sela, Naill estendeu o braço e me pegou pelo ombro.

Aquelas silhuetas eram...

Corpos.

Homens e mulheres nus, empalados pelos pulsos e pés nos portões de ferro e calcário de Massene, com os corpos à mostra para que qualquer um pudesse olhar...

Seus rostos...

Uma vertigem me invadiu. Seus rostos não estavam despidos. Estavam todos encobertos pelo mesmo véu que eu tinha sido forçada a usar, presos por correntinhas de ouro que brilhavam ao luar.

Uma tempestade de raiva substituiu a incredulidade quando as rédeas de Setti escorregaram dos meus dedos. O éter, a Essência Primordial dos deuses que fluía por todas as linhagens, pulsava no meu peito. Muito mais forte em mim porque o que havia nas minhas veias vinha de

Nyktos, o Rei dos Deuses. A essência se fundiu com uma fúria gélida enquanto eu olhava para os corpos, com o peito ofegante. Senti um gosto metálico na boca quando desviei o olhar do horror nos portões para o topo das torres distantes de um tom de marfim sujo contra o céu que escurecia rapidamente.

Acima de nós, os pinheiros começaram a tremer, cobrindo-nos com suas folhas espetadas. E a raiva, o *horror* pelo que vi, aumentou cada vez mais, até que os cantos da minha visão ficassem prateados.

Voltei a atenção para aqueles que caminhavam pelas ameias da Colina, em ambos os lados dos portões onde os corpos de outros mortais eram exibidos de forma tão cruel, e o que encheu a minha boca e entupiu a minha garganta veio de dentro de mim. Era sombrio, defumado e um pouco doce, rolando pela minha língua, e vinha de um lugar bem lá no fundo. Um vazio frio e dolorido que havia despertado nos últimos 23 dias.

Tinha o gosto da promessa de vingança.

De ira.

E de morte.

Senti o gosto da *morte* enquanto observava os Guardas da Colina pararem a poucos metros dos corpos para conversar uns com os outros, rindo de algo que foi dito. Fixei os olhos neles conforme a essência pulsava no meu peito e a minha força de vontade crescia. Uma forte rajada de vento, mais fria do que uma manhã de inverno, soprou pela Colina, levantando as bainhas dos véus e açoitando os guardas na muralha, fazendo com que vários deles se afastassem da beirada.

Eles pararam de rir, e eu sabia que os sorrisos que não conseguia ver sumiram dos seus rostos.

— *Poppy*. — Kieran se inclinou na sela e segurou a minha nuca por baixo da trança grossa. — Calma. Você tem que se acalmar. Se fizer alguma coisa antes de sabermos quantos homens há na Colina, isso os alertará da nossa presença. Temos que esperar.

Não tinha certeza se queria me acalmar, mas Kieran estava certo. Se quiséssemos invadir Massene com o mínimo de perda de vidas — dos inocentes que viviam dentro da muralha e eram rotineiramente transformados em Vorazes e pendurados nos portões —, eu precisava controlar as minhas emoções e habilidades.

E eu podia fazer isso.

Se quisesse.

Nas últimas semanas, passei bastante tempo treinando o Estigma Primordial, trabalhando com os lupinos para ver com que distância ainda éramos capazes de nos comunicar. Além de Kieran, tive maior êxito com Delano, a quem consegui alcançar nas profundezas das Terras Devastadas por meio do Estigma. Mas também me concentrei em dominar o éter para que o que eu visualizasse se transformasse em vontade e fosse concretizado pela energia instantaneamente.

Para que eu pudesse *lutar como uma deusa*.

Fechei as mãos em punhos e contive o éter. Tive que me controlar muito para não deixar que a promessa de morte fluísse de mim.

— Você está bem? — perguntou Kieran.

— Não. — Engoli em seco. — Mas estou sob controle. — Olhei para Naill. — Você está bem?

O Atlante sacudiu a cabeça.

— Não consigo entender como alguém é capaz de fazer uma coisa dessa.

— Nem eu. — Kieran olhou por trás de mim para Naill enquanto Arden se afastava da fileira de árvores. — Ainda bem que não.

Forcei-me a voltar a atenção para as ameias no topo da muralha. Não podia olhar muito tempo para os corpos. Não podia ficar pensando neles. Assim como não podia ficar pensando sobre o que *ele* estava passando, o que estavam fazendo com ele.

Senti um toque leve como uma pena invadir os meus pensamentos, seguido pela marca fresca da mente de Delano. O lupino estava explorando a área da Colina para obter informações sobre a quantidade de guardas que havia ali. *Meyaah Liessa?*

Reprimi um suspiro ao ouvir a antiga expressão Atlante que podia ser traduzida como *Minha Rainha*. Os lupinos sabiam que não precisavam se referir a mim desse jeito, mas muitos ainda o faziam. No entanto, embora Delano fizesse isso, pois achava que era uma demonstração de respeito, Kieran muitas vezes me chamava assim só para me irritar.

Segui a marca até Delano. *Sim?*

Há vinte guardas nos portões ao norte. Um segundo de silêncio se passou. *E...*

A dor dele manchou o vínculo. Fechei os olhos por um instante. *Mortais nos portões.*

Sim.

A essência pulsou dentro de mim. *Quantos?*

Duas dúzias, respondeu ele, e eu senti uma energia violenta na pele. *Emil está confiante de que pode acabar com eles bem rápido*, disse ele, se referindo ao irreverente Atlante fundamental.

Abri os olhos. Massene tinha apenas dois portões: um ao norte e esse, que dava para o leste.

— Delano me disse que há vinte guardas no portão ao norte — informei. — Emil acha que consegue lidar com eles.

— Ele consegue — confirmou Kieran. — Delano é tão bom com uma besta quanto você.

Eu o encarei.

— Então está na hora.

Kieran assentiu, sustentando o meu olhar. Nós três levantamos os capuzes, escondendo a armadura que Naill e eu usávamos.

— Gostaria muito que você estivesse usando algum tipo de armadura — disse a Kieran.

— A armadura dificultaria minha transformação — afirmou ele. — Além disso, nenhuma armadura é cem por cento eficaz. Há pontos fracos, lugares que os homens na Colina sabem como explorar.

— Obrigado por me lembrar — murmurou Naill enquanto cavalgávamos silenciosamente na direção dos pinheiros.

Kieran sorriu.

— É pra isso que estou aqui.

Sacudi a cabeça conforme procurava a assinatura de Delano, não me permitindo pensar nas vidas que minha ordem logo destruiria. *Acabe com eles.*

Delano respondeu rapidamente. *Com prazer, meyaah Liessa. Em breve nos juntaremos a você no portão leste.*

— Preparem-se — anunciei em voz alta enquanto voltava o foco para os guardas na Colina diante de nós.

Ergui os olhos para a ameia banhada pelo luar. Três dúzias de indivíduos que não deveriam ter muita escolha, a não ser se juntar à Guarda da Colina, estavam lá. Havia poucas oportunidades para a maior parte das pessoas em Solis, ainda mais se não tivessem nascido no seio das famílias imersas no poder e privilégio concedidos pelos Ascendidos. Aquelas que viviam mais distante da capital. Assim como a maioria das regiões a leste, com exceção da Trilha dos Carvalhos, Massene não era uma cidade rica e exuberante, consistindo principalmente de fazendeiros que cuidavam das plantações que alimentavam a população de Solis.

Mas e aqueles que ficaram rindo e conversando como se os mortais empalados no portão não os afetassem? Eram completamente indiferentes, e tão frios e vazios quanto um Ascendido.

Assim como fiz com Delano, não pensei nas vidas prestes a serem interrompidas pela minha vontade.

Não podia pensar nisso.

Vikter tinha me ensinado isso anos atrás. Que eu não podia pensar na vida de outra pessoa quando ela tinha uma espada apontada para o meu pescoço.

Não havia nenhuma espada no meu pescoço no momento, mas *havia* coisas muito piores apontadas para o pescoço das pessoas dentro da Colina.

Evoquei o éter, que respondeu de imediato, correndo para a superfície da minha pele. Um brilho prateado tingiu a minha visão quando Kieran e Naill ergueram as bestas, cada uma equipada com três flechas.

— Vou disparar nos homens mais para baixo da Colina — avisou Kieran.

— Vou acertar os da esquerda — confirmou Naill.

O que deixava a dúzia de guardas nos portões. O éter se agitou dentro de mim, se derramando no meu sangue, ao mesmo tempo quente e gelado. Inundou aquele lugar vazio dentro de mim conforme todo o meu ser se concentrava nos homens ao lado do portão.

Ao lado dos pobres mortais de véu no rosto.

Minha vontade saiu de mim no instante em que a imagem do que eu queria fazer se formou na minha mente. O estalar dos seus pescoços, um após o outro em rápida sucessão, se juntou ao disparo das flechas lançadas. Eles não tiveram tempo de gritar, de alertar aqueles que pudessem estar por perto. Kieran e Naill recarregaram as bestas, eliminando os outros antes que aqueles cujos pescoços eu havia quebrado começassem a cair.

Em seguida, eles se juntaram aos guardas derrubados pelas flechas, caindo no vazio. Estremeci ao ouvir o som dos corpos atingindo o chão.

Saímos cavalgando, atravessando a clareira quando outra silhueta encapuzada se juntou a mim a cavalo, vindo da esquerda da Colina. Um lupino branco como a neve seguiu Emil, mantendo-se perto da muralha enquanto eu desmontava rapidamente.

— Esses filhos da puta — rosnou Emil, com a cabeça inclinada para trás conforme olhava para os portões. — É um desrespeito absurdo.

— Eu sei. — Kieran me seguiu quando caminhei até a corrente que fechava os portões.

A raiva transbordou de Emil enquanto eu apanhava as correntes frias.

Arden ficou irrequieto perto dos cascos dos cavalos enquanto Emil desmontava e se juntava a mim. Naill puxou os animais para a frente enquanto Delano roçava nas minhas pernas. Segurei as correntes e fechei os olhos. Eu tinha descoberto que o éter podia ser usado do mesmo modo que o fogo dos dragontinos. Embora não fosse capaz de matar um Espectro — ou de causar qualquer dano a eles, na verdade —, o fogo *podia* derreter ferro. Não em grandes quantidades, mas o suficiente.

— Temos que nos apressar — sussurrou Kieran. — O amanhecer está próximo.

Concordei com a cabeça conforme uma aura prateada ardia ao redor das minhas mãos, reverberando sobre as correntes enquanto Emil espiava pelo portão, procurando por sinais de outros guardas. Franzi o cenho quando o brilho pulsou e pedaços do metal pareceram escurecer e se adensar, quase como se fossem feitos de sombra. Pisquei os olhos, e os fios desapareceram. Ou nunca estiveram lá. Não havia muita luz e, embora eu fosse uma deusa, minha visão e audição continuavam irritantemente mortais.

A corrente se desfez.

— Talento bacana — comentou Naill.

Lancei-lhe um breve sorriso enquanto ele e Emil empurravam o portão rápida e silenciosamente para a frente.

A Terra dos Pinheiros ganhou vida assim que o portão se abriu, com os galhos estalando conforme dúzias de lupinos avançavam em uma onda elegante, liderados pela irmã de Kieran.

Vonetta tinha a mesma cor castanho-amarelada de Kieran. Não era tão grande quanto ele quando na forma de lupina, mas não menos feroz. Nossos olhares se cruzaram por um instante quando encontrei a assinatura dela — carvalho branco e baunilha. *Tome cuidado*, disse a ela.

Sempre, veio a resposta rápida quando alguém fechou os portões atrás de nós.

Afastei-me dela e voltei o olhar para o silencioso alojamento de pedra de um andar a vários metros de distância da Colina. Atrás dele e dos campos de cultivo, o contorno de prédios pequenos e atarracados era visível contra a Mansão Cauldra e o horizonte iminente que já estava assumindo um tom mais claro de azul.

Escolhi a espada curta em vez da adaga de lupino, retirei-a de onde estava presa às minhas costas, com o cabo para baixo, enquanto corríamos sob a escuridão dos pinheiros que ladeavam a larga estrada de paralelepípedos. Paramos diante do alojamento, com os lupinos agachados no chão.

Encostei-me no tronco áspero de um pinheiro e espiei pelas janelas do alojamento iluminado por lampiões a gás. Algumas pessoas se moviam lá dentro. Era apenas uma questão de tempo antes que elas percebessem que não havia ninguém na Colina.

Kieran se juntou a mim, colocando a mão acima da minha na árvore.

— Acho que temos cerca de vinte minutos antes do amanhecer — especulou. — Os Ascendidos já devem estar se retirando para a noite.

Assenti. Não havia Templos em Massene, nem uma Viela Radiante como na Masadônia, onde os mortais abastados viviam lado a lado com os Ascendidos. Em Massene, todos os vampiros moravam na Mansão Cauldra.

— Lembrem-se — falei, segurando a espada com força. — Não ferimos nenhum mortal que abaixe as armas. Não ferimos nenhum Ascendido que se renda.

Houve murmúrios e rosnados baixos de concordância. Kieran se virou para Naill e assentiu. O Atlante avançou e então se moveu com uma velocidade nauseante, alcançando a lateral do alojamento. Ele arrastou a ponta da espada ao longo do prédio, provocando um som ensurdecedor contra a pedra.

— Bem... — disse Emil, prolongando a palavra. — É um jeito de fazer as coisas.

Uma porta se abriu e um guarda saiu com a lâmina na mão. Ele virou a cabeça de um lado para o outro, mas Naill já havia desaparecido no meio dos pinheiros.

— Quem está aí? — indagou o guarda enquanto vários outros saíam do alojamento. O homem apertou os olhos na escuridão. — Quem está aqui fora?

Eu me afastei do pinheiro.

— Tem que ser você mesmo? — perguntou Kieran em voz baixa.

— Sim.

— A resposta verdadeira é *não*.

— Não, não é. — Passei por ele.

Kieran deu um suspiro, mas não tentou me deter.

— Qualquer dia desses você vai perceber que é uma Rainha — sibilou ele em resposta.

— Duvido muito — comentou Emil.

Saí de baixo dos pinheiros, aguçando os sentidos. Os homens se viraram para mim, ainda sem perceber que não havia ninguém na Colina.

— Não importa quem eu sou — anunciei, sentindo a explosão de surpresa que veio com a percepção de que havia uma mulher diante deles. — O que importa é que a cidade foi invadida e vocês estão cercados. Não viemos aqui para tirar nada de vocês. Viemos aqui para acabar com a Coroa de Sangue. Abaixem as armas e não serão feridos.

— E se não entregarmos nossas espadas para uma vadia de Atlântia? — indagou o homem, e uma inquietação e ansiedade ácidas irradiaram de alguns dos homens atrás dele. — O que vai acontecer?

Arqueei as sobrancelhas. Aqueles guardas sabiam que uma pequena parte do exército Atlante estava acampada na fronteira de Pompeia. Mas não sabiam que havia um dragontino entre nós.

Nem que a Rainha de Atlântia também estava com o acampamento e era a *vadia* com quem eles estavam falando.

As palavras queimaram a minha língua, mas eu as pronunciei mesmo assim:

— Vocês morrerão.

— É mesmo? — O homem riu, e eu sufoquei a crescente decepção, me lembrando de que muitos mortais não faziam a menor ideia de a quem serviam. De quem era o verdadeiro inimigo. — Eu e os meus homens devemos ter medo de um exército deplorável que manda cachorros gigantes e vadias para lutar suas batalhas? — Ele olhou por cima do ombro. — Parece que temos mais uma cabeça para colocar na estaca. — Ele me encarou. — Mas, antes, vamos fazer um bom uso dessa boquinha e do que quer que esteja sob essa capa, não é mesmo, rapazes?

Houve algumas risadas grosseiras, mas a acidez emanou ainda mais dos outros.

Inclinei a cabeça.

— É a sua última chance. Abaixem as armas e se rendam.

O mortal idiota deu um passo à frente.

— Que tal você se deitar no chão e abrir as pernas?

Senti uma raiva ardente nas costas quando voltei a olhar para ele.

— Não, obrigada.

— Não foi um pedido. — Ele deu mais um passo. Foi só o que conseguiu fazer.

Vonetta deu um salto da escuridão, aterrissando em cima do guarda. Seu grito foi abafado pelo aperto cruel das mandíbulas no pescoço dele quando ela o derrubou.

Outro guarda avançou, erguendo a espada na direção de Vonetta enquanto ela arrastava o homem desbocado pelo chão. Disparei em frente, segurando-o pelo braço enquanto enterrava a lâmina no seu abdome. Os olhos azuis de um rosto muito jovem se arregalaram quando puxei a espada para trás.

— Lamento — murmurei, empurrando-o para longe.

Vários guardas se precipitaram na nossa direção, mas logo se deram conta de que não era conosco que deveriam se preocupar. Tarde demais.

Os lupinos saíram de baixo dos pinheiros, cercando os guardas em questão de segundos. O esmagamento de ossos e os gritos agudos e breves ecoaram na minha cabeça quando Kieran deslizou a lâmina pela garganta de um guarda.

— Quando é que os mortais vão parar de nos chamar de cachorros gigantes? — perguntou ele, empurrando o corpo do guarda para o lado. — Eles não sabem a diferença entre um cachorro e um lobo?

— Acho que não. — Emil passou pelo homem que tinha atacado Vonetta, cuspindo no morto. Ele olhou para mim. — O que foi? Ele ia apunhalar Netta pelas costas. Não vou perdoar uma coisa dessa.

Não podia discordar disso, então me voltei para os soldados perto dos fundos, aqueles de quem senti a inquietação. Havia cinco deles. Com as espadas aos seus pés. O amargor do medo revestiu minha pele conforme Delano avançava, com os dentes manchados de sangue à mostra. O fedor de urina tomou conta do ambiente.

— N-nós nos rendemos — balbuciou um deles, tremendo.

— Delano — chamei baixinho, e o lupino parou, rosnando para os homens. — Há quantos Ascendidos aqui?

— D-dez — gaguejou o homem, com a pele tão pálida quanto o luar minguante.

— Eles vão voltar para a Mansão Cauldra? — perguntou Kieran, se postando ao meu lado.

— Já devem estar lá — respondeu outro. — Eles têm guardas de segurança. Desde que o Duque soube do seu acampamento.

Olhei de relance para Naill, que trazia Setti e os demais cavalos.

— Todos eles foram responsáveis pelo que foi feito com os mortais nos portões?

O terceiro, um homem mais velho que a maioria na Colina, na terceira ou quarta década de vida, disse:

— Nenhum deles se opôs ao Duque Silvan quando ele deu as ordens.

— Quem eram aqueles que eles decidiram matar? — perguntou Kieran.

Senti mais uma onda de decepção pesando no meu peito. Eu queria — não, eu *precisava* — acreditar que havia outros Ascendidos como... como Ian, o meu irmão, mesmo que não tivéssemos o mesmo sangue. Tinha que haver.

— Agiram de forma aleatória — contou o primeiro guarda, aquele que entregou a rendição. Ele parecia estar prestes a vomitar. — Escolheram as pessoas arbitrariamente. Jovens. Velhos. Não importava. Não era ninguém que estivesse causando problemas. Ninguém causa problemas.

— Fizeram a mesma coisa com os outros — acrescentou outro guarda mais jovem. — Com aqueles que levaram para além da Colina.

Kieran se concentrou no mortal, com o maxilar cerrado.

— Você sabe o que fizeram com eles?

— Eu sei — revelou o mais velho depois que os outros falaram. — Eles os levaram pra lá. Se alimentaram deles. E deixaram que se transformassem em Vorazes. Ninguém acreditou em mim quando eu disse que foi isso que aconteceu. — Ele apontou com o queixo para os homens ao seu redor. — Disseram que eu havia perdido o juízo, mas eu sei o que vi. Só não pensei... — Ele olhou para os portões. — Pensei que talvez tivesse *mesmo* perdido o juízo.

Ele nem imaginava do que os Ascendidos eram capazes.

— Você estava certo — confirmou Kieran. — Se saber disso lhe trouxer algum conforto...

Pressenti que a constatação não lhe trazia muito conforto e me virei para Naill, embainhando a espada.

— Certifique-se de que eles permaneçam no alojamento. Ilesos. — Gesticulei para Arden. — Fique aqui com Naill.

Naill assentiu e entregou as rédeas de Setti para mim. Segurei as alças da sela e montei. Os outros seguiram o meu exemplo.

— Você estava falando a verdade? — perguntou o mais velho, parando enquanto conduzíamos os cavalos para longe do alojamento. — Quando disse que não está aqui para tirar nada de nós?

— Estava sim. — Segurei firme as rédeas de Setti. — Não viemos aqui para tomar nada. Viemos aqui para acabar com a Coroa de Sangue.

Esquivei-me sob o braço de um guarda, com a bainha da capa esvoaçando ao redor das minhas pernas quando girei o corpo e enterrei a espada nas costas do homem. Eu me virei bruscamente, me abaixando quando alguém atirou uma faca na minha direção. Delano pulou por cima de mim, cravando as garras e os dentes no guarda enquanto eu me levantava.

Nenhum dos guardas da Mansão Cauldra se rendeu.

Os raios rosados do amanhecer tingiram o céu enquanto eu girava o corpo, grunhindo e dando chutes para empurrar um guarda para trás. Ele caiu no caminho de Vonetta. Precipitei-me na direção das portas trancadas e abaixei a espada, batendo em outra enquanto Emil vinha por trás dele e passava a lâmina pela garganta do homem. O sangue quente espirrou no ar. Kieran deu um golpe de adaga sob o queixo de outro guarda, abrindo o caminho diante de mim.

Havia tanta morte ali. Corpos se espalhavam pelo pátio vazio enquanto o sangue se acumulava nos degraus de marfim e respingava nas paredes externas da mansão. Levantei a mão e invoquei a Essência Primordial, e uma luz prateada desceu em espiral pelo meu braço e faiscou dos meus dedos. O éter formou um arco no ar, atingindo as portas. A madeira se estilhaçou e cedeu, explodindo em lascas finas.

O salão de visitas, adornado por flâmulas vermelhas com o brasão da Coroa de Sangue, em vez das brancas e douradas penduradas na Masadônia, estava vazio.

— O subsolo — indicou Kieran, espreitando à direita. Havia sangue salpicado nas suas bochechas. — Eles devem ter ido para o subsolo.

— E você sabe como chegar lá? — Eu o alcancei, aguçando os sentidos para me certificar de que ele não estivesse ferido.

— Cauldra se parece com Novo Paraíso. — Passou a mão pelo rosto, limpando o sangue que não era seu. — Deve haver câmaras subterrâneas perto das celas.

Era quase impossível não pensar nas celas no subsolo de Novo Paraíso onde passei algum tempo. Mas Kieran estava certo, e encontrou a entrada ao longo do corredor à direita.

Ele chutou a porta, revelando uma escada estreita e iluminada por tochas. Ele me lançou um sorriso selvagem, que me fez perder o fôlego porque me lembrou... *dele*.

— O que foi que eu disse?

Franzi o cenho quando Delano e Vonetta passaram por nós, acompanhados por uma lupina cinza-escuro que reconheci como Sage. Eles entraram na escada antes de nós.

— Por que eles fazem isso?

— Porque você é a Rainha. — Kieran entrou.

— Continue dizendo isso a ela. — Emil deu um passo atrás de mim. — E continue lembrando isso a ela...

Revirei os olhos enquanto descíamos as escadas com cheiro de mofo que alimentavam uma lembrança da qual eu não conseguia me livrar.

— Eu posso até ser a Rainha, mas também sou uma deusa e, portanto, mais difícil de matar que qualquer um de vocês. Eu devia ir na frente — disse a ele. Para falar a verdade, nenhum de nós fazia a menor ideia do que *seria* capaz de me matar, mas sabíamos que eu era basicamente imortal.

Senti uma palpitação no peito. Eu viveria mais que todo mundo naquela mansão, pessoas com quem eu me importava. Que chamava de amigos. Eu viveria mais do que Tawny, que acabaria despertando do ferimento que a lâmina de pedra das sombras havia causado. Não podia deixar de acreditar nisso, mesmo sabendo, lá no fundo, que não devia ser bom alguém dormir tanto tempo assim.

Eu viveria mais que Kieran e... e até mesmo que *ele*.

Deuses, por que eu estava pensando nisso agora? *Não pense hoje sobre os problemas de amanhã.* Foi o que *ele* me disse certa vez.

Eu tinha que aprender a seguir esse conselho.

— Mais difícil de matar não é a mesma coisa que *impossível* de matar — disparou Kieran por cima do ombro.

— Diz aquele que não está de armadura — retruquei.

Kieran deu uma risada rouca, mas o som se perdeu em meio ao grito súbito e estridente que me deixou toda arrepiada.

— Vorazes — sussurrei enquanto virávamos a esquina da escada e Kieran entrava em um corredor fracamente iluminado. Ele parou bem na minha frente, e eu dei um encontrão nele.

Kieran ficou perplexo.

E eu também.

— Bons deuses — murmurou Emil.

As celas estavam cheias de Vorazes. Eles pressionavam o corpo contra as grades, com os braços estendidos e os lábios repuxados, revelando as quatro presas irregulares. Alguns eram novos, com a pele começando a assumir o tom pavoroso da morte. Outros eram mais velhos, com os rostos emaciados, lábios rasgados e pele flácida.

— Por que diabos eles têm Vorazes aqui? — perguntou Emil sobre os uivos de dor e fome.

— Eles devem soltá-los de vez em quando para aterrorizar os moradores — deduzi, apática. — Os Ascendidos culpavam os Atlantes. Diziam que eram *eles* que criavam os Vorazes. Mas também culpavam o povo, alegando que tinham irritado os deuses de algum modo e que essa era a sua punição. Que os deuses deixavam os Atlantes fazerem isso. Depois, os Ascendidos diziam que tinham falado com os deuses em nome do povo, aplacando a sua raiva.

— As pessoas acreditavam nisso? — Emil se desviou de várias mãos manchadas de sangue.

— Era só no que podiam acreditar — eu disse a ele, desviando o olhar dos Vorazes.

Os sons de patas e arranhões nos levaram além das celas — além do que teríamos que enfrentar mais tarde — para outro corredor, cheio de barris de vinho e cerveja. Encontramos os lupinos no momento em que eles arrombaram as portas duplas de madeira no final do corredor.

Uma vampira saiu voando da câmara, em um fluxo de cabelos cor de zibelina e presas à mostra.

Delano a derrubou, atacando o pescoço da vampira enquanto cravava as patas dianteiras no seu peito, rasgando roupas e pele. Eu me virei, mas não havia mais para onde olhar, pois as duas lupinas fizeram a mesma coisa com outras duas vampiras que atacaram. E então só sobraram *pedaços*.

— Acho que isso deve dar uma bela dor de estômago — observei.

— Estou tentando não pensar nisso — murmurou Emil, olhando para os Ascendidos que estavam dentro da câmara, imóveis e com as armas quase esquecidas nas mãos. — Aposto que eles também estão tentando não pensar nisso.

— Algum de vocês quer ter o mesmo destino? — perguntou Kieran, apontando com a espada para os nacos de carne no chão.

Não houve resposta, mas à medida que mais lupinos encheram o corredor atrás de nós, os Ascendidos largaram as armas.

— Nós nos rendemos — disparou um macho, o último a deixar a espada de lado.

— Que gentileza da sua parte fazer isso — declarou Kieran lentamente enquanto chutava as espadas para fora do alcance deles.

E era mesmo. Uma gentileza. Mas também era tarde demais. Não haveria segunda chance para nenhum Ascendido que tivesse participado do massacre aos mortais nos portões e do que estava acontecendo naquela cidade. Fiz o melhor que pude para não pisar no que restava dos Ascendidos no chão quando entrei na câmara, acompanhada de perto por Vonetta e Delano. Embainhei a espada e abaixei o capuz.

— Meus parabéns — prosseguiu o homem. — Você invadiu Massene. Mas não vai tomar o trono de Solis.

No momento em que ele abriu a boca, percebi que só podia ser o Duque Silvan, por causa do ar de superioridade presunçosa. Ele era um louro platinado, alto e de corpo bem-proporcionado, vestido com camisa e calça de cetim. Era atraente. Afinal de contas, poucas coisas eram mais valorizadas que a beleza em Solis. Quando olhou para mim, ele viu as cicatrizes e *nada* além disso.

E tudo o que vi foi o sangue que manchava suas roupas caras.

Tingia cada camisa e corpete feitos sob medida.

Parei na frente do Duque, olhando para os olhos escuros como o breu que me lembravam dela. Da Rainha de Sangue. Minha *mãe*. Os olhos dela não eram tão pretos, impiedosos, vazios e frios. Mas ela tinha a mesma fagulha de luz misteriosa — embora muito mais intensa — que não precisava que a luz atingisse o seu rosto no ângulo certo para ser vista. Foi só naquele instante que me dei conta de que o traço de luz nos olhos deles era um vislumbre do *éter*.

Fazia sentido que eles tivessem um traço de éter. O sangue de um Atlante foi usado para Ascendê-los, e todos os Atlantes tinham éter nas veias. Foi assim que os Ascendidos obtiveram sua quase imortalidade e força. Sua velocidade e habilidade de cura.

— Há mais algum Ascendido na cidade?

O desdém do Duque Silvan era uma obra de arte.

— Vá se foder.

Ao meu lado, Kieran deu um suspiro tão impressionante que acho que pode ter estremecido as paredes.

— Vou perguntar mais uma vez — anunciei, fazendo uma conta rápida. Havia dez Ascendidos ali. Ou partes de dez, mas eu queria ter certeza de que estavam todos ali. — Existe mais alguém?

Um bom tempo se passou, e então o Duque disse:

— Você vai nos matar mesmo assim, não importa como eu responda.

— Eu teria dado uma chance a você.

O Duque estreitou os olhos.

— De quê?

— De viver sem tirar nada dos mortais — respondi. — De viver entre os Atlantes.

Ele me encarou por um momento e depois riu.

— Você acha mesmo que isso é possível? — Outra risada saiu dos seus lábios pálidos. — Eu sei quem você é. Reconheceria o seu rosto em qualquer lugar.

Kieran deu um passo à frente.

Ergui a mão, detendo-o.

O Duque abriu um sorriso irônico.

— Você não está longe tanto tempo assim para ter esquecido como os mortais são, *Donzela*. Como são crédulos. Como têm medo. Do que são capazes de fazer para proteger suas famílias. Em que são capazes de acreditar para se proteger. Você acha mesmo que eles vão aceitar os Atlantes?

Não respondi.

Ele se aproximou, encorajado.

— E você acha que os Ascendidos vão fazer... O quê? Confiar que vai nos deixar vivos se fizermos o que você quiser?

— Vocês confiaram na Rainha de Sangue — respondi. — E o nome dela nem é Ileana. E ela sequer é uma Ascendida.

Ouvi diversos arquejos, mas o Duque não demonstrou nenhum sinal de que o que eu disse fosse novidade para ele.

— Sendo assim — continuei —, imagino que tudo seja possível. Mas como disse antes, eu *teria* lhe dado outra chance. Você selou o seu destino quando ordenou que aquelas pessoas fossem empaladas nos portões.

Ele inflou as narinas.

— Os véus foram um belo toque, não?

— Lindo — respondi enquanto Delano dava um rosnado baixo.

— Nós não... — começou um dos outros Ascendidos, um homem de cabelos castanho-escuros.

— Cale a boca — sibilou o Duque. — Você vai morrer. Eu vou morrer. Todos nós vamos morrer.

— Verdade.

Ele virou a cabeça de volta para mim.

— O que importa é *como* você vai morrer — afirmei. — Não sei se a pedra de sangue provoca uma morte dolorosa. Eu a vi de perto e parece que sim. Acho que se eu quebrar a sua coluna, você vai sentir apenas um segundo de dor.

O Duque engoliu em seco e o sorriso sumiu do seu rosto.

— Mas a morte mais dolorosa foi a daqueles que ficaram em pedaços. — Fiz uma pausa, observando-o retesar os cantos da boca. — Responda a minha pergunta e sua morte será rápida. Do contrário, vou garantir que pareça uma eternidade. Você é quem decide.

Ele ficou me encarando, e eu quase podia ver a sua mente a mil, procurando uma saída.

— É uma coisa horrível, não é? — Eu me aproximei dele, e a essência pulsou no meu peito. — Saber que a morte finalmente está vindo para buscá-lo. Vê-la bem diante de si. Estar no mesmo cômodo que ela por segundos, minutos, horas... e saber que não pode fazer nada para evitá-la. — Baixei a voz, que ficou mais suave, fria... e *esfumaçada*. — Nadica de nada. A inevitabilidade disso é apavorante. A constatação de que, se você ainda tiver uma alma, ela certamente só tem um lugar para ir. Lá no fundo, você deve estar com bastante medo.

Um ligeiro mas perceptível estremecimento percorreu o corpo dele.

— Exatamente como os mortais que você levou para fora da Colina, mordeu, se alimentou e deixou que se transformassem. Exatamente como as pessoas nas celas e nos portões. — Estudei as feições pálidas dele. — Eles devem ter ficado aterrorizados quando descobriram que a morte tinha vindo buscá-los nas mãos daqueles que acreditavam que os protegiam.

Ele engoliu em seco outra vez.

— Não há mais Ascendidos. Nunca houve. Ninguém quer governar na fronteira do reino. — Seu peito subiu quando ele respirou fundo. — Eu sei quem você é. Sei *o que* você é. É por isso que está viva até hoje. Não porque seja uma deusa — vociferou ele, repuxando os lábios. — Mas por causa do sangue que corre nas suas veias.

Retesei a coluna.

— Se você disser que é por causa da minha mãe, *não* vou fazer com que a sua morte seja rápida.

O Duque deu uma risada, mas o som foi tão frio e hostil quanto aquele vazio dentro de mim.

— Você se acha uma grande libertadora, não é? Veio libertar os mortais da Coroa de Sangue. Libertar o seu precioso *marido*.

Tudo em mim ficou imóvel.

— Matar a Rainha, a sua *mãe*, e tomar essas terras em nome de Atlântia? — A faísca de éter brilhou em seus olhos. Ele repuxou os cantos dos lábios. — Você não vai fazer nada disso. Não vai ganhar guerra nenhuma. Tudo o que vai conseguir é causar terror. Tudo o que vai fazer é derramar tanto sangue que as ruas ficarão inundadas e os reinos se afogarão em rios vermelhos. Tudo o que vai liberar é a morte. Tudo o que você e aqueles que a seguem vão encontrar aqui é a morte. E se o seu amor tiver sorte, ele vai estar morto antes de ver o que aconteceu com...

Desembainhei a adaga de pedra de sangue e a cravei no peito dele, perfurando seu coração e detendo as palavras venenosas antes que pudessem penetrar fundo demais em mim. E ele sentiu isso — a primeira fragmentação do seu ser, o primeiro rasgo de pele e ossos. E eu fiquei grata. Surpreso, ele arregalou os olhos impiedosos quando linhas finas surgiram na pele pálida das suas bochechas. As rachaduras formaram uma teia de fissuras que desceram pelo seu pescoço e sob a gola da camisa de cetim sob medida que ele usava. Sustentei o olhar dele conforme a diminuta centelha de éter se esvaía dos seus olhos escuros.

E só então, pela primeira vez em 23 dias, não senti absolutamente nada.

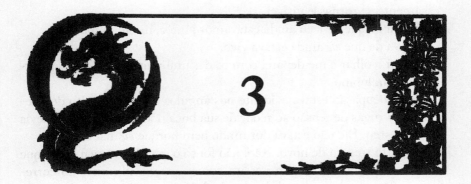

3

Vinte e oito dias.

Quase um mês se passou e a saudade latejava tão intensamente que chegava a doer. Cerrei o maxilar com força para conter o grito nascido na caverna que se tornou o meu coração, um grito de frustração, impotência e culpa sempre presentes. Porque se eu tivesse me controlado, se não tivesse atacado...

Havia tantos *e se*. Tantas maneiras diferentes com que eu poderia ter lidado com as coisas. Mas eu não tinha feito isso, e esse era um dos motivos pelos quais ele não estava aqui. A pilha fofa e amanteigada de ovos e as iscas de carne frita diante de mim perderam o apelo quando o grito cresceu na minha garganta, pressionando meus lábios fechados. Tive uma profunda sensação de desespero, que logo deu lugar a uma fúria poderosa. Meu peito começou a zumbir, o poder ancestral pulsando com uma raiva incontida.

O garfo que eu segurava tremeu. A pressão tomou conta do meu peito, obstruindo a minha garganta conforme o éter pulsava e crescia, forçando a minha pele. Se eu gritasse, se me entregasse àquela dor e raiva, o som do desespero e angústia se transformaria em ira e fúria. O grito que me sufocava, o poder que crescia dentro de mim, tinha o gosto da *morte*.

E uma pequena parte de mim tinha vontade de extravasar.

Dedos bem mais escuros que os meus se fecharam sobre a minha mão, contendo o tremor. O toque, algo que já foi tão proibido para mim, me arrancou daquele caminho sombrio, assim como a ligeira onda de energia que passou entre nós. Lentamente, minha mão esquerda foi virada para cima de modo que o redemoinho dourado da gravação de casamento se tornasse visível.

Prova de que *ele* e eu ainda estávamos juntos, mesmo separados.

Prova de que *ele* ainda estava vivo.

Ergui o olhar e me deparei com os deslumbrantes olhos azuis invernais de um lupino.

A preocupação estava evidente nos ângulos do rosto bonito de Kieran e nas rugas de tensão ao redor de sua boca. Parecia cansado, e devia estar mesmo. Ele não estava dormindo bem porque *eu* mal dormia.

O garfo tremeu de novo. Não, não foi só o garfo ou o meu braço que tremeu. Os pratos vibraram, assim como a mesa. No final do corredor, as flâmulas brancas e douradas de Atlântia que haviam substituído aquelas pertencentes à Coroa de Sangue tremularam.

Kieran passou os olhos pelas cadeiras vazias no salão de banquetes da Mansão Cauldra até onde o Atlante de cabelos claros, o General Aylard, montava guarda no meio das colunas da entrada.

Tive a mesma sensação de quando ele se apresentou pela primeira vez. A desconfiança transbordava sob o rosto impassível, com gosto de vinagre. Não era uma emoção surpreendente. Muitos dos Atlantes mais velhos eram cautelosos comigo, ou porque eu tinha sido criada pelos seus inimigos, os Ascendidos, ou porque eu era muitas coisas que eles não esperavam.

Uma Donzela cheia de cicatrizes.

Uma refém.

Uma Princesa indesejada que se tornou Rainha.

Uma deusa.

Não podia culpá-los pela cautela, ainda mais quando eu fazia a mansão inteira tremer.

— Você está começando a brilhar — advertiu Kieran com um sussurro que eu mal consegui ouvir, afastando a mão da minha.

Olhei para a minha palma. Um ligeiro brilho prateado emanava da minha pele.

Bem, isso explicava por que o general estava me encarando.

Pousei o garfo no prato e controlei a respiração. Forcei-me a desviar a atenção da explosão de dor sufocante que sempre me acometia quando eu pensava *nele*, ao mesmo tempo em que eu deslizava uma das mãos por baixo da mesa até a bolsinha presa ao quadril e pegava a taça de vinho quente com a outra. Troquei o gosto azedo pelo de especiarias conforme Aylard se virava lentamente, com o punho sobre a espada embainhada. O manto branco assentou em seus ombros, atraindo meu olhar para o Brasão Atlante em relevo dourado. O mesmo brasão que agora revestia as paredes de Cauldra — um sol e seus raios com uma espada e uma flecha no meio, cruzadas na diagonal de modo que ficassem do mesmo tamanho. Fechei os olhos por um instante e terminei o vinho.

— Você só vai comer isso? — perguntou Kieran depois de alguns minutos.

Coloquei a taça vazia em cima da mesa e espiei pela janela aberta. Uma construção alquebrada se projetava em meio a um arbusto de flores silvestres amarelas. Massene não estava bem conservada.

— Já comi.

— Você precisa comer mais. — Ele apoiou os cotovelos na mesa.

Eu o encarei.

— E você não precisa se preocupar com o que estou comendo.

— Eu não teria que me preocupar se você não deixasse o bacon intocado no prato, algo que nunca pensei que veria.

Arqueei as sobrancelhas.

— Parece que você está sugerindo que eu comia bacon demais.

— Bela tentativa de sair do assunto, mas não foi bem-sucedida — respondeu Kieran. — Estou fazendo o que você e Cas me pediram. Estou aconselhando você.

O nome *dele*.

O ar que inalei ardeu nos meus pulmões. O nome dele doía em mim. Não gostava de pensar, muito menos de dizê-lo.

— Tenho certeza de que não estávamos pensando na minha ingestão diária de alimentos quando pedimos que fosse nosso conselheiro.

— Eu também. Mas aqui estamos nós. — Kieran se inclinou para a frente de modo que apenas alguns centímetros ficassem entre nós. — Você mal come. Mal dorme. E o que acabou de acontecer? O brilho? Fazer o prédio inteiro tremer? Você sequer pareceu perceber, e está acontecendo com bastante frequência, Poppy.

Não havia um pingo de censura no tom de voz dele, apenas preocupação, mas eu me encolhi mesmo assim, porque era verdade. A essência dos deuses viera à tona quando eu não a estava usando para aliviar a dor ou curar. Viera quando senti algo muito intensamente, quando a tristeza e a raiva pareciam esticar minha pele, repuxando as costuras frágeis que me mantinham inteira.

Precisava me manter calma. Precisava me controlar. Não podia perder o controle. Não quando os Reinos de Atlântia e Solis dependiam de mim. Não quando *ele* precisava de mim.

— Vou me esforçar mais para controlar o éter — prometi.

— Não se trata de controlar as suas habilidades. — Kieran franziu o cenho. — Mas de aceitar que você não está bem. Você é forte, Poppy. Nós...

— Eu sei. — Eu o interrompi quando me lembrei de ouvir quase as mesmas palavras ditas por lábios que deixavam a minha pele em brasa.

Você não precisa ser sempre forte comigo.

Avancei e peguei uma fatia de bacon. Enfiei metade na boca, quase me engasgando.

— Pronto. Está feliz? — perguntei, e um pedaço caiu no prato.

Kieran olhou para mim.

— Não muito.

— Problema seu. — Mastiguei, mal sentindo o gosto da carne crocante.

Uma bufada que mais parecia uma risada chamou minha atenção para o grande dragontino preto-arroxeado postado ao lado das colunas da entrada do salão de banquetes. Chifres lisos e pretos saíam da ponte achatada do seu nariz e subiam pelo centro da cabeça em forma de diamante. Os primeiros chifres eram pequenos para não obstruir a visão, mas à medida que subiam pela cabeça, se alongavam em pontas afiadas.

Toda vez que olhava para Reaver, era um choque. Acho que nunca me acostumaria a ver um ser tão magnífico, assustador e belo.

Vinte e três dragontinos despertaram. Os mais jovens, três no total, ficaram no Pontal de Spessa para montar guarda lá, conforme decidido entre eles. Dos vinte que viajaram com o exército, nenhum era tão grande quanto Reaver. Na verdade, eles eram do tamanho de Setti, e suas escamas não eram tão grossas quanto as dele, e eram mais vulneráveis à ponta afiada de uma flecha. Mas ainda dariam conta de qualquer exército de modo eficaz.

O dragontino nos observava, e fiquei imaginando o que ele estava pensando e sentindo. Sempre que tentava ler os pensamentos dele ou dos outros, eu não sentia nada. Mas não era como o vazio gélido de um

Ascendido. Ou Reaver e os outros dragontinos escondiam as emoções de mim, ou eu simplesmente não conseguia lê-las.

— Você quer um pouco? — ofereci a Reaver, levantando o prato. Ainda não o tinha visto comer, o que levantava suspeitas sobre *o que* exatamente ele comia quando levantava voo, desaparecendo de vista.

Torcia para que não fossem pessoas... ou animais fofinhos.

Mas não tinha como saber. Somente Aurelia, uma das duas dragontinas que haviam despertado, permaneceu na forma mortal tempo suficiente para que eu aprendesse os nomes de metade das duas dúzias de dragontinos que partiram do Iliseu. Antes de partirmos de Atlântia e nos separar, ela me assegurou de que eles agiriam conforme a minha vontade.

Essa história de agir conforme a minha vontade não tinha sido muito útil, mas descobri que parecia um pouco com o Estigma Primordial. Reaver parecia saber o que eu queria sem que eu precisasse dizer. Como quando partimos para invadir Massene e ele já tinha pousado para passar a noite. Imaginei que fosse mais como a Essência Primordial em termos de como ela respondia ao que eu queria.

Com um aceno em negativa da cabeça chifruda, Reaver recusou minha oferta de bacon.

— Como foi que ele entrou aqui sem derrubar o prédio inteiro? — Kieran franziu o cenho.

— Com cuidado — respondi enquanto o dragontino voltava a atenção para o lupino. Suas pupilas verticais se contraíram quando ele estreitou os olhos azuis mais uma vez. Suspeitei que Reaver fosse dar outro golpe em Kieran assim que tivesse uma chance.

— Vonetta e os demais não deviam voltar hoje? — perguntei, desviando a atenção de Kieran do dragontino.

— A qualquer momento. — Ele pegou a taça e acrescentou secamente: — Como você bem sabe.

Sim, eu sabia. Pelo menos ele não estava mais em uma épica e ameaçadora troca de olhares com Reaver, que acabaria indo de mal a pior. Contudo, a ansiedade de repente alçou voo no meu peito como se fosse um falcão prateado, e não tinha nada a ver com a probabilidade de que Kieran e Reaver mutilassem ou matassem um ao outro. Mas, sim, tudo a ver com os planos para a Trilha dos Carvalhos e Solis. Planos que eu teria que convencer os generais de Atlântia a apoiar, embora ainda não tivesse elaborado a parte mais intrincada.

— Tenho a impressão — começou Kieran — de que você ainda está irritada por eu tê-la aconselhado a não ir com Vonetta.

Fiz uma careta.

— Às vezes eu me pergunto se você consegue ler mentes.

Kieran contorceu a boca carnuda em um sorriso irônico e deu uma batidinha com o dedo na têmpora.

— Eu simplesmente tenho um talento especial para saber das coisas.

— Aham. — Assim como o pai, Jasper. Mas Kieran muitas vezes parecia saber o rumo dos meus pensamentos, o que, admito, era tão irritante para mim como eu ler suas emoções era para ele. — Eu não estava *exatamente* irritada por você ter me aconselhado a não ir para a Trilha dos Carvalhos, mas agora estou.

— Maravilha — murmurou ele.

Olhei para ele de cara feia.

— Por que quando um Príncipe ou um Rei decide se colocar em perigo ou liderar um exército para a guerra isso não é um problema, mas quando uma Rainha deseja fazer a mesma coisa, de repente é *algo* que deve ser desaconselhado? Parece um tanto... sexista.

Kieran abaixou a taça.

— Não é um *problema*. Eu tentei impedir que Cas fizesse coisas idiotas e absurdamente perigosas diversas vezes, tanto que era quase uma responsabilidade de tempo integral.

Senti uma pontada de dor no peito. Concentrei-me nas garrafas fechadas de vinho que o Lorde Atlante que capitaneava o navio que nos trouxe para a Trilha dos Carvalhos tinha despachado. Perry havia transportado *muitos* suprimentos necessários. E ainda mais importante: o tipo de vinho que Kieran me disse que Valyn gostava. Havia uma maneira melhor de fazer com que alguém concordasse com o que você queria do que o embebedando?

— Por exemplo, você — continuou Kieran, invadindo meus pensamentos. — Eu tentei impedi-lo de sequestrar você.

— O quê? — Virei a cabeça na direção dele.

O lupino assentiu.

— Quando ele tramou o plano de se passar por guarda para sequestrá-la, eu disse a ele, mais de uma vez, que era arriscado demais.

— Algum dos riscos tinha a ver com o fato de que é errado sequestrar uma pessoa inocente e virar sua vida de cabeça para baixo? — indaguei.

Kieran franziu os lábios.

— Não posso dizer que isso passou pela minha cabeça.

— Bom saber.

— Isso foi antes de eu te conhecer.

— Isso não melhora as coisas.

— Provavelmente não, mas acho que você não se incomodou com o modo como ele mudou a sua vida.

— Bem... — Dei um pigarro. — Suponho que, de um jeito estranho e muito confuso, estou feliz que ele não tenha dado ouvidos a você.

Kieran sorriu.

— Aposto que sim.

Revirei os olhos.

— *De qualquer forma*, como eu estava dizendo antes, não acho certo pedir que alguém faça algo que eu mesma não esteja disposta a fazer.

— Isso é admirável, e vai fazer com que ganhe o respeito de muitos soldados. Pena que vai acabar sendo capturada ou morta. Desse modo, torna-se irrelevante o que você sente.

— Isso foi um tanto dramático — resmunguei. — Vonetta e os demais estão arriscando suas vidas enquanto estou aqui sentada, ouvindo você reclamar sobre o que estou comendo.

— Você está sentada aí me ouvindo reclamar sobre o que *não* está comendo — corrigiu Kieran. — E agora é você quem está sendo dramática.

— Acho que mudei de ideia sobre você ser o Conselheiro da Coroa — murmurei.

Kieran ignorou o meu comentário.

— Não é verdade que você não está fazendo *nada*.

Não havia um segundo em que eu não estivesse fazendo *alguma coisa*, principalmente desde que invadimos Massene. Nós tínhamos cuidado dos Vorazes nas celas, embora eu pudesse jurar que ainda sentia o cheiro deles quando chovia. A mansão estava em péssimo estado de conservação, com o segundo e terceiro andares praticamente inabitáveis. A eletricidade só abastecia alguns quartos e a cozinha. As casas da população não estavam muito melhores e nos esforçamos ao máximo para fazer os reparos necessários em telhados e estradas nos últimos cinco dias, mas levaria meses, se não mais, para terminar tudo. As colheitas não tinham se saído muito bem, ainda mais quando muitos fazendeiros tinham sido levados para fora da Colina.

— Eu só... — Passei o polegar ao longo da borda da taça e me recostei na cadeira. Eu só precisava me manter ocupada. Caso contrário, minha mente vagava para lugares para onde não deveria ir. Lugares que ficaram ocos depois da malfadada reunião com a Rainha de Sangue. Que ficaram frios e raivosos como uma tempestade de inverno. E aqueles buracos dentro de mim não se pareciam em nada *comigo*.

Nem mesmo com um mortal.

Eles me faziam lembrar de Isbeth.

A raiva ferveu nas minhas entranhas. Acolhi a emoção, pois era mais fácil lidar com ela do que com a tristeza e a impotência. Eu não tinha a menor dificuldade de pensar em Isbeth. De jeito nenhum. Às vezes, eu *só* conseguia pensar nela, principalmente durante aqueles minutos silenciosos e sombrios da noite em que eu perdia o sono.

Já não achava difícil conciliar a bondade e gentileza que ela derramava sobre mim com o modo como agia com *ele* e as outras pessoas. Como um monstro. Já tinha aceitado quem ela era. Isbeth pode ter me concebido por meios que deveriam ser inadmissíveis, mas não era uma mãe para mim. Coralena, sim. Isbeth não era nada além da Rainha de Sangue. A inimiga.

Senti o olhar de sabe-tudo de Kieran sobre mim e engoli em seco.

— Eu estou bem — afirmei, antes que ele pudesse fazer a pergunta que frequentemente saía dos seus lábios.

Kieran não disse nada, só ficou me observando. Ele sabia das coisas. Assim como sabia mais cedo, quando aquela raiva gélida se manifestou, chacoalhando a mesa. Porém, ele não insistiu dessa vez. Mudou de assunto:

— Valyn e os outros generais chegarão a qualquer momento. Ele vai aprovar o modo como tomamos a cidade.

Assenti. Valyn não queria realmente entrar em guerra, mas ele a encarava como algo inevitável. Nem ele, nem os Atlantes mais velhos estavam dispostos a dar mais uma chance aos Ascendidos. Assim que descobrissem o que os Ascendidos tinham feito ali, seria difícil convencê-los de que os vampiros poderiam mudar de comportamento e controlar a sede de sangue se quisessem. E dificultaria mais ainda se o Duque e a Duquesa Ravarel, que governavam a Trilha dos Carvalhos, recusassem as nossas exigências.

Olhei para a taça de vinho tinto, com os ombros contraídos. *Nossas exigências* tinham a ver com encarar a guerra de forma diferente. Foi por isso que invadimos Massene daquele jeito. Eu acreditava piamente que havia medidas que podiam evitar a perda desnecessária de vidas em ambos os lados, ainda mais quando os mortais que lutavam por Solis provavelmente não tinham escolha, ao contrário daqueles que pegaram espadas e escudos para defender Atlântia.

Os habitantes de cidades como Massene e Trilha dos Carvalhos acabariam pagando o preço de uma guerra violenta, fosse com o seu meio de subsistência ou com a própria vida. Além disso, havia Ascendidos que eram como...

Dei um suspiro, fechando os olhos com força antes que minha mente pudesse evocar a imagem de Ian, a imagem de como eu o vi pela última vez. Já pensava em sua morte o suficiente à noite, não precisava ver isso agora.

Mas eu acreditava que havia Ascendidos que não eram essencialmente maus e com quem poderíamos argumentar.

Essa era a base do nosso planejamento, embora soubéssemos que a Trilha dos Carvalhos não era como Massene.

Alguns dias atrás, mandamos um ultimato para o Duque e a Duquesa Ravarel: aceitem nossas exigências ou a cidade será cercada. As exigências eram simples, mas não esperávamos que eles fossem razoáveis e aceitassem seu destino.

E era aí que Vonetta entrava, junto com Naill e Wren, o Guarda da Colina mais velho que tinha testemunhado o que os Ascendidos estavam fazendo ali. A família de Wren — que ele acreditava ser de Descendidos que apoiavam Atlântia — morava na Trilha dos Carvalhos. O que eles estavam fazendo e no que consistia os nossos planos era muito arriscado.

No entanto, o ataque iminente à Trilha dos Carvalhos e o modo espetacular com que poderia falhar não eram as nossas únicas preocupações no momento.

Meus pensamentos passaram para outro risco que tínhamos assumido: os planos prévios de entrar na Trilha dos Carvalhos antes de nos reunirmos com a Rainha de Sangue. De alguma forma ela já sabia disso, ou por estar preparada para a possibilidade de tentarmos enganá-la, ou porque alguém tinha nos traído. Além daqueles em quem confiávamos, apenas o Conselho dos Anciões sabia dos nossos planos. Será que tínhamos um traidor entre nós? Alguém em quem confiávamos ou que alcançou os altos escalões do poder em Atlântia? Ou será que a explicação era mais simples? Que a Coroa de Sangue era mais esperta do que nós e que a havíamos subestimado?

Não sabia a resposta, e além disso havia ainda a questão dos Invisíveis — a organização secreta e formada só por homens que costumava servir às divindades. Acreditando que eu era o Arauto da Morte e da Destruição de quem a profecia falava, eles ressurgiram assim que pus os pés em Atlântia. Eles estavam por trás do ataque nas Câmaras de Nyktos e de muitos outros. A ameaça que os Invisíveis representavam não tinha terminado com as mortes de Alastir e Jansen.

Observei Aylard de pé entre as colunas. Os Invisíveis ainda estavam lá fora, e não havia como saber quem pertencia ao grupo e quem os ajudava.

— Será que eu quero saber no que você está pensando? — perguntou Kieran. — Porque você está com cara de quem quer apunhalar alguém.

— Você sempre acha que eu estou com essa cara.

— Deve ser porque você sempre quer apunhalar alguém.

— Eu não. — Olhei de relance para ele.

Kieran arqueou as sobrancelhas.

— A não ser agora — emendei. — Agora estou pensando em apunhalar você.

— Fico lisonjeado. — Kieran ergueu sua taça, olhando para Reaver. O dragontino arrastou as garras no chão lentamente. — Você sempre parece querer apunhalar as pessoas de quem gosta.

— Você está falando como se eu fosse... pervertido ou algo do tipo.

— Bom... — Kieran abaixou a taça e estreitou os olhos na direção do dragontino. — Quer que eu pose para um quadro? Assim você vai poder olhar para mim mesmo quando eu não estiver por perto.

Arqueei as sobrancelhas até o meio da testa.

— Você poderia não fazer isso?

— Foi ele quem começou — murmurou Kieran.

— Como?

— Ele está me encarando. — Ele fez uma pausa. — *De novo*.

— E daí?

— Eu não gosto disso. — Kieran franziu o cenho. — Nem um pouco.

— Você está parecendo uma criança birrenta — disse a ele, e Reaver bufou outra risada. Eu me virei para ele. — E você também.

Reaver empinou a cabeça chifruda, soltando uma baforada de fumaça. Ele pareceu *ofendido*.

— Vocês dois são ridículos. — Sacudi a cabeça.

— Que seja. — Kieran virou a cabeça na direção da entrada ao mesmo tempo que Reaver. — Finalmente.

Espiei, me dando conta de que os dois tinham ouvido a aproximação dos demais. Não conseguia entender como, enquanto deusa, eu não tinha sido abençoada com uma audição melhor.

Vonetta passou por Aylard, com as pernas compridas envoltas em uma calça empoeirada. As tranças apertadas e estreitas que iam até a cintura estavam presas em um coque, destacando suas bochechas altas e angulosas. A não ser pelo tom de pele mais escuro que me fazia lembrar das exuberantes rosas que floresciam à noite, na forma humana ela tinha traços semelhantes aos do irmão e se parecia muito com a mãe, Kirha. Já Kieran se parecia mais com o pai, Jasper.

Enquanto Vonetta se aproximava de nós, fiquei imaginando com quem a irmã caçula se pareceria. O bebê nasceu há poucas semanas, e eu gostaria que os irmãos estivessem com a família nesse momento, comemorando a recém-nascida. Em vez disso, eles estavam ali comigo, perto de terras devastadas havia centenas de anos, na iminência de mais uma guerra.

Vonetta não estava sozinha. Ultimamente Emil sempre parecia estar onde quer que ela estivesse.

Mordi o interior do lábio para não sorrir. No começo, eu não sabia muito bem se Vonetta apreciava sua sombra em forma de Emil. Mas isso foi até eu a ver saindo do quarto dele nas primeiras horas da manhã no dia em que ela partiu para a Trilha dos Carvalhos. O sorriso suave e satisfeito no seu rosto tornava totalmente desnecessário sondar suas emoções mais a fundo.

Vonetta diminuiu os passos assim que entrou no salão de banquetes e avistou Reaver. Ela arqueou as sobrancelhas.

— Como foi que você entrou aqui?

— Viu só? — Kieran levantou a mão. — É uma pergunta válida.

O dragontino bateu com a cauda pesada no chão e bufou. Eu não fazia a menor ideia do que aquilo significava, mas ele não fez nenhuma menção de se aproximar de Vonetta e Emil.

Antes que eu pudesse dizer alguma coisa, Emil se ajoelhou e estendeu um braço em uma reverência elaborada.

— Vossa Alteza.

Dei um suspiro. Muitos passaram a usar aquele título em vez de *Vossa Majestade*, já que este costumava ser usado quando os deuses estavam despertos.

Vonetta parou e olhou para trás.

— Você vai fazer isso todas as vezes?

— Provavelmente. — Ele se levantou.

— Isso significa *sim* na língua de Emil — comentou Vonetta quando uma movimentação atrás das colunas chamou minha atenção.

Aylard não estava mais ali agora que Emil e Vonetta estavam presentes. Em vez disso, uma silhueta curvada com a qual me familiarizei nos últimos cinco dias passou pelas colunas. Emil passou a chamá-la de viúva, embora ninguém soubesse se ela tinha sido casada. Não sabia muito bem o que ela fazia em Cauldra, pois só a via perambulando por aí, por vezes nas ruínas em meio aos pinheiros atrás da mansão, o que fez com que Kieran se convencesse de que ela não era de carne e osso, mas sim um fantasma. Fiquei sabendo que Aylard perguntou o que a mulher fazia na mansão no primeiro dia e ela só disse que estava esperando.

Estranho. Mas não importava naquele momento.

Virei-me para Vonetta.

— Todo mundo voltou? Wren? Naill...?

— Eu estou bem — interrompeu Vonetta delicadamente conforme estendia o braço e tocava na minha mão. Uma ligeira explosão de energia passou entre nós. — Todo mundo está bem e de volta ao acampamento.

Assenti, soltando o ar lentamente.

— Ela esteve preocupada esse tempo todo, não é? — Vonetta perguntou ao irmão.

— O que você acha? — respondeu ele.

Quase chutei Kieran por baixo da mesa.

— É claro que eu estava preocupada.

— É compreensível. Eu teria ficado preocupada se fosse você vagando pelas ruas da Trilha dos Carvalhos, procurando por Descendidos e alertando os demais sobre um ataque iminente caso os Ravarel não aceitassem nossas exigências. — Vonetta olhou para os pratos. — Você já terminou de comer? Estou faminta.

— Sim. Pode se servir. — Lancei a Kieran um olhar de advertência quando ele abriu a boca. O lupino fechou os lábios, formando uma linha reta enquanto a irmã pegava uma fatia de bacon. Olhei de relance para Emil e depois de volta para Vonetta. — Como foi?

— Acho que correu tudo bem. — Vonetta afundou na cadeira em frente a Kieran, mordiscando o bacon. — Falamos com... Deuses! Centenas de pessoas? Talvez até mais. Muitas delas estavam... — Ela franziu o cenho de leve. — Era como se estivessem *prontas* para ouvir que alguém ia fazer alguma coisa a respeito dos Ascendidos. Não eram como aqueles que não questionam o Ritual, acreditando ser uma honra ou algo do tipo. Eram pessoas que não queriam entregar os filhos ao Ritual.

Não conseguia pensar no Ritual sem me lembrar da família Tulis implorando que os Teerman falassem com os deuses que ainda hibernavam em seu nome, implorando para ficar com o último filho.

E independentemente do que foi feito por eles, a família inteira estava morta agora.

— Aliás, você tinha razão. Sobre contar a eles a seu respeito — acrescentou ela entre uma mordida e outa.

— O que eu não pagaria para ver a reação do povo a essa notícia — observou Emil. — Descobrir que a Donzela tinha se casado com o temido Príncipe Atlante e que agora era a Rainha de Atlântia e uma deusa. — Um ligeiro sorriso surgiu nos lábios dele. — Aposto que muitos se ajoelharam e começaram a rezar.

— Alguns realmente fizeram isso — relatou Vonetta sarcasticamente.

Estremeci ligeiramente.

— Sério?

A lupina assentiu.

— E como acreditam que os deuses ainda estão despertos, a notícia de que você se juntou a Atlântia fez muitos deles começarem a pensar. Alguns até disseram que os deuses não deveriam mais apoiar os Ascendidos.

O sorriso nos meus lábios combinou com o dela.

— Acho que devemos ficar agradecidos por eles terem mentido sobre os deuses apoiarem Solis em vez de contado a verdade, que os deuses não tinham nada a ver com a guerra e estão hibernando — observou Kieran. — Com suas mentiras, eles alimentaram a esperança de que os deuses pudessem mudar de lado.

Brinquei com a aliança no meu dedo indicador.

— Mas não foi ideia minha. Foi... foi *dele*. Ele percebeu que as mentiras que os Ascendidos contavam acabariam sendo sua ruína.

— Cas sabia disso — declarou Emil. — Mas foi antes que ele ou qualquer um de nós descobríssemos que você era uma deusa. Foi ideia sua revelar isso. Dê crédito a si mesma.

Senti o pescoço quente e pigarrei.

— Você acha que eles vão acreditar? Que vão contar aos outros?

— Acho que muitos vão. — Vonetta olhou de relance para o irmão e depois para mim. — Sabemos que contar nossos planos para os mortais era arriscado, mas achamos que vale a pena, mesmo que os Ravarel descubram tudo.

Concordei com a cabeça.

— Vale a pena uma jogada perigosa dessa para dar aos mortais a chance de sair da cidade antes de a invadirmos, para que não sejam pegos no meio da batalha.

— Concordo — confirmou Vonetta. — Então, alguns não acreditaram que você fosse uma deusa. Eles acham que os cruéis Atlantes a manipularam de algum jeito — prosseguiu, pegando outra fatia de bacon enquanto Emil se aproximava e fazia a mesma coisa. Ele foi mais rápido. — Ei, isso é meu! — Ela olhou para ele de cara feia. — O que você está fazendo aqui, afinal?

— Na verdade, o bacon é... — começou Kieran, e eu chutei *mesmo* a perna dele debaixo da mesa dessa vez. Ele virou a cabeça na minha direção.

— Nós podemos dividir. — Emil partiu o bacon em dois e entregou metade para uma Vonetta pouco agradecida. — Estou aqui porque realmente senti sua falta.

— Que seja — murmurou Vonetta. — Mas falando sério, por que você está aqui?

Emil sorriu, com os olhos cor de âmbar calorosos conforme terminava sua metade da fatia.

— Estou aqui porque alguém entregou uma mensagem para a Colina — anunciou ele, limpando as mãos em um guardanapo. — É do Duque e da Duquesa Ravarel.

Senti o corpo todo tenso.

— E você só diz isso agora?

— Você tinha perguntas sobre o que aconteceu na Trilha dos Carvalhos. Achei melhor que fossem respondidas — explicou ele. — Além disso, Vonetta estava com fome, e eu sei que é bom não ficar entre uma lupina e sua comida.

Vonetta se virou para Emil, quase saindo da cadeira.

— Você está mesmo jogando a sua incapacidade de escolher as prioridades em mim?

— Jamais faria uma coisa dessa. — Emil tirou um pedaço de pergaminho dobrado do bolso da túnica enquanto sorria para Vonetta. — E nada disso muda o fato de que senti mesmo sua falta.

Kieran revirou os olhos.

Vonetta abriu e fechou a boca, se recostando na cadeira, e eu fiz algo que não devia ter feito. Agucei os sentidos. O que senti emanando de Vonetta era picante e defumado. *Atração*. E também algo mais doce.

— Preciso de um vinho. — Ela começou a se inclinar para a frente, mas Emil foi mais rápido outra vez. Depois de entregar a mensagem para mim, ele pegou a garrafa de vinho e serviu uma taça. — Obrigada — disse ela, pegando a taça e dando um gole impressionante. Ela olhou para mim. — Então, o que diz aí?

A folha fina de pergaminho dobrado parecia pesar tanto quanto uma espada. Olhei para Kieran e, assim que ele assentiu, eu a abri. Havia uma frase escrita em tinta vermelha — uma resposta que todos esperávamos, mas que ainda assim foi um golpe.

Não concordamos com nada.

4

— Corra, Poppy — arfou Mamãe — Corra.

Ela queria que eu a deixasse, mas eu não podia fazer isso. Corri. Corri na direção dela, com as lágrimas escorrendo pelo rosto.

— Mamãe... — Garras agarraram meu cabelo e arranharam minha pele, me queimando como naquela vez em que toquei na chaleira quente. Gritei, berrando pela minha mãe, mas não conseguia vê-la através da massa de monstros.

Eles estavam por toda parte, com a pele opaca, cinza e arrebentada. E então vi um homem alto vestido de preto. Aquele sem rosto. Girei o corpo, gritando...

O amigo do Papai estava parado ao lado da porta. Estendi a mão para ele. Ele deveria nos ajudar, ajudar a Mamãe. Mas ele olhou para o homem de preto, que assomava acima das criaturas que se retorciam e se alimentavam. O amigo do Papai estremeceu, cambaleando para trás, e eu senti o gosto amargo do seu horror na minha boca, me sufocando. Ele recuou, sacudindo a cabeça e tremendo. Ele estava nos abandonando...

Dentes afundaram na minha pele. Senti uma dor lancinante no braço e o rosto em brasa. Caí tentando afastá-los. Sangue gotejou nos meus olhos.

— Não. Não. Não! — gritei, me debatendo. — Mamãe! Papai!

Senti o abdome em chamas, oprimindo meus pulmões e corpo.

Em seguida, os monstros começaram a cair, e eu não consegui mais respirar. A dor. O peso. Eu queria a minha mãe. A escuridão tomou conta dos meus olhos, e eu apaguei por um momento.

Uma mão tocou a minha bochecha, o meu pescoço. Pisquei os olhos por trás do sangue e das lágrimas.

O Senhor das Trevas pairava acima de mim, com o rosto oculto sob o capuz da capa. Não era a mão dele na minha garganta, mas um objeto frio e afiado.

Ele não se moveu. Sua mão tremeu. Ele estremeceu conforme falava, mas suas palavras iam e vinham.

Ouvi Mamãe dizer com a voz embargada:

— Você entende o que isso significa? Por favor. Ela tem que...

— Bons deuses — murmurou o homem, e então comecei a flutuar, cercada pelo perfume das flores que a Rainha gostava de ter nos seus aposentos.

Que florzinha poderosa você é.

Que papoula poderosa.

Colha e veja-a sangrar.

Já não é mais tão...

Acordei de repente e abri bem os olhos para vasculhar o quarto iluminado pela lua. Eu não estava lá. Não estava na estalagem. Estava aqui.

Meu coração demorou a se acalmar. Fazia algumas noites que eu não tinha aquele pesadelo. Outros tinham me encontrado — pesadelos em que via unhas compridas pintadas da cor do sangue se cravarem na pele *dele*, machucando-o.

Meu melhor amigo e amante.

Meu marido e Rei.

Meu coração gêmeo.

Esses pesadelos se juntaram aos velhos, me encontrando quando eu conseguia adormecer por mais algumas horas, o que não era comum. Conseguia dormir uma média de três horas por noite.

Com a garganta seca, olhei para o teto, tomando o cuidado de não derrubar os pesados cobertores empilhados em cima do saco de dormir. Estava tudo quieto.

Eu detestava aqueles momentos.

O silêncio.

O vazio da noite.

A espera, quando nada conseguia ocupar os meus pensamentos o bastante para me impedir de pensar em seu nome, e muito menos no que poderia estar acontecendo com *ele*. De ouvi-lo rogar e implorar, oferecendo qualquer coisa, até mesmo o seu reino, para ela.

Vinte e nove dias.

Um tremor percorreu o meu corpo enquanto eu lutava contra a maré crescente de pânico e raiva.

Uma movimentação ao lado do meu quadril me tirou dos meus devaneios. Uma cabeça grande e peluda se ergueu contra o luar. O lupino bocejou e esticou as patas dianteiras fortes e compridas.

Kieran tinha se habituado a dormir perto de mim na forma de lupino, e era por isso que dormia tão pouco. Eu disse a ele mais de uma vez que não era necessário, mas na última vez que toquei no assunto, ele respondeu:

— É aqui que *escolho* estar.

E bem, isso... isso quase me fez chorar. Ele preferia ficar ao meu lado porque era meu amigo. Não por obrigação. Não cometeria o mesmo erro que cometi com Tawny, sempre duvidando da sinceridade da nossa amizade pela maneira como nos conhecemos.

Também imaginava que ele tinha escolhido ficar ali porque precisava da proximidade, já que estava sofrendo como eu. Kieran o conhecia a vida inteira. A amizade deles ia além do vínculo que costumavam compartilhar. Havia amor entre os dois. E embora guardasse os sentidos para mim mesma quando não havia necessidade de ler as emoções dos outros, Kieran às vezes ficava sentado, em silêncio, e a tristeza dentro dele transbordava até derrubar as minhas barreiras.

Essa tristeza também vinha da perda de Lyra. Ele gostava muito da lupina, mesmo que não estivessem em um relacionamento sério. Kieran se importava com Lyra, e agora ela se fora, assim como Elashya, aquela que ele amou e perdeu para uma doença rara e debilitante. Kieran se virou para mim e piscou os olhos azuis sonolentos.

— Desculpe — sussurrei.

Senti um toque na mente como se fosse um leve roçar na pele. A assinatura me fazia lembrar de cedro, rico e amadeirado. *Você deveria estar dormindo*, disse ele, as palavras como um sussurro em meio aos meus pensamentos.

— Eu sei — respondi, me deitando de lado para encará-lo.

Kieran abaixou a cabeça na direção da cama. *Outro pesadelo?*

Assenti.

Houve uma pausa, e então ele disse: *Sabe, há ervas que podem ajudá-la a descansar. A dormir tão profundamente que esses pesadelos não conseguirão chegar até você.*

— Não, obrigada. — Nunca gostei da ideia de tomar alguma coisa que me derrubasse, me deixando vulnerável. Além disso, eu já estava tomando uma erva parecida com a que *ele* tomava para contracepção. Achei que seria sensato ver se havia algo disponível, já que ele não poderia tomar nada. Por sorte, Vonetta sabia exatamente qual; uma erva parecida com a que Casteel tomava, que era moída até virar pó e podia ser misturada com qualquer bebida. Tinha gosto de terra, mas engolir aquilo era muito melhor do que a possibilidade de uma gravidez.

Era a última coisa de que precisávamos.

Mas de repente imaginei Kieran tricotando suéteres de bebê e sorri.

Em que está pensando? A curiosidade dele era fresca e cítrica.

Não contaria aquilo a ele de jeito nenhum.

— Nada.

Kieran me encarou como se não acreditasse em mim. *Você precisa descansar, Poppy. Mesmo sendo uma deusa, vai acabar se exaurindo.*

Reprimi um suspiro e puxei o cobertor macio até o queixo, alisando o tecido.

— Você acha que esse cobertor é feito de pelo de lupino?

Kieran abaixou as orelhas. *Essa foi uma péssima tentativa de mudar de assunto.*

— Acho que foi uma pergunta válida — repeti as palavras que ele havia dito mais cedo.

Você acha que todas as perguntas são válidas. Ele bufou como se quisesse matar alguém.

— E não são? — Deitei-me de costas, parei de esfregar o queixo e soltei o cobertor.

Kieran cutucou a minha mão. Era seu jeito de me avisar que não havia problema em tocá-lo na forma de lupino, um jeito que eles tinham de expressar a necessidade de afeto. Abaixei a mão e, como sempre, fiquei surpresa com a maciez do pelo de um lupino. Passei os dedos pela penugem entre suas orelhas, pensando que Kieran devia achar que gostava mais do toque que eu. Mas o toque... o toque era um presente. Muitas vezes esquecido e subestimado.

Um bom tempo se passou em silêncio.

— Você... você sonha com ele?

Não. Kieran abaixou a cabeça no meu quadril e fechou os olhos. *E não sei se é uma bênção ou não.*

Não consegui voltar a dormir como Kieran, mas esperei até que as réstias de luz do sol entrassem pela janela e teto para me levantar da cama. Ele sempre dormia mais profundamente quando o sol nascia. Não sabia muito bem o porquê, mas minha ausência não faria com que ele acordasse por pelo menos uma ou duas horas.

Caminhei silenciosamente pelo assoalho de pedra, prendi a adaga de lupino na coxa e então peguei o robe azul com babados que Kieran havia encontrado em outro quarto. Coloquei-o sobre a combinação e a meia-calça com que tinha dormido. Tinha cheiro de naftalina, mas estava limpo e era luxuosamente macio, feito de um tipo de cashmere. Amarrei a faixa na cintura e saí do quarto sem me preocupar com sapatos. As meias grossas eram mais do que suficientes, já que eu não pretendia sair da mansão *tão* cedo assim. O povo de Massene já devia ter despertado a essa hora, se encontrando em uma das duas lojas que ficavam do lado de fora da parede externa da mansão, comprando tortas e café torrado antes de sair para trabalhar na plantação. Não queria atrapalhar o pouco tempo que eles tinham para conversar entre si, reparando na comunidade fragilizada. As pessoas dali estavam começando a se acostumar com a nossa presença, com os Brasões Atlantes nas flâmulas penduradas nos corredores pelos quais eu passava e hasteados sobre a Colina. Elas ainda ficavam nervosas perto dos soldados Atlantes e encaravam os lupinos sem saber se deveriam sentir medo ou curiosidade. E quando Reaver levantava voo...

O caos se seguia.

Pelo menos os gritos e a correria haviam diminuído. Mas quando me viam, elas ficavam imóveis antes de fazer uma reverência ou se ajoelhar apressadamente, de olhos arregalados e repletas das mesmas emoções conflitantes que sentiam assim que os lupinos se aproximavam.

Suspeitava de que Wren havia contado ao povo de Massene toda a história de deusa, já que não era possível que alguém da Trilha dos Carvalhos tivesse comunicado para eles o que foi dito aos sussurros para as pessoas de lá. Embora não tivesse ficado chateada com Wren, preferia que ele não o tivesse feito.

O jeito como eles olhavam para mim tornava as coisas bem constrangedoras.

O modo como eles se curvavam apressadamente, como se esperassem uma grave punição se não fizessem isso, me deixava triste.

Andei pelos corredores vazios e sinuosos do andar principal, passando pelo salão de banquetes, onde ouvi o murmúrio de soldados ou lupinos. Segui adiante, passando pelo solitário salão de visitas e me dirigindo para as portas fechadas no lado leste da mansão, que parecia ser a parte mais antiga.

Abri a porta e entrei no cômodo frio e cavernoso. Senti o cheiro de mofo de livros velhos e poeira. Havia tanta poeira ali que nem Kieran, nem Vonetta poderiam ficar no aposento por muito tempo sem ter uma crise de espirros. Parei e acendi o lampião a gás em cima de uma mesinha de chá ao lado de um sofá puído cor de chocolate.

A Mansão Cauldra era tão antiga quanto Massene, provavelmente construída quando a cidade era um distrito de Pompeia — assim como a vizinhança nos arredores da Carsodônia. Tive a impressão de que muitos volumes nas estantes tinham a mesma idade. Ainda mais quando três ou quatro deles basicamente desmoronaram quando eu os abri.

Era um cômodo verdadeiramente assustador, com pesadas tapeçarias bloqueando qualquer fonte natural de luz, retratos desbotados daqueles que presumi serem antigos Ascendidos ou talvez mortais que já chamaram Cauldra de lar, e uma variedade de velas derretidas pela metade em diversos formatos e cores.

Mas comecei a pensar que o que mantinha os lupinos e os Atlantes afastados dali era a *sensação*. A distinta sensação de não estar sozinha, mesmo quando você estava.

Eu a sentia conforme vagava entre as fileiras de volumes e lombadas empoeiradas, a pressão de dedos invisíveis na minha nuca. Reprimi um arrepio, retirando outro livro antigo da estante enquanto olhava ao redor do cômodo vazio. A sensação persistiu, mas eu a ignorei e levei o livro até o sofá, onde me sentei.

Apesar de tudo, eu preferia a possibilidade de ser perseguida por fantasmas a ficar deitada na cama com meus devaneios, me preocupando com *ele* e com Tawny, com a necessidade ou não de me alimentar, e se poderíamos realmente vencer essa guerra sem deixar o reino pior do que já estava.

Abri o volume com cuidado. Não havia nenhum Atlante listado ali, até onde eu sabia, embora a maior parte da tinta tivesse desbotado. Ainda assim, o que consegui ler nos parágrafos que narravam a vida das pessoas que tinham vivido ali séculos atrás era fascinante. Os nascimentos e óbitos estavam anotados em duas colunas, agrupadas por sobrenome. Em meio aos anúncios de casamento, havia discussões mesquinhas sobre limites de propriedade, acusações de roubo de gado e crimes bem mais hediondos, como agressão e assassinato. As execuções também estavam registradas. A morte era quase sempre brutal, realizada publicamente na praça da cidade.

Parte de mim se deu conta de que o que me levou a espiar aqueles registros, havia muito esquecidos nas prateleiras inferiores da biblioteca, foi porque me lembravam de Novo Paraíso. Quando tudo que eu estava descobrindo era tão confuso para mim. Mas... mas *ele* estava lá, vibrante e provocante enquanto eu aprendia sobre as diversas linhagens atlantes.

Com um aperto no peito, folheei as páginas endurecidas e amareladas que descreviam um reino que existia muito antes dos Ascendidos. Muito antes...

Estreitei os olhos para as palavras diante de mim. O quê...? Levantei o livro do colo, inalando poeira demais enquanto lia a passagem repetidas vezes.

A PRINCESA KAYLEIGH, PRIMEIRA FILHA DO REI SAEGAR E DA RAINHA GENEVA DE IRELONE, JUNTA-SE À RAINHA EZMERIA DA LASANIA E SUA CONSORTE, MARISOL, PARA CELEBRAR O RITUAL E A ASCENSÃO DOS ESCOLHIDOS, MARCANDO O

O resto da tinta estava desbotado demais para que eu pudesse ler, mas três palavras praticamente pulsavam da página gasta:

Ritual. Ascensão. Escolhidos.

Três coisas que não existiam antes que os Ascendidos começassem a governar Solis.

Aquilo era impossível. *Ele* havia me explicado que os Ascendidos criaram o Ritual como um meio de aumentar o número de vampiros e transformar os mortais em alimento. Só que eles não se alimentavam de todos os terceiros filhos e filhas. Alguns deles possuíam uma característica desconhecida que Isbeth descobriu permitir que fossem transformados naquelas coisas, nos Espectros. Ainda assim, não fazia sentido que o Ritual fosse mencionado em um passado tão distante em que os nomes dos reinos quase haviam sido esquecidos. Uma época em que os Ascendidos não existiam.

Olhei para um dos retratos desbotados. Seria possível que fosse de uma época antes de o primeiro Atlante ser criado por meio dos testes dos corações gêmeos? Deixei o livro de lado e voltei correndo para a estante, arrastando a bainha do robe no chão enquanto procurava por registros mais antigos, aqueles cujos volumes pareciam prestes a se desintegrar. Peguei um deles e fui ainda mais cuidadosa ao abri-lo e folhear suas páginas em busca de alguma menção ao Ritual, além de datas

Encontrei uma passagem com tinta suficiente para conseguir ler uma referência aos Escolhidos, mas fiquei ainda mais confusa. Pois quando comparei com os nascimentos no outro livro, vi que apenas os terceiros filhos e filhas nascidos na mesma família não tinham datas de óbito. Suas datas eram marcadas apenas por dia, mês e idade. Tinha certeza de que não era por causa da tinta desbotada.

— Como é que eles realizavam o Ritual então? — perguntei ao cômodo vazio.

A única resposta era que o Ritual havia existido antes e então deixou de ser realizado, sendo esquecido no momento em que o primeiro Atlante nasceu. Era a única explicação, pois eu sabia que *ele* não podia ter mentido sobre isso. Todos os Atlantes e lupinos que conheci acreditavam que o Ritual tivesse começado com os Ascendidos.

Enquanto olhava para o livro, percebi que aqueles registros podiam ser muito mais antigos do que imaginava. Talvez remetessem a uma época em que os deuses ainda estavam despertos.

Entreabri os lábios.

— Esses livros devem ser...

— Mais velhos que o pecado e a maioria dos parentes.

Estremeci ao ouvir aquela voz rouca e voltei o olhar para as portas entreabertas. Um arrepio percorreu minha espinha quando avistei a silhueta curvada vestida de preto.

Era ela. A velha. A viúva... que talvez nem fosse viúva.

— Mas não tão velhos quanto o primeiro mortal, nascido da carne de um Primordial e do fogo de um dragontino.

Retesei o corpo de novo. Foi assim que o primeiro mortal foi criado? Ela inclinou a cabeça velada para o lado.

— Vejo que assustei você.

Engoli em seco.

— Um pouco. Não ouvi você entrar.

— Sou silenciosa como uma pulga, de modo que a maioria das pessoas não me ouve — afirmou, arrastando os pés. Fiquei tensa. As mangas compridas das vestes cobriam suas mãos e, quando ela se aproximou, distingui um traço de pele pálida e enrugada sob o véu rendado. — Leitura estranha para uma hora em que todos estão dormindo.

Pestanejei e olhei para o livro de registros.

— Suponho que sim. — Olhei de volta para a idosa, surpresa por ela ter se aproximado tão rápido. — Você sabe quantos anos esses livros têm?

— Eles são mais velhos do que o reino e grande parte da sabedoria — respondeu ela com aquela voz entrecortada que me fazia lembrar de galhos secos.

A velha pareceu um pouco tonta, e eu me lembrei de ser educada. A maioria das pessoas não se sentaria diante de uma Rainha, a menos que recebesse permissão. Imaginei que os mortais devessem se comportar da mesma forma na presença de uma deusa.

— Você gostaria de se sentar? — perguntei.

— Receio que se eu me sentar nunca mais vou conseguir me levantar.

Considerando que as vestes mal se mexiam para mostrar se ela estava respirando ou não, eu também tinha medo disso.

— Não sei qual é o seu nome.

— Conheço você e esses olhos tão brilhantes quanto uma estrela — respondeu ela, e fiz tudo ao meu alcance para manter o rosto impassível. — Já fui chamada de Vessa.

Já foi chamada? Resisti ao impulso de estender a mão e tocá-la para ver se ela era feita de carne e osso. Em vez disso, agucei os sentidos e o que captei foi... estranho. Turvo. Como se o que ela sentia estivesse encoberto, de algum modo. Contudo, senti um ligeiro traço de divertimento doce, o que também era esquisito. Fiquei imaginando se sua idade tornava a leitura nebulosa.

Desconfiei de que ela era a mortal mais velha que já conheci, ou mesmo que ainda estava viva. Mas sua idade significava que ela deve ter visto o que aconteceu em Massene. O que os Ascendidos tinham feito.

— O que você fazia aqui, Vessa?

A renda ondulou suavemente na frente do seu rosto e eu senti o cheiro de algo vagamente familiar. Um cheiro rançoso que não consegui identificar quando ela respondeu:

— Servia. E continuo servindo.

Imaginei que ela estivesse falando dos Ascendidos e contive a explosão de raiva que senti. A Realeza era tudo que os mortais conheciam. Depois de viver tanto tempo sob seu domínio, seria difícil se livrar do medo de ser vista como desleal, como uma Descendida.

Forcei um sorriso.

— Você não precisa mais servir aos Ascendidos.

Vessa ficou inacreditavelmente imóvel.

— Eu não sirvo a eles enquanto espero.

— Então a quem você serve? — perguntei.

— A quem mais, além da Legítima Coroa dos Planos, garotinha boba?

— Não sou boba, nem uma garotinha — retruquei friamente, colocando o livro em cima da mesinha de chá, presumindo que ela estivesse falando da Coroa de Sangue.

Vessa fez uma reverência trêmula, e temi que ela acabasse caindo no chão.

— Peço desculpas, Vossa Alteza. Perdi todo o decoro com a idade.

Não disse nada por um bom tempo, enquanto me recuperava do insulto. Já fui chamada de coisa muito pior e ouvi comentários mais desagradáveis antes.

— De que forma você serve à Legítima Coroa, Vessa?

— Ficando à espera.

Estava começando a perder a paciência com aquelas respostas curtas demais ou longas e rimadas.

— E o que você está esperando?

Vessa endireitou o corpo com um movimento brusco.

— Aquela que foi Abençoada.

Retesei o corpo.

— Nascida de um grave delito, de um Poder Primordial imenso e terrível, com o sangue cheio de cinzas e gelo. — As palavras sacudiram seu corpo inteiro, e eu fiquei toda arrepiada. — A Escolhida que trará o final dos tempos, refazendo os planos. O Arauto da Morte e da Destruição.

Respirei fundo ao ouvir a recitação familiar da profecia. Ela deve ter ouvido aquilo do Duque. Era a única explicação.

— *Você.* — A bainha do véu rendado tremeu. — Estou esperando por você. Pela morte.

Senti dedos gelados na minha nuca outra vez, como se um espírito tivesse me tocado ali.

A velha avançou, com as vestes escuras esvoaçando como as asas de um corvo enquanto ela tirava o braço das dobras do tecido. Um objeto prateado brilhou sob a luz da lâmpada. Fiquei paralisada por um segundo, tomada pelo choque.

Saí do meu estupor e me levantei, com o robe voando em torno das pernas. Segurei-a pelo pulso, afundando os dedos no tecido pesado e ao redor do braço fino e ossudo.

— É sério isso?! — exclamei, ainda perplexa enquanto me afastava.

Vessa cambaleou para trás, esbarrando na mesinha de chá. Ela caiu de mau jeito, com a cabeça saltando para a frente. O véu escorregou e desabou no chão. Seus cabelos brancos e ralos saíam de tufos irregulares ao longo do couro cabeludo enrugado.

— Você tentou mesmo me apunhalar? — Olhei para ela, incrédula e com o coração disparado. — Apesar de saber *o que* eu sou?

— Eu sei o que você é. — Ela apoiou a mão pálida e esquelética no chão e levantou a cabeça.

Bons deuses, ela era *velha* de verdade.

Seu rosto era só pele e ossos, com bochechas e olhos fundos, a carne cheia de vincos e rugas de um tom branco acinzentado medonho. Os lábios formavam uma reta estreita e pálida repuxada sobre os dentes manchados e seus olhos... eram de um branco leitoso. Dei um passo involuntário para trás. Como ela era capaz de me ver?

Mas Vessa ainda segurava a adaga fina, o que era bastante impressionante, considerando sua idade extremamente avançada.

— Arauto — cantarolou ela baixinho.

— É melhor continuar aí no chão — adverti, esperando que ela me desse ouvidos. Havia algo visivelmente errado com ela, talvez por ter ouvido aquela maldita profecia e pelo medo que infectou tudo por causa disso. Ou talvez ela agisse assim devido à idade. Provavelmente as duas coisas. De qualquer forma, não queria machucar uma velha senhora.

Vessa se levantou com dificuldade.

— Ora, dá um tempo — murmurei.

A velha senhora saltou em cima de mim mais rápido do que eu esperava. Deuses, só o fato de que ela tivesse conseguido se levantar já era impressionante.

Esquivei-me com facilidade. Dessa vez, segurei os braços dela com todo o cuidado. Tentei não pensar em como seus ossos pareciam frágeis e a empurrei para baixo, em cima do sofá.

— Largue a adaga — ordenei.

— *Arauto.*

— Agora.

— Arauto! — gritou Vessa.

— Maldição. — Fiz uma leve pressão nos ossos do seu pulso, estremecendo quando ela arfou. Seus dedos se abriram e a adaga caiu no chão com um baque. Ela ameaçou se levantar. — Nem pense nisso.

— Será que eu quero saber o que está acontecendo aqui? — explodiu Kieran da porta.

— Nada. — Olhei de relance para ele. Era evidente que tinha acabado de se levantar. Vestia apenas a calça. — Ela só acabou de tentar me apunhalar.

O corpo inteiro de Kieran ficou tenso.

— Isso não parece ser *nada*.

— Arauto! — berrou Vessa, e Kieran pestanejou. — Arauto!

— E caso você não tenha percebido, ela acredita que eu seja o Arauto. — Olhei para a velha, meio com medo de soltá-la. — Não importa o que você ouviu nem o que lhe disseram, não sou nada disso.

— Você nasceu no véu dos Primordiais! — gritou ela, *alto* demais. — Abençoada e com o sangue cheio de cinzas e gelo. Escolhida.

— Acho que ela não ouviu você — respondeu Kieran secamente.

Olhei para ele de cara feia.

— Você vai me ajudar ou vai ficar aí parado vendo uma velha gritar comigo?

— Há uma terceira opção?

Estreitei os olhos.

— Arauto! — gritou Vessa. — Arauto da Morte e da Destruição!

Kieran girou o corpo.

— Naill! Preciso da sua ajuda.

— Você podia simplesmente tirá-la daqui — sugeri. — Não precisava chamar ninguém.

— De jeito nenhum. Não vou chegar nem perto. Ela é uma *laruea*.

— Uma *o quê*?

— Um espírito.

— Você só pode estar brincando — murmurei enquanto Vessa continuava se contorcendo. — Ela por acaso se parece com um fantasma?

Naill entrou, diminuindo os passos e arqueando as sobrancelhas quando ouviu os gritos de Vessa. Emil estava bem atrás dele, com a cabeça inclinada para o lado.

— Ah, olha só — anunciou ele. — É a viúva.

— O nome dela é Vessa, e ela acabou de tentar me apunhalar — disparei. — Duas vezes.

— Por essa eu não esperava — murmurou Naill.

— Não quero machucá-la — falei. — Então seria ótimo se vocês dois pudessem levá-la para algum lugar seguro.

— Um lugar seguro? — indagou Emil conforme ele e Naill se aproximavam, falando alto para serem ouvidos por cima dos gritos da mulher. — Você acabou de dizer que ela tentou te apunhalar.

— Não está vendo como ela é velha? — Eu me afastei quando um perdigoto voou da boca da mulher, que continuava aos berros. — Ela precisa ser levada para um lugar onde não possa machucar a si mesma nem aos outros.

— Que tal uma cela? — sugeriu Kieran enquanto os dois Atlantes conseguiam me desvencilhar dela. — Ou uma tumba?

Ignorei o comentário e me abaixei, pegando a adaga.

— Coloque-a em um quarto que seja trancado pelo lado de fora até que consigam descobrir quais são os aposentos dela.

— Pode deixar — assentiu Naill, guiando a mulher lamentosa para fora da biblioteca.

— Você acha que há alguma focinheira dando mole por aí? — perguntou Emil quando Kieran deu um passo para trás, mantendo distância deles.

Virei-me para ele.

72

— Não se atrevam a colocar uma focinheira nela. — Como não houve resposta, me virei para Kieran. — Eles não fariam uma coisa dessa, fariam?

O lupino se aproximou, me estudando.

— Ela deveria ser colocada em uma cela.

— Vessa é velha demais para isso.

— E você não deveria ficar vagando pela mansão. Obviamente.

Joguei a adaga em cima da mesa.

— Sei me defender sozinha, Kieran. — Deslizei a mão sobre os ombros, empurrando a trança para trás. — Vessa deve ter ouvido o Duque falando sobre a profecia, e isso mexeu com ela.

— Ninguém está questionando sua capacidade de cuidar de si mesma, mas não temos como saber quantas pessoas ouviram sobre a profecia.

Isso explicava elas ficarem tão assustadas perto de mim.

— É por isso que você deveria ter os Guardas da Coroa de sentinela.

— Eu disse a você, a Hisa e a todos os outros que sugeriram isso que não quero um guarda me seguindo por toda parte. Isso me faz lembrar... — Parei de falar, tensa. Isso me fazia lembrar demais de Vikter. De Rylan. *Dele*. — Isso me faz lembrar de quando eu era a Donzela — menti.

— Entendo. — Kieran parou do meu lado, tão perto de mim que roçou o peito no meu braço quando inclinou a cabeça. — Mas mandá-la para um *quarto*? Você é uma Rainha, e aquela mulher tentou te apunhalar! Sabe qual seria a reação da maioria das Rainhas?

— Espero que a maioria faça o que eu fiz — reconheça que ela é mais prejudicial a si mesma do que aos outros — rebati.

Ele me encarou, sério.

— Você deveria ao menos exilá-la.

— Se eu fizesse isso, seria uma sentença de morte. — Joguei-me no sofá, surpresa por ele não ter desabado debaixo de mim. — Você viu como ela é velha. Duvido que cause problemas por muito tempo. Deixe-a em paz, Kieran. Você não se sentiria assim se ela tivesse atacado outra pessoa.

Ele não reconheceu que eu tinha razão, o que foi muito irritante.

— É uma ordem?

Revirei os olhos.

— É.

— Como seu conselheiro...

— Você diria: "Nossa, que Rainha bondosa o nosso povo tem."

— Você é bondosa. Até demais.

Sacudi a cabeça e olhei para os livros de registro na mesinha de chá, me esquecendo da velha.

— Você sabe como o primeiro mortal foi criado?

— Que pergunta mais aleatória e inesperada. — Ele cruzou os braços, mas não se sentou. — O primeiro mortal foi criado da carne...

— De um Primordial e do fogo de um dragontino? — concluí por ele, surpresa que a viúva tivesse falado a verdade.

Kieran franziu o cenho.

— Se já sabe a resposta, por que me perguntou?

— Eu não sabia até esse momento. — Não deixei de notar que eu era chamada de Rainha de Carne e Fogo, mas já tinha coisas confusas demais na cabeça para ficar pensando como ou se aquelas duas coisas eram relacionadas. — Você sabia que já existia um Ritual antes dos Ascendidos?

— Não existia Ritual antes dos Ascendidos.

— Existia sim — afirmei e, em seguida, mostrei os livros para ele.

A surpresa de Kieran foi como um jato de água fria, e então ele passou a mão sobre a cabeça. Seus cabelos estavam mais compridos.

— Acho que é possível que os deuses tivessem algum tipo de Ritual e que os Ascendidos o copiaram.

Refleti a respeito.

— Malec saberia disso. Ele pode ter contado a Isbeth. Mas será que o Ritual deixou de ser realizado porque os deuses foram hibernar?

— É uma razão plausível. — Ele cruzou os braços, olhando para o cômodo de um jeito nada discreto.

— Deve estar tudo relacionado. O motivo pelo qual os deuses levavam os terceiros filhos e filhas — disse, olhando para os livros — e como eles podiam ser transformados em Espectros.

5

Mais ou menos uma hora depois do amanhecer da manhã seguinte, caminhei pelas ruínas cobertas de videiras de um dos prédios situados entre os pinheiros que cercavam a Mansão Cauldra. Uma rajada de vento frio soprou pelas colunas deterioradas, despenteando o pelo branco do lupino que rondava o muro em ruínas da construção.

Delano me seguiu quando saí da mansão, ficando alguns metros atrás de mim enquanto vasculhava sem parar as ruínas que foram destruídas pelo tempo ou pela última guerra.

Trinta dias.

O arrepio que percorreu meu corpo não tinha nada a ver com a baixa temperatura. A dor aguda no peito dificultava minha respiração e se mesclava à necessidade quase avassaladora de fugir daquele lugar assombrado e ir para Carsodônia. Era lá que *ele* estava. Foi o que a Aia havia me dito, e não acho que a Espectro estivesse mentindo. Como eu poderia libertá-lo se estava ali, presa entre os esqueletos de uma cidade outrora grande? Aprisionada pelas responsabilidades de uma Coroa que eu não queria?

Deslizei os dedos enluvados pelos botões do suéter de lã que terminavam na cintura. Enfiei a mão ali no meio e toquei na bolsinha presa ao meu quadril, segurando o cavalinho de brinquedo.

Meus pensamentos se acalmaram.

Sentei-me na beirada da fundação, perto dos arbustos de flores silvestres amarelas que cresciam ali, balançando as pernas enquanto observava a paisagem. As ervas daninhas chegavam na altura da cintura e tinham tomado a maior parte da estrada que levava até aquela parte da cidade, deixando apenas um vestígio das ruas de paralelepípedos ali embaixo. Raízes grossas se firmaram entre as construções derrubadas e os galhos pesados dos pinheiros entravam pelas janelas quebradas nas poucas paredes que permaneciam de pé. Raminhos de lavanda espreitavam pelas rodas de carruagens abandonadas, com seu perfume doce e floral seguindo o vento por onde quer que soprasse.

Não sabia qual era a idade do Duque Silvan, mas podia apostar que ele tinha vivido o bastante para restaurar aquela parte de Massene. Para fazer com que a terra não se parecesse mais com o cemitério que já fora antes.

A Escolhida que trará o final dos tempos, refazendo os planos.

Um arrepio acompanhou a lembrança das palavras de Vessa. Até onde eu sabia, Naill e Emil não tinham conseguido encontrar seus aposentos, mas ela estava trancada, alimentada e segura em um quarto a duas portas do Salão Principal.

— Você não deveria estar aqui — uma voz rouca, vinda de algum lugar ao alto, me sobressaltou.

Delano não foi o único a me seguir. Reaver também me acompanhou, voando enquanto nos rastreava em meio aos pinheiros. Pairava tão silenciosamente acima de nós que esqueci que estava lá em cima, circulando pelos ares.

A voz não podia pertencer a mais ninguém.

Inclinei a cabeça e olhei uns quatro metros para cima, para o dragontino empoleirado na superfície plana de uma coluna. Senti minhas bochechas corarem.

Ver Reaver na forma mortal já era algo inesperado. Mas vê-lo completamente nu e agachado em cima de uma coluna levava a estranheza da situação a outro nível.

Reaver era... *loiro.*

Por todo o seu mau humor, eu o imaginava com cabelos muito mais escuros.

Tentei não encarar, mas era difícil. Por sorte, qualquer região que seria considerada indecente pela maioria das pessoas estava escondida pela posição em que ele se encontrava. Ainda assim, havia muita pele exposta, musculosa e cor de areia. Estreitei os olhos. Sua pele tinha um ligeiro mas distinto padrão de escamas.

— Você está na forma mortal — falei, estupidamente.

Uma cortina de cabelos na altura dos ombros ocultava a maior parte do rosto de Reaver, exceto pela curva aguda do seu maxilar.

— Que observadora.

Arqueei as sobrancelhas quando senti Delano roçar nos meus pensamentos, com sua impressão primaveril e leve como uma pena. Segui aquela sensação peculiar e abri a conexão para ele, e a resposta foi imediata. *Ele é esquisito.*

Naquele momento, eu não tinha como discordar disso. *Ele deve achar que nós é que somos esquisitos.*

Ele deve é querer nos comer, respondeu Delano conforme passava por uma das colunas.

Quase ri, mas então Reaver disse:

— Você está aflita. Todos conseguimos sentir isso. Até mesmo aqueles que estão vindo para cá.

Voltei a atenção para ele. *Nós.* Os dragontinos. Lupinos conseguiam sentir quando as minhas emoções estavam à flor da pele por causa do Estigma Primordial.

— Os dragontinos estão vinculados a mim? — perguntei, já que Nektas não havia me dito exatamente que sim. Só que agora *pertenciam* a mim.

— Você é a *Liessa*. Você nos convocou. Tem o sangue de Nyktos e da Consorte nas veias. Você é... — Ele parou de falar. — Sim, nós estamos vinculados a você. Estou perplexo por você só ter se dado conta disso agora.

Repuxei os cantos dos lábios para baixo.

— Não acabei de descobrir. Apenas não tinha parado para pensar... muito a respeito — concluí, sem jeito. — Posso me comunicar com vocês como faço com os lupinos?

— Não, mas como você bem sabe — respondeu ele, e eu pestanejei —, nós conhecemos e respondemos à sua *vontade*. Sempre foi assim com os Primordiais.

— Mas não sou uma Primordial.

— Você não é sensata, isso sim — retrucou, e dessa vez eu fiz uma careta. — Você não devia ficar tão longe da mansão.

— Não estou tão longe assim. — Ainda conseguia sentir o cheiro da lenha misturado ao da lavanda.

— Esses mortais têm medo de você, como bem sabe — prosseguiu, e senti um nó no estômago. — E o medo costuma levar a más escolhas.

— Não vou deixar que ninguém se aproxime o suficiente para me ferir — garanti. — Nem Delano.

— Não é preciso se aproximar de você para feri-la — ressaltou ele. — Como já lhe disseram antes, pode até ser difícil matá-la, mas não é impossível. Aquela mulher não conseguiu, mas outros poderiam machucá-la.

Parei de brincar com os botões do suéter quando o vento afastou as mechas de cabelo do rosto de Reaver. Finalmente consegui olhar de verdade para ele.

Havia uma estranha assimetria em sua face, como se suas feições tivessem sido tiradas de rostos aleatórios. Os olhos eram separados e com os cantos internos inclinados para baixo, emprestando-lhe uma expressão um tanto maliciosa, que não combinava com a sobriedade do olhar intenso cor de safira. Os lábios carnudos em forma de arco também não pareciam pertencer ao maxilar forte e distinto e às sobrancelhas castanho-claras que se arqueavam de modo cínico, quase zombeteiro. As maçãs do rosto eram altas e angulosas, criando sombras abaixo delas. De algum jeito, a miscelânea de traços funcionava. Ele não tinha uma beleza clássica, mas era tão expressivo que parecia deslumbrante. E ainda carregava uma aparência abatida, o que me fez imaginar se ainda estava se recuperando fisicamente de um sono tão longo.

Sacudi a cabeça para me livrar desses pensamentos.

— *O que* exatamente é capaz de matar um deus?

— Um deus pode matar outro — respondeu Reaver. — Pedra das sombras também.

O mesmo material que foi usado para construir os Templos e o palácio em Evaemon. Nunca tinha pensado nisso como uma arma até ver que os soldados-esqueleto com os quais nos deparamos quando entramos no Iliseu empunhavam armas de pedra das sombras.

Foi o que perfurou a pele de Tawny no caos que se seguiu depois que tudo deu tão terrivelmente errado.

— Com um golpe no coração ou na cabeça — especificou ele.

Lembrei-me imediatamente da flecha que a Espectro apontou para mim, mas ela não parecia acreditar que a pedra das sombras fosse capaz de me matar. Ainda bem que estava errada.

— O que acontece se um mortal for apunhalado com uma pedra das sombras?

— Ele morre — afirmou, e o ar escapou dos meus pulmões. — Mas sua amiga ainda está viva. Deve haver algum motivo para isso.

Reaver devia ficar ouvindo toda vez que eu falava sobre Tawny.

— E que motivo seria esse?

— Isso eu não sei — afirmou, e reprimi uma onda de frustração. — Mas você é a primeira descendente mulher do Primordial da Vida, o ser mais poderoso já conhecido. Com o tempo, você vai se tornar ainda mais poderosa do que seu pai.

Não conseguia nem imaginar como poderia ficar mais poderosa do que meu pai. Nem sabia por que a parte sobre ser mulher importava. Ainda assim, fiquei intrigada com aquelas duas palavras.

Seu pai.

Ires.

Aquelas duas palavras me deixavam abalada. Engoli em seco, desviando o olhar. O alívio que senti quando soube que Malec não era meu pai durou pouco. Meu pai era um gato das cavernas que eu tinha visto quando criança, e depois na Trilha dos Carvalhos, no Castelo Pedra Vermelha. Mas o único pai de quem eu me lembrava era Leopold. Ainda assim, a raiva zumbiu nas minhas veias, se misturando ao éter e aquecendo aqueles lugares frios e vazios por todo o meu corpo. Eu o libertaria também.

— Há quanto tempo Ires está em cativeiro?

— Ires partiu do Iliseu enquanto dormíamos, depois de acordar uma dragontina para acompanhá-lo. — Reaver flexionou o maxilar enquanto olhava para a frente. — Não sei por que ele foi embora, nem quando. Só tomei conhecimento disso 18 anos atrás, quando o Primordial despertou.

Franzi o cenho quando Delano se agachou ao meu lado.

— Por que Nyktos despertou?

Reaver virou a cabeça na minha direção. Seus olhos brilhantes eram perturbadores mesmo a distância.

— Acho que foi quando você nasceu. Seu nascimento foi *sentido*.

Não sabia disso.

Ele voltou a olhar para o céu.

— Foi quando descobrimos que Malec e Ires tinham ido embora. Assim como... Jade.

Demorei um pouco para me dar conta de que ele estava falando de Jadis, a filha de Nektas.

Reaver contraiu os músculos dos ombros, de tensão.

— Não sei por que Ires a levou. Jade era muito nova quando fomos dormir. E quando foi despertada, ainda não tinha experiência. Não era seguro para ela.

Senti uma vontade estranha de defender um homem que nem conhecia.

— Talvez ele não achasse que seria perigoso.

O dragontino bufou, e eu podia jurar que vi nuvens de fumaça saindo da sua boca.

— Eu acho... acho que ele sabia que havia acontecido alguma coisa com o irmão e foi procurá-lo. Perdemos Malec muito tempo antes de nos darmos conta — confessou, com palavras semelhantes às que Nektas havia me dito. — Mas Malec era irmão gêmeo de Ires. Os dois eram tão parecidos quando crianças que era impossível distinguir um do outro. À medida que envelheceram, as diferenças se tornaram evidentes — continuou, com a voz rouca e sem uso ficando distante. — Ires era cauteloso e atencioso com tudo, enquanto Malec era imprudente e muitas vezes não parava para pensar no que tinha feito até que já fosse tarde demais. Ires estava satisfeito no Iliseu, mas Malec ficou inquieto, visitando o mundo mortal enquanto as divindades construíam Atlântia. Já que tanto ele quanto Ires tinham nascido nesse plano, ele podia vir até aqui, mas tinha suas limitações. Quanto mais tempo ficava, mais seu poder diminuía. Ainda assim, ele decidiu ficar, mesmo sabendo o que teria que fazer para manter sua força.

A redução do poder devia explicar por que não havia algo como o Estigma Primordial entre Malec e os lupinos como eles tinham comigo.

— Como ele mantinha sua força?

— Ires tinha que se alimentar, *Liessa*. — Reaver arqueou a sobrancelha quando olhou para mim. — Ele tinha que se alimentar com *frequência*. Qualquer sangue serve para um deus ou Primordial, seja mortal, Atlante ou de outro deus. — Ele fez uma pausa. — Lupino. Qualquer sangue, exceto o de um dragontino. Você não pode se alimentar de um dragontino.

A surpresa tomou conta de mim e de Delano. Atlantes podiam se alimentar dos mortais, mas não adiantava de nada para eles. No entanto, parece que o mundo era um enorme bufê quando se tratava de deuses e Primordiais. Mas essa notícia significava...

Que eu tinha que me alimentar.

— Você...? — Engoli em seco. — Você sabe com que frequência?

— Provavelmente não tanto quanto Malec depois que alcançar seu poder total. A menos que seja ferida. Mas até lá você precisa se certificar de não enfraquecer.

— Espere aí. Eu Ascendi...

— Sim, eu sei disso. Obrigado por ressaltar — interrompeu ele, e eu estreitei os olhos. — Mas você ainda não completou a Seleção.

Delano inclinou a cabeça e parece que o meu cérebro fez o mesmo.

Minhas habilidades tinham começado a mudar no decorrer do ano passado, quando cheguei à idade de entrar na Seleção. Antes disso, eu só conseguia sentir — *saborear* — a dor dos outros. Mas isso evoluiu e passei a ler todas as emoções. Minha capacidade de aliviar a dor também evoluiu e passei a curar ferimentos. Mas depois disso... *ele* me salvou ao me dar seu sangue, realizando minha Ascensão, e fui capaz de trazer uma garotinha de volta à vida. Então pensei que a Seleção tinha seguido seu curso.

— Como é que você sabe?

— Porque eu sentiria — respondeu, como se isso explicasse tudo.

Mas não explicava nada, muito menos por que eu era diferente de Malec. Mas essas perguntas se perderam em meio à percepção de que eu teria que me alimentar. Ainda não tinha sentido a necessidade. Nem sabia o que pensar sobre o que poderia acontecer se eu tivesse que fazer isso antes de libertar... *ele*. Mais uma coisa com a qual eu não queria me preocupar.

Delano cutucou minha mão com a lateral do rosto. Estendendo-a, afaguei a nuca dele. Gostaria de não estar de luvas para que pudesse sentir seu pelo. Sabia que a pelagem dele era ainda mais densa e macia que a de Kieran.

— Por que não posso me alimentar de um dragontino? — perguntei, e então imaginei se não era uma pergunta grosseira.

— Porque o nosso sangue queimaria as entranhas da maioria das pessoas. Até mesmo dos Primordiais.

Ah.

Tudo bem então.

Tirei aquela imagem perturbadora da cabeça.

— O que pode enfraquecer um deus? Além de ser ferido?

Reaver inclinou a cabeça de novo.

— Você não sabe muita coisa a respeito de si mesma, não é?

Franzi os lábios.

— Bem, essa história de deusa é relativamente nova e, sabe, não há nenhum deus por perto para me orientar. Ou livros que eu possa ler.

Ele emitiu um som rouco de indignação, como se eu não tivesse dado bons motivos.

— A maioria dos ferimentos apenas a enfraqueceria, a menos que sejam graves. Nesse caso, você ficaria fraca mais rapidamente. Com o tempo, usar a essência dos deuses também pode enfraquecê-la se não tiver completado a Seleção. O que, como eu disse, você ainda não completou.

Delano abaixou as orelhas. *Não é o ideal.*

Não, não era. Usar o éter me permitia lutar como uma deusa, mas se isso me enfraquecesse... Senti um embrulho no estômago.

— Não sabia disso.

— Que surpresa.

Até mesmo Kieran ficaria impressionado com o nível de sarcasmo na voz de Reaver.

— Como saberei quando a Seleção estiver completa?

— Você saberá.

Resisti ao impulso de pegar um pedregulho e atirar nele.

— De que adianta ter esse tipo de poder se isso me enfraquece?

— É um equilíbrio, *meyaah Liessa* — respondeu ele, e eu pestanejei. Não esperava que ele fosse me chamar de *minha Rainha* como os lupinos. — Até mesmo nós temos fraquezas. O fogo que soltamos é a essência dos Primordiais. Usá-lo nos deixa cansados. Nos retarda. Até os Primordiais tinham limitações. Fraquezas. Somente um deles é infinito.

Nyktos.

Ele deveria ser infinito.

— Pelo que me lembro, o enfraquecimento pelo uso da essência varia de um deus para outro — prosseguiu. — Mas, de novo, como disse anteriormente, você tem a Essência Primordial nas veias. Imagino que, por causa disso, demore mais para enfraquecer, mas você vai perceber assim que acontecer. — Ele virou a cabeça na direção do acampamento. — Seu lupino está vindo para cá.

Uma onda doce de divertimento irradiou de Delano quando olhei por cima do ombro e vi uma silhueta distante em meio às ruínas e à grama alta.

— Se você está falando de Kieran, ele não é meu lupino.

O vento afastou as mechas de cabelo do rosto de Reaver, revelando uma expressão impassível.

— Ah, não? — provocou.

— Não. — Ignorei o ruído que Delano fez quando me levantei. — Nenhum dos lupinos é meu. — Olhei para Reaver. — Lupinos pertencem a si mesmos. O mesmo vale para você e os demais dragontinos.

Houve uma pausa.

— Você se parece muito com... *ela*.

Ao notar o abrandamento em seu tom de voz, olhei para ele e agucei os sentidos. Assim como antes, não senti nada. A essência dos deuses zumbiu no meu peito e insistir para ver se conseguiria derrubar as barreiras de Reaver foi quase tão difícil de resistir quanto a vontade de jogar um pedregulho nele.

— Com a Consorte?

Um breve sorriso surgiu nos lábios dele e, meus deuses, foi uma transformação de tirar o fôlego. A frieza desapareceu das suas feições, transformando-o de alguém excepcionalmente atraente para uma beleza de outro mundo.

— Sim. Você me lembra muito a... *Consorte*.

O jeito como ele disse aquilo foi muito esquisito, mas pensei no que Nektas havia me dito. Um lembrete de que não se tratava apenas *dele*.

— A Consorte vai mesmo despertar com a volta de Ires?

— Sim — afirmou.

— E o que isso significa para os outros deuses? — Para *nós*, quis acrescentar, mas não sabia muito bem se queria saber a resposta naquele momento.

— Imagino que eles vão acabar despertando.

Fiquei imaginando o que o fato de que a Consorte estivesse desperta teria a ver com os outros deuses. Ou se teria a ver mesmo com Nyktos — que se a Consorte tivesse que hibernar, ele preferia ficar com ela, o que fazia com que os outros deuses também hibernassem. Também estava cansada de chamá-la de Consorte.

— Qual é o nome dela?

O sorriso sumiu do rosto dele e suas feições se aguçaram conforme ele olhava para mim do poleiro.

— O nome dela é uma sombra na brasa, uma luz na chama e o fogo na carne. O Primordial da Vida nos proibiu de falar ou escrever seu nome.

A incredulidade tomou conta de mim.

— Isso me parece incrivelmente controlador.

— Você não compreende. Falar o nome dela é trazer as estrelas dos céus e derrubar as montanhas no mar.

Arqueei as sobrancelhas até o meio da testa.

— Que dramático.

Reaver não disse nada. Em vez disso, ele se levantou tão rapidamente que não tive chance de desviar o olhar. Por sorte, não vi nada que não devia, pois diminutas fagulhas prateadas explodiram ao longo do seu corpo quando ele saltou da coluna e se *transformou*. Fiquei boquiaberta quando uma cauda comprida e pontiaguda se formou e as escamas preto-arroxeadas apareceram. Asas grossas e coriáceas se desdobraram do resplendor da luz, bloqueando por um breve instante os fracos raios de sol. Em questão de segundos, um dragontino voou pelos ares, bem lá no alto.

Uma sensação primaveril e leve como uma pena roçou nos meus pensamentos enquanto eu olhava para cima. *Como já disse antes e provavelmente direi mais tarde*, sussurrou a voz de Delano, *ele é esquisito*.

— É — respondi, com a fala arrastada. — Mas o que você acha sobre o que ele disse? Sobre o que aconteceria se falássemos o nome da Consorte?

Não sei mesmo, respondeu ele quando começamos a caminhar pela construção. *Será que ela é tão poderosa assim? Tão poderosa quanto Nyktos? Porque foi o que me pareceu.*

Realmente. Mas não havia ninguém mais poderoso que Nyktos. Ou como ele. Nem mesmo a Consorte. Não gostava de pensar assim, mas era verdade.

Delano permaneceu ao meu lado enquanto atravessávamos as ruínas, andando com cuidado pelos juncos estreitos e pedras quebradas na direção do pequeno grupo que vinha em nossa direção. Emil e Perry, de cabelos escuros e pele de um marrom-escuro sob o sol que se infiltrava pelos pinheiros, ladeavam Kieran. O lupino era o único que não usava a armadura de ouro e aço, por... *motivos pessoais.*

Kieran estava carregando alguma coisa. Uma caixa pequena. À medida que nos aproximávamos, Reaver pousou no meio das flores silvestres, estremecendo os muros caídos ali perto. Ele virou a cabeça encimada por chifres na direção do grupo que se aproximava. Emil e Perry mantiveram distância de Reaver enquanto Kieran ignorava completamente a presença do dragontino.

Percebi que tinha acontecido alguma coisa no momento em que vi as rugas de tensão em torno de sua boca, mas não captei nada dele.

Kieran estava escondendo as emoções, e isso não era nada normal.

Examinei os outros dois com atenção. Não havia nenhum sorrisinho rebelde ou brilho provocante nos olhos dourados de Emil. Uma inquietação azeda emanava de Perry. Quando Emil não parou para fazer uma reverência elaborada, meu desconforto triplicou.

Olhei de novo para a caixa, e tudo em mim desacelerou. Meu coração. Minha respiração. A caixa de madeira não era maior que a adaga de lupino embainhada na minha coxa, mas estava adornada por rubis vermelho-sangue.

— O que é isso?

— Um Guarda Real trouxe isso para a Colina de Massene — respondeu Emil, com os dedos esbranquiçados por segurar o punho da espada com força. — Estava sozinho. Disse que veio direto da capital. Tudo o que tinha era esse baú. Disse que era um presente da Rainha de Solis para a Rainha de Atlântia.

Minha nuca se retesou.

— Como ela sabe que estamos aqui? — Olhei para os três. — Não é possível que os rumores tenham chegado até Carsodônia tão rápido.

— Boa pergunta — observou Kieran. — É impossível que ela já tenha ficado sabendo.

Mas ela sabia.

Olhei para a caixa mais uma vez.

— E onde está o Guarda Real agora?

— Morto. — Uma explosão de frieza acompanhava o choque prolongado de Emil. — Assim que acabou de falar, ele se levantou e cortou a própria garganta. Nunca vi nada assim antes.

— Não é um bom presságio. — Fiquei toda arrepiada quando baixei o olhar para a caixa de madeira. Um presente? — Você a abriu?

Kieran fez que não com a cabeça.

— O Guarda Real nos disse que somente o seu sangue é capaz de abri-la.

Fiz uma careta quando Reaver esticou o pescoço comprido, examinando o objeto que Kieran tinha nas mãos.

— Ele devia estar falando sobre a magia ancestral, a Magia Primordial. — As belas feições de Perry estavam contraídas de tensão. — Uma pessoa que sabe como usar Magia Primordial é capaz de criar proteções e feitiços que só respondem a determinados tipos de sangue e linhagem. É capaz de usar a magia para quase tudo, na verdade.

— É o mesmo tipo de Magia Primordial que criou os Germes — lembrou Kieran.

Reprimi um estremecimento ao pensar nas criaturas sem rosto feitas de éter e terra. Foram os Invisíveis que as criaram, mas era evidente que a Rainha de Sangue tinha adquirido conhecimento sobre magia ancestral, sobre como explorar as essências Primordiais que criaram os planos e estavam à nossa volta o tempo todo.

Senti meus músculos se retesarem ainda mais enquanto olhava para a caixa. Malec deveria saber tudo a respeito da Magia Primordial que agora era proibida.

— O que eu devo fazer? Cortar uma veia e sangrar em cima dela?

— É melhor não abrir uma veia — aconselhou Kieran.

— Uma ou duas gotas do seu sangue devem ser suficientes — sugeriu Perry enquanto Delano se movia entre nós, roçando nas pernas do Atlante. Perry se abaixou, passando a mão ao longo das costas de Delano.

— Como você sabe tanto a respeito da Magia Primordial? — perguntei enquanto pegava a caixa. Kieran não a largou, visivelmente relutante. Eu o encarei, aguçando os sentidos. Então senti algo emanando dele. Um gosto azedo no fundo da garganta. Inquietação. Ele flexionou um músculo do maxilar e soltou a caixa surpreendentemente leve.

— Por causa do meu pai — respondeu Perry, e eu pensei em Lorde Sven enquanto me virava, procurando uma superfície plana para colocar a caixa. Encontrei uma faixa de muro que chegava na altura da minha cintura. — Ele sempre foi fascinado por Magia Primordial e coleciona todos os textos que consegue encontrar a respeito. — Ele deu uma risada rouca. — Se passar algum tempo com o meu pai, ele vai começar a lhe contar que havia feitiços que podiam garantir uma colheita bem--sucedida ou fazer chover.

— Ele já tentou usar Magia Primordial? — Coloquei a caixa sobre a parte mais plana do muro.

— Não, Vossa Alteza.

Dei um suspiro trêmulo quando olhei de relance para Perry.

— Não precisa me chamar assim. Nós somos amigos.

— Obrigado, Vossa... — Ele se conteve a tempo e abriu um ligeiro sorriso. — Obrigado, Penellaphe.

— Poppy — sussurrei distraidamente.

— *Poppy* — repetiu Perry com um aceno de cabeça. — Meu pai não se atreveria a irritar os Arae ou mesmo os deuses em hibernação ao usar tal magia.

— Os Arae? — Levei um momento para que a imagem da Sacerdotisa Analia e do volume de *A História da Guerra dos Dois Reis e do Reino de Solis* viesse à minha mente. Então eu me lembrei. — Os Destinos.

— Sim — confirmou Perry.

Lembrei-me de conversar com Tawny sobre eles e a ideia de haver seres capazes de observar e controlar a vida de todas as criaturas vivas nos pareceu absolutamente inacreditável. Por outro lado, eu também não acreditava em Videntes e profecias naquela época.

Voltei-me para a caixa.

— O conhecimento de Lorde Sven a respeito da Magia Primordial pode ser útil. Ele vai chegar com Valyn, não é?

— Sim.

Kieran se aproximou, e eu senti o seu cheiro amadeirado, me fazendo lembrar dos bosques entre o Castelo Teerman e o Ateneu da cidade.

— Não tenho certeza sobre isso, Poppy. — Ele tocou no meu braço. — Pode ter qualquer coisa dentro dessa caixa.

— Duvido que ela tenha colocado uma serpente venenosa aí — respondi enquanto tirava a luva da mão esquerda, enfiando-a no bolso do casaco.

— Isbeth pode ter colocado qualquer coisa venenosa ou peçonhenta nessa caixa — disse Perry, com a voz baixa. — Não gosto nada disso.

— Nem eu, mas... — Virei a mão esquerda para cima, revelando o redemoinho dourado na minha palma. A marca de casamento. Em seguida, desembainhei a adaga de lupino. — Preciso saber. — Baixei a voz quando encontrei o olhar de Kieran. — *Tenho* que saber.

Kieran comprimiu os lábios ainda mais, mas assentiu. A sombra de Reaver pairou sobre nossas cabeças conforme ele nos observava. A pedra de sangue ganhou um brilho vermelho-escuro quando deslizei a ponta afiada da lâmina sobre o polegar. Cerrei os dentes ao sentir a dor breve e pungente. Sangue brotou enquanto eu embainhava a adaga.

— Onde você acha que devo pingá-lo? — perguntei, com a mão firme.

— Tentaria o trinco ali no meio — sugeriu Perry, se aproximando.

Não vacilei nem um segundo, espalhando o sangue sobre o pequeno trinco de metal no formato de um buraco de fechadura, só que sem o buraco. Afastei a mão e esperei.

Não aconteceu nada.

Perry se inclinou.

— Que tal tentar...

Então *algo* aconteceu.

Uma *sombra* tênue e preto-avermelhada escapou da abertura quando a caixa se abriu. Emil praguejou. Ou talvez tenha feito uma oração. Não sei ao certo. Ele avançou no mesmo instante em que Kieran estendeu o braço como se quisesse me afastar dali, mas a sombra ondulante logo desapareceu. O Atlante ficou imóvel quando o trinco destrancou com um clique e a tampa se abriu.

Senti um embrulho no estômago. Lá no fundo, reconheci que a visão de uma coisa dessa um ano atrás teria me feito recuar e rezar para os deuses que eu nem sabia que estavam hibernando. Estendi a mão na direção da caixa.

— Cuidado — murmurou Kieran, com a mão pairando perto da minha.

Tive a impressão de que se uma serpente *saísse* da caixa Kieran a pegaria com as próprias mãos.

E eu ficaria aos berros.

Levantei a tampa lentamente. Havia uma almofada de cetim vermelho ali dentro e acomodada bem no meio...

Caí para trás, aos tropeços. Choque revestiu a minha garganta. Ninguém disse nada. Ninguém se mexeu. Nem mesmo Kieran, que ficou olhando para a caixa, com a mão pairando acima dela. Nem eu.

Meu coração começou a bater descompassado. Minha respiração acelerou. A mão de Kieran tremeu e então se fechou em punho.

A aliança de casamento feita no Pontal de Spessa cintilava com um brilho dourado, combinando com a que eu usava.

Agora e para sempre.

A mesma inscrição estava gravada em ambas. Nenhum dos dois tinha tirado as alianças desde a cerimônia.

Nem mesmo agora, pois a aliança ainda estava no dedo em que eu a tinha colocado.

6

Era a aliança *dele*.
Era o dedo *dele*.
Era um pedaço *dele*.
Kieran disparou para a frente, batendo a mão na tampa, mas ainda assim eu vi o que havia ali dentro. *Nunca* deixaria de ver. Nem se vivesse milhares de anos. Jamais me esqueceria daquilo.

Uivos penetrantes ecoaram em Massene, quebrando o silêncio de perplexidade enquanto eu encarava a caixa adornada por rubis. Alguém disse alguma coisa, mas não consegui distinguir as palavras. Choque e um horror amargo invadiram minhas veias. Não tive tempo de bloquear os sentidos. Minha incredulidade e angústia colidiram com as dos outros, mas foi o que havia sob a agonia que me deixou engasgada, a agitação azeda e sufocante da culpa que era minha. Toda minha.

Pois eu tinha causado aquilo.

Foi minha mensagem que contrariou a Rainha de Sangue. Foi minha a mão segurando a lâmina que decepou a cabeça do Rei Jalara. Minhas ações que provocaram a reação da Rainha de Sangue. Eu tinha assumido o risco, acreditando que ela não iria machucá-lo. Não quando precisava dele. Mas eu estava errada.

Eu tinha causado isso a *ele*.

A rachadura no meu peito começou com uma fissura que se rompeu e se abriu. A enxurrada de éter verteu do fosso, transbordando uma raiva desenfreada e uma agonia sem fim. A energia atingiu o ar ao meu redor. O poder ancestral explodiu, surgindo mais uma vez das profundezas da agonia, absoluto e final. Uma aura prateada tomou a minha visão periférica quando acendi as fagulhas, e nuvens de luz escura formaram um arco, pulsando através da aura prateada conforme o éter se manifestava ao meu redor. A luz entremeada pelas sombras se acumulou perto do chão, rodopiando em torno das minhas pernas.

Delano empurrou Perry para trás, para *longe* de mim. O lupino se agachou, abaixando as orelhas, enquanto Reaver apontava a cabeça para o alto, emitindo um som esquisito e desconcertante.

Lá no fundo, eu sabia que os estava deixando inquietos, que a minha angústia estava convocando os lupinos. Podia até estar assustando-os, e não queria isso. Mas tudo...

Tudo o que via era a aliança dele, o *dedo* dele naquela caixa.

Estremeci, e a fúria e a vingança transbordaram daquela fissura fria e oca no meu peito.

Foi tudo que me tornei.

Não Poppy.

Não a Ex-Donzela e agora Rainha de Atlântia.

Não haveria mais espera. Nem planos cuidadosamente elaborados. Nenhuma hesitação ou reflexão. Eu ia devastar Solis, destruindo o reino como a praga que *ela* era. Nenhuma cidade ficaria de pé. Eu ia revirar a Floresta Sangrenta até encontrar o seu precioso Malec e, então, mandaria de presente para ela o *seu* amor em *pedacinhos*. Ela não teria mais para onde fugir. Não conseguiria encontrar abrigo em lugar nenhum.

Eu ia destruir o reino inteiro *e* ela junto.

Virei-me com o corpo retesado e abri os dedos quando comecei a caminhar na direção da Mansão Cauldra, na direção do horizonte da Trilha dos Carvalhos. Os juncos e caules altos de lavanda saíram do meu caminho, murchando. Os pinheiros tremeram.

— Poppy! — gritou uma voz, e eu virei a cabeça na direção do som. O lupino parou a alguns metros de distância, com os olhos arregalados fixos em mim, o azul agora luminoso, as pupilas não mais pretas, mas com um brilho prateado. — Aonde você vai?

— Carsodônia — respondi, com a voz repleta de... fumaça e sombra. Cheia de morte e fogo. — Vou cortar todos os dedos da Rainha de Sangue, um de cada vez. Vou remover a carne do corpo dela. — Um arrepio de expectativa percorreu minha pele. — E então vou arrancar a língua da sua boca e os olhos do seu rosto.

— Parece ser um plano maravilhoso. — A voz de Kieran também mudou, ficando rouca quando ele deu um passo na minha direção. — E quero estar ao seu lado quando o fizer. Não há nada que eu queira mais do que ajudá-la.

— Então me ajude. — Minha voz... *deslizou* com o vento, chegando até onde a luz entremeada de sombras ondulava pelo chão. Através dos arbustos altos de ervas daninhas e flores, silhuetas esguias e escuras correram na nossa direção. Lupinos. Eles também invadiriam as cidades, em um mar de garras, dentes e morte. — Todos vocês podem me ajudar.

— Não, não podemos — retrucou Kieran, com os tendões do pescoço se destacando em relevo. — Nem você. Você não pode fazer isso.

Parei. Tudo parou. O ligeiro tremor sob os meus pés. Os lupinos, que se detiveram no meio do caminho. Olhei para aquele diante de mim.

— Não *posso*?

Kieran alongou o pescoço, com o peito ofegante.

— Não. Não, não pode.

Inclinei a cabeça.

— Você acha que pode me impedir?

Uma risada seca sacudiu o corpo dele.

— Porra, não. Mas não quer dizer que eu não vá tentar. Pois não posso deixar que faça isso. — Kieran se aproximou, tolamente corajoso. Tolamente *leal*. Porque ele não era apenas um lupino. Fechei os dedos e me forcei a me concentrar em Kieran, no que estava dizendo. No que significava para mim. Conselheiro. Amigo. Ainda mais nas últimas semanas. — Sei que você está sofrendo. Que está magoada e com raiva. Você teme por Cas...

As sombras prateadas pulsaram ao meu redor. *Cas. Ele* adorava quando eu o chamava assim. Ele havia me dito que só as pessoas em quem mais confiava o chamavam de Cas. Que isso o fazia se lembrar de que ele era uma pessoa. Estremeci, com a garganta ardendo de raiva, culpa e agonia.

Kieran estava ao meu alcance agora, a poucos centímetros da massa rodopiante de poder que irradiava de mim. A tensão havia se apoderado dele, contraindo as feições do seu rosto.

— Você quer que ela pague pelo que fez. Eu também. Todos nós queremos. Mas se você fizer isso, se for a qualquer lugar *desse jeito*, as pessoas vão acabar mortas. Inocentes que você quer ajudar. Pessoas que Cas quer proteger.

Uma angústia escaldante retorceu o meu peito. *Cas.* Quem o estava protegendo? Ninguém. Um tremor percorreu meu corpo, chegando até o chão. Os pinheiros balançaram com mais força.

— Não me importo.

— Mentira. Você se importa. Cas se importa — afirmou ele, e eu vacilei. Não por ouvir o nome dele, mas porque era verdade. — É o que vocês dois têm tentado evitar. É por isso que temos planos. Mas, e se você fizer isso? As pessoas que não matar terão medo de você, de todos nós. Se vissem como você está agora, elas nunca mais a veriam de outra forma.

Olhei para as sombras rodopiantes e para a luz que dançava sobre a minha pele. *Na* minha pele. Puxei o ar, tensa.

— Ela o *feriu*.

— Eu sei. Deuses, Poppy, como sei! Mas nunca haverá paz se você fizer isso — murmurou ele, pressionando os lábios contra os dentes. — Mesmo que destrua a Coroa de Sangue e acabe com o Ritual, você vai se tornar o que os mortais *e* Atlantes temem, e jamais vai se perdoar.

Não captei medo nenhum quando ele ergueu as mãos, atravessando a aura de poder ao meu redor sem hesitação. O que brotou na minha garganta, aliviando a ardência que crescia ali, era suave e doce. O éter deslizou das mãos dele e desceu pelos antebraços quando Kieran envolveu as minhas bochechas, a cicatriz irregular na minha bochecha esquerda.

As mãos dele estavam... trêmulas.

— O que você está sentindo vem de você, mas o que quer fazer não. Vem *dela*. É algo que a Rainha de Sangue faria. Algo que ela gostaria que você fizesse. Mas você não é ela.

Eu não era nada parecida com ela.

Não era cruel nem abusiva. Não sentia prazer com a dor dos outros. Não atacava quando ficava com raiva...

Para falar a verdade, eu tinha a tendência de atacar com objetos afiados quando ficava com raiva, mas não era *rancorosa*. Não teria feito o que ela fez, pegando toda a dor e mágoa que sentiu após a perda de Malec e do filho, todo o ódio que sentia pela antiga Rainha de Atlântia e voltando-o não só contra os filhos de Eloana, mas contra um reino inteiro, um *plano* inteiro.

Mas seria exatamente isso o que eu faria. Não deixaria nada além de cemitérios assombrados para trás. Eu não seria como a minha mãe.

Seria algo muito pior.

As mãos de Kieran tremeram. Seu corpo inteiro se sacudiu, como se o chão estivesse tremendo, mas era ele.

A preocupação me invadiu, reprimindo a onda brutal de emoções.

— P-por que você está tremendo? Estou te machucando?

— Não. É o... é o Estigma Primordial — disparou ele. — Está querendo que eu me transforme. E estou resistindo.

Examinei as rugas de tensão em seu rosto.

— Por que o Estigma quer que você se transforme?

Kieran deu uma risada aflita.

— Você acha que isso importa agora? — Ele sacudiu a cabeça de leve. — Porque posso protegê-la melhor na forma de lupino. E, sim, eu sei que você não precisa da nossa proteção, mas o Estigma reconhece o tipo de emoção que você está sentindo como um... um sinal de alerta. Acho... acho que não consigo resistir por mais tempo.

Voltei a atenção para trás dele e vi as silhuetas dos lupinos em meio às ervas daninhas. Não havia chance de que todos já estivessem na forma de lupino. Eles foram obrigados a fazer isso.

Eu os forcei, e pensar nisso me deixou com dor de estômago.

Gelo invadiu minhas veias, e o frio apagou o fogo. Fechei os olhos com força. Controle. Tinha que me *controlar*. Não havia nenhuma ameaça a mim. A pessoa em perigo estava na Carsodônia. Perder o controle não o ajudaria em nada, e Kieran tinha razão. Repeti isso várias vezes. Não tinha passado as últimas semanas planejando como manter as pessoas em segurança só para mudar de ideia e ser a causa de milhares, senão milhões de mortes.

Aquela não era eu.

Não era quem eu sempre quis me tornar.

Outro estremecimento me abalou quando as vibrações no meu peito diminuíram e o tremor abandonou minha pele. A raiva continuava ali, assim como a culpa e a agonia, mas a fúria e a sede de vingança foram reprimidas, voltando para aqueles lugares frios e vazios dentro de mim onde eu temia que pudesse apodrecer.

— Está tudo bem — garantiu Kieran, e eu demorei para me dar conta de que ele não estava falando comigo. — Só nos dê um tempo, certo? — Houve uma pausa, e então ele se aproximou e levou minha cabeça de encontro ao peito. Não resisti, acolhendo o calor e o familiar cheiro amadeirado.

Ele estava falando a respeito da caixa, do que havia dentro dela. Pigarreou.

— Não conte a ninguém sobre isso. Ninguém... ninguém precisa saber.

Alguém se aproximou de nós, e Kieran deslizou a mão para a parte de trás da minha cabeça enquanto a outra se afastava da minha bochecha.

— Obrigado — agradeceu.

No silêncio que se seguiu, um bater de asas trouxe uma rajada de ar com aroma de lavanda. Alguns minutos depois, senti algo roçando nas minhas pernas. *Delano*. Mantive os olhos bem fechados para conter a dor. Queria dizer a ele que sentia muito se o havia deixado preocupado ou assustado, mas não conseguia pronunciar as palavras com o nó que havia na minha garganta. Kieran pousou o queixo no topo da minha cabeça. O silêncio continuou por algum tempo.

E então falou em voz baixa:

— Você me assustou um pouco, Poppy.

Senti um aperto no peito.

— Desculpe. Não tive a intenção de assustá-lo.

— Sei que não. — O peito dele subiu contra o meu. — Não estava com medo de você. Mas *por* você — acrescentou ele. — Eu... eu nunca tinha visto isso antes. As sombras no éter. E a sua voz? Ficou diferente. Como quando você falou com o Duque Silvan.

— Não sei o que foi nada disso. — Engoli em seco.

— Suas habilidades ainda estão mudando. Evoluindo — observou ele, me fazendo pensar no que Reaver tinha me contado.

Será que aquilo — as sombras no éter — era uma nova manifestação causada por ainda estar passando pela Seleção? Não sei. E, no momento, não podia gastar minha energia refletindo a respeito.

— Você sabe que ele ainda está vivo — afirmou Kieran depois de alguns minutos. Parei de pensar nas minhas habilidades em constante mudança. — A marca continua na palma da sua mão. Ele está vivo.

Fechei a mão esquerda, pressionando-a no peito de Kieran.

— Mas ela... — Não consegui concluir.

— Ele é forte. Você sabe disso.

Deuses, e *como* sabia. Mas isso não mudava o que fizeram com ele.

— Ele deve estar com muita dor, Kieran.

— Eu sei, mas ele vai superar isso. Tenho certeza. E você também. — Ele deslizou os dedos pela minha trança frouxa. — Ele ainda é seu. Você ainda é dele.

As lágrimas brotaram nos meus olhos.

— Para sempre — sussurrei com a voz rouca. Forcei-me a respirar fundo. — Obrigada por... por me deter.

— Não precisa me agradecer por isso.

— Preciso sim. — Levantei a cabeça, e a mão dele desceu até a metade da minha trança. — E sinto muito por preocupá-lo, por deixar todo mundo preocupado. Eu só... perdi a cabeça.

— Qualquer um perderia, Poppy. — Kieran afastou o braço e colocou a mão entre nós. Ele pegou minha mão esquerda e pressionou um objeto frio e duro na minha palma. Perdi o fôlego, pois sabia o que era.

— Caso você não saiba, não importa o que aconteça com Cas, ele não vai se arrepender de sua escolha.

Tentei engolir em seco de novo, para impedir que as palavras saíssem da minha boca, mas não consegui.

— Mas eu vou. Eu me arrependo toda vez que... — Tive uma esmagadora sensação de perda que expulsou o ar dos meus pulmões. Tive que me controlar para não desmoronar e deixar que a raiva e a dor me consumissem mais uma vez. Para não atacar e infligir em qualquer pessoa que ficasse no meu caminho tudo o que me corroía por dentro.

Para não liberar toda a dor até que não restasse nada além de ossos e sangue.

— Por que ele fez isso, Kieran? Por quê? — sussurrei, com a voz falhando.

Kieran apertou minha mão.

— Você sabe o porquê. Você faria a mesma coisa se alguém o estivesse machucando.

Deuses, eu sabia a resposta. Eu faria. Um tremor percorreu meu corpo. Faria qualquer coisa. Porque o amava. Porque ele era meu, e eu era dele. Minha outra metade. Uma parte de mim, embora eu não pronunciasse seu nome há várias semanas. Mal me permitia pensar nele porque doía tanto.

Mas o nome dele significava amor.

Significava poder e força.

Jamais acabaria comigo.

Casteel. Dei um suspiro entrecortado. *Casteel.* Eu me obriguei a dizer o nome dele repetidas vezes em silêncio. *Casteel Hawkethrone Da'Neer.* Era como se uma flecha atravessasse o meu peito de novo e de novo, mas repeti seu nome para mim mesma até que não sentisse mais vontade de gritar. Até que consegui dizer:

— Nós não perdemos Casteel.

— Não, não perdemos — concordou Kieran, tirando a mão da minha.

Abri a mão lentamente. A aliança de... Casteel estava aninhada na minha palma, forte e bela. Não havia nenhum vestígio de sangue nela. Emil ou Perry a limparam quando a tiraram da caixa.

— O que fez eles fizeram com o...? — Não conseguia me forçar a dizer.

— Você é quem sabe. — A voz de Kieran estava rouca. — Você pode queimar ou enterrar. Ou pedir para que um de nós faça isso. Não precisa ver aquilo nunca mais. Não há necessidade, Poppy. Não há razão para isso.

Não queria ver aquilo de novo. Forçar-me a isso só pioraria as coisas. Olhei de relance para Kieran e senti que ele tinha bloqueado as emoções mais uma vez. Sabia que tinha feito isso para não intensificar o que eu estava sentindo.

Kieran era... ele era bondoso demais.

— Queime — forcei-me a dizer. — Mas não quero que você faça isso. Não quero você nem perto daquilo.

Ele puxou o ar bruscamente e assentiu.

Apertei a aliança. *Agora e para sempre.*

— Havia mais alguma coisa na caixa?

— Um cartão.

— Você chegou a ler?

— De relance.

— O que...? — Senti o estômago revirado. — O que estava escrito?

— Que ela lamentava por ter lhe causado sofrimento — respondeu ele.

Havia algo *muito* errado com ela. Mas eu logo soube o que precisava fazer. O que viria em seguida.

Pois não podia mais esperar.

Minha respiração ficou mais fácil.

— Nós temos planos, planos que são importantes para Solis e Atlântia. — Foi difícil pronunciar as palavras seguintes, embora fossem verdadeiras. — Planos que são maiores que... Casteel e eu.

Kieran não disse nada, mas eu sabia que ele concordava comigo. Mesmo que Casteel estivesse ao meu lado, ainda existiria a Coroa de Sangue.

Os Rituais continuariam. Crianças seriam tiradas de suas famílias para Ascender ou virar alimento para os Ascendidos. Pessoas inocentes ainda seriam assassinadas. Atlântia ainda ficaria sem terras e recursos.

Tudo isso era maior do que nós.

A Coroa de Sangue tinha que ser destruída.

Trouxe a aliança de encontro a peito e ergui o olhar para Kieran.

— Mas Casteel é mais importante para mim. Sei que é errado. Sei que não deveria pensar assim, muito menos dizer isso em voz alta, mas é a verdade.

Kieran não disse nada, mas ficou completamente imóvel.

— Ela não vai libertá-lo. — Uma brisa soprou as mechas soltas do meu cabelo, jogando-as sobre o meu rosto. — Vai ferir Casteel de novo. — A raiva faiscou dentro de mim, ameaçando se incendiar mais uma vez. — Você sabe que ela pode estar fazendo qualquer coisa com ele nesse exato momento. Sabe como ele ficou na última vez.

Ele cerrou o maxilar.

— Sim, eu sei.

— Não posso deixar que ela fique com ele por semanas ou meses, que é o tempo que o exército de Atlântia vai levar para atravessar Solis. Casteel não tem tanto tempo assim. Nós não temos tanto tempo assim.

Kieran olhou para mim.

— Sei em que você está pensando. Você quer ir para a Carsodônia.

— *Depois* de tomarmos a Trilha dos Carvalhos — emendei. — A Coroa de Sangue tem que ser destruída, e temos que fazer isso do jeito certo. Preciso ficar aqui para convencer Valyn e os generais de que o nosso plano é o certo. Preciso ficar aqui para levar isso até o final.

— E depois disso?

— Depois disso, eu irei para a Carsodônia e você vai levar o exército para as outras cidades.

Os olhos azul-claros dele ficaram sérios.

— E se você for capturada?

— É um risco que estou disposta a correr. Vou ficar bem. Isbeth não quer me matar — argumentei. — Ela já teve muitas oportunidades para fazer isso. Ela... ela precisa de mim para governar Atlântia. É o que tenho que fazer.

Kieran cruzou os braços sobre o peito.

— Concordo com você.

Arqueei as sobrancelhas, desconfiada.

— Concorda?

— Sim. Cas tem que ser libertado. Só há um problema com o seu plano. Na verdade — disse ele, franzindo o cenho —, há vários problemas. Começando com o fato de que duvido que você tenha um plano que não seja ir direto para a Colina da Carsodônia.

Abri e fechei a boca em seguida. Kieran me lançou um olhar astuto e a frustração tomou conta de mim.

— Vou elaborar um plano que não seja ir direto para a Colina da Carsodônia. Não sou tonta, Kieran.

— Você é uma tonta se acha que vou estar em qualquer lugar que não seja ao seu lado — retrucou ele. — Você não vai para a Carsodônia sem mim de jeito nenhum.

— É muito perigoso...

— Você está falando sério?

— É muito perigoso para outra pessoa ir.

Kieran me encarou.

— Você sabe que estamos em guerra, não sabe? Então qualquer um, inclusive eu, pode morrer.

Retesei o corpo quando a afirmação dele me deixou sem ar.

— Não diga isso...

— É a verdade, Poppy. Todos nós sabemos dos riscos, e não estamos aqui só por sua causa. Ele é o nosso Rei. — Ele sustentou o meu olhar. — Além disso, não acredito que, uma vez que tenha alguns minutos para pensar a respeito, você não considere seriamente derrubar a maldita Coroa de Sangue sozinha.

Talvez ele tivesse razão. Mas naquele momento eu queria mesmo fazer isso.

— Certo, não vou sozinha. Vou ver quem se dispõe a fazer a viagem comigo. Mas preciso que você fique aqui. Confio em você para garantir que Valyn e os demais sigam nossos planos. Porque não pode haver trégua dessa vez. Nem impasse. Confio em você para garantir que haja uma possibilidade de paz depois de destruirmos a Coroa de Sangue. Enquanto Conselheiro da Coroa, eles têm que seguir suas ordens.

— Agradeço pela confiança. Fico honrado. Lisonjeado. Tanto faz — disparou ele, mas não achei que ele tivesse ficado honrado coisa nenhuma. — Mas você pode confiar nos demais para garantir que nossos planos sejam cumpridos.

— Confio nos demais. Na sua irmã. Em Naill. Delano. Emil. Posso continuar listando os nomes. Mas eles não ocupam uma posição de autoridade como você enquanto Conselheiro. Você é uma extensão da Coroa. Você fala em nome do Rei e da Rainha. Nenhum deles têm essa autoridade.

— Mas poderiam — insistiu ele. — Você, enquanto Rainha, pode nomear um Regente. Alguém para agir em seu nome quando não estiver presente. É habitual que seja o Conselheiro da Coroa, mas não há nenhuma lei que exija isso. O Regente da Coroa age temporariamente em seu nome e a palavra dele deve ser seguida como se fosse você quem estivesse dando as ordens.

— Ah. — Pestanejei. — Eu... não sabia disso. Mas...

— Não há "mas" nem meio "mas".

— *Há* sim. — O pânico começou a tomar conta de mim. — Se acontecesse alguma coisa com você...

— Não haveria nada para Cas perdoar — interrompeu ele. — Ele espera que eu fique ao seu lado.

Olhei para ele, incrédula.

— Se você me deixasse terminar uma frase, saberia que eu estava prestes a dizer que jamais *me* perdoaria.

O olhar de Kieran se suavizou.

— E eu jamais me perdoaria se você entrasse no domínio dos Ascendidos sem mim. — Ele me segurou pela nuca. — Assim como não me perdoei por deixar que Cas o fizesse, anos atrás.

Ah, deuses.

— *Kieran...*

— Não esqueça o que ele significa pra mim, Poppy. Eu o conheço a vida inteira — declarou ele. — Nós dividimos o mesmo berço muitas vezes. Demos os primeiros passos juntos. Compartilhamos a mesma mesa quase todas as noites, nos recusando a comer os mesmos vegetais. Exploramos túneis e lagos, fingindo que os campos eram reinos desconhecidos. Nós éramos inseparáveis. E isso não mudou à medida que crescemos. — Sua voz ficou rouca, e ele encostou a testa na minha. — Ele era, e ainda é, uma parte de mim.

Fechei os olhos para conter as lágrimas provocadas pelas imagens que suas palavras evocavam. Os dois engatinhando juntos, com Kieran sobre as duas pernas ou as quatro patas. Abraçando-se em meio ao cochilo. Voltando para casa cobertos de sujeira e só os deuses sabiam o que mais.

— Aonde quer que eu fosse, Cas estava lá. Para onde quer que ele viajasse, eu o seguia. A única vez que nos separamos e não conseguimos voltar um para o outro foi quando os Ascendidos o mantiveram em cativeiro. E agora. Mas fiquei ao lado dele depois. Eu o vigiei dia e noite, acordando em pânico e pensando que ele estava de volta naquela cela. Eu vi o que fizeram com ele. Como ele não suportava que tocassem nele Como até mesmo a visão da água do banho o deixava enregelado.

— Água do banho? — perguntei, temerosa.

— Eles ordenavam que ele se lavasse quando o queriam.

Ah, deuses.

A náusea se agitou no meu estômago. Estremeci, dividida entre a raiva, o desespero e o choque pela minha mãe ter sido uma das abusadoras. Como é que Casteel conseguia olhar para mim?

Eu me impedi de seguir por *esse* caminho. Ele sabia quem eu era.

— O que ele significa para mim não tem nada a ver com um maldito vínculo — continuou Kieran. — Preciso ir para a Carsodônia tanto quanto você, e ele precisa de mim lá tanto quanto precisa de você.

Casteel precisava mesmo de Kieran.

— Desculpe — balbuciei. — Eu me esqueci disso.

— É compreensível.

— Na verdade, não é. — Minha dor era intensa, mas não era mais devastadora do que a de Kieran ou de qualquer pessoa que se importava com Casteel. — Não vou esquecer nunca mais.

Kieran deslizou a testa contra a minha quando assentiu.

— Então estamos de acordo.

— Sim. — Pisquei para conter as lágrimas.

— Então quem vai ser o Regente da Coroa, *meyaah Liessa*?

Era difícil me concentrar quando tudo que eu queria fazer era abraçar Kieran e soluçar. Queria me sentar e chorar bastante, mas não havia tempo para isso.

Eu me afastei, me forçando a pensar no que Kieran tinha sugerido. Mordisquei o lábio inferior e olhei para minha mão fechada. A aliança tinha ficado quente com o calor da minha pele. Não sabia como Casteel estaria quando o reencontrasse. Ele poderia estar bem ou não, mas iria querer que Kieran estivesse comigo e presente para ampará-lo. Eu não podia ir só com Kieran e mais alguns lupinos. Nenhuma Rainha atravessaria um reino sem guardas. Mas nós precisávamos do fogo dos deuses.

— Eu vi Reaver na forma mortal mais cedo.

Kieran arqueou uma sobrancelha.

— Isso foi bastante aleatório.

— Ele é loiro.

— Obrigado por me contar? — arriscou.

— E estava completamente nu, empoleirado em cima de uma coluna — acrescentei.

— Não sei nem o que dizer sobre isso.

— Nem eu — murmurei. — Mas a questão é que precisamos levar um dragontino conosco. Eles podem nos ajudar. Não apenas com... com Casteel, mas também com meu pai. Nektas quer que ele volte para o Iliseu.

— Concordo com você. — Ele fez uma pausa. — Mas tenho a impressão de que não vou gostar do que você vai sugerir. Que levemos Reaver conosco. Os outros dragontinos vão chegar logo. Aurelia também se transformou...

— Só por alguns minutos. Ao menos sei que Reaver se sente confortável o bastante na forma mortal para permanecer assim por mais tempo.

— Que maravilha. — Kieran parecia preferia enfrentar um exército de soldados-esqueleto outra vez.

— Ele vai precisar de roupas.

— Não sei por que você está me dizendo isso.

— Vocês dois parecem ter mais ou menos o mesmo tamanho.

Kieran olhou para mim e então soltou um palavrão.

— Que seja. Vou ver o que eu tenho.

Abri um sorriso, o que provocou um conflito de emoções em mim. Parecia estranho, e até mesmo um pouco errado. Mas também era um alívio saber que ainda conseguia ter senso de humor, apesar do que tinha nas mãos.

Então me lembrei do que Reaver havia me dito.

— Pode não ser o melhor momento para mencionar isso, mas quando conversei com Reaver, descobri que vou ter que me alimentar eventualmente. E como sou uma deusa, parece que posso me alimentar de qualquer um. Menos dos dragontinos. Até dos mortais. Quem diria, hein? — falei, e em seguida contei a ele quantas vezes Reaver achava que eu precisaria me alimentar. — E tem mais. Parece que usar o éter pode me enfraquecer. Ele não sabe quanto é seguro usar antes que provoque algum efeito colateral. Acho que não inclui nada que eu era capaz de fazer antes...

— Se alimentar de qualquer um significa que você pode se alimentar de lupinos? — interrompeu ele.

— Sim. Os lupinos se encaixam na regra de todos-menos-os-dragontinos.

— Então se alimente de mim se precisar.

Respirei fundo.

— Kieran...

— Eu sei que você não quer se alimentar de ninguém além de Cas — disparou ele, e o ar que puxei escapou dos meus pulmões. — E sei que a alimentação pode ser... intensa, mas você está segura comigo. — Ele me observou. — Você sabe muito bem que Cas não gostaria que você se alimentasse de ninguém além de mim.

Dei uma risada abafada.

Casteel provavelmente arrancaria os membros de quem quer que eu me alimentasse, exceto Kieran, deixando a pessoa viva só porque sabia que eu precisava do sangue.

— Esse não é o problema — falei, afastando uma mecha de cabelo do rosto. A alimentação podia ficar intensa, e eu não sabia se me alimentar de alguém causaria o mesmo tipo de prazer perverso que uma mordida. Mas esse não era o problema... Bem, não era *só* isso. Sequer tinha pensado na possibilidade de que me alimentar de alguém que não fosse o meu marido pudesse lhes dar prazer.

Pudesse *me* dar prazer.

E não ia começar a pensar nisso agora.

— Não quero que você se sinta na obrigação de oferecer — concluí.

— Não estou oferecendo por *obrigação*. — Kieran apertou a minha nuca. — Mas por *vontade própria*.

— Será? Tem certeza de que não é por causa do Estigma? Ou da sua amizade com Casteel?

— Pode ser em parte por causa do Estigma. E é por causa da minha amizade com Cas. Mas também pela minha amizade com *você*. Essas coisas não são excludentes — respondeu. — Também me ofereceria para Cas. E para qualquer pessoa com quem me importasse. Assim como sei que você faria a mesma coisa por mim se eu precisasse.

Até mesmo respirar doía. Sim, eu me ofereceria se ele precisasse se alimentar, e o lembrete de como Kieran e eu tínhamos nos aproximado me abalou de um jeito completamente diferente. Podia apostar que ele não tinha gostado de mim quando nos conhecemos. No mínimo, eu o deixava extremamente aborrecido. Mas agora? Pisquei para conter as lágrimas que brotaram nos meus olhos.

Kieran começou a franzir a testa.

— Você vai começar a chorar?

— Não — murmurei.

— Não é o que parece.

— Então pare de me encarar que eu não vou — retruquei.

— Isso sequer faz sentido, Poppy.

Senti um gosto doce de divertimento na ponta da língua. Olhei de cara feia para ele.

— Não é engraçado.

— Sei que não deveria ser. — Os lábios dele tremeram. — Mas até que é.

— Cale a boca — resmunguei.

Um sorriso surgiu nos lábios dele por um breve instante.

— Estamos de acordo, não estamos? Quando precisar se alimentar, você vai me procurar? — Todo o senso de humor desapareceu do rosto dele. — E não vai deixar que chegue a um ponto em que você já esteja fraca?

— Estamos de acordo.

Kieran apertou a minha nuca outra vez.

— E o Regente?

Alguns minutos se passaram.

— Vonetta. Vou nomear Vonetta como Regente da Coroa.

A aprovação irradiou de Kieran quando ele derrubou as barreiras ao seu redor, e senti gosto de bolo amanteigado.

— Boa escolha.

Assenti.

— Você sabe como entrar na Carsodônia, certo? Duvido que você e Casteel tenham cruzado os portões da Colina.

Ele bufou.

— Não. Nós entramos pelos Picos Elísios.

Senti o estômago embrulhado. Os Picos eram vastos, abarcando toda a paisagem a oeste e ao sul da Carsodônia e chegando às Planícies dos Salgueiros. Os Ascendidos até haviam construído a Colina dentro das... Foi então que me dei conta.

— Vocês entraram pelas minas.

Kieran assentiu.

— A entrada das minas fica dentro da Colina. Os túneis são vigiados, mas não como os portões. É claro que foi por ali que Malik entrou. Foi por ali que Casteel e... — Ele franziu os lábios. — Foi por ali que Shea o tirou da Carsodônia. De lá, ele foi parar nas praias do Mar de Stroud.

Shea. Antes, eu sentia raiva quando pensava nela. Agora, só sentia tristeza.

— Podemos sair pelo mesmo lugar depois de encontrarmos Casteel e meu pai?

Kieran fez que sim com a cabeça.

— Podemos. Mas, Poppy, vai demorar para sairmos das minas. Além da possibilidade de que eles estejam vigiando essa entrada agora, Cas ficou lá por um bom tempo, procurando a saída. Ele pode ter feito parecer que não demorou nada, mas demorou bastante tempo.

— Deuses — sussurrei, com o coração partido por um passado que não podia mudar. — Há um caminho melhor?

— Além de passar disfarçado pelos portões? Não. Se formos pegos nas minas, podemos lutar para sair de lá e desaparecer em meio à cidade com mais facilidade do que se nos descobrirem nos portões.

Isso era verdade. Carsodônia era um labirinto de ruas estreitas e vielas cobertas de trepadeiras que seguiam por bairros dispersos por colinas e vales.

Kieran respirou fundo.

— Não sei como dizer isso de modo gentil. Não temos ideia de como Cas estará, mas sabemos que seu pai provavelmente estará bem pior.

Kieran não disse mais nada, mas entendi o que ele quis dizer. Não podemos libertar os dois.

— Nós ainda vamos libertá-lo — continuou Kieran baixinho. — Libertar Cas não será o fim da guerra. Teremos que voltar para a Carsodônia.

Assenti, detestando a ideia de ficar tão perto do meu pai e não fazer nada. Mas ele tinha razão. De novo.

— Então esse é o nosso plano? — perguntou Kieran.

— Sim, esse é o nosso plano.

Respirei fundo mais uma vez, e dessa vez doeu menos do que antes porque nós íamos encontrar e libertar Casteel. E eu faria questão de que ele se reencontrasse. Casteel iria saber exatamente quem era quando eu o visse novamente.

Eu faria questão disso.

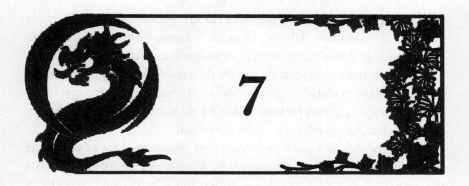

7

Casteel

O latejamento implacável na minha mão esquerda tinha praticamente sumido, mas foi substituído por uma dor lancinante que começou nas minhas entranhas e subiu até o peito.

Inclinei a cabeça para trás e engoli uma saliva seca e áspera como o inferno, abrindo os olhos para a escuridão da cela. As velas bruxuleantes não iluminavam quase nada, mas ainda assim arderam meus olhos.

E isso era um mau sinal.

Eu precisava... Eu tinha que me alimentar.

Não deveria ter que fazer isso. Não logo depois de me alimentar de Poppy. Não foi há tanto tempo assim, foi? Nós estávamos no navio, a caminho da Trilha dos Carvalhos. Depois que eu me deleitei com aquele calor líquido entre suas belas coxas enquanto ela lia o diário da senhorita Willa.

Caramba. Eu adorava aquele maldito livro.

Repuxei os cantos dos lábios para cima. Ainda conseguia ouvi-la lendo o diário, com a voz ficando mais ofegante a cada frase, a cada lambida. Ainda conseguia ver o rubor nas suas bochechas ficando mais intenso a cada parágrafo, a cada beijo molhado. A alimentação veio depois disso, quando puxei a bunda deliciosa dela para a beirada da mesa e afundei o pau e as presas na carne macia e docemente perfumada, que me fazia lembrar do cheiro de jasmim. O sangue dela...

Deuses, não havia nada igual. *Nada*.

Deveria ter percebido na primeira vez que provei seu sangue que ela era mais do que meio Atlante. O gosto dela era forte mesmo naquela época, potente demais para alguém de ascendência Atlante. Mas depois que ela ficou mais poderosa, depois da Ascensão? Seu sangue se tornou um afrodisíaco exuberante, produzindo um efeito mais forte que qualquer droga que alguém pudesse reduzir a pó e fumar. Olhei fixamente para as velas, acompanhando a cera derretida.

O sangue dela era puro poder, do tipo com o qual eu sabia instintivamente que precisava tomar cuidado. Porque seu gosto, as sensações que provocava em mim, poderia se tornar um vício no qual eu acabaria me afogando.

O céu da minha boca latejou conforme a minha garganta ficava ainda mais seca. Quase conseguia sentir o gosto dela, ancestral e terroso, denso e decadente.

Gemi e soltei um palavrão enquanto mudava de posição. Tinha que parar de pensar no sangue de Poppy. E no gosto no meio das pernas dela. A última coisa de que eu precisava era ficar de pau duro naquele momento.

Quanto tempo se *passou*? Duas semanas? Quase um mês? Mais? O tempo não existia nem parava de passar na cela escura, e era tanto um inimigo quanto um salvador. Mas até aquele momento não tinha sido *tão* ruim assim. Da última vez, posso ter escapado com todos os membros e apêndices intactos, mas só isso.

A pior parte era o silêncio sombrio e desolador e a preocupação. O medo. Não por mim, mas por ela. Da última vez, havia Shea. E fiquei preocupado com ela porque me importava. Fiquei preocupado com minha família. Mas isso era diferente. Poppy estava lá fora, em *guerra*, e a necessidade de tê-la de volta e protegê-la, mesmo que ela não precisasse de proteção, arranhava a minha carne com unhas afiadas e provocantes.

Senti uma dor chata na testa e têmporas e fechei os olhos com força, virando a cabeça para longe da luz das velas. Podia passar meses sem me alimentar, se fosse necessário. Era arriscado fazer isso por muito tempo, mas podia ser feito. No entanto, eu costumava comer o suficiente para manter meus níveis de energia altos e não tinha o sangue drenado em pequenos frascos rotineiramente.

Ter um dedo cortado também não tinha me ajudado. E duvidava que a mordida do Voraz tivesse.

Olhei para a gaze manchada de sangue enrolada na minha mão e me perguntei se a Coroa de Sangue tinha desistido de usar cálices de ouro. Era o que usavam para coletar meu sangue antes. Mexi os dedos com cuidado. Uma das Aias tinha colocado o curativo com "tanta delicadeza" enquanto aquele Espectro dourado chamado Callum se certificara de que eu deixasse. Não que eu fosse impedi-la. O maldito toco do dedo estava sangrando como um porco no abate. Ainda havia manchas de sangue no meu peito e calça. De vez em quando, o sangue fresco se espalhava pelo curativo outrora branco e agora cor de ferrugem, me lembrando de que a pele cortada não havia sarado.

Eu não era tão especial quanto um Espectro, cujo maldito dedo cresceria de volta, mas a pele já deveria ter se fechado sobre a ferida a essa altura.

Mais uma prova de que eu precisava me alimentar.

Avistei a banheira de metal que havia sido trazida durante o dia por uma pequena legião de Aias. A maldita coisa parecia ser pesada pra caramba. Elas a encheram com água quente e fumegante, que já tinha esfriado havia muito tempo. O tal de Callum tinha feito alguma coisa para alongar a corrente, permitindo que eu alcançasse a banheira e tomasse banho.

Que se dane.

Sabia que seria melhor não a usar, mesmo estando imundo. O banho significava uma das duas coisas: uma recompensa ou o prelúdio de uma punição. E já que eu não tinha feito nada para merecer uma recompensa, só restava a segunda opção. Na última vez que eles me ofereceram um banho foi quando os amigos da Rainha de Sangue queriam *brincar* com algo fresco e limpo. Algo que não se parecesse com um animal sujo e acorrentado.

Então eu preferia continuar imundo. Com prazer.

Baixei a mão para o colo. A calça estava endurecida com sangue seco. Examinei a mão, vendo o curativo sujo e sabendo o que aquilo significava, e meu coração disparou dentro do peito. A raiva se intensificou, deixando minha pele fria febril. Bati com o pé descalço na pedra úmida e irregular. O ato não serviu para nada além de fazer com que as algemas de pedra das sombras se apertassem e meu pé latejasse.

Não dava a mínima para o dedo. Podia ter perdido a mão inteira que não me importaria. Era a perda da aliança que me incomodava. Era o que eu sabia que aquela vadia tinha feito com a aliança e o dedo.

Ela havia mandado de presente para Poppy.

Fechei a mão direita em punho e repuxei os lábios sobre as presas. Eu ia arrancar suas entranhas e dar para ela comer porque não podia...

Encostei a cabeça contra a parede e fechei os olhos. Nada disso me fez esquecer que Poppy devia ter visto *aquilo*. Ela já devia saber o que aquela vadia tinha feito, e não havia nada — porra *nenhuma* — que eu pudesse fazer a respeito.

Mas ela tem Kieran. Eles vão amparar um ao outro. Saber disso fazia com que ficasse um pouco mais fácil respirar. Liberava um pouco da tensão no meu corpo. Eles tinham um ao outro, não importava o que acontecesse.

Levantei ligeiramente a ponta da gaze suja para revelar o redemoinho dourado na palma da minha mão. Soltei o ar com a visão da marca e com o que ela significava.

Ela estava viva.

Eu estava vivo.

O súbito estalar de saltos ecoou pelo corredor escuro fora da cela. Soltei a gaze e olhei para a entrada arredondada, alerta. O som era esquisito. Ninguém, nem mesmo os Vorazes que perambulavam por ali, fazia tanto barulho. As Aias pareciam abelhas operárias e silenciosas. Os passos de *Isbruxa* eram muito mais leves, audíveis somente quando ela se aproximava da cela. O maldito Espectro dourado era tão silencioso quanto um fantasma. Aquele som parecia o de um jarrato de saltos altos, um jarrato de saltos altos que *cantarolava* muito mal.

Que merda era...?

Um segundo depois, *ela* entrou na cela, com o estalido dos sapatos quase se sobrepondo ao que quer que estivesse tentando cantarolar. Ou talvez estivesse gemendo, pois o som que emitia não tinha melodia. Ela segurava um lampião — bem, na verdade ela *sacolejava* o lampião como uma criança, fazendo a luz dançar pelas paredes.

Eu a reconheci imediatamente, embora só a tivesse visto uma vez, com a tinta preto-avermelhada em forma de asas cobrindo a maior parte das bochechas e da testa como agora. Por causa da altura. Ela era mais baixa que as outras, e eu tinha notado isso porque vi a facilidade com que ela lidou com Delano, um lupino que era pelo menos uns cinquenta centímetros mais alto do que ela na forma mortal. E também por causa do cheiro. Não o cheiro de sangue podre que sentia emanando dela, mas algo mais doce. Familiar. Já tinha notado isso quando estávamos na Trilha dos Carvalhos.

Era a Espectro que estava no Castelo Pedra Vermelha. Não havia mais ninguém com ela agora. Nenhuma Aia. Nenhum Menino Dourado. Nenhuma Rainha das Vadias.

— Olá! — saudou, me dando um aceno bastante alegre enquanto colocava o lampião em uma prateleira de pedra no meio da parede. A luz amarela repeliu as sombras da cela e incidiu sobre os cachos pretos e emaranhados que desciam por seus ombros.

Ela se virou para mim, entrelaçando as mãos. Seus braços estavam nus, e eu vi marcas ali, formas estranhas que devia ter sido desenhadas ou tatuadas sobre a pele, não *na* pele.

— Você não parece nada bem.

— E você é uma péssima cantora — respondi.

A Aia esticou o lábio inferior, fazendo beicinho.

— Que grosseria.

— Eu até pediria desculpas, mas...

— Não se importe. Tudo bem. Não se preocupe. Eu te perdoo. — Ela avançou, com os passos muito mais silenciosos. Estreitei os olhos. — Também não me importaria se estivesse acorrentada a uma parede em uma cela subterrânea, sozinha e... — Ela se agachou diante de mim e o seu vestido se abriu, revelando uma adaga comprida e letal presa à coxa, e outra mais curta, embainhada no cano da bota. Ambas as lâminas eram pretas. Pedra das sombras. Ela farejou o ar. — Fedido. Você está com cheiro de decomposição. E não do tipo divertido que geralmente acompanha os Vorazes. — Ela fez uma pausa. — Ou uma noite cheia de más escolhas.

Eu a encarei.

A Espectro olhou para a minha mão enfaixada.

— Acho que você está com uma infecção.

Era bem provável, mas será que era a mão ou a mordida do Voraz?

— E daí?

— E daí? — Ela arregalou os olhos por trás da máscara pintada, fazendo com que o branco das íris se destacasse. — Pensei que os Atlantes não sofressem de tais doenças mortais.

— Você espera que eu acredite que nunca esteve perto de Atlantes feridos antes? — Sustentei o olhar dela. — Que eu sou o primeiro que você viu aqui?

— Você não é o primeiro, mas não costumo chegar perto dos bichinhos de estimação da Rainha.

Repuxei os lábios sobre as presas.

— Posso estar acorrentado, mas não sou um animal de estimação.

A asa no lado esquerdo do seu rosto se ergueu quando ela arqueou a sobrancelha.

— Acho que não, já que você rosna tanto. Nesse caso, você deve ser o tipo de animal de estimação que alguém precisaria sacrificar.

— É por isso que está aqui?

A Aia riu, e eu retesei o corpo. Sua risada se parecia...

— Você é tão desconfiado. Não é por isso que estou aqui — avisou ela, e eu pestanejei, sacudindo a cabeça. — Para falar a verdade, estou meio entediada. E fiz uma promessa. — Ela se levantou rapidamente e olhou para a banheira. — Se você acha que não precisa de um banho, eu detesto ter que lhe dizer isso, mas precisa sim.

— Não tenho a menor intenção de usar a banheira.

— Você é quem sabe. É a sua vida, o seu fedor.

— Qual foi a promessa que fez?

— Uma bem irritante. — A Espectro caminhou até o outro lado da banheira e então se ajoelhou. Ela tamborilou os dedos na superfície da água, criando pequenas ondas. — Embora o banho possa ajudar a sarar essa ferida.

Quando não respondi, ela bateu mais um pouco na água enquanto me olhava com aqueles olhos azul-claros quase sem cor.

— É porque você precisa se alimentar?

Será que eu podia me alimentar dos Espectros? Não sei se seria o equivalente a me alimentar de um mortal. Ora, eu nem sabia se eles estavam vivos ou mortos. Nem que porra eles eram, para falar a verdade.

Ela inclinou a cabeça para o lado, e seus cabelos embaraçados caíram por cima do braço.

— Aposto que é isso. Seu irmão fica mal-humorado quando precisa se alimentar.

Concentrei-me totalmente nela.

— Onde está meu irmão?

— Aqui. Ali. Em qualquer lugar, menos onde deveria estar.

Cerrei o maxilar, pois aquilo parecia ser coisa do Malik que eu conhecia, mas estava começando a achar que o processo de criação de um Espectro confundia o cérebro e era por isso que as outras Aias não falavam. O que saía da sua boca era só bobagem.

— Você deve passar muito tempo na companhia dele para saber quando ele precisa se alimentar.

A Aia endireitou a cabeça.

— Na verdade, não.

— Bom, é uma coisa estranha de se notar.

— Sou observadora, só isso. — Os olhos dela... Eram tão opacos, quase sem vida. Bastante assustadores de se encarar por muito tempo. — Além do mais, não quero que ele seja morto, o que acabaria acontecendo se eu passasse muito tempo em sua companhia.

— As Aias não podem confraternizar com pessoas do sexo oposto?

Ela bufou de modo nada delicado.

— As Aias podem confraternizar com pessoas do sexo que acharem melhor.

— Então é porque a sua Rainha quer Malik só para ela? — Senti um nó no estômago.

— Isbeth não tem o menor interesse nele. — Sua expressão não mudou, mas percebi que ela segurou a borda da banheira com força. Interessante. — Há muito tempo.

Não acreditei nisso nem por um segundo.

A Aia mergulhou o braço na água e começou a esfregar a pele. Os símbolos estranhos desapareceram rapidamente. Ela passou para o outro lado.

— Você sabia que esses túneis e câmaras estão aqui há centenas de anos? — Ela se levantou da banheira, com os dedos pingando água conforme atravessava a cela. — Já existiam quando os deuses caminhavam entre os homens. É claro que foram ampliados e agora percorrem toda a extensão da cidade, mas essas paredes... — Ela pousou a mão sobre a pedra úmida. — Essas paredes são antigas, e poucas pessoas tiveram permissão de adentrar nelas.

Sabia a respeito das câmaras debaixo das casas dos Ascendidos, mas não que os túneis percorriam toda a extensão da cidade.

— Não dou a mínima para essas paredes.

— Pois deveria. — Ela olhou por cima do ombro para mim. — Os deuses andaram por esses túneis. E os Primordiais também. Andaram por outros túneis em outras cidades, conectando *portas* e criando proteções mágicas feitas da Essência Primordial capaz de manter as coisas do lado de fora. Ou de *dentro*.

Eu a observei deslizar a palma da mão sobre a pedra irregular, imaginando o que estaria falando.

— Uma deusa nascida mortal, com o sangue do Primordial da Vida e do Primordial da Morte no momento da Ascensão, foi profetizada — sussurrou a Aia. — Ou pelo menos é o que dizem, e eles falam demais. De qualquer modo, *ela* quebrou aquelas proteções Primordiais quando Ascendeu à divindade.

Era evidente que ela estava falando de Poppy.

Ela encostou a bochecha contra a parede.

— E agora tudo o que estava guardado aqui pode sair. — Ela me encarou com os olhos não tão opacos quanto antes. — Mas ainda restam duas questões. Quando e onde. Nem ele sabe a resposta.

Mal sabia o que dizer a respeito, mas notei como ela repuxou o lábio quando disse *ele*.

— Quem?

— Callum.

— O Menino Dourado?

Ela deu uma risada gutural, mais genuína e estranhamente familiar.

— Ele é velho. Velho pra caramba. Tome cuidado com aquele ali.

— Ele que se dane. — Impaciente, inclinei-me para a frente, mais que o normal por causa das correntes frouxas. — Do que você está falando? E o que sua divagação tem a ver com a Ascensão de Poppy?

— Eu começo a divagar, não é? Ian me disse que Penellaphe também faz isso. — Ela se virou bruscamente, me encarando enquanto se encostava na parede. — É verdade?

Estreitei os olhos.

— Por quê? Por que você quer saber disso?

Ela ergueu os ombros.

— Só estou curiosa.

— Que curiosidade mais estranha.

— É verdade? — insistiu ela. — Ela também costuma divagar? Soltei o maxilar.

— Ela tem uma tendência a divagar... em voz alta. Com frequência, e muitas vezes de modo aleatório.

Ela repuxou os cantos dos lábios para cima enquanto brincava com a ponta de uma pedra na altura do quadril.

— Eu... eu não sabia que a Rainha iria fazer aquilo com Ian. Eu... — Ela cerrou o maxilar. — Não esperava por isso.

Acreditei nela. A expressão de choque no rosto dela e do meu irmão quando aquela vadia ordenou que Ian fosse morto não pode ter sido fingimento.

— Eu lhe diria que vou matar Isbeth por isso, mas a minha Rainha é uma *deusa*. É ela quem vai matá-la.

A Aia parou de mexer os dedos sobre a pedra.

— Sim, soube disso na Trilha dos Carvalhos — disse a ela. — Ela com certeza vai matar aquela vadia.

Um ligeiro sorriso voltou aos lábios dela, me surpreendendo, e eu achei que nada mais pudesse me surpreender.

— Eu a vi depois. Penellaphe.

Minha respiração. Meu coração. Ambos pararam.

— Fiquei para trás, imaginando que ela acordaria furiosa. E estava certa. Ela foi para a Trilha dos Carvalhos, e como é poderosa. Por um instante, pensei que ela fosse destruir a Colina e a cidade inteira. — Ela continuou esfregando os dedos na borda afiada de uma pedra. — Mas ela se conteve. Talvez não seja igual à mãe.

— Não, não é — rosnei. — Não há ninguém igual a ela.

— Você está certo quanto a isso. — Ela olhou de volta para mim. — Mas não a conhece de verdade. Duvido que ela sequer conheça a si mesma. — A Espectro abaixou o queixo, e o seu olhar deixou a minha pele enregelada. — Penellaphe tem sangue do Primordial da Vida e do Primordial da Morte nas veias.

— Eu sei. Ela sabe que é descendente de Nyktos...

— Se você acha que o Vovô é o *verdadeiro* Primordial da Vida e o *verdadeiro* Primordial da Morte, então não sabe de nada.

Estreitei os olhos. O que ela queria dizer? Nyktos *era* o verdadeiro Primordial da Vida. Os deuses Rhain e Rhahar cuidavam dos mortos, mas Nyktos era o Primordial. O Rei dos Deuses. Isso significava que também era o verdadeiro Primordial da Morte.

— Então me explique.

— Eu não estou *tão* entediada assim. — Ela desencostou da parede. — Além disso, tenho coisas a fazer. Pessoas para ver. Matar. Tanto faz. Já cumpri a minha promessa. — Ela se virou e começou a seguir na direção da entrada, mas se deteve e baixou o olhar. — A Rainha tem planos.

— Aquela besteira de refazer os planos?

— Para refazer algo, primeiro é preciso destruí-lo.

Senti um arrepio na espinha.

— A Rainha de Sangue não é tão poderosa assim.

— Pode ser que não. — As costas da Aia estavam excepcionalmente rígidas. — Mas ela sabia como dar à luz algo que fosse.

Poppy

A conversa ao meu redor não passava de um murmúrio na sala de visitas. Os demais se reuniam em volta de Hisa Fa'Mar, uma das comandantes da Guarda da Coroa, e do mapa da Trilha dos Carvalhos em que ela estava trabalhando.

A notícia do avanço do exército chegou logo depois que voltamos para a Mansão Cauldra — na forma de 19 dragontinos que pairavam nos céus da Terra dos Pinheiros.

Houve muita correria e gritaria dos moradores. Eles só se acalmaram quando os dragontinos pousaram nos arredores de Cauldra e em cima dos pinheiros que cercavam a mansão, sem fazer nada além de observar os mortais que corriam de um lado para o outro.

Não pude deixar de imaginar o que os dragontinos achavam daquela reação. Será que era assim quando eles estavam acordados antes? Ou eram aceitos? Será que só ficavam no Iliseu? Não tinha pensado em perguntar isso a Reaver.

A chegada deles desviou minha atenção do que havia no bolso do meu casaco. A chegada dos dragontinos significava que podíamos esperar que Valyn e o resto do exército fossem aparecer no dia seguinte.

Dei um suspiro profundo e lento. Nós estávamos dentro do cronograma. Depois de amanhã, invadiríamos a Trilha dos Carvalhos e eu partiria para a Carsodônia.

Para encontrar Casteel.

Eu havia me reunido com Vonetta após a chegada caótica dos dragontinos para falar sobre a posição de Regente da Coroa. Ela aceitou, embora não tivesse ficado muito feliz com a ideia de não se juntar a Kieran e a mim. Ainda assim, achei que ela estava ansiosa para mandar em alguns Atlantes, principalmente em um certo Atlante de cabelos castanho-avermelhados, que também ficaria para trás.

Também falei com Reaver a respeito da viagem para a capital. Ele estava na forma de dragontino e assentiu com a cabeça grande e cheia de chifres.

Vonetta e Naill não estavam ali agora. Os dois, junto com Emil, foram até o bosque de pinheiros para cuidar do que havia naquela caixa de madeira. Mas antes disso passamos horas discutindo o que fazer depois de tomarmos o controle da Trilha dos Carvalhos.

Decidimos que partir com um grupo grande chamaria muita atenção. A conversa ficou tensa quando anunciei que apenas Kieran e Reaver viajariam comigo. Ninguém ficou contente com isso, e todos exigiram nos acompanhar. Mas nosso plano era muito arriscado.

Isbeth me queria viva.

Esse desejo não se estendia a mais ninguém, e eu já não estava feliz por colocar Reaver e Kieran em perigo. Não iria ceder.

E já que era a Rainha, também não precisava.

Alem disso, queria que Vonetta tivesse todo o apoio possível caso encontrasse qualquer resistência. E como Aylard não tinha participado das nossas conversas, era bem provável que houvesse alguma. Ela teria Naill e Delano, Emil e Perry, mais Hisa e os lupinos, para apoiá-la. O que Vonetta ia fazer era tão importante quanto a minha excursão.

A única coisa em que todos *concordamos* foi que era muito improvável que a Rainha tivesse aprisionado Casteel no mesmo lugar de antes. Isbeth era muito esperta para fazer isso.

Encontrá-lo seria uma das partes mais difíceis do nosso plano. O próprio Castelo Wayfair já era enorme, com câmaras subterrâneas semelhantes às de Pedra Vermelha. Foi lá que eu tinha visto... que tinha visto meu pai quando era mais nova. Mas não achava que Casteel estivesse preso lá. Explicar o que parecia ser um gato das cavernas para um nobre errante ou uma garotinha como eu era mais fácil do que explicar por que o Rei de Atlântia estava em cativeiro.

Além disso, havia o terreno de Wayfair com seus jardins e grutas, propriedades extensas e florestas vigiadas. Isso sem falar na própria cidade, com inúmeros lugares onde esconder alguém.

Seria como procurar um fantasma.

Senti o contorno da aliança dentro do bolso e olhei para o corredor.

Tudo o que você e aqueles que a seguem vão encontrar aqui é a morte.

Parei de mexer os dedos quando me lembrei das palavras do Duque.

— Com licença — pedi, ficando de pé.

Tanto Kieran quanto Delano olharam para mim, mas nenhum deles fez menção de me seguir. Porém, eu sabia que um deles acabaria me seguindo. Saí para o corredor frio e escuro e segui na direção da porta do outro lado da mansão.

Entrei na pequena área de estar da suíte e depois no quarto, separado por cortinas pesadas. Fui até a mesinha de cabeceira e vi o cartão que acompanhava a caixa. Ainda não tinha lido.

Faria isso agora.

Querida filha,

Fico sentida por saber que esse presente vai lhe causar sofrimento. Lamento imensamente por isso, mas você não me deixou outra escolha. O que não tem remédio, remediado está. Ele está vivo. Não se esqueça disso enquanto olhamos para o nosso futuro juntas, mas separadas. O futuro dos reinos e da legítima coroa dos planos depende de nós.

Com amor, mãe.

As palavras não mudavam, não importava quantas vezes eu as lesse. Não consegui compreender como ela podia fazer uma coisa dessa e depois pedir desculpa. Nem como podia realizar atos tão horríveis como se não tivesse controle sobre eles. Ela havia me culpado pela morte de Ian. E agora me culpava por ter ferido Casteel? Eu a provoquei. Eu guiei sua mão. Mas ainda era a mão *dela*.

Mãe.

Não conseguia acreditar que ela havia assinado daquele jeito.

Ouvi passos se aproximando e vi quando Vonetta puxou a cortina que separava os aposentos.

— Kieran me disse que você devia estar aqui — explicou ela, deixando que o pano pesado voltasse para o seu lugar. — Já cuidamos de tudo. Nós... o queimamos.

Puxei o ar, sentindo um aperto no peito.

— Obrigada.

— Gostaria que você estivesse me agradecendo por outra coisa.

— Eu também — confessei.

— É claro. — Vonetta espiou por cima do meu ombro para ler o bilhete. — Há algo muito errado com essa mulher.

— Disse a mesma coisa mais cedo.

— Fico imaginando se ela sempre foi assim. Em caso afirmativo, o que será que Malec viu nela?

— Não sei se ela sempre foi assim ou se perder Malec e o filho fez isso com ela. — Lembrei-me do que Reaver havia me dito antes. — Acho que é possível que Malec tenha se sentido atraído por isso.

— Ele parece ser uma peça rara — respondeu ela, e eu dei um sorriso sarcástico. — Queria te perguntar como você está lidando com... bem, com essa história de ela ser sua mãe. Mas sempre achei que fosse uma pergunta idiota, sabe? Tipo sei que você não se sente *bem* em relação a ela.

— Não é uma pergunta idiota.

— Não? — Ela arqueou as sobrancelhas e se recostou na parede.

Sacudi a cabeça.

— Para ser sincera, não sei o que sinto em relação a ela. Tudo o que sei é que... não penso nela como minha mãe. Porque ela não é. — Olhei para o cartão. — Costumava ter dificuldade em conciliar quem ela era para mim com o monstro que era para Casteel e os outros. Não mais. Não depois de Ian. — Senti um aperto no peito e engoli em seco. — Você falou com Ian quando ele foi para o Pontal de Spessa?

— Falei. — Vonetta franziu os lábios. Um bom tempo se passou. — Não conheço muitos Ascendidos. Posso contar o número nas duas mãos. Mas ele não era como eu esperava. Ele foi educado, e não do tipo falso. Ele foi... *caloroso*, mesmo que sua pele fosse fria. Faz sentido?

Dei um suspiro entrecortado e assenti.

— E ele foi meio sedutor, mas não de um jeito repulsivo. — Um sorrisinho surgiu nos lábios dela. — Quando Ian foi atrás de você no Pontal de Spessa, as Guardiãs não queriam deixá-lo partir, acreditando que ele fosse uma ameaça. Fiquei de vigia, e ele aproveitou para me contar uma história sobre a Baía de Estígia e os Templos da Eternidade, dizendo que os Templos de Solis existiam desde que os deuses caminhavam nesse plano. Não eram apenas locais de adoração, mas de imenso poder, capazes de neutralizar os deuses. E que também eram portais para o Iliseu, por onde os deuses transportavam os mortais. — Ela pegou uma trança, passando-a por entre os dedos. — O que não acredito que seja verdade de jeito nenhum. Mas o que ele disse *foi* interessante. Ele tinha um jeito de contar histórias que você acabava se deixando levar. Quero dizer, eu fiquei completamente entretida pela história de uma garota que estava colhendo flores e foi assustada por um deus, caindo de um penhasco. Enfim, Ian me disse que costumava contar histórias pra você também, quando você estava sozinha ou chateada. Ou quando ele estava entediado, o que disse ser frequente.

Conhecia aquela história. Sotoria e os Penhascos da Tristeza. Ian havia me contado em uma das cartas que escreveu para mim depois da Ascensão.

— Ele conseguia inventar histórias do nada. Pegar algo corriqueiro como uma espada velha e cega e transformar na espada empunhada pelo primeiro Rei mortal. — Dei uma risada entrecortada. — Ele tinha uma imaginação e tanto. — Olhei para as cortinas que balançavam suavemente nas janelas. — Será que Coralena e Leo eram os pais dele? Já que ela era uma Espectro, não sei se ela podia *ter* filhos. Caramba, eu nem sei... — Abri e fechei a boca, e depois tentei de novo: — Nem sei se o meu pai agiu de vontade própria. Se eles o colocaram naquela jaula antes ou depois que nasci.

Senti a repulsa de Vonetta, tão intensa quanto a minha.

— Nós vamos encontrá-lo também.

— Sim, nós vamos. — Com a mente passando de Ian para o meu pai e para... Casteel, conjurei o éter, uma diminuta fagulha que consumia pouca energia, e então deixei que faiscasse na ponta dos meus dedos. Não havia nenhuma sombra em meio ao brilho prateado que cobriu o bilhete. Deixei que as cinzas que sobraram do cartão escapassem dos meus dedos. — E vamos garantir que ela não possa machucar mais ninguém.

8

Eu estava sonhando.

Mas não era um pesadelo vindo de uma noite distante ou provocado pela angústia e raiva recentes.

Soube disso assim que saí do sono de repente e me encontrei em um lugar diferente. Um lugar que nem parecia ter saído de um sonho, já que os meus sentidos estavam despertos e alertas.

Água morna e agitada lambia minha cintura e borbulhava ao longo da parte interna das coxas. O ar pesado e úmido pairava sobre a pele nua dos meus braços e seios como um véu de cetim. A água fervilhava ao redor do monte de rochas que se projetava da superfície da piscina aquecida. Nuvens de vapor dançavam sob os raios de sol, se enroscando aos lilases que cobriam as paredes e se estendiam pelo teto, perfumando o ar da caverna de Casteel.

Não sei por que sonhei com aquele lugar, em vez de algo horrível, nem como consegui dormir tão profundamente na véspera da batalha. Talvez saber que logo estaria a caminho da Carsodônia tenha substituído a sensação aguda de desespero por objetivo. Talvez isso tenha me dado a paz de espírito de que eu precisava para descansar e sonhar com algo agradável e belo.

Passei a mão pela água, sorrindo quando senti cócegas na palma. Fechei os olhos e inclinei a cabeça para trás. A água puxou a ponta da minha trança e o ar úmido e docemente perfumado se... *agitou*.

Tive uma sensação que me deixou toda arrepiada e então parei de mexer as mãos e abri os olhos. Senti um arrepio pelo corpo inteiro.

Puxei o ar bruscamente, e minha respiração ficou presa quando um cheiro diferente chegou às minhas narinas. Um cheiro que me fazia lembrar de... pinho e especiarias.

— Poppy.

Meu coração palpitou. Tudo parou. Aquela voz. Aquela *voz* rica e grave com um leve sotaque melodioso. *A voz dele.* Eu a reconheceria em qualquer lugar.

Virei-me, agitando a água furiosamente. Fiquei completamente tensa, e então senti um estremecimento por todo o corpo.

Eu *o* vi.

No calor úmido da caverna, vi o cabelo macio e preto já começando a se enrolar acima das sobrancelhas e as maçãs do rosto salientes na pele cor de areia parecendo mais angulosas do que eu me lembrava. Mas aquela boca carnuda... Estremeci de novo. Ele estava com a boca entreaberta, como se tivesse puxado o ar e ficado sem fôlego. Havia um vestígio de barba nas bochechas e no queixo forte e orgulhoso, que lhe emprestava uma aparência incomum, rústica e selvagem.

Ele parou diante de mim, com a água rodopiando preguiçosamente contra aqueles sulcos fascinantes nos quadris. Estava tão nu quanto eu, com os músculos definidos do abdome e as curvas delineadas do peito parecendo mais distintas e rígidas do que eu me lembrava.

Mas era ele.

O primeiro.

O último.

Tudo para mim.

— Cas? — Seu nome veio do fundo da minha alma, e doeu e queimou todo o caminho até sair dos meus lábios.

Ele engoliu em seco. Nunca tinha visto seus olhos tão brilhantes assim.

Pareciam poças de ouro polido.

— *Poppy.*

Não sei quem se moveu primeiro. Se foi ele ou eu, ou se nós dois nos movemos ao mesmo tempo, mas foi apenas um segundo — menos de um — até que seus braços estivessem ao meu redor. A sensação da pele quente e molhada dele contra a minha foi um choque, pois eu o *senti*, da carne rígida do peito até os pelos grossos das pernas. Segurei-o pelas bochechas, maravilhada com a sensação dos pelos ásperos nas mãos, algo que nunca tinha sentido nele antes.

Eu o *senti*.

Ele me segurou bem apertado, sem deixar nenhum espaço entre nós. Foi impossível não *sentir* que ele estava tremendo tanto quanto eu. Ele subiu a mão pela minha coluna, provocando uma série de calafrios, e a afundou na minha trança.

Lá no fundo, eu sabia que era só um sonho, mesmo que nada disso parecesse uma imitação barata criada pela minha mente desesperada e solitária. Não quando o enorme vazio no meu peito se encheu com a sensação dele, de *Casteel*.

— Poppy — repetiu ele, com o hálito sobre os meus lábios. Em seguida, pousou a boca na minha.

Os lábios dele... Ah, deuses, eu me afoguei quando os senti. Não acredito que uma mera lembrança fosse capaz de captar sua dureza inflexível ou suavidade exuberante. Não acredito que uma mera lembrança fosse capaz de recriar o jeito como ele me beijava.

Porque Casteel me beijava como se estivesse morrendo de fome e eu fosse o único alimento que já desejou ou precisou. Ele me beijava como se fosse a primeira coisa que já quis ter e a última coisa da qual precisava.

Afundei as mãos no seu cabelo úmido, tremendo ao *sentir* as mechas entre os dedos. A ponta de uma presa afiada arranhou meu lábio inferior, aquecendo meu sangue de um jeito que só ele era capaz de fazer. Retribuí o beijo, com o desejo faiscando e pegando fogo conforme uma onda pulsante de prazer contraía os músculos no meu baixo-ventre. A intensidade me fez esfregar o corpo contra ele, contra a rigidez quente dele, e uma urgência explodiu em mim.

Casteel gemeu e enroscou os dedos nos meus cabelos, e aqueles beijos longos e intoxicantes se tornaram mais curtos e exigentes. Ele repuxou os meus lábios. Meus dentes colidiram com os dele. Aqueles beijos me incendiavam, deixando brasas em seu rastro, chamas que acabariam me consumindo, mesmo em meio a um sonho. E eu sabia que era só isso. Um sonho. Uma recompensa que não achava que merecia, mas que iria aceitar com prazer mesmo assim. Porque eu precisava dele. Precisava sentir o calor no meu corpo outra vez.

E com Casteel, sempre fui como carne e fogo.

Passei o braço ao redor dos ombros largos dele enquanto deslizava a mão pelo seu rosto até chegar ao pescoço, onde senti sua pulsação. Pousei a mão no seu ombro.

— Por favor. Toque em mim. Me possua. — As palavras que saíram da minha boca não tinham nenhum traço de vergonha. Não havia espaço para isso naquela fantasia. Nada de constrangimento. Nada de hesitação ou incerteza. Apenas desejo. Só nós dois. Só aqueles minutos roubados importavam, mesmo que não fossem reais. — Por favor, Cas.

— Você sabe muito bem, Poppy, que nunca precisa implorar pra mim.

Outro estremecimento percorreu meu corpo inteiro quando ouvi a voz dele, suas palavras substituindo as últimas e os apelos roucos.

— Eu sou seu — jurou ele contra os meus lábios inchados. — Agora e para sempre.

— Para sempre — sussurrei.

Casteel tremeu ainda mais.

— Precisava ouvir isso. Você não faz a menor ideia do quanto eu precisava ouvir *você*. — Ele diminuiu a distância entre nós, tomando os meus lábios nos dele. — Será que a minha necessidade transformou você em realidade? Não sei. Não consigo pensar em nada além *disso*. Da sensação da sua pele. — As presas afiadas dele puxaram os meus lábios de novo, dispersando os meus pensamentos. — Não quando você está aqui nos meus braços.

O beijo se intensificou quando a língua dele tocou a minha, provocando uma onda de sensações ardentes por todo o meu corpo.

— Não quando consigo sentir seu gosto. Sentir você. — Casteel deslizou a mão trêmula pelo meu braço, roçando a lateral do meu seio e depois a cintura. Ele continuou descendo, com os calos ásperos nas palmas exatamente como eu me lembrava. A mão dele afundou na água e se fechou ao redor do meu quadril, pressionando a carne ali. Em seguida, subiu e pousou no meu seio conforme ele emitia um som primitivo e intenso. Fiquei ofegante.

— Consigo sentir isso. — Ele esfregou o polegar no meu mamilo latejante e então sua mão roçou a minha cintura de novo, afundando mais uma vez na água. Quando me segurou pelo quadril, ele me puxou de encontro a si e da sua rigidez. — Você consegue me sentir? Fale comigo. Você consegue me sentir, Poppy?

— Eu consigo sentir você. — Enrosquei os dedos nos seus cabelos e me esfreguei nele. Eu queria senti-lo se movendo dentro de mim. Queria sentir aquele puxão delicioso. — Você é tudo o que sinto, mesmo quando não está comigo. Eu te amo tanto.

Seu grito rouco abafou o meu quando ele deslizou meu corpo ao redor do membro grosso.

Senti um choque. A sensação dele esticando a minha carne e me penetrando era puro prazer com uma pontada de perversão. Uma sensação intensa que era...

Retesei o corpo, com a pulsação acelerada. A sensação dele, a enorme presença... Deuses, parecia de verdade.

De verdade *mesmo*.

Olhei para nós dois, para os meus mamilos entumecidos e a fina camada de pelos no peito dele. Para a minha barriga macia encostada no abdome rígido dele. Eu o vi respirar de modo rápido e ofegante. Eu o vi tremer enquanto se mantinha imóvel dentro de mim. Eu o senti se contorcer no ponto onde estávamos unidos debaixo da água agitada. Continuei olhando para nós dois, para ele e o corpo dele. Para a magreza que não existia antes. Para as tênues marcas que surgiram aos poucos, espalhando-se pelo seu peito ao lado dos inúmeros cortes e incisões desbotados das antigas cicatrizes. Meu coração já acelerado bateu descompassado.

— Isso... isso está acontecendo mesmo? — sussurrei.

Casteel levantou a cabeça, com o olhar ardente fixo no meu. Ele apertou a minha cintura.

— Seus olhos... — disse ele, com a voz grossa e rouca. — Não há apenas uma aura por trás das pupilas. Há manchas prateadas entremeadas ao verde. — A confusão o fez franzir o cenho de tensão. — Nunca vi seus olhos assim antes.

O modo como ele descreveu meus olhos me fez lembrar de uma coisa. *Dela*. Da Consorte. Senti um arrepio na nuca. Respirei fundo e senti o cheiro de outra coisa sob o perfume de lilases e de pinho e especiarias de Cas.

Um cheiro de mofo do ar úmido e rançoso.

Minha pele ficou ainda mais gelada, mas a dele parecia quente. Febril.

— Você está sentindo isso? — Estremeci quando arrepios percorreram o meu corpo. — Eu... estou com frio.

— Eu... — Ele parou de falar e virou a cabeça para o lado quando ouviu um som de... Não era de água corrente. Era um som mais pesado. Um *tinido*.

Prendi a respiração. Olhei para ele, *atentamente* agora. O vestígio de uma barba. Os sulcos sob as maçãs do rosto. Os cortes na pele. Vi o exato momento em que a confusão saiu dos seus olhos dourados e radiantes.

E o assombro tomou conta deles.

— *Corações gêmeos* — balbuciou ele.

— O quê...?

Casteel me beijou mais uma vez. Com força. Avidamente. Ele me beijou como se pudesse me puxar para dentro de si. Quando sua boca deixou a minha, ele não se afastou muito.

— Deuses! Poppy, eu sinto tanto a sua falta que chega a doer.

Senti um aperto no peito. Meus olhos se encheram de lágrimas.

— Cas...

Ele passou os braços ao meu redor e me segurou com mais força do que antes, mas eu estava sentindo cada vez mais frio. Senti-o tremer quando pousou a cabeça no meu ombro. Seu peito ofegou contra o meu.

— Poppy — sussurrou, beijando minha bochecha, o ponto abaixo da minha orelha e meu ombro. Em seguida, encostou a boca no meu pescoço. — Minha bela e corajosa Rainha. Eu podia ficar aqui, abraçando você, para sempre.

Ah, deuses, eu sabia que aquilo ia acabar. O pânico me invadiu. Não estava pronta. Ainda não.

— Não me deixe. Não nos deixe. Eu te amo. *Por favor*. Eu te...

— Me encontre outra vez. — Ele levantou a cabeça e seus olhos... não estavam mais brilhantes nem suas feições distintas. Tudo ficou nebuloso, e eu não conseguia... Ah, deuses, eu não conseguia mais senti-lo. — Me encontre. Vou ficar esperando aqui. Para sempre. Eu...

Acordei de supetão, arregalando os olhos enquanto ofegava, com o coração disparado.

Levou um bom tempo para que meus pensamentos desacelerassem o suficiente para que eu pudesse reconhecer as paredes de lona iluminadas pelo luar. Uma fina camada de suor umedecia a minha pele, e eu podia jurar que ainda... Ainda conseguia ouvir a água borbulhante da caverna.

Vou ficar esperando aqui. Para sempre.

Estremeci, fechando os olhos e tentando, ao máximo, voltar para a caverna. Para ele. Mas não deu certo. Não consegui voltar para o sonho, mas ainda podia senti-lo. O calor dentro de mim permanecia ali, demorando para se dissipar, assim como o latejamento agudo. Minhas mãos formigavam, o meu corpo inteiro formigava, como se o toque tivesse sido real. Como se a sensação dele, quente e duro contra mim e dentro de mim, tivesse sido real.

Só que não tinha.

Pouco a pouco, eu me dei conta do peso de Kieran ao meu lado e dos seus roncos suaves e abafados. Ele estava encolhido às minhas costas, dormindo na forma de lupino. Graças aos deuses o sonho não o tinha acordado. Virei a cabeça e vi a aliança de Casteel na mesinha de cabeceira, banhada pelo luar. Estendi a mão...

Um cheiro alcançou minhas narinas.

Um cheiro que não poderia ser explicado.

Peguei meu cabelo frouxamente trançado e inalei. Era inconfundível.

Pinho e especiarias.

E lilases doces e perfumados.

O choque se apoderou de mim. Sentei-me na cama, sobressaltando Kieran. Ele levantou a cabeça e olhou para mim por cima do ombro.

Seus pensamentos roçaram nos meus, amadeirados e intensos. *Poppy?*

Não consegui responder. Não com o coração martelando dentro do peito. Olhei para a parte da trança com cheiro de lilases. Como era possível? Não havia lilases ali. E mesmo se houvesse, isso não explicava como eu conseguia sentir o cheiro de... Casteel. E eu sentia. Não podia ser só imaginação.

A preocupação irradiou do lupino, e eu senti a cama se mexer de repente. Kieran fechou a mão em volta da minha. O toque da pele humana dele sobre a minha me arrancou do meu devaneio. Olhei para ele e vi bastante pele à mostra.

— Poppy? O que foi? — Ele me estudou. — Aconteceu alguma coisa? Fale comigo.

Engoli em seco.

— Eu...

— Você teve um pesadelo?

— Não — respondi, e Kieran relaxou. — Foi um sonho. Com... com Casteel. Não foi ruim, mas diferente de todos que eu já tive antes.

— Um sonho erótico?

— *O quê?* — Larguei a trança.

— Você teve um sonho erótico.

Olhei para o rosto dele na escuridão, ligeiramente atordoada.

— O que te fez pensar isso?

— Acho que não vai querer que eu responda — disse ele. — Vai te deixar envergonhada.

— Como...? — Foi então que eu me dei conta. Lupinos e seu maldito olfato! Ergui o queixo, me *recusando* a ficar envergonhada. — Por que você acha que eu nunca tive um sonho erótico antes?

Kieran encolheu o ombro.

— Só imaginei que você não tivesse muitos sonhos eróticos.

Pestanejei.

— Por que não?

— Quer dizer que *foi* um sonho erótico?

— Ah, meus deuses. Por que nós estamos falando sobre sonhos eróticos quando você está pelado do meu lado?

— Minha nudez incomoda você, *meyaah Liessa?*

Não incomodava.

Bem, não exatamente.

Àquela altura, eu estava começando a me acostumar com o bufê de pele nua que acompanhava a presença de tantos lupinos — e, pelo que parecia, dragontinos também. Mas no momento, quando ainda conseguia sentir Casteel dentro de mim, a nudez de Kieran me parecia... *diferente*. Não de um jeito ruim ou errado. Diferente de uma maneira que eu não conseguia explicar. E que me fez lembrar do que ele viu quando acordei depois da Ascensão. Ele estava no quarto, me impedindo de beber sangue demais e me segurando pela cintura enquanto eu montava em Casteel...

Senti a respiração e o corpo *travados* e... bons deuses, eu tinha que parar de pensar em, bom, qualquer coisa.

Kieran repuxou um canto da boca para cima em reação à minha falta de resposta. Vi seu sorriso zombeteiro de relance sob o luar que entrava pela janela.

Estreitei os olhos.

— Você está zombando de mim.

Ele estendeu o braço e puxou a manga da minha camisa — bem, a camisa *dele* que eu tinha pegado emprestada enquanto a minha ainda estava secando depois de ter sido lavada.

— Eu jamais faria uma coisa dessa.

Cruzei os braços.

— Estou falando sério. O sonho parecia real.

— Os sonhos às vezes parecem reais.

— Mas esse foi diferente. Aqui. — Peguei minha trança e a empurrei na direção dele. — Fareje o meu cabelo e me diga qual é o cheiro.

— Ninguém nunca me pediu para fazer isso antes, mas há sempre uma primeira vez, não é? — Kieran pegou a trança, abaixou a cabeça e farejou. Senti uma mudança imediata nele. — Eu sinto o cheiro... — Ele se afastou um pouco para trás, ainda com a trança na mão. — Eu sinto o cheiro de *Cas*.

O ar escapou dos meus pulmões.

— E de lilases, certo? Sonhei com a caverna no Pontal de Spessa, e ele estava lá.

— Eu sinto o cheiro disso e... e de...

Kieran franziu o cenho.

— Mofo? Também senti, logo antes de acordar. Tudo me pareceu real até o fim, quando comecei a ficar com frio e notei algumas coisas nele. Casteel parecia estar mais magro e tinha uma barba de semanas no rosto. Houve um momento em que ele... Ah, deuses. — Engoli em seco. — Acho que ele também pensou que fosse um sonho, mas depois percebeu que não era. Ele me disse que os meus olhos estavam diferentes. Mais prateados. Você consegue vê-los agora?

— Parecem normais. Quer dizer, o *novo* normal. Há uma aura atrás das pupilas — respondeu Kieran, soltando a trança sobre o meu ombro.

— Foi quando viu meus olhos que ele meio que percebeu que... que não era um sonho. — Sacudi a cabeça. — Sei que não faz o mencr sentido, mas Cas sabia que estava prestes a acabar.

— Casteel disse alguma coisa?

— Não. Só que... — *Eu sinto tanto a sua falta que chega a doer.* Perdi o fôlego. Não podia repetir isso em voz alta. — Ele disse *corações gêmeos*, mas não me explicou por quê. Cas me disse para encontrá-lo outra vez e que vai ficar me esperando.

— Corações gêmeos — murmurou Kieran, franzindo a testa. Ele sempre suspeitou que Casteel e eu fôssemos exatamente isso, a rara união de corações e almas que diziam ser mais poderosa que qualquer linhagem.

A princípio, não tinha acreditado em Kieran, mas no momento em que Casteel e eu paramos de fingir, deixei de duvidar.

Kieran arregalou os olhos de repente.

— Puta merda!

Estremeci.

— O que foi?

— Certa vez, meu pai me contou uma coisa a respeito dos corações gêmeos. Tinha me esquecido completamente disso. — Kieran pegou minha trança de novo e respirou fundo. Quando voltou a falar, sua voz estava rouca: — Ele me disse que os corações gêmeos podiam entrar nos sonhos um do outro.

O choque tomou conta de mim. Não sabia nem o que pensar, mas e se fosse verdade? Bons deuses...

Mas por que será que aquela noite tinha sido a primeira vez? Porque dormi profundamente e os pesadelos não chegaram até mim antes? Ou será que foi a primeira vez que Casteel conseguiu me encontrar?

E se conseguíssemos fazer isso de novo? Não desperdiçaria a oportunidade. Poderia descobrir onde Casteel estava aprisionado, isso se ele soubesse. Poderia descobrir se ele estava bem, tão bem quanto poderia. Poderia usar o tempo para fazer outra coisa além de...

As palavras acaloradas que sussurrei na sua boca voltaram à minha mente, fazendo com que eu vacilasse. O jeito como falei com ele, como implorei a ele? Meu corpo inteiro ficou em brasa.

— O que você está...? — Kieran se retesou no instante em que fiquei toda arrepiada. Um frio intenso percorreu minha coluna. A Essência Primordial ganhou vida, pulsante, conforme uma sensação sombria e oleosa se apoderava de mim, encharcando minha pele e roubando meu fôlego.

Kieran virou a cabeça na minha direção.

— Você está sentindo isso?

— Sim. Eu não... — Meu coração deu um salto dentro do peito. Virei a mão esquerda para cima, estremecendo de alívio. O redemoinho dourado cintilou na minha palma. — Não é...

Os relâmpagos cruzaram o céu, tão brilhantes e intensos que iluminaram o interior do quarto, transformando a noite em dia. Um trovão explodiu em seguida, sacudindo meu peito e ouvidos.

Kieran se pôs de pé conforme eu tirava as pernas do cobertor e me levantava. A camisa emprestada desceu pelas minhas coxas enquanto eu pegava o robe no pé da cama e o vestia.

O som do trovão diminuiu, dando lugar ao relincho nervoso vindo do estábulo ali perto. Fui até a janela e puxei as cortinas. Havia uma sombra densa no céu, encobrindo o luar e mergulhando o quarto na escuridão.

— Que estranho — observou Kieran quando me virei, caminhando na direção das cortinas que separavam o aposento. — Não está tão abafado assim para cair uma tempestade dessa.

Um uivo veio lá de fora, o som do ar rugindo. O vento soprou contra a mansão, levantando as cortinas das janelas. O ar entrou pelas frestas, gelado como a época mais fria do inverno, soprando por todo o quarto. A rajada soltou as mechas de cabelo da minha trança, jogando-as em cima do meu rosto. Outro relâmpago cruzou o céu e o vento... tinha cheiro de lilases podres.

Era o mesmo *cheiro* de Vessa.

A lona pesada inchou e, através do vão, vi os mapas da Trilha dos Carvalhos que tinham sido trazidos para o quarto mais cedo voarem pelos ares como pássaros de papel.

— Droga — arfei, disparando para a frente com o estrondo do trovão que se seguiu. Meus pés cobertos de meias escorregaram pelo assoalho de pedra enquanto eu passava pelas cadeiras. Agarrei um mapa e depois outro conforme as folhas de papel voavam pelo aposento.

Baixei os mapas sobre a mesa baixa, peguei um pesado castiçal de ferro e coloquei ali em cima para segurar os papéis. O vento soprava pelo quarto, abrindo as portas enquanto os relâmpagos continuavam rasgando o céu, um após o outro, deixando o ar carregado de energia. O éter no meu peito e sangue começou a... *vibrar.*

Olhei para baixo quando a mesa começou a tremer sob as minhas mãos. À minha frente, a mesa de jantar se sacudiu, chacoalhando as jarras e taças vazias ali em cima. As cadeiras arranharam o chão, caindo atrás de mim quando o estrondo do trovão veio de cima *e* de baixo.

Uma silhueta surgiu na porta do quarto no instante em que um relâmpago clareava o céu, iluminando as feições familiares de Naill.

— Você está bem? — indagou ele.

— Acho que sim! — gritei sobre o estrondo. — E você?

— Vou ficar... — A mansão estremeceu, fazendo com que Naill estendesse os braços para se equilibrar. — Vou ficar bem assim que a maldita terra parar de tremer.

Olhei de relance pela janela e tive o vislumbre de uma sombra escura e alada passando por ali. Um dragontino pousou nos arredores da mansão, que mal sentiu seu impacto.

— É melhor não ficarmos aqui — anunciou Kieran, saindo de trás das cortinas.

Virei-me, tropeçando. Com um clarão de luz, vi Kieran abotoando a braguilha da calça.

— Você acha que é mais seguro lá fora?

— A mansão pode acabar desabando — respondeu ele. — E a última coisa que quero é ficar soterrado por toneladas de pedras.

— Não sei se é pior do que ser atingido por um raio — disparei.

Kieran não disse nada enquanto passava por mim, me puxando pela mão. Ele continuou em frente, atrás de Naill. Corremos pelo corredor que parecia interminável, saímos na tempestade e seguimos a trilha deixada por um enorme dragontino. Naill se deteve de súbito quando Reaver jogou as asas para trás, colocando-as junto ao corpo.

Girei o corpo e vi as fileiras de barracas que abrigavam a maior parte da divisão de Aylard ondulando violentamente. O dragontino virou a cabeça em formato de diamante para o céu. Segui seu olhar e meu coração palpitou quando os clarões de luz revelaram formas aladas.

— O que eles estão fazendo lá em cima? Vão acabar atingidos por um raio. — Desvencilhei-me de Kieran e corri contra os ventos fortes na direção de Reaver. O chão se ergueu violentamente, me assustando quando uma seção inteira rolou como uma onda. Cambaleei pelo chão instável enquanto o pó e a terra explodiam pelos ares. Naill me segurou pelo braço conforme a *vontade* crescia dentro de mim, a necessidade de fazer com que eles pousassem.

Reaver esticou o pescoço, soltando um som estridente e vacilante que ecoou por toda parte. Ele emitiu o chamado mais uma vez e, graças aos deuses, os outros obedeceram à sua ordem. Os dragontinos começaram a descer e três deles pousaram nos arredores da mansão.

Um clarão de luz irrompeu, mas vinha de baixo, de *dentro* da mansão.

— Que merda é essa? — arfou Naill.

O estrondo que o fluxo de luz fez ao atingir o céu foi ensurdecedor e impressionante. O raio formou um arco e então *explodiu*, se dividindo em vários raios crepitantes de luz prateada que atravessaram o céu e subiram até as nuvens na direção dos...

Dos dragontinos.

Alguém gritou — não sei ao certo se fui eu ou não — quando o raio atingiu os dragontinos lá em cima. O chão ondulou, me lançando sobre Naill. Uma luz ofuscante recaiu sobre as formas retorcidas. A dor ardeu na minha garganta. Eu estava gritando, mas não era a única. O horror aumentou ainda mais quando os dragontinos começaram a cair, com as asas flácidas e os corpos se contorcendo ao vento, desabando em cima de pinheiros e barracas, um após o outro.

E então parou.

Tudo parou.

A terra parou de tremer. Os relâmpagos desapareceram e as nuvens se dispersaram. O vento parou de soprar. Tudo simplesmente... parou, como se alguém tivesse estalado os dedos. Não havia sequer uma brisa.

E nenhum dragontino no céu.

Reaver emitiu o grito de chamado de novo, um som lamentoso e baixo. Ouvi uma resposta, vacilante e cheia de angústia.

— Não. Não. Não — sussurrei, me desvencilhando de Naill e correndo na direção da barraca caída mais próxima.

Havia um corpo nu bem ali no meio. Não teria como saber que era um dragontino se não fosse pelos pedaços de carne escura e carbonizada nos tornozelos, joelhos e demais articulações.

Afastei as dobras da lona e me ajoelhei ao lado do homem de cabelos escuros. Canalizei a pulsação do éter no meu peito enquanto colocava as mãos no braço dele. Não hesitei nem por um segundo sequer. Não havia tempo para pensar no que estava fazendo quando só tinha visto três dragontinos pousarem e o resto cair dos céus. O calor reverberou pelos meus braços até chegar nos dedos que pressionei no bíceps dele, sentindo as saliências leves e distintas na forma de escamas. Um brilho prateado envolveu o dragontino em uma teia de luz e... e então deslizou para longe, pairando inutilmente sobre a barraca.

Meu coração palpitou conforme eu tentava mais uma vez, extraindo ainda mais Essência Primordial e infundindo-a com força para dentro do dragontino.

O éter fez a mesma coisa, deslizando para longe dele.

Kieran apareceu do outro lado e tocou no pescoço do dragontino. Em seguida, olhou para mim.

— Ele se foi.

Respirei fundo.

— Posso trazê-lo de volta. Como fiz com aquela garotinha. Só tenho que me esforçar mais.

— Não, você não pode. — A voz rouca me fez estremecer. Kieran olhou de mim para onde Reaver devia estar na forma mortal. — Você tem o dom da cura, mas depois que a alma se separa de um ser pertencente aos dois mundos, já não é possível restaurar a vida.

Kieran balançou para trás, piscando os olhos antes de virar a cabeça na direção de outra barraca desmoronada. Onde soldados e lupinos se reuniam em grupos ao redor de...

O chamado angustiado e melodioso soou mais uma vez.

— *Não.* — Girei o corpo na direção de Reaver e comecei a me levantar. — Posso tentar com outro dragontino.

— Não, não pode. — Reaver se ajoelhou aos pés do dragontino caído, com a cabeça baixa.

— Por que não? — vociferei, cheia de raiva e incredulidade. Meu coração estava acelerado, minha respiração, pesada.

— Apenas o Primordial da Vida é capaz de restaurar a vida a um ser pertencente aos dois mundos. — O caráter definitivo de suas palavras foi um soco no meu estômago. — Eles se foram.

Eles se foram.

Encarei Reaver enquanto essas três palavras giravam na minha cabeça sem parar. Somente três dragontinos tinham pousado e se juntado a ele. O que significava...

Um estremecimento sacudiu o meu corpo inteiro. Havia dezesseis dragontinos no ar. Dezesseis dragontinos que tinham acabado de acordar depois de só os deuses sabiam quanto tempo só para morrer?

Abri e fechei as mãos conforme dava meia-volta lentamente.

— Sinto muito. Eu sinto muito.

— Não foi culpa sua — argumentou Kieran, se pondo de pé.

Mas eu tinha acordado os dragontinos. Eu os trouxe até ali. Eles tinham me seguido...

Tudo o que você e aqueles que a seguem vão encontrar aqui é a morte.

Minhas pernas tremeram, e meus olhos e garganta arderam quando vi as rachaduras no chão, algumas finas e outras largas o bastante para fazer alguém tropeçar. As fissuras se estendiam pelo solo como uma teia frágil e continuavam ao longo das paredes da mansão. O telhado não tinha nenhum dano que eu conseguisse ver sob o luar. Era como se nenhum arco de luz o tivesse perfurado.

Lentamente, voltei-me para onde Naill e diversos soldados estavam olhando para além das barracas caídas. Segui seus olhares, toda arrepiada. Atrás do acampamento, os pinheiros não se erguiam mais na direção das estrelas. As árvores e seus galhos pesados cheios de folhas pontiagudas estavam dobrados para a frente, tocando no chão. Parecia que uma mão enorme tinha pousado em cima delas, forçando-as a se curvarem. Olhei para Kieran.

— Não sei o que causou isso. — Ele passou a mão pelo rosto. — Nunca vi nada assim antes.

— Mas já sentimos — anunciou Naill, com os olhos cor de âmbar brilhando. — Depois que os desgraçados dos Invisíveis tentaram matá--la e Cas a levou para a cabana. Isso aconteceu quando você acordou — observou ele, e eu me lembrei de ver as árvores nos arredores da cabana. Também estavam curvadas na direção do chão. — Uma tempestade parecida com essa caiu quando você Ascendeu à divindade.

— Não foi uma tempestade — corrigiu Reaver, e eu me virei para ele. — Foi um... despertar.

— De quê? — perguntei.

Reaver levantou a cabeça, e seus olhos... não eram mais como antes. Ainda tinham um tom vibrante de azul, mas as pupilas eram fendas verticais e estreitas.

— De morte.

Meu corpo inteiro estremeceu quando as palavras de Vessa me vieram à mente.

Você, dissera ela. *Estou esperando por você. Pela morte.*

Atordoada, cambaleei na direção da mansão e comecei a andar. Apertei o passo. O robe deslizava atrás de mim enquanto eu corria.

— Poppy! — gritou Kieran.

Entrei em disparada pela porta da mansão, correndo na direção do Salão Principal, do quarto a duas portas dali.

Kieran me alcançou.

— O que você está fazendo?

— Ela. — Diminuí o passo quando passamos pelo quarto escuro. Atrás de nós, percebi que Naill e os outros seguiam no nosso encalço. — Vessa.

Alcancei a porta e segurei a maçaneta. Derreti as fechaduras, como tinha feito com as correntes nos portões de Massene. A maçaneta girou e a porta se abriu, deixando que o fedor de lilases podres chegasse às minhas narinas.

Parei de supetão, farejando o ar.

Uma fumaça preto-avermelhada preenchia o aposento, girando em torno da silhueta de Vessa — o mesmo tipo de fumaça sombria que havia saído da caixa adornada de rubis que Isbeth tinha mandado para mim.

— Que porra é essa? — Kieran estendeu o braço, bloqueando minha passagem.

Vessa estava com os olhos branco-leitosos arregalados enquanto olhava para a marca de queimadura no teto, de braços abertos. Estava no meio de um círculo desenhado não com cinzas, mas com sangue, seu próprio sangue. O líquido gotejava dos pulsos mutilados. Através das nuvens espessas e agitadas de fumaça, vi um pedaço afiado de rocha caído perto dos seus pés descalços.

Uma sensação densa e oleosa se infiltrou na minha pele e o éter vibrou no meu peito. Do corredor, ouvi rosnados baixos de advertência vindos dos lupinos.

— Você - - arfei, a essência colidindo com a raiva crescente. A energia encharcou as minhas veias. — Foi você quem fez isso.

A risada dela se juntou ao ciclone de fumaça.

Minha visão periférica ficou prateada assim que afastei o braço de Kieran e entrei no quarto.

— Tome cuidado — advertiu Kieran, fechando a mão em punho na parte de trás do meu robe conforme a fumaça pulsante passava pelo meu rosto, soprando as mechas do meu cabelo para trás. — Isso não é nada bom.

— Magia — murmurou Perry atrás de nós. — É Magia Primordial.

— *Arauto* — Vessa resmungou, com o corpo frágil tremendo enquanto a fumaça preto-avermelhada rodopiava. — Eu avisei assim que você entrou nesta mansão, Rainha com a coroa de ouro, que tudo o que você e aqueles que a seguem vão encontrar aqui é a morte. — A fumaça preto-avermelhada girou mais rápido, aumentando. — Você não vai controlar o fogo dos deuses. Não vai vencer guerra nenhuma.

O ar queimou meus pulmões e garganta quando finalmente compreendi o que estava acontecendo.

— Isbeth — sibilei, abaixando o queixo quando a essência faiscou dos meus dedos abertos. Não sei como ela conseguiu fazer aquilo, mas sabia por quê. — Você fez isso por ela.

— Eu sirvo à Legítima Coroa dos Planos! — gritou ela.

O chão começou a tremer enquanto a fumaça se afunilava, subindo até o teto. O cheiro de lilases podres se intensificou até quase me deixar sufocada. Mas não foi Vessa que causou o tremor.

Fui *eu*.

— Eu sirvo enquanto fico à espera...

— Você *servia* — eu a interrompi quando a bainha do meu robe começou a ondular. A vontade se formou na minha mente conforme eu erguia a mão. Um poder absoluto e ancestral se derramou de mim, descendo pelo meu braço. A luz das estrelas entremeada por um ligeiro tom de sombras formou um arco na minha palma, colidindo com a fumaça. O éter pairou sobre a tempestade e a atravessou, atingindo Vessa no peito. Ela girou o corpo para trás quando o clarão do éter pulsou pelo aposento, mas somente suas vestes caíram no chão. — E a morte chegou para buscá-la

9

Caminhei em direção à sala de visitas depois de trocar o robe por uma calça e um suéter. Era o meio da noite, horas depois que os dezesseis dragontinos foram colocados em piras feitas às pressas para que Nithe, um dos que haviam sobrevivido, pudesse queimar os corpos. Permaneci ao lado das piras até que só restassem cinzas. Parte de mim parecia ainda estar lá.

Entrei na sala e segui até onde Reaver estava sentado em um canto no chão, ainda na forma mortal, nu, a não ser pelo cobertor que tinha enrolado na cintura. Antes que eu pudesse falar alguma coisa, ele disse:

— Ela tinha o cheiro de Morte.

— Bem, isso é porque ela estava morta — respondeu Kieran.

— Não. Você não entendeu. Ela tinha o cheiro *da* Morte — rebateu Reaver. — Achei que tivesse sentido esse cheiro quando chegamos aqui, de vez em quando, mas nunca muito forte. Até hoje à noite.

Vi que suas pupilas tinham voltado ao normal enquanto observava eu me sentar no chão diante dele, com a trança pesada sobre os ombros. Não éramos só nós quatro ali. Aqueles em quem eu confiava também estavam conosco, sentados ou de pé, bebendo ou imóveis, ainda paralisados pelo choque. Engoli o nó de tristeza que se formava na minha garganta, um misto de culpa com a constatação de que deveria ter dado ouvidos a Kieran.

— O que você quer dizer com isso?

— Era a essência do Primordial da Morte. Seu odor. Oleoso. Sombrio. Sufocante — respondeu Reaver, e eu olhei para Kieran postado a alguns metros de distância. Foi o que nós dois sentimos. — Não faz o menor sentido.

— Você está falando de Rhain? — perguntou Vonetta de uma cadeira, sentada com os joelhos junto ao peito.

Reaver piscou os olhos.

— Quem?

— Rhain — Emil começou a explicar, com as mãos no encosto da cadeira de Vonetta. — O Deus do Povo e...

— Sei quem é Rhain. Eu o conheci antes que ele se tornasse o deus que vocês conhecem hoje em dia — interrompeu Reaver.

Da entrada da sala, surpresa irradiou de Hisa, espelhando a minha.

— Quem era o Deus da Morte antes dele? — perguntou ela.

— Não havia nenhum Deus da Morte antes dele. Apenas o Primordial da Morte.

Lembrei-me do que Nyktos havia me contado.

— Rhain substituiu um dos Primordiais que Nyktos me disse que se corromperam?

— De certa forma. — Reaver inclinou a cabeça para o lado e olhou para o teto, semicerrando os olhos. — Existe apenas um Primordial da Morte, e aquilo... a tempestade e a mulher? Aquilo se parecia com ele.

— Nyktos é o Primordial da Vida e da Morte — observou Kieran.

— Errado.

Kieran se ajoelhou.

— Não estou errado.

— Sim, você está. — Reaver abaixou o queixo e abriu os olhos. — Nyktos nunca foi o *verdadeiro* Primordial da Morte. Houve outro antes dele. Seu nome era Kolis.

— Kolis? — repetiu Naill, contornando Emil. — Nunca ouvi falar desse nome.

— Você não teria ouvido mesmo.

— História apagada — murmurei, olhando por cima do ombro para os demais. — Vocês se lembram do que eu disse sobre o que Nyktos me contou? Sobre os outros Primordiais e a guerra que estourou entre eles e os deuses? — Encarei Reaver. — É por isso que não conhecemos o nome dele, certo?

Reaver assentiu.

— Não posso ser a única pessoa sentada aqui que acha que o nome *Kolis* é muito parecido com Solis — comentou Vonetta.

E não era. Eu também tinha pensado nisso.

— O que aconteceu com esse tal de Kolis? — indagou Perry. O Atlante estava calado esse tempo todo ao lado de um Delano muito sério. — E com os outros Primordiais?

— Alguns Primordiais foram para a Arcádia, um lugar muito parecido com o Vale, mas que pode ser acessado sem a necessidade da morte — respondeu Reaver, e a confusão que senti dos outros me dizia que eles também nunca tinham ouvido falar de Arcádia.

— Alguns? — insistiu Perry.

— Alguns — repetiu Reaver. — Outros pereceram. Morreram. Não existem mais. São vestígios de um passado esquecido. Mortos. Não mais...

— Já entendi — interrompi. — Todos nós já entendemos.

— Fico feliz em saber — retrucou o dragontino. — Kolis está praticamente morto.

Não deixei que seu tom de voz me chateasse. Ele tinha acabado de perder dezesseis dragontinos, alguns deles deviam ser seus amigos. Talvez até mesmo parentes. Sabia tão pouco a respeito de Reaver ou de qualquer um dos dragontinos. E agora a maior parte deles se foi.

Senti um arrepio na coluna.

— Praticamente morto não é a mesma coisa que morto, Reaver.

— Os outros cuidaram dele. Foi sepultado há muito tempo. Nenhum de nós estaria aqui se ele não tivesse sido sepultado — insistiu ele. — Apenas o Primordial da Vida poderia tê-lo libertado. E isso nunca vai acontecer. Eles... eles eram o tipo de inimigos que ultrapassam os séculos.

Meu coração se acalmou um pouco. A última coisa de que precisávamos era enfrentar um Primordial da Morte recém-despertado.

— Espere um pouco. — Reaver franziu o cenho e virou a cabeça na minha direção. — Puta merda, eu devia ter me dado conta disso antes. Confesso que nem sempre presto atenção. Vocês falam demais e com muita enrolação.

Comecei a franzir a testa e então ouvi o que parecia ser uma risada abafada vindo de Hisa.

— Vocês mencionaram alguma coisa a respeito de umas... criações que a sua inimiga possui. Capazes de sobreviver a qualquer tipo de ferimento? — perguntou Reaver.

— Sim. — Kieran apoiou a mão no chão.

— Eles voltam à vida?

Kieran inclinou a cabeça para o lado.

— O que mais significa *sobreviver a qualquer tipo de ferimento?*

— Não é o mesmo que voltar à vida — retrucou Reaver.

— Sim, eles voltam à vida — confirmei, entrando na conversa.

— Eles são chamados de Espectros?

— Sim. — Olhei ao redor da sala. — Tenho certeza de que já mencionei isso na sua frente. Mais de uma vez.

— Como disse antes, eu nem sempre presto atenção — admitiu ele. — Deixe-me adivinhar. São os terceiros filhos e filhas.

— Isso — confirmou Emil com a voz arrastada. — É isso mesmo. Você sabe o que são essas coisas?

— Os Espectros eram o projeto de estimação de Kolis. Sua maior conquista — afirmou Reaver. — Ele usou magia para criá-los, do tipo que só funcionava com eles.

Vonetta se empertigou e eu pensei nos livros de registro.

— Por que só com eles?

— Porque os terceiros filhos e filhas têm uma centelha de éter nas veias.

— Não estou entendendo — confessou Kieran. — E acho que não sou o único.

— Tudo que existe nos planos descende de um Primordial. Bem, exceto pelos dragontinos. Nós viemos do nada. Nós simplesmente existimos, desde o começo dos tempos — explicou Reaver, e eu não fazia a menor ideia do que pensar a respeito disso.

— E os mortais descendem de um Primordial e um dragontino — concluí por ele.

— De Eythos, o primeiro Primordial da Vida, também conhecido como seu bisavô.

Reaver apontou para mim, e eu arregalei os olhos.

— O que foi? Você achava que Nyktos era filho de chocadeira? É claro que não.

Eu não achava nada *disso*. Só não tinha me dado conta de que houvera outro antes dele.

— De qualquer forma, Eythos tinha mania de criar coisas. Alguns diziam que era por curiosidade e sede de conhecimento, mas imagino que fosse tédio. Quem sabe? Ele está morto há tanto tempo. Enfim, ele era amigo de Nektas, mesmo antes de recebermos uma forma mortal. Certo dia, por algum motivo, e ainda acho que foi por tédio, os dois decidiram criar uma nova espécie. Eythos emprestou sua carne e Nektas, o fogo. O resultado foi o primeiro mortal. É claro que eles acabaram criando outros e esses, assim como os gerados por eles, são, na maior parte, comuns. Mas o que Eythos e Nektas fizeram acabou por infundir uma centelha da essência em todos os mortais. Inativa, na maioria. — Reaver se inclinou para a frente. — Exceto nos terceiros filhos e filhas. A centelha nem sempre está inativa neles. Por quê? Não sei. Talvez seja apenas uma questão de probabilidade que, depois de alguns nascimentos, a centelha acabe se tornando mais forte. Quem sabe? Mas não importa.

Perry fez uma expressão de quem se importava bastante com isso.

— De qualquer modo, esses mortais geralmente têm talentos especiais, muito parecidos com o seu dom de ler as emoções dos outros. Mas não tão forte como o seu. A maioria nem percebe que é diferente: não são imortais, não precisam se alimentar, vivem e morrem como mortais.

Minhas suposições sobre o que eu tinha lido nos livros de registro estavam corretas.

— Quer dizer que os Ascendidos copiaram o Ritual.

Reaver assentiu, e uma onda de surpresa reverberou por toda a sala.

— Em certa época, era uma honra que os terceiros filhos e filhas entrassem no Iliseu para servir aos deuses. E já que a centelha era forte em suas veias, eles podiam ser Ascendidos se quisessem, alcançando, assim, a imortalidade.

— Eles tinham escolha? — perguntou Naill.

— Eythos sempre lhes dava uma escolha — afirmou Reaver. — Mas Kolis pegava os terceiros filhos e filhas e os transformava em algo nem morto, nem vivo, mas completamente diferente. Era a essência, a magia *dele*, como o seu amigo diria. — Ele acenou na direção de Perry. — Eu era novo quando isso veio à tona. Quando descobriram o que Kolis tinha feito e a guerra eclodiu, fui escondido com as outras crianças. Os deuses cuidaram dele, mas agora... Parece que alguém aprendeu a controlar sua essência.

— Isbeth — afirmei, a raiva fluindo quente nas veias. — O Duque e Vessa conheciam a profecia, e a mulher me disse que servia à Legítima Coroa, aos Ascendidos. Isbeth deve ter compartilhado o conhecimento com ela, conhecimento que só pode ter adquirido de uma pessoa.

— Malec — deduziu Kieran com um grunhido.

Reaver fechou os olhos.

— Contar um segredo dessa magnitude é... é uma traição da mais alta ordem. Pois ele deu à Rainha de Sangue o poder de matar os meus irmãos. — Os ângulos do rosto dele se aguçaram. — Assim como deve ter matado Jade.

Retesei o corpo.

— Talvez ela não tenha perecido, Reaver. Minha mãe... — Fechei os olhos e me corrigi: — Coralena foi a Aia que tentou me levar para Atlântia quando eu era criança. Ela era um Espectro, mas Isbeth me disse que a matou. Quer dizer que Isbeth devia ter um dragontino nessa época, devia ter acesso ao fogo dos deuses. Não foi há tanto tempo assim.

— Sim, eu gostaria de acreditar nisso, mas o fogo dos deuses não está apenas no nosso hálito. — Ele contraiu um músculo no maxilar. — O fogo é a nossa essência, o nosso sangue. Nem mesmo um Espectro é imune. A Rainha de Sangue só precisaria de uma gota de sangue de um dragontino, não importa de qual idade, para matar um Espectro.

Balancei o corpo para trás, sentindo um aperto no coração.

Os olhos de Reaver encontraram os meus.

— Você acabou de ver do que esse tipo de magia é capaz, o tipo de poder que a Rainha de Sangue aprendeu a controlar. Essa magia só pode ser usada para morte e destruição. — As pupilas de Reaver afinaram e se esticaram verticalmente. — Ela é uma inimiga muito mais perigosa do que vocês pensam.

Mais tarde, fiquei sentada na cama com a aliança de Casteel entre os dedos. Minha cabeça estava a mil enquanto refletia sobre tudo que havia acontecido. E era muita coisa. O sonho que pode não ter sido um sonho. Vessa. A perda de tantos dragontinos. O conhecimento de que a Rainha de Sangue tinha aprendido a usar a essência daquele Primordial, Kolis. A crença de Reaver de que Jadis já estava morta.

Olhei para Kieran. Ele estava sentado na minha frente, afiando uma lâmina.

— Perdi dezesseis dragontinos esta noite.

— *Nós* perdemos os dragontinos — corrigiu ele baixinho.

— Eu os acordei. Eu os convoquei. E um mês depois, eles morreram. — Senti um nó na garganta. — Você tinha razão.

— Sei o que você vai dizer — disparou. — O que aconteceu com os dragontinos não foi culpa sua.

— É você quem está sendo bondoso agora. — O nó de tristeza se expandiu. — Se eu tivesse lhe dado ouvidos e me livrado de Vessa, ela não estaria aqui para fazer isso.

Kieran não disse nada por um bom tempo.

— Não havia como saber que ela era capaz de fazer uma coisa dessa — começou ele, parando de movimentar as mãos quando olhou para mim. — A bondade faz parte de você. É uma das coisas que farão de você uma grande Rainha e deusa. Só precisa aprender quando *não* ser bondosa.

Assenti e suspirei enquanto olhava para a aliança. Foi uma maneira horrível de aprender tal lição. Os dragontinos tinham pagado um preço terrível para que eu a aprendesse.

Fechei os olhos por um instante. Alguns segundos se passaram.

— Você ouviu quando Reaver me disse que meu toque não funciona em seres pertencentes aos dois mundos?

Kieran olhou de volta para mim.

— Ouvi — confirmou ele.

— Talvez signifique que não posso trazer os lupinos de volta à vida.

Ele se inclinou para a frente, deixando de lado a lâmina e a pedra de afiar.

— Tudo bem.

— Como pode estar tudo bem?

— Como pode não estar? — perguntou Kieran, com o rosto a poucos centímetros do meu. — Eu vivi a vida inteira sem ter essa... essa segunda chance. Alguém com mãos especiais.

— Mas eu quero que essa segunda chance seja uma opção. Sei que não deveria. O que aconteceu com aquela garotinha foi um acidente. Eu não sabia o que estava fazendo. Sei que não sou o Primordial da Vida nem tenho a autoridade para fazer isso, mas... — Fechei os dedos em torno da aliança de Casteel. — Se alguma coisa acontecer...

— Que assim seja. — Kieran me estudou. — Todos aqui sabemos que nossas vidas podem acabar a qualquer minuto. Todos vivemos sem contar com uma segunda chance e nenhum de nós espera que seja de outra maneira.

— Eu sei...

— E você também não deveria contar com isso.

Sabia que não, mas a ideia de perdê-lo? De perder Vonetta? Delano? Senti um frio nas entranhas, mais do que nunca. E aquele lugar vazio dentro de mim cresceu.

Não sei o que faria se os perdesse.

Mas quando Kieran ficou em silêncio e acabou cochilando depois de deixar a lâmina de lado, pensei na única coisa que impediria que algo acontecesse com ele. A única coisa que vincularia a sua vida à minha para que nem Casteel nem eu tivéssemos que nos despedir dele.

A União.

10

De pé no quarto, passei o dedo pela aliança. O aro pendia de uma corrente de ouro simples que Perry havia me dado. Ele a usava com um tipo de medalhão, que agora costurou no interior da armadura. O presente foi muito gentil e me permitiu manter a aliança de Casteel a salvo e perto de mim.

Estava inquieta. Valyn e os generais chegariam em breve, e a parte mais difícil na execução dos nossos planos aconteceria: convencê-los a concordar com isso. Com tudo.

Impaciente e achando áspero o tecido da túnica de lã, não sabia se o meu problema era a roupa ou apenas ansiedade. Era a primeira vez que usava a túnica adornada por fios de ouro na bainha que ia até os joelhos e nas fendas de ambos os lados. Era quase idêntica à que Kieran usava. A dele era mais curta, chegando na altura das coxas, mas também tinha o arabesco dourado no colarinho e no meio da túnica.

Pensei sobre o que tinha pedido que Naill costurasse para mim. Acabei por descobrir que ele era bastante habilidoso com agulha e linha. *Aquilo*, sim, seria desconfortável de usar.

Mas tinha uma função.

— Poppy — chamou Kieran do outro lado do aposento. Olhei por cima do ombro e vi que sua irmã tinha se juntado a ele.

— Eles já chegaram. São cerca de duzentos mil — anunciou Vonetta quando encarei os irmãos. — O resto do exército está aquartelado no Pontal de Spessa junto com as Guardiãs e os dragontinos mais novos, caso a Coroa de Sangue volte a atenção para lá. Falei com Valyn e informei o que aconteceu com os dragontinos.

— Obrigada — murmurei, deslizando a aliança para trás da gola da túnica, onde ela repousou entre meus seios. Dei um passo em frente para ir até a sala de visitas que havia sido preparada para a chegada deles.

— Espere um pouco. — Vonetta olhou para a trança grossa sobre o meu ombro. — Onde está a coroa?

Franzi o cenho e apontei para trás de mim.

— No baú.

— Você deveria usá-la.

— Não preciso usar uma coroa para que eles lembrem que sou a Rainha.

— Mas é um bom lembrete — afirmou Kieran. — Há generais aqui com os quais você nunca interagiu antes. Para muitos deles, essa será a primeira vez que ficarão na sua presença depois da coroação.

Em outras palavras, eles podem ser como Aylard. Desconfiados e distantes. Dei um suspiro, mais irritada do que aborrecida com a ideia de que muitos do alto escalão do exército pudessem ser frios e cautelosos comigo.

— Acho que vou pegar a coroa então. — Virei-me e atravessei a curta distância até o baú, que estava em cima da mesa, ao lado de uma escova de cabelo que já tinha visto dias melhores. O recipiente era simples, sem adornos ou entalhes, e costumava ser usado por Perry para armazenar charutos. A coroa de rubis e diamantes que pertencia ao Rei Jalara estava guardada em um caixote no canto do quarto sob um par de botas enlameadas. Era um lugar bastante apropriado.

Destravei o pequeno trinco e senti o cheiro rico de tabaco, fraco, mas estranhamente agradável, conforme abria a tampa. As coroas de ouro estavam lado a lado, aninhadas sobre uma pilha de tecidos. Os ossos retorcidos, outrora de um branco opaco, agora brilhavam, mesmo com a pouca luz. Eram idênticas. Uma para a Rainha. A outra para o Rei. Achava que elas nunca deveriam ser separadas uma da outra. Talvez fosse por isso que não usava a coroa desde a noite em que acabei com a vida do Rei Jalara. Não me parecia certo usá-la enquanto a de Casteel permanecia trancada naquele baú, e não sobre sua cabeça.

— Posso? — Vonetta tocou no meu braço.

Não tinha percebido que estava imóvel até aquele momento, que estava paralisada, sem conseguir tocar nelas. Fiz que sim com a cabeça.

Vonetta enfiou a mão dentro do baú e pegou a coroa à esquerda. Afastou uma mecha mais curta do meu cabelo para trás, e eu senti um aperto no peito ao pensar em Tawny. Quantas vezes ela não me ajudou a prender os cabelos para que não aparecessem sob o véu? Centenas? Milhares? Engoli em seco.

Deuses, não podia nem pensar nisso. Havia tanta coisa em que não podia pensar. Se fizesse isso, não ficaria nada *bem*. Não seria forte. E eu precisava ser destemida agora.

Vonetta colocou a coroa dourada na minha cabeça, e era mais leve do que eu esperava. Os dentes finos e dourados na parte inferior da coroa prenderam no meu cabelo, ajudando a mantê-la no lugar.

— Pronto — anunciou ela, sorrindo. Mas senti o gosto azedo da tristeza quando olhei para ela. — Perfeito.

Pigarreei para aliviar a ardência.

— Obrigada.

Os olhos brilhantes de Vonetta ficaram calorosos quando ela pegou minhas mãos nas suas.

— Eles estarão aqui a qualquer momento.

— Não quero que ninguém saiba o que Isbeth me mandou — pedi aos dois.

— Nós sabemos — assegurou Kieran.

É claro que sabiam. Respirei fundo.

— Estou pronta.

O sorriso de Vonetta estava menos triste agora, um pouco mais forte quando ela soltou as minhas mãos. Voltei-me para o baú. A visão da coroa solitária deixou meu peito apertado conforme eu fechava a tampa com cuidado. *Em breve*, prometi a mim mesma, e passei a mão pela madeira. Em breve, a coroa voltaria para a cabeça de Casteel. Ele estaria ao meu lado novamente.

Nada me impediria. Não os generais de Atlântia. Não a Rainha de Sangue. E muito menos sua magia roubada.

Emil já tinha chegado e curvou a cabeça assim que entrei no espaço muito mais arejado da sala de visitas. Parei de supetão, olhando para Reaver na forma de dragontino.

Não fazia ideia de como ele tinha conseguido entrar ali.

Entrelacei as mãos frouxamente, com o nervosismo aumentando conforme o som das armaduras tinindo se aproximava dali. Reaver levantou a cabeça, roçando os chifres curvos no teto e dilatando as narinas.

Valyn Da'Neer foi o primeiro a entrar, embalando o elmo sob o braço esquerdo. Momentaneamente distraído pela presença de Reaver, ele rapidamente se ajoelhou e curvou a cabeça. Hisa também fez uma reverência, embora estivesse conosco desde o início, com a trança grossa e escura deslizando sobre a armadura no ombro. Havia outros atrás deles, mas quando Valyn ergueu a cabeça, não consegui desviar o olhar, mesmo que quisesse.

Mesmo que *doesse*.

Não havia como me preparar. Ele tinha os cabelos mais claros que os do filho mais novo, que havia herdado o cabelo escuro e o tom de pele da mãe, mas o contorno do maxilar, o nariz reto e as maçãs do rosto salientes eram inconfundíveis.

Tudo o que vi quando olhei para Valyn foram partes de Casteel. Mas respirei fundo para aliviar a dor e me forcei a olhar para os demais. Três homens e duas mulheres entraram com Aylard. Reconheci Lorde Sven, o pai de Perry. A barba espessa era novidade, emprestando uma aspereza às suas feições calorosas. Quando eles se ajoelharam, vi que Naill e Delano haviam se juntado a nós. O sorriso marcante de sempre estava ausente do rosto de Naill, que observava os generais com atenção, assim como o lupino branco que espreitava pelos cantos da sala. Delano e Naill não estavam sendo paranoicos. Os Invisíveis ainda representavam uma ameaça.

O leve roçar do ombro de Kieran no meu me fez lembrar de uma orientação que Casteel me dera certa vez.

— Já podem se levantar.

Valyn se levantou, e eu agucei os sentidos para meu sogro. Esbarrei no que imaginava ser uma barreira mental de ferro e pedra tão forte quanto uma Colina. O zumbido ancestral de poder no meu peito me dizia que eu seria capaz de atravessá-la se quisesse, arrebentando aquela barreira. Mas não havia motivo para fazer isso.

Não havia motivo para sequer considerar algo do tipo.

Com o conselho que Kieran me deu no passado ecoando na cabeça, usei os sentidos em benefício próprio. Curiosidade e algo caloroso me cercaram quando olhei para uma mulher de pele clara, cabelos platinados na altura do queixo e olhos azuis invernais. A determinação deixou um gosto salgado na minha garganta.

Havia uma lupina em meio aos generais.

Feliz por ver isso, voltei a atenção para os demais. Senti o gosto cítrico da incerteza misturada à mesma firmeza da general lupina, o que já era esperado. Mas havia um... sabor mais distinto e mordaz de desconforto vindo de um homem de cabelos escuros e de uma mulher de cabelos castanhos e olhos cor de âmbar. A incerteza deles era muito parecida com a de Aylard, beirando a desconfiança. E era profunda, emaranhando-se com a vibração de poder no meu peito. Tive a impressão de que suas dúvidas se estendiam de mim para os lupinos ao meu lado e àqueles que entraram atrás deles até chegar no que representávamos. A Coroa. O poder.

Teríamos que ficar de olho neles.

Do canto, Reaver observou o antigo Rei se aproximar de mim. Valyn segurou minhas mãos, apertando-as com delicadeza. Não disse nada, mas o gesto significava muito para mim, apesar de ainda estar furiosa com Eloana e de não fazer a menor ideia se Valyn sabia ou não quem era a Rainha de Sangue.

— Soubemos o que aconteceu com os dragontinos — anunciou Valyn, se virando na direção de Reaver. — Aceite nossas condolências.

Reaver deu um ligeiro aceno de agradecimento.

— Se a Coroa de Sangue for responsável, faremos de tudo ao nosso alcance para que paguem por isso — prometeu ele, soltando minhas mãos e dando um passo para trás. Foi só então que Reaver abaixou a cabeça.

— Espero que sua viagem tenha sido tranquila — falei.

— Foi sim, Vossa Alteza — respondeu Valyn.

Estava a um passo de pedir que Valyn não me chamasse assim, mas usar meu título formal na frente de outras pessoas ou quando estávamos discutindo a respeito de Atlântia era um sinal de respeito.

— Você gostaria de beber alguma coisa? — ofereci, gesticulando para a mesa. — Há vinho quente e água.

Um sorriso rápido surgiu no rosto de Valyn, revelando um vislumbre das covinhas que o filho havia herdado dele.

— Certamente. — Ele olhou por cima do ombro. — E aposto que Sven também aceitaria uma taça.

— Sempre — confirmou o Lorde Atlante. Não sabia quantos anos o pai de Perry tinha, pois sua pele negra mostrava poucos sinais de envelhecimento. Parecia estar na terceira ou quarta década de vida, mas poderia muito bem ter setecentos ou oitocentos anos de idade. Lembrei-me de falar com ele mais tarde sobre seu conhecimento a respeito da magia ancestral.

Emil se voltou na direção da mesa.

— Mais alguém gostaria de uma taça?

Houve acenos de todos, menos de Aylard e da mulher Atlante. Enquanto Emil servia as bebidas, Kieran abaixou a cabeça na direção da minha.

— A lupina é Lizeth Damron. O general entre ela e Sven se chama Odell Cyr — informou ele baixinho, se referindo a um Atlante de cabelos escuros e cujo tom de pele me fazia lembrar do lindo quartzo fumê que a Duquesa Teerman gostava de usar nos anéis. — Aquele que está com Aylard é Lorde Murin, um metamorfo.

Era um dos homens de quem captei uma desconfiança.

— E a mulher ao lado de Murin? — perguntei quando Emil entregou a Valyn uma taça de vinho.

— Ela se chama Gayla La'Sere.

Virei-me para ele, olhando também para Vonetta, e disse em voz baixa:

— La'Sere e Murin não confiam em nós.

— Anotado — murmurou Vonetta, com a atenção fixa neles.

Dei um passo em frente e coloquei no rosto o que esperava ser um sorriso de boas-vindas, e não falso como parecia.

— Imagino que devam estar cansados da viagem, mas há muito que precisamos discutir. A saber, os nossos planos em relação à Trilha dos Carvalhos.

— Nossos planos? — indagou Murin. Os olhos dele tinham um tom fascinante de vidro marinho. — Não sabia que já tínhamos planos, Vossa Alteza. Por outro lado, também não sabíamos que você havia tomado Massene.

— É por isso que espero que não estejam cansados demais da viagem para discutir tais planos — respondi, sentindo a irritação na resposta dele pinicar na minha pele. Eu o encarei. — Isso o incomoda, o que posso entender — disse a ele, agora saboreando o gosto gelado de sua surpresa. Ou ele tinha se esquecido do que eu era capaz, ou não esperava que eu usasse minha habilidade. — Mas não podíamos esperar para invadir Massene. Eles estavam transformando mortais inocentes em Vorazes e mataram três lupinos. Além disso, a Coroa de Sangue capturou o Rei. Não temos tempo a perder.

— Não temos mesmo. — Valyn abaixou a taça enquanto Murin retesava o maxilar. — Quais são esses planos?

— Sabemos que a Trilha dos Carvalhos é uma cidade portuária de importância vital para Solis. As mercadorias são enviadas para lá e depois transportadas para a maioria das cidades do noroeste, pois é muito mais seguro transportar cargas tão grandes por mar do que tentar atravessar a Floresta Sangrenta. — Mantive as mãos entrelaçadas para evitar que tremessem e olhei de relance para Hisa. A comandante me deu um curto aceno de encorajamento. — Também é a maior cidade do noroeste, ao lado da Masadônia e de Três Rios.

— É verdade — confirmou Valyn. — A Trilha dos Carvalhos é como um bote salva-vidas para a região leste de Solis.

— Queremos garantir que eles não possam usar os portos para abastecer o exército. Se cercarmos a Trilha dos Carvalhos e a costa ao longo das Terras Devastadas, eles serão forçados a tomar a rota mais lenta para defender as outras cidades — comecei. — Reconheço que não entendo muito de táticas de guerra, mas imagino que a Coroa de Sangue vá tentar deslocar as tropas de Queda Leste — concluí, me referindo a um distrito da Carsodônia onde os soldados e guardas treinavam. — E das Planícies dos Salgueiros, onde a maior parte do exército está alocada.

— Mas graças à Rainha de Sangue sabemos que eles têm milhares de Cavaleiros Reais — acrescentou Kieran. — Vampiros que não poderão viajar durante o dia. Por causa disso, é provável que mantenham os cavaleiros na capital, deslocando as tropas compostas de mortais e possivelmente Espectros pelo Vale de Niel.

Lizeth deu um murmúrio de aprovação quando Hisa disse:

— A não ser por Pensdurth e pela Masadônia, que também têm portos, nós poderemos controlar o abastecimento das cidades e impedir a entrada das frotas. Será muito mais difícil lançarem um ataque do mar e muito mais fácil nos defendermos em terra firme.

Cyr assentiu:

— Concordo.

— Você falou em controlar o abastecimento — disse Gayla, franzindo o cenho. — Não vamos cortar os suprimentos para essas cidades também?

Virei-me para ela.

— Cortar suprimentos, tais como alimentos e outras necessidades, não nos ajuda em nada. Não podemos matá-los de fome. Os Ascendidos estão a salvo dentro da Colina *com* sua fonte de alimento. Isso só prejudicaria os inocentes, e não acredito que algum Atlante deseje isso.

— Não queremos — confirmou Sven quando Gayla franziu ainda mais a testa.

— Mas isso não criaria uma instabilidade nas cidades que poderíamos explorar em nosso favor? — sugeriu Aylard, e o metamorfo, Murin, concordou com ele. — Forçando os mortais a se defenderem e se voltarem contra os Ascendidos?

— Quantos mortais você conhece que viveram a maior parte da vida sob o reinado dos Ascendidos? — perguntei.

Aylard franziu o cenho.

— Não muitos, mas não vejo o que isso tem a ver com querer que os mortais lutem pela sua liberdade com tanto ardor quanto iremos lutar por eles.

— Talvez você não acredite que os mortais irão se rebelar contra a Coroa de Sangue.

Murin me estudou, se demorando no lado esquerdo do meu rosto, nas cicatrizes. Eu costumava ficar incomodada quando alguém as via pela primeira vez, mas isso foi antes de entender que elas representavam força e sobrevivência, coisas muito mais importantes que uma pele sem defeitos.

— Imagino que você saiba disso, já que passou a maior parte da vida como um deles.

Uma explosão ácida de irritação irradiou de Vonetta enquanto eu considerava minha resposta cuidadosamente. Decidi que seria melhor ser sincera, em vez de dizer a ele para calar a boca, o que eu queria muito fazer.

— Houve uma época em que eu não duvidava do que os Ascendidos me diziam. Não o suficiente para perceber as inconsistências ou questionar alguma delas. Sequer me dava conta de que o véu que usava e os aposentos onde me mantinham não passavam de uma prisão — falei, ciente de que Valyn me observava atentamente, com a bebida esquecida na mão. — Mas comecei a questionar as coisas, mesmo antes de conhecer seu Rei. Havia muitos detalhes que não se encaixavam. O modo como eles tratavam o povo e uns aos outros. O modo como viviam. Quando passei a questionar essas coisas, todo o resto se desfez. Além de avassalador, foi aterrorizante começar a perceber que *tudo* que eu acreditava era mentira. Não estou me desculpando por não abrir os olhos antes, nem por não ter sido corajosa ou forte o bastante para fazer isso. É somente a verdade.

Delano contornou Emil, se aproximando de Vonetta enquanto eu examinava os generais.

— E essa é a realidade para milhões de pessoas que nasceram e cresceram sob o reinado dos Ascendidos e que não tiveram os privilégios que eu tive. Geração após geração é ensinada não apenas a temer a volta dos Atlantes, mas a acreditar que qualquer perda ou morte estranha de um ente querido no meio da noite é culpa deles ou dos vizinhos. Que eles incitaram a fúria de um deus raivoso contra si mesmos ou contra aqueles ao seu redor.

Gayla permaneceu em silêncio, mudando o peso de um pé para o outro, enquanto Cyr bebia o vinho de um gole só, visivelmente perturbado.

— Para eles, os Ascendidos *são* uma extensão dos deuses. Questioná-los, e ainda mais se rebelarem, é como desafiar os deuses que acreditam que vão retaliá-los das maneiras mais vingativas e cruéis possíveis. Além disso, eles já viram o que acontece com aqueles suspeitos de serem Descendidos ou por apenas questionarem o Ritual ou um imposto injusto. Não há julgamento legítimo. Nenhuma prova é necessária. A punição é rápida e definitiva. Eu me pergunto como podemos esperar que eles revidem enquanto estão presos com aqueles que podem atacá-los de modo tão brutal.

— Não podemos. — Cyr passou a mão pelo queixo e estreitou os olhos dourados.

— Não até que eles saibam que têm apoio — Kieran acrescentou calmamente. — Não até que saibam que não estão sozinhos na luta pela liberdade. Se conseguirmos convencê-los de que não somos o inimigo, que viemos ajudá-los a tirar a Coroa de Sangue do trono e acabar com o Ritual, imagino que encontrarão forças para revidar.

— E como faremos isso se estamos prestes a invadir as cidades deles? — perguntou Murin.

Sorri para ele, embora seus olhos azuis-esverdeados estivessem duros como lascas de gelo.

— Uma boa maneira é não deixar que passem fome.

Murin franziu os lábios.

— Outra maneira é fazer todo o possível para que não sejam feridos durante o ataque — acrescentei. — Ou que sofram perdas desnecessárias.

Aylard deu uma risada áspera e curta.

— Não tenho a intenção de desrespeitá-la, Vossa Alteza, mas foi você quem disse que não entendia muito de táticas de guerra. É de se esperar, já que você é tão... *jovem* — disse ele, e eu arqueei a sobrancelha.

— Haverá perdas. Tivemos sorte com Massene, mas inocentes vão acabar morrendo quando invadirmos a Trilha dos Carvalhos. Não é apenas esperado, mas inevitável.

— É mesmo? — perguntei.

— Sim — confirmou Aylard.

— Talvez minha *juventude* faça com que eu seja um pouco mais otimista. — Inclinei a cabeça de leve. — Ou talvez apenas me faça pensar de forma diferente. De qualquer modo, nenhum membro do Conselho dos Anciões quer entrar em guerra. Eu também não. Nem seu Rei. Nós queremos evitar isso, porém a guerra é inevitável. É impossível entrar em acordo com a Coroa de Sangue, mesmo que alguns Ascendidos estejam dispostos a conversar. Mas não quer dizer que seja necessário haver uma grande perda de vidas e propriedades. Que é o que *vai* acontecer se entrarmos em guerra como antes e invadirmos as cidades, matando as pessoas que tentarem fugir para se salvar.

— Ninguém quer fazer isso — argumentou Gayla. — O que eu ainda não ouvi é como você pretende evitar isso com êxito. Nossos métodos anteriores podem até ser brutais, mas foram eficazes.

— Foram mesmo? — retruquei.

Uma explosão de surpresa fria reverberou de muitos deles, mas Valyn arqueou as sobrancelhas.

— Levando em conta onde estamos hoje, a resposta seria não. Nós recuamos. Não vencemos a guerra. — Ele olhou para os generais. — E temos que nos lembrar disso.

Reprimi um sorriso, sabendo que isso não me ajudaria a convencer os generais.

— Para responder à sua pergunta, demos ao Duque e à Duquesa do Castelo Pedra Vermelha a chance de evitar um ataque caso concordassem com as nossas exigências.

Murin flexionou um músculo do maxilar.

— Quais eram as exigências?

— Eram muito simples. Apenas cinco — declarei. — Renunciar à Coroa de Sangue e tudo o que envolve o Ritual. Concordar em não se alimentar mais daqueles que não se voluntariassem a isso e ordenar que todos os Ascendidos e guardas, tanto mortais quanto vampiros, sob suas ordens, se afastassem. Por último, eles teriam que concordar em entregar a autoridade sobre os mortais e cedê-la ao reinado de Atlântia. — *Temporariamente*, mas deixei essa parte de fora. Não achava que devêssemos governar os mortais, mas precisava discutir isso com Casteel.

— E como eles responderam às exigências? — indagou Murin.

Olhei de relance para Kieran, que tirou a missiva do bolso da túnica e me entregou. Desdobrei o pergaminho, com a resposta de uma frase só visível a todos:

NÃO CONCORDAMOS COM NADA.

— É claro que não — zombou Murin.

— A resposta deles foi decepcionante, mas não inesperada. — Olhei para o pedaço de papel e conjurei a Essência Primordial. Uma fagulha da energia faiscou na ponta dos meus dedos e tomou conta do pergaminho. Em um piscar de olhos, suas cinzas caíram no chão. Sabendo que estava me exibindo, ergui o olhar na direção dos generais. Muitos deles estavam encarando as cinzas, de olhos arregalados. — Não é, Kieran?

— É — confirmou ele. — E foi por isso que alguns de nós ficaram para trás depois que Emil entregou a mensagem. Eles ficaram de olho, conversando com mortais donos de negócios e outros que exibiam algum sinal de que fossem Descendidos. Eles conversaram com o maior número possível de mortais, avisando-os de que se os Ravarel não aceitassem as nossas exigências, tomaríamos a cidade amanhã.

Outra onda de incredulidade irradiou dos generais enquanto Aylard murmurava:

— A propósito, eu não concordei com nada disso.

Eu realmente não gostava nada daquele homem.

Valyn assumiu uma expressão séria.

— Não sei muito bem se foi uma jogada sábia. — Ele olhou para Hisa. — Você concordou com isso?

— Concordei sim — assentiu Hisa. — O povo terá a chance de sair da cidade antes de ficar no meio das nossas tropas.

— Mas — disse Gayla, enfatizando a palavra — agora eles sabem que estamos a caminho.

— Eles já sabem disso há bastante tempo — respondi.

Sven coçou a barba enquanto se afastava dos generais, aproximando-se da mesa que tinha um mapa da cidade traçado.

— A Realeza deve ter começado a se preparar para uma invasão no momento em que a nossa Rainha tirou o Rei deles.

— Só que agora eles sabem exatamente quando vamos invadir a cidade — argumentou Murin.

— É um risco — concordei. — Mas decidimos que vale a pena.

— Foi você quem desenhou aquele mapa? — Lizeth seguiu Sven, olhando para Hisa enquanto apontava para o desenho.

Um breve sorriso surgiu nos lábios dela.

— Fui eu sim.

— Sabia — murmurou a general lupina.

— Então, digamos que o seu plano funcione. As pessoas abandonam a cidade, deixando o caminho relativamente aberto para nós. — Valyn se juntou aos outros ao lado do mapa. — Onde encontraremos os Ascendidos?

— Sempre que os Ascendidos se sentem ameaçados na Masadônia ou na capital, eles se retiram para a Sede Real, onde são protegidos pela Colina interior. — Fui até eles, acompanhada de Delano e ladeada por Kieran e Vonetta. — Imagino que a maioria, não se todos, vai estar no Castelo Pedra Vermelha quando invadirmos a cidade durante o dia.

— Quando estarão mais fracos. — Murin assentiu, depois de finalmente se aproximar de nós.

— Todo Ascendido que atacar deve ser morto — declarou Hisa, seguindo para outra parte do plano que provavelmente também não cairia muito bem. — Aqueles que se renderem e não lutarem devem ser capturados incólumes.

— Precisaremos conversar com eles para determinar se podemos confiar que cumpram as nossas exigências — acrescentei. — Nem todos os Ascendidos são monstros sanguinários. Eu sei disso. Meu irmão não era.

Murin ergueu o olhar, franzindo o cenho.

— E quanto ao nosso Rei? Ele concordaria com isso? Com qualquer parte disso?

Fechei as mãos em punhos, enterrando os dedos nas palmas.

— Se precisa fazer essa pergunta, então você não conhece o seu Rei. — Sustentei seu olhar, até que ele olhou para o outro lado. Permaneci imóvel até ter certeza de que não faria algo precipitado e bastante inapropriado para uma Rainha.

Como apunhalar a cara dele.

Murin retesou o maxilar.

— Mais alguma orientação inesperada?

— Sim. — Sorri para ele, saboreando a pontada de raiva ácida que emanava do Lorde. — Se possível, nenhuma casa ou prédio deve ser danificado. As pessoas vão precisar de um lugar para onde voltar depois. E o lado de fora da Colina deve permanecer intacto. A muralha protege o povo dos Vorazes. — A culpa serpenteou como cobras nas minhas veias. Não era hipocrisia falar da importância da Colina quando quase derrubei uma seção inteira da estrutura em um acesso de raiva? Soltei o ar lentamente. — Eles precisarão dessa proteção depois que terminarmos. Vamos derrubar o portão. Será o suficiente.

— Seria melhor não entrarmos por uma única abertura — argumentou Murin. — Caramba, seria melhor mandarmos os dragontinos remanescentes cuidarem disso.

Reaver estreitou os olhos, nitidamente nada impressionado com a declaração.

Nem eu.

— Não vai ser fácil ganhar a confiança dos mortais se derrubarmos a Colina deles — afirmei, surpresa por ter que mencionar isso. — Sim, seria mais fácil para nós, mas se fizéssemos isso, então uma grande parte do nosso exército teria que ficar para proteger a Trilha dos Carvalhos, seja dos Vorazes ou de qualquer um que pretenda se aproveitar do desmoronamento da Colina em vez de bloquear os avanços vindos do oeste.

Houve murmúrios de concordância, mas uma raiva quente e ácida irradiou de Aylard e tomou minha garganta.

— Não acho que os mortais, sua confiança ou bem-estar geral devam ser a nossa principal preocupação no momento — argumentou Aylard. — Precisamos da Trilha dos Carvalhos. Precisamos...

— *Precisamos* de paz quando isso terminar. — Deixei que um pouco da energia vibrante viesse à tona enquanto encarava Aylard. No instante em que o brilho prateado surgiu nos cantos dos meus olhos, ele deu um passo para trás. — Podemos precisar de muitas coisas, mas não somos conquistadores. Não somos *ditadores*. Vamos usar o poder e a influência que temos para destruir a Coroa de Sangue e libertar o Rei. Precisamos viver em paz com o povo de Solis quando isso terminar. O que jamais vai acontecer se provarmos que o que os Ascendidos disseram a nosso respeito é verdade, deixando as pessoas indefesas e queimando suas casas no processo.

As bochechas pálidas dele coraram.

— Com todo o respeito, Vossa Alteza, receio que se lembre demais de como é ser mortal. Você está muito mais preocupada com eles do que em garantir o futuro e a segurança do *seu* povo.

Delano entreabriu os lábios com um rosnado baixo conforme o éter zumbia no meu peito, e eu acolhi a essência, deixando que o poder viesse à tona enquanto dava um passo adiante. Suspiros ecoaram ao meu redor quando a luz prateada bordejou os cantos da minha visão, seguida por dardos gelados de choque. Lá no fundo, eu me dei conta de que era a primeira vez que a maioria dos generais via aquilo.

A primeira vez que testemunhavam quem eu era de verdade.

Eles já sabiam, mas ver com os próprios olhos era... Bem, eu imaginava que fosse algo completamente diferente.

— Demonstrar preocupação e empatia pelos mortais não significa que eu não tenha preocupação com o meu povo. Pensar no futuro deles significa pensar no *nosso* futuro, pois eles estão interligados, queira você ou não. É o *único* caminho de sucesso a seguir, pois não nos esconderemos mais atrás das Montanhas Skotos. Essa guerra será a última.

A energia carregou o ar dentro da sala. Aylard se retesou, com os olhos dourados arregalados, enquanto Lizeth se ajoelhava lentamente. Ela colocou a mão sobre o coração e a outra no chão.

— *Meyaah Liessa* — sussurrou ela, com um sorriso lento se espalhando por todo o rosto.

Todos a imitaram, se ajoelhando diante de mim: os generais, Hisa, meu sogro, Naill, Emil e os irmãos Contou. A Essência Primordial se derramou no ar ao meu redor. Reaver abriu as asas fortes e coriáceas acima das cabeças dos generais.

Olhei para Aylard. Para todos eles.

— Nasci com a carne e o fogo de um Primordial nas veias. Não se enganem. A cada dia que passa eu me sinto cada vez menos mortal.

A verdade das minhas palavras se enraizou nos meus ossos até se assentar naqueles lugares vazios dentro de mim. Toda vez que aquele vácuo aumentava, eu me sentia mais... fria e distante, menos mortal. E não fazia a menor ideia se isso iria mudar ou evoluir. Nem se era por causa da ausência de Casteel e tudo que isso implicava ou por outra coisa. Mas naquele momento, não me importava.

— Não sou mortal. Também não sou Atlante. Eu sou uma deusa — lembrei a eles. — E não vou escolher entre um e outro quando posso escolher os dois. — Puxei o éter de volta para mim, o que não foi fácil. Parecia que ele tinha vontade própria e queria atacar. Mostrar a todos eles o quanto eu não era mortal.

Mas parte disso era mentira.

A Essência Primordial não era incontrolável. Era uma extensão de mim. O que ela queria era um desejo que eu tinha. Era o que *eu* queria.

Perturbada com isso, guardei o poder e bloqueei os sentidos. O brilho prateado se dissipou e o ar se acalmou. Reaver dobrou as asas para trás, na lateral do corpo.

— Imagino que é isso que uma deusa faria, não? Escolheria a todos.

Lizeth assentiu lentamente.

— Acho que sim.

— Ótimo. — Passei a mão sobre a túnica, sentindo o cavalinho de brinquedo na bolsinha presa ao meu quadril enquanto me concentrava na marca da aliança entre os seios. — Quero o seu apoio porque o que fizermos na Trilha dos Carvalhos dará o tom do que está por vir. O modo como tratarmos os mortais e os Ascendidos que concordarem com as nossas exigências será repercutido pelas outras cidades. E *ouvido*. Isso será de grande ajuda muito depois que a guerra acabar. Vai mostrar que temos boas intenções no caso de...

Olhei para os outros e me dei conta de que precisava fazer o que Cas havia me ensinado.

— Vocês já podem se levantar.

— No caso de quê? — perguntou Valyn baixinho, o primeiro a se levantar.

Sustentei o olhar dele quando o peso recaiu sobre os meus ombros.

— Caso nossas intenções tenham que mudar.

Gayla fixou os olhos em mim, e parecia haver um certo entendimento ali. Como se ela soubesse que eu reconhecia que aquele era o cenário mais otimista.

Que eu sabia que podia dar tudo errado e haver perdas de vidas incalculáveis em ambos os lados. Mas com a ajuda deles eu faria de tudo para que isso não acontecesse.

A tensão diminuiu quando passamos a discutir como pretendíamos invadir a Trilha dos Carvalhos e, depois, como acreditávamos que a Rainha de Sangue havia descoberto uma maneira de controlar a energia Primordial. Mas quando Valyn se virou para mim, logo percebi que a trégua tinha acabado.

— O que vai acontecer depois que tomarmos o controle da Trilha dos Carvalhos?

— É melhor voltarmos logo a nos ajoelhar — disse Emil com um suspiro. — Porque você não vai gostar nada disso, e então ela vai bancar a deusa com a gente de novo.

Vonetta lançou um olhar fulminante para ele.

— Gostaria de deixar registrado — começou Hisa, e eu lancei a ela um olhar idêntico ao que Emil havia recebido de Vonetta. Hisa ergueu o queixo, sem se deixar abalar. — É uma nova parte do plano com a qual não concordo.

— Teremos que enfrentar a Coroa de Sangue em muitas frentes — declarei. —Atlântia precisará manter o domínio sobre a Trilha dos Carvalhos enquanto uma tropa de tamanho considerável segue para o oeste, protegendo as cidades daqui até a Carsodônia.

— Parece razoável. — Valyn não tinha tirado os olhos de mim. — Mas quais são os *seus* planos?

Não tinha certeza se queria contar meus planos, principalmente porque não sabíamos se havia um traidor entre nós. Mas de acordo com Kieran e Hisa, eu tinha que anunciar oficialmente a nomeação para que eles aceitassem Vonetta como Regente da Coroa. Uma proclamação que inevitavelmente levantaria algumas perguntas.

A informação tinha que ser compartilhada.

— Assim que a Trilha dos Carvalhos for tomada, partirei para a Carsodônia com um pequeno grupo. Mas não vou até lá para enfrentar a Rainha de Sangue ou invadir a capital. Vou buscar o nosso Rei. Vou trazê-lo de volta comigo.

Aylard se retesou.

— Eu não sabia disso.

— Ninguém ficou nem um pouco surpreso com isso — vociferou Murin.

— Tenho que discordar — protestou Valyn. — Você é a Rainha, mas...

— Vocês não ficarão sem liderança. Vonetta vai assumir o papel de Regente da Coroa, agindo em meu nome — anunciei, para a surpresa e o desagrado de alguns dos generais. — As ordens dela deverão ser obedecidas como se fossem minhas.

— Não dou a mínima para a liderança. É com *você* que estou preocupado — bradou Valyn, e eu virei a cabeça na direção dele. — Você pode ser a Rainha, mas também é minha nora.

Fiquei surpresa, sem saber o que dizer.

— E é o *seu filho* que está aprisionado na Carsodônia.

— Eu não esqueci. — Valyn se aproximou. — Penso nisso o tempo todo, porque os meus *dois* filhos estão lá.

Senti uma pontada no coração.

— Então você, mais do que ninguém, não deveria querer me impedir. Quanto mais tempo Isbeth ficar com Casteel, e quanto mais cidades tomarmos, mais ele estará em perigo. — *Mais do que eu já o coloquei em perigo.* — Não posso correr esse risco.

— Eu, mais do que ninguém, entendo por que você sente a necessidade de fazer isso. Só os deuses sabem como quero os meus filhos aqui. Quero os dois sãos e salvos. Mas nenhum membro da minha família já entrou na Carsodônia e voltou como era quando partiu, isso quando sequer voltou. — O olhar de Valyn encontrou o meu. — Não vou deixar que isso aconteça com você.

Minha família.

Valyn me considerava parte da família. Senti um nó na garganta quando quase perdi o controle das emoções. Mas me contive. Precisava me conter.

— Ela não estará sozinha — Kieran assegurou, baixinho. — Nenhum de nós vai deixar que nada aconteça a Poppy. E ela também não.

Os olhos cor de âmbar de Valyn faiscaram quando ele olhou para Kieran.

— Além de apoiar isso, você pretende ir com ela? Como conselheiro, eu esperava algo diferente de você.

— Meu apoio não tem nada a ver com ser o Conselheiro da Coroa — afirmou Kieran. — Ao contrário da última vez em que Cas foi capturado, eu não vou ficar parado sem fazer nada. E não vou tentar impedi-la de ir e fracassar só para que ela acabe partindo sozinha. Não vou deixar que isso aconteça de jeito nenhum. E talvez isso faça com que eu seja um péssimo conselheiro. Não sei. E não me importo.

Pisquei para conter as lágrimas e pigarreei.

— Sei que é arriscado, mas estou disposta a correr esse risco. Não posso esperar para atravessar Solis. — Pressionei a mão sobre o peito, sentindo a aliança sob a túnica. — *Ele* não pode esperar por isso.

Valyn sacudiu a cabeça lentamente enquanto os demais nos observavam.

— Penellaphe — disse ele suavemente. — Sei que você se importa muito com meu filho. Que faria qualquer coisa por ele. E sei que você é poderosa, mais do que o nosso exército inteiro. Mas isso é muito arriscado. Meu filho não iria querer que você se arriscasse tanto assim.

— Você tem razão. Casteel nunca iria querer que eu corresse esse risco, nem mesmo por ele. Nem mesmo quando faria a mesma coisa se fosse eu que tivesse sido capturada. Mas também não tentaria me impedir.

Valyn fechou os olhos por um instante.

— Então eu vou com você.

— De jeito nenhum — protestei, com o coração palpitando. Ele abriu os olhos de novo. — Você sabe muito bem o que Isbeth faria se pusesse as mãos em você. Eloana sabe exatamente o que a Rainha de Sangue faria.

O silêncio recaiu sobre nós conforme Valyn olhava para mim. Ele sabia que eu tinha razão. Além de culpar os dois pela morte do filho e o sepultamento de Malec, Isbeth faria isso só para descontar em Eloana. Eu me *recusava* a ter o sangue dele nas mãos.

— Enquanto Rainha, eu o proíbo — afirmei, e ele virou a cabeça, com um músculo tiquetaqueando na têmpora ao ouvir a ordem expressa, a força da autoridade. — Vamos invadir a Trilha dos Carvalhos ao meio-dia de amanhã, e então eu partirei para a Carsodônia enquanto o exército Atlante segue como planejado — disse a ele, a todos eles. — Não vou mudar de ideia.

11

Casteel

Mais uma vez.

A exaustão me acompanhou enquanto eu apoiava a mão na parede e batia o pé com toda a força no chão.

O osso rachou e cedeu.

— Obrigado, porra — murmurei, respirando pesadamente.

O Voraz que tinha entrado na minha cela daquela vez era pele e ossos — ossos frágeis.

Sentei-me no chão. Ou as pernas cederam sob o meu peso. Uma das duas opções. Tonto, procurei em meio ao sangue e soltei o osso da tíbia. Uma extremidade era mais irregular que a outra. Perfeito. Eu podia afiá-lo ainda mais nas bordas das correntes, onde havia esporões reforçados.

A arma não seria muito eficaz contra os Espectros ou mesmo Isbeth. Uma falsa deusa ainda era uma deusa, para todos os efeitos, mas poderia causar algum estrago. Um estrago bastante sangrento.

Chutei os restos para longe, sabendo que a Aia que aparecesse para tirá-lo dali antes que voltasse à vida não examinaria o Voraz com muita atenção.

Encostei na parede e respirei fundo. Só alguns minutos. Precisava ficar acordado, mesmo que quisesse muito dormir. E sonhar com Poppy.

Mas aquilo não tinha sido um sonho. Ao menos não um sonho comum. Deveria ter percebido que havia algo diferente. Poppy parecia muito real. A *sensação* dela era muito real, tão macia e quente. Não me dei conta de que tínhamos entrado nos sonhos um do outro até que vi os olhos dela.

Vi como estavam diferentes agora.

Naquele momento, começamos a nos afastar um do outro, e eu perdi a oportunidade de dizer a ela...

O que eu teria dito a ela? Onde estava aprisionado? Em algum lugar... *subterrâneo*. Não era uma informação muito útil, mas eu poderia ter contado a ela o que Isbeth era. Alguém poderia saber se uma falsa deusa tinha as mesmas fraquezas de uma deusa. Eu poderia...

Um espasmo atravessou meu corpo, contraindo meus músculos dolorosamente. Precisava me alimentar.

A dor aguda da fome me corroeu por dentro, e acabei fechando os olhos, ouvindo o barulho de água corrente. Devo ter cochilado. Ou desmaiado. Qualquer um dos dois era possível, mas o som de passos me despertou. Abri os olhos de súbito, levando muito mais tempo que o normal para me acostumar com a penumbra do aposento enquanto escondia o osso do Voraz atrás de mim. Os passos não eram arrastados como os de um Voraz, nem detestavelmente barulhentos como os daquela Aia. O *passeio* rítmico e preguiçoso cessou quando fixei o olhar na entrada. A princípio não vi nada além de sombras, mas quanto mais olhava, mais percebia que as sombras eram densas. Sólidas.

A percepção me deixou todo arrepiado quando comecei a distinguir a silhueta na escuridão. Alta, mas sem forma definida. A sombra avançou e pairou sob o tênue brilho da luz das velas — uma sombra *encapuzada*.

Eu a encarei, com o coração começando a martelar dentro do peito. A capa era preta e comprida, parecida com uma mortalha, e o capuz estava posicionado de modo que o rosto não fosse nada além de escuridão. Muito parecido com o que eu usava em Solis quando não queria ser visto. Aquele que me rendeu o apelido de Senhor das Trevas.

Não era uma Aia ali diante de mim. E a silhueta encapuzada era alta demais para pertencer a Callum.

Ela não se mexeu.

Eu também não, mesmo quando um calafrio percorreu minha espinha.

A silhueta encapuzada levou as mãos até o capuz e o abaixou. Meu corpo todo enrijeceu.

Já tinha visto a vida se esvair dos olhos de um homem. Fiquei de pé no meio do sangue que derramei, com as mãos e o rosto sujos de entranhas enquanto olhava para algo que havia se tornado irreconhecível. Já tinha visto todo tipo de merda que assombraria a maior parte das pessoas e nunca tive vontade de desviar o olhar. Não até a noite em que Poppy descobriu quem eu era de verdade. O horror e a traição estampados naqueles lindos olhos verdes e o jeito como ela perdeu a frágil confiança em mim me deixou enojado.

E foi assim que me senti agora. Enojado. Com vontade de desviar o olhar. Mas assim como naquela noite com Poppy, eu me obriguei a ver o que estava diante de mim. Algo que havia se tornado irreconhecível.

Meu irmão.

O que senti não foi nada parecido com a noite com Poppy, quando fiquei sufocado de vergonha. Senti um ligeiro alívio ao ver que ele estava vivo, mas logo passou. Agora restava apenas a raiva, que acabava com qualquer chance de negação.

— Desgraçado — rosnei.

Malik sorriu. Não era o sorriso que eu conhecia. Não era verdadeiro.

— É... — Ele abaixou os braços ao lado do corpo.

Um bom tempo se passou. Ficamos nos encarando. Não sabia o que ele estava olhando. Não me importava.

— Você me parece bem para alguém que foi mantido em *cativeiro* por um século — disparei.

Malik parecia bem mesmo. Seus cabelos castanho-claros na altura dos ombros estavam mais compridos do que eu me lembrava, mas limpos. Até brilhavam sob a luz das velas. Não havia nenhuma palidez cadavérica em sua pele. Nenhum embotamento nos olhos cor de âmbar. O corte da capa era bem-feito, o tecido cor de zibelina visivelmente ajustado à largura dos seus ombros. De perto, percebi que ele estava mais magro, mas embora Malik fosse alguns centímetros mais alto que eu, sempre fui mais largo.

— Não posso dizer o mesmo a seu respeito — respondeu ele.

— Suponho que não.

Malik permaneceu em silêncio mais uma vez. Ficou parado ali, com uma expressão indecifrável no rosto. A habilidade de Poppy de ler emoções me teria sido útil. A menos que ele colocasse algumas barreiras mentais. Será que ele sabia fazer isso quando nos encontramos na Trilha dos Carvalhos? Não tive tempo de descobrir se ela havia captado alguma coisa dele. De saber se ele era tão vazio por dentro quanto parecia.

— É só isso que você tem a me dizer? — perguntou Malik por fim. Dei uma risada seca e sonora, que sacudiu os meus ombros.

— Eu tenho muita coisa para lhe dizer.

— Então diga. — Malik se aproximou, afastando a capa enquanto se ajoelhava. Os canos das botas de couro dele estavam incrivelmente limpos. Nunca foram imaculados antes, sempre salpicados de lama ou cobertos com fios de palha que ele levava do estábulo para o palácio. Ele olhou para a minha mão enfaixada. — Não vou te impedir.

Repuxei os lábios.

— Eu não fiz nada para *merecer* a sua visita. Então, o que foi que *você* fez para merecer, *irmão*?

— Eu não fiz nada, *Cas*.

— Mentira.

Ele ergueu o olhar da minha mão. A imitação de um sorriso voltou aos seus lábios, revelando a covinha na bochecha esquerda dele.

— Eu não deveria estar aqui.

Houve um breve momento em que a esperança tomou conta de mim. Como aquela Aia havia me dito, Malik nunca estava onde deveria. Enquanto crescíamos, nós tínhamos que procurá-lo na hora das aulas, algo que se tornou uma brincadeira para Kieran e para mim. Nós apostávamos quem encontraria Malik primeiro. Na hora do jantar, ele sempre se atrasava, geralmente porque estava fodendo com a comida e a bebida — ou simplesmente *fodendo*. Em mais de uma ocasião, ouvi nossa mãe dizer a Kirha que tinha a impressão de que se tornaria avó enquanto ainda era Rainha. Ela estava errada, para a surpresa de todos. Até mesmo minha.

Mas logo perdi a esperança. A capacidade de estar onde não deveria não era um sinal de que o meu irmão, aquele que eu conhecia e amava, ainda residia naquele invólucro de homem. Mas prova de algo completamente diferente.

— Você e a vadia são tão amigos agora... — O aro em torno do meu pescoço apertou. Forcei-me a relaxar o corpo contra a parede — que não se preocupa em ser punido?

A covinha sumiu da bochecha dele.

— Com o que eu me preocupo ou deixo de me preocupar não muda o fato de que ainda somos irmãos.

— Muda tudo.

Malik ficou calado outra vez e baixou o olhar. Um bom tempo se passou e, deuses, ele se parecia com o meu irmão. Falava como o meu irmão. Passei décadas temendo nunca mais vê-lo. E ali estava ele. Mas não exatamente.

— O que ela fez com você? — perguntei.

Ele esticou a pele em torno da boca.

— Vamos dar uma olhada na sua mão.

— Foda-se.

— Você está começando a ferir os meus sentimentos.

— Qual parte de *foda-se* te deu a impressão de que eu me importo com os seus sentimentos?

Malik deu uma risada, um som familiar.

— Cara, como você mudou. — Ele pegou meu pulso esquerdo, e eu comecei a me afastar, um esforço inútil no meu estado atual. Ele estreitou os olhos. — Não seja um pirralho.

— Faz muito tempo que não sou um pirralho.

— Duvido muito — murmurou ele, começando a desenfaixar minha mão. Seus dedos estavam quentes e calejados. Fiquei imaginando se ele ainda empunhava uma espada, se Isbeth permitia isso. Ele descobriu a ferida, deixando o curativo cair no chão de pedra. — *Caramba.*

— Bonita, hein? — Dei uma risada fria, embora estivesse me lembrando de todas as vezes que ele examinou um pequeno arranhão quando do éramos novos. Quando eu *era* um pirralho. — Essa é a *verdade* para a qual ela abriu seus olhos?

Malik me encarou de novo, com os olhos mais brilhantes do que antes.

— Você não sabe do que está falando.

Estiquei o corpo para a frente, ignorando quando o aro começou a me apertar. Fiquei cara a cara com ele.

— Como foi que ela te destruiu?

— O que o faz pensar que estou destruído?

— Você não está inteiro. Se estivesse, não ficaria ao lado do monstro do qual veio me libertar. A mesma desgraçada que...

— Sei muito bem o que ela fez. — Malik sustentou o meu olhar. — Vou te fazer uma pergunta, Cas. Como você se sentiu quando descobriu que a nossa mãe, e provavelmente o nosso pai também, mentiu para nós dois sobre quem era a Rainha Ileana?

A raiva ardeu dentro de mim.

— O que você acha?

— Você ficou furioso. Decepcionado — respondeu ele depois de um momento. — Ainda mais aborrecido. Foi assim que me senti.

Sim, isso resumia tudo.

— É por isso que você está com Isbeth? Traindo todo mundo e o nosso reino? — perguntei. — Porque Mamãe e Papai mentiram para nós dois?

Ele repuxou os lábios em um sorriso de boca fechada.

— O motivo pelo qual estou aqui não tem nada a ver com nossos pais. Por outro lado, se eles tivessem sido sinceros, talvez nenhum de nós estivesse aqui.

Saber quem a Rainha de Sangue era de fato poderia ter mudado tudo.

— Sim.

— Mas nada disso muda o fato de que sua ferida está infeccionada.

— Não dou a mínima para a ferida.

— Mas deveria. — Ele contraiu um músculo no maxilar, no mesmo lugar que o nosso pai, logo abaixo da têmpora. — Você já deveria ter sarado a essa altura.

— Não brinca — disparei conforme o aro afundava na minha traqueia.

— Você precisa se alimentar.

— Devo me atrever a ser repetitivo e dizer *não brinca*?

Um sorriso ameaçou surgir em seus lábios.

— Você se atreve a continuar se engasgando?

— Vá se foder. — Encostei de volta na parede, respirando superficialmente enquanto o aro afrouxava aos poucos.

— Você está xingando mais do que antes — observou ele, olhando de novo para a minha mão.

— Estou ofendendo o seu senso estético recém-adquirido?

Deu uma risada.

— Nada mais me ofende.

— Nisso eu acredito.

Malik arqueou a sobrancelha.

— Se eu der sangue a você, minha visita será descoberta.

— Quer dizer que você se preocupa em ser punido?

Ele ergueu os olhos frios.

— Não sou eu quem seria punido.

A repulsa se agitou no meu estômago vazio.

— Você está querendo dizer que se importa com o que ela faz comigo? Mesmo estando ao lado dela?

— Acredite no que quiser. — Malik enfiou a mão nas dobras da capa e pegou uma alça. Tirou uma bolsa de couro dali, do tipo que os Curandeiros costumavam carregar. — Achei que precisaria de ajuda.

Não disse nada, apenas observei enquanto ele pegava um frasco pequeno. Recordei o que aquela Aia havia me dito. Ela afirmou que tinha feito uma promessa quando perguntei por que estava ali. E disse que estava entediada. Mas ela sabia que a minha mão estava infectada.

E pelo que parecia, Malik veio preparado por causa dessa informação.

Será que ele tinha pedido a ela para ver se eu estava bem? Ou será que ela tinha contado a ele?

— Sem sangue, o seu corpo é tão útil quanto o de um mortal — comentou ele. — A infecção vai se espalhar e entrar no seu sangue. Você não vai morrer, mas vai acabar onde não quer ainda mais rápido.

Sabia muito bem do que ele estava falando. Fiquei no limite com Poppy em Novo Paraíso, mas caí daquele precipício quando estive aprisionado antes.

Malik desenroscou a tampa e um cheiro adstringente tomou conta do ar.

— Vai arder como o fogo do Abismo. Espero que não grite e chore como costumava fazer. — Malik segurou meu pulso com firmeza. — As coisas não vão acabar nada bem para você se fizer isso.

— Não gritei quando aquele desgraçado cortou meu dedo, então o que você acha?

Aquele músculo sob sua têmpora se tensionou mais uma vez.

— É melhor respirar fundo então.

Fiz o que ele pediu, mas só porque eu sabia o que estava por vir. Malik derramou o líquido em cima dos ossos e nervos parcialmente expostos, com os olhos fixos nos meus. E, caramba, tive vontade de gritar até chegar ao inferno. Minha respiração não ajudou em nada a aliviar a ardência. Cerrei os dentes com tanta força que foi um milagre meus molares não quebrarem. A dor tornava difícil respirar ou entender o que Malik estava me dizendo, mas vi que ele estava falando alguma coisa, pois seus lábios estavam se mexendo, então me obriguei a suportar o tormento e me concentrar.

— Arde pra caramba, não é? Mas vale a pena. Esse negócio é milagroso. Nem sei como ela inventou isso. Preferi não perguntar. — Um sorriso irônico surgiu nos seus lábios e, mesmo em meio àquela agonia escaldante, reconheci aquele sorriso enviesado que revelava uma das presas. Era *genuíno*. — Isso vai forçar a infecção a sair e fazer com que sua pele se cure. — Ele fez uma pausa. — Sim, já está funcionando.

Com o maxilar doído, observei o líquido borbulhar na minha mão e espumar ao longo da falange do dedo. A dor diminuiu o suficiente para que eu não tivesse mais vontade de bater a cabeça contra a parede. Da espuma, um pus grosso e amarelo-esbranquiçado escorria, fedendo tanto quanto o maldito Voraz que chutei para o canto da cela.

— Você nem sequer piscou. — Malik parecia surpreso. — Acho que já sentiu coisa pior. — Um segundo de silêncio se passou. — E provavelmente já infligiu uma dor bem mais intensa a outras pessoas.

— Você ficou sabendo? — respondi com a voz rouca.

— Sim, mas não estou falando sobre o que você fez com os Ascendidos. Ou com aquele Voraz ali. Você ficou um tanto sanguinário, não é? — Ele olhou para minha mão. O pus tinha diminuído, não escorria mais em um fluxo constante e repugnante. — Sabe no que tenho pensado ultimamente?

— Em como você ficou tão fodido da cabeça? — sugeri.

Malik soltou uma risada aguda.

— É melhor ser mais claro. Eu quis dizer... sabe em *quem* tenho pensado ultimamente?

— As opções são ilimitadas.

— Shea.

O nome dela veio como uma surpresa. Pior que um palavrão. Uma recordação outrora bem-vinda que agora não passava de um desperdício.

— Sei o que ela fez. Eles me contaram. Não acreditei a princípio, mas depois me lembrei do quanto ela te amava. Mais do que acho que você se dava conta ou merecia.

Malik entornou o restante do líquido sobre o toco do dedo.

Sibilei quando ele atingiu a minha carne e espumou mais uma vez, mas não tão intensamente quanto antes.

— Então descobri que eles não tinham mentido. Ela armou para mim — continuou ele, com uma risada curta. — Você a matou?

Abri o maxilar e me forcei a responder:

— Sim.

— Lamento saber disso.

Gostaria de acreditar que sim. Mas não acreditava.

Ele deixou o frasco de lado.

— Sabendo como é você, acredito que manteve o que ela fez em segredo, não? Aposto que só Kieran sabe disso.

O fedor da ferida não estava mais tão ruim. Nem a dor.

— Isso importa?

— Na verdade, não. — Ele soltou a minha mão. — Só que todos tivemos que fazer algo abominável, não é?

— Bem, se alguém estiver anotando o placar de coisas abomináveis, então você ganhou — disse a ele.

— Parece que foi você quem ganhou, irmãozinho. — Malik tirou um pedaço de pano da bolsa. — Encontrou o amor. — Virou minha mão para cima, revelando a marca de casamento. — Virou Rei. — Deslizou o polegar pelo redemoinho. — Você tem a vida que eu pensei que teria.

Minha raiva voltou, tão ardente quanto a dor tinha sido antes.

— Poppy nunca teria sido sua.

— Ela poderia ter sido, sim — murmurou ele. Segurou a minha mão com firmeza. — Parece que você está com vontade de me dar um soco na cara. Com força.

— Você está certo quanto a isso — rosnei.

Malik sorriu enquanto passava o pano ao longo da falange.

— Que engraçado.

— O que é engraçado?

— Você está com raiva de mim quando passou o último século aproveitando a vida — *muito bem*, pelo que me parece.

— Aproveitando a vida? — vociferei. — Passei esses anos todos tentando encontrar uma maneira de libertar *você*. Não só eu. Kieran, Delano, Naill. Diversas pessoas. Muitas delas deram a própria vida para trazer você de volta, bons homens e mulheres que você nem conhece deram tudo para libertá-lo. E todo esse tempo você foi um bichinho de estimação por *vontade própria*. — Uma fúria profana se apoderou de mim quando ele largou o pano e pegou uma gaze nova, sem se deixar abalar pelas minhas palavras. Sua reação impeliu o que eu disse a seguir:

— Você ao menos se pergunta o que aconteceu com Preela?

Malik se retesou, dilatando as pupilas.

— Porque eu sim. O vínculo a enfraqueceu, e ainda assim ela tentou salvá-lo. Ninguém foi capaz de detê-la. Ela fugiu durante a noite e nunca mais a vimos. Mas nós sabíamos. Ela morreu, não foi? — Examinei o rosto dele à procura de algum sinal de culpa ou tristeza. Qualquer coisa. Preela era sua lupina vinculada, e os dois eram tão próximos quanto Kieran e eu, razão pela qual ele a proibiu de acompanhá-lo quando saiu para me procurar. — Você saberia no momento em que ela perecesse.

Então eu vi. Caramba, eu vi a reação dele. Se tivesse piscado, não teria visto. Uma vacilada.

— Ela morreu. — O músculo sob sua têmpora se contraiu ainda mais rápido. — Mas não antes de vir até a Carsodônia. Não sei como conseguiu, mas Preela chegou aqui só para ser capturada. — Ele se aproximou de mim. — O monstro que está sem cabeça graças à sua esposa a matou. Não de modo rápido. Não antes de se divertir. Não antes que *muitos* outros se divertissem com ela.

Merda.

— Sei disso porque consegui um lugar na primeira fila. Pude assistir ao que ele fez depois, quando arrancou as entranhas dela e quebrou seus ossos em pequenos pedaços que foram endurecidos e fundidos em pedra de sangue. — Somente uma faixa estreita de âmbar era visível nos seus olhos conforme ele olhava para mim. — Ele fez sete adagas com os ossos dela. Encontrei seis delas, e sei exatamente onde está a sétima. — Ele acenou com a cabeça lentamente. — Sim, eu sei quem a possui.

Nem consegui me concentrar na possibilidade de que a adaga de Poppy tivesse sido feita com os ossos de Preela. Aquela era a resposta à minha pergunta.

O que o havia destruído.

Foi aquilo. E aconteceu muito antes do que eu tinha imaginado.

Não podia culpá-lo.

Foi então que percebi que Malik não tinha ficado completamente impassível com os acontecimentos no Castelo Pedra Vermelha. Ele *havia* demonstrado uma certa emoção lá. Duas vezes. Quando Isbeth convocou aquela Aia e um dos cavaleiros a esfaqueou, ele fez menção de avançar na direção dos dois, de maxilar cerrado como fazia quando

Alastir e o nosso pai debatiam a possibilidade de entrar em guerra com Solis, algo a que se opunha inflexivelmente. Além disso, Malik ficou chocado quando Isbeth matou Ian. Ele não estava esperando por isso.

Era a terceira vez que eu o via abalado por alguma coisa.

— Ela contou a você que a minha mão estava infectada, não foi? — perguntei. — A Aia.

As pupilas dele se dilataram outra vez.

— Ela disse umas coisas bem estranhas enquanto estava aqui.

Malik nem piscou enquanto travava olhares comigo.

— Tipo o quê?

— Tipo uma maluquice sem sentido sobre algo despertar e Isbeth criar algo poderoso o bastante para refazer os planos.

Ele ficou completamente imóvel, exceto por aquele músculo se contraindo na têmpora.

Senti um calafrio de inquietação na nuca.

— Do que é que ela estava falando, *irmão*?

Um bom tempo se passou.

— Quem é que vai saber do que ela estava falando. Ela é...

Eu o observei atentamente.

— Meio esquisita?

Malik riu, e eu senti um soco no estômago, porque a risada também era genuína. O tom de âmbar ficou mais visível em seus olhos.

— É. — Ele arrastou os dentes sobre o lábio inferior. — Sei que você me odeia. Mereço isso. Mais do que você imagina. Mas não tem motivos para odiá-la.

— Não dou a mínima para ela.

— Eu não disse que dava, mas ela não fez nada a você, e se arriscou demais em procurá-lo e ver qual era a sua situação. Sei que não tem nenhum motivo para protegê-la, mas se alguém descobrir que ela esteve aqui conversando com você? Não vai acabar bem para ela.

— Por que eu deveria me importar com isso? — desafiei, querendo saber por que *ele* se importava.

— Porque, assim como a sua amada — retrucou, com a voz baixa enquanto sustentava o meu olhar —, ela não teve muita escolha em relação à própria vida. Então não desconte nela. É tudo o que peço, e eu nunca lhe pedi nada.

Nunca mesmo.

Era sempre eu quem pedia favores a ele. Mas aquilo foi em outra época.

Estudei seu rosto inexpressivo. Se não estivesse tão fraco, eu poderia usar de persuasão, algo em que Malik nunca foi muito bom.

— Você se importa com ela.

— Já não sou mais capaz de me importar com outra pessoa — respondeu ele. — Mas devo isso a ela.

A apatia com que ele disse aquilo provocou um calafrio no meu peito. Desabei contra a parede.

— Nunca desisti de você, Malik — confessei, cansado. — E não aproveitei a vida.

— Até agora. — Ele começou a enfaixar a minha mão. — Até conhecer Penellaphe.

— Isso não tem nada a ver com ela.

— Tem tudo a ver com ela — murmurou ele.

— Besteira. — Sacudi a cabeça. — Por que você acha que eu cogitei a ideia de me encontrar com a Rainha de Sangue depois do que ela fez comigo, e com você? Não foi só por causa de Atlântia. Não foi só por causa do que a Coroa de Sangue estava fazendo com os mortais. Isso era secundário. Sempre foi por sua causa. Fui para a Trilha dos Carvalhos preparado para negociar sua libertação. Poppy também foi para Trilha dos Carvalhos preparada para fazer isso, e ela nem te conhecia.

Uma expressão estranha surgiu no rosto dele, que franziu o cenho.

— Não, ela não me conhecia. — Ele dobrou a gaze, cobrindo a ferida. — Ou pelo menos não se lembra.

Inclinei a cabeça.

— O que você quer dizer com isso?

— Você já vai entender. — Malik enfiou a ponta da gaze sob o curativo. — Tenho a impressão de que vai reencontrar a sua Rainha muito em breve.

177

12

Poppy

Passei os dedos sobre o cabo frio feito de osso de lupino com um ligeiro sorriso nos lábios conforme pensava no homem que havia me dado a adaga de presente no meu aniversário de dezesseis anos.

Nem Vikter, nem eu sabíamos qual era a data *exata* do meu aniversário. Ele me disse a mesma coisa que Casteel: escolha um dia qualquer. Eu escolhi 20 de abril.

Não fazia a menor ideia de onde ele tinha arranjado aquela lâmina. Nunca vi outra igual. Quando me deu a adaga, ele colocou a mão sobre a minha e disse: "Essa arma é tão especial quanto você. Cuide bem dela, e ela a protegerá."

Meu sorriso se alargou, e eu fiquei aliviada por conseguir pensar em Vikter sem desabar de dor. A tristeza ainda estava ali. Sempre estaria. Mas tinha ficado mais fácil.

— Espero que você tenha orgulho de mim — sussurrei. Orgulho da minha decisão de liderar o exército de Atlântia, de correr os mesmos riscos que os soldados e suportar as *marcas* que aquela guerra deixasse para trás. Afinal de contas, *ele* havia me ensinado a importância disso.

Como quando descobri acidentalmente o que os lenços brancos pregados na porta das casas na Masadônia significavam e como Vikter ajudava as famílias que moravam ali, que não conseguiam fazer o que precisava ser feito. Ele dava aos amaldiçoados — aqueles infectados pela mordida de um Voraz — uma morte rápida e honrosa antes que se transformassem em monstros que atacariam a própria família e qualquer pessoa que se aproximasse deles. Uma morte pacífica em vez da execução pública que os Ascendidos gostavam de realizar para os amaldiçoados.

Certa vez lhe perguntei como ele conseguia ficar cercado pela morte sem ser afetado por isso. Por muito tempo, não entendi sua resposta.

Não sou imune a isso. Morte é morte. Matar é matar, Poppy, por mais justificado que seja. Toda morte deixa uma marca, mas não espero que ninguém corra um risco que eu não correria. Nem pediria a outra pessoa para carregar um fardo que me recusei a carregar, ou sentir uma marca que eu mesmo não senti.

Acabei entendendo o que ele queria dizer quando descobri o número real de infectados. Havia dezenas de execuções por ano, mas na verdade centenas de pessoas — jovens e velhas — eram infectadas. Centenas de mortais amaldiçoados enquanto faziam o que os Ascendidos se recusavam a fazer, embora fossem mais fortes, rápidos e resistentes a ferimentos que eles.

Achei que tivesse entendido. Mas agora? Embainhei a adaga de lupino na coxa. Agora me dei conta de que as palavras de Vikter significavam muito mais do que ajudar os amaldiçoados. Ele não era um Descendido, mas, em retrospecto, suspeito que estivesse falando sobre os Ascendidos. Sobre a Coroa de Sangue, que exigia tanto daqueles que deveriam servir enquanto fazia muito pouco *por* eles.

Fosse Donzela ou Rainha, mortal ou deusa, eu jamais seria alguém que não corresse os mesmos riscos que exigia dos outros. Nem me recusaria a suportar as *marcas* que Vikter havia mencionado enquanto esperava que os outros carregassem tal fardo.

Apertei a faixa estreita na diagonal do meu peito e peguei uma espada curta feita de ferro e pedra de sangue. Muito mais leve que as armas douradas de Atlântia, deslizei a lâmina na bainha presa às minhas costas de modo que o punho ficasse voltado para baixo, perto do meu quadril. Dispostas sobre o mapa, o resto das armas reluzia sob a luz do sol da manhã que entrava pela janela. Coloquei a bota na cadeira e peguei uma lâmina de aço. Passei os dedos pelas tiras que seguravam as caneleiras no lugar. Enfiei a adaga no cano da bota e troquei de pé, colocando uma adaga igual no outro. Em seguida, peguei uma estaca fina de pedra de sangue com um cabo do tamanho do meu braço. Guardei-a na bainha do antebraço. Era a arma preferida de Vonetta. Ela costumava levar uma em cada braço quando estava na forma humana. Guardei a segunda espada curta, prendendo-a às costas de modo que cruzasse com a primeira com o punho voltado para o lado esquerdo do meu quadril. Peguei a última lâmina, uma adaga curva e letal, e olhei para mim mesma, imaginando onde poderia colocá-la.

— Não acha que já tem armas demais?

Ergui o olhar e me deparei com Valyn parado na soleira da porta. Não o tinha visto desde que ele saiu no dia anterior.

Olhei para mim mesma, com a garganta ardendo.

— Armas nunca são demais.

— A princípio eu concordaria com a sua afirmação — disse ele, com a mão no punho de uma das três espadas que eu *podia* ver com ele. Podia apostar que a armadura de ouro e aço ocultava outras. — Mas você vai ser a arma mais letal no campo de batalha.

Senti o estômago revirar e abaixei a lâmina em forma de foice.

— Espero não ter que usar esse tipo de arma.

Valyn inclinou a cabeça de um jeito dolorosamente familiar que me causou um aperto no peito conforme olhava para mim.

— Você está falando sério.

— Sim, estou. — Não sei muito bem o porquê, mas a observação de Valyn me incomodou. Por que será que tinha pegado tantas armas assim? Franzi o cenho, tentando entender minhas escolhas aparentemente inconscientes. — Eu só... As habilidades que possuo podem ser usadas para curar. Prefiro usá-las para isso. — Olhei para ele enquanto prendia a lâmina de foice no quadril. — A menos que precise usá-las para lutar. Nesse caso, não hesitarei.

— Sei que não. — Ele continuou olhando para mim, mas não para minhas cicatrizes. — Você se parece...

Sabia qual era a minha aparência.

Repuxei os lábios quando olhei para a manga do vestido, o vestido *branco*. Naquela noite em Novo Paraíso, quando decidi que não poderia mais ser a Donzela, fiz várias promessas a mim mesma. Uma delas era que nunca mais usaria branco.

Quebrei essa promessa hoje com a ajuda de Naill e da lupina Sage. O vestido de linho era um dos dois que tinham sido costurados a partir de uma das túnicas de Kieran, com a bainha na altura dos joelhos e duas fendas nas laterais, para que eu alcançasse a adaga de lupino presa à minha coxa. Por baixo, eu usava leggings grossas que tinha pegado emprestadas de Sage. Os pontos foram afrouxados, pois a lupina usava um ou dois tamanhos menores que eu, e depois reforçados. Ambos eram de um branco *puro* e imaculado, assim como as placas da armadura nos meus ombros e peitoral. Naill tinha até conseguido pregar um tecido branco sobre a armadura fina. Ele fez um trabalho incrível, me entregando exatamente o que pedi, e então dobrou a meta. Costurou outro vestido. E mais um par de leggings.

Detestava aquela roupa com todas as minhas forças.

Mas ela serviria a um objetivo. Eu não era a Rainha que os mortais conheciam. A coroa dourada não significava nada para eles.

Mas o branco da Donzela sim.

— Com o que imaginava que fosse a Donzela? — concluí por ele. — Só que eu costumava usar um véu em vez da armadura e... — Fiquei com as bochechas coradas de novo. — E não tantas armas assim.

Valyn sacudiu a cabeça brevemente, fazendo com que uma mecha de cabelo se soltasse do rabo em que tinha prendido o resto. Ela caiu sobre a sua bochecha.

— Eu ia dizer que você se parece com um dos meus quadros preferidos.

— Ah. — Mudei de posição, um tanto sem jeito.

— Da deusa Lailah, para ser mais exato. Não na aparência física, mas por causa da armadura e da coluna ereta. Da força. Na verdade, há uma pintura dela no palácio. Não sei se você chegou a ver, mas é da Deusa da Paz e da Vingança. Ela usava uma armadura branca.

— Não vi.

— Acho que vai gostar dela.

Não pude deixar de pensar em Casteel e no que ele acharia se me visse assim. Ele aprovaria as armas. Com certeza. O vestido?

Provavelmente iria arrancá-lo do meu corpo e botar fogo nele.

Pensar em Casteel me fez lembrar do sonho, e do que isso poderia significar.

— Tem uma coisa que eu queria te perguntar.

— Pergunte.

— Kieran acha que você pode saber se é possível que corações gêmeos entrem nos sonhos um do outro.

— Eu me lembro de ter lido algo do tipo em algum lugar. Na verdade, é chamado de... — Valyn franziu o cenho — alma errante. Não de sonho errante. Afirmava que as almas podiam se encontrar mesmo nos sonhos. — A expressão dele se suavizou. — Aconteceu algo assim?

Tive que me controlar para não permitir que o sonho surgisse em detalhes na minha mente.

— Tive um sonho incrivelmente vívido. Não me parecia um sonho comum, e acho que Casteel também percebeu isso, pouco antes de eu acordar. Quero dizer, talvez eu esteja enganada e tenha sido só um sonho.

— Acho que é isso mesmo que você acredita. Alma errante entre dois corações gêmeos — observou. — Meu filho me disse que acreditava que vocês eram corações gêmeos, não que precisasse. Vi isso com meus próprios olhos depois do ataque nas Câmaras de Nyktos, quando ele voltou a si e descobriu que você tinha sido sequestrada. Vi em seus olhos e ouvi em sua voz quando você falou sobre os planos de partir para a Carsodônia. Vocês dois encontraram algo que poucas pessoas têm a chance de vivenciar.

— Encontramos sim — sussurrei, com um nó na garganta.

Valyn sorriu, mas as rugas finas no seu rosto pareciam mais profundas quando ele deu um suspiro áspero.

— Passei por Kieran a caminho daqui — comentou, para o meu alívio. — Percebi que ele estava preocupado com o motivo pelo qual queria conversar com você. Além da família, a única pessoa com quem eu o vi demonstrar tanta lealdade foi Casteel. Esse tipo de lealdade ultrapassa qualquer tipo de vínculo, até mesmo um Estigma Primordial. — Valyn virou a cabeça na minha direção, com um brilho resguardado nos olhos dourados. — Ele é bom para você. Para vocês dois.

— Eu sei disso. — Agucei os sentidos para Valyn e me deparei com o que parecia uma Colina. A vontade de encontrar as rachaduras que deveriam existir em sua barreira tomou conta de mim mais uma vez. Pousei a mão na bolsinha no meu quadril em vez de na aliança e apertei o cavalinho de brinquedo para superar aquela necessidade. — Se você veio aqui para tentar me convencer a não partir para a Carsodônia, eu... aprecio a sua preocupação. Mais do que imagina — admiti. — Mas tenho que fazer isso.

— Gostaria que houvesse algo que eu pudesse dizer para fazê-la mudar de ideia, mas você é teimosa. Assim como meu filho. Como meus dois filhos. — Ele tocou no encosto de uma cadeira. — Você se importa se eu me sentar?

— É claro que não. — Fui até o assento diante dele e me sentei na cadeira de estofado grosso.

— Obrigado. — A armadura rangeu quando ele se acomodou, esticando a perna direita. — Sei que não vou fazê-la mudar de ideia, mas estou preocupado. Muita coisa pode acontecer. Muita coisa pode dar errado. Se perdermos você também...

— Eles não estão perdidos. Nós sabemos onde estão. Eu vou encontrá-los — prometi a ele. — E talvez Malik esteja... — Respirei fundo, apertando o cavalinho de novo. — Talvez Malik esteja perdido para nós. Mas Casteel não está. Eu o trarei de volta, e farei o que você me pediu antes, se for necessário.

Valyn deu um suspiro entrecortado e pareceu levar alguns minutos para se recompor.

Estendi a mão esquerda lentamente e mostrei a palma para ele, a marca de casamento.

— Ele está vivo. Às vezes, eu preciso me lembrar disso — sussurrei. — Ele ainda está vivo.

Valyn olhou para a minha mão pelo que me pareceu uma eternidade e em seguida fechou os olhos por um instante. Mantive os sentidos aguçados e, por um segundo, captei algo dele, algo que me fez lembrar das mangas verdes e azedas que Tawny saboreava no café da manhã de vez em quando. Scria culpa? Vergonha? Foi muito breve para que eu tivesse certeza.

— Com tudo o que vem acontecendo, nós não tivemos muito tempo para conversar, mas há algo que precisamos discutir. E eu estou nesse plano há tempo suficiente para saber que nem sempre há outra chance — começou, e eu senti um aperto no peito. Sabia que qualquer coisa poderia acontecer, mas não queria pensar que *aquilo* pudesse acontecer com ele. — Sei sobre o que você conversou com a minha esposa quando voltou a Evaemon.

Todos os músculos do meu corpo se contraíram, mas afrouxei a mão ao redor do cavalinho de brinquedo.

Ele se recostou na cadeira, esfregando o joelho.

— Sei que ficou com raiva dela.

— Ainda estou. — Afastei a mão da bolsinha antes que fizesse algo idiota, como botar fogo nela sem querer. — Não é algo que já tenha ficado para trás.

— E você tem todo o direito de estar. Assim como Casteel e Malik, se ele... — Valyn soltou o ar bruscamente. — Não vim aqui para falar por Eloana, mas por mim. Tenho certeza de que você fica imaginando se eu sabia a verdade sobre a Rainha de Sangue.

Espalmei as mãos sobre as coxas.

— Sim. É uma das coisas em que penso quando não consigo dormir à noite — confessei. — Você sabia? Aposto que Alastir sabia.

— Ele sabia sim — confirmou Valyn, e se Alastir já não tivesse sido feito em pedacinhos e muito provavelmente devorado pelos lupinos, eu teria desenterrado o corpo dele só para poder apunhalá-lo novamente. Repetidas vezes. — Ele descobriu antes de mim.

A surpresa tomou conta de mim, mas não confiei na minha reação.

— É mesmo?

— Presumi que ela tivesse morrido, antes ou durante a guerra. Acreditei nisso por muitos anos — revelou, e eu permaneci calada e quieta. — Eloana nunca falava a respeito de Isbeth e Malec, e eu deixava pra lá porque sabia que era difícil para ela. Sabia que uma parte dela ainda o amava, embora ele não merecesse tamanha bênção. Que uma parte dela sempre o amaria, mesmo que também me amasse.

Aquilo me surpreendeu. Valyn já sabia o que Eloana tinha admitido para mim, e eu não pensei nem por um segundo que esse conhecimento diminuísse seu amor por ela. Meu respeito por aquele homem aumentou ainda mais. Pois se Casteel sentisse isso por Shea, eu seria consumida por um ciúme irracional.

— Foi só quando ela capturou Casteel pela primeira vez que Eloana me contou o que havia descoberto a respeito da Rainha de Solis — prosseguiu, contraindo o músculo sob a têmpora novamente. — Fiquei... — Ele deu uma risada seca. — Furioso não descreve o que senti naquele momento. Se soubesse a verdade, jamais teria recuado. Eu saberia que nunca conseguiríamos acabar com a guerra daquele jeito, que havia muita história pessoal para que houvesse um fim. E talvez fosse por isso que ela guardou o segredo por tanto tempo. Ou talvez porque a mentira havia se transformado em uma verdade indestrutível que mantinha as coisas em seu devido lugar. Não sei muito bem, mas o que *sei* é que preciso contar a verdade agora. Não sabia a verdade a respeito dela desde o início, mas sabia por tempo suficiente. A situação toda é... difícil e complicada.

— Isso não é desculpa.

— Você tem razão — concordou ele calmamente. — Mas é como as coisas *são*.

A raiva ferveu nas minhas veias e peito, penetrando naquelas partes frias e vazias dentro de mim.

— Você sabia por tempo suficiente para ter avisado a Malik. Para ter avisado a Casteel e a mim. Se soubéssemos a verdade, nós teríamos nos preparado melhor. Poderíamos ter decidido que não havia motivo para tentar negociar com Isbeth — vociferei, e rugas de tensão se formaram ao redor de sua boca quando ele ouviu o nome dela. — Se soubéssemos, poderíamos ter procurado por Malec e obtido uma vantagem. Vocês dois poderiam ter nos contado isso a qualquer momento. Mas isso destruiria a fundação de todas as mentiras de Atlântia. Então não me importo nem um pouco se a situação era complicada e difícil. Vocês não nos contaram a verdade porque temeram como isso os afetaria, o que as pessoas pensariam dos dois. Se ainda teriam o apoio do povo depois que eles descobrissem que a Rainha de Solis era a amante que a *sua* Rainha tentou matar. Que Isbeth nunca foi uma vampira. Que ela não foi a primeira Ascendida. Atlântia foi construída sobre mentiras, assim como Solis.

— Eu... eu não posso discordar de nada disso — disse ele, sustentando meu olhar. — E se pudéssemos voltar atrás e fazer a coisa certa, nós faríamos. Teríamos contado a verdade a respeito dela.

— O nome dela é Isbeth. — Afundei os dedos nas pernas. — Não pronunciar seu nome não muda quem ela é.

Valyn abaixou o queixo e assentiu.

— Mas também não faz com que seja mais fácil dizê-lo. Ou pensar que ela é sua mãe. Nós realmente acreditávamos que você fosse uma divindade, descendente de uma das mortais com quem Malec teve um caso. Não sabíamos o que ele era até que você nos contou. — Ele fez uma pausa. — Embora eu tenha ficado feliz por saber que ele não é seu pai. *Gêmeos*. Malec e Ires. Por isso que você é parecida com ele.

O choque que Eloana sentiu quando contei a ela que Malec era um deus foi muito intenso para ser fingimento. Tive vontade de perguntar se o conhecimento teria feito com que eles mudassem de ideia sobre nos contar a verdade a respeito de Isbeth, mas não perguntei. De que adiantava? Sua resposta não mudaria nada.

— Eloana contou a você sobre o filho de Isbeth e Malec? — perguntei, me lembrando do que Eloana havia me dito.

— Sim, ela me contou. — Valyn passou a mão pelo queixo. — E eu acreditei quando ela me disse que não sabia da criança até que Alastir lhe contasse.

Não tinha certeza se acreditava nisso. Afinal de contas, eles sabiam que Alastir havia localizado o que pensavam ser uma descendente de Malec, e que seu conselheiro — seu *amigo* — tinha deixado que a criança, que por acaso era *eu*, fosse morta pelos Vorazes. Eles se conformaram com um ato tão horrível porque acreditavam que Alastir estivesse agindo nos interesses de Atlântia.

Não os culpava pelo que Alastir havia feito. Nem antes, nem agora. Eu os responsabilizava pelo que sabiam e o que decidiram fazer — ou não fazer — com esse conhecimento.

— Eu me arrependo muito — confessou Valyn, com a voz rouca. — Minha esposa também. Mas não peço seu perdão. Nem Eloana.

Melhor assim, pois eu não sabia como me sentia a respeito dos dois. Mas o perdão nunca foi um problema para mim. Isso era fácil. Às vezes, fácil até demais. O problema era entender e aceitar por que eles haviam feito aquilo, e eu ainda não tive tempo para aprender a lidar com isso.

— Então o que veio me pedir?

— Nada. — Seu olhar encontrou o meu novamente. — Só queria que você soubesse a verdade. Não queria que isso ficasse pairando entre nós.

Achei que podia haver outro motivo além de esclarecer as coisas comigo. Valyn queria que eu soubesse disso caso nunca mais visse os filhos de novo. Desse modo, eu poderia dizer a eles o que Valyn havia me contado.

O silêncio se prologou, e eu não sabia o que dizer ou fazer. Foi ele quem quebrou o silêncio:

— Já está quase na hora, não?

— Está sim — confirmei. — Espero ver você depois que tudo acabar.

O sorriso voltou aos seus lábios, diminuindo algumas das rugas profundas.

— Você verá.

Em seguida, saímos da mansão, com Emil e uma pequena horda de Guardas da Coroa que pareciam ter aparecido do nada ao meu lado. Valyn estendeu a mão, apertando meu ombro assim que nos aproximamos das tropas que nos aguardavam nos limites da propriedade, e então caminhou à minha frente.

Quando notaram minha chegada, os soldados colocaram a mão que empunhava a espada sobre o peito e se curvaram. A pressão dos olhares e da confiança deles me fez caminhar mais pesadamente. Meu corpo inteiro zumbia, mas o gosto salgado de nozes da sua determinação acalmou meus nervos. Não haveria nenhum discurso — nada de pompa ou demonstração de autoridade. Eles já sabiam o que precisavam fazer.

Juntei-me a Kieran na dianteira, ao lado de Setti e de outro cavalo. Somente Emil me seguia agora. Os Guardas da Coroa haviam se juntado ao exército.

O lupino olhou por cima do ombro. Captei uma onda gelada de surpresa quando ele se virou e notou minha aproximação.

— O que foi? — perguntei.

— Nada — respondeu ele, pigarreando. — Detestei a sua roupa.

— Bem-vindo ao clube.

— Prefiro não fazer parte desse clube. — Ele desviou o olhar e observou o antigo Rei se juntar a Sven e Cyr. — Está tudo bem? Vi quando Valyn entrou no seu quarto.

— Tudo bem. — Tomei as rédeas de Setti de Kieran, me apoiei na sela e montei no cavalo. Assim que me sentei, a visão da general lupina chamou minha atenção. Lizeth atravessou as fileiras de soldados na direção da Comandante da Guarda da Coroa. Hisa ficaria com Valyn e os demais generais para garantir que nossos planos fossem seguidos.

Hisa se virou do cavalo e puxou Lizeth pela nuca. Afundou os dedos nos cabelos loiros da lupina. A preocupação irradiava dela.

— Tome cuidado.

A lupina encostou a testa na de Hisa.

— Mas tenha coragem — respondeu ela, beijando a outra mulher.

— Sempre — confirmou Hisa.

— Mas tenha coragem — sussurrei, desviando o olhar. Gostei daquilo. Tome cuidado, mas tenha coragem.

Como todos nós teríamos hoje.

13

A curta travessia pela Terra dos Pinheiros que cercava a Trilha dos Carvalhos, logo depois das primeiras fileiras de árvores curvadas, foi tranquila. O único som vinha do estalar dos galhos espalhados quebrando pela estrada conforme passávamos. A luz do sol que se infiltrava pela copa dos pinheiros emprestava uma paz ao lugar, em contraste com o que estava por vir.

Sentei-me empertigada na sela, segurando as rédeas de Setti como Casteel havia me ensinado. A armadura era fina e ajustada, principalmente a couraça que cobria meu peito e costas, mas não era a coisa mais confortável que já vesti. Era uma necessidade. Posso conseguir sobreviver à maioria dos ferimentos, mas não tinha a menor intenção de enfraquecer sem necessidade, principalmente porque poderia precisar usar o éter.

Emil cavalgava à minha esquerda e nunca me pareceu mais sério do que agora, examinando sem parar as árvores densamente agrupadas. Kieran estava à minha direita. Éramos só nós três cavalgando na direção da Trilha dos Carvalhos.

Ou ao menos é o que parecia.

Queria dar aos Guardas da Colina a chance de tomar a decisão certa. Aparecer com um exército os colocaria imediatamente na defensiva, tornando improvável que abrissem os portões e deixassem que as pessoas saíssem da cidade se assim desejassem.

Mas nós não estávamos sozinhos.

Os lupinos haviam se dispersado pela floresta, movendo-se silenciosamente enquanto procuravam por soldados de Solis escondidos em meio aos pinheiros.

Senti um peso no peito agitando o éter pulsante no meu ser, conforme Setti cruzava um riacho estreito que havia tomado conta da estrada, chutando água e terra solta. Estávamos prestes a entrar em guerra quando a Rainha de Sangue matou Ian e capturou Casteel. A guerra começou quando matei o Rei Jalara. Mas essa... *essa* era a primeira batalha. Segurei firme as rédeas, com o coração disparado.

Aquilo estava mesmo acontecendo.

Por algum motivo, eu não tinha me dado conta até agora de que aquilo era diferente de Massene. Era uma *guerra* de verdade. Depois de todo o planejamento e espera, *agora* parecia surreal.

E se ninguém decidisse se arriscar a confiar em nós? E se todos permanecessem na cidade, até mesmo os Descendidos? Meu coração disparava à medida que a possibilidade da carnificina que eu queria evitar se tornava cada vez mais concreta a cada minuto que passava.

Não pude deixar de pensar que se estivesse ali Casteel diria algo para aliviar a tensão. Ele me faria sorrir, apesar do que nos aguardava. E provavelmente diria algo que iria me aborrecer... e me deixar secretamente entusiasmada.

Além disso, ele *certamente* iria gostar da armadura e das armas.

— Ali — informou Kieran calmamente. — Logo adiante, à esquerda.

Com muito medo de especular sobre o que ele tinha visto, vasculhei a floresta banhada pela luz do sol.

— Estou vendo — confirmou Emil no exato momento em que os avistei.

Mortais.

Elas caminhavam pelo acostamento da estrada de terra, dezenas, talvez até mesmo centenas de pessoas. Diminuíram a velocidade assim que nos viram e se afastaram da trilha para permitir que passássemos. Tentei assumir um semblante de alívio, mas o grupo não era grande o bastante quando milhares de pessoas viviam na Trilha dos Carvalhos.

Respirei fundo para conter a decepção que senti. Cem era melhor do que nada.

Emil guiou o cavalo para mais perto de Setti enquanto nos aproximávamos do grupo de mortais, muitos dos quais carregavam grandes sacos nas costas e braços. Olhando de soslaio, vi que ele tinha pousado a mão enluvada no punho da espada. Percebi que Kieran estava tenso ao meu lado. Sabia que também tinha aproximado a mão da arma.

Agucei os sentidos e quase desejei não o ter feito. Tudo o que captei foi uma mistura avassaladora de apreensão e temor. Feições contraídas espelhavam o que eles sentiam: rostos franzidos de pessoas que deviam estar na segunda ou terceira década de vida. Mortais que tinham vivido tantos anos sob o domínio dos Ascendidos.

Diminuindo o ritmo, eles pararam e nos observaram em silêncio enquanto passávamos. Seus olhares se fixaram em mim, e alguns deles ficaram tão preocupados que projetaram suas emoções, embotando o ar ao redor. Consegui bloquear os sentidos.

Depois de passar tantos anos oculta sob o céu, proibida de ser vista, ainda não tinha me acostumado àquilo. A ser *vista*. Parecia que todos os músculos do meu corpo iriam se contrair sob tantos olhares, e precisei me esforçar ao máximo para não começar a me contorcer.

Não sorri quando olhei para eles. Não porque estivesse preocupada em parecer tola — o que teria me preocupado em outra situação —, mas porque não parecia certo quando ninguém me olhava nos olhos — ou por medo, ou por insegurança.

Ninguém, a não ser uma criança no canto do grupo.

O olhar da garotinha encontrou o meu, com a bochecha encostada no que presumi ser o ombro do seu pai. Fiquei imaginando o que ela via. Uma estranha? Uma Rainha cheia de cicatrizes? Um rosto que assombraria seu sono? Ou será que via uma libertadora? Uma possível amiga? Esperança? Observei a mãe, que caminhava perto dos dois, pousar a mão nas costas da garotinha, e então imaginei se foi por isso que eles correram o risco. Porque queriam um futuro diferente para a filha.

— Poppy — alertou Emil baixinho, chamando minha atenção. Desacelerei o ritmo de Setti.

Mais adiante, um homem se afastou de uma mulher de rosto pálido que segurava um menino que mal chegava à cintura do seu casaco de lã cor de creme.

— Por favor. Não tenho más intenções — anunciou o homem com a voz embargada, as palavras saindo apressadamente de seus lábios trêmulos. — M-meu nome é Ramon. Acabamos de passar por um Ritual. Há menos de uma semana — continuou. Senti um nó no estômago quando ele olhou para Kieran e depois para Emil. — Eles levaram nosso segundo filho. O nome dele é Abel.

O nó se apertou ainda mais no meu estômago. Os Rituais eram realizados ao mesmo tempo por todo o Reino de Solis — isso quando realmente aconteciam. Às vezes, anos e até mesmo décadas se passavam entre um e outro. Por isso, os segundos filhos e filhas eram entregues à Corte em idades variadas. Assim como os terceiros filhos e filhas, que eram entregues aos Sacerdotes e Sacerdotisas. Nunca tinha ouvido falar de dois Rituais realizados no mesmo ano.

— Abel... ele deve estar com os outros. No Templo de Theon — informou o homem. — Não conseguimos tirá-los de lá antes de partir.

Foi então que compreendi. Sabendo o que ele temia, o que muitos outros do grupo também deviam temer, consegui dizer:

— Não vamos sitiar os Templos.

O alívio do homem foi tão intenso que atravessou minhas barreiras como o gosto de chuva de primavera. Um tremor sacudiu o corpo do homem e ecoou no meu coração.

— Se... se você o vir... Ele é só um bebê, mas tem os meus cabelos e os olhos castanhos da mãe. — Ele olhou para nós três enquanto tirava a alça de uma sacola do ombro e a abria.

Ergui a mão para deter Emil, que estava prestes a desembainhar a espada.

Sem perceber nada, Ramon vasculhou a sacola.

— M-meu nome é Ramon — repetiu ele. — O nome da mãe dele é Nelly. Ele conhece nossos nomes. Sei que parece bobagem, mas juro pelos deuses que ele sabe. Poderia lhe dar isso? — Puxando um montinho de pelo marrom, o homem me ofereceu um ursinho de pelúcia. Deixou a sacola no chão e se aproximou, olhando nervosamente para Kieran e Emil, que rastreavam cada movimento seu. — Poderia dar isso a ele? Para que Abel fique com o ursinho até que possamos voltar para buscá-lo? Para que saiba que não o abandonamos.

O pedido me levou às lágrimas e me deixou sem fôlego quando peguei o ursinho.

— Claro — consegui balbuciar.

— O-obrigado. — Ele entrelaçou as mãos e se curvou, recuando. — Obrigado, Vossa Alteza.

Vossa Alteza...

O título soou diferente vindo do mortal, quase como uma bênção. Olhei para o urso com pelos faltando, mas macios. Seus olhos de botão preto estavam bem costurados. Tinha cheiro de lavanda.

Eu não era a Rainha deles.

Não era uma resposta às suas preces, pois essas preces já deveriam ter sido atendidas muito antes de mim.

— Diana! — gritou alguém atrás de Ramon, e eu levantei a cabeça. — Nossa segunda filha. Diana. Eles a levaram durante o Ritual, meses atrás. Ela tem dez anos. Pode dizer a ela que não a abandonamos? Que vamos esperar por ela?

— Murphy e Peter! — gritou outro. — Nossos filhos. Eles os levaram nos últimos Rituais.

Outro nome foi gritado. Uma terceira filha. Um segundo filho. Irmãos. Nomes foram gritados na direção dos galhos cheios de folhas pontiagudas, ecoando ao redor conforme Emil e Kieran franziam ainda mais o rosto. Havia tantos nomes que formaram um coro de sofrimento e esperança e, quando o último deles foi proferido, meu coração murchou de tristeza.

— Vamos encontrá-los — disse. E então repeti, mais alto desta vez, quando uma parte lá no fundo de mim, ao lado daquele lugar frio e vazio, secou: — Nós *vamos* encontrá-los.

Agarrei o urso enquanto gritos de agradecimento substituíam os nomes, nomes que de repente vi entalhados em uma parede de pedra fria e mal iluminada.

— Há mais — avisou uma mulher mais para trás assim que passamos por ela. — Há mais pessoas nos portões tentando sair.

Todos aqueles nomes ofuscaram o alívio que isso me trouxe. Meus ombros enrijeceram. Senti um nó na garganta conforme fazia Setti avançar. Não queria nem pensar no que tinha levado a Coroa de Sangue a realizar dois Rituais tão próximos um do outro. O que aquilo significava.

Seguimos por alguns metros antes que Emil dissesse:

— Não sei nem o que dizer a respeito disso. — Seus olhos cor de âmbar estavam vidrados. Ele pigarreou. — Dois Rituais consecutivos? Não é normal, é?

— Não — confirmei, colocando o urso em uma sacola presa a Setti.

— Não deve ser coisa boa. — Ele tensionou o maxilar.

Não, não deve ser.

— Você não devia ter prometido nada a eles — censurou Kieran calmamente.

— Prometi que iríamos encontrá-los. — Minha voz ficou embargada quando alcancei a bolsa no meu quadril e a apertei até sentir o cavalinho de brinquedo ali dentro. — Só isso.

Kieran me encarou, observando minha expressão.

— Vamos salvar o máximo de pessoas que pudermos, mas não conseguiremos salvar todo mundo.

Assenti. Mas se eles tinham realizado o Ritual uma semana atrás, então havia esperança. Uma chance de que as crianças ainda estivessem vivas.

Era o que ficava repetindo a mim mesma.

Por entre as árvores, surgiram pequenas fazendas e chalés estranhamente silenciosos, com as portas e janelas fechadas com tapume. Não havia nenhum animal por perto. Nenhum sinal de vida. Será que os donos ainda estavam lá dentro? Ou será que foram mortos em um ataque de Vorazes, já que viviam fora da Colina, arriscando a vida todas as noites para suprir as necessidades daqueles que moravam dentro da cidade?

Depois de alguns minutos, avistei a Colina. Construída de calcário e ferro extraídos dos Picos Elísios, a enorme muralha circundava toda a cidade portuária. Vi o trecho que destruí antes que a Aia me detivesse. Fiquei aliviada quando percebi que não tinha sido uma perda total. Havia cerca de três metros de muralha de pé e andaimes já cobriam a parte de cima que fora destruída. Ainda assim, a culpa me invadiu novamente. Deixei isso de lado. Teria que chafurdar em remorso mais tarde.

Fechei os olhos e procurei a assinatura particular, leve e de Delano. Encontrei-a e abri a conexão. Sua resposta foi imediata, um toque em minha mente. *Meyaah Liessa?*

Nós estamos nos aproximando dos portões, avisei.

Estamos com você.

Abri os olhos.

— Delano e os demais já sabem onde estamos.

Tanto Emil quanto Kieran ergueram escudos das laterais dos cavalos.

Um punhado de guardas estava de patrulha, mas eu sabia que havia outros, provavelmente no chão da Colina. Mas para aqueles nas ameias o brilho do sol ofuscava a sua visão. Ainda não tinham nos avistado.

Isso mudaria muito em breve.

— Você ouviu isso? — Kieran inclinou a cabeça, franzindo o cenho.

A princípio, não ouvi nada além do bater de asas nas árvores lá em cima e o canto dos pássaros, mas então ouvi os gritos distantes seguidos por urros de *dor*.

Meu coração acelerou.

— Devem ser as pessoas que ainda estão tentando sair.

— Parece ser uma multidão considerável, o que explica por que há poucos guardas na Colina — observou Emil, pegando o elmo e colocando-o na cabeça. — Por enquanto.

Kieran olhou para mim.

— Você ainda quer dar uma chance a eles?

Não.

Eu realmente não queria.

Senti aquele gosto na boca de novo. O gosto que vinha daquele lugar frio e sombrio dentro de mim. O gosto da morte. Ele revestiu a minha garganta conforme eu olhava para os guardas. Eles deviam saber o que estava sendo feito para provocar aqueles urros de dor. Tive vontade de atacar.

Mas esse não era o plano.

— Quero. — Levei Setti adiante, e os dois me seguiram, com os escudos em riste enquanto saíamos de trás das árvores e entrávamos na clareira na frente da Colina.

Um guarda perto de uma torre nos viu imediatamente. Ele apontou uma flecha na nossa direção.

— Parem! — gritou, e vários guardas se viraram, armando flechas guardadas no parapeito. — Não se aproximem!

Setti trotou inquieto enquanto eu o fazia parar. Adrenalina percorreu meu corpo, fazendo meu coração martelar dentro do peito. Minha pele vibrou quando o éter pulsou em resposta, provocando um calafrio na minha nuca. De alguma forma, consegui manter a voz firme, apesar de todo o temor, expectativa e medo:

— Quero falar com o Comandante da Colina.

— Quem você pensa que é para fazer uma exigência dessa? — bradou outro guarda conforme eu aguçava os sentidos na direção deles.

— Talvez eles não consigam enxergar os brasões nos escudos — observou Kieran, e o escudo de Emil abafou um bufo. — Ou você deveria ter usado a coroa. — Uma pausa. — Como eu sugeri.

A coroa estava no seu devido lugar, ao lado daquela destinada ao Rei. Segurei as rédeas com força.

— Diga ao seu comandante que a Rainha de Atlântia deseja falar com ele.

O choque dos guardas foi um respingo gelado no céu da minha boca.

— Até parece! — exclamou um deles, mas também captei uma imensa inquietação. Eles reconheciam o branco das minhas roupas e o que isso simbolizava. Também já deviam saber que estávamos a caminho. — Rainha nenhuma seria tão burra a ponto de marchar até os nossos portões.

Kieran olhou de relance para mim, com as sobrancelhas arqueadas.

— Talvez nenhuma seja tão ousada — sugeri.

— Não. Você não é Rainha coisa nenhuma. São só dois cretinos e uma vadia de Atlântia — rosnou o guarda de cabelos claros.

— Em algum momento — ameaçou Emil entredentes —, espero matar aquele ali.

O estalo da corda do arco foi ensurdecedor, silenciando minha resposta.

Kieran se moveu rapidamente, com os reflexos muito mais velozes do que os de qualquer mortal. Ergueu o escudo e, em um piscar de olhos, a flecha ricocheteou na superfície.

— Eles disparam na sua direção! — exclamei.

— É, eu percebi. — Kieran abaixou o escudo.

Voltei-me para a Colina, com a raiva fervendo dentro de mim.

— Faça isso de novo e *não* vai gostar nem um pouco do que vai acontecer.

— Vadia idiota. — O guarda deu uma risada, pegando outra flecha. — E o que você vai fazer?

— Pare! — Um guarda correu pela ameia e segurou o braço do arqueiro, arrancando a flecha da sua mão. — Seu babaca — xingou enquanto o guarda soltava o braço. — Se for mesmo ela, sua cabeça vai acabar em uma estaca.

Se ele disparasse outra flecha, não viveria o suficiente para ser empalado em estaca nenhuma.

— Quero falar com o comandante — repeti.

— Você tem a minha atenção — uma voz retumbou um segundo antes de o homem surgir no topo da Colina, o manto branco fluindo sobre os ombros como símbolo de sua posição. — Sou o Comandante Forsyth.

— Ora, vejam só — observou Kieran. — Ele trouxe os amiguinhos.

O comandante chegou com muitos amigos. Dezenas de arqueiros correram para as ameias, com as flechas em riste.

— A Rainha de Atlântia? — Forsyth colocou a bota na beirada da Colina e se inclinou para a frente, apoiando o braço no joelho dobrado. — Ouvi boatos de que você estava em Massene. Não sei muito bem no que acreditar.

Quando usava o véu da Donzela, ninguém sabia que eu tinha cicatrizes. Mas depois que desapareci, meu rosto foi descrito para servir de identificação. Da posição dos guardas, era pouco provável que eles conseguissem enxergá-las, ainda mais depois de terem desbotado um pouco após minha Ascensão.

— É ela — afirmou um dos recém-chegados, um arqueiro mais abaixo na ameia. — Estive aqui na noite em que ela danificou a Colina. Reconheço a voz. Jamais a esquecerei.

— Parece que você causou uma impressão e tanto — comentou Kieran.

Desconfiei de que causaria uma segunda quando o vento soprou pela clareira, trazendo o fedor da cidade.

— Então sabe do que sou capaz.

Forsyth abandonou a pose relaxada e se empertigou.

— Sei o que você é. Você fez as pessoas daqui acreditarem que veio libertá-las ou aterrorizá-las. Causou um estardalhaço espalhando boatos dizendo-lhes que precisavam abandonar a proteção dos Ascendidos. Por sua causa, muitas delas morrerão nas ruas que já chamaram de lar. Por causa das suas mentiras.

A essência faiscou mais uma vez. Concentrei os sentidos no comandante. Captei a mesma coisa que senti quando passei pelos nossos soldados antes de partir para a Trilha dos Carvalhos. O gosto salgado da determinação.

— Seria de se esperar que o próprio Duque estivesse aqui, defendendo o seu povo — rebateu Kieran.

— Os Ascendidos recusam a luz do sol em honra ao deuses — retrucou Forsyth. — Mas você, vindo de um reino pagão, não entenderia isso.

— A ironia — desdenhou Emil, com a fala arrastada — é de matar.

— Você sabe muito bem por que eles não saem sob o sol — afirmei, duvidando que os Comandantes das Colinas não soubessem exatamente a quem protegiam. Forsyth inclinou a cabeça para trás, e eu senti o vestígio de algo azedo. Culpa? Aproveitei-me disso. — Mas é você que está aqui fora, junto com os seus guardas, protegendo o povo. Pessoas que desejam sair da cidade, ao que parece. O motivo não deveria importar, certo? Elas deveriam ter permissão de sair.

— Nós dois sabemos que não é bem assim, *Arauto* — o comandante chiou, e respirei fundo quando Emil me encarou. — Sim, como falei, eu sei exatamente o que você é. O Arauto, o Portador da Morte e da Destruição. Certas pessoas podem ter sido convencidas do contrário, mas eu sei a verdade. Muitos de nós sabemos.

Bons deuses! Se o povo da Trilha dos Carvalhos — de Solis — tivesse ouvido falar na profecia... Não podia sequer pensar nas consequências daquilo nesse momento.

— Então você acredita em profecias?

— Eu acredito no que sei. Você já nos atacou uma vez — argumentou Forsyth. — Não é nenhuma salvadora.

Lá no fundo, eu sabia que não havia como argumentar com ele. Que não havia como argumentar com ninguém que acreditasse que eu era o Arauto. Mas eu precisava tentar.

— Nenhum mal será feito a quem desejar partir. Abandonem a Colina — ordenei, enquanto implorava em silêncio para que me dessem ouvidos. — Abram os portões e deixem o povo decidir o que quer...

— Ou o quê? Se pudesse derrubar os portões, você já teria feito isso — rosnou o comandante. — Não há nada que possa derrubar esses portões. — Então ele me deu as costas.

Sentindo os olhares de Emil e Kieran em mim, olhei para os arqueiros e vi que muitos trocavam olhares nervosos, mas nenhum deles se mexeu. Já podia sentir aquelas *marcas* perfurando minha pele. Meu coração latejou pelo que estava por vir.

— Como quiser — falei, deixando que a *vontade* crescesse dentro de mim.

Um estrondo distante respondeu meu chamado, ecoando com o vento.

14

O comandante Forsyth se deteve quando um bando de pássaros se dispersou no céu e depois mudou de direção. Por toda a Colina, os guardas ficaram em silêncio, olhando para cima conforme uma sombra pairava sobre os pinheiros. Gritos de alarme ecoaram quando o dragontino atravessou a fileira de árvores e se tornou visível.

Com escamas da cor das cinzas, Nithe tinha mais ou menos o tamanho de Setti, pouca coisa maior que o corcel. Abrindo as asas da cor da meia-noite, ele desacelerou a descida. Em seguida, soltou um rugido alto como um trovão, fazendo os guardas e o comandante baterem em retirada.

— Tarde demais — murmurou Emil.

Não desviei o olhar.

Até queria.

Mas me obriguei a ver o resultado da minha *vontade*.

Uma torrente de fogo e energia iluminou o mundo conforme Nithe avançava, atingindo o ar acima das ameias. Por um instante, o comandante e os guardas não passaram de sombras retorcidas e murchas. E então, quando as chamas retrocederam, eles já não eram mais nada.

Nithe subiu rapidamente, formando um arco, quando uma sombra muito maior recaiu sobre nós. Reaver voou baixo, seguido por um terceiro dragontino, com o corpo marrom-esverdeado quase tão grande quanto o dele. Aurelia voou ao longo da muralha, disparando um jato de fogo acima da Colina que acertou os guardas antes que eles tivessem chance de alcançar as escadas. Os gritos aumentaram. *Urros*. Não desviei o olhar.

Reaver pousou diante de nós, fazendo nossos cavalos recuarem devido ao impacto. Esticando o pescoço, ele soltou uma rajada de fogo que alvejou os portões. O calor soprou de volta para nós quando uma parede de chamas prateadas se espalhou pelo ferro e o calcário. Reaver se moveu, abrindo as asas enquanto continuava despejando fogo nos portões.

Em seguida, as chamas diminuíram. Reaver jogou as asas para trás enquanto subia pelos ares, deixando só a terra queimada onde outrora estiveram os portões.

Olhei para a abertura repleta de fumaça conforme os dragontinos pousavam na Colina, cravando as garras grossas na pedra e olhando para a cidade logo adiante. Estava tudo silencioso agora. Nada de gritos. Nem urros.

Então trombetas soaram da Cidadela, seu estrondo contrastando com o silêncio absoluto. Reaver virou a cabeça na direção do som, mas esperou. Assim como Nithe e Aurelia. Porque *nós* esperamos.

— Através da fumaça — avisou Kieran. — Preparem-se.

Com o coração acelerado, estendi a mão para a espada no meu quadril quando várias silhuetas surgiram em meio à fumaça, mas Aurelia emitiu um trinado suave e eu me detive. Fosse lá o que fosse aquele som, era manso, não de alerta.

— Esperem — pedi, examinando a fumaça que subia lentamente, revelando... — *Deuses*. — Prendi a respiração quando a multidão saiu de dentro da fumaça. — Milhares — sussurrei, com a voz embargada e as lágrimas brotando nos olhos. Sabia que não devia ser tão emotiva. Não era a hora para isso, mas não consegui evitar.

Kieran estendeu o braço, colocando a mão em cima da minha.

— *Milhares* — confirmou ele. — Milhares de pessoas serão salvas.

Um alívio imenso me invadiu conforme elas avançavam devagar, carregando tudo o que podiam nos braços e nas costas, como aqueles que partiram mais cedo. Algumas embalavam os filhos. Outras carregavam o fardo dos mortais mais velhos e dos doentes. Dos recém-feridos. Elas davam passos hesitantes sob o olhar atento dos dragontinos enquanto se aproximavam de nós lentamente. O medo empesteou o ar, e eu senti o gosto amargo na garganta. A incerteza se seguiu, azeda e cítrica, quando elas tremeram ao ver as silhuetas dos dragontinos, parcialmente ocultos pela fumaça crescente. Havia outra coisa também, algo mais leve. Mais fresco. *Assombro*. Foi então que ouvi os sussurros.

Donzela.

Escolhida.

— Está tudo bem — afirmei, com a voz rouca. — Sigam na direção de Massene. Ficarão seguros lá.

Queria dizer mais, *fazer* mais, mas não podia aliviar o medo deles, mesmo sendo tão parecido com a dor. Não de todos.

— Mamãe! Olha! — gritou um menino, apontando para os dragontinos. Seus olhos estavam cheios de admiração, não de medo, quando ele se esticou e puxou a mão da mãe, tentando vê-los enquanto sobrevoavam por nós. — Olha só!

Levou uma eternidade até que o último mortal saísse da Colina e começasse a atravessar a clareira para entrar na floresta. Logo depois, senti aquele toque primaveril nos meus pensamentos. Nas profundezas da floresta, um burburinho de inquietação **irradiou** daqueles que tinham saído da cidade. Olhei por cima do ombro quando um uivo penetrante rompeu o silêncio, seguido por outro e mais outro, sacudindo os galhos de folhas pontiagudas. Latidos e chamados ecoaram no ar conforme os lupinos corriam por entre as árvores e passavam pelos mortais assustados, que ficaram paralisados e encolhidos perto do chão.

— Acho que todos já foram, Vossa Alteza. — Emil passou o escudo para a outra mão.

O som dos cascos batendo no chão, do exército se aproximando da Colina, acompanhava o ritmo do meu coração. Voltei o olhar para o Castelo Pedra Vermelha, que se erguia ao longe. A construção ficava perto dos penhascos, brilhando como sangue queimado sob a luz do sol.

Os lupinos saíram de trás das árvores, um exército de garras e dentes. Sage passou por mim e Emil, com o pelo brilhando como ônix polido. Arden a seguiu. Vonetta e Delano se juntaram a eles, guiando os lupinos para dentro da cidade.

O fôlego mal alcançou meus pulmões quando tomei as rédeas de Setti. Ao meu lado, Kieran se moveu na sela conforme desembainhava a espada. Ele me encarou. Nossos olhares se encontraram, e ele assentiu. Desenganchei a besta.

— Chegou a hora. — Apertei os joelhos nas laterais do corpo de Setti, e seus cascos poderosos chutaram o chão.

Disparamos para a frente, atravessando os portões e entrando na Trilha dos Carvalhos, uma cidade a menos entre a Rainha de Sangue e eu.

Enormes sombras recaíram sobre nós no instante em que passamos pela Colina. Olhei para cima e vi Reaver pairando no céu, ladeado por Nithe e Aurelia. Eles estavam voando no nível dos prédios, com as asas quase roçando no topo das construções.

E então um *estrondo* irrompeu.

Trombetas soaram ao longe. Milhares de cavalos avançaram sobre a cidade atrás de nós enquanto o exército Atlante se espremia portão adentro, com os cascos estalando nas ruas de paralelepípedos e a respiração pesada e ofegante. O vento impulsionado pelas asas dos dragontinos assobiou acima de nós. Gritos distantes e já fracos ecoaram. Jamais ouvira nada parecido antes.

Meu coração batia com uma rapidez absurda enquanto eu segurava as rédeas de Setti e a besta. A potência da velocidade do cavalo soprou as mechas mais curtas do meu cabelo, afastando-as do meu rosto conforme avançávamos pelas ruas estreitas e sinuosas cheias de lojas e casas caindo aos pedaços. As construções não passavam de um borrão, mas vi de relance algumas pessoas correndo na direção de becos enquanto outras ficaram postadas na frente das lojas, empunhando espadas ou porretes de madeira e escudos improvisados, dispostas a morrer para proteger seu meio de subsistência enquanto passávamos por ali, com os lupinos saltando em cima de charretes e carroças abandonadas. Invadimos o bairro pobre da Trilha dos Carvalhos com um único alvo em mente: o Castelo Pedra Vermelha.

As ruas tortuosas se alargaram e ficaram menos lotadas, e os lupinos se dispersaram rapidamente, cravando as garras no solo e nas pedras. Perto da parte interna da Trilha dos Carvalhos, as casas eram maiores e mais espaçadas, as lojas localizadas em prédios mais novos. Havia postes de luz pelas ruas. Os paralelepípedos deram lugar a gramados exuberantes e riachos no sopé do ônix reluzente do Templo de Theon e da rocha carmim do Castelo Pedra Vermelha.

E as trombetas... as malditas trombetas continuaram retumbando.

Mais adiante, uma ponte de pedra brilhava como o marfim polido sob a luz do sol, e do outro lado do riacho largo e raso o sol incidia sobre... *fileiras* de escudos e espadas. Uma massa de guardas e soldados. Eles estavam à nossa espera. A turba de guardas e soldados protegia as casas dos Ascendidos e dos moradores mais abastados da Trilha dos Carvalhos.

Deixando que os outros se virassem sozinhos.

Senti a boca seca e o estômago revirado quando o temor colidiu com a adrenalina, saltando e rodopiando um contra o outro até que apenas o instinto orientasse minhas ações.

— Ergam os escudos! — gritou Hisa atrás de mim. — Ergam os escudos!

Uma saraivada de flechas disparou pelo ar, lembrando-me curiosamente dos pássaros que alçavam voo dos pinheiros. Tudo desacelerou: meu coração, meu corpo, o mundo lá fora. Ou tudo acelerou tão rápido que *parecia* lento. Os dragontinos voaram acima do alcance das flechas enquanto cavalgávamos para onde os soldados e guardas de Solis haviam se entrincheirado do outro lado da ponte, além do alcance das flechas que faziam um arco e desciam, acertando pedras e escudos e...

Bloqueei os sentidos assim que os lupinos alcançaram o riacho. Nós os seguimos, lançando respingos de água no ar.

— Merda! — Kieran inclinou o corpo para trás quando os soldados do outro lado do riacho assumiram uma posição de defesa, batendo com os escudos vermelho-sangue no chão e dispondo-os lado a lado para que formassem um muro sob uma fileira de espadas que perfuraria a carne tanto de cavalos quanto de lupinos.

Através dos respingos de água, avistei Vonetta e, então, Delano em meio aos lupinos, na frente dos outros e quase na metade do riacho. Eles não desaceleraram nem demonstraram medo conforme avançavam na direção do ferimento e talvez até da morte certa.

Não podia permitir que isso acontecesse.

Olhei para os dragontinos, e eles responderam antes mesmo que a minha *vontade* virasse um pensamento.

Nithe se afastou dos outros, dando uma guinada brusca. Ele deu um voo rasante na frente dos lupinos. Seguiu-se um clarão de luz prateada e então uma torrente de fogo varreu a fileira de soldados.

Os *gritos*. A *visão* dos soldados que largavam os escudos e armas, tropeçando e se debatendo conforme o fogo escaldava armaduras e roupas, pele e ossos, era horrível. Nithe subiu assim que soltou um jato de fogo ainda maior, atingindo a segunda e a terceira fileiras de guardas, abrindo caminho e não deixando nada além de uma nuvem de cinzas e brasas enquanto atravessávamos o riacho. Sequer podia pensar em que consistiam as cinzas delicadas que caíam sobre as minhas mãos e bochechas e a pelagem dos lupinos. A reflexão teria que ficar para depois.

Outra saraivada de flechas subiu e desceu em um ângulo agudo. Reaver se esquivou bruscamente, deslocando o vento com um estalido da cauda espetada. As flechas cortaram o ar enquanto Kieran levava o corcel na direção de Setti e se inclinava sobre mim, erguendo o escudo. O mundo ficou nas sombras e o meu coração deu um salto dentro do peito quando ouvi o som das flechas atingindo o escudo de Kieran.

— Obrigada — arfei.

Kieran me deu um sorriso selvagem enquanto se endireitava e depois se abaixava para pegar uma lança caída e chamuscada pelo fogo do dragontino.

— As coisas vão ficar feias, *meyaah Liessa*.

E ficaram mesmo.

Os arredores do Templo de Theon — a imponente Cidadela em forma de fortaleza — e a distância dali até a Colina que cercava o Castelo Pedra Vermelha viraram um campo de batalha.

Os lupinos saltaram em cima de soldados e guardas, derrubando escudos e espadas conforme os atacavam, arrancando gritos agudos. Os soldados Atlantes se espalharam pelo terreno, com os mantos brancos e dourados contrastando com o Templo feito de pedra das sombras. Suas espadas douradas colidiram contra ferro quando invadiram o pátio do Templo.

Lá no fundo eu sabia que aquele era outro tipo de matança. As tropas da Trilha dos Carvalhos estavam em grande desvantagem numérica.

Os Ravarel tinham batedores, então deveriam estimar o tamanho do nosso exército. Àquela altura já saberiam que aquilo seria em vão. No entanto, eles permitiram que aquilo acontecesse em vez de se renderem.

Emil e Kieran brandiram as espadas conforme avançávamos, com os dragontinos no nosso encalço. Logo, Vonetta e Delano se juntaram a nós, assim como Sage e outros lupinos. Atravessamos a estrada e começamos a subir, chegando ao topo da colina arborizada sobre a qual se erguia o Castelo Pedra Vermelha. Soldados e guardas dispararam pelos portões da Colina.

— Arqueiros — alertou Emil, erguendo o escudo quando uma nova saraivada de flechas veio das ameias da Colina, acertando a estrada, escudos e corpos. Prendi a respiração ao ouvir os ganidos provocados pelas flechas certeiras.

— Protejam-se! — gritei para os lupinos enquanto Reaver avançava, sobrevoando os guardas que tentavam freneticamente fechar os portões da Colina. Nithe e Aurelia o seguiram enquanto vários arqueiros posicionados ali voltaram sua pontaria para o céu.

Alguns lupinos correram na direção das árvores, esquivando-se das flechas, enquanto outros se amontoaram ao redor daqueles que tinham caído no chão. O instinto guiou minhas ações. Evoquei o éter que pulsava no meu peito. A essência respondeu de imediato, inundando minhas veias e dizimando o choque quase nauseante de adrenalina enquanto os arqueiros miravam na direção dos lupinos feridos e daqueles que os protegiam.

Não me preocupei se ficaria fraca ao usar a essência, nem parei para pensar sobre quem eram os arqueiros na muralha. Era uma guerra. Precisava me lembrar disso o tempo todo. *Era uma guerra.*

Uma teia prateada de éter se formou na minha mente, cobrindo os arqueiros na muralha e entrando neles. Não sei ao certo o que a teia fez — o que *eu* fiz — conforme sentia um gosto metálico na boca. Só sei que queria que fosse o mais rápido e indolor possível. E acho que foi. Eles não deram nem um pio enquanto desabavam sob o arco das flechas, caindo para trás e para a frente, mortos antes de atingirem o chão do lado de fora da muralha.

Aquele poder... Aquilo me surpreendeu um pouco conforme eu refreava o éter. Mas não tinha tempo para pensar nisso. Os portões se fecharam e um punhado de guardas e soldados disparou na direção dos lupinos.

Havia pelo menos quatro vezes mais soldados e guardas no interior da Colina protegendo o Castelo Pedra Vermelha e os Ascendidos, que não se importavam com ninguém nos arredores. Eles se abrigavam atrás de muralhas tão grossas quanto a Colina — de pedras que os protegiam de invasões e das pessoas que dominavam, fazendo com que só os deuses soubessem o que acontecia ali atrás.

Pensei no palácio em Evaemon, onde nenhuma muralha separava a Coroa do povo, e no meu sentimento de admiração ao ver como a Coroa era acessível.

Um vislumbre de pelagem castanho-amarelada chamou a minha atenção. Ergui a besta, nivelando-a como Casteel havia me ensinado na estrada para o Pontal de Spessa. Mirei, disparando o projétil mais grosso que uma flecha.

O disparo foi certeiro, acertando um dos guardas antes que ele conseguisse alcançar Vonetta. Ela passou correndo por ele, que caiu para trás, e então saltou no ar, derrubando outro guarda. Localizei Reaver no céu.

— Derrube-a — murmurei, apontando a besta para um soldado que corria na direção de Delano. — Derrube a Colina.

Disparei, atingindo o homem. As pernas dele desabaram sob seu peso enquanto o lupino branco agarrava o braço de um guarda que descia a espada sobre um lupino ferido. Delano puxou o homem para trás, torcendo sua cabeça para o lado. O sangue vermelho esguichou e manchou o pelo branco como a neve do lupino.

— Para trás! — gritou Kieran para os lupinos enquanto eu usava o Estigma para me comunicar com o maior número deles que podia. — Para trás!

Os lupinos contornaram a muralha, recuando conforme Reaver atravessava os raios de sol, dando um voo rasante acima da Colina. Uma torrente de fogo intenso atingiu a pedra. Pedaços de rocha explodiram com tamanha potência. Outro jato de fogo jorrou lá de cima, seguido por um terceiro, conforme os dragontinos voavam ao longo da muralha atrás da qual os Ascendidos se escondiam, destruindo a estrutura para que não restasse mais nada entre o Castelo Pedra Vermelha e o povo, como deveria ser.

Quando a fumaça e os escombros se dissiparam, incitei Setti a continuar. Os lupinos saíram de trás das árvores e, por mais bobo que fosse, prendi a respiração até atravessarmos o pátio de pedra. Soltei o ar com dificuldade e olhei para os soldados e guardas que corriam pelo pátio na direção das portas do castelo, seladas a ferro.

Kieran parou o cavalo e se aproximou de mim, segurando as rédeas de Setti. Virei a cabeça assim que um dragontino marrom-esverdeado pousou no pátio, bem à nossa frente, balançando a cauda a poucos centímetros do focinho dos nossos cavalos.

— Bons deuses — murmurou ele. — Eles não têm a menor noção de espaço.

Não tinham mesmo.

Aurelia passou as enormes asas para trás e esticou o pescoço, soltando um jato de fogo prateado nos guardas e acabando com a maioria deles. Os dragontinos deviam estar ficando cansados, e eu não fazia a menor ideia de como eles se recuperavam.

Devia ter perguntado a eles antes.

Dezenas de guardas contornaram o castelo, cercando o pátio.

— Vou dispensar os dragontinos — avisei, e Kieran não me questionou quando Aurelia virou a cabeça na minha direção. — Podem ir — insisti. Não havia mais a ameaça dos arqueiros, já que eu não via nenhuma seteira nas torres frontais de Pedra Vermelha. E qualquer um que estivesse na Colina... Bem, não eram mais uma preocupação. — Encontrem um lugar seguro para descansar.

Ela emitiu um som áspero e grave, mas levantou voo. Vi Reaver e Nithe fazerem o mesmo, mas não foram muito longe. Nithe e Aurelia se retiraram para os carvalhos imensos e rochedos salientes ao longo dos penhascos de frente para o mar. Mas Reaver... Reaver voou até o topo de uma das torres vermelhas, cravando as garras na pedra e soltando uma fina névoa de poeira pelos ares conforme se enroscava ao redor da estrutura. Esticando o pescoço, ele olhou para o pátio e soltou um rugido ensurdecedor que fez vários soldados se dispersarem enquanto outros pararam no meio do caminho, cobrindo a cabeça com o escudo.

— Você disse para eles encontrarem um lugar para descansar — Emil olhou para mim, com os olhos dourados arregalados — e ele escolheu *aquele ali*?

— Não era o que eu tinha em mente quando disse isso, mas Reaver é... Reaver.

Kieran bufou, e voltei a atenção para os soldados que haviam se posicionado na frente dos amplos degraus que levavam até as portas do Castelo Pedra Vermelha. Devia haver pelo menos cem soldados, com escudos posicionados lado a lado e lanças em riste. Eles não se mexeram conforme os lupinos avançavam sobre o que restava da muralha.

Atrás de nós, nosso exército chegou ao topo da colina e invadiu o pátio. Avistei Valyn, com o peito blindado salpicado de sangue. Hisa cavalgava ao seu lado, ofegante. Fiquei aliviada ao vê-los.

Kieran conduziu seu cavalo adiante, com a espada em punho.

— Nossa luta não é com vocês. É com quem está atrás dessas portas. Rendam-se e não lhes faremos nenhum mal. Assim como não fizemos nenhum mal às pessoas que deixaram a cidade.

Virei-me para os soldados de escudos e lanças, mantendo a besta nivelada.

— Juramos a vocês.

Eles não se mexeram, mas vi alguns abaixarem as lanças. *Por favor,* pensei. *Por favor, nos deem ouvidos.*

Do alto da torre, Reaver deu uma bufada esfumaçada e um rosnado retumbante que combinava com o rosnado dos lupinos ali no chão, que abriam a boca e exibiam dentes afiados e manchados de sangue enquanto caminhavam diante dos soldados que pareciam jovens demais para estar no comando. Eles não precisavam morrer tão cedo.

Muitos dos que já tinham morrido não precisavam.

Agucei os sentidos e senti o gosto salgado da desconfiança junto com o amargo do medo enquanto eles olhavam para mim, para alguém que muito provavelmente acreditavam ser uma falsa deusa.

— Eu costumava ser a Donzela, a Escolhida, mas deus nenhum me escolheu — eu disse a eles, enganchando a besta em uma das alças de Setti. — Foram os Ascendidos que me escolheram porque sabiam o que eu era.

Eu estava vestida de branco para que o povo se lembrasse de quem eu era.

Era hora de mostrar o que me tornei.

Permitir que a Essência Primordial viesse à tona era como soltar as correntinhas de ouro e levantar o véu. Quanto mais eu permitia que isso acontecesse, mais me parecia... natural. Não achava que aquilo fosse me enfraquecer, pois era como se eu não estivesse mais escondendo quem eu era. Era quase um alívio.

O zumbido pulsou no meu peito e percorreu minhas veias. A vibração do poder passou para a minha pele, onde surgiu uma aura prateada.

Uma onda de surpresa caiu como uma chuva gélida, arrebentando sobre aqueles diante de mim.

— Não sou o Arauto. Tenho o sangue do Rei dos Deuses nas veias. Aqueles que vivem dentro dessas paredes não falam com deus nenhum, nem em nome deles. Os Ascendidos são os inimigos. Não nós.

Ninguém se mexeu.

E então.

Escudos e lanças tilintaram nos degraus de pedra quando os soldados se *renderam.*

A explosão de alívio que senti foi tão intensa que era quase vertiginosa.

Contendo o éter, cocei o pescoço de Setti e, em seguida, passei a perna sobre a sela, desmontando. Emil e Kieran me seguiram conforme eu avançava, com as coxas doendo de tanta tensão.

Sob os olhares atentos dos lupinos e de Reaver, os homens me encararam quando me aproximei. Alguns se ajoelharam, colocando as mãos trêmulas sobre o peito e o chão. Outros continuaram de pé, como se estivessem em transe.

— Só preciso saber em que local do castelo estão os Ascendidos e os Ravarel — disse.

— Nas câmaras. — Um jovem vestido com o uniforme preto de um Guarda da Colina estremeceu enquanto falava. — Eles devem ter ido para as câmaras subterrâneas.

Quando Vonetta partiu com os demais para sitiar o Templo de Theon — e com sorte localizar as crianças —, desci para as câmaras subterrâneas do Castelo Pedra Vermelha com Kieran, Emil e mais alguns lupinos, enquanto Valyn vasculhava o castelo com Hisa e vários soldados.

Não olhei além das flâmulas vermelhas com o Brasão Real e do corredor que levava até o Salão Principal. Não podia fazer isso. A última coisa de que precisava era lembrar onde Ian dera seu último suspiro.

E onde eu tinha visto Casteel pela última vez.

Então seguimos direto para o corredor pelo qual a Aia nos conduziu na última vez em que estivemos ali. O Guarda da Colina que havia falado conosco lá fora nos guiou, enquanto minha mente se voltava para o que eu tinha visto em uma das câmaras subterrâneas.

A jaula.

O meu *pai*.

Sabia que era pouco provável que ele ainda estivesse ali. Sequer entendia por que Isbeth o havia trazido, em primeiro lugar, mas duvidava muito de que ela o tivesse deixado para trás.

— Siga em frente — aconselhou Emil friamente quando Tasos, o guarda, diminuiu o ritmo enquanto descíamos a escada estreita.

— D-desculpe. — Tasos acelerou quando Arden, na forma de lupino, o cutucou com o focinho. — É só que devia haver guardas aqui. — Ele engoliu em seco. — Pelo menos uns dez.

Olhei de relance para Kieran. Isso era estranho.

— Será que eles se juntaram à batalha lá fora?

— Não. Eles receberam ordens para bloquear a escada — respondeu Tasos. — É a única maneira de entrar nas câmaras subterrâneas por dentro do castelo.

Será que eles foram para o trecho pelo qual entramos na última vez? Delano sussurrou a pergunta em minha mente enquanto fazíamos uma curva na escada.

E então o fedor chegou às nossas narinas.

O cheiro pungente da morte.

— Que porra é...? — Tasos parou de falar quando entramos no corredor estreito e iluminado por tochas.

— Maldição — murmurou Kieran quando, por puro hábito, estiquei a mão até a adaga de lupino na coxa, em vez de desembainhar as espadas.

Vermelho. Tanto vermelho. Sangue manchava o piso de pedra, respingava nas paredes e formava uma poça debaixo dos corpos.

— Bem — disse Emil de modo arrastado enquanto olhava para uma espada de pedra de sangue caída no chão. Havia várias delas espalhadas ali. — Presumo que sejam os guardas.

— Sim — balbuciou Tasos, parado ali, com os braços retesados ao lado do corpo.

— Será que foram os Ascendidos que fizeram isso? — perguntou Emil, olhando para mim.

Tasos virou a cabeça bruscamente na direção dele, e eu senti sua surpresa gélida na garganta. Era evidente que ele não fazia ideia do que os Ascendidos eram.

— Não sei por que eles fariam isso. — Segui em frente, sem tentar contornar o sangue. Era impossível. Emil, como sempre, veio logo atrás de mim.

Kieran se ajoelhou ao lado de um dos guardas.

— Não acredito que isso tenha sido feito por um vampiro.

— Vampiro? — ecoou Tasos.

Não havia tempo suficiente no reino para explicar o que os Ascendidos eram. Nenhum de nós se deu ao trabalho.

209

— Veja isso. — Kieran pegou um braço flácido quando Delano se juntou a eles. O uniforme preto estava rasgado e despedaçado, revelando uma pele que não tinha se saído muito melhor.

Retesei o corpo. Mesmo sob a luz bruxuleante das tochas, reconheci as feridas. Eu as via no meu próprio corpo. Marcas de mordida. Dois pares de presas. Virei-me e examinei outro corpo. Senti um embrulho no estômago e engoli em seco. O peito do homem tinha marcas de *garras*, expondo músculos e tecidos.

Um calafrio percorreu meu corpo inteiro, e eu desembainhei a adaga de lupino.

Arden abaixou as orelhas e soltou um rugido que reverberou pelo corredor conforme dava um passo e depois mais outro. No mesmo instante, Kieran se voltou para onde o corredor se bifurcava. Delano entreabriu os lábios e soltou um rosnado baixo.

Eles a sentiram antes que pudéssemos ver a ligeira bruma que vinha do corredor em frente e se espalhava por ali.

A *névoa*.

E só podia haver uma coisa atrás dela. A mesma coisa que era responsável por aquelas feridas.

Os Vorazes.

15

Certa vez, Vikter me disse que acreditava que a névoa era mais do que uma barreira que encobria os Vorazes. Era o que enchia os seus pulmões, já que eles não respiravam. Era o que escorria dos seus poros, já que eles não suavam.

Aquilo não fez qualquer sentido para mim na época, mas agora, depois de ver a Névoa Primordial nas Montanhas Skotos e no Iliseu, fiquei imaginando se Vikter estava no caminho certo. Se a Névoa Primordial estava de alguma forma relacionada à que cercava os Vorazes.

Pensaria nisso mais tarde, quando a névoa não estivesse enchendo o final do corredor, chegando até a metade das paredes. Atrás dela, consegui distinguir algumas silhuetas. Muitas silhuetas, para falar a verdade...

Arden deu um salto, partindo para a névoa.

— Não! — gritei.

Mas era tarde demais. A névoa o engoliu e seus rosnados se perderam em meio aos gritos apavorantes.

— Merda! — Kieran pegou uma espada de pedra de sangue do chão e chutou outra na direção de Emil, levantando-se em seguida.

Puxei Tasos pela gola do uniforme, empurrando o guarda desarmado para trás enquanto Emil pegava uma lança com uma lâmina de pedra de sangue.

— Fique atrás — ordenei, não confiando que o guarda fosse páreo para um Voraz.

Um Voraz disparou na nossa direção — incrivelmente rápido e *fresco*. Sob o rosto manchado de sangue, a pele do homem tinha a palidez acinzentada da morte, e olheiras já tinham se formado sob seus olhos vermelhos. Mas a túnica e a calça preta não estavam esfarrapadas. Outro Voraz saiu da névoa, soltando um uivo estridente. Era uma mulher, vestida da mesma forma que o homem. Depois outro e mais outro. Nenhum deles tinha tufos de cabelos falhados ou pedaços de pele faltando ou dependurados.

Todos tinham feridas terríveis e escancaradas no pescoço.

— Filho da... — Emil passou a lança para a outra mão — ...*puta* — Então ele a atirou, acertando o Voraz no peito.

A criatura rodopiou, caindo para trás. Outra tomou seu lugar conforme eu avançava e enfiava o braço sob o queixo do Voraz. Dentes manchados de sangue estalaram na minha direção. A mulher... deuses, ela devia ser da minha idade, talvez até mais nova. Ela seria bonita, não fosse pelas veias escuras que saíam da *mordida* no pescoço e cobriam sua bochecha.

E pelo fato de que estava morta.

Enterrei a pedra de sangue em seu peito no exato instante em que *senti* uma dor ardente e lancinante. Uma dor que não era minha. *Arden.* Puxei a adaga e pulei para trás quando Emil jogou um Voraz sem cabeça para o lado.

Delano pulou sobre Emil enquanto o Atlante se abaixava para pegar uma espada de pedra de sangue, aterrissando sobre o peito de um Voraz. Ele o despedaçou com as garras enquanto eu procurava desesperadamente por Arden em meio à névoa. Não conseguia ouvi-lo com aqueles malditos guinchos.

Com o coração disparado, cravei a adaga no peito de um Voraz e agucei os sentidos, procurando a assinatura de Arden. Era salgada como o mar e me fazia lembrar da Enseada de Saion. Não consegui encontrá-lo. Não consegui senti-lo. O pânico tomou conta de mim.

Kieran praguejou enquanto se esquivava de um Voraz, girando o corpo quando outro ricocheteou na parede, voando na direção dele. Corri e joguei a perna para cima, chutando a cintura do Voraz. Tentei não pensar que ele não cedeu sob o impacto do chute como um Voraz em decomposição, que esse homem mais velho com rugas ao redor da boca ensanguentada devia estar vivo no dia anterior. Imprensei o Voraz contra a parede. Ele gritou quando o ataquei, interrompendo o som com um golpe direto na cabeça. Girei o corpo, agitando a névoa na altura dos meus quadris.

— Obrigado — grunhiu Kieran.

— Precisamos encontrar Arden. — Passei correndo por ele, ofegando, quando um Voraz tentou me agarrar. Esquivei-me sob seu braço e depois virei, enterrando a adaga na base do pescoço da criatura, partindo sua coluna cervical. Dei meia-volta, vasculhando a névoa densa e agitada.

Três Vorazes estavam ajoelhados, reunidos em volta de algo que costumava ser prateado e branco, mas que agora era... vermelho.

Meu coração parou de bater. Não. Não. Não.

O horror me incitou a agir. Puxei um punhado de cabelos e arrastei um dos Vorazes para trás enquanto enfiava a lâmina em sua nuca. A boca frouxa da mulher reluzia de sangue. Reprimi um gemido e peguei outro, jogando-o para o lado. Kieran avançou e enterrou a espada na cabeça do Voraz. Emil veio em disparada, cortando o pescoço do terceiro Voraz enquanto eu me ajoelhava ao lado de Arden.

— Ah, deuses — arfei, soltando a adaga. Arden estava ofegante, e as feridas, as mordidas...

— Deem cobertura a ela — instruiu Kieran conforme se sentava no chão escorregadio de sangue na minha frente.

Delano encostou as costas contra as minhas enquanto Emil circulava ao nosso redor. Afundei as mãos no pelo espesso de Arden, sentindo seu peito subir e então parar. Sem respiração. Nada. Meu coração palpitou. Olhei para a cabeça dele conforme a névoa se dissipava lentamente à nossa volta. Arden estava de olhos abertos, azul-claros e turvos. O olhar vidrado.

— Não — sussurrei. — Não. *Não.*

— Puta merda — explodiu Kieran, que se aproximou e pousou a mão no pescoço de Arden. — *Puta merda.*

Sabia o que Reaver havia me dito, mas eu precisava tentar. Não podia ser tarde demais. Um formigamento agudo e ardente desceu pelos meus braços até se espalhar pelos meus dedos conforme eu invocava a Essência Primordial. Um brilho prateado se infiltrou na pelagem do lupino.

O último Voraz soltou um lamento, o som mais alto e agudo que antes. Emil grunhiu quando o senti tropeçar e depois se equilibrar. Um corpo caiu no chão ao nosso lado, seguido por uma cabeça. Canalizei o éter para o corpo de Arden, concentrando toda a minha vontade nele. *Respire. Viva. Respire.* Repeti aquelas palavras sem parar, como havia feito com a garotinha que fora atropelada pela carruagem. A aura se espalhou por seu corpo em uma teia brilhante de éter e então mergulhou no pelo emaranhado e na pele e tecidos dilacerados. Não era tarde demais. Não podia ser. *Respire. Respire.* Infundi todas as lembranças maravilhosas e felizes que eu tinha em meus esforços. Lembranças de Ian e eu na praia com as pessoas que sempre seriam os nossos pais. Como me senti ajoelhada no solo arenoso quando uma aliança foi colocada no meu dedo enquanto eu olhava para lindos olhos dourados. O mundo atrás das minhas pálpebras fechadas se tornou prateado conforme o éter pulsava e ardia profundamente dentro de mim.

— Poppy — sussurrou Kieran.

Não estava acontecendo nada.

O grito estridente parou de soar.

Com o coração partido, vi os olhos de Arden. Continuavam vazios e sem vida. Seu peito não se mexia. Segurei-o com mais força, com as mãos tremendo enquanto a névoa recuava e se dissipava. Sangue. Havia tanto sangue.

Kieran afastou a mão de Arden e a fechou sobre a minha.

— *Poppy.*

— Queria que desse certo. Queria... — Um lamento rouco saiu dos meus lábios.

— *Pare* — Kieran ordenou baixinho, levantando minhas mãos manchadas de sangue. Ele pressionou os lábios nos meus dedos. — Ele se foi. Você sabe disso. Arden se foi.

Estremeci quando Delano se virou, cutucando a pata de Arden com um gemido. Senti o gosto da angústia na garganta, azeda e picante. Vinha deles. Veio de mim quando o pelo ficou mais fino e uma pele pálida e ensanguentada surgiu. Arden voltou à forma humana.

Soltei a mão da de Kieran e joguei o corpo para trás, fechando os olhos. As lágrimas brotaram nos meus olhos. Não conhecia Arden tão bem quanto os outros, mas ele era a minha sombra em Evaemon. Estava começando a conhecê-lo. Gostava dele. Arden não merecia isso.

Os outros se afastaram, exceto Kieran e Delano. Eles permaneceram comigo e com Arden enquanto eu ficava ali de olhos fechados conforme a tristeza, fria como o *gelo*, e aquele lugar vazio dentro de mim, frio e escuro, fervilhavam.

— Esses Vorazes eram empregados — ponderou Emil, com a voz rouca. — Não eram?

— Eram — respondeu Tasos. — Essa é Jaciella. E Rubens. Os dois estavam vivos ontem. Assim como... — continuou, repetindo os nomes daqueles que serviram aos Ascendidos.

— Eles fizeram isso — Kieran afirmou baixinho. A raiva dele, quente e fria ao mesmo tempo, colidiu com a minha fúria crescente.

Passei a mão pelo braço de Arden e abri os olhos. Eles estavam secos. Por muito pouco.

A aura branca atrás das pupilas de Kieran brilhou intensamente, e senti aquele gosto de novo. Dessa vez ele pulsava no meu peito, no meu coração e no fundo do meu ser.

— Encontre-os — disparei, procurando e encontrando a minha adaga.
— Encontre os Ascendidos e traga-os para mim.

Mais empregados tinham sido transformados, mas conseguiram sair das câmaras subterrâneas, evitando a luz do sol de algum modo. Valyn e Hisa enfrentaram vários deles no segundo e terceiro andares do Castelo Pedra Vermelha.

Tivemos sorte de não esbarrar com eles quando descemos a escada.

Até não termos mais.

Olhei para onde Arden jazia, envolto em branco, ao lado dos guardas e dos Vorazes mortos. Fiz as contas. Dezoito. Os Ascendidos haviam transformado dezoito mortais. Alguns deles pareciam ter lutado. Percebi pelos dedos e unhas quebrados. Os mortais transformados receberiam a mesma honraria que qualquer outra pessoa.

Passos ecoaram pelo corredor, e desviei a atenção dos corpos, notando Emil e Valyn.

— Encontraram os Ascendidos?

Valyn sacudiu a cabeça.

— Acho que eles saíram da cidade.

Kieran praguejou enquanto Emil assentia.

— Os bastardos transformaram os empregados, armaram uma emboscada e foram embora.

Entreabri os lábios.

— Como podemos confirmar isso?

— Verificamos todas as câmaras lá embaixo, e as casas perto da Colina estão sendo revistadas para ver se há alguém no subsolo — respondeu Valyn, com uma expressão tensa. — Mas acredito que eles tenham partido.

Concentrei-me nele e, quando agucei os sentidos, senti que a barreira ao seu redor estava ainda mais espessa.

— O que foi que você encontrou?

Nenhum dos dois respondeu por um bom tempo, e então Valyn disse:

— O que eu imagino que seja uma mensagem.

— Onde?

— Na câmara no final do corredor esquerdo — respondeu, e comecei a andar, com Delano logo atrás. Valyn me pegou pelo braço quando passei por ele. — Acho que você não vai querer ver isso.

O temor tomou conta de mim.

— Mas preciso.

Valyn sustentou meu olhar e então soltou meu braço, dizendo baixinho para Kieran:

— Ela não deveria ver isso.

Kieran não tentou me impedir, pois já me conhecia bem o suficiente.

O corredor estava silencioso conforme eu seguia na direção da câmara aberta, suavemente iluminada por velas dispostas pelo chão. Diminuí o ritmo quando me aproximei da entrada e me detive assim que vi o que havia ali dentro.

Vi as pernas primeiro.

Dezenas de pernas, balançando entre o que parecia ser caixas de vinho. Olhei para cima lentamente. Panturrilhas magras. Marcas de mordida nos joelhos e na parte interna das coxas. Estremeci. Pulsos dilacerados. Seios mutilados. O branco diáfano de um véu. Correntinhas de ouro segurando os véus no lugar — correntes de ouro presas ao teto, mantendo-as ali.

Kieran se retesou ao meu lado e Delano roçou nas minhas pernas. Não conseguia respirar. Não conseguia pensar nem sentir nada além do éter agitado, da raiva fervilhando dentro de mim. Aquelas pessoas... aquelas *garotas*...

Pousei a mão trêmula no abdome quando vi as palavras escritas na parede atrás delas, iluminadas por fileiras de velas. Palavras escritas em sangue seco e cor de ferrugem.

Tudo o que você vai liberar é a morte.

A mão de uma das garotas se contraiu.

Dei um salto para trás, e Kieran se aproximou, passando o braço ao redor dos meus ombros. Ele não me deu escolha, me levando para fora da câmara e longe da porta. Não lutei contra ele, pois aquilo era...

Desvencilhei-me de Kieran, encostei na parede e fechei os olhos. Ainda conseguia ver os corpos sem sangue.

— Poppy. — A voz de Kieran era muito suave. — Elas vão...

— Eu sei — consegui dizer, com o estômago embrulhado. Elas vão se transformar em Vorazes. Já deviam estar perto disso.

— Vamos cuidar disso — veio a voz rouca de Emil. — Cobriremos seus corpos e então faremos tudo muito rápido. Logo elas encontrarão a paz.

Minha boca parecia úmida demais.

— Obrigada.

Permaneci em silêncio enquanto me concentrava em controlar a essência, a raiva. O éter vibrava sob a minha pele e, por um instante, imaginei-o emergindo, destruindo o castelo. A cidade. Ainda assim, a explosão de energia não aplacaria a minha fúria. Engoli em seco, me contendo. Não foi nada fácil, e um tremor percorreu meu corpo.

Delano se encostou nas minhas pernas, e senti a preocupação dele ao meu redor. *Poppy?*

— Estou bem — sussurrei, estendendo a mão para tocar o topo da sua cabeça. Respirei fundo e só abri os olhos quando...

Quando não senti mais nada.

— Por que você mentiu lá atrás? Para Delano?

Parei ao pé dos degraus circulares do Templo de Theon e olhei para Kieran. *Lá atrás*. Nas câmaras subterrâneas, onde Arden deu o último suspiro. *Lá atrás*, onde os empregados foram usados como alimento e abandonados para se transformarem em Vorazes. *Lá atrás*, onde as garotas foram deixadas com aquela mensagem.

Lá atrás havia deixado várias *marcas* em mim.

E eu tinha a impressão de que haveria mais marcas entalhadas na minha pele antes que o dia terminasse.

— O que você quer dizer com isso? — perguntei, percebendo que Valyn já tinha subido os degraus e falava com um soldado. Não fazia a menor ideia de aonde Delano tinha ido.

Kieran cruzou os braços.

— Poppy.

Suspirei, olhando para a entrada do Templo. Valyn tinha seguido em frente e agora estava falando com Cyr. A imensa construção circular tinha apenas algumas janelas compridas e estreitas.

— Estou...

Estava um pouco enjoada. Não fisicamente. Estava cansada. Outra vez, não fisicamente. E sentia que... que precisava tomar um banho. Não, eu precisava de uma *chuveirada*. Para lavar todos os segundos, minutos e horas daquele dia. Estava preocupada e cheia de apreensão enquanto olhava para a superfície lisa das portas pretas. Além disso, temia o que me aguardava. O que Vonetta e os demais haviam encontrado.

Acima de tudo, eu... eu queria que Casteel estivesse ali comigo para que pudesse dizer a ele como me sentia. Para dividir o fardo. Para receber algumas marcas. Para me fazer sorrir e talvez até gargalhar, apesar dos horrores daquele dia. Para me distrair e aliviar a minha frieza latejante.

— Eu vou ficar bem — falei com a voz rouca.

Kieran me estudou atentamente.

— O que eles fizeram lá atrás, com aquelas garotas e a mensagem, foi só para mexer com a sua cabeça. Você não pode deixar que eles a atinjam.

— Eu sei.

Só que tinha atingido. Porque não parecia importar que eu não tivesse matado os mortais em Massene, os lupinos e dragontinos, os empregados e aquelas garotas. Eles ainda morreram por minha causa.

Apertei os olhos quando o sol do fim da tarde reluziu na pedra das sombras. Olhei para além do Templo, onde podia distinguir a armadura dourada dos soldados Atlantes nos arredores de uma grande mansão. Até o momento não havia vampiros em nenhuma das propriedades.

— Você acha que é possível que todos os Ascendidos tenham ido embora?

— Não sei. — Kieran cutucou meu braço. — Mas temos que ficar preparados caso eles estejam escondidos em algum lugar.

— Concordo — sussurrei. — Nós deveríamos entrar.

— É. — Kieran seguiu o meu olhar, soltando o ar pesadamente. — Deveríamos sim.

Agucei os sentidos para ele. Senti o gosto ácido da tristeza, e algo mais pesado parecido com apreensão. Senti o gosto do temor. Kieran não estava ansioso para saber o que nos aguardava no Templo.

— Você está bem?

— Vou ficar.

Estreitei os olhos.

Um ligeiro sorriso surgiu em seus lábios, uma pontada de provocação que logo sumiu. Não dissemos mais nada enquanto nos juntamos a Valyn no topo das escadas do Templo.

— Há túneis sob o Templo — Valyn anunciou, acenando com a cabeça para um dos soldados que faziam parte do regimento de Aylard. — Lin acabou de me contar.

Lin engoliu em seco.

— Há uma entrada oculta na câmara atrás do santuário — explicou — que leva a um sistema de túneis subterrâneos bastante extenso. Há mais câmaras lá.

Tive um mau pressentimento de que aqueles túneis se conectavam aos de Pedra Vermelha, seguindo direto para os penhascos. Durante nossa primeira visita à Trilha dos Carvalhos, suspeitamos que eles usassem os túneis para transportar os mortais sem que fossem vistos pelos outros. O que significava que os Ascendidos, se ainda restasse algum, poderiam usá-los para viajar sem serem vistos.

— Eram... câmaras, Vossa Alteza. Mas... — Lin parou de falar.

— Mas o quê? — perguntou Kieran enquanto eu aguçava os sentidos e sentia um gosto... azedo.

Desconforto.

— O que foi que você viu? — Meu corpo inteiro se retesou. Se eles tivessem encontrado algo parecido com o que vimos naquela outra câmara, não acho que poderia suportar. — Vocês encontraram alguma criança?

— Ainda não, mas encontramos homens e mulheres vestidos de branco.

Muito provavelmente Sacerdotes e Sacerdotisas.

— Onde eles estão?

— Nós os levamos para o santuário. — Lin passou a mão pelo rosto enquanto eu subia os degraus. — Os túneis e câmaras ainda estão sendo vasculhados.

Fechei as mãos em punhos quando dois soldados abriram as portas. Entramos na sala de recepção do Templo, passando por outro soldado que se afastou para o lado, com as feições severas enquanto encarava a parede.

Raios de sol entravam pelas janelas estreitas e rastejavam pelo chão de pedra das sombras. Dezenas de candelabros de ouro revestiam as paredes, com as chamas tremeluzindo suavemente assim que entramos no santuário. Não havia bancos, apenas uma plataforma emoldurada por duas colunas pretas.

Eles estavam sentados diante da plataforma. Havia seis deles, vestidos com as roupas brancas dos Sacerdotes e Sacerdotisas de Solis. Estavam de cabeça baixa. Duas mulheres. Quatro homens. Aqueles que tinham cabelos os usavam tosquiados ou puxados para trás sob um gorro branco e rendado. As vestes largas cobriam todo o corpo, exceto o rosto, as mãos e os pés.

Um careca levantou a cabeça, olhando atrás de mim e voltando rapidamente. Ele arregalou os olhos enquanto observava a minha aproximação.

— Eu sei quem você é.

Parei diante dele, em silêncio, enquanto os demais Sacerdotes e Sacerdotisas levantavam a cabeça. O rosto de alguém em quem eu não tinha pensado havia muito tempo veio à minha mente. *Analia*. A Sacerdotisa responsável pelos meus *ensinamentos* na Masadônia, mas que preferia usar a mão como forma de educação. Havia uma crueldade ímpar naquela mulher, e eu não sabia se aqueles diante de mim tinham o mesmo defeito. Mas não duvidava nem um pouco de que Analia ou qualquer um que servisse nos Templos soubesse a verdade sobre os Ascendidos e o Ritual.

— Como você se chama?

— Meu nome é Framont — respondeu o Sacerdote. — E você... você é aquela que chamam de Rainha de Carne e Fogo. Estávamos esperando por você mesmo antes do seu nascimento.

— O que você quer dizer com isso? — indagou Valyn, vindo logo atrás de nós.

O Sacerdote não olhou para ele. Não tirou os olhos de mim conforme a tensão comprimia a minha coluna. Tive a impressão de que sabia do que ele estava falando.

— A profecia.

Framont assentiu, e Kieran se aproximou de mim.

— Está na hora de cumprir seu objetivo.

— Meu *objetivo*? — repeti. — Meu objetivo é destruir a Coroa de Sangue...

— E refazer os planos para que se tornem um só. — As palavras dele enregelaram minha pele. Vessa havia me dito que eu iria refazer os planos. Um sorriso quase infantil surgiu em seu rosto redondo. — Sim, esse é o seu objetivo. Você é a Escolhida, esperada muito antes do seu nascimento. Você foi profetizada. Prometida.

— Do que ele está falando? — murmurou Cyr atrás de mim.

Kieran lançou um rápido olhar para Valyn.

— Os túneis sob Pedra Vermelha provavelmente estão conectados a esse Templo. Devem ser protegidos imediatamente. — Havia outra intenção nas palavras de Kieran, além do que ele estava dizendo. — Eles seguem até os penhascos à beira-mar.

Valyn captou o significado. O antigo Rei girou nos calcanhares.

— Quero que vocês se certifiquem de que Pedra Vermelha está em segurança. Verifiquem todos os túneis sob o castelo e bloqueiem as entradas.

Em questão de segundos, Valyn havia tirado todos os generais e soldados do Templo. Somente Hisa continuou ali, o que foi uma jogada inteligente. Embora Valyn e Hisa tivessem expulsado todos os membros dos Invisíveis das tropas, seus métodos não eram perfeitos. Sabíamos disso por causa do ataque que eles lançaram contra nós na estrada para Evaemon. Além disso, qualquer um que ouvisse a profecia presumiria que se tratava de mim.

— Você está falando de uma profecia — sugeri, voltando a me concentrar no Sacerdote. — Do grande conspirador...

— Quem foi "nascido da carne e do fogo dos Primordiais" — concluiu ele. — E "despertará como o Arauto e o Portador da Morte e Destruição".

— Eu não dei à luz nada — interrompi.

Seu sorriso se alargou, corando seu rosto.

— Não fisicamente.

— Como? Como é que um Sacerdote de Solis ouviu falar de uma profecia proferida por um deus eras atrás? — insistiu Valyn, embora já soubesse a resposta. Por Isbeth. — Uma profecia que poucos Atlantes conhecem?

— Porque nós sempre servimos ao Verdadeiro Rei dos Planos. — Foi só então que Framont olhou para Valyn. Seu sorriso assumiu um ar de escárnio. — E os Atlantes sempre serviram a uma mentira.

Valyn se retesou e então fez menção de se aproximar. Ergui a mão, detendo-o.

— O Verdadeiro Rei?

— Sim. — Framont pronunciou a palavra como se fosse uma bênção.

Os Sacerdotes e Sacerdotisas podiam até acreditar que serviam aos deuses, mas estavam subordinados à Coroa de Sangue, que eu tinha certeza de que chamavam de a Coroa Legítima. Além disso, o que eles acreditavam sobre os deuses lhes fora ensinado pelos Ascendidos. O que significava que a pessoa que Framont acreditava ser esse Verdadeiro Rei era quem Isbeth acreditava que deveria ser.

E só podia ser uma pessoa.

Repuxei o lábio superior conforme a raiva pulsava nas minhas veias.

— A Rainha de Sangue falava da Coroa Legítima durante seus discursos — expliquei a Valyn. — Quem você acha que ela acredita ser o Verdadeiro Rei?

— Malec — fervilhou Valyn.

Fazia sentido, ainda mais agora que ela sabia que Malec estava vivo. Senti um calafrio. E se Isbeth tivesse descoberto onde Malec estava sepultado?

Os deuses não podem ser mortos do mesmo modo que as divindades aprisionadas sob as Câmaras de Nyktos, mas não podem se alimentar. E de acordo com Reaver, Malec precisava se alimentar com mais frequência que um deus comum. Deve ter ficado tão fraco que provavelmente não se parece mais com quem era antes. Imagino que deva ter perdido a consciência em algum momento.

E se Isbeth não tivesse usado a essência de Kolis para criar a tempestade?

E se tivesse sido Malec? Parecia impossível, mas...

— Fique de olho neles — pedi a Hisa, e então fiz um sinal para que Valyn se afastasse dos Sacerdotes e Sacerdotisas. Kieran nos seguiu, ouvindo com atenção enquanto eu falava em voz baixa: — Não sei se o que ele disse é verdade, mas o que você sabe sobre como Eloana fez para sepultar Malec?

— Ela usou magia ancestral, não sei de que tipo. E as correntes de ossos — respondeu ele, e reprimi um estremecimento ao me lembrar das correntes retorcidas de ossos afiados e raízes velhas. Nyktos havia concebido um método para incapacitar qualquer ser que tivesse éter nas veias, conferindo aos ossos das divindades mortas tal poder. Não precisei me esforçar muito para me lembrar da sensação das correntes contra a pele. — O único jeito de ter conseguido se soltar é se alguém as tirou dele.

Era possível que Isbeth tivesse descoberto onde Malec estava sepultado. Precisava ter certeza disso. Malec era o ás na minha manga. O que mantinha Casteel vivo.

— Temos que descobrir o local exato onde Malec foi sepultado e quaisquer outras proteções que Eloana possa ter colocado em prática.

Kieran franziu o cenho.

— Mesmo que a Rainha de Sangue tenha encontrado Malec, eles ainda teriam que passar pelos Vorazes. O que seria difícil, até mesmo para ela.

— E depois de todo esse tempo? Centenas de anos? — acrescentou Valyn. — Ele não deve estar consciente. Duvido muito que se lembre de quem é, muito menos que seja capaz de buscar vingança contra Atlântia.

— É razoável pensar assim, mas ele... ele *é* um deus. O filho do Rei dos Deuses e da sua Consorte. Nós não fazemos ideia do que ele seria capaz se conseguiu despertar e teve tempo de se recuperar. — E de beber sangue, bastante sangue. Olhei de volta para aqueles vestidos de branco. Framont ainda sorria como se centenas de desejos tivessem se concretizado de uma vez só. Não tinha como saber o que a Rainha de Sangue havia contado aos Sacerdotes e Sacerdotisas para suscitar tamanha fé. — O que ele disse pode não passar de provocação, mas...

— Mas precisamos ter certeza disso — concordou Valyn. — Vou mandar uma mensagem para Evaemon assim que terminarmos aqui.

Assenti e voltei para a tarefa em questão enquanto muitas coïsas me incomodavam. Fazia sentido que Malec fosse o grande conspirador que a profecia mencionava, mas ao mesmo tempo não fazia. Por inúmeros motivos. Primeiro: o que eu tinha a ver com ele ter despertado? Quando perguntei a Framont, ele apenas sorriu alegremente para mim. E já que não havia ninguém ali que pudesse usar de persuasão, sabia que não conseguiríamos arrancar mais nenhuma informação dele.

Além disso, havia algo muito mais importante com o qual precisava lidar. Deixei todo o resto de lado por enquanto.

— Quero saber onde estão as crianças.

— Elas estão servindo aos...

— Não — interrompi. — Não minta para mim. Sei a verdade por trás do Ritual. Sei que aqueles que são levados não servem a nenhum deus, nem ao Verdadeiro Rei ou Coroa Legítima. Alguns são transformados em coisas chamadas de Espectros. Outros servem de alimento. Nada disso é um ato de serviço.

— Mas na verdade é — sussurrou Framont, com um brilho de entusiasmo no olhar. — Eles servem. Assim como você. Assim como você também...

— Eu pensaria com muito cuidado no que você vai dizer em seguida — advertiu Kieran.

Framont olhou de relance para ele.

— Vai me machucar? Me ameaçar de morte? Não temo nada disso.

— Há coisas muito piores que a morte. Como quando ela fica irritada. — Kieran acenou com o queixo na minha direção. — Ela gosta de apunhalar as pessoas. E quando fica com raiva? Aí você vai ver do que uma deusa é capaz.

O Sacerdote se voltou para mim, e eu dei um sorriso de lábios fechados.

— Tenho mesmo a mania de apunhalar as pessoas. E já estou irritada com um monte de coisas. Onde estão as crianças entregues durante o Ritual?

Ele não teve a chance de responder.

— Encontramos mais dois — anunciou Naill ao entrar pela porta lateral. — E não são mortais. São Ascendidos.

Cerrei o maxilar.

— Vocês tinham Ascendidos escondidos aqui?

— Os Ascendidos servem nos Templos, servem ao Verdadeiro Rei — declarou Framont. — Sempre fizeram isso.

— Você não sabia disso? — perguntou Valyn.

Fiz que não com a cabeça.

— Não tinha contato com muitos Ascendidos — expliquei. — Quem sabia que os Ascendidos estavam com vocês?

— Só aqueles de confiança. — Ele olhou para mim com uma admiração que estava começando a parecer repulsiva. — Só a Coroa.

Quer dizer que a Duquesa sabia. Ela fazia parte da Coroa.

Kieran inclinou a cabeça quando Vonetta passou pela porta, trazendo mais uma Sacerdotisa.

— Onde está o outro?

— Ele não ficou muito feliz por ser descoberto — respondeu Vonetta com um sorriso de escárnio.

A Sacerdotisa que Vonetta segurava de repente cambaleou e ficou sob um raio de sol. A mulher deu um berro e recuou um passo. Uma tênue fumaça emanou das roupas brancas dela e o cheiro de carne queimada encheu o ambiente. Voltei-me para Vonetta.

— O que foi? — Ela arqueou as sobrancelhas. — Eu tropecei.

Eu a encarei.

A lupina deu um suspiro.

— Ela tentou me morder. — Vonetta agarrou a Sacerdotisa pelo braço, puxou a vampira para trás e a empurrou na direção dos outros. — Mais de uma vez.

— Você encontrou alguma...? — perguntei.

Vonetta sacudiu a cabeça.

— Os outros ainda estão lá embaixo procurando por elas.

— Vou mostrar onde elas estão — concedeu uma Sacerdotisa, e eu virei a cabeça em sua direção. — Vou levá-la até as crianças.

16

— Se for uma armadilha — advertiu Kieran —, você não vai gostar nada do que vai acontecer.

— Não é. — A Sacerdotisa finalmente levantou a cabeça, e vi que era jovem. Deuses! Não muito mais velha do que eu. Seus olhos tinham um lindo tom de azul-violeta e estavam arregalados e ansiosos como os de Framont.

Agucei os sentidos na direção dela. Não senti medo. Não sei muito bem o que era. Não era... nada. Mas um vazio não muito diferente do que sentia quando tentava ler as emoções de um Ascendido.

— Por que você concordou em nos levar até as crianças agora? — perguntei.

— Porque está na hora — aquiesceu ela suavemente.

Meu coração palpitou quando olhei para ela, bastante perturbada com a resposta, com *tudo* aquilo.

— Leve-me até elas.

A Sacerdotisa se levantou e passou pelos outros sentados no chão, de cabeça baixa. Vonetta e Naill deixaram a Ascendida lá em cima com Valyn e os soldados que estavam esperando no lado de fora do Templo. Em seguida, se juntaram a nós, com Hisa e Emil, que chegaram no instante em que começamos a sair do santuário. Todos desembainharam as espadas quando entramos na câmara vazia e passamos pela fenda estreita e alta na parede.

Tochas revestiam a parede, lançando um brilho alaranjado ao longo dos degraus íngremes de terra batida e da câmara aberta. Atrás deles nove túneis se conectavam à abertura, cada um iluminado pela luz fraca das chamas.

— Parece uma colmeia — murmurou Hisa enquanto examinava o espaço circular e suas inúmeras aberturas.

O único som vinha do farfalhar das roupas da Sacerdotisa sobre a terra batida, que logo deu lugar à rocha quando ela entrou em um túnel à direita, se ramificando em mais dois corredores. Na metade do caminho, nós encontramos os outros, que me pareceram perdidos, já que senti uma explosão amadeirada de alívio emanando deles. A temperatura caía significativamente à medida que descíamos para o subsolo até o ponto em que achei difícil de acreditar que algum mortal pudesse sobreviver muito tempo naquele frio. O ar estava seco, mas gelou a minha pele até chegar nos ossos. Meus dedos começaram a latejar.

A Sacerdotisa pegou uma tocha da parede. Naill se aproximou dela, mantendo a espada em riste caso ela fizesse alguma tolice.

Mas tudo o que ela fez foi seguir em frente e encostar a tocha em outra. A junção das chamas lançou uma luz mais brilhante sobre a parede. Parei de andar. Kieran também. A rocha tinha marcas entalhadas, rocha de uma cor vermelho-rosada.

Kieran estendeu a mão e passou os dedos sobre o entalhe, seguindo a forma...

A Sacerdotisa encostou a tocha que segurava em mais outra e provocou uma reação em cadeia. Uma fileira inteira de tochas se acendeu, enchendo o ar com o cheiro pungente do sílex. O sistema subterrâneo foi subitamente banhado pela luz bruxuleante do fogo.

— O que é isso, pelo amor dos deuses? — indagou Kieran, olhando para a frente.

Passei por Vonetta, descendo até uma abertura ampla e circular. Água ou algo do tipo deve ter escorrido pela caverna antes, esculpindo formações irregulares no teto e depositando o que parecia ser um tipo de mineral avermelhado ao longo das formações espiraladas e bizarras que se estendiam para baixo.

— Estalactites — respondeu Naill, e vários olhares se voltaram em sua direção. Ele apontou para o teto com o queixo. — É como são chamadas.

— Parece mais uma palavra inventada — observou Emil.

Naill arqueou uma sobrancelha.

— Não é.

— Tem certeza? — desafiou Emil.

— Tenho — respondeu Naill categoricamente. — Se fosse criar uma palavra do nada, eu escolheria algo mais... interessante.

Emil deu uma risada curta.

— Mais interessante que *estalactites*?

— Cuidado — advertiu Vonetta quando o que pensei que fossem galhos estalaram sob meus pés conforme eu seguia em frente. — Acho que não são pedras nem galhos no chão.

Olhei para baixo. Havia pedaços de algo cor de marfim, cacos aqui e ali, misturados com ossos finos, compridos e de cor mais escura. Eram definitivamente ossos.

Ah, deuses.

Kieran emitiu um som de nojo quando afastou um pedaço de pano com o pé, revelando o que parecia ser um maxilar.

— Não são ossos de animais.

— Os animais não servem ao Verdadeiro Rei — anunciou a Sacerdotisa, seguindo adiante.

Com o estômago revirado de raiva, fiz menção de dizer alguma coisa, mas então pelo que a Sacerdotisa passou chamou minha atenção.

Era como se o solo tivesse entrado em erupção e raízes semelhantes a cobras se derramassem pelo chão da caverna, vindas de um buraco profundo e escuro. As raízes abriam caminho em meio aos ossos descartados — ossos muito pequenos. Avancei com cuidado, desviando dos restos espalhados o máximo que pude. Havia alguma coisa nas raízes *e* abaixo delas. Algo seco e da cor de ferrugem. Estava em toda parte, salpicado pelo chão e se acumulando em poças espessas e secas. Era o que havia manchado as paredes e as bizarras formações rochosas daquele tom vermelho-rosado.

O braço de Kieran roçou no meu quando ele se agachou, passando um dedo pela substância. Ele cerrou o maxilar e olhou para mim.

— Sangue.

A Sacerdotisa alcançou o outro lado da caverna e encostou a tocha na parede. Mais uma vez, várias tochas acenderam. A luz incidiu por uma abertura estreita para outra câmara rebaixada.

E então nós vimos...

— Bons deuses — murmurou Hisa, dobrando o corpo.

Abri a boca, mas não sabia o que dizer. Pensei que a visão dos mortais empalados nos portões e das garotas assassinadas tinham sido as coisas mais horríveis que já tinha visto.

Estava errada.

Não consegui desviar o olhar dos membros pálidos e sem sangue, alguns grandes e outros tão *pequenos*. As pilhas de roupas desbotadas, algumas brancas e outras vermelhas, mal segurando as cascas secas onde restavam tufos de cabelo e pernas e braços encolhidos. Ressecados. Alguns estavam caídos lado a lado vestidos com o vermelho cerimonial do Ritual, as roupas novas, a decomposição sem sequer ter começado. Vagamente, imaginei por que não havia mau cheiro. Talvez fosse por causa do frio ou de outra coisa.

Meu coração começou a martelar dentro do peito conforme eu olhava para a... *tumba*. E era exatamente isso. Uma tumba em uso só os deuses sabiam havia quanto tempo, cheia de restos deixados ao acaso.

A Sacerdotisa colocou a tocha em um suporte que se projetava da parede e então entrelaçou as mãos na cintura.

— Todos serviram a um grande propósito.

Virei-me para ela, de modo lento e quase doloroso. Éter pulsava no meu peito e crescia, saindo de mim e roçando nas paredes. O ar ficou denso como se estivesse cheio de uma fumaça sufocante, mas não havia fogo. Não além daquele que ardia dentro de mim.

— Assim como nós servimos — continuou a Sacerdotisa suave e *alegremente*, e seu rosto se iluminou como se ela estivesse falando de um sonho glorioso. — E como você servirá, aquela cujo sangue é repleto de cinzas e gelo.

Dei um passo à frente, a pele faiscando com a Essência Primordial, mas o braço de alguém me deteve.

— Não — rosnou Kieran. — Não desperdice sua energia com ela. Não vale a pena.

Fechei as mãos no ar enquanto a Sacerdotisa sorria e fechava os olhos. Paz. Foi isso o que senti emanando dela. Macio e fofinho como um pão de ló. *Paz*.

Meu fôlego parecia cheio de punhais.

— Dê a ela o que aguarda tão ansiosamente.

Recuei, dei meia-volta e fui embora. O único som que ouvi foi o de uma espada encontrando a carne.

— São todos? — perguntei.

— O Templo está vazio — respondeu Valyn severamente, olhando para os cadáveres dispostos com cuidado sobre o chão, corpos muito pequenos envoltos em trapos, com o abdome afundado e a pele pálida e enrugada. Corpos que foram tratados de modo pior que o gado tomado pela doença.

— Setenta e um — afirmou Kieran. — Há 71 cadáveres...
Frescos.

Setenta e uma pessoas que devem ter sido levadas nos inesperados dois últimos Rituais. O número devia incluir os segundos e terceiros filhos e filhas. O que significava que nenhum deles havia sido entregue à Corte, como era de costume para os segundos filhos e filhas. E que aqueles que tinham a centelha de vida não tão dormente nas veias tinham sido assassinados.

Pior ainda foi que os soldados levaram lá para fora centenas de antigos restos mortais.

Jamais vira *nada* assim antes.

A câmara subterrânea em Novo Paraíso, com os nomes daqueles que morreram nas mãos dos Ascendidos gravados nas paredes, nem se comparava com *aquilo*.

Pois a maior parte dos corpos era de *crianças*. Poucos deviam ser mais velhos, como os da câmara sob o Castelo Pedra Vermelha. Mas aqueles eram de crianças inocentes. Em alguns casos, até mesmo de *bebês*. Não conseguia parar de pensar naquele ursinho de pelúcia com cheiro de lavanda.

Senti um nó ardente na garganta, com gosto de uma raiva picante e uma agonia amarga que não pertencia somente a mim. Procurei a fonte e a encontrei no pai de Casteel. A expressão dele era impassível, mas suas emoções romperam a barreira e se projetaram, colidindo com as minhas.

— Aquela abertura no chão lá dentro parecia ser um poço. — Naill pigarreou e deu um passo para trás, como se a distância pudesse apagar o que ele havia visto. — Fundo. *Bem* fundo. Jogamos algumas pedras ali. Não ouvimos quando atingiram o chão.

Ou seja, poderia haver mais. Corpos que foram despejados ou caíram dentro do poço. Deuses.

Abri os olhos e vi atrás de mim os soldados Atlantes postados em silêncio, e sabia o que sentiria se aguçasse os sentidos. Horror. Um horror tão intenso que jamais conseguiria me livrar dele. Todos sabiam o que os Ascendidos faziam, do que eles eram capazes, mas era a primeira vez que muitos deles *testemunhavam* tais atrocidades.

— O que vamos fazer com este lugar? — perguntou Vonetta, de costas para o Templo.

— Só há uma coisa a fazer. — Ergui o queixo, vasculhando o céu. Alguns segundos depois, um dragontino preto-arroxeado rompeu as nuvens. Os gritos de surpresa das pessoas que permaneceram na cidade ecoaram pelo vale quando Reaver estendeu as asas imensas, planando lá em cima. — Queimá-lo — declarei, sabendo que ele executaria meu comando, mesmo que não pudesse me ouvir. — Vamos queimá-lo por inteiro.

Reaver alçou voo com um poderoso levantar das asas e Valyn me perguntou:

— E quanto a eles?

Virei-me para os Sacerdotes e Sacerdotisas vestidos de branco. Já tínhamos *cuidado* dos dois Ascendidos. Em seguida, agucei os sentidos.

Nenhum deles sentia culpa ou arrependimento, duas coisas bastante diferentes. O arrependimento vinha na hora de enfrentar as consequências. A culpa existia independentemente de se alguém pagava pelos seus pecados ou não. Não sei se faria alguma diferença se eles *sentissem* uma dessas emoções em vez do que eu captava deles.

Paz.

Assim como a Sacerdotisa, eles estavam em paz com seus atos.

Eles não ficaram apenas parados, sem fazer nada. Não eram só mais uma engrenagem em uma roda que não podiam controlar. Eles faziam parte daquilo, e não importava se tivessem sido manipulados pela fé. Eles levavam crianças, não para servir a um deus ou Rei Verdadeiro, mas para alimentar os Ascendidos.

— Coloque-os de joelhos. — Eu me aproximei deles, desembainhando a adaga de lupino na minha coxa. — De frente para os corpos.

Valyn me seguiu conforme os soldados obedeciam a minha ordem.

— Você não precisa...

— Não vou pedir a nenhum de vocês que faça algo que eu mesma não faria. — Parei diante de Framont. Ele estava de olhos fechados. — Abra os olhos. Olhe para eles. Todos vocês. Olhem para eles. Não para mim. Para *eles*.

Framont fez o que mandei.

Um clarão de fogo prateado iluminou o céu escuro quando Reaver circundou o Templo de pedra, liberando toda a sua fúria.

— Quero que eles sejam a última coisa que vejam antes de deixarem este plano e entrarem no Abismo, pois é certamente para lá que vão. Quero que os cadáveres sejam a última coisa que guardem na memória, pois será a última coisa de que as famílias que vierem reivindicar os corpos dos entes queridos vão se lembrar daqui para a frente. Olhem para eles.

O Sacerdote se voltou para os corpos. Dessa vez, seus olhos não estavam cheios de admiração. Mas sim *vazios*. Ele olhou para eles e sorriu.

Sorriu.

Brandi a adaga. O sangue vermelho espirrou no branco da minha armadura quando deslizei a lâmina de pedra de sangue em sua garganta.

O salão de visitas e a sala de banquetes de Pedra Vermelha haviam se transformado em enfermaria ao cair da noite. Soldados e lupinos feridos foram acomodados em macas. As flâmulas com o Brasão Real da Coroa de Sangue já haviam sido retiradas do aposento e de todo o castelo.

Nenhum guarda da Trilha dos Carvalhos ou soldado de Solis foi ferido superficialmente. Não havia sobreviventes. Aqueles que se renderam estavam sob vigilância na prisão da Cidadela, e tentei não pensar em quantas vidas tinham sido perdidas enquanto caminhava entre as macas quase vazias. Assim como tentei não pensar no que havia acontecido sob o Templo de Theon, o que os Ascendidos tinham feito com as crianças.

Eu... eu simplesmente não conseguia pensar nisso.

Então passei de um ferido para outro, curando todos. Fiz isso pensando que, como era uma habilidade que se desenvolveu antes que eu Ascendesse, não poderia me enfraquecer demais.

É claro que podia ser um perigoso erro de cálculo, mas me dava *algo* de útil para fazer enquanto um grupo foi informar ao povo da Trilha dos Carvalhos que eles poderiam voltar para casa no dia seguinte.

Pretendia falar com todos pela manhã. Todos mesmo.

As famílias. Ramon e Nelly. Meus passos se tornaram pesados.

— Você parece estar cansada, *meyaah Liessa* — observou Sage assim que me aproximei dela, a última ferida. Esparramada na maca, seus cabelos curtos e escuros estavam uma bagunça. Havia um lençol fino sob seus braços, cobrindo o corpo inteiro, exceto a perna, da qual saía uma flecha. Tinha sido deixada ali para evitar mais sangramento, e sabia que devia estar lhe causando muita dor. Havia tentado cuidar de Sage mais cedo, mas ela continuou me dispensando, até que todos os outros, incluindo aqueles com ferimentos muito menos graves, fossem tratados.

Sentei-me no chão ao lado dela, grata por não estar mais de armadura.

— Foi um longo dia.

— Bota longo nisso... — Ela se apoiou sobre o cotovelo. Uma fina camada de suor salpicava sua testa. — Teremos outros dias como este. — Sage desviou o olhar de mim. — Não teremos?

Sabia para onde ela estava olhando. Havia um lupino chamado Effie. Ele estava em péssimo estado, com uma lança cravada no peito. Sabia que ele já tinha partido quando me ajoelhei ao seu lado, mas uma esperança infantil me fez tentar. Minhas habilidades funcionaram no soldado Atlante que tinha falecido. Um jovem que só Naill e eu vimos dar o último suspiro. Ele voltou à vida, um pouco grogue e desorientado, mas vivo. Porém não o lupino. Nem *Arden*.

Não tinha entendido mal o que Reaver havia me dito. Apenas o Primordial da Vida era capaz de ressuscitar os seres que pertenciam aos dois mundos.

Perdemos cinco lupinos e quase cem soldados Atlantes. Teríamos perdido ainda mais se os ferimentos não fossem tratados. Ainda assim, cada perda contava.

— Sinto muito — ofereci, sentindo um aperto no peito enquanto pensava no que Casteel havia me dito certa vez. Quase metade dos lupinos havia morrido na Guerra dos Dois Reis. Tinham acabado de começar a retomar a população. Não queria que passassem por tantas mortes de novo.

Ela olhou de volta para mim.

— Eu também.

Sentindo um peso no peito, arregacei as mangas compridas da camisa branca. Não paravam de escorregar.

— Naill? — Olhei por cima do ombro. — Preciso da sua ajuda.

— Claro. — Ele se agachou ao meu lado, muito mais gracioso do que eu, mesmo de armadura. O cansaço que sentia na alma estava estampado nas rugas ao redor de sua boca enquanto ele segurava a flecha com cuidado. Naill já sabia o que fazer. — Me avise o momento.

Encarei Sage.

— Vai doer — avisei.

— Eu sei. Não é a primeira vez que fui atingida por uma flecha.

Arqueei as sobrancelhas.

Um sorriso surgiu nos lábios dela.

— Teve a ver com um desafio que deu muito errado. É uma longa história. Quer que eu te conte depois?

— Quero sim. — Fiquei muito curiosa sobre esse desafio envolvendo uma flecha. — Vou aliviar sua dor o mais rápido que puder, mas...

— É, eu vou sentir quando ele a arrancar. — Sage respirou fundo. — Estou pronta.

Coloquei as mãos em ambos os lados da flecha, invoquei o éter e comecei a trabalhar.

— Agora.

Naill puxou a flecha com uma rapidez oriunda da experiência. O corpo inteiro de Sage estremeceu, mas ela não deu um pio. Até que ouvi um suspiro de alívio e o buraco em sua coxa se fechou, deixando a pele rosada e brilhante.

— Isso foi... — Sage piscou os olhos redondos — ...intenso.

— Mas você está melhor?

— Inacreditavelmente melhor. — Ela dobrou a perna com cuidado e depois a endireitou. — Eu a vi fazer isso várias vezes. E ainda assim é... intenso.

Abri um ligeiro sorriso, balançando o corpo para trás.

— Não sou uma Curandeira, então não sei quanto da ferida cicatriza imediatamente. Eu iria com calma nos próximos dois dias se fosse você.

— Nada de correr ou dançar... — Ela parou de falar, arregalando os olhos quando olhou por cima do meu ombro. — Que porra...?

Naill e eu seguimos o seu olhar. Fiquei boquiaberta e o Atlante emitiu um som estrangulado.

Havia um loiro alto atravessando o corredor vestindo o que parecia ser um lençol amarrado nos quadris — *mal* amarrado. A cada passo das suas pernas compridas, o lençol parecia ficar a poucos centímetros de escorregar.

— Reaver — sussurrei, um tanto abalada pela visão.

Naill emitiu aquele som outra vez.

— Esse é o dragontino? — perguntou Sage, e eu me dei conta de que ela não devia tê-lo visto na forma mortal antes.

— É.

— Sério? — Ela o encarou. — Que delícia.

Naill olhou para ela, com o queixo caído.

— Ele cospe fogo.

— E isso é ruim?

Felizmente, Naill não respondeu à pergunta porque Reaver já tinha chegado até nós. Ele acenou com a cabeça para os outros dois e então se curvou levemente na minha direção, fazendo com que o lençol escorregasse mais um pouco.

— Temos que arranjar umas roupas pra você — disparei, me lembrando do que tinha pedido a Kieran. Duvidava muito que Reaver coubesse nas roupas do Duque. — O mais rápido possível. — Então me lembrei dos outros dragontinos. — Temos que arranjar um monte de roupas.

— A preocupação de vocês com a nudez é tão cansativa — Reaver comentou casualmente.

— Não tenho nenhum problema com nudez — anunciou Sage. — Só avisando.

Reaver deu um sorriso.

E meu coração deu um salto dentro do peito, pois não estava errada quando pensei que a curva dos seus lábios pegava todos aqueles traços interessantes e os transformava em algo deslumbrante.

Sacudi a cabeça.

— Está tudo bem?

— Está sim. — Reaver me encarou. — Só queria que você soubesse que Aurelia e Nithe voltaram para se encontrar com Thad — informou ele, se referindo ao dragontino que tinha ficado no acampamento. — Eles vão voltar para Pedra Vermelha hoje à noite, quando for menos provável que sejam vistos por mortais.

— Bem pensado. — Não tinha pensado nisso. — Você poderia...? — Eu me levantei e fiquei meio tonta. O chão oscilou. Ou eu tropecei. — Opa.

Naill logo estava ao meu lado, me segurando pelo braço.

— Você está bem?

— Sim. Só um pouco tonta. — Pisquei os olhos para me livrar do clarão das luzes brilhantes e vi que Sage também havia se levantado. — Você devia continuar deitada. Eu estou bem.

Sage me observou sem a menor intenção de se deitar.

— Foi um longo dia — lembrei a ela. Eu *estava* cansada. Todos nós estávamos.

— Você comeu alguma coisa? — perguntou Reaver, chamando minha atenção.

Fiz uma careta.

— Não tive tempo de comer desde hoje de manhã. Estava meio ocupada.

— Pois devia arranjar tempo para fazer isso — aconselhou ele. — Agora.

Não podia discutir depois de o mundo ter ficado de pernas para o ar, então acabei na cozinha com um dragontino vestido só com um lençol amarrado a duras penas, dividindo um prato de presunto fatiado que devia ter sobrado do dia anterior.

Acabei descobrindo que os dragontinos comiam comida de verdade. Graças aos deuses.

Confiante de que Reaver e eu éramos mais do que capazes de nos defender sozinhos, Naill foi ver se Hisa estava bem. Ficamos em silêncio. Provavelmente porque eu estava finalmente enchendo a pança.

E onde estava Kieran para não ver isso e comentar o quanto eu estava comendo?

Não sentia tanta fome desde a primeira vez que estive no Castelo Pedra Vermelha.

Mas pensar em tudo o que ainda precisava ser feito acabou com meu apetite. Tinha que falar com o povo. Com as famílias daquelas pobres crianças. Com os soldados presos. A lista era enorme. Era... demais para mim.

Muitas *responsabilidades* com as quais eu não tinha a menor experiência.

Olhei ao redor da cozinha, tentando imaginar como seria com cozinheiros na bancada, vapor emanando dos fogões e pessoas correndo para lá e para cá. E isso me fez pensar se os empregados tinham alguma suspeita a respeito dos Ascendidos. Será que foram pegos de surpresa? Ou será que alguns deles ajudavam a trazer os mortais, preparando pessoas em vez de presunto assado?

Deuses, que pensamento mórbido!

— Você não se sente estranho por comer aqui, comer a comida deles? Tipo acabarnos de tomar a cidade deles e agora estamos pegando sua comida?

Reaver inclinou a cabeça, sentado ao meu lado na bancada.

— Nem tinha pensado nisso.

— Ah. — Olhei para um pedaço de presunto. Talvez não fosse uma preocupação muito comum a essa altura. Provavelmente não. Mas sabia por que estava pensando nisso em vez da direção que minha mente queria seguir. Parei de lutar. — Não consigo parar de pensar nas garotas aqui embaixo, nem naquelas crianças. Não consigo esquecer nada disso. Não consigo entender como aqueles que serviam no Templo estavam em paz ou como alguém, mortal, Ascendido ou seja lá o que for, é capaz de fazer uma coisa dessa.

— Talvez não devêssemos entender — sugeriu Reaver, e olhei para ele. — Talvez seja isso o que nos separa deles.

— Talvez — murmurei. — Framont, o Sacerdote, falou sobre o Verdadeiro Rei dos Planos, como se as crianças tivessem sido mortas a serviço dele.

— O Verdadeiro Rei dos Planos é Nyktos, e ele não aprovaria tal coisa.

— Creio que não. — Terminei o pedaço de presunto e peguei um guardanapo. — Mas acho que ele não estava falando de Nyktos. Quem sabe de... Malec?

Reaver arqueou as sobrancelhas.

— Seria lamentável se ele acreditasse nisso.

Dei um sorriso, que logo se desvaneceu. Um longo silêncio recaiu sobre nós e, nesse tempo, vi Arden e Effie. Os soldados e mortais cujos nomes eu não sabia.

— Várias pessoas morreram hoje — sussurrei.

— Pessoas morrem o tempo todo. — Reaver estendeu a mão e pegou uma maçã do cesto. — Principalmente na guerra.

— Isso não torna as coisas mais fáceis.

— Mas é assim que as coisas são.

— Sim. — Limpei as mãos. — Arden morreu hoje.

Reaver abaixou a maçã.

— Eu sei.

— Tentei trazê-lo de volta à vida.

— Disse que não funcionaria com um ser pertencente aos dois mundos.

— Eu tinha que...

— Você tinha que tentar mesmo assim — concluiu ele por mim, e eu assenti. Ele deu uma mordida na maçã. — Ela também não gosta de limitações.

— Quem?

— A Consorte.

Virando a maçã, ele deu uma mordida no outro lado.

— Não tenho nenhum problema com limitações.

Reaver me lançou um olhar penetrante.

— Não a conheço há muito tempo, mas sei que você não gosta de limitações. Se gostasse, não teria tentado fazer com que outro lupino voltasse à vida, mesmo sabendo que não era capaz.

Ele tinha um bom argumento.

Peguei a caneca e tomei um gole.

— Aposto que o Primordial da Vida não deve gostar nada que eu traga as pessoas de volta à vida, hein?

Reaver deu uma risada, um som áspero e pouco usado.

— Qual é a graça?

— Nada. — Reaver abaixou a maçã. — Nyktos ficaria em dúvida quanto às suas ações. Por um lado, ele nunca deixaria de ficar feliz com a renovação da vida. Por outro, ficaria preocupado com a natureza das coisas. Com o curso da vida e da morte e como tal intervenção altera seu equilíbrio, sua *integridade*. — Ele repuxou os cantos dos lábios para cima, suavizando as feições angulosas. — Já a Consorte, quando precisa decidir se faz alguma coisa ou não, ela pesa as consequências, deixa-as de lado, espera que ninguém esteja prestando atenção e apenas age. — Erguendo os cílios escuros, ele me deu um olhar de soslaio. — Parece familiar?

— Não — murmurei, e Reaver deu uma gargalhada, o som tão áspero quanto a sua risada.

— Por que a Consorte dorme tão profundamente e Nyktos não?

Reaver olhou para a maçã e permaneceu calado por um bom tempo.

— É a única maneira de impedi-la.

17

Arqueei as sobrancelhas, em choque.

— Impedi-la de quê?

— De fazer algo do qual iria se arrepender — respondeu Reaver, e senti um nó no estômago. — Os dois filhos foram tirados dela. Talvez nenhum deles esteja morto, mas tampouco estão vivos, não é?

Não. Não estavam mesmo.

— Ela está zangada. Furiosa a ponto de esquecer quem é. De infligir o tipo de dano que não poderia ser desfeito.

Não sabia o que era ser mãe e ter um filho tirado de mim, mas sabia o que tinha feito quando Ian morreu. Sabia o que tinha feito quando descobri que Casteel havia sido capturado. Então, de certa forma, conseguia entender a sua raiva.

Reaver voltou o olhar para o arco da entrada.

— Quando iremos para a capital?

— Falarei com o povo amanhã. — Fiquei com a garganta seca. — E com as famílias.

— Não... não vai ser fácil.

— Não, não vai. — Coloquei a caneca sobre a bancada. — Partiremos no dia seguinte.

— Ótimo. — Ele fez uma pausa. — Não podemos esquecer de Ires.

— Não me esqueci.

— Ires deve voltar para casa. — Seu olhar permaneceu fixo na entrada. — Lá vem o seu lupino.

— Como eu já disse antes, ele não é *meu* lupino — rosnei no instante em que Kieran apareceu na soleira da porta.

Ele parou de supetão, arregalando ligeiramente os olhos.

— Surpreso? — perguntou Reaver.

A expressão no rosto de Kieran só poderia ser descrita como de puro tédio.

— Não estou acostumado a vê-lo sem palitar os dentes com as garras.

— Posso fazer isso agora mesmo, se quiser — comentou Reaver e, em seguida, deu outra mordida na maçã.

— Não é necessário. — Kieran olhou para o dragontino de cima a baixo, arqueando a sobrancelha quando se virou na minha direção. — Ele está vestido com um lençol.

— Foi por isso que eu lhe disse que ele precisava de roupas.

Reaver franziu o cenho.

— Você espera que eu use as roupas *dele*?

— Qual é problema com as minhas roupas? — interpelou Kieran.

Reaver arqueou uma sobrancelha loira, imitando a expressão anterior do lupino.

— Não acho que vão caber em mim. Tenho os ombros mais largos.

— Pois eu acho que não — respondeu Kieran.

— E o peito também.

Kieran cruzou os braços.

— Ah, mas não tem mesmo.

— E minhas pernas não são dois gravetos que podem se quebrar com uma brisa leve — continuou Reaver.

— Você está falando sério? — Kieran olhou para si mesmo. Ele não tinha... pernas finas nem nada do tipo.

— Reaver — suspirei.

Ele encolheu um ombro nu.

— Só estou avisando.

— Você só está dizendo bobagem. Vocês dois têm quase a mesma altura e tamanho — afirmei.

— Acho que sua visão não está lá muito boa — observou o dragontino, e eu revirei os olhos.

— Nem sua atitude — retrucou Kieran.

— Comi um montão de presunto — anunciei a Kieran antes que Reaver pudesse disparar outra farpa. Os dois olharam para mim. — Demais. Você ficaria orgulhoso de mim.

— Embora fique feliz por saber — começou Kieran —, isso foi meio aleatório, Poppy.

— É, bem, eu estou me sentindo meio aleatória. — Afastei-me da bancada. — Você estava me procurando?

— O que mais ele estaria fazendo? — perguntou Reaver.

Kieran estreitou os olhos para o dragontino.

— Qualquer coisa que não seja ficar sentado vestido apenas com um lençol e comendo uma maçã.

— Não sobrou muita coisa então, não é? — zombou Reaver.

— Reaver — adverti, olhando para ele de cara feia. — Pare de provocar o Kieran.

— Eu não fiz nada — negou o dragontino. — Ele é apenas sensível demais... para um lupino.

Kieran descruzou os braços e deu um passo em frente. Ergui a mão.

— Não comece.

— Começar? — Ele se virou para mim. — O que foi que eu comecei? Acabei de chegar aqui.

— Viu só? — Reaver jogou os caroços da maçã em uma lixeira ali perto. — Sensível.

— E vocês têm que parar com isso — avisei, colocando as mãos na cintura. — Eu entendo. Kieran quase pisou na sua cauda. — Virei-me para o lupino. — Reaver quase mordeu a sua mão. Parem de reclamar e superem.

— Ele quase pisou na minha perna inteira — corrigiu Reaver. — Não só na minha cauda.

— E ele quase arrancou o meu braço. — Kieran estreitou os olhos. — Não só a minha mão.

Encarei os dois.

— Vocês são... eu nem sei dizer o quê. — Olhei de cara feia para Kieran quando ele fez menção de responder. Ele sabiamente fechou a boca. — Então você estava me procurando ou não?

— Estava — respondeu ele, e Reaver sabiamente ficou de boca fechada. — Preciso das suas mãos especiais.

Em outras palavras, alguém precisava ser curado. Não era ele. Não captei nenhum vestígio de dor em Kieran. Só uma irritação ácida.

— Quem está ferido?

— Perry.

— Perry? Aconteceu alguma coisa em Massene? — Respirei fundo. Pelo menos agora eu sabia para onde Delano tinha ido. — Ele não ficou em Massene, não é?

— Não.

— Deuses. — Segui em frente. — Ele está muito machucado?

— Levou uma flechada no ombro, que atravessou — respondeu Kieran. — Disse que é superficial, mas não é o que parece. Deve se curar em um ou dois dias, mas Delano está preocupado.

Fiz menção de perguntar por que Perry simplesmente não se alimentava, mas então me lembrei da relutância de Casteel em se alimentar de alguém quando precisava. O que ele sentia por mim, antes mesmo de estar disposto a reconhecer isso, virou um bloqueio mental que não conseguiu superar até que eu Ascendesse e precisasse me alimentar assim que acordei. Talvez Perry também se sentisse assim.

— Vamos — chamei.

— Ela ficou tonta mais cedo — revelou Reaver. Virei a cabeça na direção dele. Ele não parecia sentir nenhum remorso. — Depois que curou todos os feridos.

— O quê? — Kieran olhou para mim, com os olhos claros penetrantes.

— Eu estou bem. Não tinha comido nada antes, e é por isso que devorei quase metade de um porco.

Kieran ficou em dúvida.

— Talvez seja melhor ficar fora dessa. Ele vai acabar se curando sozinho...

— Não quero que Perry sofra, nem que Delano fique preocupado com ele. Estou bem. Eu lhe diria se não estivesse.

Kieran contraiu um músculo no maxilar.

— Tenho a impressão de que isso é mentira.

— Concordo com você — Reaver entrou na conversa.

— Ninguém te perguntou nada — disparei.

— E daí?

Soltei o ar lentamente.

— Acho que gosto mais de você como dragontino.

— Como a maioria das pessoas. — Reaver pegou outra maçã do cesto e passou por nós no seu lençol. — Acho que vou tirar uma soneca. — Ele parou debaixo do arco. — Sei que você não se move tão graciosamente quanto a maior parte dos lupinos, mas, por favor, não pise em mim enquanto eu estiver dormindo. — E com aquela provocação de despedida, Reaver saiu da cozinha.

— Não gosto nada dele — murmurou Kieran.

— Jamais poderia imaginar. — Virei-me para ele. — Onde está Perry?

Kieran demorou meio minuto para tirar os olhos da porta. Tive a impressão de que usou esse tempo para convencer a si mesmo a não ir atrás de Reaver.

— Você ficou tonta?

— Só um pouco. Eu me levantei rápido demais, e foi um longo dia com pouco sono e pouca comida. Acontece.

— Até mesmo com deusas?

— Parece que sim.

Kieran me observou atentamente, de um jeito quase tão intenso quanto Casteel olharia para mim. Como se estivesse tentando descobrir o que eu não estava lhe dizendo.

— Você ainda está com fome, depois de comer quase um porco inteiro?

Não devia ter dito isso, mas sabia onde ele queria chegar.

— Não preciso me alimentar. Você pode me levar até Perry?

Kieran finalmente cedeu e me levou até uma escadaria nos fundos.

— Perry sabe lutar — respondeu ele depois que perguntei por que Perry não tinha ficado para trás. — Recebeu treinamento para usar a espada e o arco. Quase todos os Atlantes recebem treinamento depois da Seleção.

Não sabia disso.

Havia muita coisa que eu ainda não sabia sobre as pessoas que agora governava e pelas quais era responsável. E, deuses, isso fez meu coração disparar dentro do peito.

— E isso também vale para metamorfos e mortais? — perguntei. — É uma exigência?

— Vale para todo mundo capaz de lutar. — Kieran andava devagar conforme subíamos a escada estreita e sem janelas. — Mas ninguém é obrigado a se alistar no exército. É uma escolha individual. É só para que todos sejam capazes de se defender por conta própria. Perry é tão habilidoso quanto um soldado. Está um pouco enferrujado porque seu pai queria que se concentrasse mais nas terras que possuem e no negócio de transporte.

— É o que Perry quer fazer?

— Acho que sim. — Kieran abriu uma porta no segundo andar que dava para um amplo salão iluminado por lampiões a gás. — Mas não acredito que ele queira ficar para trás quando todo mundo estiver lutando.

Só que nem todo mundo estava lutando. Os Atlantes mais jovens serviam de mensageiros e cavalariços. Ajudavam a preparar as refeições e realizavam uma série de tarefas. Kieran me guiou pelo corredor, parando diante de uma porta entreaberta.

Bateu com os nós dos dedos na madeira.

— Entrem — soou a voz abafada, que reconheci como de Delano.

Kieran empurrou a porta e entrou. Eu o segui, dando uma olhada rápida no cômodo. O quarto era pequeno e equipado apenas com o necessário, mas arejado, com uma grande janela com vista para o penhasco que permitia que a noite iminente entrasse ali. Havia uma sala de banho adjacente que devia ser uma adição bem-vinda depois de quase um mês dormindo em um acampamento e então na mansão em Massene, que não parecia muito diferente das barracas.

Perry estava deitado na cama, com o corpo rígido apoiado em uma pilha de travesseiros. Uma gaze cobria o ferimento em seu ombro, assumindo um tom de vermelho. Só de olhar para o maxilar cerrado e o brilho de suor em sua testa já percebi que ele sentia dor. A sensação queimou minha pele quando Delano olhou por cima do ombro de uma cadeira ao lado da cama. Seu alívio era amadeirado e intenso ao me ver.

— Você não precisava contar a ela — reclamou Perry, voltando o olhar cor de âmbar de Kieran para mim. — Vou ficar bem. Avisei a ele. — Olhou para Delano. — Eu te disse isso.

— Eu sei, mas já estou aqui. Não há por que sentir dor quando posso ajudar.

— Não há por que perder tempo comigo quando você tem tanta coisa para fazer — argumentou o Atlante.

— Sempre terei tempo para ajudar os amigos. — Fui até a cama e notei que Delano estava com um livro aberto no colo. — O que você está lendo?

Duas manchas cor-de-rosa surgiram em suas bochechas.

— Hum, é um livro que Perry encontrou na cabine do navio em que você e Cas estavam.

Arregalei os olhos assim que vi o que estava no colo dele. Só havia um livro naquela cabine.

Aquele maldito diário.

— Willa teve uma vida muito interessante. — Perry sorriu debilmente da cama. — Só não sabia que era tão interessante assim.

— Você trouxe aquele livro de sexo no navio? — perguntou Kieran ao lado da janela.

— Eu não. Foi Casteel quem trouxe.

— É bem provável — murmurou Kieran, com os olhos brilhando de divertimento.

— Que seja — resmunguei, indo para o outro lado da cama, onde me sentei com cuidado e fiz tudo ao meu alcance para não pensar em como Casteel me fez ler o diário enquanto desfrutava do seu *jantar*.

— Tenho uma pergunta — anunciou Perry quando me aproximei dele. — Você leu isso antes de conhecer Wilhelmina?

— Sim. O diário estava no Ateneu da cidade, na Masadônia, e as damas de companhia sempre cochichavam a respeito — respondi, reprimindo a tristeza que sentia por Dafina e Loren. — Nem sabia que ela era Atlante, menos ainda uma metamorfo e Vidente. Nem Casteel. Imagina nosso choque quando a conhecemos em Evaemon?

— Não posso nem imaginar. — Ele riu baixinho, estremecendo. — Aposto que Cas pôs as lições em prática.

Um ligeiro sorriso surgiu em meus lábios quando coloquei as mãos logo abaixo do curativo. A essência pulsou intensamente, fluindo para as minhas *mãos especiais*. Observei a luz sair dos meus dedos e desaparecer. O brilho prateado emprestou à pele negra de Perry um tom mais frio que o habitual. Os músculos contraídos do braço relaxaram em questão de segundos. Olhei para o rosto dele e vi seus lábios se entreabrirem com uma respiração profunda.

Delano estendeu o braço na direção do curativo. Levantou a gaze com cuidado e, em seguida, respirou fundo. Os olhos dele encontraram os meus e seus lábios pronunciaram a palavra *obrigado* em silêncio.

Assenti, afastando as mãos de Perry enquanto Delano aninhava as bochechas dele nas mãos. Ele encostou a testa na do Atlante e então o beijou. Com os sentidos ainda aguçados, senti na língua o gosto doce e suave que não tinha reconhecido na primeira vez. Chocolate e frutas vermelhas.

Amor.

Não consegui dormir bem, acordando de hora em hora com a imagem dos guardas estraçalhados pelos Vorazes que poucas horas antes eram mortais. Não parava de ver Arden avançando e depois encontrando-o com o pelo mais vermelho do que branco. Pernas que balançavam suavemente e rostos cobertos por véus me assombravam. E cadáveres... Todos aqueles cadáveres carregados pelos soldados. Tudo se repetia sem parar na minha cabeça. Junto com os gritos estridentes dos Vorazes.

Deitei-me de lado e olhei para o nada. Minha pele estava fria. Minhas entranhas pareciam tão geladas quanto a tumba subterrânea. Tentei me concentrar no calor que sentia na parte de trás das pernas, onde Kieran dormia na forma de lupino, mas meus pensamentos divagaram para outras coisas.

Quem eram aquelas garotas? Não acreditava que tivessem sido entregues durante o Ritual. Se tivessem, não deveriam estar no Templo? Será que eram filhas dos empregados mortos ali? Será que tinham sido sequestradas?

E aqueles que encontramos sob o Templo, será que suas almas estavam presas lá? Acreditava-se que os corpos deveriam ser queimados para que as almas fossem libertadas para entrar no Vale. Não sabia se isso era verdade ou se a cremação servia mais aos enlutados do que aos falecidos. Mas não conseguia parar de pensar naquelas pobres crianças perdidas lá embaixo, sozinhas, assustadas e com tanto frio...

Dei um suspiro trêmulo e estendi a mão, pegando a aliança de Casteel. Como alguém podia fazer uma coisa dessa? Em que poderiam acreditar tão plenamente para justificar isso? Como conseguiam viver em paz com aquilo? Respirar, comer e dormir? Como *ela* podia fazer uma coisa dessa? Pois ela fazia parte daquilo. Era a responsável. Isbeth convenceu os Sacerdotes e Sacerdotisas a obedecerem às suas ordens. Certificou-se de que os Ascendidos fossem criados e transformados em algo tão terrível quanto os Vorazes.

Como eu podia ser uma parte de Isbeth? Porque eu era. Era da sua linhagem, não importava como gostaria que não fosse verdade. Como *aquilo* podia ser a minha mãe? Será que ela sempre foi assim? Mesmo quando era mortal? Será que a perda do filho e do seu coração gêmeo fez aquilo com ela? Será que a dor da perda a transformou em um monstro incapaz de se importar com qualquer coisa além da vingança?

Senti a garganta seca e segurei a aliança de Casteel com força. Será que eu ficaria como ela se alguma coisa acontecesse com Casteel? Se ele... se ele fosse morto, será que eu não seria nada além de fúria e veneno, que só libertaria a morte?

Já estive perto disso.

Tão perto de me perder nessa dor. E ele ainda estava vivo. Será que foi por causa da influência do sangue dela nas minhas veias? Isso significava que era possível que eu me tornasse como ela? Ou será que era por causa do vínculo compartilhado pelos corações gêmeos? Era isso que acontecia com aqueles que perdiam a sua metade, quando não desistiam de viver e morriam como aqueles que Casteel mencionou?

Em meio ao escuro e silêncio da noite, me permiti admitir que era possível. Eu poderia ficar igual a ela. Mas o que mais me aterrorizava era saber que poderia me tornar algo muito pior.

Talvez fosse isso que ela queria. Talvez fosse isso que tinha planejado, e eu era mesmo o Arauto. A Portadora da Morte e da Destruição.

E talvez não fosse só por causa da linhagem de Isbeth. Mas também da Consorte. Ela hibernava até que pelo menos um dos filhos lhe fosse devolvido por causa do que poderia fazer se estivesse acordada. Nos breves vislumbres que tive dela, senti sua fúria. Sua dor. Parecia ser do tipo que... *desfazia* as coisas.

E quando *eu* ficava com raiva, sentia o gosto da morte.

Fechei os olhos com força e levei a mão fechada até os lábios. A aliança afundou na minha pele quando abri a boca e gritei sem emitir som. Berrei em silêncio, até que os cantos da minha boca doessem, a garganta ardesse e o meu corpo inteiro tremesse com a força do grito. Gritei até que o que Kieran captava de mim através do Estigma não apenas o acordasse, mas também o fizesse assumir a forma mortal. Um braço pesado e quente cobriu o meu.

Kieran não disse nada conforme passava o outro braço sob os meus ombros tensos e me abraçava. Não disse nem uma palavra quando levei as mãos, com aliança e tudo, até o rosto, cobrindo a boca e os olhos enquanto ele aninhava minha cabeça sob o queixo. Parei com os gritos silenciosos, mas não chorei. Tive vontade de chorar. Meus olhos ardiam, e a minha garganta também. Mas não podia chorar. Se fizesse isso, acho que não conseguiria mais parar. Pois um terror apavorante tomou conta de mim. O mesmo tipo de temor agourento que senti quando ouvi o Duque Silvan dizer que eu iria encher as ruas de sangue.

Não sei quanto tempo ficamos ali antes que eu me desse conta, antes que eu percebesse o que precisava fazer. Então o tremor cessou. A ardência na minha garganta diminuiu.

Abaixei as mãos, ainda segurando a aliança.

— Você precisa me fazer uma promessa.

Kieran ficou em silêncio, mas seus braços se apertaram ao meu redor, e eu senti o coração dele batendo nas minhas costas.

— Você não vai gostar disso. Talvez até me odeie um pouco — comecei.

— Poppy... — sussurrou ele.

— Mas você é a única pessoa em quem confio para fazer isso — continuei. — A única pessoa capaz. — Tomei fôlego. — Se eu... se nós perdermos Casteel, se alguma coisa acontecer com ele...

— Nós não vamos perdê-lo. Isso não vai acontecer.

— Mesmo que não aconteça, eu ainda posso... perder o controle. Se eu me tornar algo capaz de provocar a devastação que vimos ontem... — sussurrei.

— Não vai. Você não vai se tornar algo assim.

— Você não sabe disso. *Eu* não sei disso.

— Poppy.

— Você se lembra do que eu disse sobre me sentir cada vez menos mortal? Não era mentira, Kieran. Há um... um limite dentro de mim que, depois que eu cruzar, vou acabar me transformando em outra coisa. Já fiz isso antes. Nas Câmaras de Nyktos. Podia ter destruído a Enseada de Saion — lembrei a ele. — Podia ter destruído a Trilha dos Carvalhos quando acordei e descobri que Casteel havia sido sequestrado. Eu quis fazer isso.

— Vou estar presente para acalmá-la. Cas também — argumentou ele.

— Nem sempre haverá alguém presente. — Forcei-me a segurar a aliança de Casteel com menos força. — Talvez chegue um momento em que ninguém será capaz de me acalmar. E se isso acontecer, preciso que você...

— Puta merda.

— Preciso que você me coloque em uma tumba. Casteel não vai conseguir. Você sabe disso. Ele não é capaz — continuei. — Você precisa me deter. E sabe como. Há correntes de ossos debaixo...

— Sei onde estão as correntes. — Senti a raiva picante dele na garganta, mas nem de longe tão amarga quanto sua angústia. E me odiei por isso.

Eu me odiei de verdade. Mas não tinha escolha.

— E se ainda não soubermos como Eloana fez para sepultar Malec, então você vai ter que descobrir. Coloque-me numa tumba e faça o que ela fez. Por favor. Ele... Casteel vai ficar bravo com você, mas vai entender. Mais cedo ou mais tarde.

— Ele não vai entender porra nenhuma — Kieran rosnou.

— Mas não vai matá-lo. Ele nunca faria isso com você. — Engoli em seco. — Sinto muito. De verdade. Não quero lhe pedir isso. Não quero colocar esse fardo nas suas costas.

— Mas está pedindo. — A voz dele ficou rouca. — É exatamente o que você está fazendo.

— Porque não posso me tornar algo capaz de destruir cidades inteiras. Não poderia viver em paz comigo mesma. Você sabe disso. Você não poderia viver em paz consigo mesmo se deixasse eu me transformar em algo assim. Nem Casteel. — Fechei a mão sobre o braço dele. — Talvez isso nunca aconteça. Vou fazer todo o possível para não deixar isso acontecer. Mas e se acontecer? Você fará a coisa certa. Sabe disso. Você fará o que precisa ser feito.

Kieran me abraçou bem forte. Mas não me respondeu. Por muito tempo.

— Acho que você não tem fé em si mesma, Poppy. Não acredito que *você* vá deixar que isso aconteça — afirmou ele, mudando o braço de posição para pegar a minha mão. Ele entrelaçou os dedos nos meus. — Mas se eu estiver errado...

Prendi a respiração.

— Então vou fazer isso — prometeu, com um estremecimento. — Vou detê-la.

18

— O povo da Trilha dos Carvalhos está esperando — anunciou Valyn enquanto subíamos na torre do Castelo Pedra Vermelha na tarde seguinte. — Eles parecem estar bastante calmos, o que é uma boa notícia.

Gostaria de concordar, mas os soluços de dor dos pais que encontramos a caminho da Trilha dos Carvalhos deram um nó na minha garganta. Eles foram trazidos de volta para a cidade antes dos demais e levados para o Templo, onde os restos mortais estavam cuidadosamente envoltos em mortalhas. E então só o que pude fazer foi ver a esperança deles dar lugar ao desespero à medida que seu mundo era destruído. Os sons que emitiam quando encontravam os filhos nas piras — os gritos intensos e cheios de dor vindos do fundo dos corações partidos — sequer se pareciam com algo que um mortal pudesse produzir.

Não conseguia parar de ver, ouvir e sentir o gosto daquele sofrimento.

Devolvi o ursinho de pelúcia para Ramon e Nelly. Disse a eles que sentia muito. Repeti isso uma centena de vezes, mas não significava nada. Não tinha utilidade nenhuma. Prometi que aquilo nunca mais aconteceria, e estava falando sério. Mas isso também não adiantava de nada para eles.

— Estão todos aqui? — perguntou Vonetta assim que entramos na pequena câmara no topo da torre. Naill ficou postado ao lado da porta estreita, bloqueando-a como se esperasse que alguma coisa subisse correndo as escadas.

— Até onde sei — respondeu Lorde Sven conforme eu seguia até uma das janelas quadradas com vista para os carvalhos ao longo do penhasco. Avistei os dragontinos entre as árvores. — Um dos meus homens está examinando os registros da Cidadela para ver se conseguimos ter uma estimativa melhor do número de pessoas que vivem aqui.

— Um pequeno grupo de mortais foi até a Colina hoje de manhã. Aqueles que permaneceram na cidade — informou o General Cyr. — Nos disseram que queriam partir.

— Então devem poder sair — respondeu Vonetta.

— Concordo — disse Emil.

No silêncio que se seguiu, Kieran tocou no meu ombro. Estivera calado a manhã inteira. Mas não estava com raiva pelo que pedi a ele na noite anterior. Não captei nada disso emanando dele. Nem achava que tivesse mentido para mim quando perguntei a ele umas quinhentas vezes desde que acordei. Ele estava cansado e *perturbado*.

Pigarreei e me voltei da janela. Sven e Valyn olharam para mim, à espera.

— Eles devem ser autorizados a partir, se é o que desejam.

Valyn e Cyr não pareceram gostar muito da ideia.

Engoli em seco de novo para desfazer o nó na garganta.

— Se alguém quisesse sair da cidade para ficar mais perto da família ou procurar melhores oportunidades, teria que pedir a permissão da Realeza — expliquei, me lembrando dos pedidos feitos aos Teerman durante as reuniões semanais da Câmara Municipal. — Raramente era permitido. As pessoas deveriam ter esse direito básico concedido em Solis, assim como têm em Atlântia.

— Concordo. Mas em tempos de guerra? E com os Vorazes à solta? — começou Lorde Sven. — Pode não ser o melhor momento para conceder tal liberdade.

— Compreendo sua hesitação. Preferiria que ninguém quisesse partir devido a todos os perigos que tal escolha envolve. Mas se os impedirmos, eles não terão nenhum motivo para acreditar que é temporário ou que não temos a intenção de continuar restringindo seus direitos. — Olhei para o general de cabelos escuros. Cyr permaneceria na Trilha dos Carvalhos com uma parte do regimento para proteger o porto e as terras vizinhas. O restante das tropas se juntaria às de Valyn. — Devemos lembrá-los dos riscos, mas se insistirem, então deixaremos que partam.

Cyr assentiu.

— Certamente.

— O que fizermos aqui vai chegar às outras cidades — lembrei a ele, a todos eles. Inclusive a mim mesma. — É assim que vamos ganhar a confiança do povo de Solis.

O grupo assentiu, e olhei para a porta do balcão. Ouvi o murmúrio da multidão reunida no pátio lá embaixo e pelos campos de Pedra Vermelha. Meu coração palpitou.

— Chegou a hora de falar com eles.

— Vamos esperar por você lá fora. — Sven fez uma reverência e então saiu para a sacada. Cyr e Emil o seguiram.

— Tem certeza de que quer fazer isso agora? — perguntou Valyn, tendo ficado para trás.

— Não acha que eu deveria?

— Acho que deve fazer o que sentir que é capaz — respondeu, com bastante diplomacia. — Mas também acho que você já fez mais do que o suficiente por hoje.

Valyn estava falando da reunião com as famílias. Pressionei a palma da mão contra a bolsinha, sentindo o cavalinho de brinquedo. Ele esteve presente quando falei com as famílias. Assim como Kieran e Vonetta. Eles testemunharam todo o desespero.

— Não é o dever de uma Rainha?

— Não precisa ser. Não há nenhuma regra que diga isso. — A resposta de Valyn foi tão suave quanto seu olhar. — Não há nenhuma diretriz que dite que você deva arcar com toda a responsabilidade. É por isso que você tem um Conselheiro. — Em seguida, ele acenou com a cabeça para Vonetta. — É por isso que você tem uma Regente.

Kieran deu de ombros quando olhei para ele.

— Ele está certo. Qualquer um de nós pode falar com o povo.

Qualquer um deles poderia fazer isso, e provavelmente faria um trabalho muito melhor do que eu, mas... Olhei de volta para o meu sogro.

— Se ainda fosse Rei, você permitiria que outra pessoa falasse com as famílias? Com o povo?

Valyn abriu a boca.

— Seja sincero — insisti.

Dando um suspiro, ele passou a mão pesada pelos cabelos, afastando-os do rosto.

— Não, eu mesmo o faria. Não iria querer que mais ninguém...

— Suportasse esse fardo? — murmurei, e ele inclinou a cabeça *daquele* jeito. Repuxei os cantos dos lábios para cima. — Agradeço a oferta. — E agradecia mesmo, pois sabia que ele tinha boa intenção. — Mas sou eu que preciso fazer isso.

Algo muito parecido com orgulho estampou seu rosto.

— Então será você.

Respirei fundo, mas o ar não chegou aos meus pulmões. O nervosismo tomou conta de mim.

— Eu... eu nunca falei com uma multidão tão grande assim. — Minhas mãos estavam suadas, e não pude deixar de pensar que se Casteel estivesse ali, ele teria assumido a liderança até que eu ficasse confortável. Não porque duvidasse que eu fosse capaz ou achasse que ele faria melhor, mas porque sabia que eu não tinha muita experiência com isso. Olhei para Valyn, que esperava por mim. — Nem sei o que deveria dizer a eles.

— A verdade — sugeriu. — Diga a eles o que você nos disse assim que chegamos. Que não é uma conquistadora. Que não veio aqui para tomar nada deles.

Relaxei um pouco e assenti, me virando de frente para a porta.

— Penellaphe — Valyn me chamou, me detendo. — Meu filho teve muita sorte de encontrar você.

Senti um nó na garganta de novo, mas por um motivo completamente diferente. Quando respirei fundo dessa vez, o ar finalmente alcançou meus pulmões.

— Nós dois tivemos — disse a ele, e podia jurar que a aliança tinha se aquecido contra a minha pele.

Voltei-me para a porta, endireitando os ombros enquanto Vonetta se aproximava de mim e dizia baixinho:

— Você consegue.

Peguei a mão dela e a apertei.

— Obrigada.

Vonetta retribuiu o gesto, e então eu segui em frente, saindo para o ar fresco e o sol forte da tarde. Meu coração martelava dentro do peito enquanto caminhava na direção do parapeito de pedra, seguida pelos outros. A multidão se calou em uma onda que se estendeu pelo pátio, a clareira e mais além, até as ruas lotadas de pessoas. Minhas mãos tremeram assim que as pousei sobre a pedra, ciente dos milhares de olhares voltados para cima, me observando vestida com o branco da Donzela e o manto dourado dos Atlantes. Não usava a coroa, já que não era a Rainha deles.

E então disse ao povo de Solis a mesma coisa que tinha dito aos generais, com uma voz trêmula, mas alta. Uma voz que podia ser ouvida.

— Não somos conquistadores. Não somos *ditadores*. Viemos aqui para acabar com a Coroa de Sangue e o Ritual.

Muito mais tarde, depois de me dirigir ao povo da Trilha dos Carvalhos e de me reunir com os generais para rever os planos para o dia seguinte, andei de um lado para o outro na área de estar ao lado do quarto onde dormi na noite anterior. Valyn tinha se juntado a nós havia algum tempo, bebendo um copo de uísque com Kieran. O meu permaneceu intocado em cima da mesa. Estava com a cabeça a mil e o estômago roncando, apesar de cheio de comida.

— Não vai se sentar? — perguntou Kieran da cadeira em que estava sentado.

— Não.

— Sua agitação não vai fazer amanhecer mais rápido — disse ele, mas nossa partida no dia seguinte sequer figurava entre os principais motivos pelos quais eu estava abrindo um buraco no piso de pedra. Era por causa da dor daquela manhã que ainda me corroía. Da frágil esperança que emanava do povo da Trilha dos Carvalhos. E também do despertar da raiva deles no fundo da minha garganta. — E está me deixando nervoso.

Parei de andar e olhei para os dois.

— Sério?

— Não. — Kieran levou o copo até os lábios e colocou os pés em cima do divã à sua frente. — Mas é uma distração, e acho que, se eu beber mais, suas idas e vindas vão acabar me deixando enjoado.

— Então por que você simplesmente não para de beber? — sugeri sarcasticamente. Um divertimento doce irradiou de Hisa, postada sob a abóbada do aposento.

Valyn arqueou as sobrancelhas e ergueu o copo, escondendo o sorriso quando afundei na cadeira em frente a Kieran com um estrondo.

— Ficou contente agora?

— Parece que você deve ter se machucado — observou ele secamente.

— Vai parecer que você é quem está machucado porque estou prestes a te acertar — retruquei.

Kieran abriu um sorriso.

— Você está falando de um tapinha de amor?

Revirei os olhos.

— Enfim, estive pensando sobre o que aquele Sacerdote nos disse. Sobre o que vocês me contaram a respeito da mulher em Massene — interrompeu Valyn, sabiamente mudando de assunto. — Se fosse mesmo de Malec que eles estavam falando, você acha que Isbeth é a conspiradora?

— Não sei. Não sei se é ela, ou Malec, ou se é tudo bobagem — respondi, dando um suspiro de irritação. — Não sei se isso teve alguma influência na realização de outro Ritual. Ou no motivo de ela ter criado os Espectros, ou no porquê de eles acreditarem que eu tenha alguma coisa a ver com isso. Ninguém deveria acreditar, nem por um segundo, que vou concordar com os planos dela.

— Refazer os planos talvez signifique tomar Atlântia — presumiu Valyn depois de alguns minutos. — Afinal de contas, é isso que estamos fazendo, unindo os dois reinos. Talvez seja disso que Framont estivesse falando.

Era possível, mas eu ainda sentia como se não estivesse percebendo alguma coisa.

— Mandei uma mensagem para Evaemon. Espero já ter recebido uma resposta quando nos encontrarmos de novo — informou, e eu assenti. — Vocês ainda pretendem atravessar a Floresta Sangrenta?

— Vamos ficar nas redondezas — explicou Kieran. — É o caminho mais seguro. Queremos nos aproximar ao máximo da Carsodônia antes de sermos vistos. Precisamos dessa vantagem.

Se passássemos por Novo Paraíso e Ponte Branca, correríamos o risco de sermos vistos. Então pretendíamos viajar pela costa, contornando a Floresta Sangrenta e depois cortando caminho entre Três Rios e Ponte

Branca, seguindo para as Planícies dos Salgueiros pelo Vale de Niel, por onde entraríamos nos Picos Elísios. O exército seguiria logo atrás de nós, tomando as cidades sob a liderança de Vonetta.

— O caminho que vão tomar também será perigoso — ressaltou Valyn. — A notícia do cerco à Trilha dos Carvalhos chegará à capital em breve. A Coroa de Sangue vai mover o exército e montar patrulhas.

— Sabemos disso — afirmou Kieran. — Nada do que estamos prestes a fazer é seguro.

Valyn se remexeu na cadeira, cruzando a perna.

— Se seus cálculos estiverem corretos, vocês levarão cerca de 15 dias para chegar na Carsodônia.

— Por aí — respondeu Kieran. — Isso se conseguirmos um bom ritmo.

— A essa altura já estaremos em Três Rios — Valyn prosseguiu. — Onde nos encontraremos com vocês e...

— E Casteel. Ele vai estar ao meu lado — garanti.

Valyn deu um suspiro de esperança.

— Acredito nisso. Porque acredito em você — acrescentou, sustentando meu olhar. — Quero lhe fazer uma promessa. Vou me certificar de que sua vontade seja feita. A Regente não terá problemas com os generais. Não derrubaremos nenhuma Colina. Não seremos a causa da morte de pessoas inocentes.

Dessa vez, fui eu que dei um suspiro de esperança.

— Obrigada.

Valyn assentiu.

— Quais são os seus planos quando chegar na Carsodônia? Como pretende encontrá-lo?

— Ainda estamos resolvendo isso — confessou Kieran, e quase dei uma risada, pois *resolvendo isso* podia muito bem ser traduzido como *não temos ideia*.

Senti o gosto denso e cremoso da apreensão na garganta e voltei o olhar de Kieran para Valyn. A onda de preocupação tinha vindo dele e era... Bem, era muito raro captar qualquer coisa daquele homem.

— Faz bastante tempo que não chego nem perto da Carsodônia — começou ele. — E já era uma cidade grande naquela época. Muitos lugares para procurar. Um monte de Ascendidos. Vários Cavaleiros Reais.

— Sabemos disso — disse Kieran, com a bebida esquecida na mão.

257

— E ainda terão que enfrentar a Rainha de Sangue — continuou Valyn, sem se deixar intimidar. — Vocês não vão conseguir explorar a cidade livremente.

— Sabemos disso — repetiu o lupino. — Pensamos em capturar um Ascendido de alto escalão ou até mesmo uma Aia e obrigá-los a abrir a boca. Algum deles deve saber onde Cas está aprisionado.

No entanto, nós também lembramos que as Aias raramente se afastavam da Rainha de Sangue. E que precisaríamos encontrar um Ascendido de alto escalão que estivesse de acordo com tudo o que a Rainha de Sangue fazia, o que significava que era provável que tivesse mais medo de desobedecer à Rainha do que da morte.

Tínhamos várias ideias sobre o que fazer, mas nenhuma solução mágica para encontrá-lo em uma cidade de milhões de habitantes...

Mágica.

Levantei-me com um salto, sobressaltando Valyn e Kieran.

— Magia.

— Magia? — repetiu Valyn, arqueando as sobrancelhas.

— Magia Primordial. — Virei-me na direção de Hisa. — Você sabe onde Sven está?

— Acho que ele está visitando o filho em um dos quartos ao longo do corredor.

— Em que está pensando? — Kieran deixou a bebida de lado.

— Perry nos contou que o pai entende de Magia Primordial, lembra? — perguntei, aliviada quando a compreensão cintilou em seu rosto. — E que é possível fazer praticamente qualquer coisa com ela. Será que não existe algum tipo de magia capaz de nos ajudar a encontrar Casteel?

Enquanto Sven se sentava na cadeira diante do filho, eu tinha vontade de me socar! Como eu não tinha pensado em Magia Primordial antes?

— Lembro de ter lido a respeito de velhos feitiços usados para encontrar objetos — respondeu Sven depois que invadi o quarto e perguntei se conhecia algum feitiço que podia ser usado para encontrar uma pessoa. Ele então coçou a barba. — Deixe-me pensar. Objetos perdidos, tais como um anel preferido, são muito diferentes de uma pessoa. Mas só preciso pensar um pouco. Li muitos livros. Muitos diários. E há feitiços espalhados por todos eles.

— Sim. — Assenti, começando a andar de um lado para o outro de novo. Mas dessa vez fiz isso entre Kieran e Valyn, que me acompanharam até o quarto para onde Hisa nos levou. — Leve o tempo que precisar.

Sven assentiu e continuou alisando a barba. Segundos se transformaram em minutos conforme o Lorde Atlante murmurava baixinho, de olhos semicerrados. Não fazia a menor ideia do que ele estava dizendo.

O filho dele se levantou e foi até uma mesa com uma garrafa de líquido âmbar. Perry serviu um copo, se movendo como se não tivesse levado uma flechada no ombro no dia anterior, e levou-o até onde o pai estava sentado.

— Aqui. Álcool sempre ajuda.

Sven sorriu e pegou o pequeno copo de cristal. Ele olhou para mim, notando que eu tinha parado de andar pelo quarto.

— Uísque aquece o estômago e o cérebro — explicou, tomando um belo gole que o fez repuxar os lábios sobre as presas. — É, isso aqui vai me aquecer com toda a certeza.

Perry riu enquanto se acomodava na cadeira ao lado de Delano.

Não sei se aquecer o cérebro era uma boa ideia. Comecei a perambular de novo, mas Kieran pousou a mão sobre o meu ombro, me detendo. Lancei um olhar atravessado a ele, passei os braços pela cintura e comecei a balançar o corpo para a frente e para trás.

— Sabe, continuo pensando em um feitiço de localização — anunciou Sven, e parei de me balançar. — Lembro-me dele, pois quase o usei certa vez para encontrar umas abotoaduras que perdi. Mas não o fiz. — Ele olhou para cima. — Magia Primordial é proibida. Pode mudar o destino de uma pessoa. Nem toda Magia Primordial faz isso, mas algumas fazem, e você não vai querer brincar com os Arae, nem mesmo por um par de abotoaduras. Nunca mais as encontrei.

Não via o menor problema em brincar com os Destinos — isso se eles sequer existissem. Os Invisíveis e a Rainha de Sangue usaram Magia Primordial e não tinham provocado sua ira.

— E o feitiço, pai? — perguntou Perry, dando uma piscadela na minha direção. — Por que você fica pensando nele? Não pode ser só por causa das abotoaduras.

— Não é. — Sven esboçou um sorriso. — É por causa da língua em que está escrito. Em atlante, a língua dos deuses. Mas as palavras eram mais ou menos assim... — Ele parou de mexer os dedos. — Para encontrar o que é *estimado*, para localizar o que é *necessário*. — Em seguida, olhou para o filho. — Não especifica que se refira apenas a objetos.

— Tanto um par de abotoaduras como uma pessoa podem ser estimados e necessários — concordou Perry, e eu me obriguei a permanecer em silêncio. Parecia haver um processo para que Sven se lembrasse daquelas coisas, e seu filho o conhecia muito bem. — Você se lembra do que o feitiço exigia?

Sven não respondeu por um bom tempo.

— Sim, era um feitiço bem simples. Só alguns itens eram necessários. Um pedaço de pergaminho. O sangue do dono do objeto, ou, no nosso caso, da pessoa, e outro objeto estimado pertencente à mesma pessoa.

— Bem, vai ser meio difícil arranjar esses itens — afirmou Kieran. — Primeiro porque precisaríamos de Cas para obter seu sangue.

— Não necessariamente — protestou Sven. — O sangue não precisa vir das veias dele.

— Pode vir de alguém que se alimentou dele — deduzi.

Sven assentiu.

— Ou de um parente, qualquer parente. Mas seu sangue servirá.

Alívio tomou conta de mim, mas só por um instante.

— Mas também precisamos de um objeto estimado — disse Delano, se inclinando para a frente.

— Poppy? — sugeriu Kieran e rapidamente acrescentou: — Não que eu ache que você seja um objeto ou que pertença a Cas desse jeito, mas...

— Tem que ser um objeto mesmo — interveio Sven. — Algo que pertence a ele.

— O diário? — sugeriu Perry.

— Que diário? — repetiu Valyn.

Senti o rosto corar e comecei a tagarelar para impedir que alguém entrasse em detalhes.

— Embora acredite que ele estime o diário, não é tecnicamente dele.

É da... *Espere um pouco*. — Afastei o braço da cintura e pousei a mão sobre a bolsinha presa no meu quadril. Meu coração começou a bater descompassado quando a soltei. — Tenho um objeto que pertence a ele. — Engoli em seco quando puxei os cordões que mantinham a bolsinha fechada e tirei o cavalinho de madeira dali. — Isto aqui.

— Deuses — murmurou Valyn. — Não vejo isso há séculos.

Kieran olhou para o cavalinho. Ele não sabia o que eu carregava na bolsinha. Nunca me perguntou. Sua voz estava áspera quando disse:

— Malik fez isso pra ele. Ele... ele fez um pra mim também.

— Não sei por que o peguei quando saímos do palácio. — Segurei o cavalinho de brinquedo com força. — Foi sem pensar.

— Vai servir — declarou Sven. — Você precisa ficar perto de onde acha que ele pode estar. Em uma construção. Na vizinhança. Não sabemos onde ele está aprisionado, mas se pudermos limitar o espaço, o feitiço deve ajudar.

O feitiço não era a solução perfeita para encontrar Casteel, mas já era alguma coisa. Algo que nos ajudaria se conseguíssemos chegar perto de onde ele estava.

Se eu conseguisse entrar nos sonhos de Casteel outra vez, talvez pudesse obter essa informação.

Olhei para o cavalinho, não mais convencida de que os Arae não existiam, e não pude deixar de imaginar se os Destinos não tinham desempenhado algum papel nisso.

De qualquer modo, tive esperança, uma coisa tão incrivelmente confusa.

Frágil.

Contagiosa.

Instável.

Mas, no final das contas, bela.

Um som de pigarro veio da porta do quarto, chamando nossa atenção para onde Lin estava ao lado de Hisa.

— Lamento interromper, Vossa Alteza, mas algumas pessoas chegaram aos portões pedindo para falar com você. Disseram que são de Atlântia, mas não reconheço nenhuma das duas.

Hisa franziu o cenho, e olhei de relance para Kieran.

— Você sabe como se chamam?

Ela fez que não com a cabeça.

— Desculpe. Ninguém me passou essa informação.

Minha curiosidade aumentou ainda mais. Não fazia a menor ideia de quem poderia ter vindo de Evaemon.

— Onde elas estão agora?

— Foram escoltadas para Pedra Vermelha e devem chegar a qualquer momento.

Voltei-me para Sven, agradeci pela ajuda e saí do quarto. Kieran e Delano me seguiram de perto, assim como Valyn.

— Isso é estranho — comentou Kieran.

— Também acho. — Hisa seguiu na frente com Lin assim que entramos no amplo saguão. — Não consigo pensar em ninguém que viria de Atlântia que já não estivesse conosco.

Os guardas abriram as portas e saímos para a luz do sol poente. Examinei as barracas que haviam sido montadas e as pilhas de escombros da muralha destruída, parando em duas pessoas que contornavam uma carroça puxada por cavalos. Reconheci os cabelos loiros, a pele clara e reluzente e a beleza singular de Gianna Davenwell. O surgimento da sobrinha-neta de Alastir foi um choque para mim. Era uma das poucas lupinas que haviam ficado em Evaemon para proteger a capital. Mas quando a mulher que caminhava ao seu lado abaixou o capuz do manto, perdi o fôlego ao ver a exuberante pele negra e a massa de cachos brancos como a neve.

— Puta merda — murmurou Kieran.

Meu coração palpitou e então disparou dentro do peito conforme eu tropeçava para longe de Kieran.

— *Tawny?*

19

Fiquei paralisada, enquanto Tawny *sorria*.

E *dizia*:

— Poppy.

Disparei em sua direção, vagamente ciente de que Kieran tentava me alcançar. Eu era rápida quando queria ser.

Corri entre as barracas e não hesitei nem por um segundo. Pelo que quase parecia ser a primeira vez com ela, não parei para pensar em nada. Joguei os braços ao redor de Tawny enquanto ela fazia o mesmo e, por vários minutos, foi só nisso que consegui pensar. Tawny estava nos meus braços. Ela estava de pé e *falando*. Estava viva e bem ali. A emoção deu um nó na minha garganta quando segurei seus cabelos, fechando os olhos com força para conter as lágrimas.

— Senti tanto sua falta — confessei, com a voz embargada.

— Eu também. — Ela me abraçou mais forte.

Dei um suspiro trêmulo, me dando conta de várias coisas ao mesmo tempo. Kieran estava por perto. Senti Delano encostado nas minhas pernas e, inapropriadamente, nas de Tawny. A desconfiança dele me confundiu, assim como a reação de Kieran — sua tentativa de me deter —, mas Tawny foi a maior preocupação. Estava mais esguia, tanto nos ombros quanto no resto do corpo, e ela já era magra antes. Depois de ter passado tanto tempo desacordada, a perda de peso não era nenhuma surpresa, mas sua pele me deixou chocada. Podia sentir a frieza através da túnica de mangas compridas.

Afastei-me e encarei seu rosto. Esqueci imediatamente o que pretendia dizer.

— Seus olhos — sussurrei. Estavam mais claros que os de um Espectro, quase brancos, com exceção das pupilas.

— *Meus* olhos? — Tawny arqueou as sobrancelhas. — Você já viu o brilho atrás das suas pupilas?

— Sim. Os meus também estão diferentes. É a...

— A Essência Primordial — concluiu ela, olhando para Kieran por cima do meu ombro. — Eu sei o que é.

— Como...? — Olhei para Gianna. Não achei que a lupina já tivesse visto os meus olhos desse jeito. — Alguém contou a você sobre eles? Sobre a essência?

— Sim e não. — Tawny deslizou as mãos geladas pelos meus braços para pegar as minhas. — E meus olhos? Meus cabelos? Não sei por que ficaram assim. Acho que foi por causa da pedra das sombras, mas estou enxergando bem. Eu me sinto bem. — Ela inclinou a cabeça, e um cacho branco caiu sobre sua bochecha negra. — Me sinto muito melhor agora que estou aqui. — Olhou para Delano, que a observava atentamente. — Mesmo que pareça que ele quer me comer, e não de um jeito divertido.

Dei uma risada curta.

— Desculpe por isso — falei, me conectando com Delano por meio do Estigma para avisar que ele não precisava se preocupar. — Lupinos são superprotetores comigo.

— Gianna me contou — revelou Tawny, e a lupina me deu um aceno constrangedor que senti até os ossos.

Olhei por cima do ombro para Kieran, que não estava olhando para mim. Seu corpo estava tenso, e ele estava concentrado em Tawny. Senti o gosto azedo da desconfiança na garganta. Ele não era o único ali perto. Hisa e Valyn estavam logo atrás dele. A inquietação pairava no ar como uma nuvem pesada e — *espere aí*. Lentamente, voltei-me para Tawny e agucei os sentidos. Senti...

Nada.

Não senti nada.

E eu sabia que Tawny não estava erguendo uma barreira contra mim. Ela nunca foi boa nisso. Suas emoções sempre vinham à tona, isso quando já não estavam estampadas em seu rosto. Meu coração disparou quando insisti um pouco mais e não encontrei nada, nem mesmo uma barreira.

Segurei suas mãos com força.

— Não sinto nada emanando de você.

Tawny voltou os olhos leitosos na minha direção, e eu não senti, mas vi a preocupação nas linhas finas da sua testa.

— Não sei por quê. Quero dizer, eu sei, mas... — Tawny fechou os olhos por um instante. — Nada disso importa agora. Há algo que sei. — Ela respirou fundo. — Algo que preciso contar a você em particular. Tem a ver com Vikter.

Pestanejei e dei um passo para trás.

— Vikter?

Tawny assentiu.

— Eu o vi.

O particular não foi tão particular assim.

Tawny e eu nos retiramos para uma das salas de visitas, e acho que nem o próprio Nyktos teria impedido Kieran de estar presente. Ele se sentou ao meu lado, enquanto Delano permaneceu na forma de lupino, sentado aos meus pés. Gianna ficou de pé mais atrás, parecendo verdadeiramente preocupada com o bem-estar de Tawny, que não tinha protestado contra a presença de nenhum dos dois. Mas ela estava nitidamente nervosa, com os joelhos encostados um no outro enquanto enrolava um cacho de cabelo ao redor do dedo, algo que fazia sempre que estava ansiosa.

A postura rígida e a vigilância silenciosa de Delano e Kieran provavelmente tinham muito a ver com isso. Kieran me deteve antes de entrarmos na sala e me puxou para o lado. Falou em voz baixa, mas as palavras ainda ecoavam como um trovão conforme eu olhava para Tawny.

— Ela está diferente — advertiu. — Todos conseguimos sentir isso.

E ele tinha razão.

Tawny *estava* diferente, mas ainda era ela mesma. Os cabelos e os olhos, a pele fria e a minha incapacidade de ler suas emoções não pertenciam à Tawny de quem eu lembrava, mas todo o resto era ela. E só porque estava diferente não significava que havia algo de *errado* com ela. Apenas que tinha mudado.

E eu, mais do que qualquer um, entendia isso muito bem.

— Assim que acordei, soube que precisava encontrar você — começou Tawny, segurando um copo de água. — Acho que todo mundo pensou que eu tivesse perdido a cabeça. Willa, a mãe de Casteel... — disse ela, olhando para Kieran. — Não posso culpá-las. Eu estava meio...

— Histérica? — sugeriu Gianna.

Tawny abriu um sorriso.

— Sim, um pouco. Elas não queriam que eu saísse do castelo, mas você sabe como posso ser bastante insistente quando se trata de fazer o que quero.

Nossa, e como!

— De qualquer modo, Gianna se ofereceu para viajar comigo — acrescentou Tawny.

— Ela ia fazer isso com ou sem ajuda. — Gianna se sentou no braço do sofá. — Seria muito perigoso fazer essa viagem sozinha, ainda mais quando ninguém fazia a menor ideia de onde você estava.

— Obrigada — agradeci a ela, me sentindo mal por ter ameaçado usá-la como comida para os jarratos.

Gianna assentiu.

— Como foi que você acordou? — Kieran perguntou a Tawny. — Foi algo que Willa ou Eloana conseguiram fazer?

— Eu... eu não sei muito bem. Só tenho a impressão de que não deveria. Ter acordado, quero dizer. — A mão de Tawny tremeu, espirrando o líquido fumegante na caneca. — Sei que não faz sentido, mas senti que estava morrendo. *Sabia* que estava morrendo, até que vi Vikter. Acho que ele ou os Destinos fizeram algo para evitar isso.

— Os Destinos — murmurei, quase rindo. — Está falando dos Arae? Você nunca acreditou neles.

— É, bem, isso definitivamente mudou — admitiu ela, arregalando os olhos.

Prendi a respiração outra vez.

— Como foi que você viu Vikter?

— Eu o vi em um sonho que não era sonho. Não sei como explicar de outro jeito. — Tawny tomou um gole da bebida. — Lembro-me do que aconteceu na Trilha dos Carvalhos, da dor de ser apunhalada. Depois disso, não senti nada por um bom tempo, até que vi alguma coisa. Uma luz prateada. Pensei que estivesse entrando no Vale, até que o vi. Vikter.

Um tremor percorreu meu corpo.

Delano se encostou nas minhas pernas quando Kieran perguntou:

— E como você sabe que não foi apenas um sonho?

— Vikter confirmou quem você é, uma deusa, e eu já sabia disso. Isbeth deixou escapar, mas não acreditei nela na época, embora Ian acreditasse. E, deuses, Poppy, sinto muito pelo que aconteceu com ele.

— Sim — arfei através de toda a dor. — Eu também.

— O que você sabe sobre Isbeth e os planos dela? — disparou Kieran.

— Pouca coisa, só que ela acreditava que Poppy iria ajudá-la a refazer os planos — respondeu ela, e eu puxei o ar bruscamente ao ouvir aquelas palavras mais uma vez. — Mas não entendi o que isso significava. Não tive muito contato com ela. Nem entendi por que fui convocada para a Carsodônia. Só me disseram que temiam que eu fosse sequestrada também, porque todo mundo sabia que você e eu éramos amigas. Não fazia o menor sentido, mas depois que cheguei em Wayfair e vi aquelas... Aias e Espectros — acrescentou ela com um tremor — nada mais me pareceu certo. E quando Isbeth me contou que você era filha dela, achei que ela tivesse perdido o juízo — prosseguiu, sacudindo a cabeça. — Mas Vikter me contou coisas que eu não tinha como saber. Tais como a história de uma deusa que despertou a tempo de evitar que você se machucasse nas Montanhas Skotos. Ele me disse que suas suspeitas estavam certas. Que foi Aios quem a deteve. E também me disse que não foi apenas Nyktos quem aprovou o seu casamento. Foi ele *e* a Consorte.

Abri a boca, mas não consegui encontrar as palavras certas.

— Eu também aprovo. Embora ninguém tenha me perguntado. — Tawny me deu um sorriso zombeteiro tão familiar que aliviou algo dentro de mim. Mas logo sumiu. — Vikter também me contou que ele... que Casteel foi sequestrado?

Senti uma ardência na garganta.

— Foi, mas eu vou trazê-lo de volta...

— Você vai para a Carsodônia para libertá-lo — interrompeu ela, e eu pestanejei. — Eu sei. Vikter me contou.

— Certo. — Respirei fundo e estremeci. Não havia como Tawny saber de tudo isso. — Vikter era um espírito?

— Não. — Tawny sacudiu a cabeça. — Ele é um *viktor*.

Estremeci de novo. O modo como ela disse aquilo trouxe uma lembrança distante à minha mente.

— O que você quer dizer com isso?

— Espero conseguir explicar de um jeito que você entenda. — Tawny soltou um suspiro. — Um *viktor* nasce com um objetivo: proteger alguém que os Arae acreditem estar destinado a trazer uma grande mudança ou propósito. Tive a impressão de que nem todos estão cientes desse dever, mas eventualmente acabam cuidando da pessoa, como se os Destinos os tivessem unido. Enquanto outros *viktors* estão cientes e se envolvem na vida daqueles que devem proteger. Quando eles morrem, seja durante o cumprimento do dever ou por qualquer outra causa, suas almas voltam para o Monte Lotho.

— Para onde? — Arqueei as sobrancelhas.

— É onde os Arae residem — explicou ela. — Suas almas voltam para o Monte Lotho, onde esperam até o momento de renascer.

— É um lugar que supostamente fica dentro do Iliseu — explicou Kieran, mas não conseguia parar de olhar para Tawny.

— E você está me dizendo que Vikter era uma dessas pessoas? — Quando Tawny fez que sim, minha mente ficou a mil. — Quer dizer que ele sabia que eu era uma deusa o tempo todo? O que foi que aconteceu com ele?

Tawny se inclinou para a frente e colocou o copo em cima da mesinha.

— Vikter me explicou que quando os *viktors* renascem, eles não têm nenhuma lembrança das vidas passadas como têm quando suas almas voltam para o Monte Lotho, onde recebem a forma mortal mais uma vez. Mas alguns *viktors* estão basicamente, bom, predestinados a descobrir o que são e a quem devem proteger ou liderar. Assim como Leopold. Vikter me disse que ele descobriu, e foi por isso que procurou Coralena antes mesmo de você nascer.

Outro choque tomou conta de mim, trazendo mais uma lembrança estranha à minha mente. A sensação de que eu já sabia disso. Só que não sabia.

— Então eles não estavam juntos porque se amavam? — perguntei.

— Não sei, mas eles tiveram Ian, e ele me contou que os dois eram seus pais biológicos — disse ela. — Não quer dizer que estivessem apaixonados, é claro, mas havia alguma coisa ali, e não acho que um *viktor* seja incapaz de amar.

Assenti lentamente. Sabia que Vikter era apaixonado pela esposa. A dor que ele sentia sempre que falava dela era verdadeira demais para não ser oriunda do amor. E, naquele momento, decidi acreditar que Coralena e Leopold — os meus pais — se amavam.

— Vikter devia saber. — Os olhos de Kieran encontraram os meus. — Ele se tornou um Guarda Real, o seu guarda pessoal, e se certificou de que você soubesse se defender sozinha. De que soubesse lutar melhor do que a maioria dos Guardas da Colina. Além disso, o nome dele não pode ser uma coincidência.

Sempre achei que Vikter havia me treinado porque sabia que eu não queria me sentir tão indefesa quanto naquela noite em Lockswood, mas ele podia estar garantindo que eu soubesse me manter viva até Ascender e completar a Seleção.

— Se ele sabia qual era seu objetivo, então por que não contou a ela? — Kieran se voltou para Tawny. — Poderia ter tornado as coisas muito mais fáceis.

— Mesmo que soubesse, ele não poderia contar por que *viktors* não podem revelar seus motivos para os protegidos. Havia um monte de coisas que ele não podia me contar, pois tinha a ver com os Destinos e o equilíbrio, então ele foi muito cuidadoso e minucioso com tudo o que me disse — explicou Tawny com um encolher de ombros. — É por isso que eles nascem sem lembranças, e, pelo que percebi, até mesmo os mortais destinados a fazer coisas terríveis também podem ter um *viktor*. Eles nunca poderiam falar a verdade.

Não sabia como me sentir sobre o fato de que Vikter podia saber quem eu era ou que Hawke era Casteel. Ou que ele entrou na minha vida com um único objetivo: me proteger. As últimas palavras dele voltaram à minha mente, deixando o meu coração em frangalhos. *Sinto muito por não a proteger.* A crença de que tinha falhado comigo assumiu outro significado. Estendi a mão e passei os dedos entre as orelhas de Delano quando ele pousou a cabeça no meu joelho.

— Vikter parecia estar bem? Tipo, ele parecia o mesmo?

— Ele estava... — Tawny desviou o olhar de Delano. — Estava exatamente como eu me lembrava dele. Não na última vez em que o vimos, mas antes disso. — Tawny deu um sorriso ligeiramente triste. — Parecia estar bem sim, Poppy, e queria que eu lhe dissesse que estava orgulhoso de você.

Dei um suspiro trêmulo quando a emoção me invadiu, dando um nó na minha garganta. Fechei os olhos, me esforçando para conter as lágrimas.

— Ele te contou mais alguma coisa?

— Sim e não — respondeu ela.

— Isso não ajuda muito — retrucou Kieran.

Os olhos pálidos de Tawny se voltaram para Kieran e o olhar que lançou a ele foi o mesmo que já a vi lançar a muitos cavalheiros de companhia no passado. Um olhar que dizia que ela o estava avaliando e não sabia muito bem se estava impressionada ou não com o que via.

— Não ajuda mesmo.

— Quer dizer que Vikter lhe contou tudo a respeito dos *viktors* e a deixou atualizada sobre a vida de Poppy, mas não foi capaz de dizer nada de importante sobre os planos da Coroa de Sangue?

— Não sei se você não estava prestando atenção ou se apenas não entendeu quando eu disse que havia coisas que ele não podia me contar por causa do equilíbrio e dos Destinos — declarou Tawny com um tom de voz que também reconheci. Gianna franziu os lábios para esconder o sorriso, enquanto eu nem me dei ao trabalho de tentar. — Então é claro que ele não pôde me revelar todos os segredos.

Kieran estreitou os olhos.

— É claro.

Tawny arqueou as sobrancelhas na direção dele.

— O que foi que ele contou a você? — perguntei antes que a discussão iminente começasse de verdade.

— Vikter me contou a respeito da profecia da deusa Penellaphe.

Fui tomada de frustração e temor. Já estava farta daquela profecia.

— Já conheço a profecia.

— Mas você conhece a profecia completa? — perguntou Tawny. — Acho que não. Pelo menos acho que Vikter não acreditava que você soubesse.

Mais uma vez, foi um choque ouvir o nome de Vikter e receber outra prova de que Tawny havia falado com ele ou com alguém que sabia demais.

— O que foi que ele disse, afinal?

— Eu me lembro de tudo. Não sei como, já que geralmente não me lembro nem do que comi ontem — observou ela, e sua memória costumava ser bastante seletiva. — *"Do... do desespero das coroas de ouro e nascido da carne mortal, um grande Poder Primordial surge como herdeiro das terras e dos mares, dos céus e de todos os planos. Uma sombra na brasa, uma luz na chama, para se tornar o fogo na carne. Quando as estrelas caírem do céu, as grandes montanhas ruírem no mar e velhos ossos brandirem as espadas ao lado dos deuses, a falsa deusa será despojada da glória por duas nascidas do mesmo delito e do mesmo Poder Primordial no plano mortal."* — Ela respirou fundo. — *"A primeira filha, com o sangue repleto de fogo, destinada ao Rei outrora prometido. E a segunda, com o sangue cheio de cinzas e gelo, a outra metade do futuro Rei. Juntas, eles vão refazer os planos e trazer o final dos tempos. Com o sangue derramado da última Escolhida, o grande conspirador nascido da carne e do fogo dos Primordiais despertará como o Arauto e o Portador da Morte e da Destruição das terras concedidas pelos deuses. Cuidado, pois o fim virá do Oeste para destruir o Leste e devastar tudo o que existe entre esses dois pontos"* — concluiu Tawny, enrolando um cacho branco. — É isso.

— Bom — murmurou Kieran, pigarreando. Ele olhou para mim. — É uma grande profecia.

Era mesmo.

— A primeira e a segunda filhas? Fui chamada de segunda filha, mas quem é a primeira? E em que contexto?

— Não sei. Me desculpe. — Tawny franziu o cenho. — Vikter me disse que não podia explicar o significado, mas que você precisava saber disso. Disse que você descobriria eventualmente.

Dei uma risada estrangulada.

— Vikter confia demais em mim, porque eu... — Parei de falar, me concentrando em uma parte do que ela havia falado. — Espere aí. O Rei outrora prometido?

Kieran se sobressaltou.

— Malik?

— Você já viu Malik quando estava na Carsodônia? — perguntei.

Tawny sacudiu a cabeça.

— Não. Não conheço nenhum Malik.

— Só pode ser ele, se a parte da segunda filha for sobre mim — afirmei. — Casteel é o Rei.

Kieran assentiu.

— Sim, mas o que é esse sangue cheio de cinzas e gelo?

Pensei na frieza no meu peito, misturando-se ao éter.

— Não sei o que isso significa, nem como vou refazer os planos e trazer o final dos tempos, sozinha ou com qualquer um. Eu não vou trazer coisa nenhuma.

— Também não sei — revelou Tawny. — Nem quem é a falsa deusa.

Lembrei-me de algo e retesei o corpo.

— Você disse que os *viktors* protegem até mesmo aqueles que estão destinados a fazer coisas...

— Sei o que você vai dizer — interrompeu Kieran, e eu sabia que ele estava pensando sobre o que eu tinha lhe pedido na noite passada. — Você não está destinada a fazer nada terrível.

— Ele tem razão — Tawny disparou. — Não tive a impressão de que Vikter acreditava que você estivesse destinada a fazer algo ruim.

Assenti, sentindo o olhar de Kieran. Pigarreei.

— Foi só isso que ele disse?

— Não. Há mais uma coisa, mas ele me disse que era só para você ouvir, e mais ninguém. — Tawny olhou de relance para Kieran e depois para Delano. — Sinto muito.

Kieran flexionou um músculo do maxilar.

— Não gosto nada disso. — Ele lançou um olhar rápido para Tawny. — Sem querer ofendê-la.

Tawny deu de ombros.

— Também não gostaria. Sou muito intrometida.

Um leve sorriso surgiu em meus lábios.

— Preciso saber o que é. Vikter não diria nada que pudesse me magoar.

— E se ele tivesse dito, coisa que não fez, eu não repetiria — acrescentou ela, e então franziu os lábios. — A menos que fosse algo que Poppy precisasse ouvir. Como quando ela estava prestes a tomar a péssima decisão de não voltar ao Pérola Vermelha para encontrar Hawke. Quer dizer, Casteel. Quem quer que seja. Enfim, eu disse a ela para voltar.

— Ah, meus deuses, Tawny! — Virei a cabeça na direção dela.

Kieran inclinou a cabeça.

— Você não ia voltar para...?

— Não. — Dei-lhe um pequeno empurrão. Gianna sorriu e se levantou junto com Delano. — Não vamos entrar nesse assunto agora. Sinto muito. Todo mundo pra fora.

Kieran arqueou uma sobrancelha.

— É uma ordem?

— Sim — afirmei. — Você sabe que é.

— Que seja — Kieran resmungou enquanto se levantava. — Vou esperar lá fora.

— Certo.

— Então — começou Tawny lentamente. — Por que ele age como se fosse seu marido?

Senti as bochechas corarem.

— Ele é o Conselheiro da Coroa.

Tawny me encarou.

— E um amigo. Um bom amigo, mas não desse jeito — acrescentei rapidamente quando o interesse cintilou nas feições de Tawny. — Pra falar a verdade, não sei como é. É complicado.

— É o que me parece — murmurou ela. — E mal posso esperar para saber sobre essa complicação nos mínimos detalhes.

Ri e me dei conta de que estava prestes a chorar, pois aquela era Tawny. A minha Tawny.

— Vou te contar tudo.

Ela assentiu.

— Mas depois?

— Depois. Tenho que partir amanhã — disse a ela, detestando ter que fazer isso e passar tão pouco tempo com Tawny. Não era justo, mas eu estava grata por ela estar ali agora. — Preciso libertar Casteel.

— Entendo. — Ela me avaliou. — Estou feliz por termos chegado aqui hoje.

— Eu também. — Comecei a falar, depois parei e tentei novamente: — Você soube o que acontece durante a Ascensão? O que acontece com os terceiros filhos e filhas?

— Sim, eu soube — sussurrou ela. — Ian me contou assim que cheguei em Wayfair. Sabe, no começo não quis acreditar nele. Não queria admitir que acreditei nessa mentira pavorosa, que fazia parte disso.

— Mas você não sabia. Nem eu.

— Bom, isso não torna as coisas melhores, não é?

Balancei a cabeça, retribuindo seu olhar.

— Não, não mesmo.

Tawny se aproximou até encostar os joelhos na mesa de centro.

— Acho que sei por que você não consegue sentir nada emanando de mim. Acho que é porque eu estava morrendo, Poppy. O que quer que os Arae ou Vikter tenham feito, só interrompeu o processo. Mas olhe bem para mim. Para os meus cabelos. Os meus olhos. A minha pele está tão fria... Acho que estou morta, só que não exatamente.

Meu coração palpitou.

— Você não está morta, Tawny. Você respira, certo? Come? Pensa? Sente? — Quando ela assentiu, respirei fundo. — Então você está viva, até onde eu sei.

— É verdade — murmurou ela. — Mas os Ascendidos também podem fazer essas coisas.

— Você não é uma Ascendida. — Examinei os belos traços do seu rosto. — Vamos descobrir o que aconteceu com você. Alguém deve saber.

— Sim, nós vamos. — Ela respirou fundo, retribuindo o meu olhar. — Vikter me contou por que ninguém pode saber o nome da Consorte e por que aqueles que sabem não têm permissão para repeti-lo no plano mortal.

Entreabri os lábios.

— Certo, por essa eu não esperava.

Tawny deu uma risada.

— Nem eu, mas Vikter me disse que o nome dela é poderoso e que pronunciá-lo é trazer as estrelas do céu e derrubar as montanhas no mar.

Fiquei imóvel quando ela basicamente repetiu o que Reaver havia me dito.

— Mas somente quando pronunciado por alguém nascido igual a ela e de um grande Poder Primordial.

— Eu... eu não sou uma Primordial — falei, ainda sem entender por que ou como a Consorte podia ser tão poderosa que ninguém ousava pronunciar seu nome no plano mortal.

— Sei lá. Gostaria que Vikter pudesse ter me contado mais, porém ele me disse uma coisa. — Tawny se aproximou ainda mais de mim, por cima da mesa. — Ele me disse que você já sabia o nome dela.

O céu estava nublado quando saí do Castelo Pedra Vermelha na manhã seguinte, com o cavalinho de brinquedo na bolsinha, um pedaço de pergaminho e um lápis dentro de uma sacola, e, decoradas, as palavras que Sven me disse que eu precisaria pronunciar para lançar o Feitiço Primordial. Meu cabelo estava trançado e preso sob um chapéu de abas largas. Estávamos todos vestidos de marrom, a cor geralmente usada pelos Caçadores de Solis, com os mantos que ostentavam o brasão carmim da Coroa de Sangue — um círculo com uma flecha no meio — tirados dos Guardas da Colina. O brasão deveria representar a infinitude e o poder, mas era mais um símbolo do medo e da opressão.

Detestava usá-lo tanto quanto detestava usar o branco da Donzela, mas os Caçadores eram um dos únicos grupos que transitavam livremente por Solis, levando mensagens de cidade em cidade ou transportando mercadorias.

Os lupinos perambulavam inquietos, com uma agitação azeda e cítrica por não poderem nos acompanhar. Não gostava nada que nossos planos os deixassem nervosos, mas mesmo que estivessem na forma humana, ainda seria muito perceptível e arriscado. Isbeth mataria a todos.

Virei-me para Tawny, de pé ao meu lado. Havíamos passado o resto do dia anterior juntas enquanto eu a atualizava dos acontecimentos recentes, e ela me contava como foi seu encontro com Vikter. Aquilo me lembrou muito de quando também cheguei à porta do Vale e sonhei com a Consorte. Mas ainda não fazia a menor ideia de por que Vikter achava que eu sabia o nome dela.

Tawny sorriu para mim.

— Você vai tomar cuidado.

— Claro.

Tawny segurou minhas mãos e a frieza da sua pele se infiltrou pelas minhas luvas.

— Tanto cuidado como quando saímos de fininho do Castelo Teerman e fomos nadar nuas em pelo?

— *Mais* cuidado ainda. — Sorri de volta para ela. — E você? Quero que você fique perto de Vonetta e Gianna.

Ela olhou de relance para Vonetta.

— Vou acabar tirando-a do sério.

— Não vai não. — Apertei suas mãos. — Vonetta é muito legal. Você vai gostar dela.

Tawny se aproximou de mim, baixando o tom de voz:

— Você já se acostumou com eles? Não estou criticando os lupinos. Já vi Gianna se transformar dezenas de vezes, mas, além de toda a nudez, não consigo entender como isso funciona.

Dei uma risada.

— Você viu Vikter, que morreu na nossa frente, e não consegue entender um simples lupino?

Tawny me lançou um olhar cúmplice.

— Tá bom, às vezes ainda sou pega de surpresa por isso. Mas espere só até ver um dragontino se transformar.

Tawny arregalou os olhos.

— Mal posso esperar.

Ela ainda não tinha visto nenhum dragontino, pois eles continuavam longe dali e Reaver estava na forma mortal. Mas isso logo mudaria.

— Você tem que ir — avisou, com o lábio inferior trêmulo.

— Sim — assenti, puxando-a para um abraço. — Não vai ser como antes.

— Promete?

— Prometo. — Comecei a me afastar e então parei, segurando-a com mais força. — Você sempre foi uma boa amiga para mim, Tawny. Espero que saiba disso. Espero que saiba o quanto eu te amo.

— Eu sei — sussurrou Tawny. — Sempre soube.

Despedir-me de Tawny era difícil, mas necessário. Dei um beijo em sua bochecha fria, prometendo me reencontrar com ela em Três Rios, e então segui até onde Vonetta me esperava com Emil. Avistei Reaver, vestido com uma calça preta e um suéter simples que deve ter pegado emprestado de Kieran, prendendo um cavalo adicional na carroça, onde diversas caixas de uísque foram colocadas na parte de trás sob uma lona que também ocultava um pequeno arsenal. A bebida tinha sido ideia de Emil. O uísque poderia ser usado como distração para aqueles que se intrometessem ou fizessem perguntas demais.

— Odeio não poder ir com você. — Vonetta me segurou pelos meus braços. — Você sabe disso, não sabe?

— Também não gosto, mas confio em você para liderar na minha ausência.

— Ei — gritou Emil, colocando a mão no peito. — Eu estou bem aqui.

— Como eu estava dizendo, confio em você para liderar em meu lugar — repeti para Vonetta com um sorrisinho.

Emil deu um suspiro.

— Que grosseira.

Vonetta revirou os olhos.

— Ele é uma bagunça.

— Você gosta da minha bagunça — retrucou o Atlante.

— Não deixaria Kieran ouvir isso — provoquei, com vontade de abraçá-la. E já que queria tanto abraçá-la, fiz isso em vez de ficar pensando no assunto. — Por favor, cuide de Tawny por mim.

— Pode deixar. — Vonetta retribuiu meu abraço sem sequer hesitar. Fechei os olhos, apreciando a sensação, como tinha feito com Tawny. — Te vejo em Três Rios.

— Com certeza.

Afastei-me dela, imaginando por que, de repente, fiquei com vontade de chorar, e me virei para Emil, que fez uma reverência elaborada.

— É sério?

— É. — Ao se levantar, ele pegou minha mão e se aproximou de mim. Em seguida, abaixou a cabeça e me deu um beijo na testa. — Vá buscar nosso Rei, minha Rainha — sussurrou ele.

Prendi a respiração. Assenti, recuando assim que ele me soltou. Afastar-me dali enquanto Kieran falava com a irmã foi difícil, assim como parar para me despedir de Delano, Naill e Perry. Delano dava os melhores abraços. Qualquer coisa poderia acontecer entre aquele momento e quando eu voltasse a encontrá-los em Três Rios. *Qualquer coisa.*

Fui até o meu cavalo e peguei as rédeas. Seu nome era Inverno. Era um corcel grande e branco, lindo, mas não era Setti. Não achei prudente levá-lo para a Carsodônia. Olhei para a entrada de Pedra Vermelha, aliviada ao ver Vonetta conversando com Tawny e Gianna. Tawny ficaria bem. Todos ficariam bem.

Kieran veio atrás de mim, tocando no meu braço.

— Você está pronta?

— Sim, eu estou — garanti, montando na sela. Dei uma olhada rápida no grupo, nos meus amigos, e segui para o vale lá embaixo, onde ficavam as mansões imponentes. Conforme saíamos da Trilha dos Carvalhos e para longe da Colina agora enfeitada com as flâmulas de Atlântia, uma parte de mim esperava nunca mais voltar. Podia até ser covardia, mas nunca mais queria pisar naquela cidade, mesmo sabendo que jamais iria embora de verdade.

Uma parte de mim permaneceria nas cinzas ainda fumegantes do Templo de Theon. Carbonizado e destruído.

20

Casteel

Abri os olhos ao ouvir o som da água borbulhante e sentir o cheiro inebriante e doce de lilases. As flores roxas subiam pelas paredes e se estendiam pelo teto. Vapor subia nos pontinhos da luz do sol. Água se agitava sem parar entre os pedregulhos.

Não me lembrava de ter adormecido. Fiquei afiando aquele osso até me cansar. De qualquer modo, eu não estava mais ali. Pelo menos não mentalmente. Estava na caverna. No lugar que Poppy chamava de minha caverna, mas que agora era *nossa*. Um paraíso.

Meu coração começou a bater acelerado, me deixando surpreso. Fazia dias que não batia assim. Devia ficar preocupado. Era um aviso ao qual precisava prestar atenção, mas não podia. Não agora.

Girei o corpo, vasculhando a superfície rodopiante da água e o vapor tênue.

— Poppy? — murmurei, me forçando a engolir em seco.

Nada.

Meu maldito estômago começou a roncar no ritmo do coração. Onde ela estava? Virei-me novamente, balançando na água morna e sob o ar úmido. Por que eu estava ali sem ela? Era cruel demais acordar e descobrir que estava ali sozinho. Será que era um novo tipo de punição?

Punição pelos pecados que cometi. Pelas mentiras que contei. Pelas vidas que perdi. Vidas que *tirei* com as próprias mãos. Sempre soube que aquelas ações voltariam para me assombrar, não importava quais fossem as minhas intenções. Não importava o quanto eu quisesse ser uma pessoa *melhor*.

Para merecer alguém como Poppy — alguém tão forte, curiosa, inteligente e incrivelmente *bondosa*. Alguém que merecia uma pessoa tão boa quanto ela. E não era eu. Fechei os olhos e senti um aperto no peito. Jamais seria eu. Sabia disso. Sempre soube. Desde o momento em que me dei conta de quem estava deitada sob o meu corpo no Pérola Vermelha.

Sabia que não tinha o direito de estar ali.

Alguém como eu — alguém capaz de matar a mulher que me amava — não era digno de uma *deusa*. Não importava que Shea tivesse traído a mim e ao reino de Atlântia. Décadas mais tarde, e não importavam os motivos, aquela merda e todos os "e se" ainda me corroíam por dentro. Baixei o queixo e abri os olhos, me deparando com minhas mãos, mãos inteiras naquele paraíso, mas ainda cortadas e marcadas. Mãos que tiraram a vida de Shea e de tantas pessoas que era um milagre que não estivessem manchadas de sangue para sempre.

Mas eu sempre pertenceria a Poppy.

Fui atrás dela, mas foi ela quem *me* encontrou no Pérola Vermelha. Fui capturá-la, mas foi ela quem tomou meu coração na Colina que cercava a Masadônia. Fui disposto a usá-la, mas foi ela quem fez o que quis comigo debaixo daquele salgueiro sem sequer tentar. Fui preparado para fazer qualquer coisa, mas foi ela quem se tornou tudo para mim quando me pediu para passar a noite em Novo Paraíso.

Ela me reivindicou.

E continuou comigo, mesmo depois de descobrir o que eu era, quem eu era e o que eu tinha feito. Ela me *amava*.

Um homem melhor, que não tivesse o tipo de sangue que eu tinha, teria ido embora. Teria deixado que ela encontrasse alguém *bom*. Merecedor.

Mas eu não era esse tipo de homem.

— Cas?

Bons deuses, meu corpo inteiro estremeceu com o som da sua voz. Prendi a respiração. Não conseguia sequer me mexer. Fiquei completamente paralisado. A voz dela fez isso comigo. Só a *voz* dela.

Retomei o controle do meu corpo e me virei na água borbulhante. Foi então que eu a vi, e a visão...

Poppy estava parada ali, com a água espumando ao redor dos quadris arredondados e provocando as curvas suaves da sua barriga. Meus lábios formigaram quando me lembrei de traçar as marcas desbotadas de garras acima do seu umbigo, e a necessidade de cair de joelhos e prestar homenagem a elas quase me fez mergulhar na água.

Apreciei as leves marcas rosadas na têmpora esquerda que cortava a sobrancelha arqueada dela — feridas curadas que eram tão bonitas quanto as sardas salpicadas na ponte do seu nariz. Cicatrizes que só reforçavam a força do contorno delicado das maçãs do rosto e da sua testa orgulhosa. E aqueles olhos...

Eram separados e grandes, com cílios volumosos; e já eram deslumbrantes antes, me fazendo lembrar da grama reluzente na primavera. Agora, o brilho prateado por trás das pupilas e dos riscos entremeados ao verde eram impressionantes. Os olhos dela... Caramba, eram como uma janela para a minha alma.

Eu me banqueteei com ela, entreabrindo os lábios para dar um suspiro que nunca me deixou. Aquele lindo cabelo ruivo caía em cascata sobre os seus ombros e roçava na água. A curva dos seus seios separava a massa emaranhada de cachos e ondas, oferecendo um vislumbre tentador da pele rosada. Meu coração palpitou — na verdade parou de bater — conforme eu saboreava a visão daquele queixo teimoso e ligeiramente pontudo, e daqueles lábios alucinantes que pareciam úmidos e maduros como frutas vermelhas. Meu pau ficou duro tão rápido que finalmente expulsou o ar dos meus pulmões. Aqueles lábios...

Eram um tormento da melhor maneira possível.

Nunca demorei tanto para recuperar a voz:

— Estava esperando por você.

Seus lábios... seus lábios se ergueram levemente e o sorriso que surgiu no seu rosto me dominou...

Agora.

E para sempre.

Poppy avançou e eu disparei em meio à água. O líquido girou em um redemoinho conforme o atravessávamos, alcançando um ao outro ao mesmo tempo.

Eu a tomei nos braços, e o contato da sua pele quente e macia contra a minha quase fez meu coração parar de bater. Talvez tenha parado mesmo. Não sei muito bem.

Enfiei a mão nos seus cabelos sedosos, encostei a cabeça na dela e a abracei. Abracei-a com força enquanto ela passava os braços em volta da minha cintura.

— Minha Rainha — sussurrei quando o topo da sua cabeça roçou nos meus lábios. Respirei fundo, encontrando um toque de jasmim, o cheiro dela, por baixo dos lilases.

— Meu Rei. — Poppy estremeceu, e eu dei um jeito de puxá-la para ainda mais perto de mim.

Fechei os olhos.

— Você não deveria me chamar assim. — Beijei a cabeça dela de novo. — Vou ficar com um senso de importância na sua vida bastante desproporcional.

Ela deu uma *risada*. Deuses, sua risada fez exatamente o que eu disse. Me fez sentir importante. Poderoso. Porque eu conseguia fazer com que ela risse, um som tão raro.

— Então você não deveria me chamar de sua Rainha — advertiu ela.

— Mas você é importante. — Forcei-me a soltar os seus cabelos. Deslizei os dedos pelas mechas, maravilhado com a sensação. A veracidade. — Uma deusa. Aliás, só quero salientar que... Eu já sabia. Talvez devesse chamá-la de...

Poppy recuou, arregalando os olhos conforme inclinava a cabeça para trás, para me encarar.

— Você... você já sabe?

Deuses, aqueles olhos... O verde com os riscos prateados era fascinante.

— Casteel? — Ela encostou a mão no meu peito, a palma quente e um tanto calejada por manusear a espada ou adaga.

— Seus olhos... — deslizei a mão até a sua bochecha — ...são fascinantes — disse a ela. — Quase tanto quanto a sua...

— *Casteel.* — As bochechas dela assumiram um lindo tom cor-de--rosa.

Dei uma gargalhada e tive vontade de rir de novo quando vi como ela entreabriu os lábios ao ouvir aquilo.

— Sim, eu sei que você é uma deusa.

— Como? — A suavidade desapareceu do rosto dela de imediato. Seu maxilar se retesou sob a minha mão. Seus olhos endureceram como se fossem duas esmeraldas. A transformação foi chocante... E muito *excitante*. — A Rainha de Sangue.

— Percebi no instante em que ela nos disse que Malec era um deus. Só podia significar que você também era.

— Malec não é meu pai. É o Ires — revelou. — O gêmeo de Malec. Ele é o gato das cavernas, aquele que vimos na jaula.

A surpresa tomou conta de mim, mas fazia sentido. Isbeth não fazia a menor ideia de onde Malec estava. Ela nem sabia que ele ainda estava vivo, pelo menos tecnicamente. Devia ter me dado conta disso quando Isbeth perguntou onde ele estava.

— Ela sequestrou meu pai e você — disse Poppy, engolindo em seco. — Ela tirou...

— Ela não significa nada para nós — disse, detestando a dor nos olhos dela. — *Nada.*

Poppy observou meu rosto atentamente enquanto fechava os dedos no meu peito.

— Isso é real — sussurrou ela.

Assenti, deslizando o polegar sobre a marca irregular na bochecha dela.

— Corações gêmeos.

Seus lábios tremeram.

— Tenho tantas coisas para dizer. Tantas coisas que quero perguntar. Nem sei por onde começar. — Ele fechou os olhos por um instante. — Não. Sei sim. Você está bem?

— Sim.

— Não minta para mim.

— Não estou mentindo. — Eu estava.

Poppy pegou meu pulso, e eu sabia por quê. Sabia o que ela queria ver, mas o que veria não era real.

— Não faça isso — pedi quando ela ficou imóvel, com os olhos marejados. — Você está bem?

— Você está falando sério? — perguntou ela, incrédula. — Não sou eu que estou em cativeiro.

— Não, mas você está em guerra.

— Não é a mesma coisa.

— Sou obrigado a discordar disso.

Ela estreitou os olhos.

— Eu estou bem, Casteel, mas recebi o que ela me mandou...

A fúria se apoderou de mim quando pensei em como ela deve ter se sentido.

— Eu estou aqui. Você está aqui. Estou bem, Poppy.

Pude ver a luta dentro dela. A batalha que venceu, pois é claro que venceria. Ela era tão forte!

Poppy ergueu o queixo.

— Vou atrás de você.

Aquelas quatro palavras provocaram um misto de emoções em mim. Expectativa. Temor. A necessidade de tê-la de verdade nos braços e de ouvir sua voz fora dos sonhos. De vê-la sorrir e ouvir suas perguntas, suas crenças, *tudo*. Mas a necessidade lutava contra um senso de perigo por não sabermos exatamente o que a Rainha de Sangue pretendia fazer. O que aquilo tinha a ver com Poppy.

— Estamos perto de Três Rios — avisou. Puta merda, ela estava perto *mesmo*. — Kieran está comigo — prosseguiu, e meu coração disparou novamente. — Assim como os dragontinos. — Seu rosto ficou tenso, empalidecendo. — Na verdade, só Reaver está comigo. Mas também tenho um Feitiço Primordial...

— Espere aí. O que foi que você disse? — Olhei para ela, com o polegar sob seu lábio. — Os dragontinos? Você está com eles?

— Sim. Consegui convocá-los.

— Puta merda — sussurrei.

— É — disse ela com a fala arrastada. — Acho que você vai gostar de Reaver. — Ela franziu o nariz daquele jeito adorável. — Ou talvez não. Ele tentou morder o Kieran.

Arqueei as sobrancelhas.

— Um dragontino tentou morder o Kieran?

Ela assentiu.

— O meu Kieran?

— Sim, mas agora, se Reaver tentar mordê-lo de novo, vai ser bem--feito para Kieran. É uma longa história — acrescentou ela rapidamente. — Nós... nós perdemos tantos... — Ela prendeu a respiração, e eu senti um aperto no peito ao ver a dor em seus olhos. — Dragontinos. Lupinos. Soldados. Arden.

Puta merda.

Pressionei os lábios na testa dela. Arden era um bom homem. Puta merda. E saber que os dragontinos já haviam perecido? Deuses.

Poppy respirou fundo e então se afastou.

— Você faz ideia de onde esteja aprisionado? Qualquer pista serve.

— Eu...

— O quê? — Ela mordeu o lábio inferior, chamando a minha atenção. — Você vai me abandonar de novo?

— Eu nunca a abandonei — disparei.

Seu olhar se suavizou quando ela se aproximou de mim. Segurei sua lombar com firmeza.

— Você tem alguma noção? Pode ser só um detalhe, Casteel.

A incerteza tomou conta de mim.

— Eu não quero...

— O quê?

— Não quero que você chegue nem perto da Carsodônia — admiti. — Não quero que você chegue nem perto...

— Não tenho medo dela — interrompeu Poppy.

— Eu sei. — Passei o polegar pela testa dela. — Você não tem medo de nada, nem de ninguém.

— Não é verdade. Cobras me assustam.

Franzi os lábios.

— E jarratos.

— Também. Mas ela? Não mesmo. Vou atrás de você, e não se atreva a ocultar informações de mim por uma necessidade machista de me proteger.

— Machista? — Dei um sorriso. — Achei que minha necessidade de proteger você viesse do amor.

— Casteel — advertiu ela.

— Acho que você está com vontade de me apunhalar.

— Eu até faria isso, mas já que você gosta quando eu o apunhalo, não tem mais o efeito desejado.

Dei uma risada e perdi o fôlego quando ela fez aquilo de novo. Poppy relaxou ao ouvir o som. Ela sentia *saudades* da minha risada. Percebi isso pela expressão em seu rosto.

Droga.

— Estou no subsolo. Não sei o local exato, mas acho... — Pensei na Aia. — Acho que faz parte de um sistema de túneis.

Poppy franziu o nariz.

— Você se lembra dos túneis subterrâneos que levavam de Pedra Vermelha até o penhasco? Também há túneis sob o Templo de Theon, na Trilha dos Carvalhos. Uma rede extensa que se conecta ao Castelo Pedra Vermelha e algumas das propriedades — explicou, e então me contou como descobriu isso. — Será que esses túneis são assim?

— É possível. — Cerrei o maxilar quando senti um arrepio na nuca. Entrei em pânico. Abaixei a cabeça e dei um beijo nela. O toque dos seus lábios. O gosto dela. Poppy era como uma droga.

— *Cas* — murmurou ela na minha boca, e eu fiquei todo tenso. — Temos que conversar.

— Eu sei. Eu sei. — Havia coisas para discutir. Coisas importantes. Queria saber como ela passava seus dias e noites. Se Kieran estava bem. Queria ouvir mais sobre o ataque à Trilha dos Carvalhos. Quem ela apunhalou, porque ela obviamente *apunhalou* alguém. Um monte de gente. Queria saber se ela estava bem. Que não estava com medo. Que não estava se autoflagelando. Mas ela estava ali, bem na minha frente, e eu podia sentir a frieza se infiltrando na minha pele. Foi só um calafrio, mas um de nós estava acordando, e eu sabia que podia acontecer a qualquer momento.

Dei mais um beijo nela.

Não havia nada de suave no beijo. Eu a beijei para senti-la. Para mostrar a Poppy o quanto ela me possuía. E quando toquei sua boca com a ponta da língua, ela a abriu para mim, me deixou entrar como sempre deixava, e foi quase tão bom quanto a realidade. *Quase.* Eu a beijei até sentir um arrepio na nuca, e então levantei a cabeça.

O torpor sumiu pouco a pouco dos seus olhos quando ela olhou para mim, e eu vi o instante em que ela se deu conta. Foi então que percebeu que o sonho estava chegando ao fim.

— Não — sussurrou ela.

Com o coração partido, encostei a testa na dela.

— Sinto muito.

— Não é culpa sua.

Estremeci, sabendo que não tínhamos muito tempo e que havia algo que eu precisava dizer a ela.

— Eu sei o que Isbeth é. Uma falsa deusa.

— Uma o quê?

— Uma falsa deusa. Pergunte a Kieran. Ou a Reaver. O dragontino deve ser velho. Ele pode saber qual é a fraqueza dela. Uma falsa deusa é como uma deusa, mas não exatamente.

— Certo — ela assentiu. — Isbeth também aprendeu a controlar a energia Primordial, mas não sei se foi por causa do que ela é ou por algo que Malec lhe contou. Mas tome cuidado. Foi essa magia que matou os dragontinos.

— Eu sempre tomo cuidado. — Beijei a ponta do seu nariz conforme um calafrio percorria a minha espinha e uma pontada de fome dilacerava minhas entranhas. — Dois corações. Temos dois corações. — Rocei os lábios pela testa dela, fechando os olhos. — Mas só uma alma. Vamos nos encontrar outra vez. Sempre vamos...

O sonho se fragmentou, se desvanecendo, nao importava o quanto eu tentasse mantê-lo intacto, manter Poppy nos meus braços. Acordei tremendo na cela fria, sozinho e *faminto*.

Poppy

— Falsa deusa — anunciei. Uma nuvem de condensação seguiu a palavra. O ar não estava tão frio quanto ao longo da costa. Assim que passássemos entre Ponte Branca e Três Rios ficaria mais quente, mas não podíamos nos arriscar a acender uma fogueira.

Estávamos muito perto da Floresta Sangrenta.

Era a segunda noite de acampamento nas proximidades daquela terra amaldiçoada. Até agora não havia nem sinal da névoa e dos Vorazes, mas a nossa sorte poderia mudar a qualquer momento. Por causa disso, dormíamos em turnos e poucos tinham o sono profundo.

Mas, de alguma forma, consegui dormir depois de seis dias na estrada. Depois de não conseguir me comunicar com Casteel por nove noites, finalmente adormeci. Mas estava cansada. *Muito* cansada. De um jeito que não tinha nada a ver com o ritmo da viagem. Isso me deixou bastante preocupada e me fez pensar em como andava com fome nos últimos dias. Em como a minha garganta estava seca, não importava quanta água eu bebesse. Não queria pensar em nada disso conforme falava em direção à lateral da carroça.

Não houve resposta.

Bati com os nós dos dedos na lateral do veículo, cheia de frustração.

— *O que foi?* — veio uma resposta rabugenta.

— Acabei de acordar — respondi, me sentando de qualquer jeito no chão ao lado da carroça.

— Certo. — A lona abafou a voz de Reaver. — O que devo fazer com essa informação?

— Ela teve um sonho — explicou Kieran, depois de me seguir até ali. Ele se abaixou muito mais graciosamente no chão frio de terra batida ao meu lado. — Com Cas.

— E?

Kieran me lançou um olhar que dizia que estava a um segundo de virar a carroça. O que seria engraçado, mas não valeria o drama subsequente.

— Casteel conseguiu me dizer algo sobre onde está aprisionado — disse a Reaver. — No subsolo, em uma espécie de sistema de túneis, provavelmente como o da Trilha dos Carvalhos. Além disso, ele me contou que Isbeth é uma falsa deusa. Mandou perguntar a Kieran, mas ele só conseguiu se lembrar de um conto da Carochinha.

Houve um momento de silêncio, e temi que Reaver tivesse voltado a dormir.

— E que conto é esse?

— Preciso mesmo repetir? — perguntou Kieran. — Para uma *carroça?* E por que você está dormindo aí dentro? Podia ter montado uma barraca.

— Acho que as barracas são... sufocantes.

— E dormir debaixo de uma lona não é?

— Não.

Tá bom. Aquilo não fazia o menor sentido, mas era irrelevante.

— *Kieran.*

Ele bufou:

— Que seja. Havia uma velha história que minha mãe costumava contar a Vonetta e a mim sobre uma garota que se apaixonou por outra, que já estava comprometida. Ela acreditava ser mais merecedora do amor dela e por isso rezava todas as noites. Certo dia, uma deusa que dizia ser Aios apareceu e prometeu dar à garota o que ela desejava, contanto que lhe desse algo em troca: o primogênito da família, seu irmão mais velho. A garota tinha que matá-lo ou algo do tipo. E então ela o fez. Mas é claro que não era Aios, era uma falsa deusa, que a enganou e fez com que matasse o próprio irmão.

— Mesmo depois de ouvir a história pela segunda vez, ainda não faz muito sentido — falei. — Tipo entendi a mensagem. Você não pode obrigar ninguém a te amar, certo? Nem uma deusa poderia ou deveria fazer isso. Mas por que uma falsa deusa faria uma coisa dessa? Por que fazer a garota matar o próprio irmão?

— Porque ela pode? — sugeriu Kieran com um dar de ombros. — Não faço ideia. Minha mãe nunca me explicou isso, e não acho que haja qualquer verdade nessa história.

Toquei na aliança, encontrando a corrente sob a gola do casaco.

— Essa fábula realmente precisa de mais detalhes.

— Bem, aposto que o autor se importa muito com a sua opinião — uma voz áspera ecoou dos recônditos da carroça. — Na verdade, ele provavelmente não se importa nem um pouco. Falsos deuses existem, mas são muito raros — informou Reaver. — Tão raros que jamais vi um.

— Mas o que eles são? — perguntei.

— Um deus criado, e não nascido. Um mortal Ascendido por um deus, mas não um terceiro filho ou filha considerado Escolhido. Os poucos que existiam eram considerados falsos deuses — explicou ele.

Kieran me lançou um olhar de esguelha.

— Você sabe algo sobre suas fraquezas?

— Como disse antes, nunca conheci nenhum. Ascender um mortal não Escolhido era proibido, e poucos se atreviam a quebrar essa lei. — Ele fez mais uma pausa. — A maioria não sobrevivia à Ascensão, mas aqueles que sobreviviam se tornavam deuses, para todos os efeitos. Suponho que tenham as mesmas fraquezas de qualquer deus.

— O que significa que só poderiam ser mortos ou por outro deus ou Primordial, ou por uma lâmina de pedra das sombras cravada na cabeça ou no coração. — Recostei-me na carroça. — É uma boa notícia.

— Realmente. — O olhar de Kieran encontrou o meu. — Agora sabemos como matar Isbeth.

Era uma boa notícia, mas se Isbeth era basicamente uma deusa, então ela tinha muito mais experiência quando se tratava de usar o éter — e, bem, tudo o mais — do que eu.

— Excelente. Agora vocês dois podem conversar em outro lugar, e eu posso voltar a dormir — reclamou Reaver.

Kieran estreitou os olhos.

— Por que você não encontra outro lugar para dormir?

— Por que você não vai se fu...?

— Tudo bem — intervi quando Kieran deu um rosnado baixo. Senti o começo de uma dor na testa. Tive dores de cabeça intermitentes nos últimos dois dias, mas não sabia muito bem se dessa vez era por falar com Reaver ou qualquer outra coisa. — Isso era tudo o que eu precisava saber.

— Graças aos deuses. — As mãos de Reaver de repente apareceram acima da carroça. Ele as sacudiu como se estivesse em oração.

Respirei fundo e me levantei. Kieran me seguiu conforme atravessávamos a curta distância até a barraca que compartilhávamos. Repassei tudo na minha cabeça. Saber que Casteel acreditava estar aprisionado debaixo da Carsodônia e não nas minas ou em outro lugar era uma informação que não tínhamos antes. Assim como o conhecimento de que Isbeth era uma falsa deusa que poderia ser morta como qualquer deus.

Parei antes de chegar à barraca. Kieran estava de vigia, mas eu sabia que não voltaria a dormir. Virei-me na direção dele.

— Eu assumo a partir de agora.

Ele assentiu distraidamente, com o olhar fixo no céu estrelado.

— Como ele estava? — perguntou, sem ter tido a chance de me perguntar isso antes. — Casteel estava bem?

— Ele parecia estar bem. Perfeito — sussurrei, sentindo um aperto no peito. Não tinha visto os novos cortes na pele dele como da primeira vez. Nesse sonho, ele não parecia mais magro. Não havia barba em suas bochechas. Estava exatamente como eu me lembrava da última vez que o vi pessoalmente, 39 dias atrás. Mas sabia que era uma fachada. Essa parte não tinha sido real, e eu não sabia se ele tinha sido capaz de se apresentar de forma diferente dessa vez porque estava ciente de que estávamos nos sonhos um do outro. — Ele me disse que estava bem — concluí.

Kieran sorriu, mas não senti o gosto do alívio emanando dele. Pois ele sabia, assim como eu, que Casteel não podia estar bem.

Toquei na aliança, fechando os olhos.

— Merda — resmungou Kieran. — Dá uma olhada.

Abri os olhos e segui o olhar dele na direção da terra estéril entre a Floresta Sangrenta e nós dois, onde os rastros da névoa se acumulavam e rodopiavam pelo chão.

— Vorazes. — Nossa sorte havia mudado. Desembainhei a adaga.

— Puta merda! — gritou Reaver, jogando a lona para o lado enquanto se levantava... completamente nu. Ele pulou da carroça, aterrissando agachado no chão. — Eu cuido disso.

— O que ele acha que vai fazer de bunda de fora...? — disparou Kieran ao mesmo tempo em que centelhas de luz faiscaram por todo o corpo de Reaver, que assumiu a forma de dragontino. — Ah, tá, é *isso* que ele vai fazer.

O gemido estridente de um Voraz irrompeu em meio ao silêncio, e então uma torrente de fogo prateado iluminou a noite, dilacerando a escuridão e os Vorazes reunidos ali.

Casteel

Uma água gelada espirrou na minha cabeça, provocando um calafrio por todo o meu corpo enquanto eu me encolhia de lado. Abri os olhos e ofeguei, com os pulmões travados pelo frio que encharcava minha pele.

— Agora ele está acordado — soou uma voz seca.

— Demorou demais — respondeu uma voz mais suave e rouca. Eu me retesei, reconhecendo *aquela* voz. O aborrecimento.

A Rainha de Sangue.

Com o osso afiado nas costas, pisquei para tirar a água dos olhos e esperei... Esperei que minha visão desse sentido às silhuetas diante de mim. Que as colocasse em foco.

Callum estava agachado ao meu lado, com um balde na mão. Suas feições ainda estavam embaçadas, mas pude distinguir o nojo no repuxar dos seus lábios.

— Ele não me parece nada bem, Vossa Majestade.

Voltei a atenção para quem aguardava atrás dele. A Rainha de Sangue estava toda empertigada, com o tecido fino do vestido preto colado nos quadris estreitos. Tive que piscar de novo porque tinha quase certeza de que ela não usava a parte de cima. Estava enganado. Mais ou menos. O corpete do vestido era dividido em dois, com os painéis mais grossos do tecido unidos por uma renda transparente que cobria apenas a curva dos seios. Fiquei enojado.

— Ele está fedendo — respondeu Isbeth.

— Vá se foder — murmurei, endireitando um pouco o corpo e deslizando a mão direita para o quadril, perto do osso.

— Adoraria fazer isso. — Ela inclinou a cabeça, e os cabelos presos em um coque alto assumiram um brilho castanho-avermelhado sob a luz do fogo. Quase como os de Poppy. *Quase.* — No entanto, é evidente que você se recusou a tomar banho ou comer.

Comer? Quando foi que trouxeram comida para mim? Foi então que vi um prato a alguns metros de distância. Havia um pedaço de queijo e um pão dormido nele. Não fazia ideia de quando aquilo tinha sido posto ali.

Em meio à confusão, lembrei-me do que Poppy havia me dito durante o sonho. Afrouxei o maxilar e estremeci. O maldito estava doendo. Meu rosto inteiro doía. Os dentes. As presas. Tudo latejava quando encarei a Rainha. O tempo que passei com Poppy na caverna foi a única vez que a necessidade desapareceu, a única vez que me senti como eu mesmo.

— Estava pensando — disse, me agarrando a um momento de clareza — sobre o que vi na Trilha dos Carvalhos.

Isbeth arqueou a sobrancelha.

Forcei-me a engolir em seco.

— Um grande gato cinza preso em uma jaula.

A Rainha inflou as narinas e respirou fundo, dando um passo em frente.

— Quando foi que você viu isso?

— Ah, você sabe. — Inclinei-me um pouco para a frente. — Quando eu estava visitando o Castelo Pedra Vermelha.

— E havia mais alguém passeando com você?

— Quem sabe? — Eu a observei. — Por que você tem um gato enjaulado? É um dos seus... *bichinhos de estimação?*

Seus lábios vermelho-sangue se repuxaram em um sorriso estreito.

— Não o meu favorito. Esse seria você.

— Fico honrado — rosnei, e o sorriso dela se alargou. — O gato não parecia estar lá muito bem.

— O gato está ótimo.

Toquei no osso com as pontas dos dedos.

— Mas ele deve ser velho. Isso se for o mesmo gato de quem Poppy me falou, aquele que ela viu quando era criança.

Isbeth ficou completamente imóvel.

— Ela me disse que viu o gato no subsolo do Castelo Wayfair.

— Penellaphe era uma criança curiosa.

— Você ainda tem aquele gato?

Ela me encarou.

— Ele está no mesmo lugar que estava quando Penellaphe o viu anos atrás — respondeu, e eu me esforcei ao máximo para não sorrir de satisfação. — Mas deve estar com fome. Talvez eu dê um dedo seu para ele comer.

— Por que você mesma não corta o meu dedo? Em vez do seu Menino Dourado?

Callum franziu a testa.

— Eu não sou um *menino.*

— Ou de uma das suas Aias — continuei, sustentando o olhar dela. — Ou está com medo? Está fraca demais?

Isbeth jogou a cabeça para trás e deu uma gargalhada.

— Com medo? De você? A única coisa que me assusta em você é o seu fedor.

— Se é o que diz... — murmurei. — Mas eu sei a verdade. Todo mundo sabe. Sua coragem deriva de manter aqueles mais fortes que você acorrentados.

Isbeth parou de rir.

— Você acha que é mais forte do que eu?

— Claro que sim. — Abri um sorriso, fechando a mão ao redor do osso. — Afinal de contas, puxei a minha mãe.

Isbeth me encarou e então avançou para cima de mim, como eu sabia que faria, porque algumas coisas nunca mudam. Seu ego frágil era uma delas.

Puxei o osso das costas e a golpeei assim que ela fechou a mão ao redor do meu pescoço, logo acima do aro de pedra das sombras.

Isbeth arregalou os olhos e seu corpo inteiro estremeceu.

— Isso é pelo irmão da Poppy — rosnei.

Lentamente, Isbeth abaixou o queixo e olhou para o osso que se projetava no meio do seu peito. Errei o maldito coração dela por dois centímetros, se tanto.

Ela ergueu o olhar na minha direção, com os olhos escuros reluzentes.

— Ai — sibilou ela, me empurrando para trás. Com força.

Minha cabeça bateu contra a parede e a dor explodiu atrás dos meus olhos. Escorreguei para o lado, me segurando antes de cair.

— Isso foi desnecessário. — O peito de Isbeth subiu quando ela estendeu a mão para segurar o osso. As Aias se aproximaram, mas ela as deteve. Apenas Callum permaneceu onde estava, com os olhos atentos.

— Serviu apenas para me irritar.

— E estragar seu vestido — acrescentei. A dor na cabeça intensificou a fome, a necessidade de me alimentar e curar qualquer dano recente que tivesse sido infligido a mim.

Isbeth repuxou os lábios para trás, revelando os dentes cobertos de sangue.

— Isso também. — Ela puxou o osso e o jogou no chão. — Ao contrário do que possa pensar, não quero matar você, mesmo que ficasse muito feliz em fazer isso neste momento. Preciso de você vivo.

Ela continuou falando, mas só ouvi algumas partes. Seu batimento cardíaco acelerou. O cheiro do sangue era intenso. Eu até conseguia ouvir o coração do Espectro dourado e sentir a batida firme das Aias paradas atrás dela.

— Ele precisa de sangue — afirmou Callum.

Tum. Tum. Tum.

— Ele precisa é melhorar esse comportamento — retrucou ela.

Tum. Tum. Tum. Tum.

— Não discordo de você. Mas veja bem os olhos dele, estão quase pretos. — Callum começou a se levantar. — Se não beber um pouco de sangue logo, ele vai...

294

— Rasgar a porra da sua garganta? — concluí por ele. — E passar as suas entranhas pelo buraco?

Callum franziu os lábios conforme me encarava.

— Que bela imagem. Obrigado.

— Vá se foder — rosnei.

— Bem, já sabemos qual é a sua expressão preferida hoje. — Isbeth deu um suspiro, enxugando o sangue que escorria pelo seu abdome. — Não sei por que você está sendo tão difícil. Eu te dei comida, água limpa, um... — ela olhou de relance para um Voraz morto — ... um abrigo razoavelmente seguro. Tudo o que tirei de você foi um dedo. E ainda assim, você me apunhalou.

O absurdo da sua declaração dissipou um pouco do torpor causado pela sede de sangue iminente.

— Enquanto isso, minha filha me tomou a cidade portuária — continuou ela, e eu retesei o corpo inteiro. — Ah, vejo que isso chamou sua atenção. Sim. Penellaphe tomou o controle da Trilha dos Carvalhos, e tenho a impressão de que agora há menos Ascendidos do que antes.

Senti meus lábios começarem a se curvar para cima.

— Sorria o quanto quiser. — Isbeth se curvou, com uma expressão astuta nos olhos maquiados. — Pareço incomodada com a notícia?

Demorei um pouco para me concentrar. Não, não parecia.

— Trilha dos Carvalhos estava destinada a ruir — informou, em um sussurro que mal consegui ouvir sobre as batidas do seu coração. — Tinha que ser assim.

Um som baixo e retumbante ecoou pela cela, e ela se endireitou de repente, estreitando os lábios vermelhos. Eu tinha repuxado os lábios para trás, e aquele som... vinha de mim.

— Ah, pelo amor dos deuses. — Isbeth estalou os dedos e uma das Aias se aproximou. Havia algo na sua mão. Um cálice. — Segure-o.

Callum era rápido, mas eu o vi. Esquivei-me para o lado e me levantei, dando uma cotovelada no queixo do Espectro e assustando aquela vadia. O Menino Dourado grunhiu e cambaleou para trás. Não tive tempo de apreciar nada disso. Avancei para cima dela. A corrente apertou meu pescoço, puxando meu corpo para trás. Disparei para a frente outra vez, sem me importar com o aro apertado em volta do meu pescoço. Sem sentir a dor causada pelas algemas cravadas nos meus tornozelos. Contorci o corpo com força contra as correntes, me esticando todo.

Alguém passou o braço pelo meu peito, me puxando para trás.

— Aquilo doeu — resmungou Callum enquanto chutava a minha panturrilha. O movimento, que eu *devia* ter previsto, me deu uma rasteira.

Caí de joelhos no piso de pedra e uma das Aias segurou as correntes nos meus braços e as torceu. Ela me forçou a cruzar os braços sobre o peito, prendendo-os ali enquanto dedos abriam o meu maxilar e puxavam a minha cabeça para trás.

— Acabem logo com isso — ordenou Isbeth.

Outra Aia surgiu no meu campo de visão conforme eu me contorcia contra o Espectro, escorregando os pés no chão assim que joguei a cabeça para trás. O uivo de dor me fez dar uma risada selvagem e estrangulada quando a cabeça de Callum estalou. Coloquei todo o meu peso em cima dele, imprensando-o contra a parede enquanto arrastava a Aia que segurava as correntes.

— Deuses — gemeu Callum, mudando de posição atrás de mim. — Ele ainda é forte.

— É claro que sim — comentou Isbeth. — Ele é da linhagem fundamental. Eles são sempre fortes. Lutadores. Ninguém de outra linhagem teria sido tão corajoso, ou idiota, a ponto de me apunhalar. E a poucas horas de se tornar um animal sedento de sangue. Além disso, aposto que ele tem o sangue da minha filha nas veias.

Em seguida, tudo virou um borrão escuro de dor e de algo terroso e *carbonizado*. De dedos cravados no meu maxilar, me forçando a abrir a boca. Alguém empurrou um cálice no meu rosto, bem debaixo do nariz, e um cheiro de ferro chegou às minhas narinas antes de se derramar na minha língua, enchendo a boca e escorrendo pela minha garganta.

Arfei, engasgando-me com o líquido espesso e quente, embora cada célula do meu corpo se abrisse, em carne viva e berrando de necessidade.

— Devo confessar uma coisa, querido genro. — A voz de Isbeth parecia um chicote em brasa. — Sabe o que eu nunca quis ser? Uma Primordial. Nunca quis ter *essa* fraqueza.

Isbeth estava mais perto de mim. Perto o bastante para eu pudesse atacá-la mais uma vez, mas o sangue chegou nas minhas entranhas e meu corpo inteiro estremeceu.

— Um deus pode ser morto como um Atlante. Destruindo o coração e a mente. Mas um Primordial? Você tem que enfraquecê-lo primeiro. E você sabe como enfraquecer um Primordial? É cruel. Com amor.

O amor pode ser transformado em arma, enfraquecendo um Primordial e se tornando a lâmina que acaba com a sua existência. — Uma risada suave ecoou ao meu redor. Através de mim. — Fico imaginando o quanto você sabe a respeito dos Primordiais. Devo admitir que também sabia muito pouco. Se não fosse por Malec, eu nunca teria descoberto a verdade. Jamais saberia que um Primordial poderia *nascer* no plano mortal.

Um Primordial nascido no plano mortal?

— Quando os deuses que você conhece Ascenderam para reinar sobre o Iliseu e o plano mortal, forçando a maioria dos Primordiais a partir para a gloriosa eternidade, isso criou um efeito cascata que chamou a atenção dos Destinos. Eles se certificaram de que uma fagulha fosse deixada para trás, a chance de renascimento de um poder maior. Uma centelha da vida Primordial que só poderia queimar na linhagem feminina do Primordial da Vida.

Levantei a cabeça e vi Isbeth com uma nitidez repentina. O que ela estava dizendo, *sugerindo*... Ela não tinha dado à luz uma deusa. Ela deu à luz uma...

Meus músculos se contraíram dolorosamente quando o sangue encheu minhas veias. Era como algo prestes a pegar fogo, mas desanuviou meus sentidos, me afastando aos poucos do precipício.

O cálice desapareceu, e eu dei um gemido de dor enquanto tentava engolir mais, só que não havia mais nada. Era só isso.

E não era o suficiente.

Nem de longe.

Isbeth se aproximou ainda mais de mim, e seu olhar se parecia com pregos enferrujados na minha carne.

— A cor está voltando à sua pele. Já chega. Por enquanto.

Procurei por ela e me dei conta de que tinha fechado os olhos. Forcei-me a abri-los e a encarei.

Ela sorriu, e foi como um soco no meu peito porque era um ligeiro repuxar de lábios. Um sorriso quase tímido e inocente, o mesmo que eu tinha visto nos lábios de Poppy.

A dor no estômago explodiu outra vez, mais intensa do que antes. O pouco de sangue que escorria pelas minhas veias só serviu para me tirar do torpor. Só isso. E não era nenhum alívio.

Ela sabia disso. Sabia exatamente o que aquele gostinho de sangue faria comigo.

Minha mão ardia. Minhas pernas ardiam. Os inúmeros cortes latejavam como se eu tivesse sido picado por vespas. E a fome... a fome aumentou consideravelmente.

Dei um salto do chão, puxando as correntes conforme o rosnado no meu peito retumbava até virar um uivo. Comecei a desmoronar, me despedaçando em fragmentos que não formavam mais um senso de identidade.

Fome.

Foi tudo o que me tornei.

Fome.

21

Poppy

Na noite seguinte, não consegui dormir e me sentei no rochedo ao lado da barraca, balançando os pés acima do chão e observando os galhos das árvores de sangue que se agitavam ao longe. Pássaros noturnos cantavam no meio dos carvalhos sob os quais escondemos o pequeno grupo de barracas e carroças. Dentro da barraca, Kieran cochilava na forma humana. Fiquei aliviada por isso quando fui ver como ele estava pouco tempo antes. Ele não precisava perder o sono só porque minha mente não desligava.

Eu estava inquieta.

Com fome de novo.

E com sede.

Apreciei a paisagem. A Floresta Sangrenta era estranhamente bela, principalmente ao amanhecer e ao anoitecer, quando o céu assumia um tom mais claro de azul e cor-de-rosa. Era vasta. Acho que a maioria das pessoas não se dava conta da sua extensão, abrangendo toda a distância entre a Masadônia e os arredores da Carsodônia. Era basicamente do tamanho do Vale de Niel, e Malec estava sepultado em algum lugar dali.

Ou era o que eu esperava.

No entanto, a vegetação estava começando a diminuir. Através das árvores, consegui avistar o horizonte. E mais além, a capital.

Onde Casteel esperava por mim.

Fazia quarenta dias desde a última vez que o vira pessoalmente. Parecia bem mais do que isso, a cada dia que se passava. Ainda bem que a minha menstruação tinha acabado quando eu estava na Trilha dos Carvalhos e não precisava lidar com isso no meio da floresta.

Era a nossa última noite de acampamento nos arredores da Floresta Sangrenta. Amanhã chegaríamos à Travessia Ocidental. Então ficaríamos a uns dois dias de viagem de onde os Picos Elísios se elevavam nas Planícies dos Salgueiros. De acordo com Kieran, levaríamos um dia — ou talvez dois — para atravessar os Picos e chegar à outra parte das minas que se conectavam com a Colina. Meu coração estava disparado de tanta expectativa.

Mas daqui, se seguíssemos para sudoeste, chegaríamos ao Vale de Niel em um dia, e à Colina da Carsodônia em um dia e meio. Daqui, estávamos a menos de dois dias da cidade em que Casteel estava. Não quatro.

Infelizmente, não podíamos continuar em linha reta. Seria impossível passar pelos portões. Nossa melhor chance era demorarmos mais alguns dias para chegar lá.

Então nós estaríamos na Carsodônia e...

Um calafrio percorreu a minha nuca, deixando minha pele toda arrepiada. Não era só o ar frio. E sim o peso da *percepção*. A Essência Primordial vibrou no meu peito.

Deslizei o corpo, colocando os pés no chão. Vasculhei a Floresta Sangrenta à procura de algum sinal de névoa e desembainhei a adaga de lupino. Dei um passo à frente, silenciosa, conforme procurava incessantemente. Não havia névoa nem gritos estridentes de Vorazes rompendo o silêncio, mas a sensação continuava ali, pressionando a minha nuca.

Espere um pouco.

A floresta estava em silêncio absoluto. As árvores que se agitavam pouco antes pararam de se mexer. Olhei para os olmos. Nenhum pássaro noturno cantava. Tudo estava parado. Mas aquela sensação — o peso da percepção — imperava. Uma frieza roçou a minha nuca. Estendi a mão para trás e a passei sobre a pele. Era como se centenas de olhos me encarassem.

Virei-me lentamente e examinei as sombras densas no meio das árvores, mas não vi nada. Senti outro calafrio quando me aproximei de Winter, que levantou a cabeça. O corcel estava com as orelhas em pé e as narinas dilatadas, como se também sentisse algo.

— Está tudo bem, garoto. — Acariciei a lateral do pescoço dele.

Uma brisa soprou por ali, sacudindo as folhas e levando consigo aquela sensação *opressiva* de estar sendo observada e de não estar *sozinha*. A mesma sensação que tive muitas vezes em Massene e na Terra dos Pinheiros. O peso saiu dos meus ombros. O toque gelado sumiu da minha nuca. Um trinado curto e hesitante ecoou de um pássaro e, depois de um momento, foi respondido por outro. O som voltou à floresta.

A *vida* voltou à floresta.

Perturbada, aproximei-me da barraca, de olho nas folhas bordô das árvores de sangue. Minutos se passaram sem nenhum acontecimento bizarro. Não fosse pela reação do cavalo, eu até pensaria que tinha imaginado coisas.

Pouco tempo depois, Reaver saiu da carroça para ficar de vigia pelo resto da noite. Tentei dizer a ele que podia continuar dormindo, mas ele simplesmente apontou na direção da minha barraca e então se virou. Fui, mas não entrei. Em vez de fazer o que deveria, que era dormir, voltei a andar de um lado para o outro. Minha mente se recusava a se desligar, e eu estava com muita *fome*.

E sabia o que isso significava.

Eu precisava me alimentar.

Deuses!

Fechei os olhos e inclinei a cabeça para trás. Meu corpo estava me avisando, mesmo que jamais tivesse sentido tanta fome assim antes. E sabia que, se esperasse, só iria piorar. Ficaria fraca. E se passasse disso? Lembrei-me do que aquilo tinha feito com Casteel. E embora ele não tivesse passado dos limites, eu não poderia ajudar ninguém se fosse tomada pela sede de sangue. Sabia que não podia mais adiar isso.

Suspirei.

Apesar de tudo, eu me sentia absurdamente constrangida. É claro que Kieran tinha se oferecido, e não era porque eu achasse que me alimentar dele seria errado ou desconfortável. Era só que, bem, as experiências que tive com a alimentação — as que eu me lembrava — envolviam... outras coisas.

Coisas que eu só sentia por Casteel, *com* Casteel.

E se o sangue de Kieran provocasse a mesma reação que o de Casteel, que era bastante afrodisíaco? *Não*, disse a mim mesma. Aquele era o efeito do sangue Atlante. Casteel nunca me disse que o sangue dos lupinos tinha o mesmo efeito.

Fiquei de queixo caído quando um pensamento me ocorreu. Será que Casteel também tinha aquela reação visceral quando se alimentava de outros Atlantes? Como Naill? Ou Emil?

Fiquei bastante curiosa a respeito disso — para fins de pesquisa.

Brinquei com a aliança dele e a levei até os lábios. Alimentação deveria ser intensa de todo modo. Mas e se eu não gostar do sangue de Kieran? Não quero ofendê-lo.

— O que você está fazendo?

Reprimi um gritinho de surpresa conforme girava o corpo ao ouvir a voz de Kieran e então abaixei a aliança. O brilho fraco do lampião a gás lançou uma sombra sobre seu rosto quando ele se curvou na entrada da barraca, descalço. Estava com o braço estendido, segurando a lona para trás.

— O que *você* está fazendo? — retruquei.

— Vendo você andar de um lado para o outro pelos últimos trinta minutos...

— Não se passaram trinta minutos. — Soltei a aliança, deixando-a cair sobre a lapela do meu casaco.

— Sua incapacidade de perceber quanto tempo se passou é um tanto preocupante. — Ele se moveu para o lado. — Você precisa descansar. *Eu* preciso descansar.

— Ninguém está te impedindo — murmurei, sabendo muito bem quem o impedia. Se eu dormia, ele dormia. Se eu ficava acordada, então ele também ficava. O que significava que eu devia estar muito mais irritante do que o normal. Por causa disso, dei um passo, firme e barulhento, para a frente e passei por baixo do braço dele, entrando na barraca.

— Vai ser uma noite divertida — murmurou Kieran.

Ele não faz ideia, pensei enquanto tirava o casaco e o largava no chão, e então praticamente me joguei no saco de dormir.

Kieran ficou me observando enquanto soltava a lona da barraca. Ele se aproximou lentamente de mim, tendo que andar meio curvado.

— Qual é o problema?

— Nada.

— Vamos tentar de novo. — Kieran se sentou de pernas cruzadas ao lado do saco de dormir, sem se incomodar com a terra batida e fria. — Vou te perguntar qual é o problema...

— O que você já fez.

— E você vai me responder com sinceridade. — Um segundo depois, senti um puxão na minha trança. — Certo?

— Certo. — Virei a cabeça na direção dele, sentindo as bochechas coradas e o estômago embrulhado conforme me concentrava na gola da sua túnica. — Eu estou com fome.

— Eu posso buscar... — Kieran relaxou o maxilar. — Ah.

— É — sussurrei, retribuindo olhar dele. — Acho que preciso me alimentar.

Kieran me encarou.

— Foi por isso que você se jogou no chão?

Estreitei os olhos.

— Não me *joguei* no chão. Caí em cima do saco de dormir. Mas sim, foi por isso.

Ele franziu os lábios.

Estreitei os olhos mais ainda.

— Não ria.

— Tá bom.

— Nem sorria.

Ele repuxou um canto dos lábios para cima.

— Poppy, você está sendo...

— Ridícula. — Sentei-me tão de repente que Kieran se afastou. — Eu sei disso.

— Eu ia dizer fofa — respondeu ele.

Revirei os olhos.

— Não há nada de fofo em precisar beber o sangue do meu amigo. Alguém que também é meu conselheiro e o melhor amigo do meu marido. É constrangedor.

Kieran deu uma risada estrangulada, e eu estendi a mão para dar um soco no seu braço como a mulher madura que eu era. Ele pegou a minha mão.

— Não há nada de constrangedor nisso, exceto por você ficar se *debatendo*.

— Uau — murmurei, sentindo o gosto doce do divertimento de Kieran na garganta.

Seus olhos invernais cintilaram quando ele se aproximou de mim, abaixando o queixo.

— O que você precisa fazer é natural. Pode até não parecer agora porque é novidade pra você, enquanto eu convivo com os Atlantes a vida toda. Não há nada de constrangedor ou ruim nisso. — Ele me estudou. — Pra ser sincero, estou orgulhoso de você.

— Por quê?

— Por me dizer que acha que precisa se alimentar — respondeu. — Pensei que você não fosse fazer isso. Achei que esperaria até chegar ao ponto em que estivesse enfraquecida ou coisa pior.

— Bom, obrigada — agradeci. — Eu acho.

— É um elogio. — Ele deslizou os dedos do pulso para a minha mão. — Sabe, gostaria que você tivesse tido a mesma dificuldade em me pedir para sepultá-la.

— Não queria pedir isso a você. Mas...

— Eu sei — disse ele com um suspiro. — Você já se alimentou de Cas, certo? Depois da vez em que Ascendeu?

Assenti e olhei para as nossas mãos dadas. A mão dele era do mesmo tamanho da de Casteel, com a pele um pouco mais escura.

— No navio a caminho da Trilha dos Carvalhos — expliquei. — Não estava me sentindo como agora, com fome, a garganta seca e a cabeça doendo... E nem tenho certeza se tem alguma coisa a ver com isso.

— Cas tinha dores de cabeça de vez em quando. Geralmente logo antes de ficar com fome.

Bem, isso explicava tudo.

— Ele fez com que eu me alimentasse só por precaução. Ainda bem, ou eu provavelmente teria que me alimentar muito mais cedo.

— Você usou bastante éter, principalmente treinando como usá-lo quando estávamos em Pompeia. — Kieran apertou a minha mão. — Imagino que sem o treinamento você poderia ter seguido por mais tempo.

— Sei que Casteel podia passar mais de um mês sem se alimentar se não estivesse ferido, se comesse bem e... — Dei um suspiro. — Você acha que deixaram que ele se alimentasse?

Kieran me encarou.

— Na primeira vez, sim.

— Mas na primeira vez eles o mantiveram faminto. A ponto de matar quando se alimentava. Nós dois sabemos disso. E sabemos o que isso fez com ele. — Fechei os olhos para conter a dor. — Na primeira vez que sonhei com Casteel, ele estava mais magro. Havia cortes em todo o seu corpo. Não o vi desse jeito na última vez, mas acho... acho que ele foi capaz de mudar de aparência porque sabia que estávamos nos sonhos um do outro e não queria que eu me preocupasse.

— Ele se alimentou no navio, certo?

Concordei com a cabeça.

— Então, na pior das hipóteses, faz quarenta dias desde que ele se alimentou pela última vez — observou Kieran.

Levantei a cabeça.

— Você está contando.

— E você não?

— Sim — sussurrei.

Kieran sorriu, mas eu senti o gosto azedo e amargo da tristeza.

— Nós sabemos que ele está ferido, mas já estamos perto. Estamos quase lá. Ele vai ficar bem. Vamos nos certificar disso.

Apertei a mão dele.

— Sei que você preferiria se alimentar de Cas, e eu gostaria que ele estivesse aqui. Por milhões de motivos, Poppy. Mas ele não está, e você precisa se alimentar. — Ele ergueu a outra mão e aninhou a minha bochecha. Sua pele estava quente. — Não só por Cas. Ele obviamente vai precisar de você quando o libertarmos, mas, ainda mais importante, por você mesma. Então vamos fazer isso. — Kieran tirou a mão da minha bochecha. — Certo?

— Certo. — Podia fazer aquilo sem tornar as coisas estranhas. Eu era uma Rainha. Empertiguei a coluna. Era uma deusa. Endireitei os ombros. Podia fazer aquilo sem tornar as coisas esquisitas.

Ou ainda mais esquisitas do que eu já tinha tornado.

Kieran continuou segurando minha mão enquanto pegava uma adaga de uma pilha de armas. Ele escolheu uma lâmina estreita de aço que normalmente usava dentro da bota.

— A alimentação pode ficar intensa — lembrou ele, atraindo meu olhar para o seu. — O que você sentir ou deixar de sentir não importa.

O que importa é que saiba que isso, tudo isso, é natural. Não há vergonha aqui. Nem julgamento. Eu sei disso. Cas sabe disso. E você também precisa saber, Poppy.

Aquilo era novidade para mim. Tudo aquilo, mas eu sabia que não tinha nada do que me envergonhar quando se tratava de Casteel ou Kieran. A tensão se dissipou na minha lombar e depois no meu peito, onde eu nem tinha me dado conta antes. Soltei o ar lentamente e assenti.

— Você está segura aqui.

Eu sabia que sim.

Kieran virou nossas mãos para cima. Senti um nó no estômago quando ele encostou a ponta da lâmina no pulso. Parte de mim não conseguia acreditar no que estava vendo, que aquela era a minha vida agora. E outra parte ainda era a mesma pessoa de seis meses atrás, que sequer teria cogitado o ato de beber sangue, e que provavelmente teria vomitado só de pensar em me alimentar.

Mas a Poppy do passado não interferia em quem eu era hoje, nem no que precisava ser feito.

Não estava acostumada a me alimentar. Não estava acostumada a ser uma Rainha ou uma deusa. Sequer estava acostumada a poder tomar decisões por mim mesma, muito menos por outras pessoas. Havia muita coisa com a qual eu ainda precisava me acostumar e, como todo o resto, não havia muito tempo para aprender a lidar com a situação.

Simplesmente tinha que fazer isso.

Kieran sequer hesitou ao pressionar a lâmina contra a pele, o sangue jorrando assim que fez um corte pequeno e rápido ao longo do pulso. Estremeci. Não pude evitar. Quase desejei ter presas. Uma mordida devia ser menos dolorosa. Por outro lado, já que eu não fazia a menor ideia do que fazer, era bem provável que uma mordida minha fosse pior ainda.

Porém, o rasgo de cinco centímetros me fez lembrar dos cortes que tinha visto em Casteel e desejei não ter pensado nisso também.

Kieran ergueu o pulso, ainda segurando minha mão. Meu coração começou a bater descompassado. Não sei ao certo em que momento. O cheiro do sangue dele chegou às minhas narinas, e não era um cheiro de ferro. Não, o sangue de Kieran tinha o cheiro da floresta: amadeirado e inebriante, assim como sua assinatura.

Não sabia o que esperar. Que eu fosse começar a salivar? Que meu estômago começasse a roncar? Nada disso aconteceu. O que aconteceu foi... *normal*. É única maneira de descrever. Um novo instinto despertando suavemente, aliviando minha apreensão. Um conhecimento ancestral se apoderou de mim e me guiou. Abaixei a cabeça.

Hesitante, meus lábios, e depois a ponta da minha língua, tocaram no sangue quente, e foi um choque, uma explosão quase tão poderosa quanto quando senti o gosto de Casteel. Exceto que o sangue de Kieran tinha o gosto da sua assinatura, e era como respirar um ar terroso e amadeirado. No instante em que o sangue chegou no fundo da minha garganta, a secura implacável diminuiu e meu peito se aqueceu, me fazendo lembrar do primeiro gole de uísque. O calor afastou a frieza dali, o frio que eu temia que não tivesse nada a ver com a necessidade de me alimentar.

Fechei os olhos. O líquido quente deslizou, chegando até a minha barriga quando o desejo de me agarrar à pele dele e de me alimentar de verdade me invadiu. Estremeci quando um formigamento percorreu minhas veias e atingiu minha pele. Era como... como se a sensação estivesse voltando à minha carne onde eu nem tinha percebido que estava dormente.

— Você precisa beber. — A mão de Kieran apertou a minha. — Não bebericar. E é isso o que está fazendo. Você só está bebericando.

Ele tinha razão, o que era irritante, mas cedi àquele desejo, fechei a boca ao redor da ferida e *bebi*, sugando o sangue para dentro de mim. Foi outro choque — mais brilhante e poderoso à sua própria maneira. Diferente do de Casteel, mas ainda assim estrondoso. E veio acompanhado de uma estranha variedade de cores atrás das minhas pálpebras, tons de verde e azul que giravam sem parar. A tensão nos meus braços e pernas se dissipou conforme eu engolia. O gosto dele era amadeirado e intenso. *Selvagem*. Bebi com mais vontade. Seu sangue...

De repente uma imagem surgiu do meio das cores que rodopiavam. Dois jovens. Sem camisa e com a calça dobrada até os joelhos enquanto caminhavam pela água turva. *Rindo*. Eles estavam rindo e se curvando, afundando as mãos na água para pescar. Embora fossem mais magros e suas peles ainda não carregassem as cicatrizes provocadas pela vida, soube de imediato que eram Casteel e Kieran. Uma lembrança dos dois quando jovens — talvez um pouco antes da Seleção de Casteel ou logo depois.

Casteel se levantou de repente, com um peixe se contorcendo nas mãos.

"Pensei que você fosse um pescador experiente", zombou ele.

Kieran riu e o empurrou e, de alguma forma, os dois caíram na água e o peixe nadou para longe.

A imagem se desvaneceu e sumiu como se fosse feita de fumaça. Captei vislumbres de outras imagens, que entravam e saíam de foco rápido demais para que eu as distinguisse, não importava o quanto tentasse. E então vi fogo.

Uma fogueira.

O céu noturno, cheio de estrelas cintilantes, uma música inebriante e sombras distorcidas. A praia, a da Enseada de Saion. Agarrei-me à lembrança. Movida pela curiosidade, agucei ainda mais os sentidos, seguindo as estrelas dançantes e a fumaça, até que vi... a *mim* mesma.

Eu me vi na praia, usando aquele vestido azul-cobalto deslumbrante que quase me fazia me sentir tão bonita quanto quando Casteel me olhava daquele jeito, com todo o calor e o peso do seu amor. Estava nos braços de Casteel, recostada em seu peito.

Minha pulsação estava acelerada e, lá no fundo, sabia que deveria bloquear os sentidos e sair das lembranças de Kieran. Mas não consegui.

Eu... eu não queria fazer isso conforme observava Casteel pousar a cabeça no meu pescoço e enfiar a mão sob as dobras do vestido, deslizando os dedos entre as minhas pernas. Perdi o fôlego quando me vi reagindo ao seu toque, movendo os quadris em círculos. A imagem de nós dois era tão decadente quanto escandalosa — exuberante, devassa e *livre*.

Tudo parecia *livre* naquela praia.

E Kieran... ele não tinha apenas me visto observando-o com Lyra. Ele ficou *observando* de volta. Senti o gosto picante da excitação na garganta. Nas veias. Senti como se estivesse à beira de um penhasco, pois não foi a única coisa que vi... ou *senti* na lembrança de Kieran. Vi Casteel mordiscando a pele do meu pescoço e erguendo o olhar enquanto pressionava os lábios ali para aliviar a dor. Ele também ficou observando, e a vibração no meu pulso atingiu o meu peito, meu estômago e...

— Que intrometida — murmurou Kieran.

Deixei a lembrança escapar, abri os olhos e encarei Kieran. Seus olhos estavam fechados, e seu rosto, relaxado. Os lábios carnudos se abriram em um sorriso quase imperceptível.

— Já deveria saber que você seria intrometida — continuou ele, mas não parecia bravo. Parecia divertido, e como se tivesse acabado de acordar.

Vagamente, percebi que ele não estava mais segurando minha mão. Era eu quem segurava a mão e o braço dele, logo abaixo de onde minha boca se movia contra a sua pele.

Cílios volumosos se ergueram e olhos azuis semicerrados encontraram os meus.

— Seus olhos estão bem prateados. — Ele tocou na lateral do meu rosto com as pontas dos dedos. — Quase não consigo ver nada do verde.

Com os sentidos aguçados, senti algo defumado sob o gosto do sangue dele, algo que eu não sabia ao certo se tinha a ver com o passado ou o presente, e me dei conta de que deveria ter bloqueado os sentidos antes. Fiz isso e então achei...

Achei que deveria parar. Já bastava. A secura na minha garganta foi embora. A dor lancinante na minha barriga tinha desaparecido. Todos os sentidos pareciam intensificados, mas relaxados também. Saciados. Imaginei que Kieran deveria saber que eu já tinha bebido o suficiente, mas não quis me deter. Aos poucos, percebi que ele não faria isso. Ele me impediria de beber sangue demais de Casteel, assim como já tinha feito antes. Mas agora? Como Casteel, ele me deixaria me alimentar dele sem parar.

E uma pequena parte de mim queria continuar me alimentando até me afogar em seu gosto amadeirado, mas eu não podia fazer isso. Não queria enfraquecê-lo. Afastei a boca do seu braço.

— Obrigada — sussurrei.

Kieran respirou fundo.

— Não precisa me agradecer, Poppy.

Meu coração ainda vibrava, e meu corpo também. Eu me sentia afogueada, como se o suéter que usava fosse grosso demais. Não estava tão quente quanto com Casteel, quando peguei fogo. Era diferente. Mais como o torpor agradável segundos antes de adormecer.

Ainda estava segurando o braço de Kieran e não sei o que me fez contar o que tinha visto. Se foi o sangue ou a sensação de estar mais leve, mais quente e menos vazia.

— Vi suas lembranças. Esqueci que isso poderia acontecer. — Eu o observei atentamente. — Vi você e Casteel quando eram mais novos...

— Nós estávamos tentando pescar com as próprias mãos — explicou. — Malik nos desafiou. Não sei por que pensei nisso. A imagem surgiu do nada na minha cabeça. — Ele fez uma pausa. — Não foi só isso que você viu.

— Não.

Não havia nenhum sinal de constrangimento no rosto dele. Nem de vergonha.

— Você vai ficar brava.

Não achava que fosse capaz de me irritar naquele momento.

— Por quê?

— Quando percebi que você estava na minha cabeça, pensei em outra coisa — respondeu ele, e fiquei imaginando se aquelas imagens rápidas que não consegui captar foi porque ele estava vasculhando as próprias lembranças. — Pensei na praia de propósito. Imaginei que você fosse ficar chocada.

— Babaca — murmurei.

— Mas a questão é que — continuou ele como se não tivesse me ouvido — acho que você não ficou nem um pouco chocada. Acho que ficou foi *curiosa.*

Estava enganada.

Eu *era* totalmente capaz de ficar aborrecida. Fiz menção de soltar o braço dele e notei que a ferida ainda gotejava sangue.

Passei os dedos perto do corte, sentindo uma espécie de formigamento quente pelos braços, que não era muito diferente da sensação causada por seu sangue. Um brilho suave e prateado irradiou sobre seu antebraço, penetrando no corte que ele havia feito.

Kieran estremeceu ligeiramente.

— Isso é... diferente.

Percebi que nunca tinha curado Kieran.

— É ruim?

— Não. — Ele engoliu em seco.

— Vamos torcer para que você nunca mais precise sentir isso. — Soltei o seu braço, e ele encarou o pulso. Havia apenas uma réstia de sangue, que ele rapidamente limpou, revelando uma cicatriz rosada que provavelmente sumiria pela manhã.

— Não vai reconhecer o que eu disse sobre estar intrigada? — indagou.

— Não. — Voltei para o saco de dormir e me deitei de lado.

Kieran sorriu e tirou os olhos do braço.

— Vai fingir que não sabe que eu estava observando vocês dois, e que você e Casteel estavam nos observando?

— Sim. — Fechei os olhos. Meu coração estava desacelerando, assim como a vibração no meu sangue. — Aliás, de nada. Por curar o seu corte.

Kieran bufou baixinho e se mexeu. Ouvi o clique da lanterna se apagando e depois o som dele se despindo. Pouco depois, senti quando se deitou ao meu lado na forma de lupino. Então caí no sono e dormi profundamente.

Mas não encontrei Casteel.

22

O cinza do crepúsculo havia muito dera lugar ao sol conforme cavalgávamos para o sudoeste. A estrada de barro conhecida como Travessia Ocidental estava aninhada entre as áreas densamente arborizadas que margeavam as Colinas de Três Rios e Ponte Branca.

Kieran e eu seguíamos ao lado da carroça guiada por Reaver. Ficamos em silêncio a maior parte da manhã. Alertas, com os músculos tensos. Já havíamos passado por um grupo de Caçadores. Mantive a cabeça baixa, com o rosto oculto pelo chapéu de abas largas e a capa, e os sentidos aguçados, procurando por algum sinal de suspeita. Não captei nada quando eles nos cumprimentaram com um aceno e seguiram em frente, mais concentrados em chegar ao próximo destino do que em olhar com atenção para nós. Ninguém queria ficar do lado de fora de uma Colina, nem mesmo com muitas horas de luz do dia ainda por vir.

Olhei de relance para Kieran, que examinava a floresta. Não havia nada de estranho ou constrangedor entre nós quando acordei de manhã. Não que eu estivesse fingindo que não tinha me alimentado dele. Só não era uma questão. Segui seu olhar, estreitando os olhos para espiar entre as folhas resplandecentes. Havia chovido naquela manhã. Não muito, mas o suficiente para deixar poças na estrada. Através das árvores, vi que a vegetação tinha sido derrubada para agricultura no sopé da Colina. Avistamos pessoas curvadas e trabalhando nos campos.

— São crianças? — perguntou Reaver, depois de perceber para o que estávamos olhando.

Elas estavam muito longe para que eu pudesse confirmar.

— Não seria nada incomum.

— Elas não deveriam estar em algum instituto de aprendizagem?

— Nem toda criança recebe educação — expliquei, percebendo que Reaver não saberia como era a vida em Solis. — Poucas pessoas têm dinheiro para mandar os filhos para a escola. Então muitas crianças começam a trabalhar cedo, algumas com dez anos de idade. Elas acabam nos campos até que possam aprender um ofício ou entrar no treinamento para se tornarem Guardas da Colina.

— Que coisa... — Reaver parou de falar.

— Horrível? — sugeri.

— E em Atlântia? Também é assim?

— É completamente diferente — respondeu Kieran. — Todas as crianças recebem educação.

— Não importa se forem pobres? — indagou o dragontino.

— Não há uma disparidade de renda como aqui em Solis. Atlântia cuida do povo, independentemente se podem ou não trabalhar e quais habilidades e ofícios aprenderam.

— Como era o Iliseu? — Fiz Winter contornar um enorme buraco na estrada.

— Depende do lugar — respondeu Reaver. — Depende do que você acha bonito e do que acha assustador.

Franzi o cenho, mas antes que pudesse pedir que entrasse em detalhes, ele disse:

— Parece que o plano mortal não mudou muito desde a última vez em que estive aqui.

Arqueei as sobrancelhas.

— Você já veio aqui antes?

Ele assentiu:

— Vim aqui quando a área para onde creio que estamos viajando era conhecida pelo nome de Lasania.

— Lasanha? — Kieran arqueou as sobrancelhas e eu franzi a testa. Onde foi que ouvi esse nome antes?

— Não. Eu não disse lasanha. É Lasania. La-sa-ni-a — vociferou Reaver.

— Eu ouvi lasanha — murmurou ele. — Como era quando você estava acordado? Essa *Lasania* da qual fala?

Os traços angulosos do rosto de Reaver foram encobertos pela aba do chapéu quando ele espiou por entre as árvores.

— Não vinha ao plano mortal com muita frequência. Só algumas vezes. Apenas quando era necessário. Mas acho que era bem parecido com isso aqui. Com Solis. Foi onde a Consorte nasceu. Ela era a Princesa, a legítima herdeira do trono.

Fiquei tão boquiaberta que meu queixo poderia alcançar o chão lamacento.

— O quê?

— A Consorte era mortal? — A surpresa de Kieran se equiparava à minha.

— Parcialmente mortal — corrigiu Reaver, seguindo uma revoada de pássaros que pairava no céu.

— Como alguém pode ser parcialmente mortal? — indaguei.

— Do mesmo jeito que você era parcialmente mortal — ressaltou ele.

Ah, bom. Nessa ele me pegou.

Inclinei-me para a frente, olhando para onde ele estava sentado, no banco do cocheiro.

— Como *ela* era parcialmente mortal, Reaver?

Ele deu um suspiro de exasperação, como se já devêssemos saber daquilo.

— Ela nasceu com uma centelha do Primordial da Vida nas veias.

— Hum — murmurei. — Parece mais pervertido do que suponho que fosse a sua intenção.

Reaver bufou.

— O que isso significa, afinal? — perguntou Kieran, e percebi que tinha sido o jeito mais educado que ele já havia feito uma pergunta a Reaver.

— Significa que ela nasceu com a essência do verdadeiro Primordial da Vida nas veias — respondeu ele, o que não explicava nada. — E não estou falando do tipo que os terceiros filhos e filhas têm. Era uma centelha de puro poder.

Sacudi a cabeça.

— Por que será que eu sempre fico ainda mais confusa depois de falar com você?

— Isso me parece uma dificuldade pessoal sua — afirmou Reaver.

Kieran fez um barulho que se parecia muito com uma risada reprimida.

Virei a cabeça na direção dele, que rapidamente assumiu uma expressão séria.

— Parem um instante — pediu Reaver, retesando o corpo. — Há outro grupo na estrada.

Examinei a estrada, sem enxergar nada sob a luz do sol que se infiltrava ali.

— São mais Caçadores?

— Acho que não. — Kieran inclinou a cabeça para o lado, atento. — Há cavalos demais.

— Como você consegue ouvir alguma coisa? — murmurei, apertando os olhos para... o nada.

— É definitivamente um grupo bem maior — confirmou Reaver enquanto outro bando de pássaros levantava voo.

— Será que são soldados? — Fiz Winter trotar mais devagar. Não tínhamos visto nenhum soldado até o momento, o que significava que a Coroa de Sangue devia tê-los transportado pelo Mar de Stroud ou que eles já haviam chegado e estavam dentro da Colina. A outra opção não era muito provável: a Coroa de Sangue tinha abandonado as cidades.

— Me deem um momento. — Kieran entregou as rédeas para mim. — Vou ver se consigo me aproximar.

— Tome cuidado.

Com um aceno de cabeça, ele desmontou rapidamente do cavalo e caminhou entre as árvores e arbustos.

— Espero que ele seja mais silencioso do que isso — comentou Reaver secamente.

— Ele será.

Os poucos minutos que se passaram antes da volta de Kieran pareceram uma eternidade.

— São soldados mesmo. Cerca de trinta ou quarenta no total — informou Meu coração deu um salto dentro do peito. — Estão perto de onde a vegetação diminui.

Olhei de volta para a estrada. Trinta ou quarenta era um número grande de soldados.

— Posso simplesmente queimá-los.

Virei a cabeça na direção de Reaver.

— Não.

— Mas seria rápido.

— De jeito nenhum!

— Deixe-me cuidar disso. — Ele começou a descer da carroça.

— Não se transforme e comece a queimar as pessoas, Reaver.

— Por que não? É divertido.

— Não para todo mundo...

— É divertido para mim.

— Fique na carroça — ordenei. — Se você se transformar e começar a queimar as coisas, todos saberão que temos um dragontino conosco. Se Isbeth ensinou a Vessa como usar a Magia Primordial, então ela também pode usá-la para matar o restante dos dragontinos — lembrei a ele.

— Até onde eles sabem, nós não temos mais nenhum.

— Você que sabe — resmungou ele.

— Tenho uma ideia — anunciou Kieran. — Não é grande coisa, mas se eles chegarem perto de você, vão ver que não é uma Caçadora.

E também veriam as cicatrizes.

Kieran se agachou, e eu observei, confusa, enquanto ele mergulhava as mãos em uma das poças.

— Você não vai gostar disso, mas será uma camuflagem, desde que eles não olhem nos seus olhos.

A aura prateada atrás das minhas pupilas era difícil de esconder, mas aquilo era melhor que nada. Encolhi-me, fechando os olhos quando Kieran estendeu a mão. A sensação e a textura não eram nada agradáveis conforme ele passava a lama na minha testa, nas minhas bochechas e então no meu queixo. Não me atrevi a respirar fundo, caso não fosse somente chuva e lama. Kieran fez a mesma coisa no próprio rosto. Não ofereceu o mesmo tratamento a Reaver, e não sei ao certo se foi por causa do olhar que o dragontino lhe lançou ou porque seria muito bizarro se nós três estivéssemos cobertos de lama.

— Eles já estão quase aqui — avisou Reaver.

Kieran tomou as rédeas e voltou para a sela. Então se inclinou e puxou a aba do meu chapéu para baixo. Nós nos entreolhamos e ele sussurrou:

— O que você disse para Reaver também vale para si mesma?

A essência pulsava intensamente no meu peito.

— Espero não ter que fazer essa escolha, mas não serei tão escandalosa quanto o Sr. Queime-Todo-Mundo aqui se isso acontecer.

Reaver bufou:

— Não vou deixar que eles nos capturem — avisei a Kieran, sustentando seu olhar. — Mas lembre-se do que pedi a você.

Ele sabia do que eu estava falando. Que se eu usasse a essência e entrasse no modo assassino — se não recuasse —, ele deveria me deter.

Kieran cerrou o maxilar, mas assentiu, endireitando-se na sela. Mantive o queixo abaixado e ergui o olhar. Reaver tinha pousado a mão direita no punho da espada que eu sabia que estava guardada entre os dois assentos do banco.

— Independentemente do que acontecer, não se transforme. — Olhei para Reaver. — Não se revele.

Ele não pareceu muito satisfeito com aquilo, mas assentiu.

O som da aproximação dos cavalos fez o meu coração disparar dentro do peito e o éter vibrou em resposta, sussurrando nas minhas veias. Cavalos salpicados de lama dobraram a curva. Vi as armaduras vermelhas e brancas dos soldados, com escudos combinando, estampados com o Brasão Real da Coroa de Sangue. A essência pressionou minha pele, me dizendo que eu poderia acabar com aquilo antes mesmo que começasse. Poderia fazer isso silenciosamente, quebrando o pescoço deles apenas com a minha vontade. Poderíamos passar por eles como se nada tivesse acontecido.

Só que algo teria acontecido.

Eu teria matado homens que ainda não provaram ser uma ameaça. Uma ação que seria descoberta e levantaria perguntas que poderiam alertar os outros sobre a nossa presença. Uma ação que tornava aquele lugar vazio dentro de mim cada vez mais frio.

— Parem! — gritou um soldado, com o elmo adornado por uma crista feita de crina de cavalo tingida de vermelho. Os cavaleiros também a usavam, mas para um mortal o adorno simbolizava que ele era de alto escalão. Provavelmente um tenente.

Obedecemos, como qualquer Caçador obedeceria a uma ordem de um soldado de alto escalão.

O tenente avançou, ladeado por três soldados que não tinham cristas nos elmos. Uma máscara, de tecido fino e preto, cobria a maior parte do seu rosto, deixando apenas os olhos visíveis sob o elmo. Ele lançou um olhar de esguelha na direção de Reaver e então se voltou para nós dois.

— De onde vocês vêm e para onde vão?

— De Novo Paraíso, senhor. Estamos indo para as Planícies dos Salgueiros. — Kieran não hesitou nem por um segundo. — Para entregar o mais recente lote de uísque.

Agucei os sentidos e me concentrei no tenente. Senti um gosto salgado na garganta, de desconfiança ou de cautela. Nenhum dos dois era incomum.

O tenente permaneceu ao lado de Kieran enquanto outro cavalgava adiante.

— Três Caçadores para transportar uísque? Parece um exagero.

— Bem, senhor — respondeu Kieran —, algumas pessoas acham que o dobro da quantidade não é o suficiente para proteger algo tão valioso quanto essa bebida.

Um dos outros soldados deu uma risada áspera enquanto outro levantava a lona na parte de trás da carroça. Ele acenou com a cabeça para o tenente.

Mordi a parte de dentro dos lábios quando o soldado estendeu a mão para examinar os caixotes. As armas que tínhamos guardado ali estavam mais perto do banco, mas mesmo que ele as encontrasse não levantaria muitas suspeitas.

— Esperamos chegar nas Planícies dos Salgueiros antes do anoitecer — acrescentou Kieran, e enfiei a mão direita sob a dobra da capa quando o gosto de cautela emanou mais forte do tenente. Segurei o cabo da adaga de lupino, só por precaução.

O tenente incitou o cavalo a avançar.

— Aposto que sim.

Retesei o corpo ao ouvir o ronco baixo de Reaver. Ninguém mais parecia ter ouvido. Olhei de relance para ele, que tinha a atenção fixa no tenente.

Segurei firme as rédeas de Winter quando o soldado examinou Kieran mais de perto. O homem era mais velho, possivelmente na quarta ou quinta década de vida, o que era bastante incomum para qualquer pessoa que passasse algum tempo do lado fora de uma Colina.

— O que foi que aconteceu com vocês?

— Encontramos alguns Vorazes no meio da noite — respondeu Kieran. — As coisas ficaram feias.

O soldado assentiu enquanto o tenente se aproximava, olhando de Kieran para mim. Permaneci imóvel.

— Você é tímida, não é? Teme encarar seu superior, e ainda assim está aqui do lado de fora da Colina? — O tenente estalou a língua em desaprovação. — E jovem, pelo que parece.

Desconforto tomou conta de mim conforme ele continuava a me encarar. Embora estivesse de cabeça baixa, pude sentir o seu olhar.

Ele estendeu a mão e estalou os dedos na frente do meu rosto. Uma onda de calor percorreu a minha pele.

— Olhe para mim quando eu falar com você.

Senti o gosto ácido da raiva quando meu olhar passou do pano preto e se deparou com olhos cinzentos como aço.

Um longo e tenso momento de silêncio se passou enquanto o outro soldado virava o cavalo. O tenente sustentou meu olhar, arregalando os olhos lentamente. Foi então que percebi que ele tinha visto o brilho atrás das minhas pupilas. Suas emoções deram um nó na minha garganta. Desconfiança deu lugar a uma rápida explosão de assombro e, em seguida, à mácula do pavor.

— Bons deuses — balbuciou ele, e então me dei conta de que o nosso reles disfarce havia sido descoberto. — O *Arauto*...

Avancei, desembainhando a adaga em um movimento rápido. Os reflexos do tenente eram bem treinados, mas ele era mortal, e eu não. Ele brandiu a espada, mas foi o máximo que conseguiu fazer. Cravei a adaga em seu pescoço, cortando a máscara de tecido e, então, sua garganta. Suas palavras terminaram em um gorgolejo úmido.

— Isso foi por estalar os dedos na minha cara. — Puxei a lâmina. O tenente agarrou o pescoço ao escorregar da sela, caindo na estrada lamacenta.

Um caos controlado irrompeu quando Reaver girou o corpo e atirou uma faca fina. A lâmina atingiu o soldado antes que o homem tivesse a chance de reagir à morte do tenente. Kieran desceu do cavalo em um piscar de olhos e se postou ao lado do outro. Pegou o soldado pelo braço, arrancando-o da sua montaria.

— Posso queimá-los agora? — perguntou Reaver quando o restante dos soldados entrou em ação. Muitos começaram a cavalgar na nossa direção enquanto Kieran montava no cavalo de um deles. Uma lâmina reluziu sob a luz do sol assim que deslizou pela garganta do soldado.

— Não. — Desci de Winter, caindo agachada no chão conforme embainhava a adaga de lupino. — Nada de queimar...

— Nada de diversão, isso sim. — Reaver se abaixou e pegou uma besta que eu nem sabia que estava aos seus pés enquanto eu tirava uma espada curta presa ao meu quadril.

Reaver se levantou do banco com a besta na mão. Disparando em sequência, derrubou vários soldados com uma mira invejável. Os soldados a pé corriam atrás dos cavalos em fuga. Rebati o golpe pesado de um soldado muito maior que eu. O impacto sacudiu o meu braço. Ele deu uma risada. Grunhi quando a essência se fundiu com a minha vontade. Usei-a para dar um empurrãozinho naquele homem gigantesco. Nada que exigisse um grande gasto de energia, mas o soldado derrapou vários metros para trás, arregalando os olhos acima da máscara de tecido.

Fiz como Vikter havia me ensinado durante as horas de treinamento. Bloqueei tudo. Meus sentidos. O medo de que Kieran ou Reaver dessem um passo em falso e fossem derrubados, de que fossem feridos ou coisa pior antes que eu pudesse chegar até eles. Bloqueei as emoções quando o homem se equilibrou antes de cair para trás. Fiz o que Vikter me ensinou. Mas dessa vez lutei como se cada fôlego dos *meus* amigos pudesse ser o último. Agachei-me, apoiando a mão livre no solo úmido enquanto chutava, dando uma rasteira no soldado, que desabou no chão com um gemido.

Kieran apareceu de repente, cravando a espada logo acima do peitoral da armadura do homem conforme eu me levantava. Girou a lâmina e encontrou o meu olhar.

— Temos que dar o fora daqui.

— Concordo. — Olhei para cima e vi Reaver derrubando outro soldado com um golpe brutal na cabeça.

— Lá vem mais — alertou Kieran enquanto retirava a espada das costas de um soldado.

Voltei a cabeça para a frente. Logo adiante, na curva, um grupo cavalgava às pressas, com o manto branco da Guarda Real voando sobre os ombros. A presença deles não era nada boa. Pensei em todas as possibilidades. Tínhamos que dar o fora dali bem rápido, o que significava abandonar a carroça. Poderia ser um problema mais tarde, mas teríamos que lidar com isso depois.

Disparei e entrei no ataque, me esquivando sob o golpe de uma espada. Girei o corpo para trás quando uma flecha passou zunindo pela minha cabeça e acertou a lateral da carroça, onde a haste ficou vibrando.

Enfiei a espada entre as placas da armadura no peito do homem. Rodopiei e agarrei o elmo de outro, puxando sua cabeça para trás enquanto deslizava a lâmina em sua garganta. Soltei-o e deixei que caísse quando outra flecha cruzou os ares, atingindo o chão diante de mim.

Parei de supetão, perdendo o fôlego assim que vi a ponta da flecha — a ponta preta e brilhante da flecha — enterrada no chão.

Pedra das sombras.

Voltei o olhar para os Guardas Reais, que nos atacaram com tudo. Outra flecha atravessou o ar, quase acertando Reaver. Fúria se apoderou de mim, misturando-se ao éter. Kieran disparou na direção dos Guardas Reais, praguejando enquanto eu invocava a Essência Primordial. O éter respondeu de imediato, percorrendo minha pele e enchendo minha visão de prata conforme eu abaixava a espada e seguia em frente. Passei por Kieran e joguei as espadas no chão enquanto o éter se derramava de mim, fluindo para a terra enlameada com uma reverberação de luz, luz e *sombras* agitadas. Minha vontade se fundiu com a Essência Primordial quando a primeira fileira de Guardas Reais se abateu sobre nós, com as espadas em riste.

Seus pescoços se viraram bruscamente para o lado, um após o outro. Cinco deles. As espadas escorregaram das mãos subitamente flácidas e eles caíram junto com as armas, mortos antes mesmo de saírem das selas. Os cavalos passaram por mim a galope enquanto Kieran dava um grito.

Senti uma dor lancinante perto da clavícula e dei um passo para trás. Respirei fundo quando olhei para baixo e vi uma flecha cravada no meu ombro.

O éter pulsava violentamente, combinando com a explosão de dor que irradiava do meu braço. A Essência Primordial se derramou em todas as células do meu corpo, enchendo minha garganta com aquele gosto sombrio, defumado e um pouco doce. O gosto da *morte*.

E foi isso que me tornei.

A morte.

O Arauto que o tenente tinha me chamado.

— Merda — murmurou Reaver atrás de mim.

Agarrei a haste da flecha, sem sentir nada enquanto a arrancava dali. Repuxei o lábio quando vi a pedra das sombras e o sangue pingando dela, o meu sangue. A essência faiscou dos meus dedos e reverberou pela flecha, queimando a haste antes de penetrar na ponta feita de pedra das sombras, despedaçando-a por dentro.

A estrada tremeu e se abriu sob meus pés. Raízes grossas saíram do solo, se desenrolando e afundando na lama. O cheiro de sangue e de solo fértil tomou conta do ar enquanto o chão rugia. Uma sombra pairou sobre mim enquanto uma árvore de sangue crescia, com o tronco de um tom reluzente de cinza. Diminutos botões brotaram dos galhos nus, abrindo em folhas da cor do sangue.

Ouvi berros quando Kieran estendeu a mão na minha direção. Gritos de guerra quando Reaver entrou em confronto com os Guardas Reais que avançavam por entre as árvores. Outra voz soou por baixo de todo o barulho. Uma voz que pedia cautela. Que exigia que os guardas recuassem. Uma voz que eu *quase* reconheci.

Levantei a cabeça e procurei entre os soldados, encontrando o arqueiro ao lado da estrada, agachado no tronco de uma árvore. Estreitei os olhos quando minha vontade cresceu mais uma vez. Seu pescoço se retorceu tanto quanto o restante do corpo, seus ossos se quebrando conforme se contorcia. A flecha foi disparada assim que ele caiu, atingindo um dos Guardas Reais. Seguiu-se um gemido agudo de dor. O éter se agitou violentamente ao meu redor, serpenteando entre as minhas pernas, ricocheteando do chão e se estendendo na direção dos carvalhos. Aquela parte fria, dolorida e vazia dentro de mim cresceu ainda mais conforme eu voltava a atenção para os soldados que cavalgavam na nossa direção. O gosto amargo do medo, a acidez da raiva e o salgado da determinação me alcançaram, preenchendo aquele vazio dentro de mim. Absorvi tudo enquanto os fios cintilantes se estendiam na minha mente, formando um arco pela estrada e se conectando com cada um deles.

Voltei suas emoções contra eles, devolvendo todo o medo e raiva. Toda a determinação, fúria e... *morte.*

Os soldados soltaram suas rédeas e armas, segurando a cabeça com força quando toda aquela emoção se derramou sobre eles. Seus gritos — seus uivos de dor — rasgaram o ar conforme eu avançava. *Flutuei* por entre os cavalos agitados, com os cavaleiros caindo das selas tanto atrás de mim quanto na minha frente. Eles definharam na estrada, arrancando os cabelos enquanto a massa agitada de luz e escuridão pulsava, reverberando entre os cavalos empinados, à procura...

— Já chega! — soou um grito.

De uma voz que me detive.

Uma voz que finalmente reconheci.

Eu a encontrei. Encontrei-a parada no meio da estrada, um pesadelo de carmim — vestida com um casaco carmim, como se fosse uma segunda pele, abotoado da cintura até o queixo. Cabelos pretos como o breu caíam sobre seus ombros, emoldurando um rosto parcialmente oculto por uma máscara de asas pintadas em vermelho-escuro.

Mas eu sabia que era *ela*.

— Você — sussurrei, e a palavra chegou até ela em uma onda de fumaça e sombras.

A Aia sorriu.

— Nos encontramos mais uma vez.

Ela não estava sozinha.

Não prestei atenção nos Guardas Reais parados perto dela, com as espadas tremendo. Mas nas *outras*. Com capuzes cor de sangue. Havia dez delas. Com os rostos ocultos. Assim como suas mãos e o restante do corpo. Mas eu tinha certeza de que eram Espectros.

A Essência Primordial rodopiava e estalava ao meu redor, estendendo-se e depois recuando ao se aproximar dos Espectros. Senti a pressão do corpo de Kieran atrás de mim e ouvi o rosnado baixo de Reaver. Minha atenção permaneceu fixa *nela*.

— Não vim aqui para invadir nenhuma das cidades — avisei.

Seu olhar azul-prateado encontrou o meu.

— Por enquanto.

— *Por enquanto* — confirmei.

— Eu sei por que você está aqui.

Abri bem os dedos ao lado do corpo, acendendo brasas de fogo prateado e sombras densas.

— Então deve saber que não vai me impedir dessa vez.

— Isso é discutível.

Raiva tomou conta de mim, silenciando aquela voz que queria me lembrar do que senti quando a Rainha de Sangue ordenou que ela avançasse, desespero e impotência. Duas coisas que sentia toda vez que o Duque Teerman me chamava para seu escritório.

Não podia me importar com os sentimentos dela.

Reaver se aproximou para que só eu pudesse ouvir sua voz.

— Posso queimá-las?

Repuxei o canto dos lábios e comecei a dizer que sim.

— *Ela* vai matá-lo — afirmou a Aia.

Tudo parou. A respiração de Reaver. O éter pulsante. Tudo. Todo o meu ser se concentrou nela conforme sentia a aliança de Casteel entre os meus seios como uma marca a ferro e fogo.

— No caso improvável de você passar por nós, *ela* vai descobrir e então *vai* matá-lo — avisou a Aia suavemente. — Ela vai dizer que não queria fazer isso e será uma meia-verdade, pois sabe muito bem o que isso fará com você. A dor que lhe causará.

— Não sou tola — rosnei.

Ela inclinou a cabeça.

— Eu disse que você era?

— Você deve achar que sim para acreditar que pode me convencer de que ela se importa com a dor que inflige.

— O que você acredita é irrelevante. O que importa é que ela acredita. Na verdade, não é só isso que importa. Ela matá-lo também importa — acrescentou ela com um encolher de ombros —, não é? E ela vai fazer toda uma encenação também. Mandá-lo de volta para você em *mais* pedacinhos dessa vez. Um de cada vez...

— Cale a boca. — Dei um passo à frente, com a essência chicoteando ao meu redor, açoitando a poucos centímetros do seu rosto.

A Aia nem piscou.

— Estávamos esperando você entrar em ação e vir atrás do seu Rei. Sabíamos que havia dois caminhos que poderia seguir. A Rainha acreditava que você iria direto para a Carsodônia, marchando até os portões da Colina e provando ao povo que é o Arauto da Morte e da Destruição.

Senti o estômago azedo com a volta do temor. Se eles estivessem dizendo às pessoas que eu era o Arauto, a guerra e suas consequências seriam muito mais complicadas.

— Não acreditei nisso — prosseguiu. — Disse a ela que você entraria pela porta dos fundos. Pelas minas. — A Aia sorriu, e Kieran praguejou atrás de mim, mas havia alguma coisa no seu sorriso. Algo familiar. — É o que *eu* faria.

Não era um choque que eles suspeitassem que eu faria algo do tipo. Nós já sabíamos disso. A *surpresa* era que aquela Aia tinha acertado.

No momento, nada disso era importante.

— Isbeth sabe o que vou fazer se ela o matar. Ela não se atreveria.

324

— Ah, se atreveria sim. — A Aia deu um passo em frente. — Eu sou a preferida dela... depois de você.

De novo. Havia alguma coisa na maneira com que ela disse aquilo. Algo que desfez o controle que a fúria tinha sobre mim. Só não sabia muito bem o quê.

— Poppy — alertou Kieran baixinho atrás de mim. — Se ela estiver falando a verdade...

Eu não poria Casteel em risco.

De novo não.

Tomei um fôlego com menos gosto de fumaça, fogo e morte. Contive o éter. Os fios se retraíram, deslizando sobre a grama e a estrada conforme o zumbido no meu sangue se acalmava. A raiva permaneceu, controlada apenas. Quando o brilho prateado sumiu da minha visão, a dor aguda no ombro voltou, me lembrando de que um deles tinha conseguido me acertar.

Teria que lidar com isso mais tarde.

— O que vai acontecer agora? — perguntei.

A Aia abaixou o queixo.

— Nós vamos escoltá-la para a Carsodônia, onde você vai se encontrar com a Rainha.

Dei uma risada.

— Ah, mas não vou mesmo.

— Acho que você não entendeu...

— Não, foi *você* que não entendeu. — Atravessei a curta distância entre nós, parando bem na frente dela. De perto, percebi que tínhamos a mesma altura. Sua constituição era um pouco mais esguia que a minha, mas não muito. — Só porque não vou mata-la não significa que vou concordar com os seus planos.

— Isso seria um erro. — Ela estreitou os olhos atrás da tinta. — Por que você tem lama no rosto?

— Por que você tem tinta no seu? — retruquei.

— *Touché* — murmurou ela. — Mas você ainda não me respondeu.

Nesse instante, uma brisa soprou, trazendo um cheiro de decomposição e... lilases podres. Voltei o olhar para os Espectros imóveis.

— Elas estão fedendo.

— Que grosseria.

Olhei de volta para ela.

— Mas você não.

— Eu não — confirmou ela, e isso era estranho.

Mas também não importava.

— Acho que você só precisa pegar o seu bando de fedorentas e sair do nosso caminho.

A Aia deu uma risada — gutural e curta, mas quase genuína.

— E deixar que você e o seu bando de bonitões passem por nós? — Ela inclinou a cabeça na direção da minha, falando tão baixinho que mal pude ouvi-la. — Ah, mas não vou mesmo, *Penellaphe*.

Eu a encarei e agucei os sentidos, sentindo o gosto doce do divertimento. Só isso. Não era grande coisa.

— Você não tem muita opção, Rainha de Carne e Fogo — advertiu. — Se for tão esperta quanto espero que seja, então acho que já se deu conta de que não vai entrar na capital despercebida. Nem pelas minas, nem pelos portões.

Atentei-me à sua escolha de palavras. Ela não me disse que eu não conseguiria *fugir*. Só que não entraria na capital despercebida. Que estranho.

Além disso, ela tinha razão.

Não haveria mais ataques furtivos. Não colocaria Casteel em risco ao permitir que Reaver fizesse o que queria. Não era o melhor caminho para a capital. Nós estaríamos sob vigilância, mas era uma maneira de entrar.

— Deixe os meus companheiros irem embora e vou sem discutir — pedi.

— De jeito nenhum — vociferou Kieran, surgindo ao meu lado de repente. — Não vamos nos separar.

Virei-me para Kieran, mas ele me interrompeu antes que eu pudesse dizer mais uma palavra:

— Nem comece. Não vamos sair do seu lado. De jeito nenhum. — Ele disse a última frase na direção da Aia: — Ah, mas não vamos mesmo.

A lealdade dele era admirável, e eu...

O dragontino deu um passo em frente.

— Se você quiser que a Rainha de Carne e Fogo, a Portadora da Vida e da Morte — disse ele, e admito que prefiro a sua versão do título que a profecia havia me dado —, a *acompanhe* até a capital, então permitirá que seu Conselheiro e eu viajemos com ela como uma demonstração de boa-fé.

Kieran sustentou meu olhar, em uma clara advertência de que nem ele, nem Reaver me deixariam partir sozinha. Reprimi a frustração e preocupação de que aquilo fosse perigoso demais para os dois e me voltei para a Aia.

— Você é quem decide. Porque, ao contrário do que pensa, não estou sem opções.

— Que seja — concedeu ela. — Não dou a mínima para isso. Não é como se vocês fossem prisioneiros.

Kieran virou a cabeça na direção dela.

— O que foi? — perguntou, arregalando os olhos com uma surpresa fingida.

— Não somos prisioneiros? — indaguei.

— Não. Vocês são *convidados*. — Ela fez uma reverência com o tipo de floreio que eu achava que só Emil era capaz de fazer. — Convidados muito distintos. Afinal de contas, você é a filha da Rainha e uma deusa. Você e todos que a *acompanharem* serão tratados com o maior respeito — afirmou com um sorriso alegre e excessivamente largo. — E se eles *não* quisessem se juntar a você, poderiam dar o fora daqui imediatamente.

Não acreditei na parte sobre sermos-tratados-com-respeito nem por um segundo.

— De qualquer modo, espero partir em breve. A Rainha deseja falar com você sobre o futuro dos reinos e o Verdadeiro Rei dos Planos — acrescentou ela, sustentando meu olhar, e...

— Você não piscou nem uma vez. Isso é assustador — observei, olhando para os Espectros. Elas ainda não tinham se mexido. — Mas não tão assustador quanto elas.

Ela bufou:

— Você ainda não viu nada.

— Mal posso esperar.

— Então... — Ela deu um passo para o lado e estendeu o braço.

Uma mistura de pavor e expectativa se apoderou de mim.

— Eu vou... — Senti um gosto floral na boca quando um formigamento irradiou do meu ombro dolorido, passando pelo peito e descendo até minhas pernas.

Kieran me segurou pelo braço, mas eu não senti nada.

— Poppy?

— Eu... — Uma súbita onda de tontura me dominou, seguida pelo aumento acentuado da náusea. Afastei-me de Kieran, com medo de vomitar em cima dele. Fixei os olhos arregalados e ardentes nos da Aia.

— *Pedra das sombras* — sussurrei com a voz rouca.

Ela olhou para mim, movendo os lábios, mas não consegui ouvir o que estava me dizendo. Não consegui ouvir nada. Meu coração deu um salto dentro do peito e minhas pernas cederam sob o meu peso.

E então... não havia mais nada.

23

— Você tem que me soltar, querida. Precisa se esconder, Poppy... — Mamãe ficou imóvel e então se afastou, enfiando a mão dentro da bota. Ela tirou uma lâmina fina e preta dali e depois girou o corpo, subindo tão rápido que mal consegui acompanhar os seus movimentos.

Havia mais alguém ali.

— Como você pôde fazer isso? — Mamãe deu um passo para o lado para bloquear parcialmente o armário, mas pude ver que havia um homem na cozinha. Alguém vestido com uma roupa escura como a noite.

— Sinto muito — disse ele, e eu não reconheci a sua voz.

— Eu também. — Mamãe deu um golpe, mas o homem encapuzado a pegou pelo braço...

E então os dois ficaram ali, sem se mexer. Eu estava paralisada dentro do armário, com o coração acelerado e suando.

— Tem que ser feito — disse o homem. — Você sabe o que vai acontecer.

— Ela é só uma criança...

— Mas ela será o fim de tudo.

— Ou apenas deles. O começo...

O vidro se estilhaçou e o ar se encheu de gritos.

— Mamãe!

Ela virou a cabeça ao redor.

— Corra. Corra...

A cozinha pareceu tremer e chacoalhar. A escuridão fluiu para dentro do aposento, cambaleando pela parede e caindo no chão, e eu continuava paralisada. As criaturas de pele cinza invadiram o cômodo, gotejando sangue.

— *Mamãe!*

Corpos estalaram na minha direção. Bocas com dentes afiados. Uivos estridentes rasgaram o ar. Dedos ossudos e frios tocaram a minha perna. Dei um grito conforme voltava para dentro do armário...

Um jato de algo úmido e fedorento atingiu o meu rosto e os dedos gélidos me soltaram. Comecei a me afastar. O homem das sombras surgiu na porta do armário. Ele enfiou a mão ali dentro, e eu não tinha para onde ir. Ele me segurou pelo braço, me puxando para fora.

— Deuses, me ajudem!

Em pânico, tentei me soltar quando ele golpeou com o outro braço as criaturas que vieram para cima dele. Meu pé escorregou no piso úmido e me virei para o lado. Mamãe estava ali, com o rosto manchado de vermelho. Estava sangrando quando cravou a estaca preta no peito do homem das sombras. Ele resmungou, soltando um palavrão que ouvi Papai dizer certa vez. Seu toque afrouxou conforme ele caía para trás.

— Corra, Poppy — arfou Mamãe. — Corra.

Corri. Na direção dela...

— Mamãe... — Garras agarraram meu cabelo e arranharam minha pele, me queimando como naquela vez em que encostei na chaleira quente. Gritei, berrando pela minha mãe, mas não conseguia vê-la na massa de corpos entrelaçados no chão.

Vi o amigo do Papai na porta. Ele deveria nos ajudar — ajudar a Mamãe —, mas ficou olhando para o homem de preto que se erguia do meio da turba de criaturas que se retorciam e se alimentavam, e eu senti o gosto amargo do horror que emanava dele me sufocando. Ele deu um passo para trás, sacudindo a cabeça e indo embora. Ele nos abandonou...

Dentes afundaram no meu braço. Uma dor lancinante percorreu o meu braço e deixou o meu rosto em brasa. Caí, tentando afastá-los de mim.

— Não. Não. Não! — gritei, me debatendo. — Mamãe! Papai!

Uma dor terrível e profunda irrompeu no meu abdome, se apoderando dos meus pulmões e corpo.

Em seguida, eles caíram ao meu redor e em cima de mim, flácidos e pesados, e eu não conseguia respirar. A dor. O peso. Eu queria a minha mãe.

De repente eles se foram, e eu senti uma mão na bochecha e depois no pescoço.

— Mamãe.

Pisquei para afastar o sangue e as lágrimas.

O Senhor das Trevas pairava acima de mim, com o rosto oculto sob o capuz da capa. Não era a mão dele na minha garganta, mas algo frio e afiado. Ele não se mexeu. Sua mão tremeu. Ele hesitou.

— Eu a vejo. Eu a vejo olhando de volta para mim.

— Ela deve... Ele é o viktor dela — ouvi Mamãe dizer com uma voz que parecia embargada. — Você sabe o que isso significa? Por favor. Ela deve...

— Bons deuses.

O objeto gelado se afastou da minha garganta, e eu fui levantada no ar, flutuando na escuridão acolhedora, com o corpo presente e ausente ao mesmo tempo. Estava deslizando para o nada, cercada pelo cheiro das flores. As flores roxas que a Rainha gostava de ter no quarto. Lilases.

Havia mais alguém comigo em meio ao vazio. Elas se aproximaram, com um tipo diferente de escuridão antes de falarem:

Que florzinha poderosa você é.

Que papoula poderosa.

Colha e veja-a sangrar.

Já não é mais tão poderosa.

Acordar foi difícil.

Sabia que tinha que acordar. Tinha que ver se os meus companheiros estavam bem. Casteel estava ali. E aquele pesadelo... Queria ficar bem longe dele, mas meu corpo parecia pesado e inútil, desconectado de mim. Estava flutuando para outro lugar e vaguei até não me sentir mais oprimida. Respirei fundo e meus pulmões se expandiram.

— Poppy?

Senti uma mão no meu rosto, quente e familiar. Forcei-me a abrir os olhos.

Kieran pairava acima de mim, exatamente como... como o Senhor das Trevas no pesadelo. Só que rosto dele estava apenas embaçado, não escondido.

— Oi.

— Oi? — Um sorriso surgiu lentamente em seu rosto quando ele deu uma risada rouca. — Como você está?

Não sabia muito bem enquanto observava suas feições se tornarem mais nítidas.

— Bem. Acho que estou bem. O que foi que aconteceu? — Engoli em seco e me retesei quando senti o gosto terroso e amadeirado na garganta, me dando conta de que estava deitada em cima de algo incrivelmente macio. — Você me alimentou? De novo? — Não ouvi Reaver nem mais ninguém. — Onde nós estamos?

— Uma pergunta de cada vez, tá bom? — Sua mão permaneceu na minha bochecha, mantendo meus olhos fixos nos dele. — Aquela flecha de pedra das sombras estava revestida com algum tipo de toxina. Millicent me disse que a deixaria inconsciente por alguns dias...

— Millicent? — Franzi o cenho.

— A Aia. É o nome dela — explicou. — Já que confio mais em uma víbora do que nela, eu lhe dei sangue, só por precaução.

— Você... não devia ter me dado mais sangue. Precisa dele.

— Os lupinos são como os Atlantes. Nosso sangue se renova rapidamente. É um dos motivos pelos quais nos curamos tão depressa — prosseguiu, e eu me lembrei de Casteel ter me dito algo parecido. — Seu braço está doendo? Na última vez que vi, já parecia curado.

— Não está mais doendo. Graças a você, posso apostar. — Comecei a virar a cabeça, mas ele deslizou o polegar sobre meu queixo, me segurando ali. Meu coração palpitou quando me dei conta de outra coisa que ele havia me dito. — Há quanto tempo estou inconsciente?

O jeito que ele olhou para mim fez o meu coração disparar dentro do peito.

— Você ficou desacordada por dois dias, Poppy.

Sustentei seu olhar e não sei muito bem o que percebi primeiro. A brisa salgada que erguia as cortinas de uma janela ali perto. A *cama* macia em que eu estava deitada e que sempre foi grande, não importava o meu tamanho. A ausência da capa dos Caçadores e a túnica cinza e sem mangas que Kieran usava em seu lugar. Ou que a rima misteriosa que ouvi no pesadelo estava ligeiramente diferente. Virei a cabeça. Dessa vez Kieran não me impediu. Ele tirou a mão da minha bochecha e a colocou em cima da cama. Atrás dele, vi um amplo teto de mármore e arenito mais alto que muitas casas — pintado em tons pastel de azul e branco — no meio de colunas curvas que fluíam das paredes e ao longo da câmara da... *torre* em forma de cúpula.

O éter vibrou no meu peito quando olhei para onde sabia que havia duas colunas, emoldurando uma porta banhada a ouro. Uma porta que costumava ficar destrancada, mas que eu duvidava muito que fosse o caso agora. A câmara não era pequena nem grande, mas tão *luxuosa* quanto eu me lembrava. Havia um dossel cinza-claro preso aos quatro postes da cama. Um espesso tapete cor de creme cobria o chão entre a cama e as colunas. Ao lado, havia uma mesa delicada com detalhes dourados e cadeiras adornadas em ouro. Um amplo armário ocupava uma das paredes — um armário que já teve mais bonecas e brinquedos do que roupas.

Kieran sequer teve a chance de não esbarrar em mim quando me sentei de supetão.

— É melhor ir com calma...

Coloquei as pernas para fora da cama e me levantei. Estava tonta, mas não tinha nada a ver com a pedra das sombras ou a toxina. A incredulidade tomou conta de mim quando atravessei a câmara circular

— Ou não — murmurou ele.

Fui até a janela, com o coração disparado. Agarrei a cortina macia como manteiga e a puxei para o lado, mesmo já sabendo o que veria.

O topo das passarelas cobertas que atravessavam o pátio bem cuidado, que ficava à sombra de uma muralha mais alta do que a maioria das Colinas. As majestosas propriedades aninhadas atrás de outra muralha. Meus olhos se voltaram para as fileiras de jacarandás roxos que ladeavam a estrada além dos portões. Eu os segui até as colinas cheias de árvores verdejantes e telhados cor de terracota, um ao lado do outro, cobertos de trepadeiras repletas de papoulas vermelhas. Avistei os Templos. Eram as construções mais altas da Carsodônia — mais altas até mesmo que o Castelo Wayfair — e estavam localizados no Bairro dos Jardins. Um deles era feito de pedra das sombras e o outro era feito de diamante — diamante triturado e calcário. Segui as árvores reluzentes até onde a Ponte Dourada brilhava sob o sol.

Estávamos na Carsodônia.

Girei o corpo.

— Quando foi que chegamos aqui?

— Ontem à noite. — Kieran se levantou. — Eles nos trouxeram direto para Wayfair. Um cretino dourado estava esperando por nós nos portões. Ele queria nos separar. Disse que seria inapropriado ficarmos juntos ou alguma bobagem do tipo, mas eu expliquei a ele, com riqueza de detalhes, que isso não iria acontecer.

Não fazia a menor ideia de quem seria o *cretino* dourado.

— E Reaver?

— O dragontino está em um quarto lá embaixo. Nós estamos na...

— Ala leste de Wayfair. Eu sei. Esse era o meu quarto quando eu morava aqui — interrompi, e ele tensionou o maxilar em resposta a essa informação. — Você ficou aqui o tempo todo? Como sabe se Reaver está bem?

— Eles o trouxeram até aqui quando pedi para vê-lo. Ele estava bastante bem-comportado, o que deve ter sido o mais perturbador de tudo. Mas eles lhe deram roupas limpas e comida, assim como fizeram comigo. Reaver está sob vigilância em seus aposentos. — Kieran deu um sorriso sarcástico. — Bem, tão preso quanto eles pensam que estamos. Eles não têm a mínima ideia do que ele é. Caso contrário, duvido que o colocariam em um quarto, trancariam a porta e deixariam por isso mesmo.

— E ele ficou mesmo dentro do quarto?

Kieran assentiu.

— Até ele parece saber que é melhor não agir impulsivamente quando estamos literalmente no coração do território inimigo.

A Essência Primordial pressionou minha pele, reagindo ao turbilhão de emoções. Senti como se *eu* estivesse prestes a agir impulsivamente.

— A bolsinha...

— Está bem ali. Eu a peguei. — Ele acenou para a cadeira almofadada cor de marfim do outro lado da cama.

Graças aos deuses.

— Você... você *a* viu?

A Rainha de Sangue.

Isbeth.

— Não. Não vi nenhum Ascendido, exceto por um pequeno exército de cavaleiros. Eles estão por toda a parte. Do lado de fora do quarto, no corredor, em todos os andares — informou. — Quase esperei encontrá-los dentro do maldito armário. As Aias e aquele cretino dourado foram os únicos que interagiram conosco.

Mas ela estava aqui.

Tinha que estar.

— E quanto a Malik?

Kieran fez que não com a cabeça.

Fechei os olhos, respirando fundo.

— Quem é esse dourado de quem você está falando?

— Seu nome é Callum. Ele é um Espectro. E há algo muito estranho nele.

— Há algo muito estranho nisso tudo — murmurei. Minha cabeça parecia estar desconjuntada, passando do pesadelo confuso para a percepção de que estávamos na Carsodônia. Dentro do Castelo Wayfair. Era muita coisa para digerir. Como nossos planos haviam saído dos trilhos. O controle que perdemos ou nunca tivemos. Senti uma pontada de pânico ameaçando afundar as garras em mim. Não podia deixar que isso acontecesse. Havia muita coisa em jogo. Tinha que lidar com aquilo.

Minhas mãos tremiam quando eu as fechei ao lado do corpo.

— E aquela Aia? Millicent?

— Não a vejo desde que chegamos aqui.

Dei um suspiro.

— Você percebeu que ela disse que não entraríamos na Carsodônia despercebidos se não fôssemos com ela? Não que não conseguiríamos *fugir*. Isso não lhe pareceu estranho?

— Não há nada que eu *não* ache estranho a respeito dela.

Bem, tive que concordar com isso.

Forcei minha mente a desacelerar e se concentrar, pousando as mãos no parapeito quente da janela e olhando lá para fora. O céu estava cor-de-rosa. Meu olhar voou imediatamente para as torres de pedra das sombras do Templo de Nyktos e, em seguida, para a cúpula de diamante do Templo de Perses. Estavam situados um de frente para o outro, em bairros diferentes, um com vista para o Mar de Stroud e o outro, nas sombras dos Penhascos da Tristeza.

Se Casteel estivesse no subsolo, em um sistema de túneis como o da Trilha dos Carvalhos, então poderia estar sob qualquer um dos dois.

Assim como meu pai.

Eu estava onde queria estar, mas não como queria ter chegado ali. Olhei para a distante Ponte Dourada, que separava o Bairro dos Jardins das áreas menos afortunadas da Carsodônia. Meu coração finalmente desacelerou. Meus pensamentos se acalmaram conforme o éter sossegava no meu peito.

— Não é tão ruim assim.

— Não, não é — concordou Kieran, juntando-se a mim na janela. — Nós estamos aqui.

— Não que tenhamos passagem livre pelo castelo ou pela cidade — argumentei. — Estamos sendo vigiados e não temos como saber o que a Rainha de Sangue está planejando. Ela não vai deixar nós três alimentados e vestidos nos nossos quartos por muito tempo.

— Não, esse não é o estilo dela.

O olhar de Kieran seguiu o meu.

As gaivotas davam um voo rasante e pairavam sobre a Colina, no ponto onde começava a fazer uma curva e dava vista para a Cidade Baixa e depois para o mar, onde o sol poente resplandecia nas águas azuis. O brilho suave incidia sobre os jardins dos terraços e telhados inclinados, e mais ao longe, onde as casas eram empilhadas umas em cima das outras e mal havia espaço para respirar, a luz quente ainda banhava a cidade. A Carsodônia era linda, principalmente ao anoitecer e amanhecer, assim como a Floresta Sangrenta. Mais uma prova de que algo tão deslumbrante na superfície também poderia ser medonho nas profundezas.

— Onde você acha que o nosso exército está? — perguntei.

— Ah, já deve estar em Novo Paraíso ou até mesmo em Ponte Branca a essa altura — respondeu ele. — Eles vão ficar de três a quatro dias à nossa espera. — Ele inclinou a cabeça e olhou para mim. — Se não voltarmos a Três Rios na data que combinamos com Valyn, virão nos procurar.

Assenti.

— Até que distância você consegue se comunicar com Delano através do *Estigma*?

— Bem longe. Ele já conseguiu entrar em contato comigo das Terras Devastadas, mas acho que não consigo alcançá-lo de tão longe.

— Também acho que não. — Ele espiou pela janela. — Mas a Carsodônia não deve ser muito mais extensa que a distância entre as Terras Devastadas e Pompeia, não é? — Kieran se virou para mim. — E se ele conseguisse chegar perto da Colina?

Olhei para a muralha gigantesca que se erguia ao longe.

— Então eu conseguiria alcançá-lo.

Algum tempo depois, fiquei de pé, com olhos vazios olhando para mim de rostos de porcelana perfeitamente alinhados ao longo das prateleiras de um lado do armário.

— Por favor, feche essa porta — pediu Kieran atrás de mim.

— Você tem medo de bonecas?

— Tenho medo é de que essas bonecas roubem a minha alma.

Um sorriso irônico surgiu nos meus lábios quando fechei a porta. Estava bisbilhotando, procurando qualquer coisa que pudesse ser usada como arma. Ainda tinha a adaga de lupino comigo, mas eles haviam tirado as armas de Kieran e Reaver. Ofereci a lâmina a Kieran, mas ele recusou. Nenhum dos dois era indefeso, mas eu me sentiria melhor se ele tivesse aceitado a adaga.

— Você brincava mesmo com elas quando era criança? — Kieran ficou olhando para o armário fechado como se esperasse que uma boneca abrisse a porta e enfiasse a cabeça para fora.

— Brincava. — Virei-me para ele e me encostei contra o armário.

— Isso explica muita coisa.

Revirei os olhos.

— Ela... Isbeth me dava uma boneca no primeiro dia do verão de todos os anos até me mandar para a Masadônia. Eu as achava lindas.

Kieran franziu os lábios.

— Elas são assustadoras.

— Sim, mas seus rostos eram lisos e perfeitos. — Toquei na cicatriz da minha bochecha agora afogueada. — O meu obviamente não era, então eu fingia que me parecia com elas.

Ele suavizou a expressão.

— Poppy...

— Eu sei. — Meu rosto inteiro parecia estar pegando fogo. — Era bobagem.

— Eu não ia dizer que era bobagem...

Uma batida alta soou nas portas douradas um segundo antes que fossem abertas.

Era ela.

A Aia.

Millicent entrou nos aposentos, com uma túnica preta de mangas compridas sem nenhum enfeite e que terminava na altura dos joelhos, logo acima das botas amarradas com cadarços. A máscara de asas estava novamente pintada em seu rosto, dessa vez em preto. O contraste com seus olhos claros era espantoso.

— Boa-noite. — Millicent bateu palmas conforme três Aias entravam atrás dela. Estavam vestidas de forma semelhante, mas usavam capuzes soltos que cobriam suas cabeças e bocas, deixando apenas as máscaras pintadas visíveis. Duas delas tinham aqueles olhos azuis quase sem cor. Outra tinha olhos castanhos. Foi então que me dei conta. Era possível que nem todas as Aias fossem Espectros, mas era evidente que nem todos tinham aqueles olhos azul-claros. Minha mãe... ela tinha olhos castanhos. — Fico feliz em vê-la de pé e disposta. — Millicent inclinou a cabeça na direção de Kieran e seu cabelo chamou minha atenção. Era opaco e escuro como a noite, mas parecia... irregular e desbotado em algumas áreas. — Eu lhe disse que ela se recuperaria em um ou dois dias... e meio.

Afastei-me do armário, aguçando os sentidos para ler as emoções dela. Logo me deparei com uma barreira, o que me deixou extremamente aborrecida. Ela estava me bloqueando.

— O que era aquela toxina?

— Algo retirado das entranhas de uma criatura. — Ela encolheu os ombros. — Poderia ter matado um Atlante. Certamente mataria um mortal. Só um dos guardas tinha aquelas flechas. Por precaução, caso você quisesse seguir o seu caminho de guerra de Arauto da Destruição.

— Se você continuar me chamando de Arauto, vou acabar retomando aquele caminho de guerra.

Millicent deu uma risada, mas não foi nada parecida com a da estrada. Parecia falsa.

— Eu a aconselho a não fazer isso. Todo mundo está irritado, ainda mais depois da mensagem que a Coroa recebeu.

— Que mensagem?

— A Coroa ficou sabendo que Novo Paraíso e Ponte Branca estão sob o controle de Atlântia — respondeu ela. — E esperamos que Três Rios seja invadida a qualquer momento.

Vonetta e os generais cumpriram o cronograma. Abri um sorriso.

Os lábios da Aia imitaram os meus.

— A Rainha solicita sua presença.

O sorriso sumiu do meu rosto.

— Água quente está sendo trazida para a sala de banho — anunciou Millicent conforme atravessava o quarto e se jogava na cadeira ao lado da cama. — Assim que ficar apresentável, você será levada até ela.

— *Nós* seremos levados até ela — corrigiu Kieran.

— Se isso o deixar contente, então, por favor, sinta-se à vontade para se juntar à sua amada Rainha. — Ela levantou a mão enluvada. Outra Aia entrou. Ela trazia uma pilha de tecidos brancos no braço e se dirigiu para o armário.

— Pode parar por aí — avisei. — Não vou usar isso.

A Aia parou de andar e olhou para Millicent, que tinha mudado de posição de modo que os ombros ficassem sobre o assento e as pernas contra o encosto da cadeira, cruzadas na altura dos tornozelos. Sua cabeça pendia da beirada da cadeira, e eu não fazia a menor ideia de por que ela estava sentada daquele jeito ou como tinha ficado naquela posição em questão de segundos. Ela fez uma careta para mim.

— E por que não?

— Ela quer que eu me vista com o branco da Donzela. — Olhei para o vestido. — Não me importo com os motivos, mas ela nunca mais vai decidir o que visto ou deixo de vestir.

Aqueles olhos pálidos me observavam por trás da máscara pintada.

— Mas foi o único vestido que me deram.

— Não é problema meu.

— Nem meu.

Encarei a Aia.

— Seu nome é Millicent?

— Até onde eu sei.

Empertiguei a coluna.

— Você tem que entender uma coisa, *Millicent*. Se Isbeth quiser que eu me encontre com ela, então me traga roupas que não sejam brancas. Ou irei me encontrar com ela como estou.

— Você está cheia de terra, sangue e só os deuses sabem mais o quê — ressaltou ela. — Talvez tenha se esquecido, mas sua *mãe* tem mania de limpeza.

— Não se refira a ela como minha mãe. — O éter vibrou no meu peito quando dei um passo na direção da Aia. — Não é o que ela significa para mim.

Millicent não disse nada.

— Ou você me traz outra coisa para vestir, ou eu vou assim — repeti. — E se for inadequado, então me encontrarei com ela só com a pele em que nasci.

— Sério? — disse ela com a fala arrastada.

— *Sério.*

— Quase valeria a pena deixar você fazer isso só para ver a cara dela. — Millicent ficou parada por alguns segundos e então tirou os calcanhares do encosto da cadeira. Cruzei os braços enquanto ela meio que rolava e pulava da cadeira para ficar de pé. Ela virou na minha direção, com o cabelo liso e desbotado cobrindo metade do rosto. — Nesse caso, o problema é meu.

— É.

Millicent soltou o ar ruidosamente.

— Não sou paga pra isso, sabe? — Ela pegou o vestido da outra Aia. — Na verdade, eu nem sou paga, o que é pior ainda.

— Estranha pra caramba — murmurou Kieran baixinho enquanto a observávamos... sair *estrebuchando* do quarto.

As outras Aias continuaram ali, paradas e em silêncio, com os rostos ocultos atrás das máscaras pintadas. Como pude me esquecer delas? Reprimi um tremor ao me lembrar delas caminhando silenciosamente pelos corredores. E Coralena, a única mulher que eu reconhecia como mãe, tinha sido uma delas?

— Vocês têm nome? — perguntou Kieran, examinando-as atentamente.

Elas permaneceram em silêncio.

— Pensamentos? Opiniões? Alguma coisa?

Nada.

Elas sequer pestanejaram conforme ficavam postadas ali entre nós e as portas abertas. Agucei os sentidos na direção delas. Encontrei uma barreira parecida com a de Millicent e visualizei pequenas rachaduras nos seus escudos. Fissuras que se enchiam de luz prateada. Eu me espremi pela abertura e senti...

Uma das Aias estremeceu quando senti o gosto de algo fofinho e parecido com pão de ló. *Paz*. Surpresa, eu me afastei e quase dei um passo para trás. Como elas podiam estar em paz? Aquilo não se parecia em nada com o que captei de Millicent.

— Fico imaginando por que a outra é tão falante — observou Kieran. — E essas aqui não.

— Acho que Millicent não é igual a elas. Não é mesmo? — perguntei às Aias enquanto Kieran me lançava um olhar de esguelha. — Ela é diferente.

— Além do óbvio? — observou Kieran lentamente.

— Ela não tem o mesmo cheiro que as outras.

Kieran franziu o cenho quando se virou na direção das outras Aias.

— Você tem razão.

Millicent voltou logo depois, trazendo roupas tão pretas quanto as que vestia. Passou por mim e Kieran, batendo os pés com força no chão, e largou as roupas em cima da cama.

— Foi o melhor que consegui arranjar. — Ela se virou para mim, com as mãos na cintura. — Espero que você fique feliz, porque *ela* certamente vai ficar irritada.

— Tenho cara de quem se importa se ela fica irritada?

— Não. — Ela fez uma pausa. — Agora não. — Um calafrio percorreu minha espinha quando ela foi até a cadeira e se sentou, cruzando as pernas. — É melhor se aprontar. Vou fazer companhia para o seu... homem.

— Maravilha — murmurou Kieran.

— Quero ver Reaver antes de me encontrar com a Rainha.

— Ele está bem.

— Quero vê-lo.

Millicent franziu os lábios e olhou para mim.

— Ela é sempre tão exigente assim?

— O que você chama de exigente eu diria que é um modo de afirmar sua autoridade — respondeu Kieran.

— Bem, é irritante... e inesperado. — Seu olhar fixo se prendeu ao meu. — Ela nem sempre foi assim.

— Como você sabe? — perguntei.

— Porque eu me lembro de quando você era quieta como uma ratinha, sem dar nem um pio, a menos que fosse noite e tivesse pesadelos durante o sono — respondeu ela.

Senti aquele calafrio outra vez.

— Eu já estava aqui nessa época. Parece que sempre estive aqui — declarou ela com um suspiro. — Eu sou velha, Penellaphe. Quase tão velha quanto o seu Rei...

Antes que me desse conta, eu já estava diante dela, com as mãos em cima das suas, pressionando-as nos braços da cadeira.

— Onde Casteel está? — perguntei, ciente de que Kieran tinha vindo atrás de mim quando as outras Aias se aproximaram.

Já que Millicent não me respondeu, a Essência Primordial pulsou nas minhas veias e abaixei a cabeça para encará-la nos olhos.

— Você já o viu? — A fumaça voltou à minha voz.

Um bom tempo se passou.

— Se quiser vê-lo — alertou, e eu quase perdi o olhar de esguelha que ela lançou na direção das Aias —, sugiro que saia da minha frente, lave o rosto e se arrume bem rápido. Você não tem tempo a perder, Vossa Alteza.

Sustentei seu olhar e então me afastei. Peguei as roupas que ela havia trazido, entrei na sala de banho e me lavei rapidamente com a água limpa e morna. Ouvi Millicent perguntar a Kieran se ele era um lupino e depois começar a tagarelar sobre como nunca tinha falado com um antes. Kieran quase não respondeu a ela.

As roupas pareciam ter saído do seu armário. A túnica de chitão sem mangas caía sobre meus ombros, no lugar onde o ferimento infligido pela flecha de pedra das sombras deveria estar se já não tivesse sarado sem deixar sequer uma cicatriz. O corpete estava apertado, mas as tiras de couro ao redor da cintura e quadris me permitiram afrouxar o tecido para que se ajustasse ao meu corpo mais voluptuoso. A bainha descia até os joelhos e tinha fendas nos dois lados, permitindo que a adaga de lupino permanecesse oculta, mas acessível. Consegui prender a bolsinha em uma das faixas na cintura e deixei a aliança atrás do decote, entre os seios. Ela trouxe uma calça, que desconfiei não ser sua, mas que serviria, então não me importei nem um pouco em saber de quem era.

Fui até a penteadeira, com o coração acelerado conforme olhava para o meu reflexo. O brilho prateado atrás das minhas pupilas estava intenso e achei que a aura tivesse aumentado mais ainda. Pisquei os olhos. Nada mudou.

Parada ali, pensei sobre o sonho — o pesadelo. A minha... mãe havia dito alguma coisa para o Senhor das Trevas. Ele era o *viktor* dela. Foi por isso que o que Tawny me contou parecia tão familiar. Já tinha ouvido aquilo antes. Naquela noite, e só os deuses sabem quantas vezes depois, nos pesadelos que não consigo me lembrar desde então. Leopold. Meu pai. Ele era... ele era como Vikter. Dei um suspiro trêmulo.

Segurei a penteadeira de porcelana com força enquanto examinava as cicatrizes. Elas tinham desbotado um pouco depois que Ascendi, mas agora pareciam mais visíveis do que nunca. Não sei se era por causa da luz brilhante do lampião ou do espelho daquele castelo — daquela *cidade* — que as fazia parecerem tão nítidas.

Meu coração continuou acelerado conforme eu sentia uma mistura de temor e expectativa. A sensação me acometia de modo intermitente desde que acordei e descobri que estávamos em Wayfair. Eu estava ali. No mesmo lugar que Casteel. Que meu pai. E que Isbeth.

— Não tenho medo dela — sussurrei para o meu reflexo. — Eu sou uma Rainha. Uma deusa. Não tenho medo dela.

Fechei os olhos. No silêncio do aposento, meu coração finalmente desacelerou. Meu estômago se acalmou e soltei a penteadeira. Com as mãos firmes, trancei os cabelos ainda úmidos.

Não podia ter medo dela. Não podia ter medo de nada. Não agora.

Pela primeira vez, as cicatrizes nos meus braços e rosto estavam à mostra conforme descíamos para o andar principal do Castelo Wayfair.

Foi uma sensação surreal.

Millicent me levou para ver Reaver e não discutiu quando ele nos seguiu de volta para o corredor. O dragontino estava calado, de cabeça baixa e com o rosto escondido atrás dos cabelos loiros, mas eu sabia que ele estava atento a tudo enquanto atravessávamos o átrio que costumava parecer tão maior e mais bonito.

Quando eu era criança, adorava as vinhas entalhadas nas colunas de mármore revestidas de ouro. Traçava as gravuras delicadas com os dedos até onde conseguia, mas os padrões seguiam até o teto abobadado. Ian e eu costumávamos entrar de fininho no átrio durante o dia e gritar um para o outro, ouvindo nossas vozes ecoarem contra o vidro colorido lá em cima.

Agora, achei tudo... exagerado. Espalhafatoso. Como se todos os enfeites dourados e obras de arte tentassem encobrir as manchas de sangue que ninguém conseguia enxergar.

Mas o fato de parecer menor talvez tivesse algo a ver com o número de pessoas que nos *escoltavam*. Além de Millicent e das quatro Aias, seis Cavaleiros Reais nos flanqueavam com o que presumi ser a chegada adicional de Espectros, por causa do cheiro e da maneira estranhamente silenciosa de andar. Os vampiros usavam máscaras de tecido no rosto e pescoço, que deixavam somente os olhos visíveis sob os elmos. Não estava preocupada com eles. Se tentassem fazer alguma coisa, eu acabaria com todos. Os Espectros seriam um problema, mas tínhamos Reaver conosco.

Entramos no Salão dos Deuses, onde as estátuas dos deuses ladeavam ambos os lados do corredor. Sabia exatamente para onde estávamos indo. Para o Salão Principal. Vasos de lilases se entremeavam aos de rosas noturnas, uma das minhas flores preferidas, entre as estátuas gigantescas. Os rostos dos deuses não apresentavam nenhum traço característico. Eram feitos de pedra lisa, voltados na direção do teto inclinado. Era outro lugar onde Ian e eu brincávamos, correndo entre as estátuas e nos sentando aos seus pés conforme Ian inventava grandes aventuras para os deuses.

Senti um aperto no peito quando olhei para o átrio menor e abobadado, onde havia apenas duas estátuas, ambas esculpidas em rubis.

O Rei e a Rainha de Solis.

— Que cafona — murmurou Kieran ao vê-las.

Millicent parou na nossa frente e, à direita, vi dois Guardas Reais postados ao lado de um par de portas pintadas de vermelho. Os guardas as abriram e o som ecoou da entrada lateral do Salão Principal — murmúrios e risadas, gritos e bênçãos.

344

Millicent olhou por cima do ombro e pousou o dedo nos lábios rosados antes de entrar no Salão Principal. As Aias não a seguiram. Elas deram um passo para o lado, abrindo caminho para nós enquanto Millicent caminhava para a galeria que circundava todo o Salão Principal.

Pressionei a palma da mão contra a bolsinha e me juntei a ela. Não reparei na multidão lá embaixo, nem nos Ascendidos que lotavam as outras seções da galeria. Meu olhar seguiu direto para o palanque do tamanho da maioria das casas. Os tronos eram novos, ainda incrustados de diamantes e rubis, mas os encostos não traziam mais o Brasão Real. Agora tinham o formato da lua crescente. E ambos estavam vazios.

Mas não por muito tempo.

Atrás dos tronos, as Aias entreabriram as flâmulas vermelhas e o Salão Principal ficou em silêncio. Nem uma única palavra foi pronunciada. Dirigentes vestidos com túnicas douradas entraram, segurando firme nas barras de madeira de uma liteira, que mais parecia uma gaiola dourada. Arqueei as sobrancelhas conforme perscrutava a seda vermelha enrolada em cada barra e as camadas diáfanas de cortinas na liteira, ocultando quem estava sentado lá dentro.

— Isso só pode ser uma piada — murmurou Kieran enquanto os dirigentes colocavam a liteira no chão.

Não consegui responder quando as Aias abriram as cortinas e a Rainha de Sangue saiu da liteira dourada. Vivas irromperam por toda a parte e aplausos estrondosos ecoaram nas paredes cobertas de flâmulas e no teto abobadado de vidro.

Todo o meu ser se concentrou em Isbeth quando ela caminhou pelo estrado vestida de branco — um vestido branco que cobria todo o seu corpo, exceto pelas mãos e rosto. Os diamantes da coroa, conectados a cada aro de rubi por uma pedra de ônix polido, eram deslumbrantes. Seus cabelos escuros tinham um brilho acobreado sob a luz das inúmeras arandelas que revestiam as dezenas de colunas que sustentavam o piso da galeria e emolduravam o palanque. Mesmo de onde eu estava, vi que seus olhos estavam delineados de preto e os lábios em um tom brilhante de amora.

A essência se contorceu dentro de mim e pousei as mãos no parapeito enquanto ela se sentava no trono, inclinando a cabeça e *saboreando* a recepção. Tive que me conter para não invocar o poder que rugia nas minhas veias e atacá-la naquele mesmo instante. Fechei os dedos sobre a pedra, pressionando os arabescos dourados gravados nas grades, nas colunas, pelo chão e ao longo das paredes.

— Filho da puta — rosnou Kieran do outro lado.

Desviei a atenção da Rainha de Sangue para o homem sombrio que se juntou a ela, postado à sua esquerda. O ar ardeu nos meus pulmões. A pele marrom-clara era reluzente. Cabelos castanhos entremeados por fios loiros estavam afastados do rosto de feições estranhamente familiares. Maçãs do rosto marcadas. Boca carnuda. Maxilar definido.

— Malik — sussurrei.

Senti o gosto amargo da raiva na garganta, salpicado por uma angústia pungente. Levantei a mão e a pousei sobre a de Kieran. Ele estava se segurando na pedra com a mesma força que eu. Bloqueei a tristeza e a fúria, canalizando um pouco de calor e... e *felicidade*. Um tremor percorreu o corpo dele e, sob a minha palma, os tendões da sua mão relaxaram.

— *Príncipe* Malik — corrigiu Millicent suavemente. — Seu cunhado.

Virei a cabeça na direção dela, que estava olhando para Malik. Tão de perto, pude ver pontinhos nas suas bochechas sob a máscara pintada. Sardas. Apertei a mão de Kieran. Ela olhava para o Príncipe como ele tinha olhado para ela na Trilha dos Carvalhos, com o maxilar cerrado e sem se mexer.

Reaver passou atrás dela, com os músculos dos bíceps e antebraços contraídos. Não parecia incomodado com aqueles que estavam na galeria — os Ascendidos de vestidos de seda extravagantes e joias brilhantes. Embora eles nos encarassem com os olhos curiosos e escuros como a meia-noite.

Não, foi a enorme estátua do Primordial da Vida que chamou a atenção do dragontino.

Ela ficava no meio do Salão Principal, esculpida em mármore branco. Assim como as outras estátuas no Salão dos Deuses, só havia uma pedra lisa onde o rosto deveria estar, mas os detalhes no resto da estátua eram impressionantes e não haviam desbotado desde a última vez em que a vi — das cáligas de sola pesada até a armadura que protegia suas pernas e peito. Ele segurava uma lança em uma das mãos e um escudo na outra.

Os mortais mantinham certa distância da estátua e das pétalas negras, arrancadas das rosas noturnas e espalhadas em torno dos seus pés de pedra.

— Duvido que Nyktos gostaria de saber que sua estátua continua aqui — murmurei.

— Essa estátua não é de Nyktos — corrigiu Reaver com um rosnado baixo.

— Ele está certo — acrescentou Millicent.

A multidão se aquietou antes que eu pudesse perguntar o que eles queriam dizer com aquilo, e então ela disse:

— Meu povo, como vocês me fazem sentir honrada.

A voz dela.

Senti as minhas entranhas gelarem ao ouvir o tom suave e caloroso tão em desacordo com sua crueldade.

— Como vocês fazem eu me sentir humilde — disse ela, e eu voltei a pressionar a grade. Humilde? Quase dei uma gargalhada. — Mesmo em tempos de incerteza e medo, vocês nunca perderam a fé em mim.

Kieran virou a cabeça lentamente na minha direção.

— Eu sei — murmurei.

— E por isso não vou vacilar. Nem os deuses. Não diante de um reino pagão ou do *Arauto*.

24

Um som baixo de assobio ressoou pelo piso do Salão Principal e pela galeria, vindo tanto de mortais quanto de Ascendidos. Senti a nuca rígida enquanto Kieran e Reaver se retesavam.

— "O Arauto e o Portador da Morte e da Destruição das terras concedidas pelos deuses" despertou — disse a Rainha de Sangue, e o assobio cessou. O silêncio se seguiu às suas palavras, o silêncio e a minha crescente incredulidade. — Os boatos que vocês ouviram a respeito das nossas cidades ao norte e a leste são verdadeiros. Elas foram invadidas. Tiveram as Colinas derrubadas. Os inocentes estuprados e massacrados, usados como alimento e *amaldiçoados*.

Eu... eu não conseguia acreditar no que estava ouvindo. Atordoada, examinei a multidão — seus rostos pálidos conforme o gosto amargo do medo roçava a minha barreira. O que eu temia já era verdade. A profecia não era mais um amontoado de palavras pouco conhecidas, era uma arma.

Uma arma usada com habilidade e que não passava de mentiras horríveis. Mentiras que foram contadas e aceitas sem a menor hesitação ou questionamento. Mentiras que já haviam se tornado realidade.

O éter ardeu no meu peito enquanto eu segurava o parapeito com força. A raiva pulsou nas minhas veias.

— As pessoas que ainda estão vivas agora são prisioneiras de governantes bárbaros que passaram séculos conspirando contra nós. Os deuses choram por nós. — Ela se inclinou para a frente no trono, com a coluna reta enquanto mais mentiras saíam dos seus lábios cor de amora.

— Nosso inimigo quer acabar com o glorioso Ritual, o honroso serviço aos deuses.

Os assobios soaram novamente, assim como gritos de negação.

— Eu sei. Eu sei — consolou a Rainha de Sangue. — Mas não tenham medo. Não vamos ceder a eles. Não vamos nos submeter ao horror que eles despertaram, não é mesmo?

Os gritos estavam ainda mais altos agora, um estrondo tão poderoso quanto qualquer rajada de trovão. Kieran sacudiu a cabeça lentamente e minha pele começou a zumbir.

— Não viveremos com medo de Atlântia. Não viveremos com medo do Arauto da Morte e da Destruição. — A voz da Rainha de Sangue reverberou do mesmo jeito que a essência fazia dentro de mim. — Os deuses não nos abandonaram e, por causa disso, por causa da sua fé nos Ascendidos e em mim, jamais o farão. Vocês serão poupados. Eu prometo. Além disso, vamos nos vingar pelo que eles fizeram com o seu Rei. Os deuses se encarregarão disso.

Enquanto as pessoas urravam em apoio a uma falsa deusa, o éter Primordial inchava e pressionava minha pele. Sob as mãos, senti um tremor no parapeito.

Millicent olhou para baixo e então deu um passo para trás. Ela virou a cabeça na minha direção e se aproximou de mim.

— Acalme-se — advertiu ela. — A menos que queira alertar as pessoas de que o Arauto está bem aqui.

Olhei para ela de cara feia.

— Eu não sou o Arauto.

— Não é?

Ela lançou um olhar penetrante para o parapeito. Para as rachaduras que começavam a aparecer no mármore.

— Poppy. — Kieran tocou nas minhas costas e Reaver se aproximou de mim. — Detesto ter que concordar com ela, mas não é a hora de fazer nada precipitado, não importa o quanto você tenha motivos para isso.

— Acho que é uma hora tão propícia quanto qualquer outra — comentou Reaver.

Concordava com Reaver, mas não sabia onde Casteel estava preso. Nem o paradeiro do meu pai. A Rainha de Sangue podia estar bem na minha frente, mas não significava que eles estivessem seguros em algum lugar. Se eu a atacasse, outra pessoa poderia matá-los.

E não se tratava apenas deles e de mim, mas das pessoas lá embaixo que já acreditavam que eu era um monstro, o Arauto. Se eu fizesse alguma coisa agora, acabaria com tudo que estava sendo feito para libertá-los.

Estremeci e contive a essência. Levei alguns minutos, mas então senti Kieran relaxar e Millicent se voltar para o Salão Principal. Finalmente percebi o que estava acontecendo. A Rainha de Sangue estava discursando.

— Pode se aproximar — autorizou ela.

— Que porra é essa? — murmurou Kieran.

Tirei a mão da dele, olhei para baixo e vi uma jovem frágil com um vestido bege que pendia dos ombros curvados. Um casal mais velho a ajudou, sob os olhares atentos dos cavaleiros postados ao lado dos degraus largos e arredondados do palanque. A jovem chegou ao topo e o casal a ajudou a se ajoelhar. Ela levantou um braço trêmulo...

A Rainha de Sangue estendeu os braços e fechou as mãos pálidas e firmes ao redor da mão muito menor e trêmula dela. Havia apenas um anel nos seus dedos, um diamante cor-de-rosa que reluzia sob a luz. Bloqueei os sentidos, mas no instante em que a Rainha de Sangue abaixou a cabeça a alegria da jovem implodiu a minha barreira, doce e suave.

E eu senti um nó no estômago.

— É a Bênção Real. Não sabia que ela ainda fazia isso.

— Será que eu quero saber o que é isso? — perguntou Kieran.

— Os mortais acreditam que o toque de alguém da Realeza tem propriedades curativas — expliquei. As lágrimas escorriam pelas bochechas da mulher. Meu estômago continuou revirado. — Lembro-me deles fazendo fila por dias a fio para ter a chance de receber a Bênção.

— Eles ainda fazem isso — confirmou Millicent.

— Eu acreditava nisso. A Bênção parecia funcionar às vezes. Não sei como. Se era apenas o poder da mente sobre o corpo ou... — Observei a Rainha de Sangue pegar um cálice de ouro de uma Aia e levá-lo aos lábios da mulher. Isbeth abriu um sorriso caloroso e realmente parecia afetuosa e carinhosa conforme inclinava o cálice para que a mulher tomasse um gole. Estreitei os olhos. — Ou se é por causa do que está no cálice que ela os faz beber.

Kieran virou a cabeça lentamente para mim.

— Sangue? Sangue Atlante?

350

Só podia ser.

— Deuses — rosnou ele. — Não curaria alguém com uma doença terminal, mas poderia dar um alívio à pessoa. Poderia funcionar por tempo suficiente para convencer os mortais de que os deuses haviam abençoado a Coroa de Sangue. Que o seu toque era capaz de curar. Que eles e todos os Ascendidos foram Escolhidos.

E funcionou.

Depois de alguns minutos, a cor no rosto da mulher melhorou. Suas feições não pareciam mais tão macilentas. E então... ela ficou de pé sozinha. Seus movimentos eram bruscos, mas ela *estava* de pé.

Aplausos irromperam dos mortais que lotavam o piso do Salão Principal. Muitos se ajoelharam, com lágrimas escorrendo pelo rosto conforme uniam as mãos em oração e gratidão. Em seguida, a Rainha de Sangue ergueu o queixo, ergueu aqueles olhos escuros para a galeria.

Para mim.

E sorriu.

— Não gosto do jeito que eles olham pra você. — A voz grave de Reaver era um mero sussurro, abafada pelo burburinho das conversas e dos acordes suaves da música que pairava até o teto alto da sala de visitas para a qual fomos levados depois que a Bênção Real terminou.

— Pela primeira vez concordo com você — disse Kieran do meu lado.

Os mortais abastados não eram os únicos presentes, de pé em grupos ou esparramados pelos sofás vermelhos, com os dedos e pescoços adornados por joias caras e a barriga cheia de guloseimas servidas por empregados silenciosos.

Os Ascendidos também estavam ali.

Lordes e Ladies vagavam entre os demais como buracos negros, com as joias maiores, os olhares mais escuros e as barrigas provavelmente cheias com um tipo diferente de guloseima.

Os mortais lançavam olhares curiosos na nossa direção, se demorando nos dois homens ao meu lado por razões que não tinham nada a ver com o motivo pelo qual olhavam para mim. Eles eram bastante dissimulados quanto a isso. Por outro lado, os Ascendidos me encaravam abertamente.

— Estão olhando pra vocês porque os acham atraentes. E para mim porque tenho defeitos — expliquei. — E não conseguem entender o que eu estou fazendo aqui entre eles.

— Que porra é essa? — murmurou Reaver, franzindo a testa.

— A elite mortal de Solis imita a Realeza, e os Ascendidos cobiçam as coisas belas. Olhem bem para eles — aconselhei. — São todos perfeitos de um jeito ou de outro. Lindos.

Reaver fez uma careta de desdém.

— Essa é a coisa mais idiota que eu já ouvi nos últimos tempos, e olha que tenho ouvido um monte de idiotices.

Dei de ombros, meio surpresa pelo fato de não estar incomodada. Só de pensar que eles pudessem ver as minhas cicatrizes já me deixava mortificada, mesmo que eu tivesse orgulho delas, do que tinha sobrevivido. Mas eu era uma pessoa diferente na época — alguém que se importava com a opinião dos ricos e da Realeza.

Agora eu não dava a mínima.

Desviei o olhar para os Guardas Reais postados na entrada. Eles também me observavam, assim como as Aias. Millicent tinha ido só os deuses sabiam para onde. Não tinha tempo a perder, dissera ela, e eu também não. O éter pulsava no meu peito. Eu estava ficando muito impaciente.

A Rainha de Sangue sabia que eu estava ali, mas me deixou esperando. Era uma tola demonstração de poder. Ela me colocou naquela sala porque achava que eu fosse me comportar no meio de tantos mortais.

Mortais que não faziam a menor ideia de que havia uma deusa ali.

Era difícil resistir à vontade de mudar aquilo. Toquei na aliança por cima da túnica. Se eu tinha aprendido alguma coisa era que as minhas ações poderiam ter consequências indesejadas. Consequências que poderiam acabar com alguém ferido e comigo rotulada como o Arauto. Então eu esperei. *Impacientemente.* E enquanto fazia isso, eu observava os cavaleiros. Metade deles tinha a mesma rigidez anormal das Aias. Seus peitos não se moviam. Eles não se remexiam ou mudavam de posição. Raramente piscavam os olhos.

— Acho que há Espectros entre os Guardas Reais — observei.

— Faz sentido — concordou Kieran. — Fica mais difícil de distingui-los do que se estivessem de roupas vermelhas.

Por fim, os guardas se afastaram e abriram as portas ornamentadas em dourado. Duas Aias entraram primeiro, com os capuzes abaixados, cobrindo seus cabelos e lançando os rostos pintados nas sombras. A Rainha de Sangue entrou atrás delas, ainda vestida de branco.

Baixei as mãos ao lado do corpo. A raiva pulsava tão furiosamente dentro de mim que eu achava que merecia um elogio por não extravasar ali mesmo. Por ficar parada enquanto os mortais e Ascendidos faziam uma reverência para ela. Nós três não fizemos tal coisa, o que não passou despercebido. O choque caiu como uma chuva fria em cima dos mortais à medida que voltavam à posição anterior. Sussurros ecoaram por toda a sala enquanto a pequena orquestra continuava tocando em seu canto.

Kieran se retesou ao meu lado, e eu voltei a atenção para o homem que entrou atrás de Isbeth.

Malik.

Agucei os sentidos na direção dele e, assim como antes, bati em uma barreira tão grossa quanto a do pai.

A Rainha de Sangue passou pela multidão, distribuindo lindos sorrisos e breves abraços. Sua coroa de diamantes e rubis reluzia sob o lustre quando ela virou a cabeça na minha direção e seu olhar encontrou o meu.

Meu coração não disparou.

Meu pulso não acelerou.

Minhas mãos e meu corpo estavam firmes.

Não senti medo nem ansiedade. Mas não era como se eu não sentisse nada. Sentia apenas uma raiva gélida e acumulada que se infiltrava em todas as células do meu ser conforme ela atravessava a sala, arrastando a bainha do vestido no chão. Em outras palavras, eu estava bastante calma.

Sustentei seu olhar enquanto as Aias seguiam Isbeth e Malik. Os guardas mudaram de posição, assumindo postos a poucos metros de distância um do outro e criando um muro ordenado entre nós e os presentes.

Isbeth parou a poucos centímetros de mim, com aquele sorriso caloroso e *afetuoso* ainda nos lábios cor de amora. Seus olhos escuros, mas não insondáveis, piscaram ao ver minhas roupas.

— Não foi isso que mandei você vestir.

A fúria explodiu dentro de Kieran, tão ardente e intensa que eu não ficaria surpresa se tivesse provocado um incêndio. Mas eu... eu não sentia *nada* além daquela raiva fria.

— Eu sei.

Vi um ligeiro franzir de lábios quando ela ergueu os olhos para os meus.

— O que você está vestindo não é condizente com uma Rainha.

— O que eu visto é escolha minha. Sou eu quem decido o que convém a uma Rainha.

— Já *essa* foi a fala de uma Rainha — retrucou ela. — Ao contrário da última vez em que nos falamos.

— Muitas coisas mudaram desde então.

— É mesmo?

— Sim. Começando com o fato de que você governa menos cidades agora — respondi.

— É mesmo? — A Rainha de Sangue ergueu a mão. O diamante cor-de-rosa brilhou quando ela estalou os dedos. — O que foi perdido ontem pode muito bem ser recuperado amanhã.

Abri um sorriso leve.

— Nunca pensei que você fosse tola.

Ela me encarou com olhos penetrantes.

— Espero que não.

— Mas deve ser se acha que vai recuperar facilmente qualquer coisa que tenha perdido — disparei, ciente de que prendíamos a atenção extasiada tanto dos Ascendidos quanto dos mortais. Contudo, eles não podiam chegar perto o bastante para nos ouvir. Os guardas e as Aias impediam.

— Hum — murmurou ela, pegando uma taça do que parecia ser champanhe de um empregado que passou por ali. — Você gostaria de beber alguma coisa? Qualquer um de vocês?

Não aceitamos a oferta, mas Malik sim, chamando a atenção de Kieran.

— Você me parece bem, *Príncipe* Malik.

O sorrisinho que fazia surgir uma covinha solitária em sua bochecha esquerda veio à tona quando ele tomou um gole de champanhe, sem dizer nada.

Isbeth olhou para Kieran.

354

— E você parece tão delicioso quanto da última vez.

Kieran franziu os lábios.

— Acho que vou vomitar.

— Que adorável. — Sem se incomodar, ela olhou para Reaver, arqueando as sobrancelhas escuras e delicadas. — Não me lembro de você.

Reaver devolveu o seu olhar, inabalável.

— Não lembraria mesmo.

— Interessante. — Ela o estudou por cima da borda da taça estreita. — Diga-me, filha, você conseguiu resistir aos encantos dos homens com quem anda?

— Não vou nem me rebaixar a responder isso — retruquei, e o sorriso de Malik se alargou.

— Jogada inteligente. — Ela deu uma piscadela, e eu senti um nó no estômago. — Aliás, você está enganada.

— Sobre o quê?

— Sobre não conseguir recuperar o que perdi — disse ela, levantando o queixo. — Eu tenho você.

Um arrepio gélido de raiva percorreu minha espinha.

— Você só tem a minha presença aqui porque eu permiti isso.

— Ah, sim. Você *concordou* em vir. Peço desculpas. — Ela se aproximou de mim, e tanto Kieran quanto Reaver ficaram tensos. Eu não. — Você achou mesmo que conseguiria entrar aqui de fininho para libertá-lo? Ora, Penellaphe. *Isso* foi tolice.

Minhas entranhas arderam com toda a frieza que eu sentia.

— Mas estou aqui agora, não estou?

— Está sim, e fico muito feliz com isso. — Ela me estudou. — Temos muito o que discutir.

— A única coisa que temos que discutir é a libertação de Casteel.

Isbeth tomou mais um gole.

— Você se lembra do que aconteceu na última vez em que fez exigências?

Ignorei o comentário.

— E a libertação do meu pai.

A Rainha de Sangue abaixou a taça e contraiu o rosto de tensão.

— Do seu pai?

— Eu sei quem ele é. Sei que você está com ele. Quero os dois de volta.

— Alguém andou falando demais — murmurou ela. — Seu pai e seu Rei estão bem e a salvo onde estão.

A salvo? Quase dei uma risada.

— Quero vê-los.

— Você não fez por merecer — respondeu ela.

Merecer? A essência pressionou minha pele, ameaçando acabar com a minha calma.

— As pessoas nesta sala sabem quem eu sou?

Uma expressão curiosa surgiu em seu rosto.

— Poucas pessoas na Corte sabem que você é minha filha.

Dei um passo à frente, e as Aias se moveram. Isbeth ergueu a mão.

— Não estou falando disso. Elas sabem que eu sou uma deusa, e não o Arauto de quem você fala?

Isbeth não disse nada.

— O que você acha que vai acontecer se eu revelar isso? — perguntei. — O que aconteceria se eu tivesse feito isso durante aquela farsa de discurso e a Bênção Real?

— Melhor ainda, o que *você* acha que vai acontecer se fizer isso? — retrucou. — Acha que elas vão se ajoelhar aos seus pés e venerá-la? Dar--lhe as boas-vindas? Que não vão mais encará-la como o Arauto sobre o qual os deuses alertaram?

— Os deuses não alertaram sobre coisa nenhuma — disparei. — E você sabe disso.

— Ora, minha cara, o que você acha que é uma profecia dita por um deus se não um alerta? — rebateu Isbeth.

Inflei as narinas.

— Eu não sou o Arauto.

Ela sorriu conforme olhava para o meu rosto.

— Querida filha, vejo que uma coisa não mudou.

— Minha antipatia desenfreada por você?

Isbeth riu baixinho.

— Você ainda não aceitou quem e o que você é.

— Sei exatamente quem e o que eu sou — afirmei, ignorando a súbita explosão de medo e inquietação. — Em breve, todos aqueles para quem você mentiu saberão a verdade. Faço questão disso.

— Mais uma vez, o que você espera que as pessoas façam, Vossa Alteza? — perguntou Malik. — Que deem as costas para Isbeth? Quando ela é tudo que conhecem e em quem confiam? Você é uma Donzela que eles acreditam estar morta ou *mudada*. Uma estranha vinda de um reino que temem.

— Cale a boca — rosnou Kieran.

— Só estou falando a verdade — respondeu Malik. — Eles irão temê-la.

— Em vez de temer a falsa deusa diante deles? Uma falsa deusa que roubou a essência de um Primordial há muito esquecido e a usou para matar os guardas do Rei dos Deuses? Quem sancionou a matança de inúmeras crianças durante o Ritual que diz ser honroso? — Arqueei a sobrancelha para Isbeth. Ela estreitou os olhos para mim. — Fico imaginando como eles vão se sentir quando descobrirem que nem o seu nome é verdadeiro. — Ri baixinho. — Tão falsa quanto a Bênção. Quanto o Ritual e tudo que compõe a Coroa de Sangue. Tão falsa quanto a deusa que você quer ser.

— Cuidado — advertiu Isbeth.

— E quanto aos outros Ascendidos? — insisti. — Aqueles que não são favorecidos por você? O que acha que farão quando souberem que você não é um deles? Vamos descobrir?

Ela olhou para mim, com a taça esquecida na mão, conforme Malik se aproximava de nós duas.

— Sugiro que não faça nada tão imprudente, Vossa Alteza — advertiu, colocando a mão no braço da Rainha de Sangue. — Você pode até sair ilesa da catástrofe que criar, mas muitos que estão nesta sala e lá fora não vão. É isso que você quer?

Olhei para a mão dele, momentaneamente atordoada. A repulsa tomou conta de mim, juntando-se à raiva fria.

— Como você pode tocar nela?

Malik encolheu os ombros.

— Por que não poderia?

— Seu desgraçado — rosnou Kieran, dando um passo à frente.

Agarrei o braço de Kieran e o detive, de alguma forma me tornando a parte racional entre nós dois.

O Príncipe olhou para Kieran.

— Faz bastante tempo desde que não nos encontramos, então vou deixar isso pra lá. Parece que você se esqueceu de que posso chutar sua bunda daqui até Atlântia sem suar a camisa.

Os olhos invernais de Kieran brilharam.

— Não me esqueci de porra nenhuma.

— Ótimo. — Malik sorriu. — Agora você sabe que isso não mudou.

Olhei de volta para Malik, para aquele sorriso entediado e indiferente, e agucei os sentidos em sua direção novamente. Deparei-me com aquela barreira espessa, mas dessa vez não me afastei. Não reprimi o impulso sombrio de encontrar seus pontos fracos. Deixei que a essência seguisse meus sentidos, que o poder percorresse aquela muralha, encontrando as rachaduras.

Malik voltou o olhar para o meu, e aquele sorriso lânguido congelou em seu rosto. Não me contive. Cravei o éter em sua barreira mental como se fossem garras, arranhando aquelas lascas de fraqueza. O sangue se esvaiu do rosto do Príncipe conforme eu abria as fissuras. A taça escorregou de seus dedos assim que rompi seus escudos.

Suas emoções se derramaram, cruas e irrestritas, enquanto Malik cambaleava para o lado, em uma mistura selvagem e quase rápida e caótica demais para fazer sentido. *Quase.* Captei o resíduo doce do divertimento fugaz e a acidez da raiva. Malik estremeceu, dobrando o corpo e afundando os dedos nos cabelos. As Aias se aproximaram, ocultando-o da visão dos demais enquanto eu continuava a *arrancar* as emoções dele. Senti notas de acidez e azedume. Partes iguais de vergonha e tristeza. Mas era a amargura afiada como uma adaga que dominava tudo. O temor que havia se transformado em um pânico sempre presente.

Foi então que recuei, me afastando dos buracos deixados em sua barreira. Ele levantou a cabeça. Sangue escorria do seu nariz. A dor aguda diminuiu de intensidade, tornando-se um latejamento enquanto ele olhava para mim.

— Tire-o daqui — ordenou Isbeth com uma voz entrecortada.

Dois guardas avançaram. Um deles segurou-o pelo braço.

Malik se desvencilhou deles.

— Estou bem — murmurou ele, mas não lutou quando os guardas o viraram na direção da porta. Quando se afastou, seus passos estavam trêmulos.

— E alguém limpe essa bagunça — vociferou ela, os olhos escuros brilhando com um toque do éter. — Não foi muito gentil da sua parte, filha. Afinal de contas, ele é seu cunhado.

— Ele fez por merecer — declarou Kieran com um sorriso sarcástico.

— Talvez. — Isbeth deu um passo para o lado enquanto um empregado recolhia apressadamente a taça quebrada. Ela respirou fundo, e aquele leve brilho sumiu dos seus olhos. A tensão deixou sua boca. — Como estava dizendo, temos muito a discutir. A guerra. Os planos. O Verdadeiro Rei. Foi por isso que *eu* permiti que você entrasse na capital.

Ainda abalada pelas emoções de Malik, falei:

— Você quer conversar? Não vou fazer isso antes que liberte Casteel e meu pai.

A risada da Rainha de Sangue soou como sinos de vento.

— Minha querida, pense bem no que está me pedindo. Você quer que eu abra mão da minha vantagem, a única coisa que a impede de fazer algo incrivelmente imprudente e tolo? Algo de que acabaria se arrependendo? Você deveria me agradecer.

Dei um passo para trás.

— *Agradecer?* Você perdeu o juízo...?

— Você é minha filha, Penellaphe. — Ela estendeu a mão e a fechou em volta do meu queixo. Dessa vez, dispensei Kieran e Reaver com um aceno de mão. Seu aperto não doía. Seu toque não era quente, tampouco era frio como o de um Ascendido. — Eu a carreguei no ventre e cuidei de você até que não fosse mais seguro. É por isso que tolero de você o que não tolero de mais ninguém. — Seus olhos cintilaram de novo. — É por isso que vou dar a você, e só a *você*, o que não fez nada para merecer. Mas deve fazer uma escolha. Ou você vê seu Rei, ou seu pai. Não os dois.

— Quero ver os dois.

— Você não tem essa opção, Penellaphe. — Isbeth me encarou fixamente. — E em breve não terá nenhuma. Então faça uma escolha logo.

Retesei o corpo e fechei as mãos em punhos.

— Casteel — forcei-me a dizer, e a culpa me invadiu, beirando a vergonha. Meu pai era importante, mas eu não podia fazer outra escolha.

Isbeth sorriu. Já sabia quem eu escolheria. Ela soltou meu queixo.

— Vou deixar que você veja seu precioso Rei, e então nós duas vamos conversar. E você *vai* me ouvir.

— Vossa Alteza. — O homem diante de mim fez uma reverência. Só podia ser o Espectro de quem Kieran tinha falado. Callum. Tudo nele era dourado: cabelos, roupas, a máscara de asas pintada no rosto... Até sua pele parecia reluzir como ouro. Tudo, a não ser os olhos. Eram do mesmo tom leitoso de azul que os de Millicent. Ela voltou assim que nos levaram para fora da sala, junto com um Malik menos pálido e já não tão presunçoso.

Pelo que pude ver, o Espectro era bonito, com o contorno do queixo e das bochechas quase delicado. Curiosamente, ele me fazia lembrar das bonecas de porcelana guardadas no armário.

— É uma honra finalmente conhecê-la — cumprimentou Callum, se endireitando. Não acreditei nem um pouco nisso, então não disse nada.

Mas ele abriu um sorriso mesmo assim.

— Deseja ver o seu Rei?

— Sim. — Agucei os sentidos e me deparei com uma barreira espessa e sombria.

— Então me siga. — Callum começou a se virar. — Mas só você. Eles não podem vir.

— Nós não vamos sair do lado dela — disparou Kieran.

— Eu disse que deixaria que você o visse — começou Isbeth, cercada por Aias e Cavaleiros Reais silenciosos, que também pareciam ser uma mistura de vampiros e Espectros. — Mas não vocês três. Já é pedir demais de mim e fazer pouco da minha inteligência. Eles vão ficar aqui para garantir que você se comporte.

Reaver sacudiu a cabeça, com o queixo abaixado.

— Você é quem insulta a *nossa* inteligência se acha que vamos permitir que ela vá sozinha.

O olhar da Rainha de Sangue seguiu na direção do dragontino e se demorou muito mais do que era confortável.

— Se não concordar com isso, então você não o verá de forma alguma.

Kieran se retesou, assim como eu. Ele já sabia qual seria minha decisão antes mesmo que eu pudesse dizer alguma coisa.

— Concordo — respondi, retribuindo o olhar de Kieran. — Vou ficar bem.

— É claro que vai — confirmou Callum.

Ignorei o comentário dele e me voltei para a Rainha de Sangue, sustentando seu olhar. A Essência Primordial faiscou no meu peito, pegando fogo. O ar ficou carregado ao meu redor.

— Se alguma coisa acontecer com eles, vou derrubar esse castelo inteiro na sua cabeça, pedra por pedra.

— Arrepios — murmurou Callum, levantando os braços. — Você me deixou todo arrepiado. *Impressionante.* — Ele olhou para mim. — Não sinto tanto poder assim há... — Ele passou a ponta dos dentes pelos lábios. — Bem, há muito tempo.

Reaver virou a cabeça na direção de Callum.

— Há quanto tempo?

— Tempo demais — respondeu ele.

Vi que Isbeth tinha uma expressão tensa no rosto.

— Sim. Notável. — Ela inclinou o queixo para o lado. — Não vai acontecer nada com eles. Malik. — Ela estalou os dedos e ele se adiantou como um cachorrinho leal. — Leve-os de volta para seus aposentos, e estou falando dos quartos individuais.

Estendi o braço e apertei a mão de Kieran de leve quando vários cavaleiros se juntaram a Malik.

— Vou ficar bem. — Virei-me para Reaver e então olhei de volta para Kieran. — Vá com ele.

Um músculo pulsou no maxilar de Kieran.

— Vou ficar *ouvindo* você voltar.

O que significava que ele ficaria na forma de lupino, permitindo que eu me comunicasse com ele. Assenti e então dei um passo adiante, parando ao lado de Malik. Ele ficou olhando para a frente, com o corpo rígido. Ainda podia sentir o gosto da sua angústia. Aquela tristeza poderia vir de diversas fontes, mas me impedi de seguir um caminho que certamente terminaria em decepção. Forcei-me a passar por ele.

— Pronta? — perguntou Callum com um tom de voz jovial, como se estivesse me perguntando se eu me juntaria a eles para o jantar.

Deixar Kieran e Reaver com Malik e os cavaleiros foi difícil, mas não acreditava que Isbeth fosse tentar algo ousado *ainda*.

Millicent e a Rainha de Sangue caminharam ao meu lado conforme eu seguia Callum pelos corredores sinuosos e adornados por flâmulas vermelhas, com as mãos entrelaçadas, como costumava fazer quando andava pelos corredores do Castelo Teerman quando era a Donzela. Só que, dessa vez, não era porque eu tivesse sido instruída a andar daquele jeito. Mas para me impedir de fazer algo *imprudente*.

Como estrangular minha mãe.

— Eu me lembro da última vez que você andou por esses corredores — começou Isbeth. — Você era tão quieta e rápida, sempre correndo por aí...

— Com Ian — interrompi, notando o franzir da sua boca quando passamos pela cozinha. — Você se lembra da última vez que ele andou por esses corredores?

— Sim — respondeu ela enquanto Millicent caminhava ao meu lado, da mesma maneira que eu, de mãos entrelaçadas e alerta. — Penso nele todos os dias.

A raiva me invadiu, ardendo na minha garganta quando vi dois Guardas Reais abrirem portas pesadas de madeira. Percebi de imediato que estávamos indo para o subsolo.

— Aposto que sim.

— Você pode não acreditar nisso — disse a Rainha de Sangue, com o brilho da coroa reduzido assim que entramos em uma parte mais antiga de Wayfair, onde apenas lâmpadas a gás e velas iluminavam os corredores —, mas poucas coisas me doem tanto quanto a perda de Ian.

— Você tem razão. Não acredito nisso. — Fechei os dedos contra as palmas das mãos enquanto descíamos os degraus de pedra. — Foi você quem o matou. Não precisava fazer isso, mas o fez mesmo assim. Foi uma decisão sua, e Ian não merecia isso. Ele não merecia ser um Ascendido.

— Ele não merecia receber o dom de uma vida longa na qual não precisasse se preocupar com doenças ou ferimentos? — retrucou Isbeth.

Dei uma risada áspera.

— Uma vida longa? Você se certificou de que isso não acontecesse. — Senti o olhar de Millicent sobre mim e afrouxei os dedos. — Não quero falar sobre Ian.

— Foi você quem o mencionou.

— Foi um erro.

A Rainha de Sangue se calou assim que entramos no corredor subterrâneo. Mesmo no subsolo, os tetos eram altos, com as passagens para outros caminhos abobadadas e meticulosamente limpas. Era estranhamente silencioso ali — não ouvi sequer um sussurro. Meu olhar vagou adiante, seguindo as fileiras aparentemente intermináveis de colunas de arenito que se erguiam até o teto não muito bem iluminado, onde as sombras se amontoavam nas bordas das colunas. Quase conseguia ver a mim mesma — muito mais jovem, de véu e solitária enquanto descia pelo corredor.

Callum parou e se virou de frente para nós.

— Não podemos deixar que veja para onde vamos. Você será vendada.

Não gostei da ideia de não poder ver o que eles estavam fazendo ao meu redor, mas assenti:

— Que seja.

Millicent se postou atrás de mim tão silenciosa quanto um fantasma. Um segundo depois, não conseguia ver mais nada além da escuridão.

O caminho que seguimos foi uma trilha silenciosa e confusa. Millicent segurou meu braço, me guiando pelo que me pareceu uma eternidade. Era como se eu estivesse andando em linha reta e depois fazendo curvas constantes. Tive que aplaudir sua habilidade, pois não tinha a menor esperança de refazer nossos passos.

Mas eu tinha o feitiço. E levando em conta o tempo de caminhada, percebi que não poderia usá-lo nas câmaras sob o Castelo Wayfair. Nós já devíamos estar perto do Bairro dos Jardins quando Millicent parou de andar, o que significava que poderíamos entrar nos túneis através de um dos Templos.

O ar estava mais frio, úmido e com cheiro de mofo, me deixando alarmada assim que Millicent desamarrou a venda. Como é que alguém podia ficar aprisionado ali embaixo e continuar bem? Meu coração acelerou dentro do peito.

O pano caiu, e eu me deparei com Callum. Surpresa, dei um passo para trás, esbarrando em Millicent. O mofo dos túneis subterrâneos devia ser intenso para abafar o cheiro doce da decomposição. Ele estava tão perto de mim que vi uma pinta sob a pintura dourada no seu rosto, logo abaixo do olho direito.

Callum sorriu conforme seu olhar pálido examinava minhas feições, minhas cicatrizes.

— Deve ter doído absurdamente.

— Quer descobrir? — sugeri, e o sorriso de lábios fechados dele se alargou ainda mais. — Pois vai acabar descobrindo se continuar tão perto de mim.

— Callum — chamou a Rainha de Sangue, atrás de nós.

O Espectro recuou, curvando-se ligeiramente. O sorriso continuou em seu rosto, assim como o olhar fixo. Sustentei o olhar dele por mais um segundo e depois examinei os arredores. Não vi nada além de paredes úmidas de pedra iluminadas por tochas.

— Onde ele está? — indaguei.

— No final do corredor, à esquerda — respondeu Callum.

Comecei a avançar.

— Penellaphe — chamou Isbeth, e o som do meu nome nos lábios dela atingiram os meus nervos como se fossem garras de Vorazes contra a pedra. — Prometi que deixaria seus homens em segurança. Seu comportamento vai determinar se essa promessa será cumprida ou não.

Aquelas palavras...

Um calafrio percorreu minha espinha quando me voltei em sua direção. Ela estava cercada de guardas e Aias. Apenas Millicent estava afastada, postada diante de Callum. As palavras de Isbeth foram uma advertência, não só do que ela faria, mas do que eu encontraria a seguir.

A Essência Primordial pulsou sob a superfície da minha pele. Tinha centenas de respostas na ponta da língua, enchendo a minha boca com o gosto defumado da violência em potencial. Mais uma vez, usei todos os anos de silêncio a meu favor — não importava o que fosse dito ou feito. Sufoquei a fumaça.

— Casteel nunca foi um... convidado agradável — acrescentou ela, com os olhos escuros cintilando sob a luz do fogo. Convidado? *Um convidado?* — E, ao contrário do irmão, ele nunca aprendeu a tornar a situação mais fácil para si mesmo.

Senti uma explosão ácida de raiva na garganta, vinda de uma vez só, de Millicent. Não acreditei nem por um segundo que a emoção derivasse da fala a respeito de Casteel. Mas da menção a Malik. A reação dela foi curiosa, assim como a dele quando estávamos na Trilha dos Carvalhos. Guardei tudo isso na cabeça e dei as costas para a Rainha de Sangue. Não disse nada conforme seguia adiante. Se dissesse, as coisas acabariam mal.

Cada passo se parecia mais com vinte, e eu perdi toda a aparência de calma que poderia ter quando me aproximei e vi a abertura cheia de sombras cravada na parede da cela. Abri e fechei as mãos sem parar quando o medo do que estava prestes a ver — e a *fazer* — colidiu com a expectativa e a raiva dentro de mim. Aquele lugar não era adequado nem para um Voraz, e ela tinha colocado *Casteel* ali?

Um som veio dos confins da cela. Era áspero e baixo, um rosnado que não parecia mortal. Entrei apressadamente pela abertura para o espaço escuro e iluminado por velas.

Foi então que o avistei.

E o meu coração se partiu com o peso daquela visão.

25

Cachos escuros e indefinidos estavam caídos para a frente, ocultando a maior parte do rosto de Casteel. Só conseguia ver a sua boca, com os lábios repuxados e as presas à mostra.

O rosnado reverberou de um peito que não deveria estar tão magro assim. Os ossos dos ombros dele estavam tão salientes quanto os ossos retorcidos que o acorrentavam à parede — amarras que eu sabia serem feitas com ossos de divindades mortas havia muito tempo. Eles não foram usados para mantê-lo acorrentado. Não faziam nada contra ele. A intenção era impedir que alguém como eu os quebrasse.

Havia algemas de pedra das sombras ao redor dos seus tornozelos, pulsos... e pescoço. O pescoço dele, *porra*. E sua pele... Bons deuses! Estava toda coberta de cortes finos e vermelhos. Da clavícula até a calça. O tecido que envolvia a panturrilha da perna direita tinha sido rasgado, revelando uma ferida irregular que se parecia com a mordida de um Voraz. O curativo sujo na mão esquerda dele...

Deuses.

Pensei que tivesse me preparado, mas não estava pronta para isso. Ver o que tinha sido feito com ele foi um choque horrível.

— Casteel — sussurrei, começando a avançar.

Ele se levantou num salto, golpeando com os dedos curvados como se fossem garras. Parei bruscamente, evitando-o por pouco quando a corrente no pescoço o puxou para trás. Seus pés descalços, sujos de *sangue* seco, escorregaram sobre a pedra úmida. De algum modo, Casteel conseguiu manter o equilíbrio. As correntes rangeram quando ele lutou contra as amarras e jogou a cabeça para trás.

Ah, deuses. Os olhos dele...

Só conseguia ver uma faixa estreita de âmbar ali.

Meu dom veio à tona, emergindo de mim de um jeito que não acontecia havia muito tempo. Conectei-me com ele, vacilando quando suas emoções me inundaram com uma onda sombria e corrosiva de fome dolorosa.

Sede de sangue.

Casteel estava tomado pela sede de sangue. De imediato, percebi que ele não fazia a menor ideia de quem eu era. Meu sangue era tudo que conseguia sentir. Talvez até mesmo a Essência Primordial *dentro* do meu sangue. Eu não era a sua Rainha. Sua amiga ou esposa. Não era seu coração gêmeo. Eu não passava de *alimento*. Mas o que mais me magoou foi quando me dei conta de que Casteel não fazia a menor ideia de quem *ele* era.

Meu peito ficou ofegante enquanto eu tentava recuperar o fôlego. Tive vontade de gritar. De chorar.

Acima de tudo, tive vontade de incendiar o reino inteiro.

Seus olhos quase pretos se voltaram para a entrada da cela e o rosnado soou mais alto e grave.

— Eu não ficaria muito perto dele se fosse você — aconselhou Callum. — Ele parece mais um animal com raiva.

Virei a cabeça na direção do Espectro. Millicent estava atrás dele.

— Vou me certificar de que você morra — prometi. — E vai ser uma morte dolorosa.

— Sabe de uma coisa? — disse ele lentamente, se encostando na pedra enquanto cruzava os braços e apontava com o queixo na direção de Casteel — Ele me disse a mesma coisa.

— Então faço questão de que ele tenha o prazer de testemunhar sua morte.

Callum deu uma risada.

— Quanta generosidade da sua parte.

— Você não faz ideia. — Afastei-me dele antes que pudesse descobrir como um Espectro sobrevivia à decapitação.

Casteel ainda estava olhando para o Espectro. Estava concentrado em Callum, embora eu estivesse bem mais perto dele. A maneira como o encarava me fez ter esperanças de que ele não estivesse completamente perdido. De que ainda estivesse ali, e que eu poderia alcançá-lo, lembrá-lo de quem ele era. Impedi-lo de se tornar uma *coisa*, em vez de uma pessoa.

Avancei e segurei-o pelo braço. Ele sacudiu a cabeça na minha direção, sibilando para mim. Sua pele estava quente, *quente demais*. E seca. Febril. Eu me aproximei dele.

— Merda! — exclamou Millicent do corredor.

Casteel parecia uma serpente. Ele foi direto para o meu pescoço. Mas eu já esperava aquele movimento e o peguei pelo queixo, segurando sua cabeça para trás. Os pelos curtos e ásperos no seu maxilar pareciam estranhos contra a palma da minha mão. Ele tinha perdido um pouco da massa corporal, e eu era forte, mas a fome lhe dava a força de dez deuses. Meu braço tremeu quando invoquei a essência, trazendo meu dom à tona.

Uma luz prateada brilhou nos meus olhos e nas minhas mãos, cobrindo uma pele que não deveria estar tão opaca e quente. Canalizei todas as lembranças felizes para o toque — as lembranças de nós dois na caverna, quando paramos de fingir. Ajoelhados diante de Jasper, com as alianças nas mãos. O jeito que ele olhou para mim de vestido azul na Enseada de Saion. Como ele me possuiu no jardim, imprensada contra a parede. Canalizei a energia para dentro dele, rezando para que, ao curar suas feridas físicas, também pudesse aliviar um pouco a dor causada pela fome, acalmando-o o suficiente para que ele se lembrasse de quem era. Pelo menos por algum tempo. Esperava diminuir a intensidade da sua fome para que ele pudesse se alimentar sem causar danos. Porque é isso que aconteceria se eu deixasse. E aquilo o magoaria. Acabaria matando uma parte dele.

Um espasmo percorreu o corpo de Casteel. Ele ficou todo rígido por um segundo, parando de se contorcer contra o meu toque. Em seguida, afastou-se tão rapidamente que se desvencilhou de mim. Cambaleei, quase caindo no chão enquanto ele se encostava contra a parede. O brilho prateado desapareceu das minhas mãos e *dele*, parado ali de cabeça baixa e com o peito ofegante. Os incontáveis cortes nos seus braços, tórax e abdome tinham desbotado até virarem marcas cor-de-rosa. A luz das velas não incidia sobre a parte de baixo do corpo dele, e eu não conseguia ver o ferimento da perna, mas imaginei que também tivesse começado a cicatrizar. Já a sua mão... Minhas habilidades não eram capazes de curá-la.

Segundos se passaram e ouvi apenas o som da sua respiração irregular e um baque surdo e constante vindo lá de cima. Será que eram as rodas de uma carruagem?

— Cas?

Ele estremeceu, sacudindo o corpo inteiro junto com as correntes. Casteel levantou a cabeça, e eu vi que o seu rosto também estava mais magro. Como no primeiro sonho. Os pelos ao longo do seu maxilar e queixo estavam mais espessos. Havia sulcos profundos sob suas bochechas e abaixo dos olhos.

Mas ele abriu os olhos... e eles ainda eram daquele tom deslumbrante de dourado.

— *Poppy*.

Casteel

Ela estava diante de mim, uma chama brilhante que repeliu a névoa vermelha da sede de sangue. Ela estava aqui. De verdade.

Minha Rainha.

Minha alma.

Minha salvadora.

Poppy.

Não era um sonho. Nem uma alucinação como as que me atormentaram nos últimos dias. Poppy disse que viria me buscar, e agora ela estava aqui.

Desencostei da parede. As correntes de ossos chacoalharam, me puxando com força. O aro apertou em volta do meu pescoço, mas Poppy se pôs em movimento. Antes que eu pudesse respirar, ela já estava nos meus braços. De alguma forma, acabei caindo de bunda no chão, mas ela *ainda* estava nos meus braços. Quente. Sólida. Macia. Abraçando-me com força. Pressionando a bochecha contra a minha. Eu estava imundo. Devia estar fedendo. O chão da cela era rançoso. Nada disso a impediu de dar um beijo rápido na minha bochecha, testa e nariz.

Não queria que aquela imundície a tocasse, mas não conseguia me separar dela. Do seu toque. Da sensação de tê-la nos braços. Do suave aroma de jasmim que sentia.

Seu dom me tirou da beira do abismo e me trouxe de volta, mas foi ela — apenas *ela* — que me impediu de voltar para o precipício. Enterrei os dedos na sua trança e senti minha carne voltando à vida com a sensação das mechas na minha pele.

Poppy era... Deuses, ela me ancorava como ninguém. Sua presença recolheu todos os pedacinhos de mim que haviam se partido e voado para longe, colando-os outra vez.

Estremeci quando ela passou os dedos pelo meu cabelo e depois tocou minhas bochechas. Ela ficou imóvel quando sentiu os pelos ásperos e as lágrimas ali.

— Está tudo bem — sussurrou ela com voz embargada, secando as minhas lágrimas com o polegar e depois com os lábios. — Está tudo bem. Estou aqui.

Estou aqui.

Retesei o corpo, me agarrando à sua trança. Ela estava mesmo aqui. Na cela, comigo. E não estávamos sozinhos. Abri os olhos e procurei por Kieran.

O Menino Dourado estava postado na entrada com aquele sorriso de escárnio no rosto. A Aia estava com ele. Não estava sorrindo, mas de braços cruzados, calada e imóvel. Atrás deles e em meio à penumbra, outros guardas nos observavam. Cavaleiros com o rosto coberto de preto.

Meu corpo ficou enregelado. Não era um resgate.

Passei o braço em volta da cintura de Poppy, mudando de posição, apesar das malditas correntes. Consegui fazer com que o corpo dela ficasse parcialmente protegido pelo meu.

Virei a cabeça e coloquei a boca ao lado da sua orelha.

— O que aconteceu? — perguntei baixinho, sem tirar os olhos da entrada nem por um segundo.

— Eles nos pegaram nos arredores de Três Rios.

O pânico que me invadiu quando vi aquele projétil cravado nela voltou com tudo, fazendo com que o meu coração lento disparasse dentro do peito.

E Poppy sentiu isso. Sei que sentiu.

Ela beijou minha bochecha com lábios quentes e macios.

— Está tudo bem — repetiu ela, acariciando minha nuca. — Kieran e Reaver estão comigo. Eles estão a salvo.

Reaver... Demorei um pouco para me lembrar do dragontino, mas o alívio que senti ao saber que ela não estava sozinha com aquelas víboras não durou muito.

— Eles machucaram você?

— Ela parece ter sido ferida? — interveio Callum.

— E parece que estou falando com você? — rosnei.

— Na verdade, estou surpreso de ver você falando — retrucou o Espectro dourado. — Sua Rainha deve ser feita de magia, pois na última vez em que o vi, tudo o que você conseguiu fazer foi espumar pela boca.

Poppy virou a cabeça na direção do Espectro.

— Mudei de ideia. Vou matá-lo na primeira oportunidade que tiver.

O Espectro deu uma risada.

— Você não é tão generosa quanto pensei que fosse.

— Que tal fazermos um acordo? — eu disse a Poppy, soltando os dedos da sua trança. Deslizei-os pelos cabelos dela. — Quem chegar a ele primeiro recebe a honra de matá-lo.

— Feito — respondeu ela.

— Tais ameaças são desnecessárias — soou a voz que eu mais detestava.

A Aia deu um passo para o lado e a Rainha de Sangue emergiu das sombras. Estreitei os olhos ao vê-la, toda vestida de branco. Puxei Poppy para perto de mim. Eu a teria colocado dentro do meu maldito corpo se pudesse.

— E irrelevantes — continuou Isbeth. — Nenhum dos dois, nem mesmo a minha querida filha, pode matar meus Espectros. Os dragontinos continuam com o exército Atlante. Bem, o que sobrou deles.

Poppy estremeceu, e aquela visão, a percepção do golpe que a Rainha de Sangue desferiu, quase me fez voltar para a beira do abismo. A raiva tomou conta das minhas entranhas vazias.

— Vá se foder! — disparei.

— Que encantador — respondeu Isbeth.

Enquanto a Rainha de Sangue e eu nos encarávamos, deduzi que ela não devia saber que Poppy tinha trazido um dragontino até ali. Isbeth conhecia Kieran, mas não deve ter visto aquele tal de Reaver antes. Isso por si só deveria levantar suspeitas... a menos que ela não soubesse que os dragontinos podiam assumir a forma mortal — ou simplesmente subestimasse a Poppy.

Era muita tolice da parte dela.

Abaixei o queixo, escondendo o sorriso na bochecha de Poppy.

Ela deve ter sentido o movimento dos meus lábios, pois virou a cabeça de volta para mim, procurando meu sorriso. Em seguida, fechou a boca sobre a minha em um beijo que não era hesitante ou inocente. Mas de força. De amor. O gosto da sua boca estremeceu meu corpo inteiro. Até aquele momento, eu nem sabia que um beijo era capaz disso.

Poppy levantou a cabeça.

— Ele precisa se alimentar — disparou, aninhando minhas bochechas. — E de comida e água fresca e limpa. — Ela fez uma pausa e eu me retesei. Poppy desviou o olhar para a banheira e respirou fundo. — Para *beber*.

Para beber.

Não para tomar banho.

Poppy sabia. De alguma forma, ela descobriu. Ou Kieran havia contado a ela. Deve ter sido Kieran, mas ainda assim ela se lembrou.

— Ele recebeu tudo isso — respondeu a Rainha de Sangue. — E como pode ver, não usou a água fresca que demos a ele.

Ela fechou os olhos por um instante.

— Casteel só recebeu o suficiente para sobreviver. Ele precisa de comida. Comida *de verdade*. E de...

— Sangue. Algo que também demos a ele. Se não fosse por isso, você não estaria sentada no colo dele agora, mas caída no chão, com a garganta rasgada — afirmou Isbeth.

O que ela disse foi direto. Cruel. Mas era verdade. O pouco sangue que eles me deram me levou ao limite. Mas sem isso? Eu já estaria perdido.

Poppy abaixou a mão, levando o pulso para perto da minha boca. Mesmo sob a luz fraca, vi as veias azuis sob a pele dela. Entreabri os lábios. Meus músculos se contraíram dolorosamente...

— Eu não lhe dei permissão para sangrar por ele. — A voz de Isbeth soou mais perto de nós, mas não consegui tirar os olhos da veia de Poppy.

— Não preciso da sua permissão — disparou ela.

— Sou obrigada a discordar de você.

Poppy virou a cabeça na direção dela.

— Tente me impedir.

Houve um segundo de silêncio.

— E o que você vai fazer? Derrubar o castelo na minha cabeça, como prometeu antes? Se fizer isso, você vai derrubá-lo em cima de todos nós.

— Que seja — sibilou Poppy.

— Ela é bem capaz — falei, passando a mão direita em torno do seu braço e me forçando a desviar os olhos do pulso dela. — E eu até gostaria de vê-la fazer isso.

Isbeth franziu os lábios.

— É claro que você *gostaria* de ver algo tão idiota.

Sorri para ela.

— Tanto faz. — Isbeth ergueu a mão. — Alimente-o e acabe logo com isso. Essa cena é tão cansativa.

Poppy se virou de volta para mim, passando a mão em volta da minha nuca.

— Alimente-se.

Olhei para aquela veia outra vez. Hesitei, apesar do estômago roncando. O sangue dela era... poderoso, e ela já havia me tirado do abismo antes. Mas precisava manter as forças. Não sabia se *ela* tinha descoberto se precisava se alimentar ou não e não ia perguntar isso diante daquelas víboras. Não colocaria seu bem-estar em risco.

Pousei a boca sobre seu pulso, dando um beijo na sua veia enquanto me preparava para conter a explosão de necessidade e fome que crescia dentro de mim. Não bloqueei a dor. Eu a abafei, sabendo que ela iria procurá-la.

— Não preciso me alimentar.

— Precisa sim. — Poppy abaixou a cabeça. — Você precisa de sangue.

— Seu toque... me tirou do abismo. Foi o suficiente. — Soltei o pulso dela.

Ela prendeu a respiração.

— Cas...

Dei um gemido, sentindo o som do meu nome de um jeito que ela acharia bastante inapropriado dada a situação.

— É melhor que eu não faça isso.

Poppy franziu o cenho de frustração.

— Comida então. Quero que tragam comida. Agora.

— Vamos trazer comida pra ele — respondeu Callum, e eu tive que me conter para não rir. Pão dormido? Queijo mofado? Sim, comida.

— Então vá buscar — ordenou Poppy. — Agora.

Reprimi mais um sorriso. Ah, como ela lutava por mim.

— Minha Rainha — sussurrei, deslizando os dedos ao longo do seu maxilar. — Tão exigente.

— Sim. Isso ela é mesmo — afirmou Isbeth friamente. — E também vai sair dos seus braços.

— Não. — Poppy passou o braço ao redor dos meus ombros. — Não vou deixá-lo. Vou ficar aqui com ele.

— Isso não faz parte do acordo. Você me prometeu que iria conversar comigo.

— Prometi conversar com você. Não concordei em fazer isso em um lugar específico — retrucou Poppy.

— Você só pode estar de brincadeira — reclamou Isbeth. — Espera mesmo que eu fique aqui embaixo?

— Não dou a mínima para o que você faz — vociferou Poppy.

— Pois deveria. Se você acha que vou deixar que a minha filha fique aqui embaixo, então está muito enganada.

— Você está aprisionando um *Rei* aqui! — exclamou Poppy, com os olhos faiscando. — O homem com quem sua filha é casada.

— Ah, *agora* você reconhece que é minha filha? — Isbeth deu uma risada, e o som se parecia com neve caindo. — Você está testando a minha paciência, Penellaphe.

Sabia o que estava prestes a acontecer. Ela não atacaria Poppy. Isbeth descontaria em outra pessoa, causando o tipo de sofrimento que jamais sarava. Não podia deixar que ela fizesse isso. E embora não quisesse que Poppy se afastasse da minha vista e dos meus braços, também não queria que ela ficasse naquele lugar miserável. Não queria que as paredes, o cheiro e o frio maldito daquela cela se juntassem aos pesadelos que já a atormentavam.

— Você não pode ficar aqui embaixo — falei, deslizando o polegar sobre o seu lábio. — Não quero que você faça isso.

— Mas eu quero.

— Poppy. — Sustentei seu olhar, detestando ver as lágrimas brotarem ali, detestando ter que fazer aquilo. — Não posso permitir que fique aqui embaixo.

Seu lábio inferior tremeu quando ela sussurrou:

— Não quero abandonar você.

— Você não vai me abandonar. — Dei um beijo na sua testa. — Você nunca fez isso e jamais fará.

— Minha filha ainda está desesperadamente preocupada com você — declarou Isbeth, com o escárnio escorrendo de suas palavras como se fosse uma calda. — Assegurei a ela que você estava vivo e bem de saúde...

— Bem? — repetiu Poppy, e aquela palavra fez com que todos os meus instintos entrassem em alerta. A voz dela. Nunca a tinha ouvido assim antes, como se fosse feita de sombras e fumaça.

A Aia tagarela descruzou os braços e fixou o olhar em Poppy.

Poppy voltou a atenção para mim. Levou as mãos até as minhas bochechas e depois para os meus ombros. Sob a luz bruxuleante da vela, seu olhar inspecionou meu rosto e então desceu até chegar aos numerosos cortes agora desbotados. Ela passou a mão pelo meu braço esquerdo, deslizando-a até que seus dedos alcançassem o curativo. Seu peito ficou imóvel.

Uma onda de energia estática atingiu o ar, arrancando um silvo do Espectro dourado. Lentamente, ela ergueu os olhos para os meus, e então vi o brilho atrás de suas pupilas. Poder pulsava e se espalhava em faixas prateadas através daquelas belas íris verdes. A visão era fascinante. Esplêndida. Poppy retesou o queixo teimoso. Sequer pestanejou, e eu já conhecia aquele olhar. Porra. Já tinha olhado para mim daquele jeito antes de cravar uma adaga no meu peito.

Gostaria de estar em outro lugar. Em qualquer lugar onde pudesse mostrar a ela com os lábios, a língua e o corpo inteiro como aquela demonstração de força era extremamente *intrigante*.

Um arrepio percorreu o corpo de Poppy, uma vibração que lançou outra onda de energia pela cela conforme ela olhava por cima do ombro.

— Você o manteve acorrentado e faminto — começou, e a sua voz... O Menino Dourado se empertigou. Isbeth franziu os lábios. Eles também a ouviram. — Você o machucou e o aprisionou em um lugar que não é adequado nem para um Voraz. E ainda me diz que ele está bem?

— Ele estaria em uma acomodação muito melhor se soubesse se comportar — salientou Isbeth. — Se demonstrasse um pingo de respeito por mim.

Aquilo me deixou muito irritado, mas a pele de Poppy ganhou um leve brilho, um brilho suave como se ela estivesse iluminada por dentro. Já tinha visto aquilo antes. Mas não lembrava do que vi deslizando e rodopiando sob a sua bochecha. Sombras. Ela tinha *sombras* na carne.

— Por que ele faria isso se estava lidando com alguém que não merece respeito? — perguntou Poppy, e eu pestanejei, jurando que a temperatura da cela havia caído enormemente.

— Cuidado, filha — advertiu Isbeth. — Já te avisei. Vou tolerar o seu desrespeito até certo ponto. Você não quer ultrapassar esse limite mais do que já fez.

Poppy não disse nada, e as sombras pararam de se agitar sob sua pele. Ela ficou completamente imóvel, mas eu senti aquilo crescendo sob as minhas mãos e contra o meu corpo. A coisa na carne dela. Poder. Poder absoluto e irrestrito. Senti um latejar no maxilar superior. Porra. A essência dela. Podia *senti-la*.

— Você é tão poderosa, filha. Sinto o seu poder na minha pele. Está chamando a atenção de todos e de *tudo* aqui nesta câmara e além. — A Rainha de Sangue se curvou ligeiramente, com o rosto pálido sem expressão. — Você evoluiu no curto espaço de tempo desde a última vez em que nos vimos. Mas ainda não aprendeu a controlar seu temperamento. Se eu fosse você, aprenderia logo a fazer isso. Contenha-se antes que seja tarde demais.

Não havia ninguém nos dois reinos que eu quisesse ver morta mais do que a Rainha de Sangue. Ninguém. Mas seria melhor que Poppy acatasse aquele alerta. Isbeth era uma víbora encurralada. Ela atacaria quando menos se esperasse, e o faria de uma maneira que deixaria cicatrizes profundas e implacáveis. Já tinha feito isso antes com Ian.

— Poppy — sussurrei, e aqueles olhos iridescentes se voltaram para aos meus. — Vá embora.

Ela sacudiu a cabeça violentamente, batendo com os cachos soltos nas bochechas.

— Não posso...

— Mas vai fazer isso. — Não suportava ver sua força se despedaçando daquele jeito. Porra. Aquilo me machucava. Mas vê-la receber o golpe que a Rainha de Sangue acabaria desferindo se ela continuasse lhe desobedecendo me mataria. — Eu te amo, Poppy.

Ela estremeceu.

— Eu *também* te amo.

Passei o braço em volta dela, puxei-a para perto e a beijei. Nossas línguas se emaranharam. Assim como os nossos corações. Gravei a sensação e o gosto dela na memória para me afogar neles mais tarde. Poppy estava tão ofegante quanto eu quando nossos lábios finalmente se separaram.

— Desde a primeira vez que a vi sorrir... e ouvi a sua risada. *Deuses* — murmurei, e ela estremeceu, fechando os belos olhos. — Desde a primeira vez que vi você encaixar uma flecha e atirar sem hesitar. Empunhar uma adaga e lutar ao lado dos outros. Lutar *comigo*? Fiquei admirado. *Jamais* deixei de ficar admirado por você. Fico sempre hipnotizado. E nunca vou deixar de me sentir assim. Agora e para sempre.

Poppy

Agora e para sempre.

Aquelas palavras foram a única coisa que me permitiu manter o *temperamento* sob controle conforme eles me levavam de volta pela rede de túneis sinuosa e interminável. Por muito pouco. O tremor causado pela raiva havia cessado, mas a raiva em si não tinha diminuído. O modo como Casteel havia sido tratado continuaria a me assombrar, assim como sua decisão de não se alimentar.

Não acreditava nem um pouco que meu dom tivesse sido suficiente para aliviar a fome dele. Eu a senti. A necessidade torturante era muito pior do que a que vivenciei ou captei dele em Novo Paraíso.

Ele tomou aquela decisão porque não queria me enfraquecer.

Deuses, eu não o merecia.

Paramos e eles tiraram a venda dos meus olhos assim que chegamos ao vasto salão sob o Castelo Wayfair.

A Rainha de Sangue estava bem na minha frente. Não conseguia acreditar que ela tivesse me deixado ver Casteel daquele jeito.

Mas então lembrei que ela era uma vadia sem coração.

— Você está com raiva de mim — afirmou ela quando Millicent deu um passo para o lado. Callum permaneceu à minha direita, perto demais para o meu gosto. — Pelo jeito que acha que Casteel foi tratado.

— Vi com meus próprios olhos como ele foi tratado.

— As coisas poderiam ter sido mais fáceis para ele — falou, com a coroa de rubis reluzindo quando inclinava a cabeça. — Casteel tornou tudo mais difícil para si mesmo, principalmente quando matou uma das minhas Aias.

Olhei na direção das Aias, paradas ali em silêncio. Elas tinham os olhos azul-claros de um Espectro, mas nem todas no quarto tinham. Coralena também não.

— Minha mãe tinha olhos castanhos, mas você me disse que ela era um Espectro.

— Ela não era sua mãe. Era a mãe de Ian, não sua. — Rugas de tensão surgiram em torno de sua boca. — E não tinha olhos castanhos. Os olhos dela eram iguais aos das outras.

— Eu me lembro deles...

— Ela os ocultava, Penellaphe. Com magia. Magia que *eu* emprestei a ela. — Assim como emprestou a essência a Vessa. — E só o fiz porque os olhos dela a assustavam quando você era pequena.

Fiquei surpresa. Usar a Essência Primordial para uma coisa dessa nunca passou pela minha cabeça.

— Por que... por que os olhos dela me assustariam?

— Isso eu não sei responder.

Eu havia enterrado a memória das Aias tão profundamente que foi preciso que Alastir as mencionasse para desencadear minhas lembranças. Será que pressenti o que elas eram e essa era a causa do meu medo?

— Não queria machucar Casteel — anunciou Isbeth, me arrancando dos meus devaneios. — Fazer isso só serve para aumentar ainda mais a distância entre nós duas. Mas você não me deu escolha. Você matou o Rei, Penellaphe. Se eu não fizesse nada, seria um sinal de fraqueza para a Realeza.

O hálito parecia fogo na minha garganta. As palavras dela entraram em colisão com a minha culpa.

— O que eu fiz pode ter guiado as suas ações, mas foi você quem fez aquilo. Você não está isenta de responsabilidade, *Isbeth*. Assim como o que aconteceu com o seu filho não justifica tudo o que você fez desde então.

Ela inflou as narinas e me encarou.

— Se eu matasse Casteel, você faria coisas muito piores do que eu fiz. Se esse dia chegar, então poderá me julgar.

A onda de fúria que senti só esfriou com a percepção de que ela estava falando a verdade. Aquela parte vazia e fria dentro de mim se agitou. Não sei o que faria, mas seria horrível, disso eu sabia.

Foi por isso que pedi a Kieran que me fizesse aquela promessa.

Desviei o olhar, sacudindo a cabeça.

— Você vai mandar comida para Casteel? Comida fresca? — Dei um suspiro trêmulo. — Por favor.

— Você acha que merece isso? — perguntou Callum. — Melhor ainda, você acha que *ele* merece?

Girei o corpo e peguei a adaga presa ao seu quadril antes que ele percebesse que eu tinha me mexido. Cravei a lâmina no seu peito até atingir o coração.

Um lampejo de choque o fez arregalar os olhos quando ele olhou para o cabo da adaga.

— Não estava falando com você — rosnei, soltando a lâmina.

— Merda — murmurou ele, com o sangue escorrendo do canto da boca. Ele desabou sobre uma pilha de tijolos e caiu no chão. A parte de trás da sua cabeça atingiu a pedra com um estalo satisfatoriamente alto.

Millicent reprimiu o que parecia ser uma risada.

— Você acabou de apunhalar meu Espectro — arfou Isbeth.

— Ele vai ficar bem, não vai? — Eu a encarei. — Você poderia, por favor, mandar comida e água *fresca* para Casteel?

— Sim, mas só porque você pediu com jeitinho. — A Rainha de Sangue olhou de relance para Callum. — Tirem-no daqui.

Um Cavaleiro Real deu um passo à frente.

— Você não. — A Rainha de Sangue olhou de cara feia para Millicent. — Já que você acha isso tão divertido, limpe você essa bagunça.

— Sim, minha Rainha. — Millicent deu um passo à frente e fez uma reverência tão elaborada que só podia ser de zombaria.

A Rainha de Sangue estreitou os lábios conforme observava a Aia. A interação entre as duas era... diferente.

Isbeth voltou a atenção para mim, com a cabeça inclinada. A luz incidiu no seu rosto, revelando uma faixa estreita de pele ligeiramente mais escura perto do couro cabeludo. Pó. Ela usava uma espécie de pó para deixar a pele mais pálida. Para ajudá-la a se passar por Ascendida.

— Como você conseguiu manter sua identidade oculta de todos os Ascendidos? — perguntei.

Ela arqueou a sobrancelha.

— Não se esqueça de que os vampiros já foram mortais, Penellaphe. E embora tenham deixado muitas de suas características para trás, eles ainda veem só o que querem ver. Pois olhar com atenção para as coisas costuma deixar as pessoas desconfortáveis. Inseguras. Nem mesmo os vampiros gostam de viver desse jeito. Então, assim como os mortais lá em cima — disse ela, apontando com o queixo — e por todo o Reino de Solis, eles preferem ignorar o que está bem diante do seu nariz a sentir dúvida ou medo.

Havia verdade naquelas palavras. Eu mesma não tinha investigado com muito afinco. Foi aterrorizante começar a descascar as camadas, mas outros tiveram coragem.

— E o que acontece com os Ascendidos que *olham* com atenção?

— Nós cuidamos deles — respondeu ela. — Assim como fazemos com qualquer pessoa.

Em outras palavras, eles eram mortos, como qualquer Descendido. Fiquei enojada.

— Mas por que mentir? Você poderia fingir que era uma deusa.

A Rainha de Sangue sorriu.

— Por que eu faria isso se eles já acreditam que sou a coisa mais próxima de uma deusa?

— Mas você não é. Então por quê? Você teme que eles a vejam como é de verdade? Nada além de uma falsa deusa?

Seu sorriso não vacilou.

— Os mortais são muito influenciáveis. Podem ser convencidos de qualquer coisa por praticamente qualquer um. Tire algo deles e então lhes dê alguém para culpar e até os mais justos vão acreditar nisso. Prefiro que eles acreditem que todos os Ascendidos são divinos. Dessa forma, há muitos que não vão se atrever a questionar. Uma pessoa não pode governar um reino e manter o povo na linha sozinha — confidenciou ela. — Você já devia saber disso, Penellaphe.

— O que sei é que você não deveria precisar manter ninguém na linha, nem governar com mentiras.

Isbeth riu baixinho.

— Essa é uma maneira muito otimista de enxergar as coisas, minha filha.

O tom condescendente dela atingiu todos os nervos do meu corpo.

— Seu reinado é todo baseado em mentiras. Você disse ao povo no Salão Principal que as cidades ao norte e a leste foram invadidas. Acha mesmo que eles não vão descobrir a verdade?

— A verdade não importa.

— Como você pode acreditar nisso? — Sacudi a cabeça. — A verdade importa e será conhecida por todos. Tomei o controle das cidades sem matar inocentes. As pessoas ainda chamam aqueles lugares de lar. Se ainda não sabem que não sou esse tal de Arauto, logo vão descobrir...

— E você acha que isso vai acontecer aqui? Na Masadônia? Em Pensdurth? — Os olhos dela estudaram os meus. — Acha que terá sucesso nessa campanha quando você mesma está mentindo?

Fechei as mãos em punhos.

— Como é que eu estou mentindo?

— Você é o Arauto — afirmou ela. — Simplesmente não quer acreditar nisso.

Raiva vibrou dentro de mim, seguida por uma onda de apreensão. Olhei para o corredor sombrio e respirei fundo. O cheiro de mofo era familiar, evocando uma lembrança.

Caminhei pelos corredores silenciosos, por onde apenas os Ascendidos passavam depois que o sol nascia, atraída pelo que vi na última vez que escapuli para onde a Rainha me dissera que eu não deveria ir. Mas eu gostava daquele lugar. Ian não gostava, mas ninguém me olhava de um jeito estranho ali.

Clique. Clique. Clique.

Uma luz suave escoou da abertura da câmara conforme eu me encostava em uma coluna fria para espiar. Havia uma jaula no meio da câmara que não se parecia em nada com o resto de Wayfair. O chão, as paredes e até o teto tinham um tom brilhante de preto igual ao Templo de Nyktos. Letras estranhas haviam sido gravadas na pedra preta, os símbolos em nada parecidos com os que aprendi nas aulas. Estendi uma das mãos para dentro da câmara, deslizando os dedos sobre os entalhes conforme me inclinava ao redor da coluna.

Não devia estar ali embaixo. A Rainha ia ficar zangada comigo, mas não conseguia parar de pensar no que andava irrequieto atrás das grades brancas, enjaulado e... indefeso. Foi o que captei do enorme gato das cavernas quando o vi pela primeira vez com Ian. Desamparo. Foi o que senti quando não consegui mais segurar no braço escorregadio da Mamãe. Só que o meu dom não funcionava com animais. A Rainha e a Sacerdotisa Janeah haviam me dito isso.

O clique das garras do animal cessou. Suas orelhas ficaram de pé quando o gato selvagem virou a cabeça na minha direção. Olhos verdes encararam os meus, penetrando no véu que cobria metade do meu rosto...

— Você tem os olhos do seu pai.

26

As palavras dela me tiraram do meu devaneio.

— O quê?

— Quando ele ficava com raiva, a essência se tornava mais visível. Às vezes, o éter girava em seus olhos. Em outras ocasiões, eram apenas verdes. Os seus também fazem isso. — Isbeth inclinou a cabeça para trás e engoliu em seco. As Aias e cavaleiros haviam se afastado de nós, deixando-nos no meio do salão. — Não sei se você já tinha reparado.

Eu tinha os olhos...

Senti um aperto no peito e um nó na garganta enquanto recuava, parando assim que esbarrei em uma coluna. Levei a mão até a aliança sob a túnica. Não sei por que aquela informação me afetava tão intensamente, mas afetava.

Demorei alguns minutos para conseguir falar.

— Como você o capturou?

Isbeth não respondeu por um bom tempo.

— Ele veio atrás de mim, cerca de duzentos anos depois do final da guerra. Estava procurando o irmão, e quem o acompanhava sentiu o sangue de Malec em mim e o trouxe até aqui.

— A dragontina?

Um silêncio tenso se seguiu e, nesse intervalo, pensei sobre o que captei do gato das cavernas quando era criança. Impotência. Desespero. Será que ele sabia quem eu era?

— É interessante que você saiba disso — observou a Rainha de Sangue por fim. — Poucos sabem quem o acompanhava.

— Você ficaria surpresa com o que sei.

— Duvido — respondeu ela.

Baixei a mão para a coluna fria atrás de mim.

— Onde está a dragontina?

— Nós cuidamos dela.

Fechei os olhos por um instante. Sabia o que aquilo significava. Será que Isbeth tinha noção de que havia matado a filha do primeiro dragontino? Provavelmente não, e eu duvidava muito que se importasse com isso.

— Sabia que Malec tinha um irmão gêmeo, mas quando o vi pela primeira vez, pensei... *Meus deuses, Malec finalmente voltou para mim.* — Ela perdeu o fôlego, e eu senti um pouquinho de amargura. As emoções dela derrubaram os meus escudos por um breve segundo. — Eu estava evidentemente enganada. No momento em que ele abriu a boca, percebi que não era Malec, mas me permiti acreditar nisso por um tempo. Até pensei que poderia me apaixonar por ele. Que poderia fingir que ele *era* Malec.

Bile subiu pela minha garganta.

— Fingir trancando-o em uma jaula e o forçando a ter relações com você?

— Eu não o *forcei* a nada. Foi ele quem decidiu ficar.

Deuses, como ela era mentirosa.

— Ires ficou intrigado com esse mundo — continuou. — Nunca interagiu com os mortais, mas ficou curioso sobre os Ascendidos. Sobre o que o irmão estava fazendo. Acho que ele até passou a gostar de mim.

— Se meu pai apareceu nos últimos dois séculos para procurar por Malec, você já estava casada.

— E daí?

Olhei para as Aias paradas ali. Imaginei que vários membros da Realeza tivessem casamentos abertos, mas será que Ires ficou interessado na amante do irmão? Parecia meio... nojento, mas era o aspecto menos perturbador daquilo.

— Mas depois ele quis voltar, e eu não estava pronta para deixá-lo partir. — Isbeth fez uma pausa. — E não pude fazê-lo.

Precisei me controlar para não gritar com ela. Ela não *pôde?* Como se não tivesse escolha?

— Ires ficou com raiva. Mas quando nos unimos para conceber você, ele não foi forçado a nada. Nenhuma das vezes.

Um tremor percorreu meu corpo. Fui incapaz de falar alguma coisa. A essência pulsava violentamente dentro de mim.

— Não acredita em mim? — perguntou Isbeth.

— Não.

— Não posso culpá-la por isso. Não foi um ato de amor. De nenhuma das partes. Para mim, foi necessário. Queria uma filha. Uma filha forte. E sabia o que você se tornaria — continuou ela, e achei que fosse vomitar. — Para ele, foi só luxúria e ódio. As duas emoções não são muito diferentes uma da outra, uma vez que não haja nada além de carne entre os dois. — Ela fez outra pausa. — Talvez você goste de saber que ele tentou me matar logo depois.

Estremeci, sentindo-me enjoada.

— Não — sussurrei. — Isso não me agrada.

— Ora, que surpresa.

Senti uma ardência na garganta e fechei os olhos para conter as lágrimas. Meu estômago continuou revirado. Mesmo que ele tenha sido um... um participante ativo, ela já havia tirado sua liberdade. Não era um consentimento de verdade. Isbeth era o pior tipo de pessoa.

— Eu ficava imaginando por que Ires demorou tanto tempo para procurar o irmão. Talvez porque estivesse hibernando profundamente. Só que Malec não tinha morrido havia tantos anos como eu acreditava, não é? Aquela vadia o sepultou. Agora sei que ele devia estar consciente até aquele momento. Duzentos anos, Penellaphe. E então ele deve ter perdido a consciência, chegando tão perto da morte a ponto de acordar Ires.

Abri os olhos.

— Vocês eram corações gêmeos. Como você não sabia que ele não estava morto?

— Porque o que quer que Eloana tenha feito para sepultá-lo cortou a nossa conexão. O nosso vínculo. Você sabe do que estou falando. A sensação, a *percepção* do outro — afirmou. E eu sabia mesmo. Era uma sensação intangível de conhecimento. — É como a gravação de casamento, mas não na carne. Na alma. No coração. Senti quando se foi, e uma parte de mim morreu. Foi por isso que acreditei que ele estivesse morto, e gostaria que fosse verdade. Pois ele levou quase duzentos anos para perder o vínculo que compartilhava com o irmão gêmeo. Para perder a consciência. Você consegue imaginar uma coisa dessa?

— Não. — Lembrei-me das divindades nas criptas.

— Eloana podia até não saber que ele era um deus, mas ela sabia o que estava fazendo com uma divindade. É uma punição pior que a morte — prosseguiu. — Sua sogra não é muito diferente da sua mãe.

— Você tem razão — concordei. — Só que ela não é tão homicida quanto você.

A Rainha de Sangue deu uma risada.

— Não, ela só mata bebês inocentes.

— E você não? — retruquei, sem me dar ao trabalho de dizer a ela que Eloana havia alegado não saber da morte do filho de Isbeth. Ela não acreditaria em mim mesmo. — Onde ele está?

Sua boca ficou tensa.

— Ele não está aqui.

Olhei para ela, sem saber se acreditava nisso. Se Isbeth levava Ires em suas viagens, eu duvidava muito que ele estivesse longe dali.

— Então se eu tivesse escolhido ver Ires em vez de Casteel, você teria deixado?

— Você nunca teria escolhido alguém que *não* fosse Casteel — respondeu ela.

A culpa se agitou no meu estômago.

— Mas e se tivesse? Você não teria deixado, não é? — Quando ela não respondeu, percebi que tinha razão. A raiva substituiu a vergonha. — Por que você não deixou que ele voltasse para o Iliseu?

— Além do fato de que ele retornaria assim que recuperasse as forças? Quando não pudesse ser facilmente subjugado? — Isbeth se aproximou de mim. — Preciso dele para criar os meus Espectros.

E então eu entendi.

— Você precisava de um deus para Ascender os terceiros filhos e filhas. E já sabia sobre a essência de Kolis e como usá-la, graças a Malec.

Isbeth me estudou.

— Estava enganada. Não imaginei que soubesse sobre ele. Que... curioso.

Minha mão escorregou pela coluna e eu me virei, sentindo um entalhe na pedra. Mudei de posição e olhei para baixo. Havia marcações ali, rasas e a uns cinquenta centímetros de distância uma da outra. Um círculo atravessado por uma barra, deslocado do centro. Como os símbolos feitos de ossos e cordas na floresta perto do Clã dos Ossos Mortos.

— O que são essas marcações? — perguntei.

— Uma espécie de salvaguarda — respondeu ela.
Pressionei o polegar sobre as marcações.
— Mais magia roubada?
— Magia *emprestada*.
— Como é que elas servem de salvaguarda?
Isbeth olhou para mim e sorriu.
— Elas mantêm as coisas aqui dentro. Ou lá fora.

Casteel

Poppy estava aqui.

Puxei a corrente com força, praguejando quando o gancho não cedeu nem um centímetro. Quantas vezes tentei afrouxar essas malditas correntes desde que cheguei aqui? Inúmeras. Nos últimos dias, a fome impulsionou minhas tentativas frenéticas. Agora eu estava desesperado, mas por outro motivo.

Poppy estava aqui.

O pânico tomou conta das minhas entranhas. Ela era capaz de cuidar de si mesma. Ela era uma deusa, caramba, mas não era infalível. Ninguém era. Exceto pelo Primordial, que passava a maior parte do tempo hibernando. Não fazia a menor ideia do que a Rainha de Sangue verdadeiramente era, nem de como Poppy estava lidando com seu recém-descoberto parentesco com ela. Havia muitas incógnitas, e eu precisava sair dali. Tinha que chegar até ela antes que aquela névoa vermelha descesse novamente. E ela já estava chegando. Eu a sentia na dor que voltava aos meus ossos.

Esforcei-me para ignorá-la. Para me concentrar na tarefa que tinha em mãos e em algo que Isbeth disse quando me deu o sangue. Foi um choque. Importante. Mas estava à margem da minha memória, fora de alcance conforme eu enrolava a corrente em volta do antebraço e puxava até que os meus pés escorregassem no chão de pedra...

O som de passos me deteve. Eram leves. Rápidos. Mas eu os ouvi. Soltei a corrente, me virei e então me sentei no chão, de costas para a parede. Até ouvi o sangue bombeando nas veias antes que uma sombra atravessasse a luz bruxuleante da vela. Inferno. O que quer que o toque de Poppy tivesse conseguido fazer já estava se dissipando.

A Aia.

As correntes chacoalharam assim que me inclinei para a frente, com o trovão voltando e retumbando ainda mais alto no meu peito e veias.

Ela se postou sob a luz de outra vela queimada pela metade. A máscara de asas pintada de preto deixava seus olhos ainda mais claros. Sem vida.

Mas ela estava viva.

E tinha sangue nas veias.

Podia *ouvir*.

Meus músculos famintos se contraíram. Meu maxilar pulsou.

— Onde está Poppy?

— Ela estava com a Rainha. — A Aia se ajoelhou ao lado da banheira, sem desviar o olhar enquanto se segurava na borda. Ela sabia que era melhor não tirar os olhos de mim.

Soltei um rosnado.

— Você não gosta disso, hein? — perguntou ela, arregaçando as mangas do vestido.

Virei a cabeça para o lado, com as presas latejando. Medo e expectativa colidiram com a névoa causada pela fome. Senti a pele repuxada contra as feridas já cicatrizadas. Os aros de pedra das sombras prenderam meus pulsos e tornozelos. *Recomponha-se. Recomponha-se, porra.*

Usei todas as forças que me restavam, mas a tempestade no meu sangue finalmente se acalmou e abaixei o queixo.

— Se... se a machucaram, eu vou acabar com vocês. — As palavras arranharam minha garganta seca. — Vou rasgar suas malditas gargantas.

— A Rainha não vai se atrever a tocar em um fio de cabelo da sua preciosa *Poppy*. — A Aia recuou, passando para o outro lado da banheira. — Pelo menos, não agora.

Emiti um som que era a promessa de uma morte violenta.

— Isbeth vai machucar os outros para atingi-la.

Ela me encarou por um momento, imóvel.

— Você tem razão.

Voltei-me para a entrada da cela. Não queria aquele monstro perto de Poppy, mas Kieran também estava ali. Se qualquer um dos dois fosse ferido... De repente, senti as algemas mais pesadas do que nunca. A água espirrou, atraindo minha atenção de volta para a banheira. A Aia tinha mergulhado as mãos na água.

A névoa da sede de sangue iminente me cercou quando a vi agarrar as laterais da banheira e se curvar sobre a água.

— Você vai tomar banho?

Ela me encarou.

— Algum problema?

— Não dou a mínima para o que você faz ou deixa de fazer.

— Ótimo. — Ela pegou um cacho emaranhado. — Tem sangue no meu cabelo.

Em seguida, se inclinou e mergulhou a cabeça de uma vez só na banheira. A água clara ficou imediatamente preta como o carvão.

Que porra é essa? Espiei por entre a penumbra enquanto a Aia esfregava os dedos pelos cabelos, lavando o que parecia ser uma espécie de tintura, revelando um tom de loiro tão claro que era quase branco...

Ouvi o som de garras arranhando pedra. Retesei-me assim que um Voraz soltou um grito estridente. A Aia jogou o cabelo para trás, espalhando uma faixa estreita de água pelo chão enquanto tirava uma lâmina do cano da bota. Ela girou o corpo sobre o joelho e atirou a arma, atingindo o que restava do rosto da criatura que corria para dentro da cela. Derrubado, o Voraz caiu no corredor.

— Vorazes são tão irritantes. — A Aia inclinou a cabeça. Faixas de tinta preta escorreram por suas bochechas, atravessando a máscara pintada e os dentes dela, que abriu um sorriso largo. — Estou me sentindo tão bonita agora.

— Que porra é essa? — murmurei, começando a achar que era uma alucinação provocada pela sede de sangue.

Ela deu uma risadinha e se voltou para a banheira.

— Você sabe que a Rainha não vai mandar nem comida, nem água pra cá.

— Não brinca.

Ela enfiou as mãos na banheira, molhou o rosto e começou a esfregar enquanto a tinta preta descia por seus braços.

— Vou lhe contar uma coisa. Uma coisa muito importante. — As mãos dela abafaram as palavras. — Que vai deixar o seu coraçãozinho magoado.

Mal prestava atenção ao que a Aia dizia, pois estava hipnotizado pelo que *fazia*.

Pelo que vi se transformar diante de mim.

A pintura facial tinha sumido quase completamente, revelando suas feições, sua aparência verdadeira. E eu não podia acreditar no que estava vendo.

Os cabelos não eram da cor certa e os cachos eram mais apertados, mas seu rosto tinha o mesmo formato oval. A boca carnuda e larga. A mesma testa forte. Vi sardas na ponte do seu nariz e pelas bochechas, bem mais salientes e fartas. O jeito como ela olhou para mim com o queixo teimoso ligeiramente inclinado...

Bons deuses!

Tudo me era familiar. Familiar até *demais*.

A Aia abriu um sorriso tenso.

— Eu te lembro de alguém?

— Deuses — murmurei.

Ela se levantou, com os ombros da túnica preta agora encharcados. Cabelos da cor do luar prateado pendiam até as múltiplas faixas de couro que envolviam sua cintura, dando um volume exagerado aos seus quadris. Ela era mais magra, não tinha tantas curvas, mas ficou parada ali de um jeito...

Fui tomado pela incredulidade.

— Impossível.

Água escorria dos seus dedos enquanto ela caminhava silenciosamente na minha direção.

— Por que você acha que o que está vendo é impossível, Casteel?

— *Por quê?* — Entreabri os lábios secos e dei uma risada rouca. Não havia nenhuma razão, exceto que minha mente não conseguia aceitar que aquela Aia, aquele *Espectro*, era praticamente uma imagem espelhada de Poppy. Mas eu não podia negar. Não havia como ela não ter algum laço de sangue com a minha Rainha.

— Quem é você? — arfei.

— Eu sou a primeira filha — respondeu ela, e foi outro choque. — Eu não deveria existir. Nem a segunda. Mas isso não vem ao caso agora.

Prefiro ser chamada pelo meu nome verdadeiro. Millicent. Ou Millie. Qualquer um dos dois.

— Seu nome significa *força corajosa* — eu me ouvi dizer.

— Foi o que me disseram. — *Millicent* olhou para mim, sem sequer piscar. Sinistro. — É só isso que você tem a me dizer?

De jeito nenhum. Tinha muito a dizer. Porra. Eu me senti como Poppy, pois tinha tantas perguntas a fazer.

— Você é... irmã dela, não é? De sangue puro.

— Sou sim.

Minha mente disparou.

— Ires também é seu pai.

Ela assentiu.

E isso significava que...

— Você é uma deusa.

Millicent deu uma risada sombria.

— Não sou deusa coisa nenhuma. Sou é um fracasso.

— O quê? Mas se o seu pai é...

— Se você for igual ao seu irmão, então acha que sabe de tudo — observou ela. — Mas, assim como ele, você não sabe o que é e o que não é possível. Não faz ideia.

— Então me diga.

Millicent me deu outro sorriso de lábios fechados e sacudiu a cabeça, lançando uma bruma de água fria no meu peito e rosto.

Frustração tomou conta de mim, quase tão poderosa quanto a sede de sangue iminente.

— Que porra é essa? Por que você não é uma deusa?

— Por onde eu poderia começar? E quando suas perguntas terminariam? Não terminariam. Cada resposta que eu desse levaria a outra pergunta e, antes que nos déssemos conta, eu teria lhe contado toda a história dos planos. — Millicent pestanejou e então se virou, passando por cima das minhas pernas. — A história verdadeira.

— Eu conheço a história verdadeira.

— Não, não conhece. Malik também não conhecia.

O ar escapou dos meus pulmões quando ouvi o nome do meu irmão, me deixando atordoado. Meu irmão... Eu não o tinha visto desde que ele fez o curativo na minha mão. Lembrei-me do que ele disse sobre a Aia: "Ela não teve muita escolha."

— Malik já sabe — disparei. — Aquele filho da puta sabe quem você é.

Millicent se moveu rapidamente, se agachando ao lado das minhas pernas. Perto o bastante para que eu a derrubasse se desse uma rasteira. Ela devia saber disso, mas permaneceu onde estava.

— Você não faz a menor ideia do que o seu irmão teve que fazer. Você não faz... — Ela parou de falar e virou o pescoço para o lado. — Tudo que a Rainha faz tem um motivo. Por que ela o sequestrou da primeira vez. Por que ela manteve Malik aqui. Ela precisava de alguém de uma linhagem forte de Atlantes para ajudar Penellaphe a passar pela Ascensão. Para se certificar de que ela não fracassasse. Ela deu sorte quando você voltou à cena, não foi? O Atlante que ela pretendia usar desde o começo. E então a *nossa* mãe *esperou* até que Penellaphe passasse pela Seleção, que está acontecendo neste momento. E agora ela está esperando Penellaphe completá-la.

— Poppy Ascendeu à divindade...

— Ela ainda não completou a Seleção — interrompeu Millicent. — Mas assim que o fizer, minha irmã vai dar à nossa mãe o que ela queria desde que descobriu que seu filho estava morto.

— Vingança?

— Vingança contra *todos*. — Millicent se aproximou, colocando a mão ao lado do meu joelho. Sua voz baixou para um sussurro. — Ela não quer refazer os reinos. Ela quer refazer os *planos*. Quer restaurá-los ao que eram antes que o primeiro Atlante fosse criado, quando os mortais eram submissos aos deuses e Primordiais. E isso vai acabar por destruir não somente o plano mortal, mas também o Iliseu.

Fui tomado pelo choque.

— E você acha que Poppy vai ajudá-la a fazer isso?

— Ela não tem escolha. Minha irmã está destinada a fazer isso. Ela é o Arauto que foi profetizado.

— Besteira — rosnei. — Ela...

— Você se lembra do que eu disse antes? Nossa mãe não é poderosa o bastante para fazer uma coisa dessas. Mas ela criou *algo* que é. Penellaphe.

Ar frio invadiu o meu peito.

— Não.

— É verdade. — Ela franziu o cenho e, antes de baixar os olhos, eu vi tristeza ali. Uma tristeza profunda e sem fim. — Gostaria que não fosse porque sei que não importa o que eu faça, o que *qualquer um* faça, a Rainha vai ter êxito. Porque você também vai falhar.

Inclinei-me o máximo que a corrente permitia.

— Falhar em quê?

Millicent ergueu o olhar na direção do meu.

— Em matar minha irmã.

Empurrei o corpo contra a parede, mal sentindo a explosão de dor nas minhas costas.

— Penellaphe vai completar a Seleção em breve. — Millicent se levantou. — Então, o amor dela por você será uma de suas poucas fraquezas. Você será a única coisa capaz de detê-la. Se não fizer isso, Penellaphe ajudará a acabar com os planos, fazendo com que milhões de pessoas morram e submetendo aqueles que sobreviverem a algo muito pior. De um jeito ou de outro, minha irmã não pode continuar viva. Ela vai morrer nos seus braços ou afogar os planos em um mar de sangue.

27

Poppy

Na tarde seguinte, fiquei perambulando pelo quarto depois de comer a refeição que uma das Aias menos falantes trouxera só porque não podia me dar ao luxo de me deixar enfraquecer.

Ela tinha trazido outro vestido branco junto com a comida. Decidi usar a mesma roupa do dia anterior e destruí o vestido com uma faísca de éter. Não devia usar a essência para fazer algo tão infantil, mas era difícil me arrepender diante da alegria momentânea que senti.

De vez em quando eu olhava de cara feia para as portas duplas. Não tinha visto nem ouvido falar da Rainha de Sangue desde que me levaram de volta para os meus aposentos na noite passada. Fiquei naquele maldito quarto só porque não queria pôr Kieran e Reaver em risco, isso sem falar em Casteel.

Comuniquei-me com Kieran por meio do Estigma, avisando que tanto Casteel quanto eu estávamos bem. Ele ficou aliviado, mas, através da conexão, percebi que ele tinha dúvidas a respeito de Casteel.

Eu também tinha.

Meu toque só lhe traria algumas horas de alívio, se tanto. Talvez nem tanto tempo assim. Tudo o que podia fazer era rezar para que ele tivesse recebido sangue e comida. Que curar seus ferimentos lhe conferisse uma trégua mais duradoura.

Tentei desesperadamente dormir. Para me encontrar com Casteel. Mas não consegui. O quarto era silencioso e grande demais. Tão solitário e familiar.

Tão...

Parei de pensar nisso.

Não me ajudaria em nada. Era melhor me concentrar no que estava por vir, o que eu vinha revirando na cabeça por horas a fio. O plano era entrar na capital e libertar Casteel e meu pai. E continuava igual. Só que tínhamos sido tecnicamente capturados, e eu não sabia onde meu pai estava aprisionado.

Teria que forçar Isbeth a me contar onde ele estava quando voltasse para buscá-lo.

Eu detestava isso, *odiava* a ideia de deixar Ires para trás. Mas tinha que tirar Casteel logo dali.

Porque ele não estava bem.

Curei todos os ferimentos que pude, mas ele estava à beira da sede de sangue e corria o risco de perder uma parte de si mesmo. Não podia deixar que isso acontecesse.

Procurei a assinatura singular de Kieran e encontrei aquela sensação rica em cedro.

Liessa?

Um sorriso irônico surgiu nos meus lábios.

Não me chame assim.

Minha Rainha, então?

Dei um suspiro.

Que tal nenhum dos dois?

A risada dele fez cócegas em mim.

O que foi?

Temos que dar o fora daqui.

Houve uma pausa.

Em que você está pensando?

Precisamos ir até um dos Templos. Casteel deve estar preso ali perto. No subsolo. Fui até a janela. *Já temos o feitiço. Assim que encontrarmos a entrada para os túneis, poderemos usá-lo. Só não sei muito bem o que fazer depois disso.*

Longos minutos de silêncio se passaram, durante os quais captei aquela sensação amadeirada ao meu redor.

Podemos usar o caminho por onde pretendíamos entrar aqui.

Através das minas?

Sim. Podemos tentar conseguir acesso a elas. Ou...

Meu coração disparou dentro do peito.

Eles já esperam por isso. Deve haver um jeito melhor.

Lutaremos para sair daqui.

Parei na janela, olhando para a capital.

Não sei se é a melhor opção.

Lutar é a nossa única opção, não importa o que aconteça, argumentou Kieran. *Ou pelos portões, ou de dentro da Colina até chegarmos nas minas.*

Nós debatemos o assunto, dando voltas até que Kieran se decidisse.

O caminho mais rápido é pelos portões orientais. Nós temos Reaver. E temos você. Podemos lutar.

Mordi o lábio inferior.

Se fizermos isso — se eu fizer isso —, corremos o risco de que as pessoas me vejam como uma falsa deusa. Corremos o risco de elas acreditarem no pior sobre nós e temerem o que está por vir.

Sim. Houve outro abismo de silêncio. *Mas não podemos nos preocupar com isso. Não é a nossa maior preocupação no momento. É Casteel. E dar o fora daqui. E se tivermos que derrubar uma parte da Colina para isso, então vamos derrubá-la, Poppy.*

Fechei os olhos. A essência vibrou no meu peito.

Não podemos salvar a todos, lembrou Kieran. *Mas podemos salvar aqueles que amamos.*

O choque tomou conta de mim. Quando falei com os generais, sabia que havia uma possibilidade de que os nossos planos fossem por água abaixo. Que tivéssemos de derrubar as Colinas, causando uma perda incalculável de vidas. Que acabássemos nos tornando os monstros que o povo de Solis temia que fôssemos.

E tudo aquilo tinha se concretizado.

Kieran deve ter pressentido a minha aceitação, pois suas palavras seguintes foram:

Só precisamos de uma distração.

Uma distração. Grande o bastante para que ganhássemos tempo para sair de Wayfair e seguir até os Templos.

Abri os olhos e olhei para a pedra preta da Colina, pairando ao longe.

Tenho uma ideia.

Minha paciência chegou ao limite quando me sentei na cadeira almofadada na galeria do segundo andar do Salão Principal. Uma dúzia de cavaleiros e Aias se enfileiravam na parede atrás de mim.

O sol tinha começado a se pôr quando a Rainha de Sangue convocou minha presença. E, no entanto, eu estava sentada ali enquanto ela *confraternizava*.

Examinei o térreo lotado, os rostos dos mortais turvos conforme conversavam e competiam por alguns minutos do seu tempo. *Ela* andava entre eles, ladeada por Millicent e outra Aia. Como um pássaro colorido, com a coroa de rubis reluzente na cabeça, Isbeth sorria graciosamente enquanto os mortais a reverenciavam. Não estava de branco hoje à noite. Assim como Millicent, ela usava roupas vermelhas.

Não sei como o vestido permanecia no seu corpo. Ou se a metade superior consistia de uma pintura corporal. Era justo e sem mangas, desafiando a gravidade. O decote descia até o umbigo, revelando muito mais do que eu queria ver, levando em conta — quisesse ou não admitir — que ela era minha mãe. A parte de baixo do vestido era mais solta, mas não me atrevi a examinar o tecido transparente. Não precisava de mais um trauma na minha vida.

— Parece que você está se divertindo.

Ao ouvir a voz de Malik, retesei o corpo ainda mais.

— Nunca me diverti tanto.

O Príncipe deu uma risada curta e áspera quando passou pela minha cadeira, sentando-se em uma das duas cadeiras vazias ao meu lado.

— Aposto que não.

Não disse nada por alguns instantes.

— Não sei por que ela me convocou para o Salão Principal.

— Isbeth queria que você visse como ela é amada — respondeu Malik. — Caso a exibição de antes não tivesse sido suficiente.

Olhei para ele e o vi levar uma taça de líquido vermelho aos lábios. Não tinha como saber se era vinho. Ele falou em voz baixa, mas os cavaleiros e as Aias estavam perto o bastante para que pudessem ouvi-lo. Não havia mais ninguém por perto. O que senti dele no dia anterior atormentou minha mente quando voltei a atenção para o térreo.

— É claro que eles a amam. São a elite da Carsodônia. Os mais abastados. Contanto que tenham uma vida boa, vão amar qualquer um que esteja sentado no trono.

— Não são os únicos. Você viu com os próprios olhos.

Sim, eu vi.

— Só que ela distribui Bênçãos com sangue Atlante. — Olhei para ele outra vez. Malik encolheu os ombros. — Algo que não pode ter um efeito duradouro.

Ele tomou mais um gole.

— E ela os deixa com medo...

— De você — interrompeu. — Do Arauto...

Forcei-me a respirar fundo.

— O que ela disse às pessoas ontem foi uma mentira. Os moradores da Trilha dos Carvalhos e das outras cidades não foram violentados. Independentemente do que pense agora, você deve saber que os Atlantes, que seu pai, jamais fariam o que ela disse.

Malik novamente não respondeu.

— O povo daqui vai acabar descobrindo a verdade — continuei no silêncio que se seguiu. — Não acredito que todos os mortais na Carsodônia acreditem que ela seja uma Rainha benevolente. Nem que apoiem o Ritual.

Malik abaixou a taça.

— Você tem razão em não acreditar nisso.

Observei-o atentamente, aguçando os sentidos enquanto ele olhava para o térreo. Ainda havia rachaduras em sua barreira.

— Vi Casteel ontem.

O rosto de Malik permaneceu impassível, mas senti um súbito gosto azedo. Vergonha.

— Ele não estava nada bem. — Abaixei o tom de voz e me segurei nos braços da cadeira. — Quase se perdeu em meio à sede de sangue. Ele foi machucado e...

— Eu sei. — Seu maxilar estava rígido e, quando falou, sua voz era quase um sussurro. — Eu o limpei o melhor que pude depois que a Rainha lhe mandou aquele presente adorável.

Malik tinha ido vê-lo.

Casteel não me contou isso, mas não teve oportunidade de me atualizar. Alguém *tinha* cuidado da mão dele. Já era alguma coisa. Assim como a agonia que captei de Malik. Só não sabia muito bem o quê.

Inclinei-me na direção dele, e Malik retesou os ombros sob a camisa branca.

— Então você sabe como encontrá-lo — sussurrei. — Me diga...

— Cuidado, Rainha de Carne e Fogo — murmurou Malik com um ligeiro franzir de lábios. — Você está seguindo um caminho perigoso.

— Eu sei.

Ele me encarou.

— Você não sabe de muita coisa se acha que vou responder a essa pergunta.

Reprimi a maré crescente de raiva.

— Senti a sua dor. Experimentei o gosto dela.

Um músculo começou a latejar no maxilar dele.

— Falando nisso, foi muita grosseria da sua parte — reclamou ele depois de um momento. — E doeu pra caramba.

— Você sobreviveu.

O Príncipe bufou:

— Sim, eu sobrevivi. — Ele tomou outro gole. — Sou bom nisso.

O sarcasmo nas suas palavras me fez estudar o rosto dele.

— Por quê? Por que você está aqui? Com *ela*? Não porque ela abriu seus olhos para alguma coisa, muito menos para a verdade. Isbeth não é tão persuasiva assim.

Malik não disse nada conforme olhava para a frente, mas vi sua atenção passar da Rainha de Sangue para a Aia de cabelos escuros. Foi breve. Não teria notado se não estivesse olhando para ele com tanta atenção.

— É ela.

Ele olhou de volta para mim e então deu um sorrisinho.

— A Rainha?

— Millicent — respondi baixinho.

Ele riu de novo, uma explosão curta de som seco.

Eu me recostei.

— Talvez eu pergunte à Rainha de Sangue se ela acha que você está aqui por causa dela ou de sua Aia.

Lentamente, Malik se inclinou sobre o pequeno espaço entre nós.

— Se você perguntar isso a ela — aquela covinha solitária apareceu —, vou envolvê-la nos ossos de uma divindade e jogá-la no maldito Mar de Stroud.

— Que ameaça exagerada — respondi, tomada pela satisfação. *Era* exagerada mesmo. O que não deixava dúvidas sobre os motivos. Ele se importava com ela. — É o tipo de reação que eu teria se você ameaçasse Casteel.

Malik olhou para mim.

Abri um sorriso.

— Só que eu não falaria dos ossos de uma divindade nem do mar. Nem faria uma ameaça vazia.

Ele terminou a bebida.

— Anotado. — Seu olhar vagou para o térreo. — Ela já está vindo.

A Rainha de Sangue se aproximou de nós. Malik se levantou. Eu não. Murmúrios vieram do térreo enquanto eu olhava para ela. Isbeth franziu o cenho quando passou por mim e se sentou na cadeira ao meu lado. Foi só então que Malik se sentou. Dezenas de olhos observaram quando Millicent se postou na nossa frente, acompanhada pelas outras Aias. Suas costas retas nos proporcionavam uma tela impressionante de privacidade.

Alguém entregou uma taça de espumante à Rainha de Sangue. Ela esperou até que o empregado desaparecesse em meio às sombras antes de dizer:

— Estamos sendo observadas, e eles consideram a sua falta de respeito para com uma Rainha, o seu comportamento, uma vergonha.

— E se eles soubessem a verdade sobre você? Sobre as coisas que fez? — perguntei, observando um jovem casal conversar enquanto olhavam para a estátua do que sempre pensei que fosse Nyktos, mas, aparentemente, não era.

— Duvido muito que isso faria alguma diferença para a maioria das pessoas nesta sala — observou ela. — Mas sabemos o que elas fariam se descobrissem quem você é.

— Uma deusa, e não um Arauto.

— É a mesma coisa para muitos aqui — murmurou ela.

Retesei o corpo.

— Pode ser, mas eu estou disposta a provar que eles não têm nada a temer de mim.

— E como você vai fazer isso?

— Bem, eu poderia começar por não levar seus filhos e usá-los como alimento — respondi.

— Tawny foi usada como alimento? — Ela gesticulou para a multidão com a mão cheia de joias. — Ou algum dos cavalheiros e damas de companhia presentes hoje à noite?

— Não, eles apenas serão transformados em criaturas que vão atacar os outros sem nenhum remorso.

Os olhos escuros dela encontraram os meus.

— Ou vão abater os mais fracos entre o povo.

Franzi os lábios.

— Você acredita mesmo nisso?

— Eu sei disso.

Isbeth tomou um gole. Tive de me conter para não derrubar a taça de cristal da sua mão.

— E as crianças levadas durante o último Ritual? As que foram penduradas sob o Castelo Pedra Vermelha?

— Elas estão servindo aos deuses.

— Mentiras — sibilei. — Mal posso esperar para ver sua cara quando essas mentiras forem expostas.

Ela sorriu enquanto olhava para o térreo.

— Você acha que vou deixar que o seu exército cerque a capital como fiz com as outras cidades? Cidades que nem considero uma perda? — Ela virou a cabeça para mim. — Porque não são uma perda. Mas o que aconteceu lá não vai acontecer aqui. Se o seu exército chegar até a Colina, vou forrar aquelas muralhas e portões de recém-nascidos. E o dragontino que tiver sobrado ou o exército que permanecer de pé terá que queimá-los e feri-los para passar por eles.

Fiquei olhando para Isbeth conforme me dava conta de que ela estava falando sério. Afundei os dedos nos braços da cadeira enquanto a Essência Primordial pulsava dentro de mim. Um ligeiro tremor percorreu meu corpo enquanto eu olhava para a estátua, mas só o que vi foram os mortais nos portões da Trilha dos Carvalhos e no subsolo do Castelo Pedra Vermelha. Ao meu lado, Malik esticou o corpo para a frente e

Millicent se virou para o lado. O casal parado diante da estátua franziu a testa enquanto olhava para baixo, onde as pétalas das rosas noturnas... vibravam.

Era eu.

Minha raiva.

Era eu quem estava fazendo aquilo.

Fechei os olhos e controlei as emoções, como todas as vezes em que fui levada perante o Duque Teerman quando ainda usava o véu. Quando tinha que ficar ali e aceitar tudo o que ele fizesse. Como quando tinha que bloquear os sentidos para os outros. Em vez disso, eu me fechei para as *minhas* próprias emoções. Só abri os olhos quando o éter se acalmou dentro do meu peito. As pétalas estavam imóveis no chão.

— Inteligente — sussurrou a Rainha de Sangue enquanto Malik relaxava. — Vejo que você aprendeu a controlar o seu poder até certo ponto.

Forcei-me a afrouxar os dedos sobre os braços da cadeira.

— Era sobre isso que queria falar comigo? Como vai matar mais crianças e pessoas inocentes?

— Eu não vou matar esses mortais — declarou ela. — O seu exército vai. — Seu olhar era intenso. Eu o senti percorrendo cada centímetro do meu rosto. — Ou você mesma. Então, se quiser evitar isso, certifique-se de que seu exército recue.

Virei-me na sua direção.

— Agora vamos discutir o futuro dos reinos? Acha mesmo que vou negociar com você quando é assim que pretende proceder? — As palavras saíram da minha boca apressadamente. — Não vou entregar Atlântia. Não vou mandar que o exército recue. E não vou deixar que você use pessoas inocentes como escudo.

Isbeth voltou a atenção para o Príncipe.

— Malik, se você não se importa, preciso falar com minha filha em particular.

— Claro. — Malik se levantou, curvando-se e olhando para mim por um momento. Ele desceu os degraus largos, passando por Millicent na direção ao térreo, onde foi imediatamente cercado por damas e cavalheiros sorridentes.

— Eles estão encantados com Malik — observou a Rainha de Sangue. — Seria preciso afugentá-los com uma vara, se quisesse se livrar deles.

A Aia tirou os olhos de Malik, voltando a atenção para mais longe do Salão Principal.

— Sabe o que me manteve viva? — perguntou ela depois de alguns minutos. — A vingança.

— Isso é... tão clichê — observei.

Ela deu uma risada suave e curta.

— Seja como for, é a verdade. E imagino que o motivo pelo qual a vingança se tornou um clichê é porque manteve muitas pessoas vivas durante os momentos mais sombrios de suas vidas. Momentos que duram anos, e até mesmo décadas. Eu vou ter a minha vingança.

— A grande maioria dos Atlantes não teve nada a ver com o que foi feito a você e ao seu filho — falei. — E, no entanto, você acha que tomar o controle de Atlântia vai lhe dar essa vingança. Não vai.

— Eu... eu tenho que admitir uma coisa. — Isbeth inclinou o corpo na direção do meu. O perfume de rosas chegou às minhas narinas. — Nunca tive a intenção de governar Atlântia. Não preciso do reino. Nem mesmo o quero. Só quero vê-lo em chamas. Destruído. Quero ver todos os Atlantes mortos.

Casteel

Ela vai morrer nos seus braços...

As palavras de Millicent continuaram rondando pela minha cabeça. Não dormi nada desde que ela esteve ali. Não conseguia parar de pensar em quem ela era, no que me confidenciou. Não podia negar que era irmã de Poppy. As duas eram parecidas demais. Ora, se os cabelos fossem da mesma cor e Millicent tivesse menos sardas, elas *quase* poderiam se passar por gêmeas. E o que ela havia me dito sobre Poppy? O que disse que eu precisaria fazer?

Soltei um rosnado baixo.

Que se dane.

Mesmo que Poppy fosse poderosa o bastante para causar o tipo de destruição que Millicent havia me alertado, ela jamais faria isso. Ela não tinha aquele mal dentro de si.

Millicent podia até ser irmã de Poppy, mas eu não confiava nela. E não acreditava em nada que tinha saído de sua boca.

Passos ecoaram no corredor, e eu levantei a cabeça. O Menino Dourado entrou. Sozinho. Ele não trazia nem comida, nem água.

— O que você quer? — rosnei, com a garganta seca.

— Queria ver como estava, Vossa Majestade.

— Porra nenhuma.

Callum sorriu, com a pintura facial e as roupas tão douradas que brilhavam como uma lâmpada.

— Você está começando a parecer... não muito bem de novo.

Não precisava que aquele idiota me dissesse o óbvio. A fome corroía as minhas entranhas, e eu podia jurar que tinha visto a pulsação no pescoço dele.

Mas ele simplesmente ficou parado ali, olhando para mim.

— A menos que você tenha vindo para falar sobre o clima — disse lentamente —, já pode dar o fora daqui.

Callum deu uma risada.

— Impressionante.

— Quem? Eu? — Abri um sorriso sarcástico. — Já sei disso.

— Sua arrogância — respondeu, e um ronco baixo irradiou do meu peito quando ele deu um passo em frente. Seu sorriso se alargou. — Você está acorrentado a uma parede, faminto e imundo, incapaz de fazer qualquer coisa para ajudar sua mulher, e ainda assim é tão arrogante.

Outro rosnado subiu pela minha garganta.

— Ela não precisa da minha ajuda.

— Acho que não. — O Espectro tocou no próprio peito. — Ela me apunhalou ontem. Com a minha própria adaga.

Dei uma risada áspera.

— Essa é a minha garota!

— Você deve ter muito orgulho dela. — Ele se ajoelhou lentamente. — Vamos ver quando isso vai mudar.

— Isso nunca vai mudar — garanti, com o maxilar latejando. — Não importa o que aconteça.

Callum me estudou por alguns minutos.

— Amor. É uma emoção tão estranha. Já a vi derrubar seres muito poderosos — afirmou. As palavras de Millicent voltaram à minha cabeça. — Já a vi dar a outros uma força inacreditável. Mas em todos os anos que vivi, só vi o amor deter a morte uma vez.

— É mesmo?

Callum assentiu.

— Nyktos e sua Consorte.

Eu o encarei.

— Você é tão velho assim?

— Sou velho o bastante para lembrar como as coisas eram. Para saber quando o amor é uma força ou uma fraqueza.

— Não dou a mínima.

— Pois deveria. Porque é uma fraqueza pra você. — Aqueles olhos pálidos que não piscavam eram perturbadores pra caramba. — Sabe como?

Repuxei os lábios.

— Aposto que você vai me contar.

— Você deveria ter se alimentado dela quando teve a chance — explicou. — Vai se arrepender de não ter feito isso.

— Você está errado. — Jamais me arrependeria de não colocar Poppy em risco. Jamais.

— Veremos. — O Espectro sustentou meu olhar por um bom tempo e, em seguida, entrou em ação.

Ele foi rápido. Joguei o corpo para trás quando vi o brilho do aço. Não tinha para onde ir. Meus reflexos estavam uma merda...

A dor explodiu no meu peito, levando consigo o ar dos meus pulmões em uma onda de fogo. Senti um gosto metálico na boca. Olhei para baixo e vi uma adaga enfiada no meio do meu peito e vermelha por toda a parte, descendo pelo meu abdome.

Levantei a cabeça e vociferei:

— Você errou o coração, idiota.

— Eu sei. — Callum sorriu e puxou a adaga. Soltei um grunhido. — Me diz uma coisa, Vossa Majestade. O que acontece com um Atlante quando não há mais sangue em suas veias?

A ferida parecia estar pegando fogo, mas minhas entranhas estavam enregeladas. Meu coração deu um salto dentro do peito. Sede de sangue. Completa e absoluta. Era isso que acontecia.

— Ouvi dizer que isso torna alguém tão monstruoso quanto um Voraz. — Ele se levantou, levou a adaga até a boca e passou a língua pela lâmina encharcada de sangue. — Boa sorte.

Poppy

Quero ver todos os Atlantes mortos.

Um calafrio de inquietação deslizou pela minha espinha enquanto eu encarava a Rainha de Sangue.

— Até mesmo Malik?

— Até mesmo ele. — Ela tomou um gole de champanhe. — Mas não quer dizer que *irei* matá-lo. Ou o seu amado. Preciso que você trabalhe comigo. Não contra mim. Matar um dos dois só atrapalharia os meus planos. Ele — apontou a taça para o grupo em torno de Malik — e o irmão vão sobreviver à minha ira. Não tenho nada contra os lupinos. Eles também podem continuar vivos. Mas o resto? Todos devem morrer. Não porque eu os culpe pelo que fizeram comigo. Sei que não tiveram nenhum papel no sepultamento de Malec e na morte do nosso filho. Eu nem culpo Eloana, para falar a verdade.

— Sério? — perguntei, incerta.

— Não me entenda mal. Odeio aquela mulher e planejo fazer algo muito especial com ela, mas não foi Eloana quem permitiu que isso acontecesse. Eu sei quem é o responsável.

— E quem é?

— Nyktos.

Joguei o corpo para trás, perplexa.

— Você... você culpa *Nyktos*?

— Quem mais eu culparia? Malec queria passar pelos testes de corações gêmeos. Ele chamou o pai. Mesmo em hibernação, Nyktos o ouviu. Ele respondeu, mas recusou o pedido — explicou, e fui tomada por outra onda de incredulidade. — Foi por isso que Malec me Ascendeu. E você sabe o que aconteceu em seguida. Não culpo só Eloana e Valyn. Culpo Nyktos. Ele poderia ter evitado tudo isso.

Nyktos. Ele poderia ter evitado sim. Mas não conceder isso ao filho depois de ver o que aconteceu quando se recusou antes e o deus acabou morrendo não fazia o menor sentido.

— Por que ele recusou?

— Não sei. — Isbeth olhou para o anel de diamante. — Se Malec sabia, jamais me contou. Mas o motivo não importa agora, não é? — Ela franziu os lábios. — Nyktos causou isso.

Prevenir os acontecimentos e ser a causa deles eram coisas completamente diferentes. Isbeth culpava os outros por tudo o que fazia. Sua capacidade de não assumir a responsabilidade era impressionante.

— Não entendo como você acha que pode se vingar do Primordial da Vida — confessei.

Ela deu uma risada suave como sinos enquanto afastava uma mecha de cabelo do rosto.

— Nyktos aprecia todos as formas de vida, mas gosta especialmente dos Atlantes. A criação deles foi resultado dos testes de corações gêmeos, um produto do *amor*. Certa vez, Malec me disse que o pai considerava os Atlantes como filhos. A perda deles trará o tipo de justiça que procuro.

Acho que ela realmente tinha perdido o juízo.

— E você acha que vou ajudá-la a matar milhares de pessoas? É isso que você quer de mim?

— Você já fez isso.

— Não fiz nada!

— Ah, não?

Apoiei-me nos braços da cadeira e me inclinei na direção dela.

— O que você acha que eu fiz ou vou fazer?

— Sua raiva e paixão. Seu senso de certo e errado. Seu amor. Seu poder. Tudo. No final das contas, você é igual a mim. Você fará o que nasceu para fazer, minha querida filha. — Ela ergueu a taça na minha direção. — Você trará a morte aos meus inimigos.

Tudo o que você vai liberar é a morte.

Respirei fundo e me afastei dela. Isbeth falava como se eu não tivesse escolha. Como se aquilo já estivesse predestinado e algumas palavras ditas eras atrás superassem o meu livre-arbítrio.

A energia pulsou no meu peito, carregando o ar à nossa volta. Seu sorriso não vacilou nem por um segundo conforme ela lançava um olhar pelo Salão Principal — um aposento cheio de mortais. Foi então que percebi por que ela tinha esperado até aquele momento para me dizer que queria ver Atlântia em chamas. Ela já tinha começado a usar as pessoas como escudo.

Por outro lado, quando Isbeth não tinha feito isso?

Mas ela estava errada. A raiva. O senso de justiça. O amor. O poder. Eram meus pontos fortes. Não defeitos que resultariam na morte de inocentes.

— Você está errada — rosnei, com as mãos trêmulas conforme segurava nos braços da cadeira de novo. — Não sou como você.

— Se isso a faz se sentir melhor sobre si mesma — respondeu ela com um sorriso e uma piscadela. — Mas se tivesse que eliminar todos aqui nessa sala para salvar quem mais ama, você o faria sem hesitar. Assim como eu.

Minha respiração parou. Meu coração palpitou. Queria negar o que ela disse. Precisava negar.

Mas não podia.

E isso incendiou todos os nervos do meu corpo.

— Você pode ter me dado à luz, mas a única coisa que temos em comum é o sangue. Não somos nada parecidas. E nunca seremos. Você não é minha mãe, minha amiga nem minha confidente — falei, vendo o sorriso desaparecer de seu rosto. — Você é uma Rainha cujo reinado está prestes a chegar ao fim. Só isso.

O brilho do éter surgiu em seus olhos quando ela apertou a taça. Isbeth estreitou os lábios.

— Não quero brigar com você, filha. Não agora — declarou, e senti o gosto amargo da tristeza na garganta. — Mas se me desafiar, vou forçá--la agir, e provar o quanto somos parecidas.

Casteel.

Ela estava ameaçando Casteel.

Minha pele ficou tão fria quanto aquele lugar vazio e dolorido dentro de mim e, quando falei, minha voz soou como em Massene. Esfumaçada. Sombria.

— Eu poderia matá-la neste exato instante.

Os olhos dela encontraram os meus.

— Então mate. Libere seu poder, filha. Use sua raiva. — O éter cintilou nos olhos dela. — Mas antes disso lembre-se de que você não está diante de uma Ascendida.

Um grito curto e estridente ecoou no Salão Principal, seguido pelo som de vidro estilhaçado e, então, silêncio. Virei-me na direção do grito e senti um nó no estômago quando vi o casal que estava ao lado da estátua cair de joelhos no chão, com sangue escorrendo dos olhos e ouvidos, bocas e narizes. Gritos mais altos e demorados ecoaram quando os mortais se afastaram do casal que *definhava*, encolhendo até virar pele e ossos unidos por seda e cetim.

Malik e Millicent viraram na nossa direção enquanto as pessoas gritavam, se afastando dali. E Isbeth... ela não tirou os olhos de mim. Nem sequer uma vez. Mas ela tinha feito aquilo, e esse tipo de poder era...

Era horrível.

Não sabia se era capaz de fazer uma coisa dessas. E não queria descobrir.

A Rainha de Sangue se recostou com a cabeça inclinada enquanto me estudava.

— Acho que vai ser bom se você passar um tempo sozinha. Amanhã conversaremos mais. — Ela fez um sinal para que um dos cavaleiros se aproximasse. — Leve-a de volta aos seus aposentos e se certifique de que ela permaneça lá.

Levantei-me quando vários cavaleiros deixaram seus postos para me cercar.

Não haveria amanhã.

Nem mais discussões.

Dei as costas para ela e fui até a beirada da galeria, com as mãos firmes. O instinto me dizia que não tínhamos mais tempo. Independentemente do que ela acreditasse que eu faria, eu não achava que conseguiria controlar meu temperamento o suficiente para detê-la, para impedi-la de ferir os outros sem motivo. O instinto também me dizia que Isbeth não iria atrás de Casteel imediatamente. Ela tinha outros dois para matar antes de recorrer a isso.

Kieran.

E Reaver.

Isbeth faria isso para provar que eu era tão instável e cruel quanto ela. *Tudo o que você vai liberar é a morte.*

Por outro lado, talvez ela me conhecesse melhor do que eu mesma. Talvez a profecia fosse exatamente como ela e os demais acreditavam. Talvez Willa estivesse errada e Vikter tenha sido enviado para proteger algo maligno. Talvez eu *fosse* mesmo o Arauto.

Pois se ela cumprisse sua ameaça, eu me afogaria no sangue que iria derramar.

O que significava que *eu* não tinha mais tempo.

Procurei a assinatura de Kieran e mandei uma mensagem rápida para ele.

Temos que entrar em ação hoje à noite.

A resposta foi imediata e cheia de determinação. Na entrada do Salão Principal, olhei por cima do ombro e vi Isbeth de pé na galeria, com a taça de cristal na mão enquanto me observava como a predadora que ela achava que era.

Desviei o olhar e visualizei a minha vontade. O éter pulsou no meu peito.

A taça que a Rainha de Sangue segurava se quebrou, fazendo com que ela se lembrasse de que não estava diante de uma Donzela submissa e assustada.

A lua havia encontrado seu lugar no céu da cidade e o luar encharcava as águas ondulantes do Mar de Stroud. Fiquei parada na janela. Além dos muros de Wayfair e dos Templos de Nyktos e Perses, a Colina se erguia.

Era a Colina mais alta de todas, quase tão alta quanto o Castelo Wayfair. Havia centenas de tochas cravadas na terra adiante dela, com as chamas vibrantes e constantes, servindo como um farol de segurança e uma promessa de proteção. Todas estavam acesas.

Uma distração. Das grandes.

Pensei na névoa, em como ela rodopiava ao redor dos Vorazes e cobria as Montanhas Skotos. Era feita de Magia Primordial. Uma extensão do seu ser e vontade. O que significava que podia ser invocada.

Não sabia se ia dar certo. Eu não era uma Primordial, mas era descendente de um. A essência dele corria nas minhas veias. Os dragontinos obedeciam à minha vontade. O Estigma Primordial me conectava aos lupinos.

Pousei as mãos no parapeito de pedra da janela, fechei os olhos e invoquei o éter. A essência reagiu de imediato conforme eu visualizava a névoa densa e parecida com uma nuvem nas Montanhas Skotos. Eu a vi pairando pelo chão, crescendo e se expandindo. Minha pele esquentou enquanto eu a imaginava rolando pelas colinas e pradarias da capital, engrossando até enevoar tudo em seu caminho. Não parei por aí quando abri os olhos.

Fagulhas prateadas faiscaram na minha pele enquanto eu olhava para a Colina e esperava, me lembrando de outra noite, em outra cidade, de um outro *eu* que acreditava na proteção da Colina. Naquela segurança.

Uma chama além da Colina começou a bruxulear. O éter rodopiou através de mim e ao meu redor enquanto eu continuava *chamando* a névoa. Convocando-a. Criando-a.

A chama ao lado da primeira começou a dançar, seguida por outra e mais outra até que toda a fileira ondulasse em um frenesi, cuspindo brasas em todas as direções. As duas tochas no final da fila foram as primeiras a se apagar, e então todas se apagaram de uma vez só, mergulhando a terra além da Colina na escuridão total.

Chamas se acenderam por toda a muralha. Flechas flamejantes foram erguidas e disparadas. Elas subiram em arco noite adentro e então desceram, caindo nas trincheiras feitas de estopa que percorriam toda a extensão da muralha ao leste. O fogo irrompeu, lançando um brilho alaranjado sobre a terra...

E sobre a névoa densa e rodopiante que se infiltrava nas trincheiras. Uma névoa que deslizou sob a estopa e por cima das chamas, cobrindo-a até que o seu peso abafasse a luz do fogo.

Uma névoa que todos na Colina e na cidade acreditariam estar cheia das silhuetas deformadas dos Vorazes.

Trombetas soaram da Colina, quebrando o silêncio da noite, mas não parei por aí. Continuei invocando a névoa e... a *senti* responder, correndo para o sopé da Colina. Ela se espalhou ao longo da estrutura maciça. Ouvi gritos enquanto visualizava a névoa na minha cabeça, inflando até atingir as ameias e torres ao longo da Colina.

E então eu a vi diante de mim, como uma cortina turva e leitosa contra o céu noturno.

Perdi o fôlego com a visão. Não havia Vorazes naquela névoa. Ela não faria mal a ninguém. Não era essa a minha *vontade*. Ela só incitaria caos e confusão.

O que já tinha começado quando outra trombeta soou.

A Névoa Primordial se assomou sobre a Colina como uma onda, transbordando e descendo pelas laterais. Gritos de pânico irromperam enquanto a neblina descia sobre a Carsodônia e tomava as ruas. Os berros de pavor soaram cada vez mais perto e mais altos conforme a névoa invadia os bairros e as pontes, tomando conta das colinas e dos vales até alcançar os muros do Castelo Wayfair.

Afastei-me da janela e levantei o capuz. Deslizei a alça da bolsinha sob a capa e transversal ao meu corpo, e desembainhei a adaga de lupino.

Estava na hora de lutar para dar o fora dali.

29

Caminhei na direção da porta, bloqueando as emoções, o senso de certo e errado. Precisava fazer isso para conseguir encontrar Casteel e fugir dali.

Envolvi a maçaneta dourada. Éter inundou minhas veias e faiscou dos meus dedos. Havia fios de sombras em meio à aura prateada. Era um pouco perturbador ver aquilo. A energia revestiu o metal, *derretendo* a fechadura. Abri a porta e saí no corredor.

Um Cavaleiro Real se virou, com os olhos arregalados de surpresa acima da máscara de tecido preta que cobria a metade inferior do rosto. Avancei, enterrando a adaga acima das placas da armadura no ponto vulnerável de seu pescoço. Torci o braço, cortando a coluna vertebral do vampiro. O cavaleiro caiu, e outro brandiu a espada.

A vontade se formou na minha mente e se tornou realidade. O manto preto sobre os ombros do cavaleiro foi lançado para a frente e se ergueu, envolvendo seu rosto. Esquivei-me sob a espada estendida enquanto ele cambaleava para trás. Seu grito abafado cessou abruptamente quando enfiei a adaga entre as placas blindadas na lateral do corpo dele. A pedra de sangue contornou a cartilagem e afundou no coração do vampiro.

As paredes do castelo tremeram quando os portões de ferro começaram a descer no andar principal. Mais dois cavaleiros saíram das galerias do salão, de espadas em punho e máscaras de tecido abaixadas até o queixo.

— Temos ordens para não matar você — avisou um deles, dando um passo para a frente. — Mas não quer dizer que não iremos machucá-la.

Eu nem me dei ao trabalho de responder conforme seguia em frente, com sangue de vampiro pingando da ponta da adaga. Minha vontade irradiou de mim. A aura entremeada pelas sombras se estendeu. Os cavaleiros foram erguidos do chão como se mãos gigantes os tivessem agarrado pelos tornozelos, batendo-os no piso de pedra e depois lá em cima, contra o teto. Pedra e ossos estalaram, quebrando-se sob a armadura.

As portas se abriram no final do corredor. Meia dúzia de cavaleiros saiu correndo da torre, parando assim que gritos estridentes de alarme ecoaram de partes distantes do castelo. Alguns olharam para trás. Outros exibiram as presas, avançando na minha direção.

Todos eles estavam no meu caminho.

E o tempo era precioso.

Mantive as emoções e os pensamentos bloqueados. Não pensei no que devia fazer, no que *iria* fazer. Mais tarde teria tempo para refletir sobre a carnificina que estava prestes a desencadear — e já tinha começado.

A teia prateada e sombria correu pelo chão, subindo pelas paredes e teto. Recaiu sobre os cavaleiros, penetrando neles e encontrando as articulações nos ossos e as fibras nos músculos e órgãos, vitais até mesmo para os vampiros. Eles não tiveram chance de fazer nada com as espadas que haviam desembainhado ou de alertar os outros. Ou até mesmo de gritar.

Eu os dilacerei por dentro, sem parar para pensar como aquilo era parecido com o que Isbeth havia feito. Os cavaleiros definharam, caindo no chão em pilhas de armaduras flácidas e pele oca.

Todos menos um.

Havia um Espectro entre eles, parado atrás dos corpos arruinados.

Comecei a avançar, puxando o éter de volta.

Ele deu uma risada sombria e abafada.

— Arauto.

— Boa noite.

O homem me atacou, e eu me abaixei, pegando uma espada caída no chão. Ele me segurou pelo ombro conforme eu girava o corpo. O Espectro pulou para trás, esperando que eu fosse chutá-lo, mas não era isso que pretendia fazer. Levantei-me de um salto, rodopiando enquanto brandia a espada em um arco, cravando a lâmina no pescoço coberto do Espectro e cortando sua coluna e cabeça.

Assim que o Espectro desabou, pensei que gostaria de ter tempo para ver como eles regeneravam as cabeças, mas não tinha. Segui para a escada, deixando um corredor repleto de morte para trás.

Desci correndo os degraus largos e em espiral da torre, começando a contar os segundos. Por sorte, minha memória estava certa e a escada terminava perto da cozinha e das passarelas. Se estivesse errada, teria que percorrer uma distância muito maior...

E com muitas outras morte.

No terceiro andar, a porta se abriu, batendo na parede quando Kieran entrou. Havia sangue salpicado em seu rosto e pescoço, mas não captei nenhum sinal de dor emanando dele.

— Foi você quem fez aquilo? — indagou ele. — A névoa?

Assenti.

— Não sabia se ia dar certo.

O lupino ficou me encarando enquanto eu descia alguns degraus.

— Você convocou a névoa, Poppy.

— Eu sei.

— Até onde sei, só duas coisas são capazes de fazer isso. Os Vorazes — disse ele, de olhos arregalados — e os Primordiais.

— Bem, agora são três. Onde está Reaver? — perguntei, sabendo que o dragontino deveria ter obedecido à minha vontade.

— Onde vieram aqueles gritos — respondeu ele, levantando o capuz da capa.

Ah, minha nossa.

— Vamos ter que conversar sobre essa história da névoa depois. — Kieran começou a descer as escadas. — Quanto tempo você acha que temos antes de ficarmos presos aqui?

— Menos de um minuto.

— Então é melhor nos apressarmos — disse Kieran quando uma porta se escancarou no andar de baixo, arrancada das dobradiças.

Arqueei as sobrancelhas assim que Reaver surgiu na escada. Seu rosto e roupas não estavam apenas salpicados de sangue, mas *encharcados* quando ele olhou para nós do andar de baixo.

Kieran deu um suspiro.

— Ora, ainda bem que você não está com uma das minhas camisas.

O dragontino sorriu, exibindo os dentes manchados de sangue.

— Desculpe — respondeu ele enquanto eu embainhava a adaga. — Faço muita bagunça para comer.

Decidi deixar para pensar naquilo mais tarde quando nos juntássemos a ele, e Kieran rapidamente o informou sobre nossos planos.

— Já estava na hora de entrarmos em ação! — exclamou Reaver. — Estava começando a me perguntar se nos mudaríamos pra cá.

Bufei ao ouvir o comentário dele.

— Há muitos guardas aqui embaixo — alertou Kieran quando chegamos ao andar principal.

— Eu cuido deles — avisei, sem parar para pensar no que isso significava. Se não conseguíssemos sair antes que o castelo fosse fechado, eu teria que explodir muros e pessoas, muros que protegiam os mortais empregados em Wayfair. Talvez os cavaleiros saíssem do nosso caminho. Coisas estranhas acontecem o tempo todo.

— E se houver Espectros? — indagou Kieran.

— Então eu cuido deles — respondeu Reaver enquanto eu abria as portas duplas.

Um amplo saguão nos recebeu, repleto do cheiro persistente do jantar. Virei-me para a esquerda e fiquei aliviada quando vi a escuridão atrás das portas que davam para as passarelas. O alívio durou pouco. A pesada porta de ferro se sacudiu e começou a descer.

Kieran estava certo. Havia cerca de vinte cavaleiros no saguão adornado por flâmulas vermelhas. E empregados também. Eles estavam entre cavaleiros, segurando cestas e bandejas de pratos vazios, com o medo evidente no rosto e arranhando os meus escudos. Não sei muito bem se era por causa da névoa nas muralhas da Colina, dos cavaleiros ou... do rosto ensanguentado de Reaver. Mas não havia nem sinal dos Espectros.

Onde será que eles estavam?

Os cavaleiros logo perceberam quem éramos, mesmo com os rostos ocultos. Qualquer esperança que eu tive de que eles saíssem do nosso caminho foi destroçada quando um dos cavaleiros avançou e agarrou um jovem empregado. Pratos caíram da bandeja e se despedaçaram no chão quando o cavaleiro puxou o menino para trás e passou uma lâmina curva pelo seu pescoço. Outros cavaleiros o imitaram, agarrando os empregados já não mais imóveis. Eles puxaram os mortais assustados para a frente, o que me fez lembrar de outra noite, uma noite em Novo Paraíso.

Senti as entranhas enregeladas.

— Dê mais um passo na nossa direção... — começou um cavaleiro, segurando o menino trêmulo com força. Lágrimas rolaram pelas bochechas do garoto, mas ele não deu nem um pio. — E vamos matá-los. Todos eles. Depois vamos matar o lupino e seja lá o que for essa criatura ao seu lado.

— Até ficaria ofendido com essa declaração — comentou Reaver — se o que resta da sua alma não estivesse prestes a parar no Abismo.

Respirei fundo, e a Essência Primordial juntou-se à minha vontade. A teia prateada entremeada pelas sombras atacou primeiro as armas, esmagando as lâminas dos punhais, facas e espadas.

Ainda não havia nenhum Espectro ali.

— As sombras voltaram — observou Kieran baixinho.

— Eu sei. — Em seguida, fui atrás dos cavaleiros, dilacerando-os até que não sobrasse nada além de pilhas no chão. Em questão de segundos, havia apenas empregados diante de nós. Eles não se mexeram nem falaram nada enquanto passávamos por eles, mas seu medo... se amplificou e cresceu, atravessando meus escudos e se acomodando pesadamente no meu peito.

A constatação de que eu os tinha apavorado e de que eles olhavam para mim acreditando que eu era o que Isbeth havia alertado o povo, o Arauto, pesou sobre mim. Pavor me seguiu pelas passarelas cobertas de névoa, pelo ar perfumado pelas flores. O jardim das rosas era perto dali. Com o coração acelerado, eu me virei no instante em que uma porta de ferro desceu até o chão, encarcerando aqueles que estavam dentro do castelo. Olhei para a porta. Muitos Ascendidos estavam lá dentro. *Ela* estava lá dentro com toda a morte que deixamos para trás.

— Por aqui — indicou Kieran, saindo da passarela e entrando na névoa densa.

Senti a garganta seca quando as luzes lá em cima se apagaram, mergulhando a passarela na escuridão. Desviei a atenção de Wayfair, e os pensamentos do que eu havia feito lá dentro.

Só Casteel importava, e ainda precisávamos passar pela Colina e chegar a um dos Templos.

Seguimos para o portão que dava para a cidade, passando pelos muros cobertos de trepadeiras do jardim, onde passei muitos dias quando criança. O lugar acenava para nós como se fosse um pesadelo, mas foi outra assombração que surgiu diante de nós.

— Não faço ideia de quanto tempo vai levar para a névoa se dissipar — avisei.

— Não está ventando, então imagino que vá demorar um pouco — observou Kieran. — Espero que seja tempo suficiente para encontrarmos Cas e chegarmos até os portões.

— Não acho que teremos tanta sorte assim — comentou Reaver. — A não ser que você tivesse usado a névoa para fazer mais do que só confundir as pessoas.

— Não queria machucar ninguém — expliquei.

— E é por isso que vamos ter que contar com a sorte — respondeu ele.

Havia Cavaleiros Reais nos portões entre o Castelo Wayfair e as casas ocupadas pela elite da Carsodônia. Diminuímos o ritmo, sabendo que a névoa nos encobria por pouco tempo.

Nós tínhamos conseguido sair do castelo, mas não demoraria muito para que a Coroa de Sangue percebesse que estávamos desaparecidos e que não havia nada na névoa sobrenatural. A partir daí, a cidade inteira ficaria cheia de cavaleiros e outras coisas mais.

Dei um passo à frente, mas Kieran segurou minha mão.

— Se continuar usando a essência, vai enfraquecer — lembrou ele. — E Cas vai precisar se alimentar logo. É melhor poupar as energias.

Senti os músculos retesados conforme lutava contra a vontade de invocar o éter e me livrar do que estava por vir.

— Você tem razão.

— Eu sei. — Ele apertou minha mão. — Mas adoro ouvi-la admitir isso.

— Cale a boca — resmunguei, desembainhando a adaga. — Não significa que eu não possa lutar.

— Não. — Kieran apertou minha mão mais uma vez e então a soltou. — Não mesmo.

Expectativa contraiu meus músculos quando os Cavaleiros Reais sentiram nossa presença segundos antes de sairmos da escuridão e nos aproximarmos dos portões iluminados por tochas.

Reaver disparou noite adentro, um borrão de vermelho e dourado conforme corria pelo chão iluminado pelo fogo. Ele agarrou o cavaleiro mais próximo...

E eu logo descobri como ele tinha ficado tão ensanguentado, embora preferisse não ter descoberto.

Segurando a frente da máscara de tecido do cavaleiro, ele a puxou para baixo enquanto abria a boca, uma boca larga e escancarada cheia de dentes que não se pareciam nem um pouco com os de um mortal. Em seguida, abaixou a cabeça e rasgou a garganta do cavaleiro, passando por tecidos e músculos até chegar nos ossos. Sangue jorrou quando Reaver mordeu a espinha do cavaleiro. Quase fiquei de boca aberta, só que acabaria vomitando se tivesse feito isso.

— Lembre-me de parar de implicar com ele — murmurou Kieran.

— Aham.

Reaver jogou o cavaleiro para o lado e saltou pelos ares, aterrissando vários metros adiante enquanto um dos cavaleiros avançava, com o rosto sem máscara e sorridente. O cheiro de lilases podres chegou às minhas narinas.

— Espectro — alertei.

— A diversão acabou — anunciou o Espectro, levantando uma espada pesada.

— Errado. — Reaver se levantou. — A diversão está só começando. — Ele soltou o ar.

Cambaleei para o lado, esbarrando em Kieran quando um jato de chamas prateadas saiu da boca de Reaver. Ele acertou o Espectro e então se virou, atingindo mais dois cavaleiros. Eles pegaram fogo. Aos berros, eles se debateram e botaram fogo em outro cavaleiro no processo.

Rindo, Reaver se virou e pegou o braço de um cavaleiro antes que ele pudesse usar a espada. O dragontino torceu o membro bruscamente, quebrando os ossos. O uivo de dor do cavaleiro parou assim que Reaver atacou seu pescoço.

Ele jogou a cabeça para trás e se virou para nós, cuspindo um bocado de sangue.

— Vocês dois vão ficar aí parados?

— Talvez — murmurou Kieran quando Reaver soltou o cavaleiro.

Saí do estupor em que estava quando vários cavaleiros nos atacaram. Tudo aconteceu tão rápido que não tive tempo de saber quem era Espectro e quem não era. Avancei e segurei o braço que brandia a espada de um cavaleiro. Girei o corpo, usando seu peso e impulso contra ele mesmo. A capa girou em volta das minhas pernas quando me virei e o derrubei de costas no chão.

Kieran apareceu de repente e enfiou uma adaga no braço do homem caído. Agachei-me e peguei a espada de pedra de sangue dele. Embainhei a adaga e me levantei quando um cavaleiro brandiu a espada na minha cabeça.

Revidei o golpe, sentindo um impacto estarrecedor. A máscara de tecido preto do cavaleiro abafou seu rosnado quando dei um chute e o acertei bem no meio das pernas. Ele gemeu, perdendo o equilíbrio. Girei e cravei a espada em sua garganta. Sangue espirrou nas minhas bochechas e ouvi Kieran soltar um grunhido de dor. Com o coração disparado, dei meia-volta.

Um cavaleiro tinha acertado o ombro de Kieran com a espada. Ele pegou o homem pelo braço, impedindo-o de empurrar a lâmina mais fundo. Parti na direção deles.

Uma torrente de chamas prateadas reverberou pelos ares, atingindo o cavaleiro. O homem gritou, largando a espada enquanto cambaleava para longe, empurrado pelo fogo sobrenatural.

— Você está bem? — perguntei, estendendo a mão para Kieran.

Ele pegou a minha mão.

— Estou bem. Foi um corte superficial.

Agucei os sentidos para ele, sentindo uma dor lancinante e intensa. Podia até ser um corte superficial, mas *estava* doendo.

— Posso curá-lo...

— Depois — interrompeu ele. — Temos que encontrar Cas. É a única coisa que importa agora. — Ele inclinou a cabeça na direção de Reaver. — Obrigado, cara.

— Que seja — respondeu o dragontino, seguindo em frente. — Não quero que a *Liessa* fique chateada.

A tensão ao redor da boca de Kieran virou um sorrisinho conforme ele seguia o dragontino, com a mão ainda em volta da minha.

— Não é só Casteel que importa — falei enquanto corríamos sob a copa dos jacarandás. — Você também, Kieran.

Os galhos floridos e a névoa eram muito densos para que o luar se infiltrasse ali, mas senti seu olhar sobre mim conforme canalizava a energia para ele. Enquanto passávamos pelas imponentes mansões escuras e silenciosas como tumbas, curei sua ferida. Afrouxei a mão só depois que parei de sentir sua dor. Ele a segurou por mais um instante e então me soltou.

Chegamos ao último muro e portão interior, a seção guardada pelos Guardas da Colina. Só havia meia dúzia de guardas no chão, já que a maioria ficava a postos nas ameias do lado de fora da Colina que cercava a cidade.

Uma flecha atravessou a névoa, disparada do nível do chão. Reaver estendeu a mão e pegou o projétil pela haste. Ele se virou para os guardas, com os olhos azuis luminosos conforme as pupilas se tornavam fendas estreitas e pretas.

— É sério? — Reaver segurou a flecha diante de si e soltou o ar, um hálito esfumaçado que faiscou e logo pegou fogo. Um jato fino de chamas prateadas abriu caminho em meio à névoa, obliterando o projétil. — Quem é o próximo?

Os guardas dispararam pela neblina, largando as armas e deixando os cavalos para trás.

— Mortais inteligentes — comentou Reaver.

— Por que os cavaleiros não fizeram isso? — perguntei.

— Porque não ameaçamos a fonte de alimento dos mortais. — O dragontino avançou, olhando para os guardas que se encolheram contra o muro como se estivessem tentando se fundir nele. — Estou de olho em vocês. Continuem espertos e sobreviverão a esta noite.

Nenhum deles se mexeu enquanto Kieran examinava os cavalos.

— É melhor continuarmos a pé — aconselhei quando entramos na estrada que contornava o forte murado conhecido como Queda Leste. — Todo mundo vai entrar. Os cavalos vão chamar atenção quando a névoa começar a se dissipar.

— Bem pensado. — Kieran olhou atentamente para o forte murado. — Para onde devemos ir?

Examinei a estrada coberta de névoa logo adiante.

— Se a Carsodônia for parecida com a Trilha dos Carvalhos, deve haver uma entrada para o sistema de túneis.

— Concordo — disse Kieran. — Você sabe qual é o mais próximo?

— Acho que é o Templo de Nyktos. Devemos começar por lá.

— O Templo das Sombras — disse Reaver, olhando para cima.

Olhei para Reaver.

— O que foi que você disse?

— Era assim que o Templo era conhecido quando esse reino se chamava Lasania. O Sol representava o Primordial da Vida e as Sombras representavam o Primordial da Morte — respondeu ele.

Não sabia que aqueles templos eram *tão* antigos assim. Por outro lado, não conseguia me lembrar se meus pais já tinham levado Ian e eu até lá antes de sairmos da Carsodônia. Não tinha permissão para entrar em nenhum local de culto quando estava sob a tutela da Rainha de Sangue.

Jamais tive permissão para sair dos arredores do castelo.

— Aquele que você chamou de Templo das Sombras — perguntei — fica na área do Bairro dos Jardins?

— Na fronteira de um bairro conhecido como Luxe — concluiu Reaver por mim.

Franzi o cenho.

— Isso.

Reaver limpou um pouco de sangue do rosto com o antebraço.

— Acho que me lembro de como chegar lá.

— Você conhece bem a Carsodônia? — Vivi ali por anos e há bem menos tempo que Reaver. Quando ele falava sobre a Lasania e o Iliseu, me dava a impressão de não visitar nenhum dos dois havia bastante tempo.

— O suficiente para me lembrar do caminho — respondeu, e foi tudo o que disse, deixando o mistério no ar. Aceleramos e nos afastamos de Queda Leste. Os dormitórios estavam em silêncio. Os guardas em treinamento devem ter sido mandados para a muralha ou lá para fora para cuidar do que acreditavam ser um ataque de Vorazes.

Deixei a espada de lado quando chegamos aos arredores de Luxe, um bairro que eu me lembrava de ser conhecido pelas reuniões luxuosas nos terraços e covis escondidos dos quais não deveria ter conhecimento. Reaver nos levou até uma das passarelas cobertas de trepadeiras que Ian costumava falar. Ele teve permissão para sair de Wayfair e passear quando éramos mais jovens, enquanto eu só ouvi falar dos túneis feitos por treliças que serpenteavam por todo o Bairro dos Jardins, levando a qualquer lugar a que você quisesse ir.

O som distante de um grito estridente quebrou o silêncio sinistro da cidade. Um grito que somente uma criatura era capaz de emitir.

Um *Voraz*.

— Deuses — sussurrei. — A névoa. Ela deve ter atraído os Vorazes da Floresta Sangrenta. Eu não...

Não tinha pensado nisso.

— A sorte está do nosso lado — comentou Kieran atrás de mim enquanto seguíamos Reaver por um túnel cheio de flores de ervilha-de--cheiro. — Isso vai mantê-los ocupados.

— Concordo — observou Reaver.

Eles tinham razão. No entanto, a morte sempre acompanhava os Vorazes. Cerrei o maxilar. Não queria isso, mas a morte...

Era uma velha amiga, como Casteel me disse certa vez.

— Não pense nisso. — Kieran pousou a mão sobre o meu ombro. — Nós estamos fazendo o que é preciso.

Era quase impossível não pensar nas consequências. E se os Vorazes conseguissem escalar a Colina dali como tinham tentado fazer na Masadônia? A Colina nunca falhou antes, mas até onde eu sabia, a Névoa Primordial nunca tinha tomado conta da Carsodônia.

Reaver desacelerou assim que saímos da passarela perfumada, e vi que nem a Névoa Primordial se atrevia a encobrir o Templo de Nyktos. Era a única coisa visível ali.

O Templo ficava no sopé dos Penhascos da Tristeza e atrás de um muro de pedra que circundava toda a construção. A rua estava vazia quando a atravessamos e entramos pelo portão aberto, passando por um pátio feito de pedra das sombras. Não pude deixar de estremecer quando olhei para as torres em espiral quase tão altas quanto os penhascos, com as cúpulas estreitas e as paredes pretas como carvão. À noite, a pedra das sombras parecia atrair as estrelas do céu, capturando-as na rocha obsidiana. O Templo inteiro brilhava como se centenas de velas tivessem sido acesas e espalhadas por toda a parte.

Subimos os degraus largos, atravessando duas colunas grossas. As portas estavam escancaradas, levando a um corredor comprido e estreito.

— Se esse templo for parecido com o da Trilha dos Carvalhos, a entrada para o subsolo deve estar atrás da câmara principal — informou Kieran.

— Pode haver Sacerdotes e Sacerdotisas aqui — observei enquanto avançávamos.

— Como cuidamos deles? — perguntou Kieran.

— Posso queimá-los?

Olhei para Reaver de cara feia.

— Se não ficarem no caminho, deixe-os em paz.

— Que sem graça — respondeu ele.

— Eles podem avisar aos outros que estamos aqui — ressaltou Kieran. — Não precisamos matá-los, mas eles têm que ficar em silêncio.

Assenti enquanto caminhávamos na direção da nave, a câmara principal do Templo. O luar entrava pelo teto de vidro, riscando o assoalho preto com uma luz suave. Não vimos nenhum Sacerdote ou Sacerdotisa por perto. Só alguns das centenas de candelabros espalhados pelas paredes estavam acesos. Não havia bancos para os fiéis se sentarem ali, apenas o estrado e o que havia sobre a plataforma elevada.

Nunca tinha visto um trono assim antes.

Esculpido em pedra das sombras, este era maior que o trono dali e de Evaemon. Era enorme. O luar acariciava a cadeira, reluzindo no encosto esculpido para se assemelhar a uma lua crescente, assim como o trono em Wayfair.

— Nyktos já se sentou nesse trono? — sussurrei.

— Apenas por um breve período. — Reaver avançou.

Atravessei a nave.

— Por que há apenas um...?

As velas apagadas se acenderam, lançando uma luz brilhante e prateada por toda a nave. Senti um calafrio na nuca enquanto olhava ao redor.

Kieran parou atrás de mim.

— Isso foi... esquisito.

— Foi ela. — Reaver seguiu em frente, caminhando para o lado direito do estrado.

— Eu?

— Você tem o sangue do Primordial nas veias — explicou — e está no Templo dele. A essência deixada aqui está reagindo à sua presença.

Parecia tolice, mas *havia* uma energia na nave, uma energia que revestia o próprio ar que eu respirava e faiscava sobre a minha pele. O éter zumbiu no meu peito.

— Você é tão especial. — Kieran me lançou um sorrisinho enquanto contornávamos o estrado.

— Demais — disse Reaver secamente.

Olhei de cara feia para as costas do dragontino.

— Parece que nenhum dos dois acha isso.

— *Tão* especial — acrescentou Kieran.

Revirei os olhos quando passamos por uma colunata. Vi várias portas, todas fechadas. Dez ao todo. A frustração me dominava enquanto eu examinava a área.

— Você não sabe qual porta devemos tentar, sabe?

— Não. — Reaver parou de andar. — E aquele feitiço? Você acha que vai funcionar daqui?

Não sabia. Queria usá-lo só depois que estivéssemos no subsolo, mas Lorde Sven havia me dito que o feitiço continuaria funcionando até que o objeto ou a pessoa desaparecida fosse encontrada. Além disso, a última coisa de que precisávamos era começar a abrir as portas aleatoriamente e dar de cara com Sacerdotes e Sacerdotisas, que deviam estar em algum lugar. Era melhor tentar e esperar que funcionasse.

— Posso fazer daqui. — Peguei a bolsinha, esperando estar certa sobre o acesso aos túneis sob os Templos. — Só preciso...

Reaver se virou do nada, ao mesmo tempo em que Kieran. Eles ouviram os passos silenciosos antes de mim. Virei-me, pegando a adaga quando uma silhueta encapuzada surgiu das sombras entre as colunas. Ele se fundia tão bem com a escuridão que quase não o vi.

Kieran brandiu a espada, e meu coração disparou dentro do peito. Aquela silhueta — a altura, a forma do corpo e a voz...

— Não há a menor necessidade de usar essa espada — aconselhou a silhueta encapuzada, e eu logo reconheci sua voz. *Malik*. Mas havia algo mais...

— Sou obrigado a discordar de você — rosnou Kieran.

— Não posso culpá-lo por pensar assim. — Ele ergueu as mãos e puxou o capuz para trás. Olhos cor de âmbar piscaram sobre nós três. — Vi vocês saindo apressadamente de Wayfair e correndo na direção da névoa, deixando uma bagunça e tanto para trás.

Kieran abaixou o queixo, empunhando a espada com firmeza.

— É mesmo?

Malik assentiu, mantendo as mãos visíveis e ao lado do corpo.

— Achei que seria melhor segui-los. Estou sozinho. Por enquanto. Não vai demorar muito para que a ausência de vocês seja notada. — Ele fez uma pausa. — Sei por que estão aqui.

— Parabéns — vociferou Kieran. — Só quer dizer que você é um inconveniente do qual não sei bem como me livrar.

O olhar do Príncipe se virou para o meu.

— Você me perguntou mais cedo se eu sabia como chegar até Cas. Eu sei, sim — afirmou ele, e agucei os sentidos em sua direção. Não havia mais barreiras. Senti o gosto amendoado da determinação na garganta. — É por isso que estou aqui. Vou levá-los até ele, e depois disso vocês têm que dar o fora daqui.

— É — balbuciou Reaver enquanto Kieran olhava de relance para mim. — Que conveniente você aparecer do nada e ser tão prestativo.

— Não é conveniência. É um risco e tanto. — Malik não tirou os olhos de mim. — Você pode ler minhas emoções. Sabe que não vim aqui para enganá-la.

— O que consigo sentir não determina se você está mentindo ou não. Ainda mais se estiver escondendo as emoções de propósito sob o disfarce de outra pessoa.

— Pois não estou. — Ele deu um passo à frente, parando quando Kieran levantou a espada, apontando-a para seu peito. Um músculo latejou em sua têmpora. — Ajudei Cas depois que ela mandou aquele *presente* pra você. Fiz o melhor que pude para livrá-lo da infecção que seu corpo não conseguia combater. Acreditem se quiserem, mas não quero meu irmão aqui. Quero que ele vá pra bem longe. Vocês têm que confiar em mim.

— Confiar em você? — Kieran deu uma risada áspera.

— Não temos tempo pra isso — argumentou Reaver. — Mate-o ou certifique-se de que ele não possa nos trair.

Os olhos de Malik brilharam intensamente.

— É ela. Você está certa. Estou aqui por causa dela.

Senti o gosto pungente e quase amargo da angústia. Era intenso, com um toque adocicado que me lembrava de chocolate e frutas vermelhas.

Respirei fundo.

— Millicent.

Kieran franziu a testa.

— A Aia?

Ele assentiu.

— Quase tudo... — A voz de Malik ficou rouca. — Quase tudo que fiz foi por causa dela. Ela é meu coração gêmeo.

Fiquei boquiaberta. Por *essa* eu não esperava.

— Mas que porra...? — murmurou Kieran, abaixando a espada alguns centímetros. — A Aia? A *Espectro*? Aquela mulher esquisita e que muito provavelmente não bate bem das ideias...

— Cuidado. — Malik virou a cabeça bruscamente na direção de Kieran conforme a raiva pulsava em suas veias. — Você se lembra de quando eu te disse para não se envolver com Elashya? Que isso só acabaria em mágoa?

— Sim, eu me lembro. — Kieran pareceu empalidecer. — Eu te disse que se você falasse isso de novo, eu ia dilacerar a porra da sua garganta.

— Exato. — Malik abriu um sorriso casual, mas o gosto ácido que senti trazia a promessa de violência. — Eu ainda o amo como a um irmão. Talvez não acredite nisso, mas não se engane: se você disser mais uma coisa negativa sobre Millicent, sou eu quem vai dilacerar a porra da *sua* garganta.

Arqueei as sobrancelhas.

— É tudo muito emocionante e tal — sibilou Reaver —, mas não temos tempo pra isso.

— Você ficou aqui por causa dela — constatei.

Malik estremeceu.

— Fiz coisas inimagináveis por causa dela. E ela *jamais* vai saber disso.

Tomei uma decisão e dei um passo em frente.

— Acredito nisso. Porém, não confio em você. Leve-nos até Casteel. Mas se você nos trair, vou matá-lo com minhas próprias mãos.

30

Malik nos fez passar pela fileira de portas e adentrar nas profundezas do Templo. O ponto de entrada era por uma porta que nunca teríamos pensado em abrir, uma que levava a uma despensa que escondia uma parede falsa.

A entrada para a câmara subterrânea era estreita e parecia ser tão antiga quanto o Templo, com os degraus desmoronando sob o nosso peso. Ela desembocou em um saguão que dava para vários corredores, e não andamos mais de três metros sem virar à esquerda ou à direita.

Não sabia como alguém conseguia se lembrar daquele caminho, mas tinha certeza de uma coisa: o feitiço até poderia ter funcionado ali, mas nunca teríamos encontrado o caminho de volta sem abrir um buraco no teto e encontrar só os deuses sabiam o quê. Porque era impossível que ainda estivéssemos debaixo do Templo.

Todos ficamos de olho em Malik. A desconfiança de Kieran em relação ao antigo amigo era tão forte quanto a necessidade reticente de acreditar que Malik não havia renegado a família e o reino pela Coroa de Sangue. Ele estava lutando contra isso. Podia sentir o gosto e ver isso toda vez que tirava a atenção do caminho e olhava para o Príncipe. Havia raiva no seu maxilar. Esperança na sua respiração ofegante. Decepção nos olhos apertados. Incerteza nos olhares que ele lançava na minha direção, espelhando os meus. Será que tínhamos cometido um erro? Se não, será que o motivo pelo qual Malik permaneceu com a Coroa de Sangue justificava todas as coisas que ele tinha feito?

— Por que não ajudou Casteel a fugir? — perguntei. — Você poderia ter feito isso a qualquer momento.

— Você viu como meu irmão está. Ele não teria ido muito longe — respondeu Malik com os dentes cerrados. — Além disso, sua ausência seria notada rapidamente. Eles o teriam capturado, e as coisas não acabariam nada bem para Cas.

— Você poderia tê-lo tirado da cidade e o levado até nós — desafiou Kieran.

— Não vou deixá-la aqui — disse Malik sem a menor hesitação. — Nem mesmo por Cas.

O conflito de Kieran aumentou, mas o meu diminuiu, porque eu o entendia. Decidi salvar Casteel em vez do meu pai antes mesmo de partir para a Carsodônia.

— Ainda está longe? — indagou Reaver.

— Não muito — assegurou Malik. — Mas é melhor nos apressarmos. Esbarrei com Callum minutos antes de as trombetas soarem, e ele correu até Isbeth. Nós nos desentendemos — explicou, e foi então que olhei para seus dedos. As falanges estavam vermelhas, com a pele irritada e cortada, mas já cicatrizando. Era evidente que esteve em uma briga. — Callum estava...

— Ele estava o quê? — perguntei.

Malik olhou para mim.

— Estava falando alguma merda sobre Cas. Ele está sempre falando merda. Ainda assim, tenho um mau pressentimento. Eu já ia ver se Cas estava bem quando a névoa atingiu a cidade e vi vocês.

— Você acha que ele fez alguma coisa? — Fui tomada pela preocupação.

— Tudo é possível com aquele filho da puta.

Pavor tomou conta de mim. O lugar todo parecia igual a dez passos atrás. Comecei a temer que tivéssemos sido enganados e que teria que matar Malik naquele labirinto subterrâneo.

Viramos uma esquina e o cheiro de mofo e decomposição chegou às minhas narinas. Paredes úmidas e iluminadas por tochas apareceram, assim como um corredor comprido e reto com apenas uma cela à esquerda. Um grunhido baixo e terrível retumbou lá de dentro.

Dei um suspiro fraco. Acelerei o passo e comecei a correr, passando por Malik.

— Poppy! — gritou Kieran enquanto eu entrava pela abertura.

Recuei, reprimindo um grito quando a *criatura* acorrentada à parede se jogou para a frente, com os braços estendidos. O choque tomou conta de mim. Escorreguei e caí de bunda no chão, sem nem sentir o impacto da queda.

Eu mal *o* reconheci. *Casteel.*

A pele dele estava pavorosamente pálida, quase como a de um Voraz. As feições marcantes do seu rosto estavam contorcidas, com os lábios repuxados e as presas mais grossas e compridas do que eu já tinha visto antes. Os olhos dele... Bons deuses! Os olhos dele estavam escuros como o breu, sem nenhum sinal do tom de âmbar. E seu peito...

Havia um buraco no meio do seu peito, logo abaixo do coração. Sangue escorria pelo abdome dele até o chão. Foi o que me fez escorregar.

— Ah, deuses — arfei, com o coração partido.

Casteel deu um salto no ar, fazendo com que as correntes rangessem assim que as esticou. O aro de pedra das sombras cortou a pele de seu pescoço, mas não o impediu de golpear e rosnar para mim.

— Não! — Kieran me segurou pelos ombros, me puxando para longe enquanto sua agonia golpeava meus sentidos. Olhou para o homem que era mais que um amigo para ele. — *Não.*

Agucei os sentidos para Casteel enquanto Kieran me punha de pé. Não encontrei nenhuma barreira. Nada de raiva ou dor. Nem mesmo uma pontada de angústia. Não havia nada além de um vazio imenso de fome insidiosa e infinita.

Não havia nem sinal de Casteel em meio à névoa densa e vermelha da sede de sangue.

— Ele não estava assim ontem. — Estremeci. — Essa ferida...

— Callum — rosnou Malik, entrando na cela. Ele ficou perto da parede enquanto Casteel se virava para o lado, acompanhando os movimentos do irmão. Seu peito ensanguentado vibrava com o som. — Foi ele quem fez isso.

Fúria explodiu dentro de mim, despertando a Essência Primordial.

— Eu o quero morto.

— Anotado — disse Reaver da entrada.

— Temos que acalmá-lo. — Comecei a me aproximar. — Depois nós...

Kieran passou o braço pela minha cintura, me puxando contra o peito.

— Você não vai chegar perto dele de jeito nenhum.

Casteel se voltou na nossa direção. Ele inclinou a cabeça e rosnou para nós dois.

— Ele está... ele está perdido demais — murmurou Kieran, com a voz fraca.

Meu coração pareceu parar de bater dentro do peito.

— Não. Não está não. Não pode estar. — Limpei o sangue da palma da mão. O redemoinho dourado estava fraco sob a luz bruxuleante das velas. — Ele ainda está vivo.

— Mas ele está tomado pela sede de sangue, Poppy. — A voz de Kieran estava repleta de dor. — Não reconhece você.

Casteel deu outro salto para a frente. A corrente o puxou para trás bruscamente.

Dei um grito quando ele cambaleou e caiu de joelhos no chão.

— Esse não é Cas — sussurrou Kieran, tremendo.

Aquelas quatro palavras quase acabaram comigo.

— Mas podemos trazê-lo de volta. Ele só tem que se alimentar. Vou ficar bem. Ele não pode me matar. — Puxei o braço de Kieran. Como ele não me soltou, virei-me na direção dele, nossos rostos a poucos centímetros de distância. — Kieran...

— Eu sei. — Kieran me segurou pela nuca, encostando a minha testa na dele. — Ele tem que se alimentar, mas não a reconhece mais, Poppy — repetiu ele. — Ele vai te *machucar*. Não posso permitir uma coisa dessas. Não quero ver isso acontecer com você. Não quero ver como ele vai ficar quando sair da sede de sangue e se der conta do que fez.

Estremeci de novo.

— Mas eu preciso ajudá-lo...

— O que o meu irmão precisa é se alimentar com bastante tempo para sair da sede de sangue. Ele pode precisar se alimentar mais de uma vez. E não temos tempo para fazer isso aqui — interrompeu Malik, afastando as mechas curtas de cabelo do rosto. — Temos que tirá-lo daqui e levá-lo para um lugar seguro. — Um músculo latejou em sua têmpora enquanto ele olhava para o irmão. — Sei de um bom lugar para isso. Se conseguirmos levá-lo até lá, ficaremos bem por um ou dois dias.

— Você está falando sério? — explodiu Kieran, e Casteel virou a cabeça para ele. — Espera mesmo que confiemos em você?

Malik franziu os lábios.

— Vocês não têm escolha, ou têm?

— Sair daqui direto para os braços daquela maldita Rainha é uma escolha melhor — disparou Kieran.

— Ora, cara. Você sabe que não podemos alimentá-lo aqui. Sabe que ele precisa de tempo. — Os olhos de Malik estavam tão brilhantes como dois citrinos enquanto ele encarava Kieran. — Se tentarmos fazer isso aqui, seremos pegos, e todos nós, *todos* nós, vamos desejar estar mortos.

Isso não podia acontecer.

— Como vamos tirá-lo daqui?

— Você quer mesmo correr esse risco? — indagou Kieran. — Com ele?

— Quanto tempo leva para alguém se recuperar da sede de sangue? — perguntei em vez de dar uma resposta. — Quanto tempo até que a pessoa consiga voltar a si?

Kieran respirou fundo, mas não disse nada. Ele desviou o olhar e passou a mão sobre o rosto.

— Nós não temos escolha — falei, suavizando o tom de voz. — Malik sabe disso. Eu sei. Você também. Então, como vamos tirá-lo daqui?

Kieran baixou a mão ao lado do corpo.

— Teremos que nocauteá-lo.

Senti a garganta seca.

— Teremos que machucá-lo?

— É o único jeito. — Kieran sacudiu a cabeça. — E tomara que ele fique inconsciente por bastante tempo.

Voltei-me para Casteel, sentindo um aperto no peito. Ele se debateu, estendendo a mão na minha direção. Não vi nada dele em seu rosto nem em seus olhos.

— Eu... eu não sei se posso fazer isso sem machucá-lo demais. Nunca usei a essência para algo desse tipo e...

— Eu faço isso — ofereceu Malik. — Kieran, preciso que você o distraia para que eu fique atrás dele.

Kieran deu um aceno e então entrou em ação, dando um passo para o lado. Um segundo depois, Malik correu por baixo da corrente. Casteel se virou, mas Malik já estava atrás dele. Ele passou o braço ao redor do pescoço de Casteel, apertando sua traqueia com tanta força que ficou a um passo de esmagar a cartilagem.

Casteel jogou o corpo para trás, empurrando Malik contra a parede, mas ele se segurou, apertando cada vez mais enquanto Casteel tentava pegar seus braços, golpeando o ar.

Queria desviar o olhar. Queria fechar os olhos e gritar, mas me forcei a encarar. A observar até que os movimentos de Casteel ficassem mais lentos e ele finalmente caísse nos braços de Malik.

Levou alguns minutos.

Minutos que eu sabia que me assombrariam mais tarde.

— Deuses — grunhiu Malik, colocando Casteel com delicadeza no chão. Ele olhou por cima do ombro para a parede. — E as correntes? Elas estão muito bem presas.

— Reaver? — chamei, com a voz áspera. — Consegue parti-las?

O dragontino avançou, ajoelhando-se perto da parede. Ele olhou para trás.

— Sugiro deixar as correntes nele até sabermos que ele está calmo.

— Não. — Dei um passo à frente. — Quero tirar as correntes dele.

— Também quero — confirmou Kieran. — Mas vamos precisar delas quando ele acordar.

— Sim — concordou Malik. — A última coisa de que precisamos é que ele fuja de nós.

Odiava isso. Tudo isso.

— Podemos tirar as algemas dos tornozelos e pescoço dele, pelo menos? Malik assentiu, olhando para o irmão.

— Podemos — assentiu, com a voz embargada.

Reaver se inclinou, abrindo a boca quando Kieran me virou de costas.

— Bons deuses! — Ouvi Malik exclamar quando as chamas prateadas iluminaram as paredes escuras. — Você é um maldito dragontino! — Houve um segundo de silêncio. — É por isso que os cavaleiros estavam em chamas.

O olhar de Kieran encontrou o meu quando ouvi uma corrente pesada cair, tilintando sobre a pedra. Em silêncio, ele levou as mãos até minhas bochechas. Outra corrente caiu no chão. Estremeci. Kieran passou os polegares pelas minhas bochechas, enxugando as lágrimas. Uma terceira corrente estalou, e Kieran olhou por cima do meu ombro. Alguns instantes depois, ele fez um aceno com a cabeça e me soltou. Virei-me e vi Reaver colocando as correntes de ossos ainda presas às algemas nos pulsos de Casteel sobre seu peito imóvel.

Olhei para a palma da minha mão. A gravação dourada brilhou debilmente na cela sombria. *Ele está vivo*. Fiquei repetindo isso para mim mesma. *Ele está vivo*.

Kieran foi para perto de Casteel.

— Vou carregá-lo.

— Não — disparou Malik. — Ele é meu irmão. Se você o quiser, vai ter que arrancá-lo dos meus dedos inertes. Eu vou carregá-lo.

Kieran parecia ter toda a intenção de fazer isso, mas cedeu.

— Então, para onde vamos?

Malik deu um passo adiante.

— Para a casa de um amigo.

Eu o segui para fora da cela, parando para colocar a mão sobre a pedra. A essência rugiu através de mim quando derrubei o teto da cela.

Ninguém nunca mais seria aprisionado ali.

Seguimos Malik por um labirinto sinuoso de corredores e túneis, até que ele virou para uma passagem estreita e apertada que tinha cheiro de terra molhada e esgoto. Percebi que estávamos perto do nível do solo.

A abertura logo adiante parecia ser as ruínas de uma parede de tijolos. Havia desmoronado, deixando um buraco largo o bastante para atravessarmos. Segui bem atrás de Malik, sem tirar os olhos de Casteel. Ele não se mexeu nem uma vez debaixo da capa de Kieran que foi colocada em cima dele, escondendo seu corpo e as correntes.

Não havia tempo para parar e curar a ferida de Casteel, o que me dilacerava a cada passo que eu dava. Só que aquela ferida levaria bem mais do que alguns segundos para fechar, e corríamos o risco de acordá-lo durante o processo.

— O que vocês pretendiam fazer depois que encontrassem Cas? — perguntou Malik enquanto eu me espremia pela passagem, com a capa agarrando nas bordas ásperas dos tijolos. — Lutar para sair pelos portões principais?

O silêncio foi a única resposta que ele teve enquanto eu me endireitava, olhando ao redor. A névoa ainda estava pesada ali, mas não muito densa.

— Era isso mesmo que vocês iam fazer. — Malik praguejou baixinho. — Acham que teriam conseguido sair? Mesmo se os Vorazes não tivessem se juntado à diversão?

— O que você acha? — Kieran se juntou a nós ali fora, seguido por Reaver.

— Acho que vocês teriam sido pegos lá embaixo. E mesmo que Cas não estivesse naquele estado, Isbeth teria feito o que ameaçou fazer assim que percebesse que vocês tinham fugido.

— Ela ameaçou colocar crianças nas muralhas e nos portões da Colina — respondi, sentindo o olhar de Kieran em mim quando me virei e olhei para cima. No alto, a névoa abafava o brilho dos postes de luz, mas consegui enxergar o suficiente para perceber onde estávamos. — A Ponte Dourada.

— Sim. — Malik começou a subir a encosta do aterro, com a silhueta encapuzada quase desaparecendo em meio à névoa. O chão estava enlameado e cheio de poças de algo que eu não queria nem imaginar o que era. — A entrada do túnel desabou há alguns anos. Os Vorazes saem por ali, mas ninguém consertou.

— Saem? — indagou Kieran enquanto saraivadas de flechas flamejantes iluminavam o céu além da Colina. Desviei o olhar.

— O que você acha que acontece com os mortais depois que os vampiros ficam gulosos demais? Eles não podem deixar que se transformem dentro de casa — respondeu Malik enquanto saíamos do aterro e seguíamos pela névoa densa e ondulante. — São jogados no subsolo, onde se transformam em Vorazes. Às vezes, eles saem. Você sabe... quando os deuses ficam irritados. É claro que uma doação considerável para os Templos ajuda a aplacar sua fúria, fazendo com que eles cuidem dos Vorazes.

Estreitei os olhos para as costas de Malik.

— E você concorda com isso? Pessoas inocentes transformadas em monstros? Dinheiro tirado de pessoas que não podem pagar?

— Não disse que concordava — respondeu Malik.

— Mas você está aqui. — Reaver vasculhou a névoa e a rua vazia. — Aceitando tudo isso por causa de uma mulher?

— Também não disse que aceitava.

Depois disso, não falamos nada por um bom tempo, mas Kieran parecia observar Malik com ainda mais atenção. Caminhamos pelo que eu sabia ser a periferia do populoso bairro de Travessia dos Chalés, embora não conseguisse ver nenhum dos prédios empilhados uns em cima dos outros em fileiras vertiginosas. Foi o aroma do mar e o cheiro de muitas pessoas forçadas a viver em um lugar pequeno que me alertou.

A névoa já se dissipava na fronteira do bairro perto do mar. Avistei as águas banhadas pela luz da lua, mas ainda ouvia as ordens gritadas da Colina e via as flechas disparadas. As trombetas não tinham soado outra vez para avisar aos cidadãos de que era seguro.

A névoa era mais úmida ali, perto do oceano, e senti uma fina camada de suor na testa sob o capuz. As ruas estreitas cheias de lojas e casas pareciam vazias e silenciosas através da névoa. Não conseguíamos ouvir nem nossos passos quando passamos entre duas construções térreas e começamos a subir uma trilha íngreme: uma passagem de terra batida cercada por bétulas.

— Quem é esse seu amigo? — Kieran quebrou o silêncio. — E para onde estamos indo? Para Atlântia?

— Para a Colina das Pedras — respondi quando Malik bufou. — Não é isso?

— Isso mesmo.

A Colina das Pedras era um bairro que ficava em algum lugar entre a Travessia de Chalés e o Mar de Stroud, que aqueles que tinham dinheiro, mas não muito, chamavam de lar. Geralmente, havia uma família por casa e pouco espaço entre as casas térreas com telhados de terracota usados como pátios.

— E o seu amigo? — insistiu Kieran conforme passávamos para outra calçada acidentada.

— É alguém em quem podemos confiar — respondeu Malik quando nos deparamos com uma casa de alvenaria sem pátio e com uma porta que dava direto para a calçada. Pude ver que estava escuro atrás das janelas de treliça de cada lado da porta. — O nome dele é Blaz, e o da esposa, Clariza.

— E como foi que você os conheceu? — perguntei quando ele bateu no pé da porta com a bota. — Por que devemos confiar neles?

— Conheci Clariza à noite na Cidade Baixa, quando ela e os amigos estavam contrabandeando barris de um navio que vinha do Arquipélago de Vodina. Barris com um cheiro muito suspeito de pólvora — respondeu ele, chutando a porta de novo e agitando a névoa. — Vocês devem confiar neles porque os barris estavam cheios de pólvora que pretendiam usar para explodir os muros de Wayfair.

Reaver virou o olhar lentamente para ele.

— Que porra é essa?

Descendidos. Eles só podiam ser Descendidos. Mas como é que Malik estava envolvido?

— Além disso, é bom que saiba — continuou Malik — que eles não acreditam que você seja o Arauto da Destruição.

Finalmente uma boa notícia.

— E você? Você acredita nisso?

Malik não disse nada.

A porta se abriu naquele instante, revelando uma faixa de bochecha queimada de sol e um olho castanho. Aquele olho examinou as sombras do capuz de Malik, desceu até o corpo em seus braços e então se voltou para onde estávamos. O olho se estreitou.

— Será que eu quero saber o que é isso?

— A princípio, não — respondeu Malik em um tom de voz baixo como um sussurro. — Mas, sim, você vai querer saber assim que descobrir quem está nos meus braços e ao meu lado.

A cautela irradiava de Kieran, com o gosto ácido de vinagre, conforme ele se postava logo atrás de Malik.

— Quem está nos seus braços? — indagou o homem que eu supunha que fosse Blaz em um tom de voz igualmente baixo.

Pensei que Malik não fosse responder.

Mas ele respondeu.

— O Rei de Atlântia.

Fiquei boquiaberta quando Blaz balbuciou:

— Mentira.

— E a esposa dele está ao meu lado — continuou Malik. Por um instante, pensei que Reaver fosse devorá-lo. — Você sabe, *a* Rainha.

— Outra mentira — respondeu Blaz.

Malik deu um suspiro e olhou por cima do ombro para mim.

— Mostre a ele.

438

— Sim. — O olho se estreitou ainda mais. — Mostre para mim e depois me conte o que meu amigo andou fumando para aparecer na minha porta em uma noite dessas, contando histórias fantásticas.

O fato de que o homem não tinha começado a berrar ao ouvir a menção de Atlântia era reconfortante, de certo modo.

Como já estávamos até os joelhos naquilo, passei por Kieran e parei ao lado de Malik. Abaixei o capuz.

Aquele olho examinou meu rosto e depois voltou para a cicatriz na minha testa e se arregalou.

— Puta merda — arfou ele quando Kieran estendeu a mão, puxando o meu capuz para baixo. — É você. É você mesmo. Puta merda.

— Minhas cicatrizes são tão famosas assim? — perguntei.

— Cicatrizes? — murmurou Blaz quando a porta se abriu por completo. — Puta merda, minha nossa senhora. Sim, entrem logo.

— Estou ligeiramente preocupado com esse mortal — murmurou Reaver.

Eu estava mais do que ligeiramente preocupada com tudo aquilo, mas quando Malik entrou, eu o segui sem hesitação, já que ele estava com Casteel. Kieran veio no meu encalço e entramos em um pequeno vestíbulo. O espaço não tinha iluminação, então só pude distinguir a forma do que pareciam ser cadeiras baixas.

— Não são as cicatrizes — disse Kieran com a voz baixa enquanto Blaz fechava a porta atrás de Reaver. — São seus olhos. Eles estão cheios de faixas prateadas. Isso desde que você desceu as escadas em Wayfair.

Pisquei os olhos, embora não fizesse a menor ideia se isso ajudaria ou não. Será que era a adrenalina que estava causando isso?

— Blaz? — soou uma voz suave do corredor estreito, iluminado apenas por uma arandela de parede. — O que está acontecendo?

— É melhor vir até aqui. — Blaz andou lentamente até o corredor. Os cabelos do homem combinavam com o seu nome. Mechas de fogo roçavam a pele nas têmporas que certamente ficaram queimadas com poucos minutos sob o sol. Uma barba de um tom mais escuro de ruivo cobria o seu maxilar. — Temos visitas. Elian e convidados especiais.

— Elian? — repeti baixinho, pensando ter reconhecido o nome.

— É o nome do meio dele. — Kieran apontou para Malik. — Uma homenagem ao seu antepassado.

Elian Da'Neer. O homem que convocou os deuses após a guerra com as divindades para abrandar as relações com os lupinos. O primeiro vínculo entre um lupino e um Atlante resultou daquela reunião. Será que foi por isso que Tawny não conheceu Malik quando estava em Wayfair? Porque o conhecia como Elian?

Um momento depois, uma silhueta baixa saiu de um dos aposentos ao longo do corredor e surgiu sob a luz do lampião. Cabelos escuros na altura dos ombros emolduravam bochechas pálidas e um queixo arredondado. A mulher parecia ter a mesma idade de Blaz, lá pela terceira década de vida. Usava um robe preto amarrado na cintura.

Suas mãos não estavam vazias.

Clariza empunhava uma adaga de ferro conforme avançava na nossa direção.

— Que convidados especiais você trouxe, Elian? — perguntou ela, examinando nosso grupo com olhos escuros e perspicazes e se demorando em Reaver, cujo rosto era o único visível. Suas pupilas estavam normais, mas a mortal engoliu em seco.

— O Rei de Atlântia — respondeu Blaz, juntando-se à esposa. — E a Rainha.

— Mentira. — Clariza fez eco ao sentimento inicial do marido. — Você andou se entregando à Ruína Vermelha?

Casteel acordaria a qualquer momento. Dei um passo à frente para evitar mais tentativas de provar nossa identidade quando poderia simplesmente mostrar a ela. Tirei o capuz, deixando-o cair sobre os ombros.

Clariza arregalou os olhos.

— Puta merda.

— O que ele disse é verdade. Meu nome é Penellaphe. Você deve ter me conhecido como a Donzela. É meu marido que está em seus braços. Ele foi aprisionado pela Coroa de Sangue — expliquei, notando a tensão no maxilar de Clariza. — Foi ferido e precisa de abrigo para que eu possa ajudá-lo. Fomos trazidos aqui porque ele nos disse que podíamos confiar em vocês.

Clariza se ajoelhou no chão, sem tirar os olhos de mim. Ela pousou uma mão no coração e a outra, a que segurava a adaga, contra o chão. O marido seguiu o seu exemplo.

— De sangue e cinzas — disse ela, curvando a cabeça.

— Nós ressurgiremos — concluiu Blaz.

Estremeci. As palavras ecoaram em mim com um significado muito diferente de quando as ouvi pela primeira vez.

— Isso não é necessário. Não sou sua Rainha — falei, olhando para a silhueta coberta de Casteel. — Só preciso de espaço. Um lugar privado onde eu possa ajudar meu marido.

Malik virou a cabeça bruscamente na minha direção, mas não disse nada.

— Você pode não ser nossa Rainha — disse Clariza, levantando a cabeça —, mas é uma deusa.

— Eu sou. — Engoli em seco, cheia de apreensão. — Mas vocês não precisam se curvar diante de mim.

— Não é o que eu esperava ouvir de uma deusa — murmurou Blaz. — Mas não vou reclamar. — Ele estendeu a mão e ajudou a esposa a se levantar. — Do que vocês precisam?

— Que tal um quarto? — sugeriu Malik. — Com uma porta robusta. — Ele fez uma pausa. — E paredes também. Por precaução.

Clariza franziu o cenho.

— Temos o quarto da falecida mãe de Riza. — Blaz deu meia-volta e começou a andar. — Não posso assegurar sobre a resistência das paredes e da porta, mas elas estão de pé.

Nós o seguimos, passando pelo que parecia ser a porta para uma sala de estar e depois por outra porta fechada. Blaz abriu a porta redonda à esquerda do outro lado do corredor.

— Ele está faminto, não está? — perguntou Clariza enquanto o marido entrava apressado no quarto, acendendo um lampião a gás em uma mesinha lateral.

Virei-me para ela enquanto Malik levava Casteel até a cama estreita. As correntes tilintaram quando ele o deitou ali, chamando a atenção de Blaz.

— Minha tataravó era Atlante — explicou Clariza. — Minha avó costumava me contar o que acontecia quando a mãe não conseguia encontrar outro Atlante para se alimentar. Pelo que me lembro, parece que não existem paredes ou portas fortes o bastante.

Tive vontade de perguntar a ela por que sua família tinha decidido ficar ali em vez de ir para Atlântia, mas essas perguntas teriam que ficar para outra hora. Segui até o outro lado da cama.

Malik tirou a capa de cima dele.

— Malditos deuses. — O suspiro de Blaz se transformou em um chiado. — Desculpe. Isso deve ter sido ofensivo. Estou profundamente arrependido.

— Tudo bem. — Senti mais um aperto no coração quando observei a pele pálida de Casteel e a ferida medonha.

— Merda — praguejou Malik, e olhei para o rosto de Casteel. Ele franziu as sobrancelhas escuras. Vi a tensão tomar conta das linhas duras das suas feições.

— É melhor saírem logo daqui — aconselhou Kieran, avançando enquanto Malik segurava as correntes. Ele as levantou do peito de Casteel. — Ele está prestes a acordar.

442

31

Clariza puxou o marido pelo braço e começou a andar na direção da porta.

— Vou preparar comida e esquentar um pouco de água fresca. Ele vai precisar das duas coisas.

— Obrigada. — Forcei um sorriso, lançando um olhar para Reaver.

O dragontino pressentiu minha vontade. Ele se virou para os mortais.

— Eu ajudo.

Em outras palavras, ele ficaria de olho neles. Os dois podiam até ser Descendidos planejando um ataque a Wayfair, mas eu não confiaria a vida de Casteel a eles.

— Certo. Você pode nos contar de onde é enquanto ajuda — ouvi Clariza dizer assim que saiu no corredor. — De que lugar lá do leste.

Era uma coisa estranha de se dizer, exceto pelo fato de que Reaver vinha do lugar mais a leste a que alguém poderia chegar.

— Você tem um monte de coisas para nos contar depois que terminar aqui. — Blaz apontou para Malik quando parou na soleira da porta. — Um monte de coisas.

A porta se fechou depois desse comentário. Olhei para Malik.

— Eles sabem quem você é?

— Não — respondeu. — Não sabem.

Foi então que Casteel abriu os olhos, com as íris pretas como carvão. Não estava preparada para ver aquilo de novo. Meu coração se partiu ainda mais, mas não tive tempo para pensar nisso.

Ele se levantou da cama, atacando como uma serpente encurralada. Dei um salto para trás e bati contra a parede. Seus dedos roçaram na frente da minha camisa enquanto Malik enrolava as correntes no antebraço, grunhindo conforme puxava Casteel para trás. Ele praguejou e tentou colocar o irmão de volta na cama, mas Casteel era muito forte naquele estado.

— Malik pode alimentá-lo — disparou Kieran quando Casteel soltou um uivo baixo. — Eu seguro as correntes.

— Não. — Desencostei da parede. Kieran me encarou. — Tenho muito mais éter nas veias. Meu sangue não vai tirá-lo da sede de sangue mais rápido?

Kieran não respondeu.

Malik sim.

— Meu sangue não vai ser de muita ajuda pra ele a essa altura — declarou, cerrando o maxilar enquanto enterrava os calcanhares no chão. — Nós dois sabemos disso. Ela é uma deusa. Seu sangue é a melhor opção.

Senti o gosto da apreensão de Kieran como um creme espesso na garganta, sua preocupação por mim e por Casteel.

— Posso curar Casteel antes. Só preciso tocar nele. Isso deve acalmá-lo.

Malik arqueou as sobrancelhas em dúvida, e Casteel se virou na direção dele, forçando-o a pular na cama e passar para o outro lado.

— Só preciso que um dos dois o distraia. — Aninhei as bochechas de Kieran nas mãos. — Vou acalmá-lo antes. Tudo bem? Não vou deixar que ele me machuque. Nenhum de nós vai.

Um músculo latejou na minha palma conforme os olhos de Kieran assumiam um tom luminoso de azul.

— Merda. Odeio isso.

— Eu também. — Estiquei o corpo e dei um beijo na testa dele.

Ele estremeceu e então me soltou.

— Por favor...

Kieran não completou o pensamento. Não precisou dizer nada quando me virei para Casteel. Ele estava a poucos centímetros de mim, rosnando e escancarando a boca.

— Vou ficar atrás dele dessa vez. — Kieran olhou para Malik. — Preciso que fique bem perto dele.

Malik assentiu.

Kieran respirou fundo.

— Assim que eu o segurar, você precisa entrar logo em ação. Entendeu?

Casteel deu um uivo tão parecido com o de um Voraz que senti as entranhas enregeladas.

Mas não estava com medo.

Nunca senti medo de Casteel. Nem mesmo naquele estado.

— Preparada? — perguntou Kieran.

— Sim.

Malik puxou as correntes para si, tentando enrolá-las em um dos postes da cama. Casteel se virou para o irmão, tirando os olhos de Kieran. O lupino disparou atrás dele, fechando o braço sobre seu peito e prendendo seus braços ao lado do corpo enquanto dava um jeito de passar a mão sob o queixo de Casteel.

Casteel ficou *alucinado*, se debatendo, rosnando e cuspindo. Ele jogou o peso para trás, batendo com Kieran contra a parede. O gesso rachou. A corrente deslizou da cabeceira da cama.

— *Agora* — grunhiu Kieran.

Conjurei o éter e comecei a evocar pensamentos felizes: lembranças de nós dois sob o salgueiro na Masadônia. Imagens dele brincando com o meu cabelo e me ensinando a domar um cavalo. Tudo isso e muito mais tomou conta dos meus pensamentos conforme eu fechava a mão sobre sua pele, uma pele *gelada*. Uma luz prateada faiscou na ponta dos meus dedos.

— Não faça isso — murmurou Kieran enquanto Casteel se contorcia contra ele, esticando o corpo na minha direção. A intensidade da sede de sangue de Casteel puxou Kieran para longe da parede. — Vamos, cara.

Casteel tirou a mão de Kieran do seu pescoço.

— Merda — gemeu Kieran, com as botas deslizando pelo piso de madeira.

Malik apareceu de repente, tendo largado as correntes para segurar o irmão pelo queixo.

— Já o peguei.

— Por favor, Cas — disse Kieran, implorando, pra falar a verdade.

— Você tem que deixa-la te ajudar a se acalmar.

O grunhido da resposta de Casteel me deixou toda arrepiada conforme o calor irradiava de mim. Senti o exato momento em que a energia da cura o atingiu, pois ele ficou rígido. A teia cintilante percorreu seu corpo, tomando o quarto por um segundo antes de sumir sob sua pele. A ferida no peito foi inundada pelo éter e Casteel cambaleou para trás, esbarrando em Kieran. Os dois caíram no chão, e Malik e eu os seguimos.

— Deuses — balbuciou Malik enquanto olhava para o peito do irmão, que se curava rapidamente. O brilho se esvaneceu, revelando uma área rosada de pele recém-formada. Ele olhou para o rosto do irmão. — Cas?

Casteel estava com as pálpebras fechadas, os lábios entreabertos e ofegantes. Tremia tanto que sacudiu o corpo de Kieran.

Passei a mão pelo braço dele. Sua pele ainda estava muito fria.

— Casteel? — sussurrei.

Ele arregalou os olhos, e eu vi uma faixa estreita de dourado quando se fixaram nos meus. Casteel estava ali. Ao menos uma parte dele foi recuperada.

Levei o pulso até a sua boca.

— Você precisa se alimentar.

— Eu... eu não posso — ele conseguiu dizer, com uma voz gutural, enquanto virava a cabeça para o outro lado.

— Você precisa — Segurei a bochecha dele com a outra mão.

— Eu... eu mal estou *aqui*... por enquanto. — Ele olhou de volta para mim, e foi então que eu vi o brilho vermelho em meio à escuridão dos seus olhos. — É melhor ficar longe de mim.

— Cas...

— Afaste-se de mim. — O brilho vermelho se iluminou.

— Seu idiota — rosnou o irmão, segurando o queixo de Casteel com força. — Você não tem tempo para bancar o herói e se preocupar em beber sangue demais de uma maldita *deusa*.

Casteel jogou a cabeça para trás, batendo na de Kieran. Os tendões ficaram salientes em seu pescoço enquanto ele repuxava os lábios sobre as presas.

— Afaste-a de mim!

A força das suas palavras me derrubou.

Malik se virou para mim.

— Ele não vai fazer isso sem uma motivação. Como o cheiro do seu sangue, por exemplo.

— Não — rugiu Casteel, chutando o chão e empurrando a si mesmo e a Kieran para trás. Malik soltou o queixo do irmão.

— Faça. — Os músculos nos braços de Kieran incharam enquanto ele lutava para manter Casteel no lugar. — Faça antes que a vizinhança inteira o escute.

Agi rapidamente, desembainhando a adaga de lupino. Apertei os lábios para silenciar o silvo de dor conforme deslizava a ponta da lâmina pelo pulso.

No instante em que o cheiro do meu sangue tomou conta do ar, Casteel virou a cabeça na minha direção. Ele parou de tentar se afastar, concentrado no sangue que brotava na minha pele.

— Alimente-se — implorei. — *Por favor.*

E então ele abaixou a cabeça.

Suas presas roçaram na minha pele quando ele fechou a boca sobre a ferida. Eu podia ter gritado de alegria quando senti a sua boca repuxando a minha pele. Ele bebeu com vontade.

— Isso — disse Kieran com a voz baixa enquanto afastava as mechas de cabelo do rosto de Casteel. — Muito bem.

Eu me aproximei, passando a perna pela dele enquanto tocava com delicadeza na sua bochecha. Meus sentidos tocaram na escuridão entremeada de vermelho que parecia tomar conta de todo o seu ser. Procurei a fome desenfreada ali e encontrei uma pontada de angústia conforme deslizava os dedos sobre os pelos ásperos do seu rosto. Senti a dor — gélida e profunda — enquanto tocava em sua bochecha. Em seu maxilar. O tipo de dano mental que doía muito mais do que qualquer dor física. Fechei os olhos, canalizando um pouco de alívio para ele como tinha feito antes.

Casteel se mexeu de repente e tirou a boca do meu braço, mais rápido do que pensávamos que ele fosse capaz. Nenhum de nós teve chance de reagir. As correntes tilintaram no chão quando ele veio para cima de mim. Ele me segurou pelos quadris e me arrastou para baixo dele enquanto colocava o corpo em cima do meu.

Kieran deu um berro.

— Cas...

A superfície fria e irregular do piso de madeira arranhou minhas costas. Meu coração deu um salto dentro do peito quando ele segurou o fecho da capa. Os botões voaram pelos ares, rolando pelo chão. Ele abaixou a cabeça. A dor lancinante provocada por suas presas no meu pescoço foi aguda e repentina, me deixando sem fôlego. Mordi o lábio enquanto ele se alimentava sofregamente, com a boca feroz contra a minha garganta.

— Não. — Kieran pairou sobre nós, passando o antebraço sob o queixo de Casteel. — Nada disso.

Casteel soltou um rosnado violento. Em seguida, ele afundou a mão direita nos meus cabelos, puxando a minha cabeça para trás enquanto passava o outro braço debaixo de mim. Prendeu meus braços entre nós dois e me puxou para mais perto de si.

— Sei que você não gosta disso, mas você vai gostar menos ainda se a machucar — advertiu Kieran, puxando Casteel pelos cabelos.

O grunhido de Casteel veio das profundezas do seu ser. Senti o gosto agudo do desespero dele. Era tão poderoso que quase o ouvi dizer: *Não é o suficiente, não é o suficiente.* Se o detivéssemos agora...

Nós o perderíamos de novo.

Fixei os olhos em Kieran e me forcei a sorrir.

— Está tudo bem.

— Mentira — rosnou Kieran.

— Está sim — insisti. E estava mesmo. A pontada de dor ardia agora, mas já *estava* sumindo. Não foi uma mordida suave como das outras vezes, mas também não era nada parecido como quando um Ascendido se alimentava. Não sentia que estava sendo dilacerada por dentro, e isso só podia significar que havia mais do que apenas uma parte de Casteel ali dentro. Havia muito mais. Nós só tínhamos que dar tempo a ele. — Ele precisa de mais sangue. Posso *sentir* isso.

Consegui soltar um dos braços e Casteel emitiu um som desesperado. Senti o gosto amargo do medo. Será que ele achou que eu fosse afastá-lo de mim? Detê-lo?

Jamais.

Passei a mão pela bochecha de pelos eriçados e senti os músculos do seu maxilar trabalhando conforme ele engolia. Afundei os dedos em seus cabelos, fechando-os na parte de trás da sua cabeça para mantê-lo ali.

— Eu não gosto nada disso — disse Kieran.

— Se Cas parar antes de beber o suficiente, vai ser pior — advertiu Malik de algum lugar do quarto. — Você sabe disso.

Kieran sustentou meu olhar e então praguejou, abaixando a cabeça. Em seguida, tirou o braço do pescoço de Casteel, mas não se afastou. Ele se agachou perto de nós.

Casteel não gostou nada disso. Ele se contorceu para longe de Kieran, me passando para baixo de si e contra a madeira sólida ao pé da cama.

Sua boca não largou meu pescoço, não parou de beber nem por um segundo, e eu senti cada chupão. Cada gole. O puxão contra a minha pele era intenso, fazendo com que eu perdesse o fôlego.

Mas a névoa vermelha dentro dele não estava mais tão densa. Já estava se dissipando. A angústia e a sensação de desespero ainda tomavam conta dele, mas havia *outras coisas* agora. Ele chupou meu sangue com força, profundamente, arrancando um suspiro dos meus lábios fechados.

Kieran se aproximou, mas a mordida de Casteel não doía mais. Ardia com um tipo diferente de calor, um calor bastante inapropriado, dada a situação.

Fechei os olhos com força, me concentrando nas suas emoções e no que captava dele. Havia uma pontada de tristeza, mas a dor gélida estava desaparecendo. E sob tudo isso, debaixo da tempestade, havia algo doce e quente...

Chocolate.

Frutas vermelhas.

Amor.

O ronco que Casteel emitiu foi mais suave e rouco. Sua boca desacelerou, e as tragadas tornaram-se lânguidas, mas ainda profundas. A mão se afrouxou nos meus cabelos o suficiente para que a tensão saísse do meu pescoço, mas não me mexi. O sabor defumado e picante na garganta passou para o meu sangue. Ele emitiu aquele som de novo, um ronco grave e sussurrante, e meu corpo inteiro estremeceu. Ele mudou de posição em cima de mim, aquecendo o corpo contra o meu. Tentei ignorar a tempestade que se formava dentro de mim, mas aqueles lábios no meu pescoço, o fluxo constante do sangue fluindo de mim para ele, fazia com que fosse difícil me concentrar em qualquer coisa que não fosse a sensação do seu corpo. Senti um latejar nos seios e lá embaixo, no meio das pernas, onde o senti engrossar e endurecer.

— Bem, caramba... — ouvi Kieran murmurar um segundo antes que a língua quente e úmida de Casteel no meu pescoço me fizesse estremecer por inteiro.

Abri os olhos.

— Não sei se é o momento certo para isso. — Kieran passou o braço em volta dos ombros de Casteel, puxando-o um pouco para trás.

Casteel soltou um grunhido gutural, mas em nada parecido com os sons selvagens e primitivos de antes. Era de outro tipo de fome. Uma fome à qual meu corpo reagiu, respondendo com uma onda de calor. Mas o alívio... Deuses! O alívio que senti era tão intenso quanto a excitação.

Consegui soltar o outro braço. Segurei-o pelas bochechas e levantei a cabeça de Casteel. Dourados. Olhos dourados e brilhantes se fixaram nos meus.

— Cas — sussurrei.

Aqueles belos olhos estavam úmidos. *Lágrimas.*

— *Minha Rainha* — disse ele com a voz embargada e à flor da pele.

Um estremecimento tomou conta de mim quando segurei seu rosto e vi que a cor tinha começado a voltar à sua pele. Levei os lábios até os dele... Casteel virou a cabeça e encostou a bochecha na minha.

— Não posso sentir a sua boca na minha. — As palavras eram um mero sussurro no meu ouvido. — Se fizer isso, eu vou foder você. Vou entrar tão fundo que não haverá nenhuma parte de você que eu não alcance. Bem aqui. Nesse instante. Não importa quem esteja dentro do quarto. Já estou me contendo ao máximo para não penetrar você.

Ah.

Ah, minha nossa.

Alguém pigarreou. Pode ter sido o irmão dele e... Bem, não queria nem pensar nisso.

Com o coração acelerado por causa do gosto defumado que sentia na garganta, abri os lábios ressecados assim que ele levantou a cabeça.

— Certo. Então, como você está se sentindo? Fora *isso*?

Ele semicerrou os cílios volumosos, ocultando parcialmente os olhos.

— Eu estou... aqui. — Ele engoliu em seco. — Inteiro.

Estremeci outra vez. Casteel não falou muito, mas eu sabia o que ele queria dizer. Kieran também. Seu alívio foi intenso, reverberando dele em ondas refrescantes e amadeiradas.

Casteel tirou as mãos do meu cabelo e deslizou as pontas dos dedos pela minha bochecha. Em algum lugar, a corrente estalou no chão. Ele ficou imóvel e voltou a atenção para elas.

— Tire isso de mim. Agora.

Olhei para Kieran.

— Chame Reaver.

Malik não hesitou nem por um segundo e saiu do quarto. Pouco a pouco, o olhar de Casteel saiu das correntes e voltou para mim.

— Está tudo bem — assegurei, passando os dedos por seus cabelos. — Já vamos tirá-las de você.

Casteel não disse nada, com os olhos brilhantes como diamantes fixos nos meus, o olhar intenso e avassalador. Os sulcos em seu rosto já estavam sendo preenchidos, mas eu ainda podia ver as sombras da privação ali.

Reaver entrou apressadamente no quarto, seguido por Malik. A porta se fechou.

— As correntes — falei. — Você consegue quebrá-las ao redor dos pulsos dele?

— Consigo. — Reaver começou a se aproximar.

— Graças aos deuses — murmurou Kieran. — Mas se fosse você, eu iria mais...

Casteel virou a cabeça para o lado, com o corpo vibrando enquanto rosnava baixinho para Reaver.

— Devagar — concluiu Kieran.

O dragontino voltou o olhar para Casteel, com a pele do rosto afinando. Escamas surgiram ao longo da bochecha e do pescoço dele.

— Sério?

— Ei. Ei. — Esforcei-me para chamar a atenção de Casteel. — Esse é Reaver — expliquei, e ele inflou as narinas. — Lembra? Eu te falei a respeito dele. É um amigo. E um dragontino. Você não vai vencer essa batalha.

— Acho que ele quer tentar — comentou Malik.

O modo como Casteel acompanhava os movimentos de Reaver me dizia que Malik não estava tão errado assim.

Reaver se ajoelhou ao nosso lado.

— Você tem que levantar um braço de cada vez — orientou ele. — E faça isso sem tentar me morder, porque eu mordo de volta.

Casteel ficou em silêncio, mas tirou a mão da minha bochecha. Ele viu Reaver abaixar a cabeça, observando como o dragontino se aproximava de mim. Em seguida, começou a repuxar o lábio.

Virei a cabeça dele na minha direção e a frieza desapareceu dos seus olhos dourados. Não havia nada além de calor quando ele olhou para mim. E não tinha sido sempre assim? Desde o nosso primeiro encontro no Pérola Vermelha até agora? Sim. Havia tanta coisa que eu queria dizer a ele. Tanta coisa. Mas tudo que consegui dizer foi:

— Senti sua falta.

Um clarão prateado iluminou o perfil de Casteel. Ele nem se mexeu, mas flexionou o maxilar quando a algema de pedra das sombras caiu no chão.

— Eu nunca te deixei.

— Eu sei. — As lágrimas brotaram nos meus olhos.

— A outra mão — ordenou Reaver.

Casteel passou o peso para o braço esquerdo e a parte de baixo do seu corpo se acomodou sobre o meu. Não tinha como não sentir a rigidez dele. Riscos dourados se agitaram nos seus olhos.

— Você está segura aqui?

— *Nós* estamos seguros aqui. — Continuei penteando os cabelos dele para trás quando o jato de fogo prateado iluminou o espaço entre os nossos corpos e a cama. — Por enquanto.

Ele olhou para a minha boca. Seu olhar estava cheio de segundas intenções e me deixou toda arrepiada.

— Poppy — sussurrou ele.

A algema de pedra das sombras caiu no chão e Kieran a pegou rapidamente enquanto Casteel abaixava a cabeça sobre a minha. Senti o hálito dele nos meus lábios.

— Vocês têm que dar o fora daqui. Agora mesmo.

Ouvi passos se afastando de nós, mas Kieran hesitou, permanecendo no chão ao nosso lado Senti uma pontada de preocupação em meio ao seu alívio.

— Cas...

Foi só então que Casteel tirou os olhos de mim. Ele se virou para Kieran e levantou a mão enfaixada, puxando o lupino pelo pescoço. Os dois se aproximaram e encostaram as testas uma na outra. O surgimento de uma emoção doce acabou com a preocupação, e até mesmo com o alívio.

— Obrigado — murmurou Casteel, com a voz embargada.

— Pelo que você está me agradecendo?

— Por tudo.

Kieran estremeceu e os dois ficaram assim por um bom tempo antes que ele se afastasse de Casteel. Ao contrário de Reaver, Casteel não tentou impedir o lupino quando ele estendeu a mão para mim. Kieran afastou as mechas de cabelo do meu rosto e então se inclinou e deu um beijo na minha testa. Senti um nó na garganta, e não sabia se a emoção pertencia a eles, a mim ou se era uma combinação de nós três. Kieran não disse nada enquanto se afastava, e eu tive uma vontade muito estranha de detê-lo. Não entendi de onde vinha aquele desejo. Nem se era meu ou de Casteel. Também não sei por que me pareceu errado *não* fazer nada a respeito.

Mas então Casteel e eu ficamos a sós, e aqueles belos olhos dourados, tão cheios de fogo e amor, se fixaram nos meus. Éramos só nós dois, e nada *mais — absolutamente nada —* importava. Nem as manchas de terra e sangue seco que cobriam cada centímetro de sua pele. Nem a névoa lá fora ou os Vorazes que chamei sem querer. Nem o que viria a seguir — a Rainha de Sangue ou a guerra.

Nada além de *nós* dois e o nosso amor e a necessidade que tínhamos um do outro.

— Cas — sussurrei.

Ele ficou tão quieto que achei que nem respirava conforme olhava para mim. Mas o que rugia dentro dele era um turbilhão de movimento. Eu podia *senti-lo* dentro de mim — seu desejo e necessidade colidindo com os meus. A urgência se renovou, latejando, pulsando e aquecendo meu sangue e pele.

Ele inflou as narinas e o dourado dos seus olhos ficou ainda mais brilhante. Não tive a menor vergonha por ele sentir como eu estava excitada.

— *Poppy* — repetiu ele e então me beijou.

O beijo...

Não foi nada suave. Nós nos unimos em um choque de dentes e lábios e emoções intensas e avassaladoras. Casteel me segurou pelos quadris enquanto eu puxava seus cabelos. O beijo foi enlouquecedor. Selvagem. Possessivo. Era o tipo de beijo em que alguém poderia se afogar, e eu nunca estive tão feliz em fazer isso. Ele deslizou a língua para dentro da minha boca, contra a minha língua, e eu senti o gosto do meu sangue, pungente e morno. Havia algo selvagem nisso. Algo inexplorado.

Sua boca cobriu a minha, cortando o meu lábio com as presas. Comecei a enrolar as pernas em sua cintura, mas a mão no meu quadril me deteve. Ele levantou a cabeça, ofegante. Uma gota de sangue brilhou nos seus lábios.

Levantei a cabeça e apanhei a gota de sangue e os lábios dele com os meus. Ele gemeu, fechando os olhos por um instante. Quando os abriu, pareciam duas brasas de ouro derretido.

Casteel se ajoelhou, tirando o corpo de cima do meu. Antes que eu pudesse adivinhar o que ia fazer, ele me segurou pelos quadris mais uma vez, me virando de bruços, e me fez ficar de quatro no chão.

— Tenho que sentir sua pele na minha — disparou ele com uma voz quase irreconhecível.

Minha trança caiu para a frente quando ele levou a mão até a bainha da minha túnica, passando a camisa sobre a minha cabeça. Ele a puxou para baixo até que ficasse ao redor dos meus pulsos.

O jeito grosseiro com que ele puxou o tecido para baixo, onde ficou preso sob os meus seios, me deixou toda arrepiada. Já a sua mão... A delicadeza com que ele deslizou a palma da mão pelas minhas costas deixou o meu coração cheio de afeto.

Ele passou a mão pela minha bunda e depois no meio das minhas pernas e dobrou o dedo bem ali, esfregando aquela parte morna do meu corpo. Estremeci.

Meu corpo inteiro estremeceu quando ele rasgou a minha calça, revelando a minha bunda e as partes mais sensíveis de mim. Virei a cabeça para o lado, surpresa. Comecei a me virar...

Um ronco de advertência soou pelo quarto. O instinto me acalmou, e meus sentidos ficaram aguçados. Olhei para Casteel, mas os olhos dele estavam fixos no rasgo que havia feito. Ele parecia tão faminto quanto antes, mas sabia que não era de sangue que ele precisava agora.

Ele ergueu meus quadris, e quase não vi quando se mexeu. Só percebi que sua boca estava em mim. O ar escapou dos meus pulmões. Ele afundou a língua no meu calor enquanto virava a cabeça, arrancando um grito de prazer de mim quando uma presa roçou naquela saliência de carne sensível. As estocadas da sua língua eram firmes e determinadas. Ele lambeu e chupou. Ele se *banqueteou*, alimentando-se de mim tão desesperadamente quanto tinha feito no meu pescoço. Eu me perdi.

Meu corpo tentou acompanhá-lo, mas as mãos nos meus quadris me seguraram no lugar.

Casteel me *devorou*.

Estremeci, com um calor feroz e intenso crescendo dentro de mim quase intenso demais. Fechei os dedos, pressionando o chão conforme ele deslizava a presa sobre o feixe de nervos outra vez. Contorci o corpo, gritando ao sentir uma pontada de dor. Ele fechou a boca sobre a carne latejante e a sensação ecoou na marca da mordida no meu pescoço. E isso — *isso* — já foi demais.

Reprimi um grito quando me despedacei em milhares de pedacinhos, mal conseguindo me apoiar conforme os espasmos de prazer acabavam comigo. Ainda estava tremendo quando ele afastou a boca de mim. Senti a pressão dos seus lábios no meio das minhas costas.

— Mel — rosnou ele. — Você tem gosto de mel, e a sua pele tem cheiro de jasmim. Cacete.

Olhei para trás, com a cabeça flácida. Vi quando ele levou a mão até a braguilha das calças. Ele a rasgou, espalhando botões metálicos pelo chão. Senti o corpo em chamas quando ele puxou as calças sujas e rasgadas pelos quadris magros, exibindo a sua ereção.

Ele estendeu o corpo em cima do meu e roçou o meu queixo e pescoço com a boca, provocando um calafrio na minha espinha. A sensação da pele agora ardente nas minhas costas me deixou balançada.

Casteel roçou os lábios sobre a minha pele e eu senti as presas na marca sensível da mordida enquanto a cabeça do seu pau cutucava o meu âmago. Ele não perfurou a pele. Manteve as presas ali, me segurando com uma das mãos no meu quadril e a outra em volta do meu queixo. Ele inclinou minha cabeça para trás e para o lado. Outro arrepio de excitação me sacudiu, roubando o ar dos meus pulmões. Meus músculos relaxados ficaram tensos de novo. Ofeguei quando um turbilhão de expectativa se apoderou de mim.

— Eu estou... — O corpo dele estremeceu contra o meu, com os dedos trêmulos nas minhas bochechas, pescoço e braços conforme ele os deslizava para baixo, seguindo a curva da minha cintura. Ele me segurou pelos quadris, pressionando a carne ali, e quando falou, sua voz soou grave e carente, em um sussurro áspero e entrecortado. — Eu estou... eu estou fora de controle.

Uma pulsação de desejo se seguiu àquelas palavras, tornando-se um rugido no meu sangue. Foi uma sensação tão intensa que deixou meus mamilos entumecidos e meu âmago latejando outra vez.

— Eu também.

— Obrigado, porra — resmungou ele, e então abaixou a boca sobre a minha.

Depois de terminar o beijo, Casteel me atacou, afundando as presas no meu pescoço enquanto arremetia de uma vez só, entrando todo dentro de mim. Dei um grito, arqueando as costas. A onda de prazer entremeada pela dor abriu caminho pelo meu corpo, incitando cada nervo e culminando em uma explosão selvagem de sensações que se tornaram o mais puro êxtase. A sensação do corpo dele me penetrando não deixava espaço para mais nada. Sua presença me dominou.

Casteel me manteve ali, de quatro, com as costas arqueadas e as presas cravadas no meu pescoço. Não houve nem um segundo de hesitação, nem de trégua. Ele se moveu atrás de mim, rápido e com força, e bebeu de mim, com goles longos e demorados. Senti cada chupão no pescoço e cada estocada do seu membro latejante por todo o corpo. O peso dele — a força com que ele entrava e saía de dentro de mim — me levou até o chão, me prendendo ali. A pressão fria da madeira nos meus seios e o calor do seu corpo nas minhas costas enquanto ele mantinha a minha cabeça levantada, com o pescoço exposto, faziam um contraste pecaminoso.

De repente, ele me colocou de quatro de novo, me puxando para trás para que eu ficasse de encontro ao seu peito. A túnica finalmente se soltou dos meus pulsos, mas ele segurou os meus braços, prendendo-os abaixo dos seios. As estocadas eram como uma tempestade devastadora e os sons que ele fazia enquanto se alimentava — os sons que *eu* fazia enquanto ele me possuía — eram *escandalosos*. E eu me *diverti* com isso.

Ele se levantou de repente, se pondo de pé com um salto. Dei um suspiro de surpresa quando meus pés deixaram o chão. Bons deuses, a força dele...

Casteel se virou bruscamente, me imprensando contra a cabeceira da cama.

— Prepare-se, minha Rainha.

Quase gozei de novo, ali mesmo, ao ouvir sua ordem. Segurei a trave, mas não tinha como me preparar. Não quando Casteel me deixou na ponta dos meus pés, remexendo os quadris contra minha bunda. Ele me segurou pelos cabelos e puxou minha cabeça para trás.

A sensação da sua boca se fechando sobre a marca da mordida me deixou desesperada de desejo. Ele mudou de posição, me afastando da trave e me empurrando para baixo de modo que os meus quadris ficassem contra a madeira ao pé da cama. Sua boca ainda estava grudada no meu pescoço, e ele ainda estava lá no fundo, bem dentro de mim. Afundei os dedos no cobertor, ofegante. Ele passou o braço sob o meu joelho e levantou a minha perna, mudando o ângulo e aprofundando as estocadas, intensificando as sensações. E então ficou *alucinado*.

Eu não tinha para onde ir, nem como escapar do fogo que o balançar dos seus quadris alimentava ou da crueza selvagem com que sua boca se movia em meu pescoço. E eu não queria fugir. Não sei o que isso diz a meu respeito, saber que não havia controle ou restrição alguma. Era uma demanda. E eu entrei naquelas chamas por vontade própria enquanto a cabeceira da cama batia contra a parede com baques rápidos e quase inconstantes. Os sons. A sensação escorregadia dele. A dominação absoluta...

Senti o corpo tenso. O êxtase foi repentino e intenso, explodindo através de mim em ondas. Mas ele não parou. Continuou entrando e saindo de dentro de mim, agitando os quadris até que eu começasse a ficar tonta e a cair...

Casteel tirou a boca do meu pescoço e saiu de dentro de mim. Ele me virou de costas e me segurou pelos quadris, me puxando para a beirada da cama. Então me penetrou de novo. Joguei a cabeça para trás, arfando.

Ele parou de se mexer e ficou olhando para mim...

Segui o seu olhar, descendo até a delicada corrente de ouro onde a aliança dele descansava entre os meus seios.

— Guardei a sua aliança bem perto do coração assim que a recebi.

Casteel estremeceu e pousou a boca sobre a minha, silenciando um grito quando esfregou os quadris contra mim. Ele me beijou intensamente e então afastou a boca da minha e levantou a cabeça. Entreabriu os lábios vermelho-rubi.

— Nunca mais — rosnou ele, com a palavra pontuada por estocadas profundas. — Nunca mais seremos afastados um do outro.

— Nunca mais — sussurrei, estremecendo ao sentir o gosto dele, do meu sangue e de mim em seus lábios.

Ele abaixou a cabeça, dessa vez no meu peito. As pontas das presas roçaram no meu mamilo e então se cravaram na pele. Meu corpo inteiro se dobrou quando ele fechou a boca sobre a carne entumecida.

Passei os braços ao redor de Casteel, embalando sua cabeça enquanto enroscava as pernas nos seus quadris. Ele atiçou o fogo mais uma vez, me deixando em brasas até que os músculos dentro de mim se contraíssem. Casteel grunhiu e gemeu, com os movimentos bruscos e frenéticos. Agucei os sentidos, me conectando com ele, e tudo o que senti foi sua luxúria e amor. Suas emoções combinavam com as minhas, nos envolvendo. Nunca tinha sentido nada parecido com isso antes, com *ele*.

— Eu te amo — arfei quando a tensão começou a se desfazer.

Ele tirou a boca do meu seio e encontrou a minha.

— Para sempre — sussurrou ele, dando uma última estocada. Não havia como não cairmos do precipício, estremecendo em êxtase.

Juntos.

Agora.

E para sempre.

Casteel

Observei Poppy passando o pano pelo meu braço para limpar o resto de sabão, completamente absorto. Obcecado.

A camisa que havia sido entregue a ela escorregou mais uma vez, expondo o ombro cor de creme. Ela estava lutando contra aquela manga desde que vestiu a túnica e, pela primeira vez, fiquei feliz que estivesse perdendo a batalha.

Poppy tinha uma sarda no ombro. Não tinha notado isso antes. Logo abaixo de um osso delicado. Ela brincava de esconde-esconde sob as mechas do seu cabelo, que estava solto e caía em uma profusão de ondas e cachos.

Poppy estava diferente.

As sardas espalhadas pelo nariz e bochechas haviam escurecido pelo tempo que ela passou ao sol. Seus cabelos tinham crescido, com as pontas ainda úmidas do banho rápido que tomou quase chegando na bunda. O rosto estava mais fino. Acho que ninguém deve ter notado, mas eu notei, o que me fez pensar que ela não estava comendo muito bem. E isso...

Não podia nem pensar nisso sem querer derrubar as paredes da casa. Os gentis mortais que tinham nos abrigado não mereciam isso, então me concentrei em seus olhos.

Toda vez que seus cílios volumosos se erguiam era como se a casa inteira tremesse.

Seus olhos tinham o mesmo tom de quando sonhamos um com o outro: verde-primavera entremeado por fios de prata. E ficaram assim desde que me reencontrei.

Mas a mudança não era apenas física. Havia uma *tranquilidade* ali que não existia antes. Não uma calma, já que ela ainda conservava uma certa energia febril, como se sua presença influenciasse todo o ambiente. Mas havia algo profundo e firme nela agora. Seria uma confiança? Um despertar? Não sei. Seja lá o que fosse, ela era o ser mais belo que eu já tinha visto em toda a minha vida.

Mal tirei os olhos dela para piscar. Acontecia algo muito estranho quando eu fazia isso. Uma sensação surreal ou o medo de que aquilo fosse uma alucinação. Foi assim quando entrei na sala de banho ao lado para me aliviar e usar a navalha e o creme trazidos junto com a água. Estava escuro. Sem eletricidade. A luz fraca que vinha do quarto não ajudava a aliviar a escuridão. Por um momento, pensei que estava de volta na cela. Senti as algemas nos pulsos e tornozelos. No pescoço. Fiquei paralisado de pânico, com a mão na pia e a outra segurando o cabo da navalha.

Foi assim que Poppy me encontrou.

Ela trouxe o lampião e o colocou ao lado da penteadeira. Não disse nem uma palavra. Passou os braços em volta da minha cintura, pressionando o corpo nas minhas costas, e ficou assim até que o medo diminuísse. Até que eu terminasse de raspar os pelos ásperos da barba.

Mal podia acreditar que ela estava ali.

Mal podia acreditar que *eu* estava ali. Reconstruído. Quase inteiro. Minha memória tinha algumas lacunas. Alguns vazios causados pela sede de sangue. Contudo, eu estava sentado em uma banheira no canto de uma sala, sob o que podia jurar que era um quadro das Montanhas Skotos.

Depois que Poppy me persuadiu a entrar na água limpa e morna, insistindo em lavar a sujeira do meu corpo, ela aproveitou para me contar tudo o que tinha acontecido. Os acontecimentos em Massene. A velha com a Essência Primordial roubada. O que ocorreu na Trilha dos Carvalhos. A estranha recuperação de Tawny e a verdade a respeito de Vikter. O que ela viu debaixo do Castelo Pedra Vermelha e no Templo de Theon. O que Isbeth lhe contou sobre seu pai. O motivo pelo qual Malik ficou em Wayfair. Eu já sabia de algumas coisas. Mas não de outras. Aquilo me deixou angustiado e cheio de raiva, estragando a sopa grossa e aromática que havia sido trazida para mim.

Detestei ver a culpa no rosto dela. O sofrimento. Sabia que minha Rainha era capaz de cuidar de si mesma. Eu estava ali por causa da força dela, de sua coragem. Mas deveria ter estado presente para dividir o fardo.

Por outro lado, ela não estava sozinha.

Não podia me esquecer disso. Era a única coisa que me impedia de ser tomado por outro tipo de sede de sangue. Ela teve apoio. Kieran estava com ela. Outros também, mas Kieran... Sim, só consegui conter a raiva por saber que Poppy estava com ele.

O orgulho que senti dela — de tudo que ela havia realizado — também ajudou. Poppy era extraordinária.

E eu não passava de um monstro acorrentado a uma parede quando ela foi me resgatar, sem conseguir fazer nada para ajudar em nossa fuga. Senti um aperto no peito. Eu fui um risco. Um ponto fraco. Merda. Era uma verdade difícil de engolir.

— Sabe as calças que você rasgou? — perguntou Poppy, me arrancando dos meus devaneios enquanto mergulhava minha mão direita na água. Seus belos e estranhos olhos se fixaram nos meus quando ela pegou meu braço esquerdo e começou a lavar a espuma. — Era o único par de calças que eu tinha.

Senti um certo alívio. Ela certamente tinha sentido as emoções conflitantes por trás dos meus pensamentos.

— Podia dizer que sinto muito, mas seria mentira.

Um sorriso irônico surgiu em seus lábios conforme ela passava a toalha pelo meu braço.

— Obrigada pela sinceridade.

Ela inclinou a cabeça para o lado. As mechas cor de vinho escorregaram, revelando as feridas vermelhas em seu pescoço. A visão causou uma reação dupla em mim, que deixou meu cérebro e meu pau em lados opostos.

Algo a que eu não estava nada acostumado, já que eles normalmente concordavam quando se tratava de Poppy.

— Você já ouviu falar sobre *viktors*? — perguntou ela.

— Não, mas pelo jeito que Vikter tratava você, faz todo o sentido. — O homem agia como se fosse pai da Poppy, e não ficou nem um pouco impressionado comigo. Fiquei imaginando o quanto os *viktors* sabiam.

— Tawny me disse que ele estava orgulhoso de mim — sussurrou ela. Fiquei imóvel.

— Você achava que não?

— Não sei — admitiu ela, com a voz rouca. — Esperava que sim.

— Ele devia estar, mesmo que não soubesse qual era seu objetivo enquanto *viktor* — insisti baixinho. — Era impossível que ele não tivesse orgulho de você.

Ela assentiu.

Inclinei-me para dar um beijo em sua testa.

— Aquele homem, ou o que quer que fosse, a amava como a uma filha. Ele tinha muito orgulho de você.

Poppy pestanejou e sorriu para mim.

— Fique sentadinho aí. Ainda não terminei.

— Sim, minha Rainha. — Obedeci à sua ordem, e ela se aproximou de mim, franzindo o cenho. Senti um nó no estômago. — Machuquei você?

Ela me encarou outra vez.

— Você já me fez essa pergunta umas cinco vezes.

— Sete, na verdade. — Eu me lembrava vagamente de me alimentar dela, no pulso e depois no pescoço. Mas era o suficiente para saber que não tinha sido gentil. As feridas maiores que o normal no pescoço dela eram prova disso. — Machuquei?

Poppy percebeu para onde eu estava olhando.

— A mordida quase não doeu.

Ela já havia me dito aquilo antes, mas sabia que era mentira. Também sabia que não tinha sido cuidadoso com o que aconteceu em seguida.

— Você estremeceu.

— Não por causa disso. Foi uma dor forte na minha têmpora ou maxilar. Não tem nada a ver com você. Já passou.

Não tinha certeza se acreditava nela.

— Eu fui bruto com você. Nessa hora e depois.

Ela parou de mover a toalha acima do meu pulso.

— Eu gostei de cada segundo.

Fiquei satisfeito, mas não presunçoso ou com o ego inflado. Outra preocupação veio à tona conforme minha mente entrava nos eixos. Poppy tinha me contado um monte de coisas, mas havia algo que não tinha mencionado.

— Você já descobriu se precisa se alimentar?

Poppy se recostou, ainda segurando meu braço, e fez que sim com a cabeça.

— Parece que todos os deuses têm que se alimentar, mas não tanto quanto os Atlantes nem precisa ser de outro deus ou de um Atlante. Qualquer sangue funciona, desde que não seja de um dragontino. — Ela fez uma pausa e franziu a testa. — Não sei ao certo com que frequência preciso me alimentar. Usar minhas habilidades agiliza a necessidade, e ferimentos também.

— Então você precisa se alimentar. — Comecei a levar o pulso até a boca.

Poppy me deteve, me segurando pelo braço.

— Você precisa de cada gotinha de sangue possível. Precisa beber ainda mais.

— Já bebi o bastante, Poppy.

— Estou bem — afirmou, se inclinando para a frente mais uma vez, com os olhos fixos nos meus. — Tive que me alimentar alguns dias atrás, logo antes de pegarmos a estrada entre Três Rios e Ponte Branca. Comecei a sentir a necessidade de me alimentar. Eu... eu tive que fazer isso.

— Kieran — concluí, estudando o rosto dela. — Você se alimentou de Kieran.

Ela inclinou a cabeça para o lado.

— Por que não estou surpresa por você saber disso?

Saber que Kieran havia lhe prestado auxílio me deixou aliviado. Ele garantiria que ela ficasse confortável e em segurança e não se sentisse nem um pouco envergonhada. Deuses, eu devia tanto a ele!

— Não consigo imaginar você procurando outra pessoa. Você é amiga de Delano e Vonetta, e dos demais, mas Kieran é... É diferente com ele.

— É, sim — sussurrou ela, curvando-se e beijando a pele úmida do meu braço. — Também imaginei que você não fosse se importar que eu me alimentasse dele.

— Eu não me importaria com quem você usasse em caso de necessidade.

Ela arqueou a sobrancelha.

— Sério?

— Sério.

— E se eu tivesse decidido me alimentar de Emil? — sugeriu ela, e eu cerrei o maxilar. — Ou de Naill...

— Tá certo. Você tem razão — admiti. Não importa com quem Poppy buscasse ajuda, eu nunca usaria isso contra ela. Já a outra pessoa... Era melhor começar a fazer suas preces. — Kieran é o único.

Poppy riu baixinho.

— Esperei o máximo que pude, pois não queria fazer isso com ninguém que não fosse você.

— Eu agradeço, mas só por causa do meu egoísmo. Na verdade, não gostaria que você esperasse, Poppy. Você sabe disso, não sabe? — Busquei o seu olhar. — O seu bem-estar é muito mais importante que meu ciúme doentio.

— Eu sei. Eu sei. — Ela passou os dentes pelo lábio. — Foi diferente de me alimentar de você. Quero dizer, eu consegui ler os pensamentos de Kieran, mas não foi como acontece entre nós dois.

— Nem sempre é como acontece com a gente. — Estendi o braço direito e coloquei uma mecha de cabelo atrás da orelha dela. — Nem sempre é tão intenso. Podemos controlar as emoções que cercam a alimentação até certo ponto, assim como podemos fazer da mordida algo que devemos temer ou desejar.

— Estava pensando nisso — admitiu ela com um sorriso. — Se você se sentia assim quando se alimentava de outras pessoas. Você sabe, para... fins educacionais.

— Sim, tudo pela educação. — Sorri e deslizei os dedos pela bochecha dela.

Ela ergueu o queixo.

— Por que eu faria essa pergunta, se não para fins educacionais, Cas?

Estremeci. Não tive como conter a minha reação.

— Você não devia me chamar assim.

Ela franziu o nariz.

— Por que não? Você gosta disso.

— Esse é o problema. Eu gosto até demais — falei, e Poppy abriu um sorriso alegre. E, deuses, eu podia viver só com aqueles sorrisos. Prosperar! — Ainda temos muito o que conversar.

Até demais.

O sorriso de Poppy se desvaneceu quando levei a mão direita de volta para a banheira.

— Eu sei. Acho que podemos conversar sobre como vamos sair da Carsodônia assim que Kieran e Malik voltarem.

Meu irmão.

Segurei a borda da banheira com força. Ele e Kieran haviam saído enquanto a névoa ainda cobria a cidade para se certificar de que ninguém tinha alertado a Coroa sobre algo suspeito na vizinhança.

Poppy olhou para a porta.

— Espero que os dois não se machuquem. — Ela franziu a testa. — Pelo menos, não muito.

— Você está preocupada com Malik? — Arqueei a sobrancelha. — Acredita nele?

— Acho que ele disse a verdade sobre o motivo de ter ficado. Senti suas emoções. Ele a ama. Mas também havia muita culpa e agonia ali. Não sei se é pelo que fez ao ficar aqui ou por outra coisa.

Senti um pouco de empatia. Não muita. Não podia sentir pena dele antes de ter certeza de que ele não estava brincando com a gente.

Antes de saber se teria que matá-lo ou não.

Além disso, não sabia o que pensar. Queria acreditar que o amor guiava as decisões de Malik, mas saber que ele tinha escolhido a Espectro em vez da família e do reino não me agradava.

Assim como saber que eu teria feito o mesmo por Poppy.

Mas aquela Espectro...

Era a *irmã* de Poppy.

Qual seria o papel dela nisso?

E como eu ia contar a Poppy sobre ela?

Poppy voltou a passar o pano pela minha mão, ao longo da gravação dourada de casamento. Ela parou de novo.

— Ainda dói? — sussurrou ela.

Olhei para baixo e vi que ela estava olhando para o que restava do meu dedo. A infecção tinha passado. Graças ao sangue de Poppy, havia uma pele nova, rosada e brilhante, sobre o osso e tecido outrora expostos.

E talvez graças à ajuda de Malik.

Que seja.

— O que dói é perceber que você ficou sabendo o que ela fez comigo.

Ela franziu os lábios, fechou os olhos e sacudiu a cabeça.

— Você não devia se preocupar comigo.

— Sempre vou me preocupar com você antes de qualquer coisa.

Poppy estremeceu e se inclinou para a frente, dando um beijo na falange do meu dedo. Baixou minha mão de volta na água e colocou o pano sobre a borda da banheira. Em seguida, esticou a mão atrás do pescoço, levantando a corrente de ouro e a aliança.

— Isso é seu. Deve ficar com você. — Ela me encarou com aqueles olhos vívidos e hipnotizantes. — Pode usá-la na mão direita?

Pigarreei, mas ainda senti a garganta arranhando.

— Posso usá-la onde você quiser.

— Em qualquer lugar? — brincou ela, com os dedos trêmulos enquanto abria o fecho da corrente.

— Em qualquer lugar — afirmei. — No dedo da mão ou do pé que você escolher. Posso usar a aliança no mamilo. Ou derretê-la para fazer um piercing e usar no meu pau. Aliás, acho que você vai gostar disso.

Poppy olhou de volta para mim.

— No seu... *pau*?

O pau em questão ficou duro quando a ouvi dizer aquilo, com os lábios entreabertos para pronunciar a palavra. Fiz que sim com a cabeça.

Suas bochechas ficaram coradas quando ela se aproximou de mim.

— É possível fazer isso?

— É sim.

— Não vai doer para colocar um piercing desses?

— Deve doer como o fogo do Abismo.

Ela olhou para a aliança. Um segundo se passou.

— E... e por que eu ia gostar disso?

Deuses.

Eu *adorava* a curiosidade dela.

— Ouvi dizer que muitos acham o atrito da bola que mantém o piercing no lugar muito prazeroso.

— Ah. — Ela respirou fundo. — E o usuário do piercing também acha isso prazeroso?

— Ah, sim. — Dei um sorriso quando a cor das bochechas desceu até o pescoço dela.

— Que interessante — murmurou ela, franzindo a testa de novo. Daria qualquer coisa para saber no que ela estava pensando. Mas então Poppy ergueu a aliança. — Acho que o dedo indicador da mão direita serve. — Um sorrisinho surgiu nos seus lábios. — Por enquanto.

Dei uma risada rouca.

— Por enquanto.

Ela ficou de joelhos quando eu lhe ofereci a mão direita. Senti um aperto no peito. Jamais imaginei que passaria de uma conversa sobre piercing no pênis a um engasgo em menos de um minuto, mas ali estava eu. Com um nó na garganta, eu a vi deslizar a aliança no meu dedo indicador direito, o ouro quente pela proximidade do seu corpo. Uma sensação de completude tomou conta de mim quando vi a aliança ali.

Uma certa renovação.

Os belos olhos dela cintilaram assim que olharam para os meus.

— Você... você não para de me perguntar se eu estou bem, mas e você?

Senti uma pressão no peito, mas dessa vez a sensação foi fria e brutal. Em questão de segundos, senti o pânico de estar aprisionado, acorrentado e sem conseguir fazer nada para lutar de forma eficaz.

Para ser de alguma ajuda a Poppy.

— Cas — sussurrou ela.

Dei um suspiro e entrelacei os dedos nos dela.

— Acho que vou ter que reconstruir as minhas barreiras mentais.

— Não estou tentando ler as suas emoções. — Poppy franziu os lábios. — Tá bom. Isso é mentira. Estou, sim. Sei que não devia fazer isso. É só que... não sei pelo que você passou, mas vi as marcas no seu corpo. Os *cortes*. Eram tantos.

— Eles tiravam meu sangue — revelei, seguindo o olhar dela até as nossas mãos unidas. — Diariamente. Depois o colocavam em frascos. Presumi que fosse usado para criar mais Espectros, mas eles pararam de fazer isso alguns dias antes de você chegar.

— Isbeth podia estar usando seu sangue para criar mais Espectros, mas acho que usava também para a Bênção Real. — Ela olhou para as nossas mãos, e um bom tempo se passou. — Ela... eles te trataram como antes?

Senti uma ardência no peito quando ergui o olhar para seu rosto.

— Ninguém tocou em mim. Não desse jeito.

Ela deu um suspiro trêmulo.

— Fico aliviada por saber disso, mas não melhora as coisas. Não quando ela o manteve preso naquele lugar. Você tinha marcas de mordida na perna. Você estava faminto... — Ela parou de falar e respirou fundo. Quando ergueu os olhos, vi que os fios prateados do éter se tornaram luminosos. — Sei que você vai me dizer que está bem. E sei que você é forte. Você é a pessoa mais forte que eu conheço, mas eles te machucaram. — Ela se curvou, beijando a falange logo abaixo da aliança. A sensação dos seus lábios na minha pele afastou a frieza que ameaçava tomar conta de mim. — Certa vez, você me disse que eu não tinha que ser sempre forte quando estava com você. Que era seguro *não* estar bem — prosseguiu, e senti os músculos do pescoço tensos. — Você me disse que era seu dever como marido garantir que eu soubesse que não tinha de fingir. Bem, é meu dever como esposa garantir que você também saiba disso. Você é o meu refúgio, Cas. Meu telhado e minhas paredes, minha fundação. E eu sou o seu.

Senti um nó na garganta quando me vi olhando para o quadro das montanhas cobertas de névoa. Eu tinha toda a intenção de dizer a ela que estava bem. Foi o que fiz da última vez sempre que meus pais ou outra pessoa me perguntava. Até mesmo Kieran. Embora fosse inútil mentir para ele. Não queria que ficassem preocupados comigo. Já tinham passado muito tempo fazendo isso. E não queria colocar esse fardo em cima de Poppy. Ela já tinha muita coisa nos ombros.

Mas não precisava fingir para ela.

Nunca mais.

Estava seguro com ela.

— Houve um tempo em que temi que nunca mais fosse ouvi-la dizer o meu nome fora de um sonho. — As palavras eram duras e ásperas, mas me forcei a pronunciá-las. — Não que eu temesse que você não fosse me resgatar. Sabia que iria, e essa constatação também me deixava apavorado. Mas foi por causa da escuridão da cela. Da fome. Por saber que ela acabaria tomando conta de mim. Que eu acabaria perdido outra vez. Que nem reconheceria meu próprio nome para saber que era você quem estava falando comigo. Então, sim, eu não estou... — Engoli em seco. — Ainda não estou bem, mas vou ficar.

— Sim — sussurrou ela. — Você vai ficar bem.

Nenhum de nós disse nada por um bom tempo. Por fim, olhei para ela e tudo que vi em seus olhos foi *devoção*.

Receber aquele afeto fez o meu maldito coração palpitar dentro do peito.

— Eu não mereço você.

— Pare de dizer isso. Você merece, sim.

— Não, não mereço. — Levantei nossas mãos unidas, dando um beijo na dela. — Mas vou fazer questão de ser digno de agora em diante.

— Então eu vou fazer questão de que você perceba que já é.

Um sorriso surgiu em meus lábios.

— É melhor sair logo dessa banheira. Kieran já deve estar de volta.
— E havia coisas que eu precisava contar a ela. Coisas de que precisava
me lembrar.

— Já está, sim. — Ela soltou a mão da minha e pegou uma toalha que
tinha sido colocada ali perto. — Ele me disse por meio do Estigma. Há
uns dois minutos. Acho que estão nos deixando a sós por um tempinho.

— Sou obrigado a admitir — eu me apoiei na lateral da banheira e
me levantei. A água escorreu do meu corpo, caindo em gotas no chão —
que tenho inveja dessa história de Estigma.

— É, eu tenho essa habilidade, mas vocês têm as presas, a audição, a
visão e o olfato apurados. — Ela também se levantou, e eu fiquei hipnotizado pelo modo como a bainha da camisa esvoaçava ao redor das suas
coxas, mal cobrindo a curva da sua bunda. — Então acho que é justo que
eu tenha alguma coisa.

Forcei-me a olhar para cima.

— Aposto que você ainda está decepcionada por não ser capaz de se
transformar em nada.

— Estou mesmo. — Ela passou a toalha pelos meus braços e depois
pelo meu peito.

— Posso me secar sozinho.

— Eu sei — disse ela enquanto fazia um sinal para que eu saísse da
banheira. — Mas estou me sentindo bastante prestativa no momento.

— Aham — murmurei, observando-a passar o pano ao longo do
meu quadril e sobre a parte inferior do meu abdome, onde os músculos
estavam muito mais salientes do que deveriam.

Precisava comer mais sopa e muita proteína. O sangue dela me ajudaria a ganhar corpo, mas teria que recuperar um pouco do peso à moda
antiga.

A toalha desceu pelas minhas costas e depois mais para baixo conforme Poppy andava ao meu redor. E então parei de pensar nas calorias
que precisava consumir.

De repente, Poppy se ajoelhou diante de mim, passando a toalha
ligeiramente áspera pela minha perna esquerda. A cabeça dela... porra,
estava *bem ali*. A centímetros do meu pau, e eu não tinha como ignorar
isso. Senti a garganta seca. Ela levou a toalha de volta para cima, ao longo

da parte interna da minha perna. Foi subindo bem lentamente. Senti um arrepio de expectativa. A parte de trás da mão dela roçou no meu saco, e meu corpo inteiro ficou tenso.

Ela passou para a outra perna, com o rosto completamente sereno. *Inocente*. Como se não fizesse a menor ideia do que aquele toque tinha provocado em mim. Besteira. Claro que sabia. A curva no canto dos seus lábios me disse que sim quando ela começou a lenta e tortuosa escalada pela minha perna.

— Poppy — adverti, sabendo muito bem que, se ela continuasse, eu nem me lembraria de que tínhamos de conversar. Ora, as coisas já estavam chegando a esse ponto.

— Hum? — Ela passou a toalha ao longo da parte de trás da minha coxa.

— Aposto que você sabe muito bem... — Fechei a boca quando a mão dela roçou no meio das minhas pernas outra vez.

— Sei o quê? — perguntou ela, com o hálito acariciando a pele da minha coxa.

— O que você está fazendo — respondi com a voz rouca.

Ela largou a toalha, pousou as mãos ao lado das minhas pernas e olhou para mim. Bem, não para os meus olhos. O olhar de Poppy não passou do meu membro. Seu olhar. O modo como ela entreabriu os lábios. As bochechas coradas. Nada disso me ajudou a manter os pensamentos no lugar.

— Eu sei muito bem o que estou fazendo — afirmou, deslizando as mãos pelas laterais das minhas pernas.

— E o que exatamente você *está* fazendo?

— Mostrando que você é digno de mim.

Abri a boca, mas ela se esticou o pescoço e beijou a velha cicatriz no meu quadril. A marca a ferro que não tinha desaparecido.

Aquele beijo.

Acabou comigo.

E ela não parou por aí. Seus lábios macios traçaram um caminho pela minha coxa. Eu estava duro como pedra, e ela nem tinha tocado em mim. Não exatamente. A reação não tinha nada a ver com a falta de sexo das últimas semanas. Já tinha ficado sem transar muito mais tempo que isso. Aquela luxúria arrebatadora tinha tudo a ver com ela.

Poppy se afastou o suficiente para que eu visse o rubor no seu nariz e bochechas conforme fechava os dedos ao redor da base do meu pau. Fiquei com o nome dela engasgado na garganta e quase gozei ali mesmo.

Olhos verdes e prateados encontraram os meus quando ela deslizou a mão pelo meu membro.

— Eu te amo, Cas.

— Agora? — consegui perguntar.

— E para sempre. — Sua voz ficou embargada quando ela deslizou a palma lentamente. — Porque você é digno.

Estremeci, abrindo e fechando as mãos ao lado do corpo. Uma camada de suor brotou na minha testa enquanto ela movia a palma da mão pelo meu membro. Seu toque era lento e hesitante. E a sua boca... caramba. O hálito quente incitava a cabeça do meu pau. Poppy ainda não tinha me tomado na boca, mas eu já podia sentir a familiar tensão na base da espinha.

— Vou acreditar em qualquer coisa que disser neste momento.

Ela deu uma risada suave, que excitou a cabeça do meu pau.

— Pois acredite. — Ela continuou movendo a mão devagar, firme e *quente*. — Se não fosse, eu não estaria de joelhos diante de você.

— Não, não estaria mesmo — arfei, sem conseguir manter as mãos ao lado do corpo. Toquei na bochecha dela. Afundei os dedos no seu cabelo sedoso. — Mas é engraçado.

— O quê?

— Eu posso até estar de pé, mas ainda estou me curvando pra você.

Ela abriu um sorriso largo, que enrugou a pele em torno dos seus olhos.

E, deuses, aqueles sorrisos... eram muito raros. Muito especiais.

— Digno — sussurrou ela.

E em seguida, Poppy me tomou na boca.

Dei um berro áspero, que ecoou pelo pequeno quarto. Provavelmente por toda a maldita casa. Eu não dava a mínima. O mundo inteiro revolvia em torno da sua boca, do deslizar da sua língua enquanto ela continuava movendo a mão, trabalhando em mim com perfeição.

Mas fiquei parado. Não puxei o cabelo dela. Não fodi sua boca. Não...

Poppy me tomou inteiro, mais fundo do que eu achei que faria, e me chupou. Meus quadris balançaram. Segurei os cabelos dela com força. Quase fiquei na ponta dos pés.

— Em que capítulo do diário da senhorita Willa estava escrito isso?

Sua risada soou como um zumbido que quase acabou comigo e pude sentir a aceleração no seu pulso e respiração. Ela gostava daquilo, sentia prazer em me dar prazer. E esse era um afrodisíaco poderoso. Mexi os quadris. Não consegui me conter. Espalmei a mão na parte de trás da sua cabeça. Joguei a cabeça para trás e me sacudi. *Nada.* Não havia nada igual a ela em reino algum. Estava perto do clímax, cada vez mais tenso. Minhas estocadas foram menos superficiais, menos gentis.

Gemi e tirei o pau de sua boca. Poppy segurou no meu quadril com força, mas não lhe dei escolha. Eu a ajudei a se levantar e a beijei. Ela tinha o gosto da bebida frutada que foi servida com a sopa. Eu a apoiei, levantando a túnica emprestada.

— Você deve estar orgulhosa — falei quando nos separamos tempo suficiente para que eu puxasse a camisa sobre a cabeça dela — por eu não ter rasgado sua camisa.

A risada dela era como o sol para mim.

— Estou muito orgulhosa.

Eu a levei até a cama, pensando em me acomodar entre aquelas coxas fartas e me afundar dentro dela. Mas Poppy colocou as mãos nos meus ombros e me virou. Ela me fez sentar e depois deitar de costas e subiu na cama, com os joelhos em torno dos meus quadris, montando em cima de mim.

— Cacete — arfei, com o coração disparado dentro do peito.

Seus cabelos caíram para a frente, deslizando sobre o meu peito conforme ela estendia a mão e pegava no meu membro. Não sei nem o que disse quando senti seu calor na cabeça do pau. Talvez tenha sido uma prece. Levei as mãos até os quadris dela, firmando-a enquanto ela começava a se abaixar, centímetro por centímetro doce e quente. Tive medo de que aquilo fosse acabar antes mesmo que ela terminasse de sentar em cima de mim.

— Deuses — gemeu ela, retesando o corpo quando nossas pélvis se uniram. Ela cravou os dedos no meu peito. Em seguida, emitiu um som suave e feminino conforme se retirava lentamente, deixando só a ponta, e então deslizou para baixo outra vez.

Poppy continuou a subir e descer, encontrando o ritmo e ângulo certos. Arqueou as costas enquanto rebolava em cima de mim.

Eu gostava de ficar no controle. Sempre gostei. Mas com Poppy... Vê-la encontrar o próprio caminho, *viver* e amar sem vergonha alguma...

Não havia nada mais poderoso que isso. Mais arrebatador. Ficaria feliz em abdicar do controle repetidas vezes por isso, por ela.

Mas então ela começou a se mexer de verdade.

Mais rápido. Com força. Retribuí os movimentos, afundando os dedos na carne dos seus quadris. Ela estava úmida e apertada conforme apertava o meu pau. A visão dela — os seios fartos, a curva da sua cintura, os vincos nas suas coxas e toda aquela carne corada — foi a minha ruína.

Poppy pegou o meu pulso esquerdo, levando a mão que costumava ter uma aliança no dedo do quadril até o peito — até o coração. Entrelaçou os dedos nos meus.

Eu pertencia a ela.

De coração e alma.

Enquanto ela cavalgava em mim, deslizei a mão para onde estávamos unidos. Encontrei o feixe de nervos e o pressionei com o polegar.

— Ah, deuses — gritou ela, e eu senti o seu espasmo conforme ela estremecia.

— Acho que você gosta disso. — Gemi quando ela se esfregou em mim.

— Gosto, sim — ofegou ela. — Muito.

Os gemidos ofegantes dela e meus grunhidos tomaram conta do quarto mal iluminado, juntando-se aos sons úmidos dos nossos corpos unidos. Minhas presas começaram a latejar. Queria sua veia, mas já tinha bebido demais. Então me concentrei em como Poppy se encaixava em mim como se eu tivesse sido feito para ela. Em como ela se movia em cima de mim com um abandono selvagem e em todo o amor e confiança que me dava. Sempre.

Queria ficar dentro dela por horas a fio, me perder nela. Mas ela já estava dentro de mim, sob a minha pele e em volta do meu coração, tão firme quanto estava ao redor do meu pau.

Ela se preparou e inclinou o corpo para a frente, passando a mão debaixo da minha cabeça. Levou a minha boca até o seio. Até o mamilo entumecido e as duas perfurações que eu tinha feito antes. Fechei a boca sobre a saliência.

— Alimente-se — sussurrou ela no topo da minha cabeça, balançando os quadris. — Morda. Por favor.

Não sei qual foi a palavra que me fez perdeu o controle. Provavelmente *por favor*. Abri os lábios e afundei as presas nas marcas que já tinha feito. Ela estremeceu nos meus braços, gritando enquanto seu corpo se contraía ao redor do meu. Senti o gosto do sangue dela na língua. Quente. Denso. Antigo. Engoli avidamente e bebi com vontade, levando-a para dentro de mim. Seu sangue era como um raio nas minhas veias. O poder absoluto envolto em jasmim e caxemira. O modo como ela apertou meu pau foi minha ruína. O ofegante *Cas* que saiu dos seus lábios. Seu sangue descendo pela minha garganta até as entranhas. Tudo isso me levou ao limite.

O êxtase intenso percorreu a minha espinha. Passei os braços ao redor dela, prendendo-a contra o peito enquanto erguia o corpo, levantando nossos corpos da cama. Tirei as presas da carne dela e encontrei sua boca, beijando-a enquanto gozava. O clímax acabou comigo da melhor maneira possível, onda após onda. Parecia interminável, me deixando atordoado com tamanha intensidade.

Por tudo que eu sentia por ela.

Demorou muito tempo para que minha pulsação desacelerasse. Eu a mantive onde a queria, em cima de mim. Nos momentos de silêncio que se seguiram, me dei conta de uma coisa. Parei de acariciar os cabelos dela e abri os olhos.

— Poppy?

— Sim? — murmurou ela, com a bochecha grudada no meu peito.

— Eu não tomei a erva — falei, sentindo uma miríade de emoções conflitantes. — Aquela que previne a gravidez.

— Imaginei que não — respondeu, bocejando. — Comecei a tomar precauções.

Arqueei as sobrancelhas.

— Isso também estava no diário?

Poppy riu.

— Não. Eu perguntei a Vonetta — explicou, levantando a cabeça. Decidi que precisava agradecer à Netta. — Ela me contou o que tomar, já que um bebê Casteel é a última coisa de que precisamos. Pelo menos, no momento.

Emoções confusas pra caramba tomaram conta de mim, uma mistura de terror atroz e de doce expectativa.

— Que tal um bebê Poppy? — Afastei o cabelo dela do rosto. — Com cabelos ruivos, sardas e olhos verdes e prateados?

— Meus olhos ainda estão assim?

— Aham.

Ela deu um suspiro.

— Não sei por que eles estão desse jeito, mas quanto à sua pergunta... Você está falando sério?

— Sempre.

— Você nem sempre fala a sério.

— Mas estou falando agora.

— Não sei. Quero dizer... sim? — Ela franziu o nariz. — Algum dia, bem distante de agora. Sim.

— Quando não estivermos no meio de uma guerra, por exemplo? — Sorri para ela. — E eu estiver preparado para não ser mais o centro das suas atenções?

— Quando eu tiver certeza de que não vou deixar a criança sem querer onde não deveria.

Dei uma risada, levantando a cabeça e dando um beijo nela.

— Mais tarde.

— Mais tarde — concordou ela.

Abaixei a cabeça e prendi o cabelo dela atrás da orelha.

— Quero que você se alimente.

— É provável que você precise se alimentar de novo.

— Sim, mas não é por isso que quero que você se alimente. Não quero que você fique fraca — falei. — Nunca, muito menos quando estamos no meio da Carsodônia.

Ela assentiu depois de um momento.

— Vou ver se Kieran está disposto...

— Ele está disposto.

Poppy franziu a testa.

— Você parece confiante demais quando não se trata do seu sangue.

— Ele está disposto — repeti, pensando que Poppy não fazia a menor ideia do que Kieran faria ou não de bom grado por ela.

— Tanto faz — murmurou ela, pousando o queixo no meu peito. — É melhor levantar da cama. Temos que elaborar um plano. Lidar com Malik. Descobrir como sair daqui. Por sorte, aprender a tratar a doença de Tawny. Voltar. Matar aquela vadia — listou, e eu arqueei as sobrancelhas. — E então libertar meu pai. Prometi a Nektas que o libertaria. Você o conheceu na forma de dragontino — continuou ela com outro bocejo, e eu arqueei as sobrancelhas ainda mais. — Meu pai deve estar na Carsodônia...

— Ele está em Wayfair. — As sombras que cercavam uma das lacunas na minha mente se desvaneceram. — Foi o que Isbeth disse.

Ela arregalou os olhos.

— Como é que você...?

— Depois que você me contou que seu pai era o gato das cavernas, eu a instiguei a falar a respeito dele. Também a apunhalei no peito. — Sorri quando me lembrei disso. — Não a matei, mas aposto que doeu.

Poppy pestanejou.

— Você a apunhalou?

— Sim, com o osso de um Voraz.

— Queria ter visto isso. — Ela arregalou os olhos outra vez. — Eu te amo tanto!

Ri de como aquilo era errado.

— Falando no seu pai... Ela me disse que o gato das cavernas estava no lugar de sempre.

— No lugar de sempre — murmurou ela enquanto eu deslizava o polegar ao longo do seu maxilar. — As câmaras sob o saguão principal de Wayfair. — Ela abaixou a cabeça de repente e me deu um beijo. — Ela me disse que ele não estava em Wayfair.

— Era mentira.

Poppy estremeceu.

— Obrigada.

— Não precisa me agradecer. — Eu a beijei. — Você acha que consegue encontrá-lo outra vez?

Ela ergueu a cabeça e assentiu.

— Acho que sim, mas entrar em Wayfair novamente...

— Daremos um jeito — garanti. — E lidar com a lista assustadora de tarefas que você enunciou. Juntos. A não ser por matar Isbeth. Você quer fazer isso? Ela é toda sua — ofereci, e ela sorriu de um jeito que deveria ter me preocupado, mas só me deixou de pau duro.

— Aliás, eu nem terminei a lista — acrescentou. — Tem mais coisas. Os Ascendidos. O povo. Os *reinos*. Seus pais.

Fui tomado pela raiva. Ela já havia me contado o que minha mãe e meu pai disseram sobre o assunto.

— Não quero nem pensar neles agora.

Ela me encarou.

— Ainda estou zangada com eles, mas... eles amam você. Amam vocês dois. E acho que foi por causa desse amor que nunca contaram a verdade.

— Eles fizeram merda.

— É, fizeram, sim.

— Das grandes.

— Eu sei, mas não há nada que possamos fazer a respeito.

— Não seja tão racional — reclamei.

— Alguém tem que ser.

Abaixei a mão, apertando aquela bunda maravilhosa, e fiquei fascinado pelo modo como as faixas prateadas nos olhos dela cintilaram em resposta.

— Que grosseria.

— Você vai superar.

— Talvez — falei, adorando ver o sorrisinho que surgia nos lábios dela quando provocávamos um ao outro, a normalidade da situação. Deuses, jamais deixaria de dar valor a isso. Detestava ter que estragar o momento, mas precisava fazer isso. — Tenho que te contar uma coisa.

— Se é sobre o seu *pau* ser um metamorfo, eu já sei — comentou casualmente. — Eu senti.

Dei uma risada de surpresa.

— Acredite se quiser, não é isso.

— Estou chocada. — Ela bocejou de novo, se aconchegando contra o meu peito. — O que é então?

Fiquei de boca aberta, olhando para ela. Quando Poppy piscou, seus olhos demoraram para abrir e logo se fecharam de novo. Ela estava cansada, e eu duvidava muito que tivesse dormido mais do que eu nas últimas semanas. Além disso, eu tinha bebido muito sangue. Ela devia estar exausta.

Olhei pela janela. Estava escuro lá fora. Mesmo que a névoa ainda estivesse densa, não iríamos para lugar nenhum hoje à noite. Não com os Vorazes na Colina. Havia tempo.

Tinha que haver.

Poppy precisava dormir e então se alimentar. Eram as duas coisas mais importantes no momento. Mais importantes que contar a ela sobre Millicent. E não que eu não quisesse contar a ela sobre a Aia. Nunca mais guardaria segredos dela, não importava o quanto quisesse. Mas sabia que aquilo a deixaria confusa, e era por isso que ela precisava descansar e ser alimentada. Ficar forte. Ninguém tinha que ouvir uma notícia dessas sonolento e enfraquecido.

— O que foi? — perguntou Poppy, sua voz quase um sussurro. — O que você queria me dizer?

Passei a mão pelas costas dela e sobre as mechas grossas do seu cabelo. Segurei a parte de trás da sua cabeça, mantendo sua bochecha encostada no meu peito.

— Que eu te amo — respondi, levantando a cabeça o suficiente para dar um beijo nos cabelos dela. — Com todo o coração e a alma, no presente e no futuro. Jamais vou me cansar de você.

— Você diz isso agora...

— Nem daqui a cem anos. — Olhei para ela e tive o vislumbre de um sorriso suave. Um sorriso lindo. Podia viver dos sorrisos dela. Eram tão preciosos. Cada um deles era um presente. Eu podia existir só pelas risadas dela. O som era importante assim. Tão transformador. — Nem daqui a mil anos. *Nunca. Jamais.*

Ela apertou meu peito e começou a levantar a cabeça.

Eu a detive.

— Eu sei. É melhor levantar, mas... me deixe abraçá-la mais um pouquinho, tá? Só mais alguns minutos.

Poppy relaxou de imediato, como sabia que faria ao ouvir meu pedido. E assim como eu suspeitava, quando fechou os olhos outra vez, eles não voltaram a se abrir. Ela adormeceu, e eu... eu fiquei olhando para o seu nariz e lábios entreabertos, passando a mão em seus cabelos enquanto as palavras de Millicent ecoavam em minha mente.

Ela vai morrer nos seus braços.

33

Não consegui dormir.

Não com a advertência de Millicent me atormentando as ideias. Mas fiquei ali com Poppy, acariciando os cabelos dela. Aproveitando seu calor. Contando as batidas firmes e constantes do seu coração. Ouvindo sua respiração. Até que passos se aproximaram da porta e então pararam. Foi só então que a tirei de cima de mim e a deitei de lado na cama.

Poppy não acordou. Não deu nem um pio quando a cobri com a manta leve. Estava realmente exausta.

Eu me levantei, parando para afastar as mechas de cabelo do seu rosto e beijar sua bochecha. Perto como estava, vi as sombras escuras sob seus olhos. Precisei me esforçar para sair da cama, mas consegui. Eu merecia ganhar uma medalha por isso.

Parei ao lado de uma pilha de roupas organizada sobre uma poltrona e vesti uma calça preta. Abotoei a braguilha e olhei por cima do ombro para Poppy. Ela estava deitada de lado, assim como a deixei, com o ombro nu acima do cobertor e os cabelos, que pareciam um jato de chamas, espalhados pela cama. Senti um aperto no peito, uma invasão de lembranças. A primeira vez em que a abracei enquanto ela dormia no chão frio e duro da Floresta Sangrenta. A última vez antes de ser sequestrado, na cama daquele navio que balançava suavemente com as ondas. Ela sempre parecia tão serena. Linda. Forte. Corajosa, mesmo em repouso.

E eu era dela.

Dei meia-volta antes que acabasse voltando para a cama. Minha carne já sentia falta dela quando fui até a porta e a abri.

Kieran estava encostado na parede, com a cabeça inclinada para trás. Ele abriu os olhos e me encarou. Ficou completamente imóvel enquanto eu fechava a porta. Sua boca se movia, mas não ouvi nenhuma palavra quando ele tropeçou na minha direção. Eu o encontrei no meio do caminho. Nós dois cambaleamos quando colidimos um com o outro. A mão dele tremia quando ele me segurou pela nuca. A emoção me invadiu quando o abracei tão apertado quanto tinha feito com Poppy e, no silêncio que se seguiu, agradeci aos deuses — em hibernação, mortos, ou o que quer que fosse — e pousei a testa no seu ombro. Por ele estar ali para apoiar Poppy. Por apenas estar ali. Por um vínculo mais forte que os laços de sangue ou tradição.

— Você está inteiro? — perguntou Kieran com uma voz que parecia tão áspera quanto a minha garganta.

Fechei os olhos.

— Vou ficar.

— Ótimo. — A mão dele se firmou na minha nuca. — Senti sua falta, cara. Demais.

— Eu também.

— E tive vontade de dar um chute no seu saco por ter feito isso — acrescentou, e eu dei uma risadinha. — Ainda tenho, para ser sincero.

— Você sabe por que eu fiz isso.

— Eu sei. — Kieran apertou minha nuca. — É só por isso que não vou dar um chute em você agora mesmo.

Ri de novo, levantando a cabeça.

— Além disso, você está com medo de Poppy te dar uma surra.

Ele deu uma risada grosseira.

— É verdade.

Segurei no ombro dele e sustentei seu olhar.

— Você sabe por que eu me entreguei, não sabe? Tinha que deter Isbeth. Ela estava machucando Poppy.

— Eu sei. Não esperaria nada menos de você — confessou. — Não significa que eu tenha que gostar disso. Nem eu, nem Poppy gostamos nada disso.

Fiz que sim com a cabeça, sentindo o tremor na mão dele. E como conhecia Kieran a vida inteira, vi o temor em seus olhos. As perguntas que não foram feitas. O mal que ele temia que me atormentasse e os pesadelos que receava que fossem voltar.

Aninhei sua bochecha na mão esquerda e inclinei a cabeça na direção da dele.

— Não foi como da última vez. A única coisa que foi tirada de mim foi meu sangue. — Algumas sombras desapareceram, mas não todas.

— Foi só isso mesmo? De verdade?

Um músculo se contraiu no meu maxilar. O silêncio da cela. A frieza. Horas, dias e semanas daquilo, o desespero e tudo mais. Não, não foi só isso.

Kieran aninhou minha bochecha na palma da mão.

— Você tem a mim. Você tem a Poppy. Não está sozinho. Nós dois estamos aqui. Agora e para sempre.

Porra.

Senti um nó na garganta, e as lágrimas brotaram nos meus olhos.

— Sim — falei com uma voz áspera como cascalho. — Eu sei.

Kieran respirou fundo e olhou para a porta fechada. Não perguntou nada. Não precisava.

— Ela está dormindo.

O alívio o invadiu. Ele fechou os olhos por um segundo e os abriu de novo, com as íris brilhantes.

— Ela vai precisar se alimentar. Mas não pode ser de você. Vou fazer isso assim que ela acordar.

— Obrigado.

— Não precisa me agradecer por isso.

— Preciso, sim.

Kieran deu de ombros.

— Não me importei de alimentá-la.

— Aposto que não — respondi secamente.

Ele repuxou um canto dos lábios e abaixou as mãos.

— Venha. Sobrou sopa no fogo. Você precisa comer mais.

— Sim, mãe.

Kieran bufou enquanto me guiava pelo corredor curto e estreito, passando por duas portas fechadas. Olhei para trás, sem ouvir nenhum movimento.

— Como está lá fora? — perguntei.

— A névoa está se dissipando, aqui e nos pontos mais altos da cidade, mas ainda está bem densa nas áreas mais baixas. — Kieran entrou em uma cozinha iluminada pela luz de velas e pegou uma tigela de um armário na parede. — Parece que eles ainda estão cuidando dos Vorazes. Se já perceberam que fugimos, ainda não saíram atrás de nós com força total.

— Isso logo vai mudar — falei, examinando o aposento amplo. Persianas cobriam uma grande janela atrás de uma mesa com cadeiras. Havia várias adagas espalhadas sobre a mesa. — Quanto tempo acha que temos?

— O resto da noite e talvez o dia seguinte. — Ele seguiu até a panela no fogo. — Temos que sair da cidade antes do anoitecer.

Fazia sentido. Não teríamos que enfrentar os cavaleiros, mas os Espectros... Aí já era outra história. Isbeth não era presa à lua como os Ascendidos, mas não se atreveria a sair durante o dia e arriscar a ser exposta.

Olhei para a porta de novo.

— Onde está todo mundo? — Ou seja, onde estava a porra do meu irmão?

— Os mortais, Blaz e Clariza? Eles estão dormindo. — Kieran colocou um lago de sopa na tigela. — São boas pessoas. Poppy contou a você que a mulher é descendente de Atlantes?

— Ela mencionou alguma coisa. — Peguei a tigela e a colher, com o estômago roncando pelo cheiro das ervas. Era estranho segurar a tigela com apenas quatro dedos, mas teria que me acostumar com isso.

Kieran foi até a mesa e se sentou. Permaneci de pé, já que tinha passado muito tempo sentado na cela.

— O dragontino está bisbilhotando lá fora, espero que escondido e sem queimar nada.

Arqueei as sobrancelhas enquanto mastigava os pedaços de legumes e frango. Lembrei-me de algo que Poppy havia me dito.

— É verdade que ele tentou te morder?

— Porra, e como tentou! — Kieran retesou o maxilar. — Ele não é muito chegado a socializar. Aposto que você vai achá-lo divertido.

Dei um sorriso, engolindo a sopa encorpada. Mas logo parei de sorrir quando vi Kieran olhando para mim. Não queria perguntar porque se não gostasse da resposta — ou seja, se meu irmão não estivesse ali —, acabaria perdendo a cabeça. Mas precisava saber.

— E Malik?

— Ele está dormindo na sala de estar, desmaiado no sofá.

Senti alguma coisa. Não sei se era surpresa ou alívio.

Kieran se inclinou para a frente.

— Ele o ajudou quando você estava aprisionado naquela cela?

— Eu o vi uma vez. Ele curou minha infecção. — Levantei os dedos que sobraram na mão esquerda.

— Só uma vez?

— Ele deu a entender que era um risco para mim se fosse me ver — expliquei entre uma mastigação e outra.

— Você acredita nele?

— Não sei — admiti, sentindo o estômago embrulhado. Mesmo assim, continuei comendo. — E você?

Ele coçou o queixo.

— Ele diz que pode arranjar um navio pra gente. Que podemos embarcar clandestinamente e fugir daqui.

— É mesmo? — Fui até o fogo e enchi a tigela outra vez só porque quanto mais cedo voltasse ao normal, mais cedo poderia cuidar das necessidades de Poppy. — E você confia tanto nele assim, a ponto de arriscar a segurança de Poppy?

— Há poucas pessoas em quem confio o bastante para arriscar a segurança de Poppy, e Malik certamente não é uma delas — respondeu Kieran. — Mas ele nos ajudou a tirar você de lá. Não tentou ir embora, e podia ter alertado os guardas que vimos quando estávamos vasculhando os arredores. Mas não fez nada disso. Ele está se arriscando demais e sabe o que vai acontecer se for pego.

Refleti a respeito.

— Acho que ele não vai nos trair.

Kieran assentiu.

— Mas ele tem um ponto fraco — observei, levando a colher cheia de sopa até a boca.

— A Aia...

— Se for mesmo o coração gêmeo de Malik, ela pode ser usada para controlá-lo. Já deve ter sido.

— Só se Isbeth souber disso — rebateu Kieran. — Você acha que ela ainda estaria viva se fosse o caso?

— Sim.

Ele franziu o cenho.

— Por que acha isso?

— Você vai ficar surpreso. — Terminei a sopa e coloquei a tigela ao meu lado. — Millicent é filha de Isbeth. O pai dela é Ires. Ela é irmã da Poppy.

Kieran ficou boquiaberto, mas não disse nada por um bom tempo.

— Que porra é essa?

— Pois é. — Dobrei o braço sobre o abdome e passei a mão pelo rosto. — Se não tivesse visto Millicent sem a pintura no rosto, também não acreditaria. Mas é verdade. Ela é a cara da Poppy.

— O quê? — sussurrou Kieran, se empertigando.

Até teria rido, mas aquilo não era nem um pouco engraçado.

— E não tenho a menor dúvida de que Malik sabe disso.

Kieran balançou a cabeça lentamente e abaixou a mão sobre a mesa ao lado das adagas.

— Mas ela é uma Espectro — acrescentou, e então me explicou resumidamente como e por que os terceiros filhos e filhas poderiam se tornar Espectros.

Aquilo até que fazia sentido, levando em conta como os mortais haviam sido criados.

— Ela é algo parecido com um Espectro — falei, contando a ele o que Millicent havia me dito. Aquilo não ajudou nem um pouco a desfazer a confusão, pois o que a Aia me confidenciou era tão claro quanto a sopa naquela panela.

— Deuses — balbuciou ele. — Você já contou para Poppy?

— Não quis despejar esse fardo em cima dela quando estava tão exausta. Depois que ela acordar e se alimentar...

— Merda.

— Sim.

— Isso vai mexer com ela.

Os músculos dos meus ombros se contraíram.

— Vai.

Ele passou a mão pela cabeça, onde o cabelo tinha crescido desde a última vez que o vi.

— Espera aí. Poppy te contou que a profecia é mais longa? O que Tawny disse a ela?

— Ela me contou algumas partes. Porra! A parte a respeito da primeira e da segunda filha? Nem me dei conta quando Poppy me disse isso. Destinada ao Rei outrora prometido? — Olhei para o corredor.

— Se Malik falou a verdade sobre ela ser seu coração gêmeo, então faz sentido.

— Só que não, porque Poppy não vai refazer nenhum plano.

Assenti.

— Sabe, Millicent até se chamou de primeira filha. E se referiu a si mesma como o fracasso da mãe.

— Fracasso em quê?

— Não sei, mas acho que é o que Isbeth pretende fazer. — Desencostei da bancada quando finalmente entendi o que Millicent havia me contado. — Millicent me disse que ela pretendia refazer os planos. — Fui até a janela, puxando as persianas para trás, e vi a noite coberta de névoa.

Kieran se virou na cadeira.

— Sim, já ouvimos isso. Um dos Sacerdotes na Trilha dos Carvalhos disse que era o objetivo da Poppy.

Fechei os olhos, deixando que as persianas voltassem para o lugar. Lembrei-me de palavras confusas ditas por Millicent e pela Rainha de Sangue, algumas passando por mim antes que eu conseguisse entendê-las.

— Millicent me disse que para refazer os planos era preciso destruí-los primeiro. Acho que foi nisso que Isbeth fracassou com Millicent. Ela teria que passar pela Seleção, Ascender à divindade. Mas acho que não sobreviveu.

— E você acha que Isbeth a transformou em uma daquelas coisas para salvá-la? — Kieran parecia incrédulo. — Acha que ela se importa tanto assim?

— Acho que do seu jeito doentio e perverso ela ama Poppy. Acho que foi por isso que não tocou em mim dessa vez. — Olhei para Kieran. — E acho que ela deve amar Millicent do mesmo jeito distorcido. Afinal de contas, foi a morte de uma criança que provocou tudo isso, não foi?

— Cacete. — Kieran olhou para as vigas expostas do teto. — E então? Você acha que Millicent foi a primeira e Poppy a segunda tentativa de Isbeth de criar algo que ela acha que vai destruir os planos?

— Sim.

— Poppy jamais vai fazer algo assim. Jamais — afirmou Kieran entre dentes com um aceno da mão. Deuses, como eu amava aquele lupino! Sua lealdade à nossa Rainha significa tudo para mim. — Sim, ela teve alguns momentos, que você não chegou a presenciar, em que é... em que é outra coisa. Como quando ela viu o que Isbeth tinha feito com você.

Respirei fundo para conter a raiva. Tive de resistir ao impulso de pegar uma das adagas e enterrá-la na parede da casa de um mortal. Mortais que não fizeram nada além de nos ajudar. Eu tinha que superar aquela culpa.

— Mas continua sendo Poppy — prosseguiu Kieran, e vi as sombras surgirem em seu rosto, mas logo desaparecerem. — Isbeth pode ter conseguido criar uma deusa poderosa, mas fracassou mesmo assim.

— Concordo com você. — Fui até a mesa, com o corpo tenso. — Tem mais. Sei que tem. Mas minha cabeça, cara... Está cheia de lacunas. Leva tempo para me lembrar das coisas. — Coloquei as mãos em cima da mesa e me inclinei para a frente. — Sei que Millicent me disse que eu tinha de deter Poppy. Que, em breve, eu seria a única pessoa capaz de fazer isso.

— O que você quer dizer com detê-la? — Kieran se retesou, e a transformação que se deu nele foi vasta e rápida. Sua pele ficou mais fina. Seus olhos ficaram luminosos. — Matando Poppy?

— Não vai acontecer — eu o lembrei.

— Mas não vai mesmo — rosnou ele. — Vou chamar Reaver e deixar que ele queime aquela aspirante à Espectro.

— Você acha que Poppy vai deixar que isso aconteça depois de descobrir quem ela é? — perguntei, e Kieran deu um rosnado baixo. — Não acho que Millicent queira Poppy morta. Parece que ela acredita que não há outro jeito.

— Porque ela acredita que Poppy seja o Arauto?

Fiz que sim com a cabeça.

— Mas ela não é. E não dou a mínima para a diferença entre querer Poppy morta e acreditar que não há outro jeito — disparou ele. — Você está me dizendo que há alguma diferença?

Meu olhar encontrou o dele.

— Você sabe muito bem que se ela for mesmo uma ameaça para Poppy, vou entregá-la pessoalmente para Reaver. Prefiro que Poppy me odeie a vê-la machucada.

Kieran se recostou na cadeira, com os dedos contraídos sobre a mesa.

— Poppy nunca vai te odiar.

Bufei.

— Você subestima a capacidade dela de sentir emoções fortes.

— Na verdade, não. — Ele olhou de volta para mim. — A única coisa que quase fez com que ela destruísse Solis foi o amor dela por você.

Amor.

A provocação de Isbeth voltou à minha mente da escuridão.

Nunca quis ter essa fraqueza.

Endireitei o corpo.

O amor pode ser transformado em arma, enfraquecendo um...

Meu coração disparou.

— O quê? — indagou Kieran. — O que foi?

— Poppy me contou que o dragontino disse que ela ainda não tinha completado a Seleção — murmurei. Millicent também havia me dito isso. Foi por isso que Isbeth fez o que fez. Por que me sequestrou da primeira vez. Por que esperou todo esse tempo.

— Sim. E daí?

— Uma deusa não tem o poder de destruir os planos, Kieran. Isbeth sabe disso.

Além disso, uma deusa não tem o poder de fazer o que Millicent me contou, fazer com que Isbeth se vingasse de Nyktos.

Kieran abriu a boca, mas então olhou para a janela fechada. Em seguida, arregalou os olhos, e percebi que ele tinha se dado conta da mesma coisa que eu. Era impossível, mas ...

Kieran virou a cabeça na minha direção.

— A névoa. Ela não a evocou, Cas. Ela *criou* a Névoa Primordial.

Horas mais tarde, quando o sol nasceu sobre a cidade, sentei-me na cama ao lado de Poppy, de tornozelos cruzados e com as costas na cabeceira da cama. Poppy não acordou quando me juntei a ela, mas se aconchegou a mim, pousando a bochecha no meu peito.

Não tinha dormido mais de uma hora, se tanto. Por motivos bem diferentes. Fiquei sentado ali, brincando com as mechas macias do cabelo de Poppy enquanto ela dormia. Simplesmente impressionado por ela. Maravilhado.

A porta se abriu e Kieran entrou. Seus passos eram silenciosos conforme ele se aproximava da cama.

— Detesto ter que fazer isso ...

— Eu sei — interrompi, olhando para Poppy. Ele não queria acordá-la. Nem eu, mas era preciso. O tempo não estava do nosso lado. Afastei as mechas da bochecha dela, me inclinei e dei um beijo em sua testa.

— Rainha — chamei baixinho, passando o polegar em sua bochecha. Poppy franziu o cenho e se aninhou ainda mais a mim. Abri um sorriso quando Kieran se sentou do outro lado. — Abra os seus lindos olhos para mim.

Os cílios dela tremularam e, em seguida, se ergueram. Seu olhar estava cheio de sono.

Ela ainda tinha olheiras sob os olhos, mas as listras prateadas cintilavam em meio ao verde primaveril.

— Cas.

Um ronco retumbou no meu peito.

— Você é o meu tipo favorito de tortura — disse a ela, beijando sua testa. — Kieran está aqui.

Ela virou a cabeça ligeiramente, olhando por cima do ombro.

— Oi.

Kieran sorriu para ela enquanto se inclinava sobre o quadril, apoiando o corpo na cama com a mão. Suas feições se suavizaram de um jeito que eu não via há muito tempo.

— Bom dia.

— Bom dia? — repetiu ela, piscando os olhos. — Dormi tanto tempo assim?

— Tudo bem. Você precisava descansar, e nós não podíamos sair daqui, de qualquer modo — observei, apertando seu ombro.

— Conseguiu descansar? — Ela olhou de volta para Kieran. — Vocês dois descansaram?

— Claro que sim. — Kieran mentiu tão bem que quase acreditei nele. Poppy o observou por um instante e então olhou para mim.

— Como está se sentindo?

— Divino — respondi, esfregando o polegar ao longo da sua clavícula.

Poppy me estudou e então se sentou na cama, com o cobertor fino em volta dos quadris e o turbilhão de ondas e cachos caindo por todos os lados.

— Malik ainda está aqui?

Ignorei a pontada no peito e passei o braço ao redor da sua cintura, imaginando que ela estava prestes a sair da cama.

— Sim.

— Acabei de vê-lo. — O olhar de Kieran se voltou para mim. — Ele ainda está dormindo.

— E Reaver? — perguntou Poppy quando eu a puxei entre as pernas para que se recostasse em meu peito. Ela deixou que eu fizesse isso, relaxando o corpo de um jeito que tornava difícil acreditar que costumava ficar toda tensa perto de mim. — Ele está...?

— Bem — concluiu Kieran. — Não queimou ninguém vivo. — Ele fez uma pausa. — Nas últimas horas.

Arqueei a sobrancelha.

— Reaver — murmurou Poppy com um suspiro, pousando a mão no meu braço — tem uma obsessão por queimar pessoas. Acho que é uma coisa de dragontinos.

— Acho que é típico do Reaver — afirmou Kieran secamente.

— É verdade. — Um sorrisinho surgiu em seus lábios quando ela levou minha mão esquerda até a boca e a beijou. — E quanto à névoa? Algum Voraz entrou na cidade? Como nós vamos...?

— Tantas perguntas... — Kieran riu e estendeu a mão, afastando aquela mecha de cabelo rebelde do rosto dela, a que sempre escorregava para a frente. — Isso vai ter que ficar para depois.

Ela estreitou os olhos para ele.

— Acho que nada disso vai ter que ficar para depois.

— Vai, sim — falei, e ela olhou para mim de cara feia. Abri um sorriso.

— Não sorria pra mim — reclamou ela.

Meu sorriso se alargou.

— Tão brava!

Poppy ficou com uma expressão calorosa no rosto ao mesmo tempo em que erguia o queixo na minha direção.

— Covinhas idiotas — murmurou ela.

Ri e levei a boca até a dela, beijando-a.

— Você adora minhas covinhas — observei, endireitando o corpo. — E precisa se alimentar.

Ela abriu e fechou a boca sem dizer nada.

— Eu me ofereci antes de ele pedir — Kieran assegurou a ela. — Depois de todo o éter que você usou e do sangue que deu a Cas, é uma necessidade.

Poppy permaneceu calada por um momento.

— Eu sei, mas...

Fechei os dedos sob o queixo dela e levei o seu olhar de volta para o meu.

— Sua hesitação não pode ser por minha causa.

— Não é. — Ela abaixou a cabeça, beijando a ponta do meu dedo. Seus olhos se fixaram em Kieran. — É só que não gosto de usar você como... como lanche.

Ele arqueou as sobrancelhas.

— Bem, em primeiro lugar, eu não me considero um lanche, e, sim, uma refeição completa.

Abaixei o rosto sobre a cabeça de Poppy, me controlando para não rir.

— Tá bom, Sr. Refeição Completa. Não gosto de usá-lo de jeito nenhum, e você sabe disso. — Ela se remexeu e deu uma cotovelada no meu estômago, me fazendo soltar um gemido. — E quanto a você? Isso não é nada engraçado.

— Claro que não, minha Rainha — respondi, sorrindo em meio aos cabelos dela.

Ela tentou me dar mais uma cotovelada, mas passei o outro braço ao seu redor para impedi-la enquanto ria. Inclinei a cabeça e dei um beijo em sua bochecha.

— Você não está usando Kieran. É um ato proveitoso para ambas as partes.

Poppy virou o pescoço para me encarar.

— Como é que pode ser proveitoso para ambas as partes?

Kieran abriu a boca e então a fechou assim que seu olhar encontrou o meu.

— Porque assim ele se sente útil — respondi, soltando-a.

Ela revirou os olhos.

— Poppy. — Kieran se inclinou para a frente, colocando os dedos sob o queixo dela e voltando sua atenção para si. — Você sabe que fico feliz por ser útil a você dessa forma. Você não está me usando, está deixando que eu a ajude. Há uma diferença enorme entre as duas coisas.

Ela olhou para Kieran em silêncio, e tive a impressão de que estava lendo as emoções dele. Seja lá o que foi que Poppy sentiu, eu teria que agradecer a ele mais tarde, pois ela assentiu com um suspiro.

— Tá bom.

Fui tomado pelo alívio. Dei-lhe outro beijo rápido no canto dos lábios e então ergui a mão. Não precisei dizer mais nada. Kieran ofereceu a sua, e Poppy se retesou contra mim quando levei a boca até o pulso dele. Ela pousou a mão no meu braço e se virou para me dar mais espaço. Hesitei sobre a pele de Kieran, olhando para ela. Suas unhas se cravaram na carne do meu braço enquanto ela me observava perfurar a pele dele. Senti um gosto terroso na língua. Não bebi nem fui muito fundo. Kieran sequer se mexeu, mas Poppy voltou o olhar preocupado para o lupino.

— Estou bem — assegurou ele.

Levantei a cabeça, com a mão ao redor da de Kieran quando ele levou o sangue até a boca de Poppy. Ela permaneceu imóvel por um segundo, mas então abaixou a cabeça, fechando a boca em torno das marcas.

Só então Kieran se mexeu.

Foi um ligeiro tremor que acho que Poppy nem notou enquanto eu juntava as mechas de cabelo que tinham caído para a frente e as passava para trás do ombro dela.

Soltei a mão de Kieran e passei o braço ao redor da cintura dela, com a mão em seu quadril. Ela estremeceu de leve com o toque e então dobrou a perna sob o cobertor, pressionando-a contra a minha enquanto eu deslizava a outra mão pelas suas costas.

Eu a observei: os cílios volumosos sobre as bochechas e a forma com que a sua garganta trabalhava em cada gole enquanto eu traçava círculos lentos e firmes em seu quadril. Não tirei os olhos dela. Vi o instante em que as sombras clarearam sob seus olhos. Respirei fundo, sentindo um cheiro familiar. Repuxei os cantos dos lábios e me inclinei, beijando-a no topo da cabeça e depois na têmpora.

As unhas afiadas dela se cravaram na minha carne conforme um rubor tomava conta das suas bochechas. De repente, ela abriu os olhos e olhou de cara feia para Kieran. O desgraçado estava sorrindo, parecendo muito orgulhoso de si mesmo, e eu tive a impressão de que Poppy tinha esbarrado em suas lembranças e que ele havia mostrado algo que ela achou bastante inapropriado.

E intrigante.

Porque aquele cheiro ficou mais forte, se juntando a outro, e eu senti o sangue mais grosso em resposta. Poppy se remexeu, inquieta, fazendo com que o quadril roçasse no meu pau completamente intrigado. Apertei seu quadril, puxando-a contra meu corpo.

Poppy deu um último gole e tirou a boca do pulso de Kieran.

— Obrigada — sussurrou ela, fechando ambas as mãos ao redor do antebraço de Kieran, logo abaixo da minha mordida. Um brilho prateado irradiou das suas mãos, e não importava quantas vezes eu a visse fazer isso: era admirável pra cacete. As duas perfurações desapareceram em questão de segundos. Ela soltou o braço dele. — Mas você não deixa de ser um babaca.

A risada de Kieran enrugou a pele em torno dos seus olhos.

— Você bebeu o suficiente?

Poppy se reclinou contra meu peito.

— Sim.

— Ótimo. — Ele olhou para mim com os olhos brilhantes, olhos que cintilavam de éter, enquanto segurava na parte de trás da cabeça de Poppy e se inclinava, beijando-a na testa. Em seguida, se levantou da cama. — Vou ficar esperando vocês.

No momento em que a porta se fechou atrás de Kieran, aninhei as bochechas delas nas mãos e a virei para mim. O rubor na sua pele estava ainda mais intenso.

— Minha Rainha?

Ela umedeceu os lábios com a ponta da língua.

— Sim?

— Preciso de você sentada no meu pau. — Abaixei a cabeça e passei a língua sobre a dela. — Agora.

Poppy estremeceu.

Deslizei as mãos pelo corpo dela, levantando seus quadris e colocando-a de joelhos. Sua boca encontrou a minha, e o beijo... Porra, tinha gosto de algo doce e quente. Terroso. Ela levou as mãos até meus ombros, até os cabelos na minha nuca. Tínhamos muitas coisas importantes para conversar e fazer, mas eu precisava da mesma coisa que Poppy: estar dentro dela. Alcancei os botões das calças, mal conseguindo desabotoá-los sem arrancar todos do tecido. Segurei meu pau e passei um braço ao redor de sua cintura, puxando-a para baixo.

A primeira sensação dela, quente e úmida, quase me matou. Assim como o som ofegante que ela fez sobre os meus lábios quando a puxei para baixo até que não sobrasse mais nenhum espaço entre nós. Nada. Entrelacei os dedos em seus cabelos enquanto deslizava a mão sob a bainha da sua camisa, segurando sua bunda.

— Como disse antes... — Balancei o corpo dela contra o meu. — Você é o meu tipo favorito de tortura.

Ela gemeu, trêmula.

— E você é o meu. — Ela perdeu o fôlego quando apertei sua bunda, esfregando-a no meu pau. — Em tudo.

Mordisquei o lábio dela.

— Eu sei.

— Arrogante.

— Só estou falando a verdade. — Peguei a boca de Poppy na minha, apreciando o sabor único do seu beijo. — Sinto o gosto do sangue dele na sua língua.

Seus quadris deram uma rebolada deliciosa, mas ela começou a se afastar. Eu a detive.

— Não é algo ruim — expliquei, mantendo seus quadris em movimento. — Qual é o gosto do sangue dele pra você?

— Você nunca... experimentou? — As palavras saíram entre uma arfada e outra.

— Tem um gosto terroso para mim.

— O... o sangue dele tem o gosto de uma manhã de outono — respondeu.

— Estou com um pouco de inveja. — Passei a mão sobre a carne macia da sua bunda, e então deslizei um dedo entre a carne apertada ali. Seu corpo inteiro se retesou e ela respirou fundo. — Doeu?

— Não — sussurrou ela, com o peito ofegante contra o meu. — Só é diferente.

— Mas é bom? — Eu a observei com atenção, procurando algum indício de desconforto enquanto permanecia imóvel embaixo dela.

Poppy mordeu o lábio.

— Sim.

Sorri para ela e então comecei a movimentar seus quadris de novo.

— Você já leu sobre isso no diário da senhorita Willa?

O rosto dela ficou ainda mais corado.

— Talvez.

Dei uma risada, pegando o lábio que ela mordeu com o meu. Suas mãos tremeram sobre meus ombros.

— Você ficou curiosa quando leu sobre isso? Aposto que sim.

— Talvez um pouco — respondeu ela.

— Deuses. — Mordisquei seu pescoço, evitando as marcas de mordida quase curadas. — Adoro aquele maldito livro!

— Não fico nem um pouco surpresa... — Ela estremeceu e parecia estar mais quente e molhada. — Não imaginei que seria tão... — Ela deu um gemido de corpo inteiro enquanto eu enfiava o dedo mais fundo. — Não imaginei que seria...

— Como?

— Assim. — Ela encostou a testa na minha. — Sexy. Selvagem. Intenso.

Sua respiração estava ritmada, prendendo e soltando o ar, e acho que ela nem se deu conta de que eu não estava mais guiando seus movimentos. Ela me cavalgou, com o hálito quente nos meus lábios e movendo o corpo com mergulhos e curvas sinuosas. Ela gostou da selvageria. Completamente. Podia ouvir na sua respiração. Podia sentir no modo como ela apertava meu pau e dedo. Quando gozou, Poppy me levou ao limite junto com ela. O êxtase acabou conosco, e era como se eu tivesse perdido o controle de todos os músculos do corpo.

Foi preciso muita força de vontade para sair de baixo dela e deixá-la deitada na cama outra vez, parecendo completamente fodida da maneira mais indecente possível. Não demorei muito na sala de banho, me limpando rapidamente antes de voltar para ela e me sentar perto do seu quadril.

Poppy estava acordada, apesar dos olhos semicerrados. Havia uma paz no seu sorriso que eu detestava ter que perturbar.

Mas precisava.

Ela estava descansada, alimentada e fodida.

Só podia esperar que essas três coisas a ajudassem a digerir o que eu tinha de contar para ela.

— Tem uma coisa que eu preciso te dizer. É difícil de acreditar, e vai ser um choque e tanto.

A mudança em Poppy foi imediata. O sorriso sumiu dos seus lábios e ela ficou imóvel enquanto olhava para mim.

— O que é?

Respirei fundo e puxei a bainha da sua camisa para baixo.

— Sabe a Aia por quem você acha que meu irmão está apaixonado? Aquela que ele diz ser seu coração gêmeo?

Ela arqueou as sobrancelhas.

— Millicent?

— Sim. A própria. — Engoli em seco. — Ela foi até minha cela algumas vezes. Sei que foi ela quem contou a Malik que a ferida na minha mão estava infeccionada. E então foi me ver de novo, depois de você. Ela me mostrou uma coisa. É por isso que sei que o que ela me contou é verdade. Eu vi com meus próprios olhos. Não tenho como negar. Ela é... ela é a sua irmã, Poppy. Sua irmã de sangue.

34

Poppy

— Minha irmã? — Não devia ter entendido direito. Sentei-me na cama como se isso fosse mudar o que ele havia me dito. — Ela não pode ser a minha irmã, Casteel.

Senti um gosto de baunilha na garganta conforme ele passava o polegar sob a cicatriz na minha bochecha esquerda.

— Mas é, Poppy.

Havia uma espécie de barreira que repelia essa ideia.

— E você acredita nisso só porque ela te disse?

— Porque ela me mostrou — repetiu ele com delicadeza. — Você já a viu sem aquela máscara pintada no rosto?

Franzi o cenho.

— Não.

— Eu vi. — Ele deslizou o polegar pelo meu maxilar. — Vi qual é aparência dela depois de lavar toda a tinta.

— Espere aí. Ela tomou banho na sua frente?

— Mais ou menos. — Ele repuxou o canto dos lábios, e eu vi o vislumbre de uma covinha na sua bochecha direita. — Do nada, ela mergulhou a cabeça na banheira que foi colocada na minha cela.

Era uma coisa muito estranha de se fazer.

Mas então me lembrei de como ela subiu na cadeira e deitou de cabeça para baixo sem nenhum motivo aparente.

— O cabelo dela não é preto — continuou ele, e me lembrei da opacidade do seu cabelo, como a cor parecia irregular em algumas áreas. — É um loiro muito claro, quase branco.

Pulei para trás quando uma imagem me veio à cabeça, a da mulher que eu tinha visto nos meus sonhos ou lembranças. A mulher que eu acreditava ser a Consorte. Ela tinha os cabelos tão claros que pareciam o luar. Meu coração começou a bater descompassado dentro do peito.

— E o rosto dela? — Casteel se inclinou, levando a mão até a minha nuca. — Ela tem os seus olhos, só a cor é diferente. O nariz. As feições. Até mesmo a inclinação do queixo. — Ele me estudou. — Ela tem muito mais sardas que você, mas quase poderia se passar por sua irmã gêmea, Poppy.

Fiquei olhando para ele, incrédula. Quase se passar por minha irmã gêmea? Se era verdade, então como foi que não percebi isso antes? Se bem que a máscara — a pintura facial — era espessa e grande, tornando difícil até mesmo dizer como era a sua estrutura óssea.

Mas ele não podia estar certo. Devia ter sido enganado. Ludibriado. Recostei na cabeceira e sacudi a cabeça.

— Isso não faz o menor sentido. Os Espectros são os terceiros filhos e filhas. Se ela fosse minha irmã, então eu teria mais dois irmãos. E ela seria uma deusa.

— Também pensei isso, que Millicent devia ser uma deusa. Só que ela me disse que não. A única coisa em que consigo pensar é que ela não sobreviveu à Seleção e Isbeth usou seu conhecimento a respeito dos Espectros para salvá-la — explicou.

Dei uma risada entrecortada e senti o gosto da apreensão de Casteel na garganta, espesso como um creme.

— Ela não pode ser... Se ela for a minha irmã... — Parei de falar, sentindo um nó na garganta ao me lembrar do seu desespero, da impotência que parecia muito com o que captei de Ires quando era criança. Engoli em seco. — Ela disse que me viu quando eu era criança. Se Millicent está falando a verdade, então por que não me disse nada antes?

— Talvez não pudesse. Não sei. — Casteel afastou as mechas do meu cabelo para trás. — Mas ela é sua irmã.

Será que era verdade? Será que Ian sabia disso? Lembrei-me do choque dela quando ele foi morto. Da sua tristeza. Não havia outras crianças no castelo além de Ian e eu quando éramos mais novos, mas ela havia me dito que era quase da idade Casteel.

Uma irmã?

Bons deuses, não podia ser verdade...

Lembrei-me do que Isbeth havia me dito. *Ires ficou com raiva. Mas quando nos unimos para conceber você, ele não foi forçado a nada. Nenhuma das vezes.*

Nenhuma das vezes.

Não tinha prestado atenção àquelas palavras. Ou talvez tenha presumido que ela queria dizer que eles só ficaram juntos duas vezes.

— Se ela é filha de Isbeth, então como não se importa que o pai esteja numa jaula? — perguntei, com o coração acelerado. Sabia que Cas não tinha a resposta para a minha pergunta, mas não consegui me conter. — Ela deve saber que Isbeth o aprisionou em algum lugar. Será que não se importa? Será que é igualzinha à mãe?

— Não acredito que ela seja igual a Isbeth. Se não tivesse procurado Malik...

— Malik. — Pulei da cama e olhei ao redor, procurando minhas roupas. — Malik deve saber.

— É provável. — Casteel se levantou, encontrando minha camisa debaixo da cama. Ele parecia estar prestes a dizer alguma coisa, mas ficou em silêncio enquanto vestia uma camisa de linho preta que não deveria estar tão folgada assim. Precisava parar de me preocupar tanto. Logo ele recuperaria o peso que tinha perdido, junto com a força, provavelmente mais rápido do que eu esperava.

As calças deixadas para mim eram definitivamente justas. Serviram, embora estivessem um pouco apertadas, mas não queria andar por aí sem calças, então não iria reclamar. Alguém havia me emprestado um colete, que tinha centenas de colchetes na frente. Vesti-o sobre a camisa e comecei o tedioso trabalho de prender os fechos um por um.

— Vou te ajudar com isso. — Casteel veio até mim, com as mãos substituindo meus dedos trêmulos. Ele demorou um pouco para se acostumar a não poder usar o dedo indicador da mão esquerda, mas conseguiu fechar tudo com mais agilidade do que eu.

A intimidade da sua ajuda teve um efeito calmante sobre mim. Minha mente desacelerou enquanto eu o observava prender os fechos nos colchetes. Não eram centenas. Talvez uns trinta. Gostaria que fossem centenas porque aquele momento parecia tão normal, apesar de tudo. Algo típico de um casal.

Algo de que eu sentia muita falta.

As costas dos seus dedos roçaram na curva do meu seio enquanto ele terminava de prender o último par de colchetes.

— Já disse que adoro quando você usa essa peça de roupa?

— Acho que sim. — Endireitei a bainha que se alargava um pouco sobre meus quadris. — Toda vez que vestia um colete, eu me lembrava de como você gostava.

A covinha apareceu de novo no rosto dele, e não achei que fosse tão idiota assim. Ele deslizou o dedo ao longo do corpete arredondado do colete. Uma tira de renda tinha sido costurada ali, no mesmo tom de cinza-escuro do colete.

— Acho que gostaria ainda mais sem a camisa por baixo.

— Aposto que sim — respondi, irônica. Meus seios e barriga já estavam forçando os colchetes, não ajudando em nada a esconder o decote profundo sob a gola em V da camisa. Sem a camisa, o reino inteiro teria uma visão e tanto.

A outra covinha apareceu quando ele pegou a manga que havia se desfeito e começou a arregaçá-la.

— Sei que o que acabei de te contar é um choque enorme, mais um dos muitos nos últimos meses — falou, dobrando a manga ao redor do meu cotovelo. — E sei que vai mexer com você depois que aceitar a verdade.

Já estava mexendo comigo.

— E você não precisa disso agora — continuou ele. Casteel passou para a outra manga, dando-lhe o mesmo tratamento. — Mas não podia esconder esse segredo de você.

Olhei para ele. As ondas escuras e sedosas dos seus cabelos caíram sobre a testa, quase nos seus olhos. O contorno do queixo liso me era familiar e os sulcos nas bochechas dele já estavam menos perceptíveis. Por 45 dias, sonhei em ficar diante dele. Não queria nada além disso, e agora ele estava ali.

Depois que ele terminou de ajeitar a manga, eu me estiquei e deu um beijo suave nele. As linhas marcantes do seu rosto se suavizaram sob a palma da minha mão.

— Não sei nem o que pensar ou no que acreditar, mas você fez a coisa certa ao me contar. Eu teria feito o mesmo se você tivesse um irmão ou irmã perambulando por aí.

Ele abriu um sorriso.

— Acho que a minha família não é tão interessante quanto a sua.

Lancei a ele um olhar enviesado enquanto parava para pegar a adaga embainhada e prendê-la na coxa.

Casteel esperou por mim na porta, com os olhos de um tom de ouro quente enquanto me observava. Lentamente, ele ergueu o olhar até o meu.

— Continuo achando essa adaga embainhada na sua coxa muito excitante.

Sorri e me juntei a ele.

— E eu continuo achando isso um pouco perturbador.

— Só um pouco? Vejo que a minha disfunção está contagiando você.

— Isso porque você é uma má influência.

— Já te disse isso antes, minha Rainha. — Ele tocou no meu queixo com o polegar e, em seguida, levou a mão até a minha lombar enquanto abria a porta, fazendo com que o meu coração palpitasse dentro do peito. Deuses, como senti faltas daqueles toques. — Só aqueles que já são sedutoramente maus podem ser influenciados.

Dei uma risada conforme saía para um corredor tomado pelo cheiro de café e dei de cara com Kieran.

Ele estava encostado na parede e se endireitou assim que nos viu.

— Não estava aqui há muito tempo — explicou-se, olhando de um para o outro. — Só vim dizer que seria bom se vocês parassem de se agarrar por cinco segundos.

— Mentiroso — murmurou Casteel com um sorriso. — Aposto que você ficou aqui o tempo todo.

Kieran não respondeu, e Casteel foi até ele. Agucei os sentidos na direção do lupino. O peso da apreensão havia substituído o divertimento zombeteiro de quando me alimentei dele. Ele ainda estava preocupado com Casteel, mas não acho que era por isso que estava ali fora. Acho que talvez só precisasse ficar perto de Casteel.

E acho que Casteel também sentiu isso, pois foi até Kieran e deu um abraço apertado nele.

Ver os dois juntos e abraçados me deixou cheia de afeição. Não havia nenhum vínculo entre Casteel e Kieran — eu o quebrei quando Ascendi à divindade. Mas o amor que sentiam um pelo outro era maior do que qualquer vínculo. Ainda assim, senti um pouco de tristeza porque duvidava que Casteel tivesse compartilhado esse gesto com o irmão.

Eles não falaram nada, mas, como sempre, parecia haver um tipo de comunicação silenciosa entre os dois depois de tanto tempo de convivência.

Casteel estendeu o braço na minha direção. Eu me aproximei, pousando a mão na dele. Ele me puxou para si e, um segundo depois, Kieran colocou a mão no meu cabelo. Dei um suspiro e fechei os olhos com força para conter as lágrimas, a emoção. O gesto simples foi um lembrete poderoso de que o momento não era apenas deles. Mas de nós três.

Respirei fundo, como se fosse o primeiro ar que eu respirava depois de semanas a fio. Fechei os olhos quando senti o calor de Casteel e Kieran ao meu redor e depois dentro de mim, naquele lugar frio sobre o qual me recusava a pensar. O vazio se aqueceu durante os momentos em que fiquei a sós com Casteel, sem nada entre os nossos corpos. Sem nada na minha cabeça, além da sensação da pele dele contra a minha. Mas o frio voltou enquanto dava banho nele. Diminuiu um pouco quando me alimentei e com o que veio em seguida. E voltou de novo conforme eu me vestia.

Mas agora só havia calor comigo ali entre os dois.

Kieran mudou de posição, encostando a testa na minha.

— Você não está cansada nem nada do tipo? — perguntou ele, com a voz baixa. — Acha que bebeu sangue suficiente?

Assenti e dei um passo para trás, mas não me afastei muito. Casteel apertou a minha cintura.

— Preciso falar com Malik.

Casteel olhou para mim.

— Contei a Kieran enquanto você estava dormindo.

— E você acredita nisso? — perguntei a ele.

— Não acreditei a princípio, mas não sei por que ela mentiria ou como poderia se parecer tanto com você. — Kieran se virou. — Malik está na cozinha.

— Ainda estou surpreso que ele esteja aqui — confessou Casteel, e fiquei tensa ao sentir a desconfiança em seu tom de voz.

Kieran assentiu.

— É compreensível.

Casteel levou a mão até o meio das minhas costas enquanto seguíamos Kieran pelo corredor até a área da cozinha. Dei poucos passos antes que uma palavra voltasse aos meus pensamentos.

Irmã.

Soltei o ar quando passamos por uma abertura curva. O aposento estava bem iluminado, mas as persianas tinham sido fechadas nas janelas ao longo da parede, bloqueando o sol da manhã. Blaz e Clariza estavam sentados a uma mesa velha, com a superfície opaca e cheia de entalhes de vários tamanhos. Marcas que devem ter sido feitas com as adagas e lâminas dispostas ali em cima.

Malik estava sentado com eles, olhando para a xícara de café que tinha nas mãos. Ele não ergueu o olhar quando entramos, mas seus ombros se contraíram do mesmo modo que os de Casteel ao meu lado. Não houve abraço caloroso e demorado. Nem qualquer cumprimento.

As cadeiras arranharam o piso de madeira quando Blaz e Clariza se levantaram, e suspeitei que eles estivessem prestes a se ajoelhar.

— Isso não é necessário.

Os dois trocaram olhares. Blaz me deu um sorriso cheio de dentes conforme voltava a se sentar.

— Muito obrigado por nos abrigarem em sua casa. — Casteel se dirigiu a eles enquanto sua mão subia e descia pelas minhas costas. — Sei que é um grande risco pra vocês.

— É uma honra, e vale o risco — disse Clariza, de olhos arregalados e mãos entrelaçadas. — Você parece bem melhor.

Casteel inclinou a cabeça.

— Eu me sinto bem melhor.

— Gostaria de uma xícara de café, Vossa Majestade? — perguntou Blaz.

— Seria bom. — Casteel olhou para mim e eu assenti.

— E não precisam se dirigir a nós dessa maneira. Não somos seus governantes.

Clariza deu um sorrisinho enquanto se levantava.

— Vou pegar café pra vocês. Blaz tem mania de colocar mais creme e açúcar do que café em si.

— Não vejo nada de errado nisso — respondeu o mortal, se recostando na cadeira

Eu também não. Clariza correu até o fogo. Havia muita coisa que precisávamos saber, mas Malik continuou sentado à mesa, de cabeça baixa e com o corpo retesado. Olhei de relance para Casteel, que olhou para Malik. Ele estava daquele jeito desde que entramos ali. Examinei a cozinha, franzindo o cenho.

— Onde está Reaver?

— Tomando banho — respondeu Malik, bebendo um gole de café.

— Finalmente — murmurou Kieran, e Casteel olhou para ele.

Abri e fechei a boca sem falar nada mas então Malik ergueu o olhar. Disparei a pergunta:

— Millicent é a minha irmã?

Vários pares de olhos se voltaram para mim enquanto eu sentia o gosto cítrico da curiosidade dos mortais na garganta, mas Malik... Ele estreitou os olhos e se empertigou.

— Blaz? Riza? Detesto ter que pedir isso, mas vocês podem nos deixar a sós?

Blaz revirou os olhos.

— Não sei. Queria ouvir a resposta. E saber quem é Millicent.

— Aposto que sim — respondeu Malik acidamente.

Clariza veio até nós com duas xícaras nas mãos.

— Também temos biscoitos, caso estejam com fome — informou ela enquanto eu pegava uma das canecas cor de creme. — Blaz e eu vamos ver se Reaver precisa de alguma coisa.

— Obrigada — sussurrei.

Clariza sustentou o meu olhar por um momento e então assentiu. Ela se virou para o marido.

— Levante daí.

— É sério?! — exclamou Blaz. — Você sabe como sou intrometido e ainda está me pedindo para sair daqui?

— Sério. — Ela lhe lançou um olhar severo muito impressionante enquanto eu tomava um gole do café quente.

Blaz suspirou, resmungando enquanto se levantava.

— Vou ficar ouvindo atrás da porta, se querem saber.

— Não vai, não. — Clariza enfiou o braço no dele. — Ele vai ficar reclamando e gemendo no nosso quarto.

— Posso ficar só gemendo em vez de reclamar, sabe? — respondeu Blaz, arqueando as sobrancelhas.

— Se você continuar falando — advertiu ela conforme os dois saíam da cozinha —, duvido muito que isso aconteça.

Casteel franziu os lábios na borda da caneca.

— Gostei deles — comentou enquanto os mortais desciam pelo corredor.

— São boas pessoas — disse Malik, olhando para mim. — Foi Millicent quem te contou?

— Ela contou pra mim — respondeu Casteel. — E me mostrou.

— E você não acredita nele? — Malik perguntou para mim.

— Acredito que foi o que lhe disseram, mas não vejo como seja possível — respondi. — Mesmo que ela se pareça comigo...

— E parece mesmo — interrompeu Malik, e senti um nó no estômago. Ele flexionou um músculo na têmpora. — É assustador o quanto vocês duas são parecidas.

— Não é só a aparência — acrescentou Casteel, com a mão ainda subindo e descendo pelas minhas costas, me acalmando e apoiando. — A personalidade também.

Virei a cabeça na direção dele.

— Como é que é? Nós estamos falando da mesma pessoa? — Olhei para Kieran. — Da mulher que entrou esperneando, literalmente esperneando, no quarto e se sentou de cabeça para baixo na cadeira sem nenhum motivo?

— Vocês têm as mesmas manias. O modo como as duas... se movem — arriscou Casteel, e senti a careta estampada no rosto, pois não entrava esperneando em lugar nenhum. — E ela também tem uma tendência de...

— Ficar divagando? — concluiu Malik, com um sorrisinho no rosto.

Estreitei os olhos.

— Eu não fico divagando.

Casteel se engasgou com o café enquanto Kieran se sentava na bancada, com as sobrancelhas arqueadas.

— Não fico não — insisti.

— Fica sim — afirmou Reaver, entrando na cozinha. Ele olhou para Casteel. — Reaver. Prazer em conhecê-lo. Ainda bem que você não me mordeu, assim não precisei te queimar vivo.

Não tinha nada a declarar sobre isso.

— O prazer é todo meu — cumprimentou Casteel devagar, os olhos brilhando de divertimento e assombro enquanto olhava para o dragontino. — Obrigado pela ajuda.

— Que seja. — Reaver passou por nós e foi buscar um prato coberto perto da lareira.

— Enfim — continuei, voltando a atenção para Malik enquanto Casteel observava Reaver. Percebi que devia ser a primeira vez que ele via um dragontino no plano mortal. — Se Millicent é minha irmã, como ela pode ser uma Espectro e não uma deusa? É o que Casteel suspeita? Ela teve dificuldade para Ascender?

Malik não disse nada.

A mão de Casteel parou de se mexer nas minhas costas enquanto Reaver enfiava metade de um biscoito na boca.

— Se eu fosse você, começaria a contar o que sabe, irmãozinho.

— Ou o quê? — Malik inclinou a cabeça de um jeito tão parecido com o de Casteel que achei que fosse verdade aquela história de maneirismos de irmãos. — Você vai me obrigar?

Casteel deu uma risada seca.

— Acho que você não tem que se preocupar que *eu* vá te obrigar a fazer nada.

— É verdade — murmurou Malik, sorrindo conforme olhava de volta para mim. Um momento se passou. — Cas tem razão. Millie... ela seria uma deusa se tivesse sobrevivido à Seleção. Mas não sobreviveu.

— Espere um segundo — interrompeu Reaver, limpando as migalhas da boca com as costas da mão. — Aquela Aia é irmã de Poppy?

Kieran deu um suspiro.

— Por onde você esteve?

— Não na cozinha — vociferou Reaver. — É óbvio.

O lupino revirou os olhos.

Reaver voltou a atenção para Malik.

— Ires é o pai? — Quando Malik assentiu, o dragontino arqueou as sobrancelhas exageradamente. — Ah, merda. Ela vai ser... — Ele sacudiu a cabeça, dando outra mordida. — Se isso for verdade, a Aia precisaria de sangue...

— Ela tem nome — interrompeu Malik, sem inflexão no tom de voz. — Millicent.

Reaver inclinou a cabeça para o lado e, por um instante, temi que fosse soltar fogo pelas ventas.

— Millicent precisaria de um sangue poderoso para completar sua Ascensão à divindade. Ou seja, ela precisaria do sangue de um deus. Ou do descendente de um deus. — Ele apontou para Malik. — De um Atlante, por exemplo. Da linhagem fundamental. O sangue deles é mais forte, mas não há garantias de que seria suficiente. Nada é certo. — Ele olhou para mim. — Você podia ter morrido.

Casteel se retesou.

— Mas não morri — lembrei a ele, o que parecia tolice, pois era óbvio que eu não tinha morrido.

— Não foi o suficiente para Millie — confirmou Malik. — *Seu* sangue não foi forte o bastante.

Senti o estômago embrulhado e me virei para Casteel.

— Que porra você está dizendo? — vociferou ele.

— Isbeth tirava o seu sangue enquanto estava aprisionado e o dava para Millie, esperando que fosse suficiente. Mas você já estava fraco demais àquela altura. Ela não parou para pensar no que o cativeiro faria com você.

Casteel olhou para Malik, com uma expressão dura no rosto. Aproximei-me dele. Ele estava tão chocado quanto eu.

— Mas Isbeth tem Ires — observou Kieran. — Por que ela não usou o sangue dele?

— A jaula em que ele está preso anula o éter em seu sangue, tornando-o indefeso e seu sangue, inútil — explicou Malik. — Mais uma coisa que ela não considerou. Foi por isso que Isbeth manteve você vivo enquanto mandava matar outros Atlantes. Ela precisava do seu sangue.

Levei os dedos até a têmpora conforme Casteel voltava a passar a mão pelas minhas costas.

— Então como foi que ela se tornou uma Espectro?

— Callum — respondeu Malik. — Ele mostrou a Isbeth o que fazer.

— O cretino dourado? — rosnou Casteel.

— Quantos anos tem esse tal de... Callum? — Reaver estreitou os olhos.

— Muitos. Não sei quantos. Não sei nem de onde ele veio, mas ele é muito velho. Callum sabia como criar os Espectros. É magia. Coisa antiga, Primordial. — Malik tensionou o maxilar. — Por mais desequilibrada que Isbeth seja, e vocês não fazem a menor ideia do quanto, ela ama as filhas. À sua própria maneira distorcida.

Senti outro nó no estômago.

— Ela não podia deixar que Millie morresse, então usou a magia ancestral. E como Millie tinha éter nas veias, deu certo — disse Malik depois de um momento. — Isso a salvou, e ela se tornou a primeira filha. Logo, Isbeth começou a planejar mais uma tentativa. Uma segunda filha.

Primeira filha.

A profecia completa que Tawny havia me contado fazia referência a uma primeira filha com o sangue cheio de fogo e destinada ao Rei outrora prometido. Bons deuses, nós até tínhamos pensado que se tratasse de Malik.

Aquela Aia era a minha irmã, a primeira filha mencionada na profecia de Penellaphe, e nós...

— Nós somos o produto da sede de vingança de uma desequilibrada.

— Não. — Casteel se virou para mim, abaixando a caneca. — Você é mais do que isso. E sempre foi.

Era mesmo. Repeti isso várias vezes até que parecesse ser verdade.

Malik deu um sorriso tenso.

— Millie devia ter ficado de boca fechada sobre quem é. Poucas pessoas sabem disso, e a maioria já está morta. — Ele olhou para o irmão. — Ela sabe o que acontece se contar esse segredinho para alguém. A pessoa seria morta e Millie teria que enfrentar o descontentamento de Isbeth.

Retesei o corpo.

— Então por que ela te contou? Ela devia ter um bom motivo para correr tanto risco. — Malik olhou para o irmão, inabalável. — Não é verdade, Cas?

Casteel tinha deixado a caneca de lado.

— Ela me disse um monte de coisas.

Seu irmão franziu os lábios.

— Aposto que sim.

Casteel tirou a mão das minhas costas e deu um passo à frente.

Kieran se retesou sobre a bancada, os olhos brilhando com um tom de azul claro e luminoso.

— Deixa-me explicar uma coisa — começou Casteel, com a voz baixa naquele tom suave e enganoso que costumava ser o prelúdio para que alguém perdesse um órgão vital. — Ela me disse umas coisas que podem ser verdade e outras que não tenho a menor dúvida de que sejam bobagem.

Malik deu uma risada.

— Parece que ela te disse algo que você não queria ouvir.

— Sabe o que eu quero ouvir? — Casteel abaixou o queixo. — Por que você está aqui. Por que está nos ajudando agora.

— Talvez você deva contar à sua esposa por que a irmã dela se arriscaria tanto — rebateu Malik.

— Eles vão brigar? — murmurou Reaver.

— Parece que sim — respondeu Kieran, olhando para ele. — Não seria nada fora do normal.

Meu coração disparou.

— O que ela te disse?

— Eu ia te contar — rosnou Casteel, e senti a raiva dele na minha pele. — Mas não vale a pena repetir.

Malik arqueou as sobrancelhas.

— Talvez você esteja em negação. Não posso culpá-lo. Também não iria querer acreditar nisso.

— Acreditar em quê? — Segurei o braço de Casteel, detendo-o enquanto ele dava mais um passo à frente. — O que foi que ela te disse?

Casteel olhou de volta para mim, mas não disse nada. Agucei os sentidos e encontrei uma barreira. Prendi a respiração. Ele estava me bloqueando, e isso só podia significar...

— Você foi criada pela mesma razão que Millie. Para cumprir um objetivo — disse Malik. — Sua irmã não conseguiu passar pela Ascensão. Mas você, sim. E já sabe qual é o objetivo. Só que você está se concentrando em Atlântia, quando é muito maior do que isso. O seu objetivo é...

— Refazer os reinos — interrompi. — Os planos. Eu sei. Já ouvi isso antes.

Malik sacudiu a cabeça.

— Seu objetivo é *destruir* os planos. O mortal *e* o Iliseu. É assim que ela pretende refazê-los.

— Que exagero — murmurou Reaver.

Estremeci. Isbeth havia me dito que queria ver Atlântia em chamas. Mas isso... isso não era a mesma coisa. Era algo completamente diferente. Parecia muito com...

Cuidado, pois o fim virá do oeste para destruir o leste e devastar tudo o que existe entre esses dois pontos.

Respirei fundo, com o estômago revirado.

A profecia, o que dizia mesmo? Que a primeira e a segunda filhas iriam refazer os planos e trazer o final dos tempos. Não. Só porque estava escrito não significava que ia acontecer. Os planos de Isbeth não importam por uma série de motivos.

— Primeiro, eu nem tenho o poder para fazer uma coisa dessas.

Malik se inclinou para a frente

— Primeiro, você *ainda* não tem poder para fazer isso. Mas não completou a Seleção. Depois que completar, terá.

— O poder de destruir os planos? — Dei uma risada. — Uma deusa não tem tanto poder assim.

— Acho que você não é uma deusa — foi Casteel quem falou.

Lentamente, virei-me na direção dele.

— Como é que é?

— Faz pouco tempo que me dei conta disso — continuou. — Não entendo nem sei como é possível, mas acho que você não é uma deusa.

— Então o que eu sou, afinal de contas? — Atirei as mãos para cima.

— Uma Primordial — anunciou Malik.

Revirei os olhos.

— Ah, por favor.

— Ele está falando a verdade — afirmou Reaver, e todo mundo se virou na direção dele. — Os dois estão. Você é uma Primordial, nascida da carne mortal.

35

Um rugido abafado invadiu meus ouvidos. Minha mão caiu do braço de Casteel. *Nascido da carne mortal, um grande Poder Primordial...*

— No começo, pensei que já soubesse disso — continuou Reaver, me arrancando dos meus devaneios. — Você foi capaz de nos convocar. Possuía o Estigma Primordial. Mas então percebi que sabia muito pouco sobre, bem, qualquer coisa.

Fechei a boca.

— E você nem pensou em contar a ela? — perguntou Casteel. — Depois que percebeu que ela não sabia?

O dragontino deu de ombros.

Casteel se empertigou todo. Enquanto minhas emoções eram conflitantes, a raiva dele era lancinante.

— Você acabou de dar de ombros?

— Isso mesmo. — Kieran olhou para o dragontino. — Se você o conhecesse há mais tempo, não teria ficado nem um pouco surpreso.

— Olha só, imaginei que ela já estivesse lidando com coisas demais — argumentou o dragontino. — Não faria diferença Poppy saber ou não. Já tinha sobrevivido ao início da Seleção. Não há mais perigo nem risco de completar a Ascensão a essa altura.

— Não sei nem o que dizer. — Pestanejei. — Você podia ter me contado para que eu ficasse preparada. Para não saber disso no mesmo dia em que descobri que tinha uma irmã. Ou quando eu...

— Parece que você sabe muito bem o que dizer — interrompeu Reaver secamente. — E ainda não completou a Seleção. Então, meus parabéns. Você vai estar preparada.

— Você é péssimo — sussurrei, subitamente me lembrando de que ele dissera que os dragontinos sabiam qual era a minha vontade. *Sempre foi assim com os Primordiais.* E quando eu disse que não era uma Primordial, ele não concordou. Agora que parei para pensar no assunto, acho que ele nunca se referiu a mim como uma deusa.

— Espere aí. Por que o Estigma é um indicador de que ela é uma Primordial? — perguntou Kieran. — Os deuses também possuem o Estigma.

— O que o faz pensar isso? — Reaver franziu o cenho. — É um Estigma Primordial. Não um estigma divino. Somente um Primordial pode formar um estigma, um vínculo desse tipo.

— Porque isso é... — Kieran praguejou. — Acho que ninguém sabia disso, na verdade. Só presumimos que tivesse alguma conexão com os deuses.

— Pois estavam errados — afirmou Reaver categoricamente.

Em meio ao caos na minha mente, de repente algo fazia sentido.

— É por isso que Malec nunca possuiu o Estigma. — Virei-me para Casteel e depois para Kieran. — Pensei que fosse por causa do enfraquecimento dos seus poderes, mas ele não era um Primordial. — Virei a cabeça de volta para Reaver. — Foi por isso que você me disse que eu seria mais poderosa que meu pai. Por que não precisaria me alimentar com tanta frequência. E a névoa? Eu não a invoquei, certo?

— Somente um Primordial é capaz de criar a névoa. — Reaver inclinou a cabeça e uma massa de cabelos loiros caiu sobre seu rosto enquanto ele pegava outro biscoito. — E isso é um sinal de que você deve estar perto de completar a Seleção. Além dos seus olhos.

— As faixas de éter? — perguntei. — Eles vão ficar assim?

— Eles podem ficar completamente prateados como os de Nyktos — respondeu ele. — Ou continuar assim.

Fiquei tonta e fiz menção de dar um passo para trás. Casteel pousou a mão na minha nuca. Em seguida, se virou e se aproximou de mim.

— Uma Primordial? — Um sorriso surgiu em seus lábios enquanto ele retribuía meu olhar. — Não sei mais como devo chamá-la. Rainha? Vossa Alteza? Nenhum dos dois parece adequado.

— Poppy — sussurrei. — Me chame de Poppy.

Ele inclinou a cabeça, roçando os lábios na ponte do meu nariz conforme levava a boca até o meu ouvido.

— Vou te chamar do que você quiser, contanto que você me chame de seu.

Dei uma risadinha e senti o sorriso de Casteel na minha bochecha. Ele conseguiu me afastar com sucesso da beira de um ataque de pânico.

Reaver emitiu um som de engasgo.

— Eu ouvi direito?

— Infelizmente, sim — murmurou Kieran.

Ignorei os dois e puxei a frente da camisa de Casteel.

— Você já sabia?

— Acabei de descobrir. Algumas coisas que Isbeth e Millicent me disseram não faziam sentido. Ou não consegui me lembrar de imediato.

Afastei-me e olhei para ele.

— Tipo o quê?

Ele me estudou.

— Tipo quando as duas falaram do objetivo de Isbeth de refazer os planos. E de uma vez em que ela me deu sangue e disse... — Uma sombra surgiu em seus olhos dourados. Ele os fechou por um segundo e então olhou para Reaver. — Tem algo que não compreendo. Como é que ela pode ser uma Primordial se Malec e Ires não são? — perguntou ele, passando a mão debaixo do meu cabelo e segurando minha nuca. — E como ela pode ser uma Primordial nascida da carne mortal?

Reaver permaneceu calado enquanto deixava de lado o biscoito comido pela metade.

— Isso é algo que não posso responder.

— Não pode ou não quer? — perguntou Casteel, com os olhos duros como pedras preciosas douradas.

Reaver olhou para Casteel e então seu olhar se voltou para mim.

— Não posso. Você é a primeira Primordial nascida depois do Primordial da Vida. Não sei o motivo. Só o Primordial da Vida pode responder isso.

Bem, não poderíamos ir até o Iliseu tão cedo para tentar descobrir.

— Mas o mais importante é saber por que a Rainha de Sangue acredita que ela vai destruir os planos. — Reaver olhou para Malik.

— Ela não vai fazer isso — afirmou Casteel sem a menor hesitação ou dúvida. — A Rainha de Sangue está tão consumida pela sede de vingança que se convenceu de que pode usar Poppy.

— Sim, foi o que pensei. No começo — acrescentou Malik. — Mas depois descobri que Isbeth não era a única que acreditava que a última Escolhida despertaria como o Arauto e o Portador da Morte e da Destruição.

— Besteira — rosnou Casteel, enquanto continuava a movimentar o polegar suavemente. — Essa profecia é uma besteira.

— Não quando foi profetizada por uma deusa — disparou Reaver. — Não quando foi dita pela deusa Penellaphe, que está intimamente ligada aos Destinos.

Malik olhou para mim.

— Não foi à toa que Isbeth te deu o nome da deusa que alertou a seu respeito. Ela imaginou que lhe traria boa sorte com os Arae.

Por um breve segundo, fui tomada pelo pânico e senti o éter se agitar no meu peito. Se me tornasse uma Primordial, teria o poder de cumprir o que a profecia dizia. Olhei para Kieran, e ele se deu conta do que eu estava pensando. Ele também estava pensando no pedido que lhe fiz. Kieran sacudiu cabeça de leve. Comecei a dar um passo para trás, para onde, eu não sei. Mas então me lembrei de que eu era mais do que o subproduto da vingança de Isbeth.

Eu... eu não era uma ferramenta de Isbeth. A arma dela. Mas a minha.

Meus pensamentos — ideais, escolhas e crenças — não eram predestinados nem governados por ninguém além de mim. O pânico diminuiu com cada fôlego que eu tomava.

— Não importa o que a profecia diga, eu tenho livre arbítrio. Eu controlo as minhas ações. E jamais faria nada do tipo — declarei, e um sussurro sibilou naquele lugar frio lá no fundo do meu peito. Um sussurro que fiz questão de ignorar. — Não vou fazer nada que Isbeth espere de mim.

— Mas você já fez — respondeu Malik, e senti um calafrio quando ouvi aquelas palavras ecoarem na voz de Isbeth. — Você nasceu. Teve o sangue derramado e Ascendeu. Durante a Ascensão, você renasceu: nasceu da carne e do fogo dos Primordiais. E então despertou. — Ele sacudiu a cabeça. — Talvez você tenha razão. Talvez a sua escolha, o seu livre arbítrio, seja mais forte do que uma profecia. Do que os Destinos e Isbeth acreditam. Bom, era nisso que Coralena acreditava.

Ela tinha certeza de que você traria uma mudança, mas não do jeito que Isbeth queria.

Senti o corpo quente e depois frio.

— Você conheceu minha mãe? — Assim que fiz a pergunta, percebi que ele obviamente a conhecia. Malik estava em Wayfair quando ela era uma Aia.

— Conheci. — Ele olhou para baixo e rugas de tensão surgiram ao redor da sua boca. — Ela acreditava que, se você tivesse uma chance, se fosse criada longe de Isbeth e dos Ascendidos, não se tornaria o Arauto que destruiria os planos.

Estremeci ao me recordar daquela noite.

— *Tem que ser feito* — *disse o homem sem rosto.* — *Você sabe o que vai acontecer.*

— *Ela é só uma criança...*

— *Mas ela será o fim de tudo.*

— *Ou apenas deles. O começo...*

Dei um passo para trás, com o coração disparado dentro do peito.

— O começo de uma nova era — sussurrei, concluindo o que Coralena tinha dito para...

Malik me observou, e eu fiquei enjoada.

Casteel passou o braço ao redor da minha cintura e me puxou contra si.

— Poppy? — Ele abaixou a cabeça até a minha. — O que foi?

Minha pele continuava passando do quente ao frio conforme eu olhava para o irmão de Casteel, mas sem o ver. Eu via o homem com sombras no lugar do rosto.

A silhueta encapuzada.

O Senhor das Trevas.

— Poppy. — A preocupação irradiou de Casteel quando ele mudou de posição para ficar ao meu lado.

Senti o gosto amargo da vergonha na garganta quando Malik balbuciou em voz baixa:

— Você se lembra.

Aquela voz.

A voz *dele*.

— Não — sussurrei, incrédula.

Malik não disse nada.

— O que diabos está acontecendo? — indagou Casteel, com o braço apertado em volta de mim enquanto eu sentia o estômago revirado. Comecei a me curvar, forçando-me a engolir a bile que tinha subido até a minha garganta.

— Eu estava destroçado — Malik disse a Casteel. — Você estava certo. O que fizeram com Preela acabou comigo. Mas nunca fui leal àquela vadia. Nunca.

Casteel se retesou ao ouvir o nome.

— Preela? — sussurrei.

— A lupina vinculada a ele — rosnou Kieran.

Ah, deuses...

— Não depois do que ela fez com você. Não depois do que Jalara fez com Preela. Não depois do que ela me obrigou a fazer com Millie... — Ele respirou fundo, se retesando conforme uma angústia intensa e sufocante açoitava minha pele. O tipo de sofrimento que ia além do físico e doía mais do que qualquer ferida. E era tão potente que quase não consegui sentir a surpresa de Casteel e Kieran. A emoção se perdeu em meio à agonia. — Queria matar Isbeth. Só os deuses sabem como tentei antes de descobrir o que ela era. E continuaria tentando, Cas, mas a profecia... — Ele inflou as narinas e sacudiu a cabeça. — Não se tratava mais dela. De você. De mim. De Millie. Nenhum de nós importava. Mas sim Atlântia. E Solis. Todas as pessoas que acabariam pagando por algo que não causaram. Eu tinha que detê-la.

Casteel afastou o braço da minha cintura e se virou para o irmão.

Malik fechou os olhos com força.

— Não podia deixar que Isbeth destruísse Atlântia ou o plano mortal. Não podia deixar que ela destruísse Millie no processo. E ela a *estava* destruindo. — A raiva e a culpa tomaram conta dele, agitando o éter no meu peito. Ele abriu os olhos sem expressão e me encarou — Precisava fazer alguma coisa.

O chão pareceu tremer sob os meus pés. Não conseguia sentir as pernas. Uma caneca caiu atrás de mim, rolando sobre a bancada. Reaver a pegou, estreitando os olhos para as persianas que balançavam na janela

As adagas tilintaram em cima da mesa.

— E o que exatamente você tinha que fazer? — questionou Kieran. Mas Casteel permaneceu em silêncio, pois... Deuses! Ele estava digerindo tudo. Lutando consigo mesmo para acreditar naquilo.

Malik continuou olhando para mim. Com a voz rouca, ele disse:

— Estava disposto a fazer qualquer coisa para deter Isbeth, e Coralena sabia disso. Porque Leopold sabia.

Mas ela tinha...

Ele é o viktor dela.

As lembranças da noite em Lockswood voltaram à minha mente, vívidas e sem as sombras do trauma. Apoiei-me na bancada quando elas vieram, uma após a outra. Tudo muito rápido e em um piscar de olhos, impressionantes em sua nitidez. Chocantes em sua revelação.

A raiva se apoderou de mim, acabando com a perplexidade. Porém, não era a única emoção que sentia. Havia um turbilhão delas, mas a tristeza era a mais poderosa porque eu me lembrava. *Finalmente.* E uma parte de mim, que não foi tocada pela fúria nem vinha daquele lugar frio, também *compreendeu.*

— Eu me lembro de tudo — anunciei, e a sala se estabilizou. Eu me estabilizei conforme me concentrava em Malik. — Por quê? Então por que você não fez? Por que não concluiu o serviço?

Casteel virou a cabeça na minha direção, e vi que sua pele estava quase tão pálida como quando ele foi tomado pela sede de sangue.

— Fiz coisas terríveis, cometi atos que vão me assombrar até o último suspiro e por toda a eternidade, mas não consegui dar cabo disso. Apesar do que acreditava, eu simplesmente não consegui — revelou ele com uma risada sombria e sufocada. — Parece que matar uma criança estava além dos meus limites.

— Filho da puta — murmurou Kieran.

— Não — disse Cas, de modo duro. Sem dar espaço para a discussão. Era uma proclamação. Um apelo. — Me diz que isso não é verdade.

Queria tanto poder fazer isso.

— Tive minha chance. Lembra quando a tirei do armário? Ia fazê-lo naquela hora. Concluir o serviço. Mas não consegui. E tentei de novo. — Malik jogou a cabeça para trás e olhou para o teto, e eu levei a mão até o pescoço, onde senti a pressão fantasma de uma lâmina fria. — Tentei de novo, mas dessa vez, eu vi, vi o que Coralena via em você.

Eu a vejo. Eu a vejo olhando de volta para mim.

As lembranças desconexas faziam sentido agora que tinham sido refeitas.

— O que você viu? Quem?

Malik fechou os olhos, mas Casteel não se mexeu durante todo o tempo.

— *Ela*. A Consorte. Eu a vi nos seus olhos, olhando de volta para mim.

Respirei fundo e ouvi Reaver praguejar.

— Não sei como. Ela está hibernando, não está? — perguntou Malik. — Mas eu a vi.

— A Consorte tem o sono leve — informou Reaver. — Às vezes, acontecem coisas que a atingem mesmo durante o sono, despertando-a brevemente.

— Você é o Senhor das Trevas — Casteel falou, daquele jeito enganosamente suave. Aproximei-me dele e percebi que deveria ter prestado atenção nele antes. Se não estivesse absorta pelas minhas descobertas, teria sentido a tempestade de fúria que se formava ao meu lado. — Você levou os Vorazes até a estalagem em Lockswood. E foi até lá para matá-la.

— Os Vorazes seguiram o rastro de sangue que deixei para trás — admitiu ele. — Era o único jeito de passar por Coralena e Leo.

Kieran falou alguma coisa que fez com que Malik estremecesse, mas Casteel era uma massa latejante de fúria, que incitava a essência no meu peito. Tive que bloquear os sentidos. Era intenso demais.

Os olhos de Casteel tinham um tom brilhante de dourado e a sua voz... Deuses! Sua voz era suave e cheia de poder. Um sussurro que soou como um estrondo fez com que suas palavras caíssem sobre minha pele e tomassem conta do aposento.

— Pegue uma adaga, Malik.

E então Malik, o irmão de Casteel, pegou uma adaga com a mão trêmula — uma adaga comprida e larga com a lâmina perversamente afiada. Os tendões se projetaram no pescoço dele.

— Ajoelhe — ordenou Casteel.

O corpo inteiro de Malik tremeu quando ele obedeceu, se ajoelhando no chão.

— Coloque-a no pescoço — persuadiu o Rei, com uma voz de veludo e ferro.

Uma persuasão.

Ele estava usando de persuasão.

Malik fez o que foi forçado a fazer.

— Vou logo avisando — anunciou Reaver — que não vou limpar essa bagunça.

Minhas emoções entraram em conflito. Por um lado, fiquei feliz em ver que Casteel havia recuperado suas forças. Por outro, ele ia forçar o irmão a cortar a própria garganta.

Não sabia como me sentir sobre isso, sobre descobrir que tinha sido Malik. Meu próprio cunhado. Não sabia como me sentir sobre o fato de que entendia por que Malik achava que precisava fazer aquilo.

Mas sabia que não podia deixar que Casteel fizesse isso. Malik não morreria, mas ficaria muito machucado, e Casteel não precisava de mais essa culpa. Era um fardo que não o deixaria carregar.

Dei um passo à frente e olhei de relance para Kieran. Ele estava olhando de cara feia para Malik, com o peito ofegante e a pele afinando. O lupino não seria de grande ajuda.

— Não faça isso, Casteel.

— Fique fora disso — rosnou ele, com o olhar fixo no irmão. Casteel ergueu o queixo. Um fio de sangue desceu pela garganta de Malik.

— De jeito nenhum. Malik não me machucou — argumentei. — Ele parou antes disso.

— Ele parou antes disso? Você ouviu o que está dizendo? — disparou Casteel. — Você *foi* ferida por causa dele.

— É verdade — sussurrou Malik.

Olhei de cara feia para o Príncipe.

— É melhor ficar de boca fechada.

— Malik a deixou na estalagem para ser dilacerada pelos Vorazes! — rugiu Casteel.

— Não foi assim. Ele me tirou de lá — afirmei. — Agora eu me lembro.

— Os Vorazes já a tinham atacado — Malik disse a ele. — Mordido. Cravado as garras nela...

— Cale a boca — sibilei para Malik enquanto um arrepio percorria o corpo de Casteel. Segurei-o pelo braço. — Ele achava que estava fazendo o que era certo. Foi uma tolice. Ele estava errado. Mas se deteve. Malik não me machucou...

— Pare de dizer isso! — Casteel virou a cabeça na minha direção, com os olhos atirando lanças douradas. Com sua atenção em mim, a persuasão sobre Malik se desfez. A adaga caiu no chão quando Malik abaixou o ombro. — Ele machucou você, Poppy. Talvez não com as próprias mãos, mas os Vorazes não teriam ido até lá se não fosse por ele.

— Você tem razão. — Espalmei a mão na sua bochecha, canalizando...

— Não. — Casteel afastou a cabeça do meu toque. — Não se atreva a usar seus poderes em mim. Eu tenho que sentir isso.

— Tá bom. Não vou fazer isso — prometi, colocando a mão em seu rosto de novo. Dessa vez, ele não se afastou, mas senti seus músculos flexionando sob a minha palma. — Você tem razão. Os Vorazes não teriam ido até lá se não fosse por Malik, mas ele agiu de acordo com o que Isbeth acreditava. A culpa é dela.

— Isso não muda as coisas. — Ele olhou para mim enquanto Malik se punha de pé. — Ele não é inocente. Não foi manipulado. Ele tomou uma decisão...

— Para proteger o reino. Para proteger *você*. Os planos. Foi por isso que ele tomou essa decisão. Não temos que gostar nem que concordar com isso, mas podemos *entendê-lo*.

— Entender? Estar disposto a matar uma criança? Considerar fazer uma coisa dessas?! — exclamou ele, incrédulo. — Colocar você em perigo. Logo você? Meu coração gêmeo?

— Ele não sabia disso na época. — Agarrei a frente da camisa dele.

— Mesmo se soubesse, eu ainda o teria feito — admitiu Malik. — Eu ainda teria...

— Cale a boca! — gritei.

Malik sacudiu a cabeça.

— É a verdade.

Casteel se moveu tão rápido que nem mesmo Reaver poderia detê-lo, isso se quisesse. Ele disparou pela cozinha, batendo com o punho no queixo do irmão. O soco fez Malik cair em cima da cadeira. Ele não teve chance de se recuperar. Casteel o jogou no chão, golpeando tão rápido que seu braço não passava de um borrão. O barulho dos tapas ecoou pela cozinha.

— Casteel! — berrei.

Ele agarrou Malik pela camisa, levantando-o do chão enquanto continuava socando o irmão.

Virei-me na direção de Kieran.

— Você não vai detê-lo?

— Não. — Kieran cruzou os braços. — O desgraçado merece isso.

Malik se cansou daquilo. Pegou o pulso de Casteel e o virou no chão, então se sentou, com o sangue escorrendo do nariz e da boca. A breve trégua durou só um segundo, pois Casteel se levantou num salto e deu uma joelhada no queixo de Malik, jogando sua cabeça para trás.

E os dois caíram de novo, rolando entre as pernas da mesa.

Virei-me para Reaver.

— Não olhe pra mim. — Reaver pegou um biscoito. — Isso é divertido à beça.

Estreitei os olhos.

— Vocês não servem pra nada — vociferei, me voltando para os irmãos. Estava prestes a dar uma surra nos dois. Evoquei o éter e ergui a mão. Um brilho prateado faiscou nos meus dedos. — Parem com isso — bradei sobre os grunhidos. Ou eles não me ouviram, ou fingiram não ouvir. — Ah, pelo amor dos deuses, sou eu quem deveria estar furiosa e ainda tenho que ser racional e calma. — Visualizei a vontade de que eles se separassem e a minha vontade... Bem, ela se juntou à essência e funcionou. Talvez até bem demais, já que eu não estava nem um pouco preocupada em não os machucar no momento.

Em um instante, eles estavam rolando no chão como duas crianças grandes. No seguinte, escorregaram em direções opostas. Malik bateu na parede abaixo da janela com tanta força que sacudiu a casa inteira. Estremeci quando Kieran se esquivou de Casteel antes que ele atingisse a perna do lupino.

Casteel se virou para mim. Havia sangue no seu lábio cortado quando ele se encostou nas pernas de Kieran.

— Que porra é essa?

— *Exatamente*. — Contive o éter.

— Merda. — Malik caiu de lado, tossindo enquanto apoiava o peso sobre o braço. — Doeu mais que os socos dele. Acho que você quebrou as minhas costelas.

— Estou prestes a quebrar a sua cara se você disser só mais uma palavra — retruquei.

— Quebrar a cara dele? — repetiu Casteel, arqueando as sobrancelhas.

— E a sua também — adverti.

Um sorriso ensanguentado surgiu em seus lábios e aquela maldita covinha idiota apareceu. Logo percebi que ele ia dizer alguma coisa que me deixaria com vontade de socá-lo.

— Ahn, detesto ter que interromper — anunciou Clariza da soleira da porta, tendo entrado sem que percebêssemos. Virei-me para ela, com as bochechas coradas. Ela estava de olhos arregalados. — Mas há um pequeno exército de Guardas da Colina na rua, indo de casa em casa.

Fiquei com o estômago embrulhado e deixei as descobertas chocantes de lado. Casteel se levantou, juntando-se a mim enquanto passava as costas da mão sobre a boca.

— Estão muito perto daqui?

— Duas casas abaixo — respondeu Blaz, passando por Clariza. Ele trouxe várias capas, entregando uma para cada um de nós enquanto ia até a mesa e pegava duas adagas. Embainhou uma delas dentro da bota.

Malik praguejou.

— Temos que dar o fora daqui. Agora.

— Vou pegar nossas armas. — Kieran passou correndo por nós e saiu no corredor.

— Saiam pelos fundos. — Blaz jogou um punhal para Clariza, que enfiou debaixo da manga. — Vamos mantê-los ocupados o máximo que pudermos.

Fiquei preocupada por eles.

— Vocês não podem vir com a gente?

Clariza escondeu outra adaga e me deu um sorriso.

— Adoraria conhecer o lar da minha família, e ainda pretendo fazer isso algum dia, mas o nosso lugar é aqui. Há pessoas que dependem de nós.

— Descendidos? — perguntou Casteel quando Kieran voltou e lhe entregou uma espada. Vi que ele estava com a minha bolsinha.

Blaz assentiu.

— Elian pode lhes dizer que há muitas pessoas se opõem à Coroa de Sangue. Toda uma rede dentro do reino que planeja usurpar o poder dos Ascendidos. Vocês podem apressar as coisas quando seu exército chegar, mas, até lá, somos necessários aqui.

Ao ouvir o nome do antepassado, Casteel lançou um olhar a Malik e então deu um passo à frente, apertando o ombro de Blaz.

— Obrigado. Agradeço a vocês dois por toda a ajuda.

Clariza fez uma reverência enquanto eu colocava a capa.

— É uma honra.

Uma batida soou na porta da casa, e Casteel se virou e segurou o meu rosto. O toque dele me acalmou.

— Minha Rainha?

— Sim?

— Acho que você vai ficar feliz em saber — anunciou ele, deslizando as mãos para as bordas do capuz conforme o levantava — que está prestes a quebrar a cara de um monte de gente.

Dei uma risada áspera e trêmula, e meu coração desacelerou. Voltei-me para Clariza e Blaz enquanto Reaver e Malik se dirigiam para os fundos da casa.

— Tomem cuidado.

— Temos que ir — avisou Malik, levantando o capuz da capa que vestia quando outra batida soou na porta.

Clariza ergueu o queixo e pousou o punho fechado sobre o coração.

— De sangue e cinzas — começou ela enquanto Blaz fazia o mesmo.

— Nós ressurgiremos — concluiu Casteel, com a mão sobre o coração enquanto ele, o Rei, se curvava para eles.

Segui no encalço de Kieran, olhando para Malik enquanto Blaz descia pelo corredor.

— Eles ficarão bem quando os guardas vierem?

— É bem possível — respondeu ele.

Aquilo não era muito reconfortante.

— Você e eu não acabamos de conversar. — Casteel passou na minha frente, com o capuz ocultando o rosto.

Aquilo também não era nada reconfortante.

— Vai ter que ficar para depois — disse Kieran, com a mão na minha lombar.

— Para onde vamos? — Reaver alcançou a porta dos fundos.

— Para o porto — respondeu Malik. — Para a Cidade Baixa.

O dragontino assentiu e abriu a...

Havia quatro Guardas Reais ali, com os mantos brancos ondulando ao vento.

— Aonde é que vocês acham que vão? — perguntou um guarda mais velho.

Somente Reaver estava sem capa, mas o guarda deu uma boa olhada no resto de nós, com a identidade oculta sob o capuz, e desembainhou a espada.

— Afaste-se — ordenou ele.

Não tive tempo de evocar o éter.

Reaver deu um salto, agarrando o braço do guarda e esticando o pescoço. Ele afrouxou o maxilar e escancarou a boca. Um ronco baixo soou do seu peito conforme uma torrente de fogo prateado saía de sua boca.

Arregalei os olhos.

— Puta merda! — exclamou Casteel, se retesando na minha frente enquanto as chamas prateadas envolviam o guarda.

— É — comentou Kieran.

Reaver empurrou o guarda aos gritos contra outro, e o fogo sobrenatural passou para o homem. Ele se virou e soltou mais um jato intenso de chamas, acabando com os guardas na porta dos fundos em um piscar de olhos.

O cheiro de carne carbonizada foi levado pelo vento, deixando meu estômago embrulhado enquanto Reaver se endireitava.

— O caminho está livre.

Casteel se virou para o dragontino.

— É, pode apostar.

Um grito agudo de dor soou da casa, e eu dei meia-volta. Clariza deu um berro, alarmada.

— Temos que ir embora — insistiu Malik, afastando os restos queimados com a bota.

É verdade, só que...

— Eles nos ajudaram — falei.

— Mas sabiam dos riscos — argumentou Malik conforme gritos roucos ecoavam da frente da casa.

— E nós também quando viemos procurá-los. — Dei um passo à frente.

Kieran segurou minha capa por um instante e então a soltou.

— Concordo — disse Casteel, empunhando a espada com firmeza.

— Pelo amor dos deuses — resmungou Malik. — Não está na hora de bancarem os heróis. Se vocês forem pegos...

— Não seremos. — Casteel virou a cabeça encapuzada para mim.

Assenti, deixando que a essência viesse à tona enquanto passos pesados desciam pelo corredor. Inúmeros Guardas Reais correram na nossa direção. O éter latejante iluminou minha pele conforme minha vontade se fundia com a essência. Uma teia prateada se projetou de mim depois de faiscar nas minhas mãos, com as sombras que se entremeavam ao brilho ainda mais densas.

— Isso é novidade — observou Casteel.

— Começou algumas semanas atrás — Kieran disse a ele quando os guardas pararam de repente.

As espadas caíram das mãos deles, tilintando pelo chão enquanto seus pescoços torciam para o lado, quebrados.

— Você vai ficar preocupada ao ouvir isso, embora não surpresa — começou Casteel, e o sabor defumado e picante na minha boca superou o gosto da morte. — Mas achei isso extremamente... excitante.

— Tem algo muito errado com ele — murmurou Reaver atrás de nós. — Não tem?

Definitivamente, mas eu o amava por isso.

Kieran bufou quando outro Guarda Real entrou ali. A essência se estendeu de mim quando abaixei o queixo. A teia pulsou, mas depois recuou.

— Espectro — disparei.

O guarda sem máscara sorriu. Foi então que vi seus olhos. Azul--claros.

Casteel girou o corpo, pegando uma adaga da mesa e a atirando em um movimento fluido. A lâmina acertou o alvo, atingindo o Espectro no meio dos olhos.

— Vamos ver quanto tempo você vai levar para se recuperar disso.

— O tempo necessário para tirar a lâmina da carne — soou uma voz. O Espectro dourado saiu das sombras do corredor.

Callum.

— Você — fervilhou Casteel.

— Imagino que esteja bem melhor do que da última vez em que o vi — respondeu Callum enquanto a fúria tomava conta de mim. Ele não estava sozinho. Uma olhada rápida me mostrou que havia pelo menos meia dúzia de guardas com ele. Todos de olhos pálidos.

— Reaver — chamei. — Gostaria que fizesse uma coisa por mim e acho que vai ficar muito feliz com isso.

O dragontino abriu um sorriso sanguinário enquanto caminhava entre Casteel e eu.

Callum olhou para Reaver, com uma asa pintada em um dos lados do rosto.

— Acho que sei o que você é.

— E eu acho que você está prestes a ter certeza. — Uma fumaça saiu das narinas de Reaver.

— Talvez mais tarde. — Callum ergueu a mão.

Clariza apareceu no corredor, com o nariz sangrando e uma lâmina apontada para o pescoço. Um guarda a empurrou na direção de Callum. Ele a segurou enquanto Blaz se arrastava para a frente, preso por outro guarda.

— Você é tão covarde a ponto de usá-los como escudos? — indaguei, furiosa.

— O que você chama de covardia — observou Callum enquanto eu sentia o gosto quente e ácido da raiva de Clariza se acumular na garganta —, eu chamo de inteligência.

Kieran veio até o meu lado.

— Esse desgraçado é cheio de piadinhas.

— Infinitas. — Callum examinou o lupino. — Quando isso acabar, vou ficar com você. Sempre quis ter um lobo de estimação.

— Vá se foder — rosnou Kieran.

A raiva não foi a única coisa que captei do casal conforme a violência tomava conta do ambiente. Senti o gosto salgado da determinação também. Eles estavam dispostos a morrer.

Mas não podia deixar que isso acontecesse.

— Acalme-se — disse a Reaver.

O dragontino deu um ronco, mas a fumaça se dissipou.

Callum sorriu.

— Certas pessoas diriam que a humanidade é uma fraqueza.

— Porque é — intrometeu-se outra voz, e todos os músculos do meu corpo se contraíram.

Callum e o outro Espectro se afastaram enquanto eu mudava de posição para ficar na frente de Casteel. Uma silhueta envolta em carmim se adiantou, mas eu sabia que não era uma Aia.

Mãos finas se ergueram para abaixar o capuz, revelando o que eu já sabia.

Isbeth estava diante de nós. Ela estava sem a coroa de rubis e o pó que clareava sua pele. Foi então que me dei conta de que já a tinha visto assim em seus aposentos, com a pele mais quente e corada. No entardecer do dia em que ela me mostrou a joia da Estrela — um diamante cobiçado em todo o reino e conhecido pelo brilho prateado.

As coisas mais bonitas em todo o reino costumam ter facetas irregulares, cicatrizes que intensificam a beleza de um jeito intrincado que nossos olhos e mentes não são capazes de detectar nem de começar a compreender, dissera ela.

Era verdade. E aqueles iguais a ela, com feições suaves e uniformes, pele impecável e beleza infinita, podiam ser maus e feios. Minha mãe era a mais monstruosa de todos. E quanto à minha irmã? Ela podia até não querer que os planos fossem destruídos, mas o que fez para deter nossa mãe?

— Sua compaixão pelos mortais é admirável, mas não é um ponto forte — anunciou Isbeth, olhando de relance para Reaver antes de fixar os olhos escuros em mim. — Uma Rainha de verdade sabe quando sacrificar seus peões.

— Uma Rainha de verdade nunca faria uma coisa dessas — retruquei, puxando o capuz para baixo, já que não havia mais sentido usá-lo. — Só uma tirana pensaria nas pessoas como peões a serem sacrificados.

Isbeth deu um sorriso tenso.

— Sou obrigada a discordar de você. — Ela inclinou a cabeça na direção de Casteel. — Um de vocês destruiu a minha cela. Um pedido de desculpas seria recebido de bom grado.

— E lá estamos com cara de quem vai te pedir desculpas? — Casteel mudou de posição para esconder Malik. Kieran o imitou.

— Coisas estranhas acontecem o tempo todo — respondeu ela. — Mais estranhas do que uma Névoa Primordial sem Vorazes que os atraiu da Floresta Sangrenta até nossas muralhas. *Isso*, sim, foi inteligente. Impressionante, eu diria.

— Não dou a mínima para o que você pensa — rebati.

Isbeth arqueou a sobrancelha enquanto olhava ao redor da cozinha, franzindo os lábios de nojo.

— Você achou mesmo que conseguiria fugir? Que sairia da capital com algo que me pertence, ainda por cima?

Rosnei quando o éter pulsou no meu peito.

— Não estava falando de você. — Ela olhou para trás de nós e deu um sorriso frio. — Estava falando *dele*.

Casteel se retesou quando a Rainha de Sangue olhou para onde Malik estava parado.

— Ele também não pertence a você.

— Estava tão orgulhosa de você — afirmou Isbeth. — E ainda assim, outro Da'Neer me traiu. Que surpresa.

— Eu traí você? — Malik parecia tão incrédulo quanto eu. — Você sequestrou e torturou meu irmão. Você me manteve em cativeiro e me usou para tudo o que queria fazer. E acusa a *mim* de traição?

— Lá vamos nós. — Isbeth revirou os olhos. — Deuses, deixe isso pra lá.

— Vá se foder! — disparou Malik.

— Nenhum de nós tem o menor interesse nisso há anos — retrucou ela. — Então, não, muito obrigada.

A náusea tomou conta de mim enquanto eu olhava para aquela mulher — aquela fera — que era a minha mãe.

Isbeth olhou de volta para mim.

— Se você tivesse ficado onde devia, podia ter evitado isso. Nós conversaríamos hoje e eu lhe daria uma escolha. Uma escolha que resultaria na liberdade dele. — Ela apontou para Casteel com o queixo. — E em menos caos. Mas assim? É muito mais dramático. Eu até entendo você, pois também adoro fazer uma cena.

Fechei as mãos em punhos.

— Do que você está falando?

— De uma escolha — repetiu ela. — Uma escolha que ainda estou disposta a lhe oferecer, dada a minha natureza graciosa e tolerante.

— Você está delirando — falei, abalada pela constatação de que ela realmente acreditava no que dizia.

Isbeth estreitou os olhos.

— Você sabe onde Malec está. Foi você mesma quem me disse isso. Se quiser sair da cidade com seu amado, encontre-o e o traga de volta para mim.

36

— Mas que história é essa?! — exclamou Malik, com a acidez da confusão ecoando a minha, embora não fosse a única emoção que eu captava. Um ligeiro traço vinha de...

Callum olhou para a Rainha de Sangue, segurando Clariza com firmeza, mas arqueando as sobrancelhas sob a máscara de asas.

— O que ele tem a ver com isso? — indagou Casteel.

— Tudo — respondeu ela, brincando com o anel de diamante. — Traga-o de volta para mim e ele me dará o que eu quero.

— Você acha que ele vai ajudá-la a destruir os planos? A punir Nyktos? — Casteel arqueou as sobrancelhas. — Você sabe há quanto tempo Malec está sepultado. Ele sequer será capaz de conversar com você, muito menos ajudá-la a destruir alguma coisa.

Isbeth aguçou o olhar.

— Ah, ele vai, sim.

— Vossa Majestade — começou Callum. — Isso não é...

— Silêncio — ordenou Isbeth, com os olhos fixos em mim.

O Espectro se retesou, estreitando os olhos. Era evidente que ele não fazia a menor ideia do que Isbeth pretendia ou queria fazer.

E eu estava, bem, atordoada. Era *assim* que ela acreditava que eu a ajudaria a destruir Atlântia e, quem sabe, os planos? Libertando Malec? Casteel tinha razão. Malec não teria condições mentais de participar de nada que ela achasse que poderia conquistar.

— Só para ter certeza de que entendi direito: você acha que vou embora daqui, encontrar Malec e então voltar com ele para que você possa usá-lo para destruir o meu reino? E os planos?

— Exatamente.

Olhei para Reaver, que tinha ficado completamente imóvel e quieto enquanto observava a Rainha de Sangue.

— Por que você não me pede para contar onde ele está? — indaguei.

— Porque eu não acreditaria em você.

— Mas acredita que farei o que você está me pedindo assim que eu for embora daqui?

Ela me encarou.

— Como disse antes, eu ia oferecer a liberdade dele em troca. E ainda ofereço.

— Parece que estou acorrentado? — rosnou Casteel.

— Talvez as correntes não estejam em volta do seu pescoço, mas ainda estão aí. Só que, agora, em volta do pescoço de todos, de um jeito diferente. Os Espectros estão cercando esta casa deplorável. O bairro inteiro está cheio deles. São muitos para que seus companheiros de viagem tão interessantes possam enfrentar sem ferir os inocentes com os quais se preocupam tanto. Já devia saber que você traria um dragontino pra cá. — Ela lançou um olhar rápido e descontente na direção de Callum. Ele entregou Clariza para outro Espectro, mas continuou parcialmente atrás dela. — Seja como for, você já deve ter percebido que suas fugas charmosas, mas destrutivas, chegaram ao fim. E embora espere o pior de mim, sou uma Rainha muito generosa.

Quase engasguei.

— Encontre Malec e traga-o de volta para mim e deixarei você partir. Permitirei que Casteel se vá também. — Ela me observou atentamente, à espera. — Sua resposta deveria ter sido imediata, Penellaphe. Sei que você faria qualquer coisa por ele.

Eu *faria* qualquer coisa por Casteel, mas Malec era um *deus*, um deus que estava sepultado há centenas de anos. Ele era filho do Primordial da Morte e da sua Consorte. Não conseguia sequer imaginar quais seriam as consequências de libertá-lo.

Olhei de relance para Reaver de novo. Sua expressão era imperscrutável. O que será que Nyktos e sua Consorte fariam se Malec fosse libertado? Por outro lado, eles não interferiram quando ele foi sepultado.

Mas era só isso? Era assim que ela pretendia me usar? Foi para isso que nasci? Se sim, então por que esperou até agora para fazer tal pedido? Podia tê-lo feito na primeira vez em que falou comigo ali. Podia ter enviado a proposta junto com o *presente*.

Aquilo não fazia sentido. Na verdade, um monte de coisas não fazia sentido. Começando com por que ela acreditava que Malec seria capaz de lhe dar o que queria, e terminando com o que ela achava que aconteceria depois.

— Se eu concordar, o que vai acontecer? Você e Malec destroem Atlântia, refazem os planos e dão o assunto por encerrado? E se eu me recusar?

O rosto dela assumiu uma expressão severa.

— Se você se recusar, vou garantir que se arrependa disso até o dia de sua morte.

A Essência Primordial veio à tona, pressionando minha pele. Percebi de imediato que ela estava falando de Casteel.

— E o que acha que vai acontecer com você se fizer isso?

— Sei o que você vai fazer — respondeu ela, sorrindo. — Mas também sei que não vai deixar que as coisas cheguem a esse ponto. No final das contas, você vai cair em si e fazer o que eu quero. E sei disso porque, embora não queira admitir, nós duas somos parecidas. Você se importa mais com ele do que com qualquer reino.

— Cale a boca — rosnou Casteel, dando um passo à frente.

Os Espectros se aproximaram quando Isbeth disse:

— Mas é verdade. Ela é igual a mim. A única diferença é que tenho coragem de admitir isso. — Ela olhou de volta para mim. — E então, o que vai ser?

Repassei as possibilidades mentalmente. Tinha certeza de que conseguiria matar a Rainha. Ela era poderosa, mas eu também não iria me conter. No mínimo, eu a deixaria gravemente ferida.

Mas e se ela falou a verdade e estávamos cercados por Espectros? Reaver não conseguiria dar cabo de todos. As pessoas iam acabar se machucando. Aqueles a quem eu amava podiam ser pegos no fogo cruzado.

E aquela parte fria dentro de mim...

A parte que tinha o gosto da morte...

Não era igual à minha mãe.

Era pior.

Olhei para Casteel. Ele retribuiu o meu olhar e deu um aceno com a cabeça. Detestava até mesmo cogitar a ideia de ceder a Isbeth, mas ela devia saber que Malec não poderia ajudá-la a se vingar. Acho que ele não tinha nada a ver com os planos dela. A proposta vinha do desespero de reencontrar seu coração gêmeo, não importa a condição em que Malec estiver, pois ele é o ponto fraco dela.

Um ponto fraco do qual podemos tirar vantagem. Começando por concordar com as exigências dela sem ter a menor intenção de cumpri-las.

— Vou trazer Malec de volta pra você — decidi.

Não houve nenhuma comemoração. Isbeth permaneceu calada por um bom tempo.

— Você me perguntou como eu confiava que você fosse voltar. Antes eu tinha o Rei para assegurar a sua cooperação. Agora, o que tenho que fazer para garantir que você não vá me trair?

— Acho que você vai ter que esperar para ver — retruquei.

Isbeth deu uma risada de lábios fechados e lançou um olhar para Callum. Foi o único aviso. O Espectro hesitou por um segundo e então entrou em ação, desembainhando um punhal preto e avançando. *Pedra das sombras*. Reaver se virou para ele enquanto Casteel brandia a espada.

Mas os Espectros eram incrivelmente rápidos.

Callum deslizou a lâmina de pedra das sombras pelo braço de Kieran conforme sussurrava alguma coisa — palavras em um idioma que eu não compreendia, mas às quais a essência no meu peito pulsou em resposta. Uma fumaça preto-avermelhada pairou sobre o corte superficial como tinha rodopiado ao redor do quarto em Massene quando estava sendo controlada por Vessa.

— Que porra é essa? — disparou Kieran quando Malik o segurou, puxando-o para trás. A sombra reverberou sobre o corpo inteiro de Kieran, empurrando Malik para trás enquanto Casteel cravava a espada no peito de Callum.

Um fio de sangue apareceu no braço de Kieran conforme ele tentava se livrar da sombra. Peguei o braço dele enquanto a fumaça sombria se infiltrava em sua pele e sumia.

— O que foi que você fez? — gritei quando fui tomada pelo pânico, virando a cabeça na direção de Isbeth. Tudo o que vi foi o corpo flácido de Tawny, imóvel após ser atingido por uma lâmina de pedra das sombras.

Callum cambaleou para trás, livrando-se da lâmina.

— Deuses. — O sangue espumou da sua boca quando ele caiu em cima da mesa. — Doeu pra... — disse o Espectro enquanto escorregava até o chão, morto por enquanto.

Com o coração acelerado, fechei a mão sobre a ferida de Kieran, conjurando um calor curativo.

— Não precisa entrar em pânico — Isbeth disse suavemente. — Ele vai ficar bem. Pedra das sombras não faz muito efeito nos lupinos. É com a maldição que Callum colocou nele que deve se preocupar.

— O quê? — Os olhos de Casteel pareciam uma tempestade de manchas douradas e rodopiantes.

— Uma maldição com limite de tempo e que só eu sou capaz de tirar — respondeu Isbeth. — Volte com Malec ou o seu precioso lupino vai morrer.

Kieran entreabriu os lábios, e fui tomada pela fúria mais uma vez.

Casteel investiu contra ela, mas Malik girou o corpo, segurando-o quando Kieran avançou...

— Deixa pra lá. — Reaver estendeu o braço, bloqueando Kieran. Ele olhou para o lupino. — Deixa pra lá.

Kieran rosnou, se desvencilhando de Reaver. Mas então recuou, respirando pesadamente. O corte continuava no braço dele. Superficial como era, um toque de leve deveria tê-lo curado.

Isbeth continuou impassível, até mesmo entediada. Eu a odiava. Deuses, como eu odiava aquela mulher!

— Preciso de tempo — consegui dizer. — Portanto, Kieran precisa de tempo.

Os olhos dela se iluminaram com aquele brilho tênue.

— Você tem uma semana.

— Preciso de mais tempo. O reino é enorme. Três semanas.

— Duas. O lupino vai ficar bem por esse período. Não mais do que isso.

— Certo. — Cortei a conversa, sentindo a preocupação de Kieran. Duas semanas parecia bastante tempo, mas não quando não sabíamos nem por onde começar na Floresta Sangrenta. Se pudéssemos delimitar a localização de Malec... — Preciso de mais uma coisa. De algo que pertencia a Malec.

Ela franziu o cenho.

— Por quê?

— E isso importa? — perguntei.

— Depende. Você vai me devolver o objeto?

— Não sei. Quem sabe? Com o objeto, vou conseguir encontrar o túmulo de Malec mais rápido.

Isbeth estreitou os olhos na direção de Callum, que já estava voltando à vida. Ela franziu os lábios e olhou para o anel de diamante que usava no dedo.

— Eu tenho isso. Era dele. Foi Malec quem me deu.

— Sabia que era de ouro Atlante — murmurou Casteel.

— Vai servir — disse. Assim como o meu sangue também deveria servir, pelo menos de acordo com Lorde Sven.

Ela começou a tirar o anel, hesitou, e então o tirou do dedo enquanto Callum se levantava lentamente.

— É tudo o que tenho dele. — Ela ergueu o olhar, com os olhos brilhando pelas lágrimas não derramadas. — Só isso.

Não falei nada.

E não senti nada quando levantei a mão, com a palma para cima.

— Preciso disso para encontrar Malec.

Ela apertou os lábios, estendeu a mão e soltou o anel na minha mão. Eu o peguei, guardando-o na bolsinha junto com o cavalinho de brinquedo. Isbeth estremeceu e, por um segundo, senti o gosto amargo da sua dor.

E não me importei nem um pouco.

— Vamos nos encontrar no Templo dos Ossos, além da Colina, daqui a duas semanas — informou Isbeth, desviando o olhar da bolsinha em que coloquei o anel. — Você se lembra do lugar.

— Claro. — O antigo Templo estava localizado entre o ponto mais ao norte da Carsodônia e de Pensdurth e foi construído antes que as muralhas ao redor de ambas as cidades fossem erguidas. Era lá que diziam que os restos mortais dos Sacerdotes e Sacerdotisas eram sepultados.

— Então estamos de acordo. — Isbeth deu um passo para trás e parou. — Permito que Casteel, o dragontino e o lupino a acompanhem. Mas não Malik.

— Como disse antes — os olhos de Casteel assumiram um brilho dourado —, ele não pertence mais a você. Malik vai embora conosco.

— Está tudo bem. — Malik passou por Kieran. — Vocês vão e encontrem Malec.

— Não. — Casteel se virou, e logo percebi que Malik queria voltar com Isbeth. Não para ela, mas para Millicent. E o brilho ávido e cruel nos olhos de Isbeth me dizia que ele pagaria caro por suas ações, muito provavelmente com a própria vida. Malik já devia saber disso.

— Você não pode ficar com ele — avisei a Isbeth. — Quer Malec de volta? Então vai nos deixar partir, incluindo Malik... — Parei de falar antes que dissesse o nome dela. Da minha irmã. Antes que perguntasse por ela. Ela não estava ali entre os Espectros. Se dissesse o nome dela, eu a colocaria em perigo.

— Dá licença — rosnou Malik, tomando pelo pânico que pesou como um fardo no meu peito.

— De jeito nenhum — advertiu Casteel.

— Não estava pedindo.

Casteel o empurrou para trás.

— Sei disso.

Peguei Malik pelo braço.

— Você não vai ajudar ninguém se estiver morto.

Ele se desvencilhou de mim, de modo irracional, e eu me lembrei de Casteel na Trilha dos Carvalhos. De como ele se entregou a Isbeth. Por vontade própria. Por mim. Ninguém poderia detê-lo. Assim como ninguém deteria Malik agora, e Casteel se deu conta disso. Ele lançou um olhar para Kieran.

O lupino atacou, batendo com o punho da espada na parte de trás da cabeça de Malik. O estalo retumbante me deixou enjoada. Virei-me para Kieran.

— O que foi? — Com a ajuda de Casteel, ele pegou o peso morto de Malik nos braços. — Ele vai ficar bem.

— Hã — murmurou Callum, limpando o sangue da boca com as costas da mão. — Por essa eu não esperava.

— Nem eu — concordou Isbeth bem devagar, com as sobrancelhas arqueadas.

— Ou ele, ou Malec — disse. — Você decide.

Ela estreitou os olhos outra vez e então deu um suspiro.

— Que seja. Leve-o. Já estou cansada dele mesmo. Podem sair pela Colina como pessoas civilizadas. Acredito que não vão fazer nenhuma cena na partida. — Isbeth se virou, levantando o capuz. Mas se deteve de novo. — Ah, e mais uma coisa — disse ela. Em seguida, piscou os olhos.

E foi só isso.

Clariza e Blaz ficaram rígidos nas mãos dos captores, de olhos tão arregalados que quase todo o branco era visível. O sangue se esvaiu rapidamente dos seus rostos. Fissuras apareceram nas bochechas, no pescoço e por toda a pele. Esbarrei em Casteel quando a pele deles encolheu e se desfez e os dois caíram no chão, murchando até não passarem de cascas ressequidas.

Um guarda os cutucou com a bota e eles — pedaços deles — se despedaçaram.

— Nem perca o seu tempo tentando fazer com que eles voltem à vida — disse Callum. — Ninguém volta disso.

O choque tomou conta de mim enquanto eu olhava para as tiras de pele seca e em decomposição que se infiltravam no piso de madeira. Minhas mãos tremiam quando ergui o olhar.

— É como diz o ditado — comentou Isbeth, puxando o cordão do capuz carmesim para perto do pescoço. — Descendido bom é Descendido morto.

O rugido voltou aos meus ouvidos, seguindo até o peito, e a essência veio à tona em questão de segundos. Não havia como detê-la. Sequer tentei fazer isso conforme sentia aquele gosto familiar na garganta, sombrio e cheio de fogo.

Morte.

O poder ancestral vibrou nos meus ossos, preencheu meus músculos e correu pelas minhas veias, penetrando na minha pele. Dei um berro, bradando a morte.

Uma luz prateada entremeada a sombras densas e agitadas se projetou de mim. Alguém gritou quando dei um passo à frente, com o piso de madeira *rachando* sob os meus passos. A temperatura do aposento caiu até que o hálito ofegante se condensou em vapor. Uma fúria gélida saiu de mim em uma explosão de energia — um choque de essência no ambiente. A mesa e as cadeiras viraram pó quando a raiva atingiu as paredes. Eles se esticaram sob o peso. O gesso e a pedra estalaram. O telhado tremeu e então as paredes *ruíram* quando a sensação sombria e oleosa tomou conta de mim. Antiga. Fria. Um Arauto.

Uma parte da pedra se transformou em cinzas sob a luz do sol. Grandes pedaços voaram pelos ares, derrubando os Espectros que estavam do lado de fora, colidindo e entrando pelas construções ao redor conforme a sombra e a luz se estendiam ao meu redor, formando nuvens de fumaça densas e crepitantes. Minha pele esfriou e depois se aqueceu com um formigamento intenso. Havia guardas mortais no meio dos Espectros. A massa agitada feita de luar e meia-noite os encontrou, detendo-os enquanto corriam na minha direção, e não sobrou nada deles.

Já estava cansada daquilo.

Um vento salgado soprou, acompanhado de sons estridentes. Gritos repletos de um gosto amargo. Medo. O vento e os gritos levantaram o meu cabelo conforme eu invocava a essência. As nuvens escureceram sobre o mar, soprando e engrossando em um rosnado sombrio que se juntou ao rugido. As tábuas do piso se partiram conforme eu avançava na direção dos Espectros que a *protegiam*. Ela estava no meio deles, com o rosto oculto, mas captei o seu sorriso. Seu prazer. *Excitação*. A sensação borbulhou na minha garganta, misturando-se com a morte e o terror enquanto os mortais se espalhavam pelas ruas, saindo das casas ali perto quando as paredes começaram a rachar e estremecer. Os telhados se desprenderam e voaram pelos ares quando um relâmpago caiu no penhasco.

Faça isso. Libere toda sua raiva, incitou uma voz, persuasiva. Parecia a voz que tinha sussurrado na escuridão tantos anos atrás. *Faça isso, Arauto*.

Eu queria fazer.

Minha *vontade* começou a se projetar de mim, evocando...

O braço de alguém passou em volta da minha cintura, penetrando na massa agitada e crepitante ao meu redor. O toque me deixou sobressaltada. Uma mão se fechou sob o meu queixo, me puxando para trás.

— Pare — pediu outra voz, uma voz que aqueceu os pontos frios dentro de mim e esfriou o calor da minha pele. Casteel. Tão corajoso. Tão leal. Ele me puxou contra o peito, sem temer o poder que lambia sua pele, faiscando nela. Mas ele não tinha porque ter medo. Eu jamais o machucaria. — Você precisa *parar* com isso — pediu novamente.

— Não — argumentei, com a voz suave, mas cheia de sombras e fogo. Outro telhado se desprendeu, voando para o mar. — Estou farta disso. — Comecei a me afastar.

Casteel me segurou firme.

— Assim não. É isso que ela quer. Os Espectros não estão atacando, Poppy — disse ele, com a voz baixa no meu ouvido. — Olhe, Poppy. Olhe ao redor. — Ele virou a minha cabeça, e eu vi...

Vi os fios de éter cuspindo brasas e as casas em ruínas além daquela em que estávamos. As nuvens escuras, os mortais ajoelhados com as mãos na cabeça, se escondendo debaixo das árvores e se espremendo contra as paredes sacolejantes. Eu os vi pelas ruas da Colina das Pedras, protegendo as crianças enquanto os galhos das árvores se partiam e caíam no chão. Eles estavam apavorados, reunidos em grupos, chorando e rezando.

Mas eu jamais os machucaria.

— Você não é igual a ela — afirmou Casteel, me apertando. — É isso que Isbeth quer, mas você não é igual a ela.

Foi então que vi Kieran, com os tendões do pescoço salientes como se estivesse se esforçando para não se transformar...

Como se estivesse lutando contra a constatação de que teria de fazer o que pedi a ele na Trilha dos Carvalhos.

Meu corpo inteiro estremeceu. Fechei os olhos. Eu não era... não era igual a ela. Não era a morte. Não queria isso. Assustar os mortais. Machucá-los. Não era igual a ela. Não era. Não era. Não era. Em pânico, bloqueei os sentidos e contive a Essência Primordial. O éter entremeado de sombras se retraiu e recuou, voltando para dentro de mim. O peso do poder não disperso assomou no meu peito e recaiu nos meus ombros quando abri os olhos.

As nuvens carregadas se espalharam e a luz do sol voltou, reluzindo nas flechas de pedra das sombras que os Espectros apontavam para nós, para mim. Os mortais se levantaram, mas ficaram quietos e imóveis, e senti seu medo deles arranhando minha barreira.

E então ouvi os cochichos.

Olhei para onde a porta da cozinha deveria estar e vi os restos mortais de Clariza e Blaz. Outro tremor me abalou quando ergui o olhar. Não encontrei Isbeth no meio dos Espectros, mas me deparei com Callum.

Estava a poucos metros de distância de mim, com a camisa dourada manchada de sangue e os cabelos loiros bagunçados pelo vento. Ele *sorriu*.

Contorci-me, tentando me desvencilhar de Casteel.

— Mais tarde — sussurrou ele, deslizando a palma da mão pela minha bochecha. — Nós ainda vamos pisar sobre os ossos dele. Juro a você.

Callum inclinou a cabeça, a única indicação de que tinha ouvido Casteel. Seu sorriso se alargou, e eu me dei conta de que eles não tinham certeza se eu reagiria daquele jeito, mas já esperavam que sim. Porque aqueles cochichos...

Eu fiz o que exigi que os generais Atlantes *não* fizessem quando invadissem as cidades. Destruí casas. Devo ter ferido mortais inocentes. E, durante o meu ataque de fúria, me tornei o que Isbeth disse que eu era.

O Arauto.

37

Casteel

Poppy ficou com o corpo rígido contra o meu conforme cavalgávamos os cavalos — entregues a nós na fronteira da Colina das Pedras —, passando por ovelhas que pastavam ali perto. Estava calada desde que nos afastamos das casas em ruínas, mas aquilo era diferente.

A confusão que era minha mente desde que saímos da Carsodônia diminuiu quando olhei para o topo da sua cabeça, com os cabelos de um tom profundo de cobre sob a luz do sol.

Um sorriso surgiu no rosto virado para cima de Poppy, o primeiro que vi desde que saímos dos escombros daquela casa.

— *Padônia*.

Meu coração literalmente *palpitou* com a visão do seu sorriso.

— O quê?

Ela ergueu a mão, de olhos fechados. Foi então que entendi. Poppy estava usando o Estigma Primordial para se comunicar com o lupino nas últimas duas horas, ou seja, com Delano.

O Estigma Primordial tinha um significado completamente diferente agora.

O assombro se apoderou de mim mais uma vez, junto com um traço persistente de incredulidade assim que ela franziu o cenho. Minha esposa era uma *Primordial*.

Cara, se eu já achava que não era digno antes...

Quase dei uma risada, mas a morte do casal que tinha nos ajudado ainda me assombrava.

Assim como a reação dos mortais a Poppy, fugindo de medo para o centro da Carsodônia.

Voltei o olhar para as colinas verdejantes. Só vi ovelhas, fazendeiros agitados e Guardas de Colina. Não podia culpar os mortais inquietos. Nosso grupo chamava atenção, e não porque estivéssemos viajando para fora da Colina sem nenhum guarda ou Caçador.

Mas por causa de Kieran. Ele seguia ao nosso lado na forma de lupino e era maior que qualquer lobo que os fazendeiros ou guardas já tinham visto. E também por causa de Malik, preso por parte das correntes que estavam nos meus pulsos antes e montado em um cavalo guiado pelo dragontino. Nenhum de nós acreditava que ele não fosse voltar correndo para a Carsodônia assim que tivesse uma chance.

A bela curva nos lábios de Poppy sumiu quando ela levantou os cílios volumosos.

— Falei com Delano — anunciou, como se não fosse nada. Como se ele estivesse a alguns metros de distância. — O combinado era esperarem por nós em Três Rios, mas ele me disse que tiveram que ir para a Padônia primeiro. É perto de Lockswood.

Passei o braço ao redor da cintura dela.

— Sei onde é. — Não sabia muito sobre a comunidade majoritariamente agrícola. Não fazia a menor ideia de que Ascendidos a governavam nem de quantas pessoas chamavam a cidade isolada de lar. Mas sabia que os ataques de Vorazes eram frequentes devido à proximidade com a Floresta Sangrenta. — Ele te contou por que foram para lá?

Ela sacudiu a cabeça.

— Delano me disse que explicaria assim que chegássemos lá, mas que entenderíamos. A maior parte do exército está com eles, exceto por alguns batalhões que ficaram para proteger as cidades que tomamos. — Ela tocou no meu braço, movendo os dedos distraidamente. — Não sei o que pode tê-los atraído para lá. Não pretendíamos invadir Padônia, e sim nos concentrarmos nas cidades maiores primeiro. Mas eu... eu tive a impressão de que não é coisa boa.

Só os deuses sabiam que nível de caos os havia atraído para lá. Mudei de posição atrás dela, deslizando a mão até seu quadril enquanto olhava além das colinas para o distante brilho carmesim no horizonte da Floresta Sangrenta.

— Padônia fica mais perto da Floresta Sangrenta do que Três Rios. Vamos nos encontrar com todo mundo, descobrir o que está acontecendo e depois partir para a Floresta Sangrenta dali.

Poppy virou a cabeça para mim, com a voz baixa.

— Avisei Delano a respeito de Malik. Não contei muita coisa a ele, só disse que era complicado. — Ela fez uma pausa. — Achei que seu pai devia ser informado.

Embora não tivesse certeza se meu pai merecia isso, sabia que nossos amigos, sim. Abaixei a cabeça e dei um beijo em sua bochecha.

— Obrigado.

O sorriso começou a voltar ao seu rosto, mas ela virou a cabeça de repente, respirando fundo enquanto levava a mão à outra bochecha, esfregando-a logo abaixo do osso.

— Você está bem? — perguntei o mais baixo possível. Ainda assim, o dragontino e Kieran voltaram a atenção para nós.

— É só uma dorzinha de leve. Acho que fiquei rangendo os dentes — respondeu ela, olhando para os mortais enquanto pousava a mão no meu pulso. Aquele toque... Deuses! Como eu o apreciava! Um bom tempo se passou antes que ela dissesse: — Já devia saber que ela faria algo terrível.

Sabia exatamente no que ela estava pensando desde que saímos da capital, passando por casas adornadas por flâmulas brancas em cima das portas. Flâmulas que, segundo Malik, significavam que o lugar era um refúgio para os Descendidos.

— Você não pensou nisso porque não se parece em nada com ela. — Abaixei a cabeça e rocei os lábios em sua têmpora. — Há certas coisas para as quais nunca se está preparado, mesmo que saiba o que está por vir. Isbeth é uma delas.

Poppy voltou a atenção para a frente, onde o horizonte brilhava como se estivesse banhado em sangue.

— Quanto tempo você acha que vamos levar para chegar na Padônia?

— Cerca de um dia de cavalgada, talvez menos se aumentarmos o ritmo. Mas acho que os cavalos não vão aguentar.

— Também acho que não. — Ela acariciou a égua. — Eles precisam descansar.

Viajamos por mais algumas horas. Ao longo do caminho, Kieran bisbilhotou as casas abandonadas, nos avisando quando encontrava algo de útil naquelas que pareciam ter sido desocupadas há pouco tempo. Alguns cobertores aqui. Pacotes de carne curada acolá. O dragontino avistou arbustos de cerejas perto da estrada velha. Não era grande coisa, mas teríamos de nos contentar com isso.

O céu já estava ficando azul-escuro e violeta quando Poppy parou de refletir e voltou a si.

— Depois que encontrarmos Malec e nos certificarmos de que Kieran não esteja mais amaldiçoado... — Poppy estava encostada em mim, mas seu corpo já estava ficando tenso. — Temos que acabar com isso.

Acabar com isso.

Passei a maior parte da vida planejando como destruir a Coroa de Sangue. Tanto tempo que parecia surreal agora que estávamos prestes a fazer isso.

Que chegamos a um ponto em que o fim estava próximo.

— Sim, nós temos. — Movi o polegar em círculos em seu quadril, sabendo que ela gostava daquilo tanto quanto eu. O antigo Templo que Isbeth havia designado como local de encontrou veio à minha mente, uma lembrança turva de muitos anos atrás. — O Templo dos Ossos fica do lado de fora das Colinas da Carsodônia e de Pensdurth, à sombra da capital. É possível que nosso exército consiga entrar na Carsodônia pelos portões ao norte.

— Não é um ponto de entrada ideal — observou Poppy. — Desse modo, entraríamos pela Colina das Pedras e a Travessia de Chalés e não conseguiríamos avisar às pessoas antes.

— Não, não conseguiríamos. — Essa constatação pesou nos meus ombros. — Mas os portões ao norte não devem ser tão reforçados quanto os principais.

Ela assentiu, soltando o ar lentamente.

— Sabe os panos brancos nas portas e janelas das casas? Na Masadônia, significavam que alguém estava amaldiçoado, infectado por um Voraz. Não fazia ideia de que podiam significar outra coisa, muito menos que designassem um refúgio para os Descendidos.

Nem eu.

— Quantos? — Reaver perguntou a Malik, e eu fiquei tenso. — Você sabe quantos são?

Malik levantou a cabeça.

— Milhares. E todos prestarão ajuda no instante em que perceberem que o exército de Atlântia está na Colina.

— Milhares — murmurou Poppy. — É... é bastante coisa.

— Mas há centenas de milhares de pessoas que acreditam que você seja o Arauto — acrescentou Malik. — E o que aconteceu na Colina das Pedras não vai fazer com que elas mudem de ideia nem de lealdade.

Poppy se retesou.

— Cale a boca — adverti.

— Não é nada pessoal — explicou, olhando para Poppy. — Só estou falando a verdade.

— Eu sei — respondeu ela calmamente. — O que fiz não vai ajudar em nada a nossa causa.

Por pura força de vontade, consegui me controlar para não saltar do cavalo e fazer pior do que tirar sangue do nariz do meu irmão outra vez. Havia muita merda entre nós. Até podia entender o motivo de ele ter decidido permanecer sob o punho da Rainha de Sangue — porra, eu faria o mesmo se ela estivesse com Poppy. Não era tão babaca assim para não admitir isso. Só que era *ele*. O Senhor das Trevas que assombrava os pesadelos de Poppy. Além disso, ele estava olhando para ela por mais tempo que merecia.

Poppy apertou o meu pulso, e eu relaxei o maxilar, me forçando a tirar os olhos dele.

— Não posso acreditar que vocês estejam pensando em entregar Malec a ela. — Malik estava olhando para a frente, dando uma opinião que ninguém tinha pedido a ele. — Nem que fariam qualquer coisa que ela quisesse.

— Devo ter batido na sua cabeça com força demais, já que parece que você esqueceu que não temos escolha. — Estreitei os olhos para ele. — Não vamos deixar que nada de mal aconteça com Kieran.

Malik olhou para o lupino, que o encarou como se quisesse arrancar um pedaço da sua perna. Ele estremeceu, esticando os dedos amarrados atrás das costas.

— Não quero que nada de ruim aconteça com você. Não é que eu não me importe.

— Sabe com o que eu não me importo? — Dei um sorriso tenso. — Com a sua opinião.

— Como você é maduro — disparou Malik.

— Vá se foder.

A mão de Poppy apertou meu pulso mais uma vez.

— Isbeth não vai ficar com ele, pois vai morrer logo em seguida — explicou. — Além disso, Malec não representa um risco. Não é possível que ele esteja em condições de ser uma ameaça para nós ou para qualquer pessoa. Pelo menos, não no curto período de tempo em que vai ficar na presença dela. Mas mesmo que libertar Malec seja perigoso, ainda vamos assumir esse risco.

O dragontino franziu a testa.

— Vocês estão tão preocupados assim com a maldição? — Ele fez a pergunta mais idiota que alguém poderia fazer.

— Sim — afirmou Poppy categoricamente. — Nós estamos muito preocupados.

Ele inclinou a cabeça.

— A maldição não deve funcionar com seu lupino... — Ele se deteve. — Bem, por outro lado, pode funcionar. A essência que o Espectro usou tinha o fedor de Kolis. É uma Maldição Primordial. Então talvez você tenha o direito de se preocupar.

Olhei para o dragontino.

— Você se importa de explicar o seu pensamento?

— Não acredito que tenho que dizer isso em voz alta — murmurou o dragontino. — Vocês estão Unidos, certo? A vida dos dois está vinculada à de Poppy, à vida longa e praticamente interminável dela. A menos que ela morra, nenhum dos dois deveria morrer.

Ouvi o arquejo de Poppy.

— Por outro lado — continuou o dragontino —, é uma Maldição Primordial. Então...

O dragontino continuou falando, mas não prestei mais atenção. Poppy enterrou as unhas no meu pulso enquanto olhava para Kieran. Ele diminuiu o ritmo, mas só porque nosso cavalo também tinha diminuído. Sob a espessa pelagem castanho-amarelada, vi que os músculos dos seus ombros estavam contraídos.

— Cacete — murmurou Malik e então deu uma risada áspera. Suas feições se suavizaram. — Eu nem tinha pensado nisso.

Apertei o braço em volta da cintura de Poppy. Ela afrouxou as unhas no meu pulso e começou a mover os dedos, imitando os círculos que eu fazia em seu quadril.

Ela relaxou.

E eu também.

Poppy

Comecei a pensar sobre o que descobri e em tudo que tinha acontecido quando paramos para passar a noite, jantando carne curada e cerejas em meio às nogueiras.

Era difícil de assimilar.

Mas Casteel estava ali.

Ele estava livre. Assim como o irmão, gostasse ele ou não. Os dois estavam livres. Era só o que importava.

Ou quase.

Infelizmente, a maldição que Callum havia colocado em Kieran bloqueava todos os meus pensamentos. Aquilo também importava agora. Senti um aperto no peito quando me lembrei daquela fumaça sombria penetrando na pele dele. O que Reaver havia dito — sugerido — podia ser uma solução caso não conseguíssemos encontrar Malec ou se Isbeth tentasse nos trair, assim como pretendíamos fazer com ela.

E não era a primeira vez que eu pensava que a União era...

Uma dor lancinante atravessou meu maxilar superior, fazendo com que eu respirasse fundo. Estremeci, esfregando a bochecha. A dor atacava as raízes dos meus dentes e então sumia tão rapidamente quanto tinha começado.

— Está com dor de cabeça? — perguntou Kieran, sentado ao meu lado depois de ter assumido a forma mortal pouco tempo antes.

— Um pouco, mas já passou. — Olhei para o braço dele. O corte superficial continuava ali. Meu toque não tinha adiantado de nada. — Como você está?

— Do mesmo jeito que da última vez que você me perguntou. Estou bem. — Kieran me estudou com atenção. — Você ficou calada hoje.

Dei de ombros.

— Estou muita coisa na cabeça.

— Sim — concordou ele. — E eu sei o que é uma delas. O que você fez na Colina das Pedras.

Abri e fechei a boca sem dizer nada. Minha mente passava de uma coisa para outra, mas aquilo... Não conseguia parar de pensar no ponto frio que se espalhou pelo meu corpo quando Isbeth ordenou que o casal mortal fosse morto.

— Eu perdi o controle — sussurrei.

— Não, não perdeu.

— Só porque Casteel me deteve.

Kieran se aproximou de mim, abaixando a cabeça.

— Você acha mesmo isso? Acha que Cas ou qualquer um de nós poderia detê-la? — Como não respondi, Kieran tocou no meu queixo e ergueu o meu olhar na sua direção. — Você deteve a si mesma. Não se esqueça disso.

Gostaria que fosse verdade. Ele também. Mas não era.

— E não se esqueça do que me prometeu.

— Adoraria esquecer, Poppy. — Ele abaixou a mão. — Mas não consigo.

Senti uma ardência na garganta.

— Sinto muito.

— Eu sei. — Ele ergueu o queixo. — Cas está vindo pra cá.

Virei-me quando Casteel saiu do meio das árvores. Ele estava explorando a área ao redor para ver se havia algum sinal dos Vorazes nas proximidades.

— Estamos seguros? — perguntei.

— Tanto quanto podemos estar em qualquer lugar — respondeu ele enquanto Kieran se levantava, parando para puxar de leve uma mecha do meu cabelo. Não queria nem pensar em como meu cabelo devia estar desgrenhado. Casteel estendeu a mão para mim. — Venha. Quero te mostrar uma coisa.

Arqueei a sobrancelha, mas peguei a mão dele. Quando me levantei, vi que Kieran tinha parado ao lado de Malik, que estava sendo vigiado por Reaver.

— Tome cuidado — aconselhou Casteel enquanto me levava por entre as árvores. — Não há sinal de Vorazes, mas há muitas nozes verdes espalhadas por aí.

Olhei para baixo, imaginando como poderia evitá-las, já que o chão da floresta não passava de sombras de grama e pedras.

— O que você vai me mostrar?

— É uma surpresa.

Adentramos na floresta, onde os últimos raios de sol mal penetravam nos galhos pesados. Cas tirou um galho baixo do caminho.

— Aqui. — Ele me puxou para a frente. — Olha só isso.

Passei por ele e pelas árvores agrupadas, me abaixando sob um galho. O que vi me deixou sem palavras. Endireitei o corpo, de olhos arregalados. Casteel tinha me levado até a beira do bosque de nogueiras, onde a terra fazia uma descida abrupta até um vale repleto de tons de azul e roxo deslumbrantes que absorviam o que restava do sol. Um rio serpenteava entre as árvores verdejantes, com uma água tão cristalina que logo soube que se tratava do Rio de Rhain.

— O Bosque das Glicínias — apresentou Casteel, me abraçando por trás. — Elas seguem a estrada para a Padônia até chegar na Floresta Sangrenta.

— Tinha me esquecido delas. — Olhei para a mancha carmesim no horizonte. — São lindas.

— Magnífica — murmurou ele, e quando olhei por cima do ombro, vi que a sua atenção estava fixa em mim. Ele me puxou para perto de si e, deuses, como senti falta disso. A sensação dele, do seu corpo contra o meu. A confiança com que ele deslizava a mão pela lateral do meu corpo e a naturalidade com que me acomodei no seu abraço. — Imaginei que você fosse gostar da paisagem, mas tinha outro motivo para afastá-la do grupo.

Pensei em coisas muito inapropriadas quando imaginei qual seria esse motivo. Imaginei que ele precisasse se alimentar outra vez para recuperar totalmente a força. Algo que o meu corpo aprovou de imediato com uma onda de calor.

— Outro motivo? Você? Jamais!

Senti a risada dele na minha bochecha.

— Queria saber como você estava. Acabou de receber um monte de notícias inesperadas.

Arqueei as sobrancelhas.

— O outro motivo é que você queria conversar comigo?

— É claro. — A palma da mão dele roçou no contorno do meu seio, me fazendo suspirar. — O que mais poderia ser?

Mordi o lábio.

— Estou bem.

Ele deslizou a mão de novo pela lateral do meu corpo.

— Você se lembra do que me disse na Colina das Pedras? Fui eu quem disse isso primeiro, Poppy. Que você não tinha que ser sempre forte quando estava comigo.

— Não me esqueci disso. — Senti o coração cheio de afeto conforme observava a brisa agitando os caules pesados das glicínias. — Segredos e descobertas sobre mim mesma não me incomodam mais como antes.

— Não sei se isso é bom ou ruim.

Nem eu.

— É assim agora. Mas eu... eu estou pensando em tudo. — Virei a cabeça para o lado. — E você? Como você está?

— Estou pensando no que os colchetes do seu colete estão ocultando de mim — respondeu, deslizando a mão sobre o meu abdome. — E no fato de que fui eu quem os fechou.

Dei uma risada.

— Não é nisso que você está pensando.

— É uma das coisas. — Senti o hálito dele nos meus lábios. — E também estou pensando na vontade de rasgar a garganta do meu irmão. Sou multitarefa, sabe?

Meu coração palpitou.

— Cas...

Com o peito roncando nas minhas costas, ele levou a boca até a minha enquanto deslizava a mão sobre o meu seio até que seus dedos ágeis, o polegar e o indicador, encontrassem o mamilo entumecido por baixo do colete e da blusa. Ele me beliscou. Não muito forte, mas o suficiente para fazer com que os meus quadris se contorcessem assim que um raio de prazer perverso irradiou dos meus seios.

— Não quero falar sobre ele. Depois. Não agora.

Queria saber em que Casteel estava pensando, mas podia sentir o gosto azedo do conflito e da confusão que ele sentia. Então deixei pra lá. Por enquanto. Dei um beijo nele e recebi outro beliscão provocante na carne sensível e formigante.

— Também estou pensando que você é incrível — prosseguiu, quando nossas bocas se separaram. — Você é uma força da natureza, Poppy.

Meu corpo esfriou quando aquele lugar frio se agitou e o éter pulsou dentro de mim. Olhei de volta para o vale.

— Eu sou alguma coisa, isso é verdade.

Ele afastou os dedos do meu seio.

— O que você quer dizer com isso?

Abri a boca, mas não consegui encontrar as palavras certas para descrever o que queria dizer. Não que não tivesse o que dizer. Eu tinha até demais.

— Eu... eu destruí aquela casa.

— Sim. — Ele levou a mão no meu quadril até o meu umbigo.

— E danifiquei outras. — Fechei os olhos quando os dedos dele começaram a subir até o meu peito. — Podia ter matado pessoas inocentes.

— Podia, sim.

Meu coração deu um salto dentro do peito.

— Mas não matou — concluiu ele suavemente, deslizando a mão direita pelo meu umbigo. — Você sabe disso.

Tudo o que sabia era que não tinha captado dor alguma quando saímos da Colina das Pedras, mas não significava que não tivesse acabado com a vida de um inocente. Era uma possibilidade.

— Você tem certeza? — sussurrei.

— Tenho — assegurou ele. — Você não machucou nenhuma pessoa inocente, Poppy.

— Porque você me deteve — sussurrei, entreabrindo os lábios quando ele abriu os botões das minhas calças. A braguilha se abriu e o tecido se soltou. — Casteel.

— O que foi?

Prendi a respiração quando ele enfiou os dedos pelo tecido fino das minhas roupas íntimas.

— Você sabe muito bem o quê.

— O que eu sei é que não fiz nada para que você não machucasse pessoas inocentes — retrucou ele, enfiando os dedos entre as minhas pernas. Meu corpo inteiro estremeceu e abri os olhos.

Foi estranho a seriedade da conversa e o modo como o meu corpo reagiu ao toque provocante. Afastei as pernas para lhe dar mais acesso.

— Como pode ter tanta certeza?

— Porque se você quisesse fazer isso... — Ele roçou o dedo sobre a carne latejante. — Se essa fosse a sua vontade, você teria machucado aqueles mortais antes que eu pudesse detê-la. — Ele enfiou o dedo no meu calor, arrancando outro suspiro de mim. — Você fez um esforço consciente para parar. Sei disso porque sei como a essência funciona, Poppy.

Olhei para as árvores de glicínias enquanto o dedo dele entrava e saía lentamente de dentro de mim, sem ir muito fundo. Acompanhei os mergulhos rasos com os quadris. O calor percorreu as minhas veias, desatando o nó de frieza que pulsava perto da essência. Talvez ele tivesse razão. Quando invoquei a névoa, não tive a intenção de machucar ninguém. Nem quando fiquei com raiva.

Mas quando fui tomada pela fúria?

Não estava pensando em nada. Só fiquei furiosa. Será que tive sorte?

— Você entende isso, não? — Senti o hálito quente de Casteel no meu pescoço. — Sua vontade, como você mesma disse, é só sua.

Meu coração começou a bater mais rápido quando ele enfiou o dedo mais fundo e os tons pastel das glicínias ficaram mais escuros.

— Sua vontade não é controlada por uma profecia — continuou ele, roçando meu pescoço com as presas afiadas e fazendo com que a pulsação disparasse nas minhas veias. — Não é controlada por uma Rainha nem por ninguém que não seja você. — Ele enfiou mais um dedo, e eu retesei os joelhos quando subi na ponta dos pés. — Você não é o Arauto da Morte e da Destruição, Poppy. Você é o arauto das mudanças e de um recomeço. Diga que acredita nisso.

— Sim — arfei. — Eu acredito nisso.

Casteel inclinou a cabeça, e a perfuração das presas na ferida que ele havia feito antes me surpreendeu. Contraí os músculos e apertei as coxas ao redor da mão dele conforme a mordida lancinante percorria o meu corpo, seguida por um rugido de prazer intenso quando ele fechou a boca sobre as marcas reabertas e começou a beber.

Estremeci e fechei os olhos enquanto ele bebia de mim, tomando o meu sangue e me possuindo com os dedos, e aquela voz ardilosa me repreendia na minha cabeça. Gostaria muito de dizer que acreditava no que Casteel dizia tanto quanto ele e Kieran acreditavam. Então foi o que fiz. Eu menti. Menti para ele, e não gostei nem um pouco. Não gostei de como me senti. E não gostei de ter feito Kieran me prometer algo que nunca poderia contar a Casteel. Mas o toque de Cas, com os dedos e a boca, afugentou mais do que a frieza. Apagou a culpa enquanto eu me esfregava nos dedos dele, rebolando contra a palma da sua mão e a rigidez que pressionava a minha lombar. Com os sentidos aguçados, o sabor defumado da sua luxúria e a doçura do seu amor me levaram ao êxtase que ele sabiamente silenciou com a mão.

Ainda estava tremendo quando ele tirou os dedos de mim e deu um último gole na minha garganta. Ele afrouxou o braço na minha cintura e levantou a mão. Virei-me para trás, parando assim que me deparei com seus olhos dourados. Prendi a respiração quando ele fechou os lábios manchados de sangue sobre os dedos grudentos.

— Não sei qual parte de você tem o gosto melhor — murmurou ele.

Senti o corpo afogueado.

— Você é... você é tão pervertido.

Ele sorriu para mim, mas o sorriso se perdeu em meio à urgência quando agarrei suas calças. Ele não disse nada, só ficou me observando conforme eu abria a braguilha, puxando as calças para baixo dos quadris magros. Casteel estremeceu quando fechei a mão ao redor do seu pau e gemeu assim que me ajoelhei no chão.

— Quem é o pervertido aqui? — perguntou ele, com a voz embargada e maravilhosamente rouca.

— Você. — Deslizei a mão por todo o seu comprimento. — Além de ser uma má influência

Sua mão se enrolou na parte de trás da minha cabeça enquanto ele me puxava até meus lábios roçarem sua ponta.

— Já te disse isso antes, Poppy. Só os maus são influenciáveis.

Sorri para ele, aproveitando os momentos fugazes em que não havia nada além de nós dois.

— Li uma coisa no diário de Willa.

— Aposto que você leu todo tipo de coisa no diário dela — respondeu ele, emaranhando os dedos no meu cabelo. — Mas no que está pensando agora?

— Ela escreveu que uma certa veia... essa veia aqui... — falei, deslizando o polegar sobre ela. Ele deu um gemido — pode ser extraordinariamente sensível. É verdade?

— Pode ser. — Seu peito ficou ofegante.

— E também disse que era ainda mais sensível à língua — acrescentei, com o rosto corado.

— Por que você não aplaca a sua curiosidade e tenta descobrir? — Ele fez uma pausa. — Para fins educativos.

Dei uma risada e então descobri conforme passava a língua ao longo daquela veia grossa. Willa tinha razão. Era um ponto sensível. Líquido já surgia na cabeça do seu pau quando fechei a boca sobre ele, devorando-o o máximo que conseguia. Não me preocupei com o que estava fazendo porque sabia que ele estava adorando aquilo. Sabia disso pelo jeito com que ele segurava a parte de trás da minha cabeça, dos movimentos dos seus quadris e do sabor picante que se unia ao gosto terroso da sua pele.

— Sabe de uma coisa? Acho que... — Ele estremeceu enquanto afastava as mechas de cabelo do meu rosto com a outra mão. — Acho que você gosta demais do meu pau na sua boca — observou ele, e eu o chupei com ainda mais vontade. Ele deu outro gemido. — E acho que adora quando eu digo coisas inapropriadas como essa.

Meu rosto ficou ainda mais corado porque eu gostava mesmo.

— Minha Rainha é muito... — Ele praguejou e intensificou o ritmo dos quadris. — Cacete!

Casteel não tentou se afastar. Dessa vez, ele me manteve ali enquanto gozava, sacudindo o corpo inteiro quando foi levado pelo êxtase. Quando os tremores diminuíram, beijei a parte de baixo do seu pau e depois a marca desbotada no quadril antes de colocar suas calças no lugar. Ele levou as mãos até os meus ombros, mas não me ajudou a me levantar. Em vez disso, juntou-se a mim no chão, me colocando no colo de encontro ao peito. Ainda estávamos ofegantes quando ele fechou os botões das minhas calças.

— Há outra coisa que precisamos conversar — anunciou ele enquanto endireitava a barra do meu colete.

Estava com a cabeça aninhada sob seu queixo enquanto observava a lua nascer. Tínhamos uma longa lista de coisas que precisávamos discutir, mas suspeitava que sabia o que era mais urgente.

— A União?

Ele passou os braços em volta de mim.

— O que você acha?

Tanta coisa. No silêncio que se seguiu conforme a lua continuava sua subida noturna, pensei sobre muita coisa.

— Não posso trazer os lupinos de volta à vida — disse por fim, sem saber se tinha contado isso a Casteel quando dei banho nele na Colina das Pedras. — Nem os dragontinos. Não posso trazer de volta à vida nenhum ser pertencente a dois mundos.

Casteel não disse nada.

— E Kieran... Ele não viu nenhum problema nisso, embora eu tenha ficado apavorada. — Estremeci, fechei os olhos e dei um suspiro entrecortado. — Não consigo nem pensar em perdê-lo.

— Não pense. — Casteel tocou na minha bochecha com as pontas dos dedos enquanto inclinava o meu queixo para cima. Abri os olhos. — Você não vai perdê-lo.

— Quero acreditar nisso. — Virei a cabeça, beijando a palma da sua mão machucada. — Quero acreditar que vamos encontrar Malec e que Isbeth não vai nos trair. Que vamos invadir a Carsodônia sem sofrer perdas. Que vamos sobreviver a isso, e todos com quem nos importamos também. Mas esse é um final de conto de fadas. Um final perfeito que muito provavelmente não se tornará realidade.

Casteel traçou as linhas do meu rosto e, por um momento, me concentrei na sensação do seu toque, não deixando que existisse nada além disso.

— Podemos tentar fazer com que se torne realidade.

— Com a União — sussurrei.

Ele olhou de volta para mim e assentiu.

— Não vai proteger todo mundo.

Senti um aperto no peito.

— Se pudesse me unir a todos aqueles que amo, por mais constrangedor que seja — falei, e Casteel deu um sorrisinho —, eu faria. Mas acho que não funciona assim, não é?

— Acho que não.

Dei um suspiro.

— Por outro lado, Kieran e você vão ficar mais protegidos, certo? Talvez até anule a maldição.

— Certo. — Ele levou o polegar até o meu lábio inferior. — Nós viveremos tanto quanto você. Envelheceremos do mesmo modo que você, seja lá como for. — Ele abaixou a cabeça e me deu beijo. — Mas é uma decisão importante, Poppy. Você não suportará apenas o peso da própria vida. Mas da minha e de Kieran também.

— Mas, enquanto Rainha, já não suporto o peso da vida do nosso povo? — perguntei. — Você não?

Um tênue sorriso surgiu em seus lábios conforme eu sentia o gosto doce e rico de cravo-da-índia e canela. Amor. Orgulho. Beijei o polegar dele.

— Sim. Nós dois suportamos. Mas isso é diferente. — Com a outra mão, ele colocou várias mechas de cabelo atrás da minha orelha. — A União pode ser intensa.

Senti uma ardência na garganta.

— Eu sei.

— Mesmo que não se torne algo sexual, a intimidade absoluta do ato vai além disso.

Engoli em seco.

— Como exatamente? — perguntei, sem saber se o pouco que Alastir havia me dito era verdade.

— Temos que fazer isso sob o luar, no meio da natureza. Não sei o motivo, mas é uma parte do processo da União. Há uma... magia nisso que vai além do sangue. Há rumores de que nem sempre funcionou no passado, porque a intenção não era genuína ou algo do tipo — confidenciou ele. — Mas além dessa parte desconhecida, não pode haver nada entre nós. E, sim, por *nada* quero dizer roupas.

Meu rosto começou a ficar ainda mais afogueado.

— Ah.

— Nós três teremos que ficar nus e abertos um ao outro. Assim como aos elementos e aos Destinos — explicou ele, e eu resisti à vontade de revirar os olhos ao ouvir a menção aos Arae. — Devemos permanecer em contato durante todo o ritual.

— E teremos que beber um do outro?

— Você vai se alimentar de nós primeiro. — Ele pousou os dedos na pele sob a mordida sensível na lateral do meu pescoço enquanto entrava em detalhes. Era muita coisa para digerir, e o meu corpo já estava tão vermelho quanto a Floresta Sangrenta. — Dá para perceber como as coisas podem... virar algo mais.

Ah, e como dava.

— Não sei como não virariam — admiti.

— Não vai acontecer nada que você não queira — garantiu ele. — Mas se você precisar disso, então tudo bem. Não vai acontecer nada que a deixe desconfortável. Eu não permitiria isso. Nem Kieran. Simples assim.

Será mesmo? Virei-me no seu colo para encará-lo.

— E se... virar algo mais? Como seria depois disso? Entre nós três?

Ele inclinou a cabeça e me estudou.

— Você me ama, não é?

— Sim.

— E eu te amo — afirmou ele, espalmando a mão na minha bochecha. — E você ama Kieran.

Estremeci, sentindo um nó no estômago.

— Eu... — Não sabia como responder àquilo.

— Eu também o amo — disse Casteel no silêncio que se seguiu. — Mas não do mesmo jeito. Não como me sinto por você. Porque o que sinto por você... ninguém jamais sentiu antes. E jamais sentirá.

Minha garganta ficou seca. Ele não precisava me dizer isso. Eu já sabia.

— Kieran... ele significa muito pra mim.

— E você significa muito pra ele.

Senti uma ardência nos olhos por algum motivo bobo enquanto olhava para o pescoço de Casteel.

— Não sei como explicar o que sinto. Porque não compreendo.

— Eu entendo — falou, e achei que entendesse mesmo. — Tem mais.

Pisquei para conter as lágrimas e olhei para ele.

— Há mais coisas a serem levadas em consideração. É sério?

Ele assentiu.

— Nós dois temos que nos preparar para que não seja a única União. Se Kieran encontrar alguém, ele pode querer vincular a vida dessa pessoa à sua. Vocês teriam que passar pela União outra vez.

— Para que ele não viva mais tempo que a pessoa. — Dei um suspiro. — Jamais iria querer que ele passasse por isso. Faria a União de novo se ele quisesse.

— Não. Você jamais deixaria que ele passasse por isso. — Casteel passou a mão pelos meus cabelos e me deu um beijo na têmpora.

— E o que você acha que Kieran quer? — perguntei. — Será que ele quer fazer isso?

Casteel olhou para mim pelo que me pareceu uma eternidade.

— Quer que eu diga a verdade?

— É claro.

— Antes de você entrar em cena, Kieran concordaria só porque seria um pedido meu. Não porque tínhamos um vínculo, mas porque ele faria qualquer coisa por mim. Assim como eu faria qualquer coisa por ele. Mas agora? Ele faria isso por você.

Franzi o cenho.

— Mas nós vamos fazer isso por ele.

— E por mim também, indiretamente. Mas ele vai concordar com isso se você quiser — insistiu ele.

Senti uma palpitação no peito e um embrulho no estômago.

— E se nos decidirmos, quando a faríamos?

— Conhecendo você, aposto que vai querer fazer isso o quanto antes. — Ele deu um beijo na minha testa. — Mas acho melhor esperar até depois de entrarmos na Floresta Sangrenta e voltarmos para a Padônia...

— Mas...

— É uma decisão importante, Poppy. A União não pode ser desfeita. Você pode até achar que não precisa de tempo para pensar, e talvez não precise mesmo, mas ainda quero que você tenha esse tempo.

— Mas você não precisa de tempo. Já sabe o que quer.

Casteel afastou as mechas de cabelo do meu rosto.

— Sim, mas cresci sabendo o que é a União e tudo o que ela envolve. Pra você isso é novidade.

Apreciei a consideração de Casteel de se certificar de que eu não mudasse de ideia. Era uma decisão e tanto e havia a possibilidade de que a União não protegesse Kieran contra a Maldição Primordial. Mesmo assim, a chance de que isso acontecesse era mais importante. A União também poderia proteger os dois nas batalhas que estavam por vir.

E significava que eu nunca teria que me despedir deles.

Mas também era mais do que isso. Era saber que se Kieran tivesse de honrar a promessa que fez para mim e eu subestimasse o que Casteel seria capaz de fazer, ele não conseguiria ferir Kieran mortalmente. Os dois ficariam a salvo se eu fosse sepultada.

Retribuí o olhar de Casteel e respirei fundo.

— Vou pensar a respeito, mas sei que não vou mudar de ideia. Quero fazer a União.

Casteel

Fiquei sentado em silêncio ao lado de Poppy enquanto ela dormia debaixo da nogueira, tendo adormecido segundos depois de pousar a bochecha na minha capa enrolada. Não queria incomodá-la, mas não conseguia deixar de tocar nela. Era como se eu estivesse sob o efeito de persuasão. Ajeitei a capa em cima dela várias vezes. Brinquei com seu cabelo, afastando as mechas que caíam em sua bochecha, e então desejei que a brisa desfizesse meu trabalho para que eu tivesse um motivo para tocar nela novamente.

Era ridículo. Talvez até um pouco obsessivo, mas o contato me tranquilizava, principalmente em meio à escuridão e ao silêncio. Minha mão tremeu de leve enquanto puxava a capa até o ombro dela. O contato deteve o pânico iminente que me levava de volta àquela cela.

Desviei o olhar dela e olhei para Malik, acorrentado a uma das árvores. Ele estava com o queixo encostado no peito, mas sabia que estava acordado.

E podia apostar que estava planejando uma fuga.

Não sabia o que pensar a respeito de Malik, mas uma coisa era evidente: ele não era leal a Isbeth. Não era para a Rainha de Sangue que queria voltar.

Mas para o seu coração gêmeo.

Ainda assim, acho que jamais conseguiria perdoá-lo.

Nem sabia ao certo se conseguiria perdoar meus pais por suas mentiras.

Kieran saiu do meio da noite e veio até mim. Ele se agachou do meu lado e disse em voz baixa:

— Pode deixar que eu cuido dela.

Senti um nó na garganta.

— Não sei se quero falar com ele.

Kieran olhou para Malik, com o maxilar cerrado.

— Você não quer, mas precisa, e deve fazer isso.

— Era para ser um conselho sábio?

— Alguém tem que transmitir sabedoria por aqui.

Dei um sorriso irônico, tirando a mão da boca.

— Com sorte, vamos encontrar uma pessoa para assumir esse papel.

Kieran riu baixinho enquanto olhava para Poppy.

— Sabe, ela nunca dormia assim quando você estava longe. Na verdade, quase não dormia. E quando dormia, tinha pesadelos. Acho que é por isso que tem o sono tão pesado agora. Seu corpo está tentando compensar o tempo perdido.

Fechei os olhos.

Ouvir aquilo... Cacete, era um soco no estômago. Estendi a mão e toquei de leve na bochecha dela só para sentir sua pele.

— Se pudesse aliviar a dor que ela sentiu, eu o faria.

— Mas não faria nada diferente.

— Não.

Kieran deu um suspiro pesaroso.

— O que Reaver disse mais cedo...

Virei-me para ele e vi que uma faixa de luar incidia sobre sua bochecha e um de seus olhos.

— Sobre a União?

Kieran assentiu.

— Ele nem tem certeza se bloquearia uma Maldição Primordial.

— Mas é bem provável.

Um bom tempo se passou enquanto ele olhava para Poppy.

— Não quero que vocês se sintam na obrigação de fazer isso por mim. Vamos encontrar Malec e matar aquela vadia.

Estudei o rosto de Kieran. O contorno do seu maxilar estava rígido. Definido. Determinado. Já tinha visto aquela expressão milhares de vezes. Por exemplo, quando fomos para Solis procurar a Donzela. Ele não concordou com a ideia, mas ficou ao meu lado o tempo inteiro. Tão decidido como quando ordenei que ficasse em Atlântia enquanto eu partia na minha missão idiota para matar a Rainha e o Rei de Sangue anos atrás. Sabia que a ligeira curva dos lábios significava que Kieran estava relutantemente divertido, algo que vi muitas vezes quando ele conheceu Poppy. Sabia como ele ficava quando estava furioso ou quando estava sofrendo. Já o tinha visto ficar completamente frio. Vazio. Conhecia seu rosto tão bem a ponto de saber quando ele estava olhando para alguém com quem se importava profundamente. As rugas quase imperceptíveis de tensão em torno da sua boca desapareciam. A expressão de Kieran ficava mais suave. Ele fazia isso quando olhava para Elashya, e toda vez que falava sobre ela. E fazia quase a mesma coisa agora quando olhava para Poppy.

Estendi a mão e apertei o ombro dele.

— Nós não somos irmãos de sangue. Nem somos amigos só por causa de um vínculo — afirmei, e seu olhar encontrou o meu. — Não somos leais um ao outro por cortesia, tradição ou título. Sempre estivemos acima disso. E, de certo modo, somos duas metades de um todo. Não é a mesma coisa que Poppy e eu, mas também não é muito diferente. Você sabe disso.

Kieran fechou os olhos.

— Poppy e eu conversamos a respeito.

— Imaginei que fosse isso que vocês tivessem ido fazer. — Ele fez uma pausa. — Bem, uma das coisas.

Sorri enquanto olhava para ele.

— A respeito da União, não nos sentimos obrigados a fazer. Mas queremos — revelei. — É tanto por você quanto por nós.

Kieran engoliu em seco.

— Só quero que saiba, e que ela saiba, que eu não esperava por isso.

— Nós sabemos.

Ele pigarreou.

— Quer dizer que vocês conversaram a respeito?

— Conversamos. — Apertei o ombro dele. — E você já sabe a resposta, a decisão dela.

— Sei. — Kieran abriu os olhos. — E como você se sente sobre isso?

— Você também já sabe como me sinto.

Um sorriso surgiu nos lábios dele.

— Intrigado?

— Sempre fico intrigado quando se trata dela — admiti.

— É — arfou ele, olhando para Poppy. — Aposto que ela fez um monte de perguntas.

Abri um sorriso.

— Perguntas pertinentes que aposto que você gostaria que ela lhe perguntasse para que pudesse se sentir útil.

Kieran riu baixinho.

— É, gostaria mesmo.

— Quero que ela pense um pouco para ter certeza de que quer mesmo fazer isso — expliquei, e Kieran assentiu. — Se ela ainda quiser, então faremos a União assim que voltarmos da Floresta Sangrenta.

— Boa ideia. Quero que ela tenha certeza. — Ele olhou de volta para mim. — Vá falar com seu irmão. Ela estará segura comigo.

— Eu sei. — Dei um último aperto no ombro dele e me levantei. Quando olhei para trás, Kieran havia tomado o meu lugar ao lado dela, vigilante e alerta, o que deixou o meu coração cheio de afeto.

Atravessei a clareira. Malik não deu nenhum sinal de que tivesse notado minha aproximação, mas notou. Fui tomado por emoções horrorosas quando me agachei diante dele. Não disse nem uma palavra. Ele também não. Por um bom tempo. Quando ele finalmente falou alguma coisa, desejei que não tivesse dito nada.

— Você me odeia.

Com o maxilar cerrado, virei o pescoço de um lado para o outro. Odiava? Sim. Não.

— Não o culparia se me odiasse. — Ele esticou a perna. — Sei que procurou por mim todos esses anos. Fiquei sabendo como os Descendidos o chamavam. O Senhor das Trevas...

— Só que você é o único Senhor das Trevas que já existiu.

Ele contraiu os ombros e continuou:

— Não queria que você procurasse por mim. Queria que desistisse. Rezei por isso. Fiquei imaginando que ouviria falar de mim, de um homem chamado Elian que era visto com frequência em Wayfair. Que você ficaria sabendo, presumiria que eu o havia traído e então desistiria. Mas não. Eu já devia saber. Você sempre foi um pirralho teimoso...

— Não dou a mínima pra nada disso. Você nem imagina o que eu faria por Poppy, então eu compreendo. Você fez isso pelo seu coração gêmeo. — No instante em que pronunciei aquelas palavras, eu me dei conta de como eram verdadeiras. — O problema é o que fiz com Poppy para libertar você. Menti pra ela. Eu a traí. E, sim, é culpa minha. Algo que eu que tenho que resolver. Mas também não consigo entender o que você fez com ela, não importava o que acreditasse que ela faria quando virasse adulta. Ela era uma criança. E você, que abominava qualquer tipo de violência, jamais cogitaria machucar uma criança.

Malik não disse nada.

Senti aquele nó sufocando a minha garganta.

— Não importa que você não tenha conseguido dar um fim nela. Ela se machucou por sua causa, Malik. Muito.

— Eu sei — disse ele com a voz entrecortada, como se admitir isso o ferisse. Queria machucá-lo por sequer reconhecer o que havia feito.

— Sabe mesmo? Você conhece as cicatrizes que ninguém mais pode ver? Sabe como estão entranhadas dentro dela? Suas ações a atormentaram por anos a fio. — Eu me ajoelhei, apoiando a mão na grama fresca para não dar um tapa na cara dele. — Você a abandonou à própria sorte.

Nesse momento, Malik levantou a cabeça. Olhos idênticos encontraram os meus.

— Não. Foi isso que ela tentou te contar na Colina das Pedras. Como você acha que ela sobreviveu àquela noite? Primordial ou não, Poppy ainda não tinha entrado na Seleção. — Ele se inclinou para a frente o máximo que podia com a corrente. — Você sabe muito bem que ela teria morrido se tivesse sido abandonada lá. Nenhum dos demais sobreviventes seriam capazes de tirá-la de lá. Mas eu, sim. Eu a levei de volta para a Carsodônia, e aquela desgraçada... — Ele estremeceu e deu uma risada baixa. Áspera. — Eu não a abandonei.

Olhei para ele. Poppy havia me dito que Malik a ajudou a sair de Lockswood. Ele estava falando a verdade. Mas será que importava?

— E essa seria a sua redenção?

— É claro que não. Você está certo. Eu fui a causa das cicatrizes dela, ocultas ou não. — Malik se recostou na árvore. — Eu a vi. Algumas vezes. Isbeth mantinha Penellaphe longe da maioria das pessoas, mas eu a vi antes que eles a colocassem debaixo daquele véu. Vi o que minhas ações tinham causado. E acredite em mim quando digo que você deveria ficar agradecido por não ter visto o resultado quando as feridas ainda eram recentes.

Levantei-me de um salto e dei um passo na direção dele, parando assim que vi Kieran fazer o mesmo do outro lado da clareira. Eu me afastei do meu irmão, respirando o ar frio da noite até que abafasse um pouco da raiva.

— Alastir contou a alguém que me viu?

Voltei-me para ele.

— Porque ele me viu.

Puta merda.

— Não.

Malik fechou os olhos.

— Alastir me viu e me reconheceu. Não sei se deveria ficar aliviado ou não por ele ter guardado o segredo.

Mas será que ele tinha guardado? Ou nossos pais haviam mentido sobre isso também? Será que era por isso que acreditavam que tivessem perdido Malik? Que Atlântia o tivesse perdido? Será que era por isso que insistiram tanto para que eu assumisse o trono?

— Naquela noite, quando olhei para Penellaphe e vi a Consorte, comecei a acreditar em Cora. Você sabe... que ela tinha razão — disse ele depois de um momento. — Que Penellaphe seria o fim da Coroa de Sangue. Mas com o passar do tempo, percebi que não importava quem Penellaphe era de verdade. Isbeth acabaria encontrando uma maneira de explorar o poder dela. — Ele abriu os olhos. — E você sabe que ela vai conseguir. Você a viu na Colina das Pedras. E na Trilha dos Carvalhos. Isbeth incita sua raiva e Poppy reage com fúria.

— Cale a boca.

— E quando completar a Seleção, ela não vai reagir com fúria. Mas com a morte. É com isso que Isbeth está contando. Vai ser algo...

Avancei, fechando a mão ao redor do pescoço de Malik.

— Poppy nunca destruiria um reino, muito menos um plano. Não importa o que Isbeth faça — afirmei, ciente de que Kieran havia se levantado novamente, mas permanecia ao lado de Poppy. — Ao contrário da mãe e de mim, ela é capaz de controlar a própria raiva.

— Tem ideia de como eu gostaria de acreditar nisso? — Malik perguntou com a voz entrecortada.

Fiquei enregelado conforme sustentava seu olhar.

— Se estiver pensando em machucá-la agora, juro pelos deuses que vou deixá-lo em pedacinhos.

— Se quisesse fazer alguma coisa, teria agido quando ela era mais nova e estava em Wayfair — disparou ele. — Mas não fiz. Nem eu, nem Millicent.

— É, claro. Millicent me disse que sou eu que tenho de fazer isso depois que ela completar a Seleção.

— E não foi nada fácil pra ela te dizer isso.

— Ela não me pareceu ter dificuldade em encontrar as palavras.

— Millie não conhece Poppy, mas jamais escolheria um fim desses para a irmã. Ela só está tentando proteger as pessoas. — Ele retribuiu meu olhar. — E detesto saber que você tenha que ouvir isso. De verdade. Constatar que em breve só você poderá detê-la.

— Não se sinta mal por mim, irmãozinho. — Afundei os dedos na traqueia dele só para fazê-lo se encolher. — Não vou perder nem um segundo de sono por isso, pois jamais faria uma coisa dessas. E ela nunca me daria um motivo para isso.

— E se você estiver errado? — ele conseguiu dizer.

— Não estou. — Soltei o pescoço dele e recuei antes que fizesse algo de que pudesse me arrepender mais tarde. — Vamos encontrar Malec e levá-lo de volta para Isbeth.

— Mas o que o dragontino disse sobre a União...?

— Nós ainda não fizemos. — Olhei para o céu, sem saber por que tinha dito aquilo.

— Porra. É sério? Você é casado com seu coração gêmeo e ainda não se Uniu? Nem você, nem Kieran? Caramba... — Reconheci um pouco do Malik que eu conhecia. — Pensei que tivesse. Parece que o dragontino também. — Ele fez uma pausa. — Vocês vão fazer isso? Pode não funcionar contra uma Maldição Primordial, mas...

— Não é da sua conta. Mas, Unidos ou não, eu não vou correr esse risco. — Olhei para ele. — Nem Poppy.

Malik olhou de relance para Kieran. Ele estava do lado de Poppy, curvado sobre o corpo dela para protegê-la.

— Você tem certeza de que não estão Unidos?

— Sim — respondi secamente. — Absoluta.

— Hmm — murmurou ele.

Um bom tempo se passou enquanto eu olhava para ele.

— Por que você não tentou matá-la outra vez enquanto ela era jovem e vulnerável? — perguntei, embora não tivesse certeza se deveria saber. Porque, como disse antes, Poppy era muito melhor em controlar a própria raiva do que eu. — Por que Millicent não tentou, se ela também acreditava na profecia?

Malik sacudiu a cabeça.

— É a irmã dela. Millie não conseguiria fazer isso. Não importa que Penellaphe jamais devesse ter conhecimento de sua existência.

— E você? Você parou de acreditar no que Cora disse.

— Eu... eu simplesmente não consegui. E quando ela tinha idade suficiente para que eu não a visse mais como uma criança, eles a mandaram para a Masadônia — explicou, com os olhos semicerrados. — E, por fim, ouvi falar sobre o Senhor das Trevas. Você. E imaginei...

Fiquei tenso.

— Imaginou o quê?

— Que você a mataria para se vingar da Rainha de Sangue.

Praguejei baixinho e desviei o olhar. Houve um tempo em que eu teria feito aquilo. Antes de conhecer Poppy. Quando eu a conhecia apenas como a Donzela. E esses breves momentos fodiam com a minha cabeça, mesmo agora.

Passei a mão pelo rosto. Ainda não sabia se Malik ter mudado de ideia fazia diferença ou não. Ou se algum dia chegaria fazer. Voltei a me ajoelhar.

— Você quer derrotar Isbeth e a Coroa de Sangue ou não?

Os olhos de Malik viraram duas lascas de âmbar.

— Quero vê-los em chamas.

— E quanto a Millicent? — perguntei.

— Também. — Ele olhou para Poppy, que continuava dormindo, e depois de volta para mim. — Ela quer se livrar da mãe. Para poder viver a própria vida.

— Se é isso que você quer, então não vai voltar correndo para a capital para ser morto. Vai lutar ao nosso lado. Vai nos ajudar a encontrar Malec e depois matar Isbeth. Vai nos ajudar a acabar com isso.

— Eu vou ajudá-los — garantiu Malik. — Não vou tentar fugir.

Refleti sobre isso, querendo acreditar no que ele dizia tanto quanto ele queria acreditar no que eu havia dito sobre Poppy. O problema é que a fé não é conquistada por meio das palavras, mas pelas ações.

— Há outra coisa que preciso saber sobre aquela noite em Lockswood. Que porra de rima era aquela?

— O quê? — Ele franziu a testa. — Que rima?

— A da linda papoula. Colha e veja-a sangrar. — Estudei o rosto dele.

— Se isso é uma rima, me parece bem fodida — observou Malik. — Mas não faço a menor ideia do que você está falando. Nunca ouvi isso antes.

As ameias da Colina que cercava Padônia surgiram assim que subimos a colina rochosa na manhã seguinte. Expectativa e determinação tomaram conta de mim, assim como uma certa admiração. O Bosque das Glicínias que vi na noite passada agora ladeava a estrada de terra até a cidade de Padônia, com os galhos em vários tons de azul e roxo dando lugar ao vermelho-escuro na fronteira com a Floresta Sangrenta.

Poppy estava visivelmente encantada com tamanha beleza, examinando cada centímetro da paisagem. Torcia para que isso a ajudasse a esquecer que tínhamos passado pela estrada para Lockswood a menos de uma hora atrás. Os ombros dela só relaxaram quando ela avistou as glicínias. Ainda assim, Poppy ficou calada a maior parte da manhã.

Mudei de posição na sela e olhei para Malik. Entre a conversa da noite passada e o encontro iminente com nosso pai, estava absorto em meus próprios pensamentos e esperando que não tivesse cometido um erro ao tirar a corrente de ossos de seus pulsos para deixá-lo cavalgar livremente.

Não queria que nosso exército visse o Príncipe acorrentado.

Poppy pousou a mão sobre o braço que passei ao redor de sua cintura e se virou para o lado, olhando para cima.

— Você está bem?

— Não sei — admiti, olhando para ela. — Estava pensando sobre o que vou dizer ao meu pai.

— Chegou a alguma conclusão?

— Nada que valha a pena repetir — respondi com uma risada seca.

Ela olhou para a frente quando avistou a ponte do Rio de Rhain em meio aos galhos retorcidos e roxo-azulados.

— Podemos adiar a reunião se você precisar de mais tempo.

— Tudo bem. — Dei um beijo no topo de sua cabeça. — É melhor acabar logo com isso.

Avistei a parte de cima das barracas e me pareceu que a maior parte do exército havia acampado nos arredores da Colina. Era uma decisão arriscada, mas que deve ter sido tomada para não destruir os campos lá dentro.

Da cidade, um rugido baixo e retumbante chamou nossa atenção. Diminuí o ritmo do cavalo quando Kieran parou ao nosso lado e o som de cascos e patas chegaram aos nossos ouvidos.

— Estamos prestes a ter companhia. — Apertei os quadris de Poppy e desci do cavalo. Estendi a mão para ela, que colocou a mão na minha sem questionamento ou hesitação. O cavalo em que montávamos ainda estava se acostumando com Kieran na forma de lupino, e eu tinha a impressão de que logo seríamos cercados por muitos outros. Não queria que ele jogasse Poppy no chão.

Ela franziu os lábios.

— Não acredito que não tenho uma audição e visão melhores. Isso é ridículo.

— Nem que não se transforma em nada — lembrei a ela conforme o barulho soava mais alto e perto dali.

— Isso também.

— Você é perfeita do jeito que é. — Inclinei-me, beijando o canto de sua boca. — Com a audição normal e tudo o mais.

— Que piegas — provocou ela, sorrindo enquanto olhava para mim com aqueles olhos verdes e prateados. — Mas até que foi fofo.

Um lupino branco foi o primeiro a passar pelos galhos das glicínias, correndo em nossa direção. Não pude deixar de sorrir quando Delano praticamente pulou em cima de mim.

— Está tudo bem, querido — murmurou Poppy, acalmando o cavalo inquieto.

Abracei o maldito lupino, rindo enquanto cambaleava para trás. Delano não era o maior dos lupinos, mas não deixava de ser pesado e forte como um touro. Acabei de joelhos no chão e tentei, bem, acalmar a massa peluda e irrequieta que era Delano conforme ele encostava a cabeça na minha.

— Senti sua falta, cara. — Segurei a cabeça dele e o abracei com força até que uma lupina castanho-amarelada idêntica a Kieran, mas menor em peso e altura, o empurrou para longe com o focinho.

Fiquei cheio de afeição quando abracei Netta. Ela estava um pouco mais calma do que Delano, quase me derrubando de bunda no chão só uma vez.

— Também senti sua falta.

— E quanto a mim? — soou uma voz arrastada.

Passei a mão no topo da cabeça de Netta enquanto dizia:

— Não pensei em você nem sequer uma vez, Emil.

— Essa doeu — respondeu o Atlante com uma risada, e então o ouvi dizer em um tom de voz mais suave: — Sabia que você o traria de volta.

Olhei para cima e vi o bastardo de cabelos ruivos pegar a mão de Poppy e levá-la até a armadura de ouro e aço que adornava seu peito. Pela primeira vez, não tive vontade de rasgar a garganta dele. Mas só porque a adoração em seu olhar era de respeito.

E porque ele soltou a mão dela rapidamente.

Outros lupinos me cercaram, e eu desisti de me levantar, continuando ajoelhado enquanto cada um deles vinha roçar em mim ou encostar a cabeça na minha. Esperei com todo o prazer. Era um sinal de respeito da parte deles e me senti honrado por isso.

Quando finalmente consegui me levantar, fui tomado por mais uma emoção ao ver Poppy sendo cumprimentada do mesmo jeito, vendo-a se virar para afundar o rosto nos pelos do pescoço de Delano e depois abraçar Netta com força. Ouvir sua risada enquanto a lupina se aconchegava a ela. A aceitação de Poppy — o amor evidente em seus olhos — e a nítida adoração dos lupinos mexeram muito comigo.

Aquela era a minha esposa.

Meu coração gêmeo.

Caramba.

Pigarreei e olhei para o Atlante postado diante de mim.

— Fiquei para trás — disse Naill com a voz embargada. — Não queria ser pisoteado.

Dei uma risada e acabei com a distância entre nós dois, abraçando-o.

— É muito bom te ver.

— É bom te ver também. — Ele passou o braço pelos meus ombros. — As coisas não parecem certas sem você.

Dei um suspiro entrecortado.

— Mas já estou de volta.

— Sei que está. Só não nos deixe de novo.

— Não pretendo fazer isso.

Naill apertou meu ombro antes de se afastar e pegou meu pulso esquerdo. O olhar foi breve, mas seus olhos cor de âmbar endureceram.

— Vamos fazê-los pagar por isso.

— Vamos sim. — Apertei nossas mãos juntas com a outra.

Quando Naill deu um passo para o lado, Perry logo o substituiu e me puxou para um abraço de lado. A armadura que ele usava pinicou meu peito, mas não me importei. Nenhum de nós falou por um bom tempo, e então ele disse com a voz áspera:

— Você parece estar bem.

— Eu me sinto bem — confirmei. — Você ficou de olho em Delano?

— O tempo todo. É um trabalho interminável. — Perry riu, dando um passo para trás, com os olhos cor de âmbar cintilantes. — Ninguém tinha a menor dúvida de que Kieran e nossa Rainha fossem encontrar você. Nem por um segundo.

Senti a garganta seca.

— Nem eu.

Perry deu um suspiro, se afastou e finalmente olhou para Malik. O braço em volta dos meus ombros se retesou.

— Deuses, é ele mesmo.

— É sim. — Vi Delano se aproximar de Malik. Os demais lupinos o observavam atentamente, com cautela. A desconfiança deles em relação ao Príncipe pairava no ar.

— Ele parece... — Naill se juntou a nós, e percebi que Perry flexionou um músculo no maxilar.

— Não se parece em nada com o que eu esperava — concluiu Emil.

Em outras palavras, ele não se parecia com a pilha de carne e ossos que eu me parecia quando voltei depois de décadas em cativeiro.

Emil apertou minha mão, e puxei o filho da mãe para um abraço apertado.

— Delano me disse que Malik não queria voltar. É verdade? — perguntou baixinho.

Perry olhou para nós dois.

— E que Poppy disse a ele que era complicado.

— É, sim. — Virei-me e passei o braço ao redor de Poppy quando ela veio até mim, mas não tirei os olhos do meu irmão.

Malik se ajoelhou na frente de Delano, e Kieran se aproximou, olhando para ambos. Meu irmão falou alguma coisa, mas não consegui distinguir as palavras. O que quer que ele tenha dito, porém, Delano respondeu com um leve empurrão da cabeça contra a mão dele.

O gesto fez com que Malik estremecesse, e não passou despercebido pelos demais lupinos. A tensão diminuiu. Poppy se aconchegou ao meu lado, pousando a palma da mão no meu peito enquanto Malik colocava a mão trêmula sobre a cabeça baixa de Delano. Malik fechou os olhos enquanto Poppy agarrava minha camisa, franzindo o cenho quando ele virou a cabeça para passar o ombro ao longo da bochecha. Percebi o que Poppy devia estar captando. A emoção estava estampada no rosto dele. Tristeza.

Preela, a lupina vinculada à Malik, era irmã de Delano.

39

Descemos a colina até a Padônia, flanqueados pelas dezenas de lupinos que nos acompanhavam de perto ao longo da estrada estreita e além, no Bosque das Glicínias. Netta e muitos dos outros já tinham voltado para a cidade. Trombetas soaram assim que saímos do meio das árvores densas e então o vale da Padônia surgiu diante de nós.

Havia um mar de barracas brancas na beira do Rio de Rhain e no sopé da Colina, onde... Perdi a porra do fôlego.

Flâmulas.

Flâmulas douradas e brancas ondulavam das ameias no topo da Colina, todas estampadas com o Brasão Atlante — o que Poppy havia escolhido com a espada e a flecha fixadas no meio do sol com o mesmo comprimento.

Deuses.

Ela conseguiu.

Mudou o brasão secular, mostrando ao reino e a todo o plano que havia um equilíbrio de poder entre o Rei e a Rainha, embora ela fosse muito mais poderosa do que eu.

Ver aquilo foi como levar um soco de emoção no peito. Segurei Poppy com força e abaixei a cabeça.

— Você é perfeita pra caralho — murmurei em seu ouvido.

Ela virou a cabeça de leve para trás, franzindo o cenho.

— Por quê?

— Por tudo — falei, piscando os olhos para conter as lágrimas. — Tudo.

Poppy olhou para a Colina.

— As flâmulas — sussurrou ela. — Você gostou?

— Mal posso esperar para te mostrar o quanto gostei delas. — Mordisquei sua orelha, arrancando um suspiro dela.

Poppy ficou com o rosto corado, mas percebi pela sua súbita excitação que também mal podia esperar para que eu mostrasse a ela.

Endireitei o corpo e examinei a Colina em si. As glicínias haviam subido pela estrutura, aderindo às pedras e sufocando a muralha com seus galhos cor de lavanda.

— Ora, isso é um problema — murmurei. — As glicínias.

— Elas são lindas — sussurrou Poppy. — É a Colina mais bonita que já vi.

— É, mas você não vai gostar nem um pouco do que vou dizer — respondi.

Ela deu um suspiro.

— Acho que sei o que é. As árvores têm que ser podadas.

Um ligeiro sorriso surgiu nos meus lábios.

— Elas têm que ser arrancadas. Já deveriam ter sido antes que chegasse a esse ponto. É bem provável que tenham enfraquecido a Colina.

— Enfraqueceram mesmo — confirmou Emil, cavalgando mais à frente, com Kieran seguindo entre nós e Naill à nossa esquerda. — As árvores romperam as muralhas a leste em alguns pontos.

— Bem, os Ascendidos não são conhecidos pela manutenção da infraestrutura das cidades — murmurou Poppy. — Falando nisso, e os membros da Realeza que supervisionavam a Padônia?

— Abandonaram a cidade antes da nossa chegada — respondeu Emil com um bufo de desgosto. — Assim como fizeram em Ponte Branca...

— E em Três Rios — concluiu Malik, quebrando o silêncio autoimposto. — A maior parte da Realeza fugiu para a Carsodônia. Começaram a partir pra lá depois que Poppy cortou a cabeça de Jalara.

Naill olhou de esguelha para ele.

— É, mas os Ascendidos não fugiram de Ponte Branca e Padônia sem causar estrago.

O pavor tomou conta de mim.

— O que eles fizeram?

— Não foi como na Trilha dos Carvalhos. Eles deixaram um verdadeiro cemitério para trás em Ponte Branca. — Naill desviou o olhar, cerrando o maxilar. — Exatamente como fizeram nas terras ao norte de Pompeia.

— Ah, deuses! — exclamou Poppy, se retesando. — Há...?

— Nenhum mortal, adulto ou criança, foi deixado com vida em Ponte Branca — confirmou Perry, engolindo em seco enquanto o pavor se apoderava de mim em uma onda de fúria. — Milhares já estavam mortos e transformados. Nós perdemos alguns lupinos e soldados. Havia Vorazes demais.

Poppy abaixou a cabeça e se recostou mim. Gostaria de poder dizer alguma coisa para confortá-la, mas para algo assim, não havia nada. Coisa alguma.

— Eles fizeram a mesma coisa na Padônia, mas o povo daqui reagiu — continuou Naill, e ela levantou a cabeça. — Muitos mortais morreram, mas não foi tão ruim quanto em Ponte Branca. Eles conseguiram matar alguns Ascendidos no processo.

— E em Três Rios? — perguntei, reprimindo a raiva.

— Os Ascendidos de lá fugiram, mas deixaram os mortais vivos — respondeu Emil. — Não sei por quê. Talvez seus governantes fossem diferentes dos outros. Não sei mesmo.

— Você sabe? — perguntei a Malik.

Ele empalideceu e manteve o olhar fixo na estrada.

— Não sabia o que tinha acontecido em Ponte Branca e aqui — respondeu ele com a voz rouca. — Mas vi Dravan na Corte, o Duque de Três Rios. Ele é caladão. Não sei muita coisa a respeito dele.

— Mas você o conhece, certo? — perguntou Naill e, quando Malik assentiu, ele estreitou os olhos. — As coisas foram muito complicadas pra você, *Príncipe* Malik?

— É uma longa história — interrompi quando uma sombra atravessou a estrada, agitando as copas das glicínias enquanto fazíamos uma curva. — Vai ter que ficar pra depois.

Os portões da Colina surgiram diante de nós, mas o que voava lá no alto foi o que chamou minha atenção.

Avistei uma silhueta cinza-escura através das nuvens espessas antes que a sombra recaísse sobre a ponte e as barracas. Fiquei de queixo caído quando uma criatura do tamanho de Setti fez um voo rasante, pousando sobre as patas traseiras em cima da Colina, com os chifres curvos reluzindo sob os raios de sol que se infiltravam pelas nuvens.

O dragontino emitiu um trinado suave que me deixou todo arrepiado.

— *Meyaah Liessa?* — chamou Reaver, tendo diminuído o ritmo do cavalo. — Se você não precisar mais de mim no momento...

— Não, não preciso. — Poppy deu um ligeiro sorriso. — Fique à vontade.

O dragontino curvou a cabeça e desceu do cavalo, entregando as rédeas para Perry. Em seguida desapareceu em meio à floresta.

— Aquela é Nithe — informou Poppy, apontando para a dragontina cinza em cima da Colina.

Só consegui assentir, pois mal podia acreditar que estava olhando para um dragontino outra vez.

Mais duas sombras recaíram sobre nós quando chegamos à ponte. Um dragontino verde que era um pouco maior do que Nithe e um terceiro, ligeiramente menor.

— A esverdeada é Aurelia — acrescentou Poppy. — O preto-acastanhado é Thad.

Assenti novamente enquanto eles estendiam as asas do mesmo comprimento dos corpos, retardando a descida. Os dois pousaram em ambos os lados do portão, cravando as garras no topo da Colina e sacudindo os galhos das glicínias enquanto esticavam os pescoços compridos. Levantaram a cabeça, com a fileira de chifres e as cristas ao redor do pescoço vibrando conforme o chamado estridente ecoava pelo vale.

O chamado foi respondido do meio da floresta. Olhamos para cima quando uma sombra maior ainda recaiu sobre nós. Fiquei de olhos arregalados quando vi um dragontino preto-arroxeado que voava sobre as barracas e a Colina.

— E esse é Reaver — concluiu Poppy.

— É — balbuciei, pestanejando. Reaver tinha o dobro do tamanho de um alazão, mas pairava silenciosamente.

Os outros três dragontinos levantaram voo, subindo da Colina em uma saraivada de asas que deslocou o ar pelo vale. Eles se juntaram a Reaver e começaram a sobrevoar a Padônia. A visão era algo inimaginável para mim, e fiquei observando conforme eles sumiam no horizonte enquanto atravessávamos a ponte, acompanhados pelos lupinos que haviam entrado na floresta. Eles tomaram o caminho até os portões ao mesmo tempo em que os soldados saíram das barracas.

Aproximei nosso cavalo do de Malik. Ele estava olhando para a frente, com o corpo rígido como o de um defunto. Quando Emil e os outros passaram, os soldados avistaram Malik, Poppy e eu, e então a *algazarra* começou.

Gritos ecoaram. Espadas douradas foram erguidas e batidas contra os escudos — escudos estampados com o novo Brasão Atlante. Os soldados abaixaram as espadas em uma onda enquanto passávamos, se ajoelhando e batendo com a mão no chão.

Poppy se encolheu contra mim enquanto os aplausos continuavam e os portões se abriam. Não estava acostumada com aquela reação. Caramba, eu mesmo nunca tinha me acostumado, mas aquilo era diferente.

Era *assim* que uma Rainha e um Rei deveriam ser recebidos.

Encontrei a mão dela e fechei a palma sobre a sua conforme cavalgávamos entre os dois afluentes do Rio de Rhain e atravessávamos os portões. Os gritos continuaram dentro da Colina, onde os soldados estavam acampados perto da entrada.

O som nos acompanhou mesmo quando chegamos às plantações, quando os mortais saíram dos milharais erguendo as foices e dando vivas. Os mortais nos *aplaudiram.*

Inclinei-me na direção de Poppy.

— Foi assim na Trilha dos Carvalhos e em Massene?

Poppy segurou minha mão com toda a força.

— Não. — Ela puxou o ar, trêmula. O sorriso dela também estava trêmulo quando Kieran se aproximou de nós, de orelhas em pé. — Isso é... é demais.

Abracei-a com força enquanto descíamos a estrada, passando pelo amontoado de casas e lojas de onde os mortais corriam para as ruas ou paravam nas calçadas, curvando-se e colocando uma mão no peito e a outra, no chão.

Emil olhou por cima do ombro para Poppy.

— Aliás, seu plano deu certo. Eles souberam o que fizemos em Massene e na Trilha dos Carvalhos antes mesmo que chegássemos a Três Rios. Sabiam que não vínhamos para conquistar. O mesmo aconteceu aqui.

O sorriso se firmou no rosto de Poppy.

— Era o *nosso* plano — corrigiu ela. — E de todos que o seguiram. Seu. De Vonetta. De todo mundo.

Emil sorriu, abaixando o queixo enquanto olhava para a frente, com as bochechas coradas pelo reconhecimento.

O orgulho me fez levantar o queixo ainda mais. Ela tinha tanto medo de assumir a Coroa e de não ser uma boa Rainha, pois achava que não estivesse pronta nem que tivesse o treinamento e conhecimento necessários. E, no entanto, sabia que tinha desempenhado um papel importante nisso — mas não todos os papéis.

As glicínias voltaram à paisagem, ladeando a estrada, e o som de água corrente nos acompanhou até a mansão no centro da cidade. A floresta tinha se infiltrado até ali, deixando o interior da Colina quase invisível.

Barracas maiores foram posicionadas ao redor dos muros da fortaleza e dentro do pátio. Olhei adiante e senti um aperto no peito quando vi que havia vários generais na entrada da mansão.

Um punhado de jovens Atlantes correu na nossa direção de olhos arregalados, fazendo uma reverência apressada enquanto descíamos do cavalo. Começaram a arrebanhar os cavalos quando Netta voltou, passando pelos generais. Ela não estava sozinha. Uma mortal que eu não via desde a Trilha dos Carvalhos a seguia, uma mortal que parecia muito diferente com os cabelos brancos afastados do rosto. Tive uma sensação estranha quando olhei para Tawny.

Poppy passou por mim e correu na direção de Netta e Tawny. A mortal chegou até Poppy primeiro e a abraçou, e eu fiquei tenso sem nenhum motivo além de que...

Kieran olhou para mim e arqueou as sobrancelhas. Já tinha me avisado que ela não parecia muito bem. Não era exatamente algo ruim. Só diferente. Uma sensação que eu não conseguia identificar.

— Como você está? — perguntou Poppy, apertando as mãos de Tawny. — Parece mais quente.

— Um pouco. — Tawny sorriu. — Deve ser porque Vonetta me obriga a ser toda ativa e coisa e tal.

Poppy arqueou a sobrancelha para Netta, que abriu um sorriso irônico.

— Gianna e eu temos ensinado a ela como lutar. Ela aprende rápido.

— Só por causa do que Poppy já tinha me ensinado — disparou Tawny.

— Eu só a ensinei a enfiar a ponta afiada em alguma coisa — corrigiu Poppy.

Tawny sorriu, soltando a mão de Poppy.

— Ei, se isso é mais da metade do conhecimento necessário, então já aprendi.

Relaxei quando Poppy se virou para Netta.

— Gostaria de te dar outro abraço, dessa vez com você também de pé sobre as duas pernas.

Netta riu e obedeceu enquanto Delano continuava perto de Poppy.

— Senti sua falta — disse Poppy, se afastando. — Como tem passado? Nenhum machucado? Você está...?

— Estou bem. — Netta apertou os ombros dela. — Estamos todos bem.

— Por sua causa — insistiu Poppy. — Você liderou o exército de modo espetacular.

— Tive ajuda.

— A minha, por exemplo. — Emil passou ao redor dos cavalos.

Sacudi a cabeça e entreguei as rédeas a um cavalariço.

— E Setti? Ele está aqui?

— Sim, Vossa Majestade — respondeu o jovem. — Foi alimentado com o feno e a ração mais frescos enquanto aguardava seu retorno.

— Obrigado.

Virei-me e vi Tawny parada não muito longe de mim. Droga. Os olhos dela... não tinham nenhuma cor.

— Fico feliz em vê-la bem de saúde.

Tawny me encarou tão sem rodeios quanto eu tinha feito com ela.

— E eu fico feliz por saber que, de acordo com todo mundo, você ama Poppy tanto quanto ela te ama, então não tenho que te dar um soco na cara por mentir pra ela.

Poppy se virou na direção dela.

— Tawny!

— E por sequestrá-la — acrescentou ela.

— *Tawny*. — Poppy correu até nós enquanto Netta dava uma risada.

— O que foi? — A mortal que parecia ser *outra coisa* cruzou os braços. — Só estou dizendo que todo mundo...

— E ela perguntou a *todo mundo* mesmo — Emil entrou na conversa.

— ...me contou que você é completamente fiel a Poppy — concluiu Tawny.

— Não era isso que você estava dizendo — respondeu Poppy.

Reprimi um sorriso e inclinei a cabeça.

— Se voce acha que ainda precisa me dar um soco na cara, não vou impedi-la.

Poppy me lançou um olhar.

Sua amiga me encarou como se estivesse tentando determinar se eu era digno de tamanho esforço.

— Vou manter isso em mente para mais tarde.

— Não vai, não — disse Poppy. — Você não pode sair por aí socando o Rei.

— Alguém esqueceu de falar isso pra você — retrucou Kieran, passando por Poppy.

— Você deu um soco nele? — perguntou Tawny, pestanejando.

— Não exatamente. — As bochechas de Poppy ficaram vermelhas.

— Ela me apunhalou. — Peguei a mão de Poppy. — Bem no peito.

— Ah, meus deuses — vociferou Poppy quando Tawny arregalou os olhos. — Você tem que parar de contar isso para as pessoas.

— Mas eu mereci — acrescentei, parando de sorrir assim que me voltei para a entrada e vi que Hisa havia se juntado aos generais. Mas foi quem estava com ela que chamou minha atenção. Meu pai. Senti os ombros tensos quando vi que Malik estava descendo do cavalo a alguns metros dali. Virei-me para Naill e sussurrei: — Quero que você e Emil fiquem de olho em Malik.

Naill assentiu.

— Pode deixar.

De mãos dadas com Poppy, Kieran ao meu lado e Netta e Delano ao lado dela, caminhei na direção do meu pai. Ciente de que Malik estava bem atrás de mim, preparei-me para várias rodadas de reuniões constrangedoras.

Reconheci os generais diante de mim. Lizeth Damron estava ao lado do pai de Perry, que ostentava uma barba impressionante. Estudei Aylard, o general sobre quem Poppy me alertou, enquanto eles se ajoelhavam no chão.

— La'Sere ficou em Três Rios — informou Netta. — E Murin, em Ponte Branca.

— Teve algum problema com eles? — perguntou Poppy enquanto Tawny seguia atrás de Netta. — Com Aylard?

— Nada que não pudéssemos resolver — confidenciou ela enquanto os generais se levantavam e abriam caminho.

Olhei para meu pai e congelei, incapaz de seguir adiante. Ele desceu um degrau. Parecia mais velho do que antes, com as rugas nos cantos dos olhos mais profundas e as marcas ao redor de sua boca profundas como sulcos. Sua armadura rangeu quando ele se ajoelhou e abaixou a cabeça.

— Pode se levantar. — Foi Poppy quem deu a ordem que ensinei a ela, já que eu aparentemente tinha esquecido como falar.

Permaneci imóvel enquanto meu pai se levantava, com os olhos dourados fixos nos meus.

— *Cas.*

De repente, voltei a ser um garotinho bem longe da Seleção, desesperado para sair correndo e pegar na mão dele. Mas estava fincado no chão.

Poppy apertou minha mão, me lembrando de que não estávamos sozinhos. Havia muita gente olhando para nós que não fazia a menor ideia de que o antigo Rei e Rainha sabiam quem a Rainha de Sangue realmente era.

Senti um calafrio quando soltei a mão de Poppy e peguei a do meu pai. Ele segurou no meu braço, com os olhos reluzentes enquanto me puxava para um abraço apertado. Senti meu pai, que sempre foi maior que a própria vida e mais forte do que qualquer um que eu conhecia, trêmulo. Fechei os olhos e também estremeci. A raiva se transformou em amor, e percebi que não era a hora de exigir respostas dele. A prestação de contas ficaria para depois, e não precisava de plateia. Não era do tipo que precisava de julgamento quando estávamos prestes a terminar a guerra com a Coroa de Sangue.

— Não queria que Poppy fosse atrás de você — disparou meu pai, com as palavras soando abafadas. — Exigi que ela ficasse conosco. Mas ela me botou no meu lugar bem rápido.

Dei uma gargalhada que sacudiu o meu corpo inteiro.

— Aposto que sim.

— E estou feliz que o tenha feito. — Ele me abraçou com força e me disse com a voz ainda mais baixa: — Sei que temos muito o que conversar.

— Temos mesmo. — Engoli em seco, dei um passo para trás e peguei a mão de Poppy. — Mas vai ter que ficar pra mais tarde.

Ele assentiu e finalmente olhou para Poppy. Fez menção de falar com ela, mas então se deparou com o filho mais velho. Empalideceu como se tivesse visto um fantasma, e Malik... ele não estava nem olhando para nosso pai.

Nosso pai engoliu em seco e deu um passo à frente.

— Malik — chamou ele com a voz embargada, e o som estilhaçou a dureza que havia no meu peito. Nosso pai parecia um homem que via um filho que havia morrido anos atrás.

Malik olhou para as glicínias que cresciam ao longo da mansão, com uma expressão impassível no rosto.

— É bom vê-lo, Pai — cumprimentou ele sem emoção na voz. Vago.
— Você me parece bem.

Nosso pai ficou imóvel e então se tornou um homem em um campo de batalha, olhando para aquele que tinha acabado de derrubá-lo.

— Você também, filho — respondeu ele em um tom de voz tão vago quanto o de Malik. Ele contraiu um músculo na têmpora, a única indicação de que sentia alguma coisa. Malik flexionou o mesmo músculo. Nosso pai pigarreou. — Comida e bebida estão sendo preparadas. — Ele se virou com o corpo rígido na nossa direção. — Imagino que temos muito o que discutir.

— Sim — confirmei, olhando para a Rainha enquanto ela se enroscava no meu braço. — Temos uma guerra para encerrar.

Meu pai olhou para a minha mão esquerda quando contamos a ele e aos generais o que aconteceu na Carsodônia e explicamos as exigências de Isbeth enquanto comíamos carne assada e bebíamos cerveja.

Tentou fingir que não tinha visto o que ela fez com a minha mão. Assim como os demais. Imaginei que eles se sentiriam melhor se eu tivesse escondido isso, mas a ausência do dedo fazia parte de mim agora. Eles teriam que se acostumar. Então mantive a mão em cima da mesa, bem à vista.

— O que a Rainha de Sangue quer com Malec? — perguntou Sven.

Poppy se remexeu no meu colo enquanto olhava para a mesa, parando de passar o dedo distraidamente sobre o corte na madeira. Eu a peguei quando ela voltou do banheiro, puxando-a para o meu colo. Não era o assento mais apropriado para uma conversa de tamanha importância, mas não dava a mínima para o que os outros achavam. Eu a queria ali. Precisava dela bem perto de mim. A sensação do seu corpo mantinha os meus pés no chão e me dava forças.

Além disso, eu gostava de sentir a bunda dela no meu colo.

Sentado à minha esquerda, Kieran tomou um gole de cerveja, arregalando os olhos sobre a borda da caneca. Olhei de relance para Malik, que estava sentado entre Emil e Naill. Ciente de que os generais presentes ali só conheciam a Rainha de Sangue como Ileana, isso limitava o que podíamos dizer. Malik ainda não havia dito nada. Nem tirado os olhos da caneca de cerveja que não parava de encher. Até Sven fazer aquela pergunta. Agora, ele encarava o nosso pai.

Nosso pai também estava olhando para a mesa enquanto pegava a caneca e tomava um belo gole. Ele soltou o ar bruscamente e então olhou para Malik, e depois para mim.

— O nome verdadeiro da Rainha de Sangue é Isbeth.

Fui tomado pela surpresa, e Poppy levantou a cabeça de supetão. Os generais ficaram em silêncio com o choque. Não esperava que ele fosse admitir isso. Olhei para meu irmão e percebi que ele também não. Mas que estava adorando o desconforto do nosso pai. Malik deu um sorriso irônico.

Lorde Sven foi o primeiro a se recuperar, recostando-se na cadeira.

— Você não pode estar se referindo a Isbeth que conhecemos.

— Sim, é a mesma Isbeth que vocês conhecem — continuou meu pai, com a respiração pesada. — A amante de Malec.

— E a primeira vampira — completou Aylard.

— Não é verdade. — Meu pai olhou para o general Atlante. — Ela nunca foi uma vampira. Malec a Ascendeu, mas um deus não é capaz de criar um vampiro. Um deus cria algo completamente diferente.

— Isbeth é uma falsa deusa — explicou Poppy, olhando para cima. — Uma falsa deusa, mas ainda assim uma deusa. Ela se disfarçou de Ascendida esse tempo todo e a maioria dos Ascendidos nem sabe o que ela é de verdade.

Aylard encarou Poppy.

— Mas você sabia disso o tempo todo? E não nos contou? — A incredulidade soou no seu tom de voz quando Poppy assentiu. As bochechas dele ficaram vermelhas de raiva. — Como pôde esconder essa informação de nós?

Não gostei nem um pouco do seu tom de voz.

— Não era necessário que vocês soubessem disso antes — afirmei, antes que Poppy pudesse falar alguma coisa. — Mas estão chocados e bravos com a pessoa errada. Não é da Rainha que deveriam exigir respostas.

Aylard se retesou, ainda mais corado.

— Meu filho está falando a verdade. Sou eu e Eloana que temos toda a responsabilidade. Mantivemos a identidade dela oculta da maioria das pessoas — respondeu meu pai. — Nossa Rainha poderia ter revelado quem era a Rainha de Sangue a qualquer momento, mas creio que não fez isso por respeito a nós. — O olhar dele encontrou o meu. — Respeito que achamos que não merecemos.

Desviei o olhar e respirei fundo.

Sven sacudiu a cabeça, perplexo.

— Vocês guardaram esse segredo por anos, centenas de anos.

Meu pai assentiu.

— Esse tipo de informação é crucial — continuou Aylard depois de limpar a garganta. — Muda tudo o que sabemos sobre a Coroa de Sangue. Não é só poder que eles querem.

Sven assentiu.

— É vingança.

Emil deu um assobio baixo e abafado ao lado de Kieran.

— Que constrangedor — murmurou ele.

Fui obrigado a concordar com ele.

— E não importa que a Rainha tenha escondido essa informação de nós por respeito ou não. Sem querer ofender, Vossas Majestades — disparou Aylard. Voltei a atenção para ele. Parei de mover a mão no quadril de Poppy. — Você sabia que ela era praticamente uma deusa e decidiu não nos contar nada enquanto pretendia mandar o nosso exército para enfrentá-la? Nós tínhamos que saber disso.

Poppy se empertigou.

— Sou eu que vou enfrentar Isbeth. Não o nosso exército.

— Isso não vem ao caso! — exclamou Aylard. — Você não tem o direito...

— Cuidado — adverti.

Kieran colocou a caneca em cima da mesa e olhou para o general Atlante.

— Tenho a impressão de que as coisas vão ficar ainda mais constrangedoras — disse ele baixinho para Emil.

Emil bufou.

— Sugiro que você pense bem sobre o que acha que tem o direito de dizer à minha Rainha antes de falar mais alguma coisa. — Sustentei o olhar do Atlante. — Ou logo vai descobrir como o Rei reage quando você ofende a Rainha. Aviso logo que vai ser a última coisa que você vai fazer por um bom tempo.

A pele de Aylard ficou toda manchada conforme ele desviava o olhar, com o corpo absurdamente rígido.

— Vocês estão certos. Mas também estão errados — falei, depois de ter certeza de que Aylard havia entendido meu recado. — Isso muda o que sabemos. Muda a história do nosso reino. Mas não muda o futuro. Ainda precisamos destruir a Coroa de Sangue e acabar com essa guerra. É nisso que precisamos nos concentrar agora. E em mais nada.

À nossa frente, a general lupina se inclinou na direção de Hisa, sussurrou alguma coisa no ouvido dela e então olhou para o meu pai.

— Concordo — disse Damron. — Então acho que todos sabemos por que ela quer Malec.

— Sabemos e não sabemos — revelou Poppy enquanto eu apertava seu quadril com delicadeza.

— É óbvio que há motivos pessoais. Isbeth ainda o ama, mas também acredita que ele será capaz de lhe dar o que ela quer.

— Atlântia? — supôs Damron.

— A destruição de Atlântia — corrigiu Poppy suavemente. Ouvi xingamentos abafados. — Ela acredita que ele será capaz de refazer os planos e transformá-los em um só. É esse seu desejo.

Meu pai arqueou as sobrancelhas.

— É impossível que ele possa ser de alguma ajuda para ela. — Ele olhou para Poppy. — Sabemos que Malec não deve estar em bom estado.

— É verdade. — Poppy afastou uma mecha de cabelo do rosto. — Não faz sentido. Mas você se lembra do que Framont nos disse, o Sacerdote da Trilha dos Carvalhos? Nós tínhamos razão a respeito de quem ele acreditava ser o Verdadeiro Rei. Malec. Só não sabemos como ou por que Isbeth acredita que ele poderá fazer alguma coisa por ela.

Enquanto Poppy falava, observei Malik em busca de qualquer indicação de que ele fosse mencionar a profecia ou que Poppy fosse o Arauto. Mas ele não disse nada. Por enquanto.

— Mas ele vai acabar se recuperando, não vai? — perguntou Vonetta de onde estava, com a cadeira em que Poppy estava sentada antes vazia entre nós.

Meu pai assentiu.

— Ele vai ter que se alimentar bastante, e imagino que vá levar algum tempo. Nesse ponto, mesmo depois de se recuperar, não temos como saber qual seria seu estado mental nem o que ele seria capaz de fazer.

Dei um aceno de cabeça para Naill, que se levantou junto com Emil. Eles fizeram com que Malik se levantasse e o tiraram da sala. Ele podia até ter concordado em nos ajudar a derrotar a Coroa de Sangue e já saber o que pretendíamos fazer quando voltássemos com Malec, mas não precisava saber dos detalhes. Confiava nele até certo ponto, mas não era burro.

— Mas não vamos permitir que ele tenha tempo para isso — declarei assim que Malik se foi. Nosso pai retesou o maxilar com a partida dele, mas continuou calado. — Faremos o que Isbeth nos pediu e levaremos Malec de volta pra ela, mas só para acabar com a maldição que colocou em Kieran e tirá-la da Carsodônia. Ela não terá oportunidade de usar Malec de forma alguma. Quando nos encontrarmos com ela daqui a duas semanas, vamos acabar com essa guerra de uma vez por todas.

Os generais ouviram com atenção quando Damron disse:

— Estou gostando disso.

A discussão sobre como invadiríamos a Carsodônia foi bem tranquila, levando em consideração como tinha começado, principalmente porque Aylard ficou de boca fechada. Fizemos planos de chamar Murin e La'Sere das cidades vizinhas. Cyr estava muito longe na Trilha dos Carvalhos. Não havia tempo para que o general se juntasse a nós, mas mandaríamos uma mensagem para ele mesmo assim. Debatemos como pretendíamos cercar a Carsodônia, sabendo que tínhamos de ser flexíveis em nossos planos, pois ainda precisaríamos incluir os dragontinos na discussão quando eles voltassem do voo.

— Alguma notícia de Eloana? — Poppy perguntou ao meu pai. — Ela disse alguma coisa sobre o lugar onde sepultou Malec?

Meu pai pigarreou.

— Sim. Pouco antes de chegarmos à Padônia. Eloana me deu alguns detalhes — respondeu ele quando Poppy se inclinou para a frente, com a trança deslizando sobre o ombro. — A tumba de Malec está na região nordeste da Floresta Sangrenta.

— O que seria... — Poppy pegou a ponta da trança.

— Perto da Masadônia — Delano informou enquanto eu deslizava o polegar sobre a curva de seu quadril. — A alguns dias de viagem daqui, se muito.

Poppy começou a torcer a trança.

— Mais alguma coisa?

— Você já esteve lá — meu pai continuou, apontando com o queixo na direção de uma janela estreita. — Sabe que a região é toda muito parecida. Mas ela me disse que há ruínas nessa parte da floresta. Ruínas do que existia ali muito antes que Floresta Sangrenta crescesse. Ele está ali por perto.

— Deve ter existido muitos vilarejos por lá em certa época. — Sven coçou a barba. — Mas não havia nada além de campos durante a Guerra dos Dois Reis.

Então, o que quer que tenha existido lá, era bastante antigo. Muito provavelmente da época em que os deuses ainda estavam despertos.

— Mas isso já ajuda. — Poppy olhou por cima do ombro para mim e depois para Kieran, que assentiu. — Posso usar o feitiço que você me ensinou — disse ela a Sven. — Tenho um objeto que pertencia a ele. Um anel.

Sven abriu um sorriso caloroso para ela.

— Você foi muito esperta.

Um rubor adorável surgiu nas bochechas dela. Inclinei-me e dei um beijo rápido em sua nuca.

— Acho que não devemos tentar despertar Malec quando o encontrarmos — começou ela. — Alguém sabe se isso é possível?

Meu pai sacudiu a cabeça, olhando para Sven.

— Bem... — começou o Lorde, e Perry encheu um copo de uísque e passou para ele. — Depende muito. Ele foi sepultado em algum tipo de caixão?

— Sim — confirmou meu pai. — Um caixão coberto por ossos de divindades.

— Vai ser tão divertido transportar isso — comentou Kieran.

— Então imagino que se você não abrir o caixão, Malec deve permanecer como estiver quando o encontrar — sugeriu Sven.

— Ele está inconsciente — observou Poppy, e Sven lançou um olhar curioso para ela. — Foi por isso que meu pai descobriu que havia acontecido alguma coisa com ele. Quando Malec perdeu a consciência, Ires despertou.

— Que interessante — murmurou Sven, voltando a coçar a barba.

— Quer dizer que ele é o Primordial da Vida e filho da Consorte — começou Sven. — Seu sepultamento deve ter causado algum efeito no meio ambiente.

— Além da Floresta Sangrenta? — perguntei, e Poppy se empertigou. Caramba. Não podia acreditar que só tinha pensado nisso agora.
— É por isso que a floresta está ali. As árvores cresceram no local onde ele foi sepultado.

— Do mesmo jeito que as árvores crescem pra você — constatou Kieran, olhando para Poppy.

— Pensei que vocês já soubessem disso — comentou Sven, com as sobrancelhas arqueadas.

— Parece que não — observou o filho dele, e Delano sorriu porque não sabíamos mesmo.

Poppy inclinou a cabeça e estudou o meu pai.

— Quem foi que ajudou Eloana com o Feitiço Primordial? Sabemos de quem é a Essência Primordial que ela usou?

— Não fui eu — salientou Sven.

— Acho que foi Wilhelmina quem a ajudou — respondeu o meu pai, e ninguém esperava por isso. — A essência de quem ela usou... Isso eu não sei.

— Mas o que faremos com Malec depois de derrotarmos a Coroa de Sangue? — perguntou Hisa. — Vamos sepultá-lo de novo?

Todo mundo, inclusive Aylard, olhou para nós dois. Não respondi, tendo o bom senso de saber que a decisão não era minha. E sim de Poppy.

— Não — respondeu ela, endireitando os ombros. — Faço questão de que ele volte para casa com o irmão, para junto de Nyktos e da Consorte.

40

Poppy

Já era início da noite quando terminamos de discutir os planos de partir para a Floresta Sangrenta e pude passar algum tempo com Tawny. Entrei em meus aposentos e fiquei aliviada ao encontrar duas banheiras lado a lado, ambas cheias de água fumegante.

Como Casteel ficou para trás — espero que para conversar com o pai —, examinei os aposentos enquanto me despia. As vigas expostas no teto e as paredes de pedra caiadas de branco me fizeram lembrar dos quartos em Novo Paraíso. Mas aqueles eram muito maiores, equipados com áreas de estar e jantar separadas por biombos. As portas do armário estavam abertas, e encontrei as roupas que Vonetta trouxe penduradas ali. Mas foram os itens pendurados ao lado que trouxeram um sorriso ao meu rosto.

Roupas para Casteel.

Eles realmente não tinham a menor dúvida de que voltaríamos. Juntos.

Tinha um caixote no fundo do armário, aquele em que estava a coroa do Rei Jalara. Outra se juntaria a ela em breve. Ainda não sabia o que fazer com aquilo.

Fui até a mesa ao lado da cama e pousei a mão sobre a caixa de charutos, sabendo o que havia ali dentro.

As nossas coroas.

Respirei fundo, deixei a caixa fechada e andei até a banheira. Senti uma leve dor no queixo enquanto tomava banho e lavava o que parecia ser uma semana de sujeira antes de me secar e encontrar um robe para vestir. Uma batida soou na porta assim que terminei de amarrar a faixa.

— Entre — chamei, passando pelo biombo.

Kieran entrou e fechou a porta atrás de si.

— Está sozinha? Pensei que Tawny estivesse com você.

— Ela estava, mas ficou cansada.

O lupino olhou ao redor.

— Só queria ver se estava tudo bem.

Arqueei a sobrancelha.

— Estou bem. E você?

— Ótimo.

Olhei para ele. Kieran retribuiu o meu olhar.

— Você também veio aqui porque Casteel está conversando com o pai? — perguntei.

Ele deu uma risada áspera.

— É tão óbvio assim?

— Um pouco. — Fui até uma das poltronas perto da lareira apagada. Havia uma garrafa com um líquido cor de âmbar junto de dois copos em cima de uma mesinha. — Quer beber alguma coisa?

— Claro — respondeu ele enquanto eu servia as bebidas. — Imaginei que se ficasse por perto, Cas me usaria de desculpa para não conversar com Valyn.

Senti um aperto no peito quando entreguei o copo a Kieran.

— Espero que ele esteja conversando com o pai e Malik, mas...

— Mas ele deve ter muita coisa na cabeça. — Kieran se encostou na lareira enquanto eu me sentava em uma das poltronas. — E pode não estar disposto a ouvir o que o pai tem a dizer.

Tomei um gole de uísque, pensando no que Valyn havia me dito.

— Acho que ele não vai gostar do que o pai tem a dizer.

— Eu também não. — Kieran tomou um gole, olhando pela janela estreita enquanto eu via a cicatriz no seu antebraço.

Encolhi as pernas e me acomodei na poltrona confortável enquanto observava Kieran. Casteel acabaria me procurando mais cedo ou mais tarde se achasse que eu estava sozinha. Mas Kieran podia ter visitado a irmã ou um dos amigos que não via há semanas. Podia aproveitar para passar um tempo com Malik. Se bem que não deveria estar pronto para conversar com ele. De qualquer forma, Kieran estava ali por outro motivo, e eu fazia uma boa ideia do que era.

— Casteel contou a você que conversamos sobre a União?

Kieran olhou para mim.

— Sim. — Um momento se passou. — Ele me disse que você queria fazê-la.

Tomei mais um gole, dizendo a mim mesma para não ficar com o rosto todo vermelho.

— Ele quer que eu tire alguns dias para pensar no assunto, mas já sei a resposta. Não vou mudar de ideia.

Os olhos invernais dele se fixaram nos meus.

— Mas você deveria aproveitar esses dias para refletir.

— Sim, mas não vou mudar de ideia. Casteel me explicou tudo. Sei o que envolve, o que pode acontecer. — Sabia o que a União envolvia. Casteel me explicou todos os detalhes enquanto estávamos no Bosque das Glicínias. Independentemente do que acontecesse quando uníssemos as essências dos dois à minha, a União seria íntima. Intensa. Transformadora. Nenhum de nós seria o mesmo depois disso. — Você tem certeza de que quer isso? De verdade?

— Sou eu quem deveria te fazer essa pergunta, Poppy.

Pousei o copo sobre o joelho dobrado enquanto o observava vir até a poltrona diante de mim e se sentar.

— Não teríamos essa conversa se eu não tivesse certeza.

— É verdade. — Ele se inclinou para a frente, com o copo na mão. — O mesmo vale para mim. Estou aqui porque quero estar. — O tom dos olhos azuis dele era vívido, com o brilho atrás das pupilas ainda mais luminoso. — Creio que poucos lupinos se recusariam a se unir a um Rei e a uma Primordial.

Senti as bochechas afogueadas. Ainda não conseguia acreditar que era uma Primordial, mas aquilo não importava no momento.

— Você não é um lupino qualquer. Eu não faria isso com mais ninguém.

Kieran abaixou o queixo, e eu senti um gosto doce na boca, em contraste com a pungência do uísque.

— Não me deixe emocionado. Senão, vai tornar as coisas meio embaraçosas.

Dei uma risada.

— Bem, já estava na hora de ser eu a tornar as coisas embaraçosas.

Ele sacudiu a cabeça e segurou na nuca com a mão livre. Um bom tempo se passou.

— Você sabe que amo Cas, não sabe?

— Sim — sussurrei. — E sei que ele te ama.

— Eu faria qualquer coisa por ele. E faria qualquer coisa por você — afirmou, ecoando o que Casteel havia me dito antes. Em seguida, olhou para mim. — E saber que você faria isso por mim significa... — Ele engoliu em seco. — Não sei nem o que dizer além de afirmar que o meu motivo para concordar com a União não tem nada a ver com o fato de Cas ser um Rei e você, uma Primordial, mas sim com o amor que sinto por vocês dois.

Prendi a respiração quando senti um nó na garganta.

— Agora é você que está me deixando emocionada.

— Sinto muito.

— Não sente nada.

Kieran sorriu, abaixando a mão enquanto eu lutava contra a vontade de perguntar a ele que tipo de amor ele sentia por Casteel. Por mim. Sabia que não era fraternal e que ia além do que se sentia por amigos. Também achava que não era a mesma coisa que ele sentia por Elashya ou o que Casteel e eu sentíamos um pelo outro. Por outro lado, sabia que o que eu sentia por Kieran não era o mesmo que sentia por Delano, Vonetta e Tawny. Era... algo mais.

Ele se recostou, me encarando enquanto descansava o tornozelo em cima do joelho.

— Você está com aquela cara.

— Que cara?

— Aquela que você faz toda vez que tem uma pergunta que está tentando não fazer.

— Não estou, não.

Kieran arqueou a sobrancelha.

Suspirei, pensando como era irritante que ele me conhecesse tão bem. Tomei um bom gole do uísque, precisando de coragem para perguntar o que queria saber. Não me ajudou em nada.

— Que... que tipo de amor você sente por mim?

Ele me estudou até que eu quase começasse a me remexer na poltrona.

— Há muitos tipos de amor, mas quando se trata de você, é o tipo que me permitiu fazer aquela... — Ele respirou fundo e retesou o maxilar. — É o tipo de amor que me permitiu fazer aquela promessa a você, Poppy. É o mesmo tipo de amor que permitiu que você me pedisse aquilo.

Casteel

O quarto estava escuro quando entrei. O cheiro de Kieran permanecia junto à lareira, onde havia dois copos vazios em cima de uma mesinha. Tirei as armas e as correias que as mantinham no lugar e deixei todas, exceto por uma adaga no peito, perto do biombo.

Meu coração palpitou quando olhei para a cama e vi Poppy ali, deitada de lado, com o cobertor dobrado na cintura e o robe frouxo, expondo um ombro cor de creme. Enquanto tirava a roupa e usava a água do banho já fria, imaginei que meu coração nunca deixaria de se sobressaltar toda vez que olhasse para ela. E que jamais me acostumaria a olhar para Poppy e saber que eu era dela e ela era minha.

Fiz questão de me secar muito bem antes de ir para a cama. Não queria acordá-la — bem, isso era mentira. Queria ver aqueles olhos lindos. Fazer com que ela me presenteasse com um dos seus sorrisos. Ouvir sua voz. Sua risada. Então, sim, queria que ela acordasse, mas a manhã logo chegaria. Nós precisávamos descansar, pois a viagem para a Floresta Sangrenta não seria nada fácil. Puxei o cobertor com cuidado, me deitei na cama e mantive as mãos longe dela. Se tocasse em Poppy, acabaria passando a noite inteira olhando para o teto de pau duro.

Forcei-me a fechar os olhos e controlar a respiração e acabei caindo no sono. Não sei quanto tempo descansei antes de me encontrar naquela cela escura e mofada, ouvindo o som das garras dos Vorazes e o chacoalhar das correntes. O aro em torno do meu pescoço estava apertado demais para que eu conseguisse engolir ou respirar fundo, e a dor na minha mão...

Acordei de supetão, abri os olhos e me deparei com as sombras que passavam pelas vigas expostas no teto. *Não estou lá.* Meu coração bateu descompassado dentro do peito. *Estou aqui.* O ar entrava e saía dos meus pulmões conforme eu repetia aquelas palavras como se fossem uma prece.

A cama se mexeu enquanto eu passava as mãos pelo rosto, sentindo a aspereza dos calos, do que faltava ali.

Poppy se virou na minha direção, pressionando o corpo meio vestido contra o meu.

— Senti sua falta — murmurou ela.

Caramba.

Meu coração.

A voz dela.

Como me acalmava.

Abaixei as mãos e passei o braço em volta das costas dela, absorvendo seu calor e maciez.

— Senti sua falta.

Ela se aconchegou em mim, deslizando uma perna no meio das minhas.

— Você conversou com o seu pai?

— Só disse que ouviria o que ele tinha a me dizer mais tarde. — Enrosquei os dedos em seu cabelo. — Ele não ficou feliz com isso, mas deixou pra lá.

— Então você não conversou com ele coisa nenhuma.

— Não quero ouvir o que ele tem a me dizer agora — admiti. Não havia nada que meu pai pudesse me dizer no momento para que eu entendesse por que ele e minha mãe haviam ocultado a identidade da Rainha de Sangue de nós. — Não quando tenho tanta coisa na cabeça. Procurar Malec. Encontrar com Isbeth. Acabar com a guerra.

Ela passou a mão pelo meu peito.

— Entendo. — Ela deu um bocejo de leve. — Foi por isso que não fiz mais perguntas a Malik sobre a noite em Lockswood ou sobre Coralena e Leo.

Olhei para o topo de sua cabeça. Poppy não estava pronta para ouvir o que Malik tinha para contar. Assim como eu não estava em relação ao meu irmão e ao nosso pai.

— É melhor voltar a dormir.

— Vou fazer isso. — Mas levou a mão dela até o meu abdome.

— Não é o que parece.

Poppy não disse nada por alguns minutos.

— Você está bem?

Será que o meu pesadelo chegou até ela? Ou Poppy acordou e captou o emaranhado de emoções dentro de mim? Fechei os olhos e respirei fundo. Como não consegui responder, ela virou a cabeça e deu um beijo no meu peito.

— Você vai ficar bem — sussurrou ela.

— É, vou ficar, sim.

— Eu sei. — Ela deslizou a mão por baixo do cobertor.

Senti o corpo inteiro estremecer quando seus dedos roçaram na ponta do meu pau já duro e Poppy se ergueu sobre mim.

Não tive a chance de dizer mais nada. Não que eu fosse reclamar. Seus lábios encontraram os meus, e ela me deu um beijo doce. Abracei-a com força quando ela abriu meus lábios com a língua. O beijo continuou até que eu começasse a ansiar por ela.

Deuses, eu *sempre* ansiava por ela.

— Cas — sussurrou ela, fechando a mão em volta do meu pau. — Preciso de você.

Estremeci com aquelas palavras, com a verdade contida nelas. Era eu quem precisava dela, e ela sabia disso. Sabia que seu toque, sua proximidade, me tranquilizava. Era um lembrete de que eu estava *ali*.

— Agora — exigiu ela.

A ordem atrevida me fez dar uma risada enquanto aninhava a bochecha dela nas mãos.

— O que você quer?

— Você sabe muito bem — sussurrou ela sobre os meus lábios.

— Talvez. — Deslizei a mão por seu pescoço, passando pelas marcas sensíveis e quase curadas das mordidas até chegar em seu seio, onde o mamilo estava entumecido sob o tecido de algodão do robe. Continuei descendo, passando pela curva suave da sua barriga até chegar no meio das suas pernas. — Mas é melhor me dizer. — Passei as costas dos dedos sobre a sua umidade quente, sorrindo quando ela deu um gemido. — Só para confirmar.

Ela apertou a mão ao redor do meu pau.

— Quero que você me toque. — Ela encostou a testa na minha. — Por favor.

— Não precisa me pedir por favor. — Passei o dedo ao longo do âmago dela. — Mas a palavra soa tão bonita em seus lábios.

Poppy prendeu a respiração quando enfiei um dedo dentro dela. Ela mordiscou meu queixo, fazendo com que meu corpo inteiro estremecesse de novo. Enfiei o dedo mais fundo.

— Desse jeito?

— Sim.

Dei um beijo nela, deslizando o dedo para dentro e para fora.

— E assim? — Minha voz soou rouca, pesada.

Ela arqueou as costas e começou a mover a mão no ritmo das minhas estocadas e a remexer os quadris.

— Uhum.

Passei o polegar sobre o clitóris dela e fiquei maravilhado ao ver como seu corpo ficou tenso, como ela parou de mover a mão. Abri um sorriso.

— E desse jeito?

Ela deu um gemido, um som que eu poderia ouvir por toda a eternidade.

— Adoro isso — respondeu ela, mas soltou o meu pau e me pegou pelo pulso, tirando a minha mão dela. — Mas quero mais.

Em seguida, Poppy mudou de posição, soltando minha mão e se apoiando sobre os cotovelos. O robe, meio desamarrado, escorregou pelos seus braços. Nunca me senti tão grato pela visão apurada que ela tanto invejava. Seus seios rosados se projetaram para cima, com os mamilos enrugados. Ela estava com as bochechas coradas e as pernas afastadas, abertas e convidativas. Fiquei com água na boca ao vê-la. Ergui a parte superior do corpo.

— Você é linda. — Apreciei cada centímetro de carne exposta. — Sabe o que não entendo?

— O quê?

— Como você não passa o dia todo com os dedos no meio dessas belas coxas. — Deslizei a mão sob o robe, apertando seu quadril. — É o que eu faria se fosse você.

Ela deu uma risada.

— Assim você não faria mais nada.

— Mas valeria a pena. — Olhei para a mão dela, pousada sobre o baixo-ventre a poucos centímetros daquele seu calor maravilhoso. — Acabei de me dar contar de uma coisa. — Senti a garganta seca. — Você já se tocou?

Um rubor tomou conta das suas bochechas e, depois de um momento, ela assentiu. E aquilo me deixou cheio de tesão.

— Eu adoraria — peguei a mão dela e a levei até a boca. Fechei os lábios ao redor do dedo que ostentava a nossa aliança — que você me mostrasse como se toca.

Poppy respirou fundo quando levei a mão até o espaço entre suas coxas. Soltei-a e, por um instante, pensei que ela não fosse fazer isso.

Mas jamais deveria ter duvidado dela.

Minha Rainha não recuava diante de nada.

Os tendões delicados na parte superior da sua mão se moveram como teclas de piano quando ela enfiou um dedo dentro de si mesma, dando pequenos mergulhos.

— Porra — arfei. — Não pare.

Sua respiração ficou ofegante enquanto ela continuava brincando consigo mesma, e o cheiro da sua excitação tomou conta dos meus sentidos. Fiquei olhando para ela, completamente obcecado. Sequer piscava os olhos conforme a respiração dela ficava cada vez mais sôfrega e ela remexia os quadris para acompanhar as estocadas do seu dedo.

— Cas — gemeu ela.

Podia gozar só de ver aquilo. Era bem possível que acabasse gozando.

— Quero venerar você.

Poppy estremeceu.

E então foi o que fiz, começando com os dedos dos pés e subindo pelas panturrilhas até chegar às suas coxas. Seu dedo se moveu mais rápido quando me aproximei e parei para passar a língua pela umidade ali. Ela soltou um gritinho, arqueando as costas quando voltei a prestar homenagem a ela, trilhando um caminho pelo abdome e pelas curvas dos seus quadris. Eu me demorei como se não fôssemos pegar a estrada dali a algumas horas. Prestei atenção redobrada aos seus seios, lambendo e chupando até que ela começasse a estremecer, até que o meu corpo inteiro ficasse duro, pesado e inchado. Foi só então que estendi a mão e levei os dedos dela até a boca, sentindo o seu gosto.

— Acho que tenho que ver você fazer isso diariamente.

— Deuses — balbuciou ela. — Você é tão pervertido.

— É, sou mesmo. — Fechei a mão em torno da dela e a pressionei no colchão ao lado da sua cabeça enquanto passava a perna entre suas coxas grossas. Desabei em cima dela, mergulhando naquela maciez quente, e ela me recebeu com um sorriso suave. — Mas posso ser um anjo. Ou posso ser ainda mais pervertido. Posso ser o que você quiser que eu seja.

— Eu só quero você. — Ela levou a palma da mão até a minha bochecha. — Do jeitinho que você é.

Inferno.

Estremeci como uma muda de planta em uma tempestade de vento quando senti o calor dela na cabeça do meu pau. Mergulhei no seu calor escorregadio, tomado pelo prazer.

— Eu te amo. Estou completamente apaixonada por você.

Ela passou os braços em volta de mim, me abraçando com força enquanto levantava as pernas e as enroscava nos meus quadris, me provocando.

— Eu te amo agora e para sempre.

Ignorei o latejar nas presas. Eu me recusava a me alimentar. Não tiraria nada dela hoje à noite. Apenas daria.

Meu coração disparou dentro do peito quando comecei a me mover, com a intenção de ir bem devagar para fazer com que durasse. Mas os sons baixos que ela emitia, a fricção surpreendente dos nossos corpos e tudo o que aconteceu antes tornou isso impossível. Não havia ninguém igual a ela. Nada se comparava ao que ela me fazia sentir e a como sua presença invadia todas as células do meu corpo. Não havia eu. Não havia ela. Havia apenas nós dois, com as bocas grudadas uma na outra, as mãos e os quadris selados. Nós estávamos tão próximos, tão unidos, enquanto eu me movia contra ela, que senti quando Poppy atingiu o clímax. Os espasmos dela acabaram com meu autocontrole. O êxtase se apoderou de mim, fluindo em ondas que deixaram meu corpo estremecendo por longos minutos.

Poppy procurou minha boca e me deu um beijo suave. Ela era... Deuses, ela era tudo. Detestava ter que separar nossos corpos, mas sabia que estava prestes a desabar em cima dela. Dei um gemido entrecortado, saí de dentro dela e me deitei de lado. Tomei-a nos braços e a segurei perto de mim, e ela me abraçou ainda mais forte. Quando fechei os olhos, sabia que não teria mais nenhum pesadelo.

Minha Rainha não deixaria que isso acontecesse.

41

Poppy

O Voraz cambaleou pela névoa densa, com os olhos vermelho-carvão irracionais pela fome, e a pele pálida, desigual e acinzentada quase solta do crânio.

— Esse aí... — Casteel girou o corpo bruscamente, com os movimentos tão graciosos quanto os de um dançarino nos bailes realizados na Masadônia. Sua espada de pedra de sangue cortou o ar com um silvo, rasgando o pescoço de um Voraz. — ...é velho.

Velho era um eufemismo.

Não fazia ideia de quando aquele Voraz foi transformado. Sua pele estava tão ruim quanto as roupas. Ele abriu a boca, exibindo dois pares de presas quebradas. Soltou um uivo e correu na minha direção. Firmei a mão na adaga de osso de lupino.

Um lupino de pelagem avermelhada saiu do meio da névoa, aterrissando nas costas do Voraz e derrubando-o no chão.

— Ah, dá um tempo — resmunguei. — Esse era meu.

Captei uma assinatura de cedro e baunilha através do Estigma.

Ouvi a risada de Vonetta em minha mente.

Estreitei os olhos para ela. *Você nem deveria estar aqui, Regente.*

Sua risada soou mais alta conforme ela rasgava o peito do Voraz com as garras, indo direto para o coração.

Franzi os lábios.

— Isso é nojento.

— Há muitos mais para você apunhalar. — Emil pegou um Voraz e o empurrou contra o tronco úmido e acinzentado de uma árvore de sangue. — Pois eles estão... por toda a parte. É só escolher.

Girei o corpo quando um grito estridente soou ali perto. Distingui as silhuetas de cerca de uma dúzia de Vorazes em meio à névoa.

Fazia três dias que estávamos na região nordeste da Floresta Sangrenta e era a primeira vez que nos deparávamos com uma horda daquele tamanho. Já tínhamos visto alguns Vorazes aqui e ali, meia dúzia no máximo. Mas hoje à tarde — ou será que já era noite? Era difícil de saber nas profundezas da floresta, onde o sol não conseguia entrar e as rajadas de neve eram uma companhia constante —, parecia que tínhamos encontrado um ninho deles.

Dei um salto para o lado quando Naill derrubou um Voraz que parecia ter se erguido do chão.

— Não é possível que só eu esteja achando essa quantidade de Vorazes muito estranha — falei, me preparando para enfrentar os Vorazes que avançavam em meio à névoa, seus gemidos graves ficando cada vez mais altos e irritantes.

— Não é só você — concordou Casteel, desembainhando outra espada curta de pedra de sangue enquanto se juntava a mim.

Kieran, na forma humana, atirou uma adaga, empalando um Voraz em uma árvore conforme nós dois, junto com Naill, Perry e mais meia dúzia de lupinos, formávamos um círculo.

— Talvez estejamos chegando perto das ruínas ou até mesmo do local onde Malec está sepultado.

Era no que eu estava pensando enquanto dava um chute, jogando um Voraz no caminho de Delano. Ele enterrou a lâmina no peito do Voraz, e eu me virei, cravando a adaga no coração de outro. Não queria usar o feitiço localizador antes de chegarmos nas ruínas, então esperava que estivéssemos nos aproximando do local.

Dei um passo à frente, quase esbarrando em Sage e em outro lupino quando passaram por mim, encurralando os Vorazes. Peguei um que era só pele e ossos, prendendo a respiração enquanto enfiava a adaga em seu peito.

— Eu poderia ajudá-los, sabe? — observou Malik do centro do círculo, recostado em uma carroça, segurando as rédeas dos cavalos. Não lhe demos a escolha de não nos acompanhar na viagem pela Floresta

Sangrenta. Embora acreditasse que ele não voltaria para a Carsodônia, minha confiança só ia até certo ponto. Ele tinha que ficar conosco.

Casteel saiu correndo, girando o corpo enquanto atacava com duas espadas curtas, cortando os pescoços de dois Vorazes. Olhos dourados e brilhantes encontraram os meus.

— Você ouviu alguma coisa?

— Não. — Eu o segui, pegando uma das espadas curtas que Casteel atirou na minha direção.

Sage forçou outro grupo de Vorazes a avançar. Girei o corpo, cortando o pescoço de um e cravando a adaga no peito de outro. Kieran passou por mim, matando mais um deles.

— Só preciso de uma arma — continuou Malik quando eu dei meia--volta, vendo Perry cortar um Voraz ao meio com um machado de pedra de sangue, um *machado* de verdade, enquanto pulava sobre uma pilha de pedras. — Qualquer uma. Aceitaria até um pedaço de pau afiado no momento.

— Que engraçado. Não paro de ouvir algo. — Casteel saltou por cima de Rune, um enorme lupino preto e marrom que tinha se juntado a nós. O lupino pegou um dos Vorazes enquanto Casteel aterrissava no chão, brandindo a espada. — E a voz irritante fica repetindo a mesma coisa.

— *"Posso pegar uma espada?"* — Kieran jogou o corpo flácido de um Voraz para o lado. — *"Posso pegar uma adaga? Um pedaço de pau...?"*

— Quanta maturidade — rosnou Malik.

— Você não vai receber uma arma. — Casteel pulou de uma pedra coberta de musgo, acertando as costas de um Voraz enquanto eu avançava, golpeando o pescoço de outro, um Voraz pequeno. Muito pequeno. — Não vai receber uma arma, nem mesmo um objeto pontiagudo como uma pedra.

Senti quando Malik revirou os olhos.

— Pensei que você tivesse acreditado em mim quando eu disse que queria lutar contra a Coroa de Sangue.

Arqueei uma sobrancelha para Casteel enquanto Vonetta arrastava um Voraz pelo tornozelo.

— Acreditar que você quer destruir a Coroa de Sangue é completamente diferente — disse Casteel enquanto eu cuidava do Voraz que Vonetta segurava pelo tornozelo.

— Como vou ajudá-lo a lutar contra a Coroa de Sangue desarmado? — indagou Malik.

— Por que não usa sua personalidade encantadora? — brincou Naill.

A bainha da capa pesada ondulou assim que me virei, me abaixando conforme a espada de Casteel sibilava por cima da minha cabeça.

— Vamos discutir isso quando chegar a hora — respondeu Casteel, segurando meu braço enquanto eu me levantava. Ele me puxou e me deu um beijo rápido. Senti um calor no peito quando ele girou o corpo, enterrando a espada no peito de um Voraz. Então me soltou e olhou por cima do ombro para o irmão. — Até lá, tente ficar de boca fechada.

Kieran me deu um sorriso enquanto eu afastava uma mecha de cabelo que tinha caído no meu rosto.

— Duvido que isso aconteça — provocou ele.

— Eu também. — Dei um salto quando um Voraz puxou o rabo de Sage, enterrando a adaga de lupino na base do crânio da pobre alma, cortando sua coluna vertebral.

— Que porra é essa? — disparou Emil, olhando para a mão. — As árvores de sangue estão vazando? O que é isso?

— Adivinha. — Perry empurrou Malik para trás quando um Voraz irrompeu pela barreira e correu na direção deles. — A resposta está no nome.

— Que porcaria nojenta — murmurou Emil, limpando a substância cor de ferrugem na coxa.

Não sabia se as árvores estavam mesmo sangrando, mas não era uma seiva normal, e decidi que não pensaria sobre isso no momento.

— Atenção — gritou Naill. — À direita.

Casteel e eu nos viramos ao mesmo tempo. Através da névoa densa, distingui mais inúmeras silhuetas.

— Deve haver dezenas deles — observou Casteel enquanto os lupinos soltavam rosnados baixos.

Dei um suspiro de exasperação e olhei para Casteel.

— Sei que combinamos que eu não usaria o éter, mas isso está ficando muito...

As folhas acima de nós chacoalharam quando um vento feroz soprou na clareira, dispersando a névoa e trazendo o cheiro de apodrecimento e decomposição. Joguei a cabeça para trás quando Kieran avançou, puxando um Voraz pela túnica e enfiando a lâmina em seu peito. Uma sombra ainda mais escura recaiu sobre nós, obliterando a pouca luz que passava por entre as árvores.

— Já estava na hora — murmurou Kieran, se abaixando para cutucar as costas da irmã, que estava prestes a atacar o novo grupo de Vorazes.

Comuniquei-me através do Estigma e chamei os lupinos. Vários uivos soaram conforme eles saíam da névoa, passando por nós e entrando no círculo. Casteel passou o braço em volta da minha cintura, tirando meus pés do chão e me levando de encontro ao peito.

— Cuidado — murmurou ele no meu ouvido.

Muitos galhos foram quebrados e caíram como flechas à nossa volta conforme Reaver descia no meio das árvores de sangue com as asas abertas antes de colocá-las para trás.

Kieran tropeçou para o lado.

— Deuses, toda vez é isso. — Seus olhos invernais cintilaram. — Vai me dizer que ele não faz de propósito?

Já que seria mentira, eu não disse nada enquanto Reaver esticava o pescoço comprido e rugia. Um fogo prateado fluiu de sua garganta, nos cegando temporariamente conforme as chamas rompiam a névoa e envolviam os Vorazes. O fogo acabou com eles de uma vez só, não deixando nada além de cinzas e névoa para trás.

— Que gentileza a dele finalmente se juntar a nós — comentou Emil, arrancando um sorriso de Kieran e um olhar enviesado de Reaver, que virou a cabeça cheia de chifres em sua direção. O Atlante ergueu as mãos. — Quero dizer, que bom te ver.

— Acha que ele encontrou alguma coisa? — perguntou Casteel enquanto afastava uma mecha de cabelo rebelde do rosto.

— Espero que sim — respondi, embainhando a adaga enquanto Casteel pegava a espada de volta. Reaver alçou voo no dia anterior para procurar algum sinal das ruínas que Eloana havia mencionado. — Já estamos na floresta há três dias. São pelo menos mais três para sairmos daqui. E mais outro para chegarmos na Padônia.

— Vamos ficar bem — assegurou Casteel, enganchando os dois colchetes que se abriram na minha capa. — Vamos sair daqui e chegar ao Templo dos Ossos a tempo.

Assenti, embora fôssemos levar quase três dias para chegar ao Templo dos Ossos. Mordisquei o lábio inferior quando senti uma dor incômoda no maxilar. Tínhamos que encontrar Malec e voltar para a Padônia com tempo para descansar. E ficar preparados.

— Não se preocupe. — Kieran se aproximou de nós, me entreolhando enquanto pegava minha trança e a jogava por cima do meu ombro. — Sei que é fácil falar — continuou ele enquanto uma luz brilhante percorria o corpo de Reaver. — Mas nós estamos bem. Vamos conseguir.

Casteel deu um beijo na minha têmpora e olhou para o mortal que surgiu no lugar onde o dragontino estava poucos segundos atrás.

— Hora de ver Reaver pelado — murmurou ele.

Todo mundo já estava acostumado com isso. Enquanto a maioria de nós não tirava os olhos do rosto dele, Sage praticamente se sentava na primeira fila e não tinha o menor pudor em olhar para Reaver, não importava em que forma ele estivesse.

— Um dia de viagem para o norte — anunciou Reaver enquanto Naill jogava as roupas para ele. — Há ruínas do que parece ter sido uma cidade pequena.

Levamos pouco menos de um dia para chegarmos até as ruínas. Não entendia como Reaver tinha conseguido vê-las lá de cima. Não havia nada além de estruturas de pedra e paredes desmoronadas.

— Só pode ser isso, não? — perguntou Vonetta quando Casteel me segurou pela cintura, me ajudando a descer de Setti. O gesto era afetuoso, levando em conta que eu não precisava mais de sua ajuda.

— Só pode ser. — Eu me virei para Reaver. — Você não viu mais nada?

— Fui até a costa — respondeu ele, pulando em cima de um muro e se agachando ali. — Não há nada além disso. As ruínas são vastas. A floresta fica mais densa a partir daqui, mas não era uma aldeia pequena.

— Fica ainda mais densa? — Emil apontou para as árvores agrupadas ao redor.

Reaver assentiu enquanto uma rajada de neve rodopiava pelas construções em declínio.

Kieran soltou a bolsa e a trouxe para mim enquanto Delano, agora na forma de lupino, e os demais se dispersavam pelas ruínas para ficar de vigia.

— Você acha que é um bom lugar?

— Sinceramente? — Coloquei a bolsa em cima de um muro e a abri. — Espero que sim.

Ele riu quando Perry se aproximou e Malik desmontou lentamente, sob a vigilância constante de Naill.

— Fico imaginando o que havia aqui antes.

— Não faço ideia. — Casteel franziu o cenho enquanto examinava as ruínas. — A cidade pode ter sido destruída enquanto ele hibernava e se perdido no tempo.

Senti um calafrio quando peguei o pergaminho e um pedaço de carvão. Pensar que uma cidade cheia de pessoas — centenas delas, se não mais — pudesse ter sido completamente apagada da história era perturbador.

Casteel pegou um pedregulho e o colocou em cima do pergaminho para mantê-lo no lugar.

— Obrigada — murmurei, escrevendo o nome de Malec quando tive uma ideia. — Qual é o sobrenome dele?

— O'Meer — respondeu Casteel.

Olhei para Reaver.

— Mas esse não é o sobrenome verdadeiro de Malec, é?

Reaver virou a cabeça lentamente na minha direção. Um bom tempo se passou.

— Não, não é.

— Ele ao menos tem um sobrenome?

— Nyktos não tem, mas... — O vento levantou as mechas pálidas do seu cabelo. — Se tivesse, seria Mierel.

— Mierel — repeti, deixando uma mancha de carvão no pergaminho. — É o sobrenome da Consorte?

Uma pausa.

— Costumava ser.

O olhar de Casteel encontrou o meu, e então eu escrevi. Malec Mierel. O éter zumbiu no meu peito.

— E agora? — perguntou Casteel, roçando o peito no meu braço.

Enfiei a mão na bolsinha presa ao meu quadril, ignorando o cavalinho de brinquedo que precisava devolver para Casteel. Peguei o anel de diamante e o coloquei em cima do nome dele.

— Só preciso do meu sangue agora.

— Acabei de lembrar — murmurou Casteel, desembainhando a adaga — que estou devendo um diamante dos grandes pra você.

Abri um sorriso enquanto estendia a mão para pegar a adaga.

— Está mesmo.

Casteel continuou segurando a adaga.

— Não quero ver você se cortar.

— Quer dizer que prefere ser o único a tirar sangue de mim? — perguntei.

— Não desse jeito. — Ele me lançou um olhar lascivo que deixou meu rosto afogueado. — Mas prefiro fazer isso a vê-la infligir dor a si mesma.

— Isso é estranhamente doce.

— Mais *estranho* que doce — ressaltou Kieran enquanto se recostava no muro, cruzando os braços. Vonetta e Emil se aproximaram.

— Pronta? — perguntou Casteel. Quando estendi a mão e assenti, ele abaixou a cabeça e me deu um beijo. Mordiscou meu lábio enquanto eu sentia uma pontada de dor no dedo. — Aí está.

Com o rosto corado, coloquei o dedo em cima do anel e do pergaminho, apertando até que o sangue começasse a gotejar, espirrando primeiro no anel e depois manchando o papel.

— Espero que não seja só isso — murmurou Vonetta.

— Nunca é — Emil disse a ela.

— Você se lembra do que o meu pai disse? — perguntou Perry.

Assenti e limpei a garganta.

— Invoco a essência da deusa Bele, a grande caçadora e descobridora de todas as coisas necessárias. Peço que você me leve até o que desejo encontrar, conectados por sangue, nome e pertencimento.

Ninguém disse nada. Acho que ninguém se atreveu a respirar quando meu sangue se fundiu ao nome de Malec. E justamente quando pensei que tivesse falado algo errado, o pergaminho encharcado de sangue *pegou fogo*.

Vonetta se engasgou, dando um passo para trás e tropeçando em Emil quando uma chama solitária subiu pelos ares, quase tão alta quanto as árvores. Era uma chama fria. *Gélida*. A essência se agitou no meu sangue conforme a chama reverberava violentamente e então voltava para o pergaminho carbonizado, começando a queimar até que não restasse nada além do anel que Malec tinha dado a Isbeth no muro de pedra.

Casteel pousou a mão nas minhas costas enquanto Kieran descruzava os braços. Uma rajada de vento veio de cima e por trás de nós, pegando as cinzas e erguendo-as no ar. Fui tomada pelo pânico, mas as cinzas logo se juntaram aos flocos de neve e milhares de partículas se iluminaram até que começassem a brilhar como vaga-lumes.

— Uau — murmurou Naill enquanto o funil luminoso de cinzas rodopiava e seguia em frente, formando um ciclone agitado que disparou entre ele e Malik e passou pelo meio das árvores.

— É muito rápido. — Kieran se afastou do muro e Reaver desceu dali. A luz prateada e cintilante ziguezagueava por entre as árvores em um fio comprido. — Rápido demais.

Começamos a avançar, com os lupinos saltando sobre as ruínas para ir atrás das luzes brilhantes...

A cinza cintilante desceu de repente, caindo no chão como se fosse uma neve luminosa. Os lupinos pararam de supetão enquanto a luz permanecia ali, formando uma trilha cintilante pela Floresta Sangrenta. Entreabri os lábios.

— Até que é bonito — sussurrou Vonetta. Emil olhou para ela e sacudiu a cabeça.

— Ora — disse Malik devagar, dando um passo à frente. — Acho que deu certo, caso alguém ainda tenha dúvidas.

Casteel sorriu, mas logo se conteve. Ele voltou a ficar sério e retesou o maxilar.

Deuses, como aquilo me deixou triste.

Estendi a mão e toquei no braço dele. Casteel sorriu para mim, mas o sorriso não alcançou seus olhos.

— É melhor seguirmos logo essa trilha — afirmou. — Não fazemos ideia de quanto tempo vai durar.

Peguei o anel e o guardei na bolsinha enquanto Casteel ia buscar Setti.

— Tempo — disse Kieran baixinho. — Ele precisa de tempo. Os dois precisam disso.

— Eu sei. — E sabia mesmo, mas quando começamos a seguir a trilha cintilante e sinuosa, senti uma inquietação naquela parte fria e vazia dentro de mim. Uma sensação de temor que não conseguia identificar, mas que me parecia um aviso. Um lembrete.

De que nem sempre havia muito tempo.

A trilha sinuosa cobria toda a área, cintilando no chão conforme ziguezagueava por entre as árvores. Casteel montou em Setti enquanto eu caminhava com Delano à direita, impaciente demais para ficar sentada. E não era a única. Reaver caminhava lá na frente e os lupinos estavam ainda mais longe. Kieran cavalgava ao lado de Casteel e, de algum modo, Malik acabou andando ao meu lado.

E era por isso que Delano estava tão perto que não parava de esbarrar nas minhas pernas.

— Estou começando a achar que essa trilha vai nos levar até o Mar de Stroud — comentou ele, deixando uma nuvem de condensação no ar.

— Eu também. — Estávamos caminhando havia pelo menos uma hora, com a trilha cintilante desaparecendo atrás de Emil e Vonetta, que cavalgavam lá atrás.

O silêncio recaiu entre nós, e eu nem precisei olhar para perceber que Malik não tirava os olhos de mim. E podia apostar que aqueles olhares estavam começando a irritar Casteel.

Tínhamos passado por vários galhos baixos quando Malik indagou:

— Por que você não me perguntou sobre aquela noite?

Senti um gosto ácido na garganta, mas não fazia ideia se vinha de Casteel, de Kieran ou de ambos.

— Você deve ter dúvidas — continuou Malik calmamente, olhando para a frente. — E provavelmente tem coisas para me dizer.

Dei uma risada, mas o som soou seco.

— Tenho muitas coisas para dizer, mas nada disso muda o passado. — E as respostas que ele poderia me dar provavelmente não melhorariam o meu estado mental nem o de Casteel. Mas havia uma coisa. Engoli em seco. — Como foi que Coralena morreu?

— Você quer mesmo saber? — Malik soltou o ar pesadamente enquanto segurava um braço para trás. — Ela foi obrigada a beber o sangue de um dragontino.

Horror e tristeza tomaram conta de mim quando vi Reaver retesar o corpo lá na frente e me arrependi de ter feito aquela pergunta.

— Foi bem rápido — acrescentou Malik baixinho enquanto Delano me cercava, roçando a cabeça nos meus dedos enluvados. — Não digo isso para diminuir o que foi feito. É verdade. Cora era... a favorita de Isbeth. Foi uma das poucas vezes em que ela não prolongou uma punição ou morte.

Franzi os lábios e sacudi a cabeça. Não sabia o que dizer nem como me sentir em relação a isso.

— Cas, ele... — Malik olhou por cima do ombro e então se concentrou em mim quando os flocos de neve começaram a cair. — Ele me contou sobre uma rima que você disse que ouviu naquela noite. Não fui eu.

Olhei de volta para ele, com a garganta seca. De algum modo, depois de tudo que aconteceu, eu tinha me esquecido daquilo.

— Eu sei — sussurrei, com a pele esfriando conforme a essência pulsava no meu peito. — Isso foi depois. Não era a sua voz. Parecia...

Parecia a voz que ouvi na Colina das Pedras, me incitando a liberar toda a minha fúria. A trazer a morte. Quer dizer que não era Isbeth.

— Poppy? — A preocupação irradiou de Casteel.

Parei de andar. Delano se encostou nas minhas pernas enquanto meu coração martelava dentro do peito.

Captei uma assinatura nos meus pensamentos que me fazia lembrar da chuva da primavera. *Sage?*

Encontramos o final da trilha, veio a resposta dela. *Tem alguma coisa aqui, sem dúvida. Sinto algo ruim no ar.*

Arqueei as sobrancelhas e ergui o olhar quando Casteel levou Setti até o meu lado.

— Os lupinos encontraram o final da trilha. Sage me disse que está sentindo algo ruim no ar.

Casteel fez uma expressão severa e assentiu. Levamos alguns minutos para nos juntar aos lupinos, que perambulavam irrequietos por entre colunas quebradas diante de uma muralha de pedra tão alta quanto uma

Colina e coberta por árvores de sangue, praticamente empilhadas umas em cima das outras. A inquietação deles era palpável, cobrindo toda a minha pele.

A trilha terminava logo antes das árvores diante de uma colina rochosa que mais parecia uma montanha. Olhei para baixo e vi que a trilha já estava começando a desaparecer.

— Que porra é essa? — murmurou Casteel enquanto descia do cavalo. — Uma maldita montanha de rochas e árvores de sangue.

— Não vi isso lá de cima — informou Reaver, olhando para cima. — A floresta deve ser muito densa aqui.

Casteel passou por mim, atravessando as fileiras de árvores agrupadas.

— Há uma entrada lá dentro, na rocha.

Delano me seguiu quando fui até Casteel e espiei atrás dele, mas não vi... nada.

— Você consegue enxergar alguma coisa?

— Um pouco. Parece ser um túnel — respondeu ele, apertando os olhos. — Kieran? Vonetta? Vocês conseguem enxergar alguma coisa?

Kieran foi o primeiro a se juntar a nós, passando ao meu redor para olhar lá para dentro.

— É um túnel, sim. Um túnel natural, como os que existem nas montanhas lá de casa. Largo o bastante para andarmos em fila única.

Respirei fundo.

— Temos mesmo que entrar ali, não é?

Sage cutucou minha mão com o focinho, e eu a ouvi na minha mente. *Nós vamos primeiro.*

— Não — disse em voz alta, para o caso de mais alguém ter a mesma ideia. — Não sabemos o que há lá dentro.

É por isso que vamos primeiro. A assinatura primaveril de Delano chegou até mim.

— Poppy — começou Casteel.

— Não quero que eles encontrem só os deuses sabem o quê.

Ele se aproximou de mim.

— Nem eu.

— Mas temos os sentidos mais apurados que qualquer um dos Atlantes aqui. Ou que você — disse Vonetta.

Kieran assentiu.

— Ela tem razão. Saberemos antes de qualquer um se houver algo lá embaixo com que devamos ter cuidado.

— Vocês podem discutir o quanto quiserem — disse Malik. — Mas é perda de tempo. Há algo vindo pra cá.

Todo mundo olhou para a rocha. Não vi nada além de escuridão...

Uma rajada de vento soprou nas árvores, sacudindo os galhos. O ar ficou com um cheiro estranho e emitiu um silvo baixo, que me deixou toda arrepiada.

— Gostaria muito de receber uma arma agora — anunciou Malik.

Reaver levantou a cabeça. Os galhos frondosos pararam de se sacudir, mas o som... continuou vindo. Um gemido saiu do túnel em meio à escuridão.

— O que é isso, pelo amor dos deuses? — perguntou Kieran, com a espada de pedra de sangue na mão. — Vorazes?

Na escuridão, silhuetas sólidas tomaram forma. Formas que avançavam na nossa direção.

Não eram Vorazes.

Eles saíram do meio das árvores, vestidos de preto. Sua pele fina tinha a palidez cerosa e medonha da morte. Apesar de aquelas *coisas* terem algum tipo de rosto — olhos escuros, dois buracos no lugar do nariz e uma boca —, era tudo errado, tão esticado ao longo das bochechas que parecia que um sorriso permanente tinha sido entalhado em seus rostos e depois *costurado*. A boca inteira. Mas eles eram só pele e ossos.

— Ah, merda — murmurou Casteel.

Eu sabia o que eram. E ele também.

Germes.

42

— Que ótimo — murmurou Emil enquanto Vonetta rosnava. — Esses malditos de novo.

Mas aquelas bocas costuradas...

Acabariam me dando pesadelos depois.

— Não faça isso — Reaver advertiu Rune, que rondava na direção da boca do túnel. — Não os morda. Eles não têm sangue nas veias, e sim veneno.

Casteel se virou para o dragontino.

— Eles já atacaram os Germes antes.

— Não desse tipo. — Reaver brandiu a espada. — Eles são Sentinelas. São parecidos com os Caçadores. Diferentes daqueles que vocês encontraram antes.

Casteel repuxou os cantos dos lábios para baixo.

— Vou ter que confiar em você.

— É melhor — respondeu Reaver. — Ou o lixo nas veias deles vai devorar as entranhas dos lupinos.

Arregalei os olhos.

— Não enfrentem os Germes — ordenei aos lupinos. — Protejam Malik.

Nenhum deles ficou contente com isso, principalmente Delano, mas eles recuaram, cercando um Príncipe Atlante ainda menos entusiasmado.

— Você podia usar o seu fogo então — sugeriu Kieran. — Já que gosta tanto de queimar as coisas.

— O fogo não vai funcionar com eles — respondeu Reaver. — Já estão mortos.

— *O quê?* — balbuciou Casteel, e eu tinha tantas perguntas para fazer, mas teriam que ficar para depois. O éter pulsou no meu peito quando peguei a adaga de lupino. Os Germes pareciam ser uma combinação assustadora daqueles que os Invisíveis conjuraram na Enseada de Saion com os que protegiam o Iliseu. Estremeci. A Essência Primordial havia funcionado com os Germes e os esqueletos, mas será que daria certo com esse tipo?

— Vamos fazer isso à moda antiga. — Casteel passou a espada para a outra mão.

Os Germes saíram do túnel e pararam de se mover, com os braços pendurados ao lado do corpo. Todos eles. Bem mais de uma dúzia.

— Você acha que eles têm mãos? — perguntou Casteel.

Olhei para baixo. As mangas das suas vestes eram compridas demais para que eu pudesse ver.

— Não acredito que você está olhando pra isso.

Kieran olhou de esguelha para mim.

— E o que é que *você* está olhando?

— Você viu a boca deles?

— Claro — murmurou Casteel.

— Não consigo parar de olhar pra elas.

Kieran me lançou um olhar penetrante.

— Sério?

— As bocas estão costuradas. É assustador, mas acho que é melhor assim — respondi.

Casteel olhou para mim.

— E por que você acha que é melhor assim?

— Porque significa que não deve haver... — Parei de falar quando um dos Germes inclinou a cabeça para o lado. Um gemido baixo e ofegante soou de sua boca selada.

— Bem... isso é... perturbador — observou Emil.

Vonetta sacudiu a cabeça enquanto segurava as lâminas.

— Você é o rei...

— Da beleza e do charme? — sugeriu ele.

— Dos eufemismos.

Meu sorriso congelou no rosto quando os Germes se moveram em uníssono, e foram bem rápidos. Punhais compridos surgiram de ambas as mangas com lâminas que brilhavam como ônix polido sob as réstias da luz do sol.

— Pedra das sombras — murmurei enquanto Naill se aproximava de uma árvore de sangue.

Um Germe se virou na direção dele e inclinou a cabeça calva. A criatura se moveu, com o manto esvoaçando atrás de si como uma torrente de sombras. Perry girou o corpo e acertou o Germe com a espada, em um choque de vermelho e preto.

O resto dos Germes avançou, movendo-se em formação de V. Corri para a frente quando a espada de Casteel fez um arco no ar, separando a cabeça da criatura dos ombros enquanto o Germe tentava me agarrar.

— Tudo bem, não são como os esqueletos no Iliseu — anunciou Casteel. — É só os atingir na cabeça ou no coração.

— Graças aos deuses. — Emil girou o corpo, cortando a cabeça de um Germe.

Esquivei-me sob o braço estendido de outro. Notei que o Germe não tinha me atacado, o que era muito estranho. Apareci atrás da criatura quando ela se virou e cravei a adaga em seu peito. O Germe estremeceu e depois *desmoronou* sobre si mesmo, me lembrando do que acontecia quando os Ascendidos eram atingidos pela pedra de sangue. Mas a criatura não rachou. Em vez disso, murchou como se toda a umidade tivesse sido drenada do seu corpo em questão de segundos e então definhou até que não restasse mais nada. Ela se desfez por inteiro, incluindo a espada de pedra das sombras, deixando apenas o cheiro de lilases para trás, lilases podres.

Senti uma mão no meu ombro, dedos ossudos pressionando minha capa e me puxando para trás. Girei a cintura, golpeando o Germe com o braço com bastante força para que ele me soltasse. Casteel deu um salto pelos ares, colidindo com o Germe e fazendo-o girar no próprio eixo. Virei-me e enterrei a adaga em seu peito enquanto Casteel dava um sorriso selvagem antes de se virar para enfrentar mais outro.

Os pensamentos de Delano roçaram nos meus como uma onda de ar fresco enquanto eu recuava. *Os Germes não estão atacando você.*

Segui sua assinatura quando um dos Germes brandiu a espada contra Perry. *Já percebi.*

Talvez reconheçam você.

Talvez, mas isso não os impedia de atacar os outros... nem de vir atrás de mim. Dois Germes correram na minha direção, com os punhais abaixados. O éter vibrou, pressionando minha pele. Agucei os sentidos, mas como com os outros Germes, não captei nada além de um vazio, um vazio gélido.

Kieran imprensou um Germe contra uma árvore.

— Há mais deles. — Ele enfiou a lâmina no peito da criatura com um rosnado. — Cerca de uma dúzia.

— É claro que há. — Segui em frente.

— Pelo menos não estão saindo do chão dessa vez — ressaltou Vonetta enquanto enterrava a lâmina no peito de um deles.

— Já é alguma coisa — concordou Naill, brandindo a espada no ar.

Um Germe tentou ficar atrás de mim.

— Nada disso.

Virei-me bruscamente e dei um chute no peito da criatura. Ele cambaleou para trás. Girei o corpo e cravei a adaga de lupino no antebraço de outro Germe. A pedra de sangue, sempre tão afiada, cortou a pele fina como papel e o osso oco, arrancando seu braço. Seus dedos pálidos se abriram, soltando a espada de pedra das sombras que empunhava. Peguei-a pelo cabo e brandi a espada no alto, cortando o pescoço do outro Germe sem nenhuma resistência. A espada de pedra das sombras se desfez na minha mão, desaparecendo assim que Casteel matou a criatura a quem pertencia.

Fiz beicinho.

— Até que gostava daquela espada.

Kieran me lançou um olhar enquanto empurrava outro Germe para trás.

— Que pena.

— Você é tão sem graça. — Segurei a adaga com firmeza. — Sabe disso, não sabe? Tão sem graça...

— Puta merda! — exclamou Emil, cambaleando para trás. — A boca deles. Puta merda. Olha essas bocas.

— Ele só percebeu agora que são costuradas? — Casteel enfiou a espada pelas costas até chegar no coração de um Germe.

— Avisei que era perturbador. — Dei um tapa na mão de um Germe. — Você não pode tocar em mim sem permissão.

O Germe inclinou a cabeça e então sorriu. Ou pelo menos tentou. Os pontos se esticaram e depois estouraram, se soltando. Sua boca se abriu e algo preto e brilhante saiu dali.

— Por que tinham que ser cobras? — Dei um salto para trás, com o estômago revirado de repulsa quando a serpente começou a deslizar, rapidamente se misturando ao chão escuro. — Cobras. Detesto cobras.

— Eu bem que avisei. — Emil bateu com a espada no chão e o som que a serpente fez quando foi atingida foi muito estranho. Bizarro até. Foi um grito ensurdecedor.

— Que porra é essa? — Malik pulou em cima de um muro baixo.

— Você não deu detalhes! — gritou Vonetta, se esquivando para trás enquanto Sage batia com as patas no chão, jogando uma cobra pelos ares. — Mais uma vez, você não deu detalhes!

— Você só disse "olha essas bocas". — Arfei, vasculhando o chão, tendo perdido de vista aquela coisa serpenteante. — Por quê? Por que há cobras aqui?

— A maioria dos Germes tem cobras dentro do corpo — explicou Reaver, golpeando uma serpente com a espada.

Não conseguia nem entender tamanho... *ardil*. Um Germe avançou, com outra criatura nojenta saindo da boca. Escondi-me atrás de uma rocha. Saí do chão e subi de joelhos pela pedra.

— Não. Não. Não. Será que o éter funciona com essas coisas? — perguntei a Reaver.

— De você? — Ele franziu os lábios de nojo quando apunhalou uma serpente. — Sim, mas só porque é uma Primordial prestes a completar a Seleção.

Casteel se virou para mim com um sorriso nos lábios.

— Você está se escondendo em cima de uma rocha?

— Aham.

— Você é adorável.

— Cale a boca. — O éter pulsou violentamente no meu peito enquanto Casteel gargalhava. Deixei que a energia viesse à tona. Um brilho prateado percorreu o chão. Ai, deuses, havia mais de uma serpente. Três. Sete...

Kieran avançou, batendo com a bota em cima de uma delas. O som. A mancha. Senti o gosto de bile na garganta.

Seis. Vi seis cobras. Devia haver mais, e eu não conseguiria dormir pelos próximos dez anos. A Essência Primordial respondeu à minha vontade e se projetou de mim em uma teia de luz prateada e cintilante entremeada com sombras. A luz tomou conta do chão, faiscando assim que atingiu uma cobra e então pegando fogo. Os pesadelos serpenteantes gritavam, empolando meus ouvidos conforme viravam fumaça.

O restante dos Germes se virou na minha direção. Como aconteceu com os soldados-esqueleto no Iliseu, a essência os atraiu como os Vorazes para o sangue derramado. Os pontos se rasgaram, suas bocas se abriram e as serpentes caíram no chão, correndo na direção da rocha.

— Talvez esteja na hora de usar todo o seu Poder Primordial com esses cretinos — gritou Malik do meio do círculo.

Minha pele e mãos formigaram, se aquecendo enquanto minha visão ficava prateada. O poder pulsou pelas minhas veias. A essência irrompeu das minhas mãos em chamas prateadas de onde eu estava.

O éter crepitou e disparou, passando no meio de Perry e Delano e atingindo o Germe atrás deles conforme as chamas da essência lambiam e percorriam o chão, queimando o grupo recente de cobras. Virei-me, estreitando os olhos quando vi os Germes que sobraram perseguindo os lupinos. Eles se foram em um clarão prateado.

E então as árvores de sangue ficaram desprovidas de qualquer coisa que pudesse cuspir serpentes da boca.

— Há mais deles?

Kieran se aproximou da boca do túnel.

— Acho que não.

— Afaste-se — falei, depois que tive uma ideia. Com a ajuda do éter, virei-me na direção da abertura na rocha e lancei uma torrente de energia. A luz iluminou as paredes e seguiu pelo que era nitidamente uma caverna.

Como não revelou mais Germes, contive o éter. O brilho prateado desapareceu.

— Alguma das serpentes mordeu alguém? — indagou Reaver. — Respondam logo. A mordida é tóxica.

Todos responderam negativamente enquanto Delano plantava as patas na rocha e esticava o corpo, cutucando meu braço com o focinho. Estendi a mão, afundando os dedos em seu pelo conforme embainhava a adaga.

Respirei pesadamente e olhei para Reaver, de pé na carroça.

— Preciso saber — anunciei, forçando meu coração a desacelerar. — Por que eles têm cobras dentro do corpo?

— Eles não têm entranhas nem órgãos — respondeu Reaver. — As serpentes são tudo o que têm dentro de si.

Todos olharam para Reaver. Perry engoliu em seco como se estivesse prestes a vomitar. Afastei a mão do pescoço de Delano.

— Bem, isso... isso é ainda mais perturbador. Era melhor não ter perguntado.

Casteel parou na minha frente e estendeu a mão.

— Estou bem. — Sentei-me ali. — Mas vou ficar aqui.

— Por quanto tempo? — perguntou ele quando Delano pulou na rocha, se deitando ao meu lado.

— Não sei muito bem.

Os lábios dele se contraíram.

— Não se atreva a sorrir — adverti.

— Não vou — jurou ele, e era uma mentira deslavada. — Não há mais serpentes aqui, Poppy.

— Não estou nem aí.

Casteel remexeu os dedos.

— Você não pode ficar aí em cima, minha Rainha. Temos que encontrar Malec e talvez precisemos dos seus superpoderes de Primordial para fazer isso.

Estreitei os olhos para ele.

— Fico muito irritada quando você tem razão.

— Então deve ficar irritada com muita frequência — retrucou Casteel.

Kieran bufou:

— Por favor, desça logo antes que minha irmã se junte a você e tenhamos que convencer os três a descerem daí.

— Eu estou mesmo prestes a me juntar a você — admitiu Vonetta, que não parava de olhar para o chão.

Delano cutucou o meu braço de novo, e eu suspirei, pegando a mão de Casteel para descer da rocha. Quando o lupino pulou ao meu lado, inclinei a cabeça para trás.

— Se eu vir uma cobra, a culpa é sua.

Cas riu baixinho e pressionou os lábios no topo da minha cabeça.

— Adorável.

— Então, aposto que não fui só eu que percebi que os Germes não a atacaram — ressaltou Perry enquanto Malik se sentava no chão.

— Ah, sim. — Eu me virei para Reaver. — Será que eles me reconheceram como... sobrinha de Malec ou algo do tipo?

— Eles devem ter reconhecido a Essência Primordial — respondeu Reaver.

— Mas os Germes conjurados pelos Invisíveis foram atrás dela — disparou Casteel.

— Não sei o que são os Invisíveis nem como ou por que convocariam Germes — observou Reaver. — Expliquem para mim.

Dei-lhe um breve resumo.

— Acho que essa história dos Invisíveis começou depois que vocês foram hibernar.

— Deve ser isso mesmo — murmurou Kieran.

— Três coisas. — Reaver levantou três dedos. — Primeiro, preciso descansar. Se não descansar, fico mal-humorado.

— Quem é o sensível agora? — disparou Kieran.

— E quando fico mal-humorado, tenho a tendência de botar fogo nas coisas para comê-las — continuou Reaver, e eu fechei os olhos. — Segundo, estes não eram Germes aleatórios que podem ser conjurados para cumprir as ordens de alguém. Como disse antes, eles eram Sentinelas.

Abri os olhos.

— Qual é a diferença entre eles?

Reaver ainda estava com um dedo levantado.

— A maioria deles já foi mortal, mas invocaram um deus e prometeram servidão após a morte em troca de qualquer favor que o deus lhes concedesse. Caçadores caçam coisas. Sentinelas, como já adivinhou, vigiam coisas. Objetos. Geralmente, pessoas. Mas os Sentinelas, assim como os Caçadores e os Rastreadores, podem sentir o que estão procurando. Ou eles encontram essa coisa e a trazem de volta, ou morrem para defendê-la.

Olhei de volta para o chão. Aquelas coisas já foram mortais? Bons deuses...

Agora eu me sentia mal por tê-los matado.

Casteel passou o braço em volta da minha cintura, me apertando.

— Quer dizer que os Germes estavam lá embaixo havia centenas de anos?

Reaver assentiu.

— Deve ter sido tão entediante — observou Emil.

— Mais um eufemismo. — Vonetta olhou para ele.

— E não foi o que sua mãe fez que trouxe os Sentinelas pra cá — afirmou Reaver.

— O que você quer dizer com isso? — Casteel estreitou os olhos. — E dá pra parar de mostrar o dedo do meio para Kieran?

— Para falar a verdade, era pra todos vocês, mas tanto faz. — Lentamente, Reaver abaixou o dedo. — Tenho a impressão de que a montanha foi formada para proteger a tumba de Malec, mas esse tipo de Germe não pode ser invocado pela Magia Primordial. Eles só podem ser *enviados* por um Primordial.

Virei-me para a entrada da caverna bem devagar.

— Você acha que foi Nyktos quem os enviou? Que ele e a Consorte sabiam onde o filho estava?

Reaver permaneceu calado por um bom tempo.

— Malec saiu do Iliseu pouco antes que os outros fossem hibernar. Ele não partiu amigavelmente, mas o... Primordial da Vida, mesmo em hibernação, deve ter sentido sua vulnerabilidade. Os ossos das divindades devem tê-lo impedido de saber onde ele estava — explicou, e eu me dei conta de que a jaula em que Isbeth mantinha Ires aprisionado devia ter o mesmo efeito. — Enquanto hibernava, o Primordial da Vida deve ter convocado as Sentinelas para protegê-lo.

Meus superpoderes de Primordial não foram necessários a partir dali. Não apareceram mais Germes depois que entramos na caverna e encontramos o caixão coberto por ossos no final do túnel, meio que enterrado no centro de uma câmara tão pequena que mal havia espaço para todos aqueles Germes.

Não queria pensar nisso. Sobre como Nyktos tentou proteger o filho. Reaver arrancou as raízes das árvores de sangue que se entrelaçaram às correntes. Também não queria nem imaginar como a incapacidade de encontrar Ires para fazer o mesmo por ele deveria atormentá-lo a cada segundo do dia, tanto desperto quanto em hibernação. Devia ser por isso que a Consorte tinha o sono tão agitado.

Deixamos as correntes de ossos no caixão para impedir que a movimentação acordasse aquele que estava lá dentro. Permanecemos em silêncio, atentos a qualquer sinal de vida enquanto o caixão de madeira sem identificação era retirado da caverna e colocado na carroça. Reaver ficou com ele quando começamos a viagem de volta para a Padônia.

A princípio, pensei que ele estivesse preocupado que Malec acordasse e tentasse escapar, mas então vi Reaver sentado com a mão apoiada em cima do caixão e de olhos fechados. E isso... isso me fez sentir um aperto no peito.

Quando nos aproximamos da Floresta Sangrenta e Casteel e eu cavalgávamos ao lado do caixão, finalmente perguntei a Reaver o que estava pensando o tempo todo:

— Você era amigo de Malec?

Ele olhou para o caixão por um bom tempo antes de responder.

— Sim, mas quando éramos mais novos, antes que ele começasse a visitar o plano mortal.

— As coisas mudaram depois disso? — perguntou Casteel enquanto conduzia Setti ao redor de várias pilhas de pedras.

Reaver assentiu.

— Malec perdeu o interesse no Iliseu, e essa falta de interesse se transformou em... falta de afeto por todos que residiam lá.

— Lamento saber disso — disse Casteel, olhando por cima da minha cabeça para onde Malik cavalgava ao lado de Naill.

Reaver seguiu o olhar dele.

— É estranho que ele tenha recebido um nome tão parecido com o de Malec, não é?

Não disse nada.

Mas Casteel sim.

— Minha mãe amava Malec. Acho que parte dela sempre vai amá-lo. O nome de Malik foi uma maneira de...

— De honrar o que poderia ter sido?

— Sim. — Casteel ficou calado por um momento. — Estava pensando no que você disse antes. Se conseguiu enviar Sentinelas para proteger Malec, então Nyktos sabia quando ele foi sepultado? Será que não poderia ter evitado isso?

Reaver permaneceu em silêncio por um momento.

— O Primordial da Vida poderia ter evitado. Malec devia estar muito fraco quando foi sepultado. Ferido. Tanto Nyktos quanto a Consorte devem ter sentido isso. Nenhum dos dois interveio.

Olhei para o caixão, com um certo desconforto. Eles queriam proteger Malec, mas não o libertar.

— Você sabe por que eles não fizeram isso? — perguntou Casteel.

Reaver sacudiu a cabeça.

— Não, mas imagino que tinham um bom motivo.

Nenhum de nós dormiu muito bem quando paramos para descansar nas noites seguintes. Imaginei que estivéssemos muito mais preocupados com *quem* estava naquele caixão do que com as criaturas que chamavam a Floresta Sangrenta de lar. A sensação não diminuiu até que finalmente saíssemos debaixo das folhas vermelhas no nono dia de viagem.

— Acha que chegaremos na Padônia ao anoitecer? — perguntei enquanto cavalgávamos mais à frente.

— Sim — respondeu Kieran do cavalo que acompanhava o ritmo do nosso.

— Teremos um dia de descanso antes de partirmos para o Templo dos Ossos — acrescentou Casteel.

— Gostaria que tivéssemos mais tempo... Ai. — Eu me inclinei para trás, pressionando a mão no maxilar dolorido.

Casteel franziu a testa e olhou para mim.

— O que foi?

— Não sei. — Senti um gosto de ferro na boca. — Minha boca está doendo. — Cutuquei a mandíbula.

— Se está doendo — observou Casteel, fechando a mão em volta do meu pulso —, então é melhor não cutucar.

— Isso seria razoável demais pra ela — comentou Kieran quando Casteel afastou minha mão da boca.

— Não me lembro de pedir sua opinião — disparei.

Kieran abriu um sorriso. Mas a dor logo passou.

— Poppy. — A preocupação irradiou de Casteel quando ele tirou os olhos da minha mão. — Sua boca está sangrando.

— O quê? — Passei a língua ao longo das gengivas. — Bem, acho que isso explica o gosto de sangue na minha boca. Que coisa nojenta.

— Cas... — Kieran trocou olhares com ele.

Fiz uma careta, aguçando os sentidos para eles. A preocupação havia desaparecido.

— O que foi?

— É a boca ou o maxilar que está doendo? — perguntou Casteel, segurando meu pulso como se esperasse que eu fosse voltar a me cutucar.

O que era bem possível.

— É mais o maxilar, a parte de cima. E, às vezes, a dor irradia até a minha têmpora — respondi.

— E vem e vai? — Casteel passou as rédeas para a outra mão. Assenti.

— Sim. Agora não está mais doendo. E acho que parou de sangrar. — Olhei de relance para ele. — Por que a pergunta?

Ele repuxou um canto dos lábios.

— Porque acho que sei por que está doendo. — O sorriso se alargou até que a covinha apareceu. — Ou, pelo menos, espero que sim.

Kieran sorriu e sacudiu a cabeça enquanto Casteel levava Setti para a lateral da estrada, diminuindo o ritmo para que Emil e Vonetta passassem por nós. O lupino que cavalgava ao nosso lado fez o mesmo quando Casteel se aproximou de Reaver, na parte de trás da carroça. Malik e Naill cavalgavam do outro lado.

— O que foi? — perguntou Reaver.

— Não faço ideia — respondi.

— Tenho uma pergunta para você — começou Casteel, soltando meu pulso.

— Que maravilha — murmurou Reaver.

Casteel não se incomodou com a resposta evasiva.

— Primordiais têm presas?

Arregalei os olhos.

Reaver fez uma careta.

620

— A resposta dessa pergunta absurdamente aleatória é sim. Como você acha que eles se alimentam?

A outra covinha nos agraciou com uma aparição quando Casteel abaixou o queixo.

— Acho que é por isso que seu maxilar está doendo.

Não consegui dizer nada por um bom tempo.

— Você... você acha que as minhas presas estão crescendo? — perguntei. Casteel assentiu.

— Não temos presas até que estejamos prestes a completar a Seleção. Nossas bocas começam a doer e sangrar. É igual à primeira dentição.

— Por que não estou surpreso por você ainda não ter se dado conta disso? — murmurou Reaver, se virando de costas para nós.

Eu ia ter... presas? Puta merda.

Ergui a mão de imediato, e Casteel pegou meu pulso mais uma vez com uma risada.

— Não cutuque a boca, Poppy.

E como não cutucar? Minhas presas estavam crescendo! Passei a língua pelas gengivas, mas não senti nada incomum ali. Captei o divertimento doce que emanava de Casteel, mas não foi a única coisa que senti quando ele se juntou a Kieran. Senti um gosto picante e defumado na garganta também.

Estiquei o pescoço para trás e olhei para ele.

— Você ficou *excitado* com isso, não é?

— Com toda a certeza. — Ele inclinou a cabeça na direção da minha e me disse baixinho: — Mal posso esperar para sentir suas presas na minha pele.

Senti um rubor no rosto.

— Cas...

— Em muitos lugares — acrescentou ele.

— Malditos deuses — murmurou Kieran.

Casteel riu enquanto roçava os lábios nos meus. Em seguida, explicou o que eu poderia esperar, mudando de assunto para algo mais apropriado. As presas cresceriam, empurrando os outros dentes para o lado, o que era bastante nojento. E me contou que desceriam assim que rompessem a gengiva. Não me parecia nada divertido.

— E não é mesmo — afirmou Kieran quando expressei minha opinião. — Cas parecia um bebê chorão naquele dia.

— Ora, quando você sentir dois dentes nascendo, então me diga como é — disparou Casteel.

Pensei nos meus dentes pelo resto da viagem e era bem provável que esses pensamentos assombrassem meus sonhos. Não que eu me incomodasse com a ideia de ter presas. Elas realmente tornariam a alimentação mais fácil, mas seria diferente.

Era mais uma prova do quanto eu tinha mudado.

E ainda estava mudando.

43

Assim que chegamos à Padônia, deixamos Malec no estábulo, o que, a meu ver, parecia errado, mas onde mais poderíamos colocá-lo? Ninguém iria querer um caixão com um deus no Salão Principal.

Guardei o anel de Isbeth na bolsinha, junto com o cavalinho de madeira. Realmente precisava devolvê-lo para Casteel, mas quando me sentei na beira da cama depois de tomar banho, vestindo uma camisola diáfana na altura dos joelhos que encontrei no armário, não pensei em Malec, no anel nem no cavalinho. Decidi que não fazia sentido vestir mais roupas já que... Bem, já que teria que me *despir*.

Senti o estômago meio enjoado. Aquela dorzinha tinha voltado ao meu maxilar e têmpora enquanto eu passava um tempo com Tawny, mas praticamente sumiu durante o banho. Não sei se a dor de cabeça tinha a ver com a Seleção e o nascimento das presas como Reaver havia me dito ou com o que estava por vir.

A União.

Não podia deixar que a minha mente trilhasse esse caminho. Não porque estivesse indecisa ou com medo. Mas porque sabia que se pensasse demais a respeito, acabaria ficando ansiosa.

E ninguém precisava disso.

Tirei um cochilo enquanto Casteel tomava banho, e foi estranho acordar sem Kieran ali, aconchegado ao meu quadril.

Casteel saiu da sala de banho só de calças.

— Você e essas alcinhas de novo — disse ele, exibindo uma covinha enquanto puxava uma das alças finas. — Como você está?

— Bem.

Ele arqueou a sobrancelha.

Eu ri baixinho.

— Estou bem. Mas só porque estou tentando não pensar que temos um deus sepultado no estábulo.

— É, acho que todo mundo está tentando não pensar nisso. — Ele se sentou ao meu lado.

Dei um suspiro de leve.

— Onde está Kieran?

Um ligeiro sorriso surgiu no rosto dele.

— Ele está esperando por nós.

Senti um nó no estômago.

— Certo.

Ele ergueu os cílios volumosos e me encarou com aqueles olhos dourados.

— Você tem certeza de que quer continuar com isso?

— Sim — respondi sem hesitação. — Tenho certeza. E você?

— Claro. — Ele puxou a alça para cima do meu ombro.

— E Kieran? — perguntei. — Ele ainda quer fazer isso?

— Sim. — Um sorriso brincou em seus lábios. — É por isso que ele está esperando por nós.

Meu estômago se contraiu outra vez.

— Então o que é que estamos esperando?

Casteel deu uma risada.

— Você.

Comecei a me levantar, mas ele segurou minha bochecha.

— O que foi?

— Nada. — Ele encostou a mão esquerda na minha, pressionando as duas marcas de casamento. — Só queria dizer que estou apaixonado por você. Que sempre estarei apaixonado por você, de agora até a hora da nossa morte.

Inclinei-me na direção dele, com o coração repleto de uma emoção tão poderosa e profunda que as palavras não eram suficientes para expressar o que eu sentia.

— Eu te amo.

Casteel me beijou, tomando a minha boca suavemente na dele. Foi um beijo doce. Do tipo suave que me fazia sentir toda aquecida por dentro, até mesmo aquelas partes frias e vazias.

— Você está pronta, minha Rainha? — sussurrou ele nos meus lábios.

— Eu estou pronta.

De capa e pouca roupa por baixo, Casteel me levou para fora do quarto e por um corredor dos fundos. Saímos da mansão sem sermos vistos por uma porta dupla que levava a um jardim coberto de mato que Kirha teria adorado.

Logo me lembrei de Jasper.

— Onde Jasper está?

— Com o meu pai e Hisa.

— E Vonetta?

— Acho que ela está com Emil. — Ele arqueou a sobrancelha enquanto me conduzia pela passarela. — Eles têm alguma coisa, não?

— Você só percebeu agora?

Ele bufou.

— A pergunta mais pertinente seria: Kieran já descobriu?

— Acho que ele estava começando a se dar conta quando saímos da Trilha dos Carvalhos.

O sorriso dele se alargou.

— Vamos rezar por Emil.

— É melhor rezarmos por Kieran, se ele tentar intervir. Vonetta gosta de Emil. Duvido que ela aceite que Kieran se meta em sua vida.

— Isso é verdade.

Com a mão de Cas firme na minha, entramos no Bosque das Glicínias e passamos pelos muros da fortaleza, nos embrenhando na floresta. O som de água corrente ficou mais alto conforme contornávamos as trepadeiras, que tinham um tom de roxo-prateado sob o luar. Enquanto caminhávamos, Casteel me contou como ele e Kieran garantiam que não iam se perder nos túneis que exploravam quando eram mais novos. Os dois costumavam marcar as paredes de pedra com as iniciais dos nomes, e fiquei imaginando se eles tinham feito a mesma coisa agora. Se Kieran tinha entalhado o nome no tronco das árvores, permitindo que Casteel soubesse onde encontrá-lo em meio ao labirinto de árvores agrupadas.

As palavras de Casteel, a sua voz — tudo nele — já tinha me acalmado quando ele puxou uma pesada cortina de galhos para o lado. Atrás dele, vi que tínhamos chegado na margem do Rio de Rhain. Foi então que vi Kieran.

Sentado à beira do rio, ele se levantou e nos encarou conforme entrávamos na clareira. Vestia apenas calças, assim como Casteel debaixo da capa. Já o tinha visto sem camisa centenas de vezes, às vezes sem sequer uma peça de roupa no corpo, mas agora era diferente.

— Estava começando a imaginar se você ia dormir a noite toda.

— Tenho a impressão de que ela acabaria me apunhalando se eu a deixasse dormir — comentou Casteel enquanto os galhos das glicínias voltavam ao lugar atrás de nós.

Lancei um olhar enviesado a ele.

— Não pretendia cair no sono.

— Tudo bem. — Kieran sorriu e olhou para o céu estrelado quando paramos na frente dele. — Não me importei de esperar. É lindo aqui. Tão tranquilo.

E era mesmo, com a água do rio tão límpida que parecia uma piscina de prata, o chilrear dos pássaros nas árvores e o perfume doce e inebriante das glicínias. Quando Kieran voltou a olhar para mim, senti meu coração palpitar. Não tinha tempo para pensar em mais nada além do que iria acontecer ali. Agucei os sentidos. Captei de Kieran o gosto salgado e amendoado da determinação. Havia também algo doce e suave, um pouco borbulhante e defumado. Não senti nenhuma incerteza. Captei a mesma coisa de Casteel — bem, *quase* a mesma coisa. Havia um divertimento açucarado, e ele me parecia quente com uma suavidade diferente e mais pesada, picante e doce. Olhei ao redor.

— Estamos a sós aqui?

Kieran assentiu.

— Ninguém vai chegar nem perto de nós.

Ele disse aquilo com tanta certeza que tive a impressão de que sabia por quê. Virei-me para Casteel.

— Nós estamos sendo vigiados?

— Pelos lupinos — confirmou ele. — Mas eles não estão por perto. Não vão ouvir nem ver nada, apenas garantir que ninguém se aproxime de nós.

Fiz um aceno com a cabeça.

— Eles... eles sabem o que vamos fazer?

— Você se incomoda que eles saibam? — perguntou Kieran.

Refleti sobre o assunto e percebi que não. Bem, se Vonetta não estivesse com Emil e sim no meio deles, eu lamentava por ela. Pois seria muito constrangedor para a lupina.

— Não.

A aprovação de Kieran tinha um gosto de bolo amanteigado.

— Eles consideram uma honra e tanto manter a tradição.

— Ah — sussurrei, corando. — Fico feliz ao saber que eles aprovam.

Casteel deu um sorriso enquanto pressionava os lábios na minha testa. Respirei fundo, sentindo o cheiro inebriante de pinho e especiarias ao meu redor. Senti seu hálito nos lábios e depois na curva da bochecha quando ele abaixou a cabeça para cochichar no meu ouvido.

— Achei que você ia gostar daqui, perto do rio e das glicínias.

— Gosto sim.

— Que bom. — Ele me beijou embaixo da orelha. — Vou te perguntar de novo. Várias vezes. Você quer mesmo fazer isso?

Fiz que sim com a cabeça, sentindo a garganta seca.

Os lábios dele roçaram na concha da minha orelha, me deixando toda arrepiada.

— Temos que ouvir sua voz, minha Rainha.

— Sim — respondi, pigarreando. — Tenho certeza disso.

Ele deu um beijo no ponto sensível abaixo da minha orelha enquanto seus dedos roçavam na pele do meu pescoço. Ele soltou os colchetes e a capa se soltou.

— Podemos interromper a qualquer momento.

— Eu sei. — O toque dos dedos dele nos meus ombros nus e sob as alças finas da camisola fez com que o meu corpo inteiro estremecesse.

Ele enroscou os dedos nas alças.

— Não vai acontecer nada, absolutamente *nada*, que você não queira — disse ele, beijando a parte de baixo do meu queixo. — Não importa o que você ache que queremos nem o que captar de nós dois.

— Nós não estamos esperando nada — acrescentou Kieran ali por perto.

— Eu sei. — Meu coração batia tão rápido como as asas esvoaçantes de um pássaro selvagem levantando voo. — Estou segura com vocês.

— Agora e para sempre — confirmou Kieran.

Os lábios de Casteel roçaram no meu queixo.

— Agora e para sempre.

Senti um nó ridículo de emoção na garganta e, com os sentidos bloqueados, percebi que a doçura era toda minha. As lágrimas brotaram nos meus olhos. Eu os amava. Os dois. De jeitos e motivos diferentes que não chegava a compreender, mas até que entendia, sim. E essa constatação me deixava meio zonza.

Casteel abaixou as mãos, e o ar fresco seguiu a camisola, soprando sobre o meu peito e abdome até que apenas o luar cobrisse a minha pele. Estremeci, mas acho que não tinha nada a ver com o vento frio. A boca de Casteel tocou na minha em mais um beijo doce e suave.

Quando parou de me beijar, ele sussurrou:

— Pode abrir os olhos assim que estiver pronta.

Ele deu um passo para trás, e aquela vibração selvagem desceu do peito para o meu estômago. Tive vontade de me cobrir, mas resisti a esse impulso. Como havia um elemento desconhecido em seu funcionamento, uma magia que não tinha a ver com sangue ou palavras, não queria fazer nada que pudesse arriscar a União.

Senti os olhares deles quase como se fossem uma carícia física, suave e quente e de... *adoração*.

Durante esse momento, não ouvi nada além do borbulhar do rio, seguido pelos pássaros noturnos chamando uns aos outros das árvores em um coro que parecia ancestral — primitivo —, um pouco mágico e absolutamente tempestuoso.

Abri os olhos.

Vi Casteel banhado pelo luar prateado. Ele realmente tinha a aparência de um deus. Uma tempestade furiosa de carne e osso, feita de ângulos e contornos primorosos. Seus olhos pareciam duas poças de mel dourado quando se fixaram nos meus, derrubando minhas barreiras.

Senti um gosto doce na garganta, de frutas vermelhas cobertas de chocolate com uma pitada de canela. O amor e o orgulho dele me envolveram, e eu fui tomada pela emoção outra vez.

Então vi Kieran parado ao lado de Casteel. Como os dois eram antes que eu entrasse na vida deles. Como sempre seriam. Observei os planos orgulhosos e indomáveis do seu rosto e o contorno forte do maxilar largo. Sua pele tinha um tom hipnotizante de marrom-prateado sob o luar, e ele parecia um ser de outro mundo que inventei na minha imaginação. Cativantes e impressionantes na mesma medida, seus olhos tinham a cor azul do inverno com o brilho intenso do éter atrás das pupilas. Minhas barreiras foram mais uma vez derrubadas e captei dele a mesma coisa que antes, algo doce e suave. Não tão intenso quanto o que irradiava de Casteel, mas não menos significativo. Nada em Kieran era inferior.

Os dois tinham tirado a roupa durante o momento de silêncio em que mantive os olhos fechados. Seus corpos exibiam os anos de treinamento e luta nos contornos dos músculos e nas marcas da pele. Casteel ostentava mais lembretes nas inúmeras cicatrizes que me deixavam aflita toda vez que as via, mas Kieran também tinha o seu quinhão. Não tinha notado as marcas desbotadas de garras no seu peito nem as perfurações curadas havia muito tempo perto da cintura. Kieran era mais esbelto, com o corpo mais definido, mesmo com Casteel começando a recuperar o peso. Fiquei imaginando se tinha a ver com todas as corridas que ele dava na forma de lupino. Quase perguntei, mas me contive antes de abrir a boca.

Aposto que ele aprovaria meu autocontrole.

Em seguida, baixei o olhar. Lá no fundo, sabia que não era uma decisão muito inteligente. Não porque eles não quisessem que eu fizesse isso e certamente não porque eu não quisesse, mas porque fiquei olhando *mesmo*. Já tinha visto os dois pelados antes, mas tentava me comportar em relação a Kieran. E estava sendo bastante inapropriada conforme baixava o olhar para os quadris dos dois, onde estavam... bem, não menos escandalosos que eu.

Sabia que Casteel estava satisfeito com cada centímetro do meu corpo — os quadris que certas pessoas podiam achar muito largos, as coxas grossas demais, a barriga muito flácida e as cicatrizes que marcavam a minha pele. Mas era evidente que nenhum dos dois achava desagradável o que estava vendo. Ou talvez não tivesse nada a ver com o que viam nem com a minha aparência. Talvez tivesse a ver com o que sentiam. Com o que compartilhávamos. De qualquer modo, eles estavam...

Bons deuses.

— Você é sempre tão curiosa — murmurou Casteel.

Ergui o olhar, com o rosto afogueado.

Casteel repuxou um canto dos lábios para cima, e eu tive o vislumbre da covinha na sua bochecha direita.

— Cale a boca — balbuciei.

Ele deu uma risada, mas me encarou com uma pergunta silenciosa nos olhos.

Engoli em seco, esperando me acalmar enquanto uma brisa soprava pelo vale. Não funcionou, mas encontrei minha voz.

— Eu estou pronta.

Os dois pareceram suspirar ao mesmo tempo e então vieram juntos até mim.

44

Minhas pernas ficaram bambas quando um ciclone de sensações passou por mim, tão rápido e diverso que só consegui entender algumas delas. O nervosismo deu lugar à curiosidade e depois à incerteza, que uma onda de expectativa — que tinha e não tinha nada a ver com o que poderia acontecer — levou embora. Era por causa do ritual. Da história de unir as nossas essências. Será que nos sentiríamos de modo diferente depois? Será que as coisas mudariam, não importava se terminássemos na troca de sangue ou se fôssemos além disso?

Com a lâmina na mão, Casteel parou bem na minha frente e Kieran se postou atrás de mim. Nenhum dos dois me tocou, mas a proximidade aqueceu a minha pele banhada pela noite.

Parada ali, lembrei-me de Novo Paraíso, onde Kieran ficou presente quando Casteel precisou se alimentar. A situação foi muito parecida.

Só que agora estávamos nus como no dia em que nascemos.

Se achava que seria mais fácil ignorar a nudez quando não conseguisse ver todas as partes indecentes, eu estava muito enganada. Parecia ainda mais consciente disso agora.

Casteel olhou por cima do meu ombro. Ele fez um aceno de cabeça e então Kieran encostou o peito em mim. Prendi a respiração quando senti sua pele quente — a sensação repentina dele contra a minha lombar conforme Kieran ajustava a postura.

— Desculpe — disse Kieran com a voz áspera e embargada que fez cócegas no meu ombro. — É que você é tão linda e eu, bem... — Ele parou de falar, e eu nunca o tinha visto tão abalado. — Estou tentando agir... de modo apropriado.

— Tudo bem — falei, engolindo em seco para aliviar a garganta enquanto me certificava de que os meus sentidos estivessem bloqueados. A última coisa de que precisava era me conectar com o que Kieran estava sentindo. Não ajudaria ninguém a se comportar. — Sua... ãh, resposta física é natural — acrescentei, com o rosto corado.

Assim como a percepção de Kieran que se concentrava em todas as partes em que nossos corpos se tocavam era uma reação natural.

O sorriso de Casteel se alargou até que aquela covinha irritante surgisse em sua bochecha esquerda e ele me lançasse um olhar malicioso.

Kieran e eu estávamos tentando nos comportar adequadamente. Mas parece que Casteel não. Ele mordeu o lábio inferior, exibindo a ponta das presas.

Seu mau comportamento não foi um choque para mim.

Nem um pouco.

Kieran deu um suspirou pesaroso.

— Você não está me ajudando em nada, cara.

Casteel riu baixinho e sustentou o meu olhar.

— Você vai beber primeiro — ele me lembrou com um tom de voz suave. — Primeiro do meu peito, e depois, da garganta de Kieran. Cada um de nós beberá um do outro depois de você. Então, nós dois vamos beber da sua garganta. Precisamos estar em contato constante um com o outro assim que você começar a beber e durante todo o processo.

Assenti, sentindo as bochechas ainda mais afogueadas e impedindo que minha imaginação corresse solta. Ele já tinha me explicado tudo aquilo antes. Já que um lupino não era capaz de beber sangue como um Atlante, uma lâmina era usada para extrair a essência do Atlante, e a marca era feita perto do coração, no meio do peito, mais ou menos onde eu sentia o éter pulsar incansavelmente no meu. O sangue era extraído da garganta do lupino porque eles eram uma espécie de canal, uma ponte que vinculava a vida do Atlante ao seu companheiro. No nosso caso, para vincular a vida dele com a nossa — e a deles com a minha. Em seguida, o sangue era extraído ao mesmo tempo do mais forte — aquele que manteria ambas as forças vitais.

Ou seja, de mim.

Com o olhar fixo no meu, Casteel passou as costas dos dedos pela minha bochecha.

— Você tem que pronunciar as palavras que te ensinei — instruiu ele suavemente.

Respirei fundo, me lembrando das palavras e do que tinha de fazer.

— Você, Casteel Da'Neer, entra nessa União de livre e espontânea vontade, e por mais ninguém? — perguntei enquanto erguia a mão esquerda, ligeiramente trêmula.

— Eu entro nessa União de livre e espontânea vontade, e por mais ninguém — respondeu ele, tornando a minha mão na sua.

Os pássaros noturnos ficaram em silêncio.

Ergui a mão direita.

— Você, Kieran Contou, entra nessa União de livre e espontânea vontade, e por mais ninguém?

— Eu entro nessa União de livre e espontânea vontade, e por mais ninguém. — A mão quente de Kieran envolveu a minha e levou nossas mãos dadas até o meu peito, onde a aliança de Casteel costumava ficar entre meus seios.

O ar parou à nossa volta.

E com as últimas palavras precisando ser ditas — eram só mais algumas, mas o plano inteiro parecia ouvi-las —, a Essência Primordial se agitou ainda mais, como se estivesse despertando para escutar.

— Eu te amo, Penellaphe Da'Neer — sussurrou Casteel, abaixando a cabeça para roçar os lábios nos meus. — Agora e até a hora da sua morte.

Estremeci ao ouvir aquilo. Aquelas palavras não tinham nada a ver com a União. Eram apenas um lembrete.

— Eu te amo, Casteel Da'Neer — sussurrei com a voz embargada. — Agora e até a hora da *nossa* morte.

O mesmo estremecimento percorreu seu corpo quando ele ergueu a lâmina. Sem desviar o olhar nem vacilar, ele deslizou a ponta afiada pelo peito, cortando a pele. O sangue brotou de imediato, gotejando. Casteel jogou a lâmina no chão e se aproximou de mim. O contato do corpo dele contra o meu, com Kieran plantado firmemente atrás de mim e a sensação da rigidez de Casteel contra a minha barriga, foi mais um choque no meu organismo.

Meu coração disparou, batendo tão rápido que fiquei imaginando como conseguia manter tamanha velocidade quando Casteel colocou a mão direita em Kieran. Será que Kieran conseguia sentir meu coração? Será que Casteel conseguia ouvi-lo batendo?

Kieran passou a mão esquerda ao redor da nuca de Casteel, e então nós três ficamos conectados.

Eles esperaram por mim, mas não por muito tempo. Eu me estiquei, com a pulsação acelerada conforme seus corpos se ajustavam ao meu como se estivessem me apoiando, como duas colunas de sustentação. Era irônico, já que seria eu quem iria sustentar a vida dos dois.

Encostei a boca no peito de Casteel, que se agitou com um tremor que senti por todo o corpo. Meus lábios formigaram no primeiro toque. Fechei a boca sobre a ferida, bebendo o sangue dele.

Parece que fazia uma eternidade desde a última vez que provara seu sangue. As lembranças não lhe faziam justiça. O sangue de Casteel tinha um gosto de frutas cítricas na neve. Bebi, sugando a pele e extraindo a essência para dentro de mim.

O ronco de Casteel retumbou através dele, vibrando nos meus seios até chegar em Kieran. Senti quando ele jogou a cabeça para trás. O gosto dele, a sua essência, era um despertar, uma queda livre incomparável. O sangue era quente e espesso, aquecendo a minha pele já em brasas. De repente, eu me dei conta de que não tinha nem pensado nos efeitos do sangue de Casteel. Deve ter sido melhor assim, que eu não pensasse nisso até que seu sangue iluminasse cada célula do meu corpo e o éter no meu peito começasse a latejar.

— Poppy — gemeu Casteel, roçando o queixo no topo da minha cabeça. — Já chega.

Eu o ouvi, mas continuei bebendo até que aquele lugar escondido dentro de mim, aquela parte fria, começasse a se aquecer...

— Se você não parar — alertou Casteel, com o corpo rígido contra o meu —, vamos ficar por aqui e terminar com outro tipo de união.

Prestei atenção àquelas palavras. Com as bochechas coradas pelo aviso sensual, forcei-me a afastar a boca de seu peito e olhei para ele.

Vi o desejo estampado em seu rosto, o que não me ajudou nem um pouco a manter os pensamentos focados em nosso objetivo. Baixei o olhar e passei a língua pelo lábio inferior, pegando a última gota de sangue que tinha ficado ali.

Casteel deu outro gemido e apertou a minha mão.

— *Comporte-se* — ordenou ele com a voz áspera. — Ou vai deixar Kieran sem graça.

— Sim — veio a resposta não tão seca. — É isso que vai acontecer.

Tive a impressão de que era a única pessoa sem graça ali quando saí do caminho para que Kieran pudesse chegar até Casteel. A posição fez com que certas *áreas* dele entrassem em contato com as minhas e tentei desesperadamente ignorar isso enquanto sua boca substituía a minha.

Casteel estremeceu novamente conforme fixava os olhos dourados e ardentes nos meus. Mal podia respirar enquanto Kieran bebia dele e ele me observava, com o peito cada vez mais ofegante. No começo, fiquei preocupada que ele não estivesse pronto para dar tanto sangue assim, mas quando agucei os sentidos de leve, percebi que não era o caso.

Sua luxúria parecia um redemoinho, e mesmo um pouco dela era demais para qualquer um suportar. Ele repuxou os lábios, exibindo as presas enquanto Kieran bebia seu sangue. Um latejar pulsou nos meus seios e se concentrou no meio das minhas pernas. Casteel inflou as narinas e deu um rosnado baixo e caloroso.

Eu me senti um pouco tonta quando Kieran parou e eles me viraram com cuidado para que Casteel ficasse atrás de mim. Meus lábios ainda estavam formigando, assim como a minha garganta, e percebi que a sensação começava a se espalhar pelo meu corpo conforme eu erguia o olhar para Kieran.

Kieran retribuiu meu olhar. Meu coração palpitou quando vi as faixas de éter em seus olhos. Ele virou a cabeça para o lado, expondo o pescoço. Casteel se inclinou sobre mim para alcançar Kieran, não deixando nenhum espaço entre nós três. Cada terminação nervosa pareceu se acender de uma só vez quando os senti tão *inapropriadamente* perto de mim. Eles devem ter sentido meu coração palpitar quando Casteel atacou, cravando as presas no pescoço de Kieran. Eles devem ter sentido o tremor indecente que me sacudiu por inteiro quando vi Casteel mordendo Kieran.

Bebendo o sangue dele.

Não conseguia nem piscar.

Mal podia respirar enquanto observava a garganta de Casteel engolir cada gole. Quando a tensão sumiu do rosto de Kieran e ele entreabriu os lábios. Quando senti a rigidez de Casteel pulsando contra a minha lombar.

Fiquei imaginando distraidamente como alguém conseguiria não se abalar com aquilo.

Casteel levantou a cabeça, e eu senti o cheiro do sangue de Kieran. A essência se agitou selvagemente no meu peito enquanto Casteel me segurava com firmeza. Estiquei o corpo mais uma vez, com a mão de Kieran unida com a minha entre os nossos corpos, e a camada fina de pelos macios no peito dele que eu podia jurar que não existia ali antes dispersou os meus pensamentos. A pele dele... estava ainda mais quente e dura. Talvez até um pouco mais fina. Fiquei tonta. Não sei muito bem por quê. Não me sentia fraca, mas *estava* tonta, como se fosse uma flecha disparada sem alvo ou mira.

Estremeci quando fechei a boca no pescoço de Kieran. O sangue dele, de gosto selvagem e amadeirado, era surpreendentemente complementar ao de Casteel, e essa constatação me fez dar uma risadinha. As mãos dos dois apertaram a minha. Eles devem ter achado que eu estava enlouquecendo, mas não era minha mente que eu não conseguia controlar.

E sim meu corpo conforme bebia de Kieran. A sensação do peito ofegante dele contra os meus seios. O peso retumbante dele enquanto eu extraía sua essência para dentro de mim. A pressão quente e dura de Casteel nas minhas costas, o hálito dele no meu ombro. Sua boca ali. Ele deixou as *presas* ali enquanto eu bebia — sem perfurar a pele, só roçando em mim. Estremeci. Perdi o controle das minhas habilidades. O gosto inebriante do sangue, terroso e decadente, se perdeu em meio ao sabor picante das especiarias que senti na garganta. Não fazia ideia de qual dos dois vinha aquela sensação. Ou se vinha de mim mesma.

A noite ainda parecia estar prestando atenção quando Casteel conseguiu me deter com um puxão das presas. Não havia mais nenhuma parte fria dentro de mim, embora eu estivesse tremendo quando alguém me virou na direção dele.

Casteel encostou a testa na minha.

— Você está bem? — perguntou ele, com a voz áspera e ofegante.

Fiz que sim com a cabeça, sentindo o cheiro do sangue de Kieran no hálito dele.

— Preciso ouvir você dizer — pediu Kieran, com uma voz tão intensa quanto a de Casteel.

— Sim — sussurrei, com a pele formigando pelo calor do sangue de Casteel e Kieran e o corpo pulsando com o calor deles. — Estou bem.

— Vou ter que te morder duas vezes — informou Casteel, e então eu me lembrei. Enrosquei os dedos na grama úmida e fria. — Vai ser... intenso.

A mão de Kieran, ainda segurando a minha de encontro ao meu peito, me apertou com firmeza.

Casteel me deu um beijo rápido e depois esperou que eu lhe desse permissão, como se já não tivesse feito isso antes. De olhos fechados, encostei a cabeça no peito de Kieran, expondo o pescoço para Casteel.

Por um instante, ninguém se mexeu, e a espera foi quase torturante.

E então Casteel me atacou. Estremeci ao sentir a perfuração das presas, pega de surpresa, embora estivesse esperando por isso. Desejando sua mordida. Era impossível se preparar para aquilo. A mistura de prazer avassalador e dor intensa era desconcertante. Porém, ele não bebeu de mim. Casteel levantou a cabeça e me mordeu de novo, cravando as presas no outro lado do meu pescoço. Arqueei o corpo, imprensada entre os dois, e abri os olhos quando Casteel tomou o lado esquerdo do meu pescoço.

Kieran seguiu o seu exemplo, fechando a boca no lado direito.

Dei um grito, não de dor, mas pela dupla intensidade da boca dos dois na minha garganta. Foi demais. Sacudi os braços sem querer, mas eles seguraram as minhas mãos, mantendo-nos unidos. Uma profusão de sensações caiu sobre mim como uma chuva torrencial. Meu corpo inteiro se contraiu até quase doer. O rugido do sangue ficou abafado e a única coisa que ouvi foram eles — os sons ásperos e imperiosos que faziam enquanto bebiam de mim.

Fiquei de olhos arregalados, fixos no céu e nas estrelas que pareciam dar cambalhotas pela noite, tornando-se cada vez mais brilhantes.

E eu também.

O éter veio à tona na forma de uma luz prateada entremeada de sombras que se projetou do meu peito e envolveu Casteel e Kieran, formando cordões crepitantes de luz que se torciam e se enroscavam em volta dos nossos corpos.

Somente as bocas e línguas dos dois se moviam no meu pescoço, e eu não sabia se eles conseguiam ver o que eu estava fazendo, combinando as nossas essências. Acho que nem se deram conta conforme bebiam sem parar e os cordões prateados se iluminavam cada vez mais. Havia tanto calor no meu peito e costas, queimando dentro de mim, enchendo a minha garganta e coração e se acumulando no meu âmago. Perdi o controle das minhas habilidades de novo, e o que eles sentiam se juntou à tempestade de emoções, me levando junto.

As bocas dos dois não eram as únicas coisas que se moviam. Eu também me remexia. Os quadris. O corpo inteiro. Eu me contorci no meio deles; meus gemidos suaves se juntando aos seus roncos abafados quando esfreguei os mamilos no peito de Casteel e os quadris nas coxas de Kieran. Meus pés escorregaram na grama, e uma coxa dura se enfiou entre as minhas. A mudança de posição foi surpreendente. Senti Kieran aninhado contra mim, bem no ponto que Casteel tinha tocado de forma chocante e pervertida alguns dias antes. Estremeci ao sentir a coxa forte pressionada contra a carne latejante e inchada no meio das minhas pernas.

Não eram pensamentos que guiavam minhas ações. Nem vergonha. Era apenas o instinto conforme os cordões se enroscavam em volta de nós três. Esfreguei-me na coxa de Kieran enquanto apertava as mãos dos dois com força. Tudo era demais e ainda assim não era suficiente. Gemi quando seus lábios se moveram na pele do meu pescoço. Senti uma pressão e apertei as coxas ao redor daquela que estava entre as minhas pernas.

Arfei quando um deles ou ambos me levantaram até que meus pés mal tocassem no chão. De repente, eu não estava mais me esfregando contra uma coxa, mas em um pau quente e comprido. Pouco a pouco, percebi que seus lábios tinham parado de se mover e que suas bocas não estavam mais na minha garganta, embora ainda sentisse as pontadas tanto ali quanto no meu âmago.

Abri os olhos, pestanejando, e vi que os cordões crepitantes da essência ainda vibravam ao nosso redor.

Os peitos de Casteel e Kieran estavam ofegantes. Fora isso, eles estavam imóveis, embora eu pudesse sentir seu desejo. As especiarias cobriam minha pele, e meu sangue estava temperado com ela. A combinação era quase dolorosa, mas nenhum dos dois se mexeu. Eles continuaram parados enquanto eu me esfregava contra aquela coxa, aquele pau, ficando cada vez mais molhada por saber que os dois viam o casulo prateado que havia se formado ao nosso redor — e por saber que eles me observavam, meus seios, meus quadris, meu rosto conforme o peito de Kieran embalava a minha cabeça e eu encarava olhos dourados. Eles me observavam tão avidamente quanto eu os observei quando se alimentaram um do outro, e uma parte de mim que eu tinha acabado de descobrir se deleitou com a sensualidade, a liberdade e o poder primitivo.

Os dois apenas me seguraram, com as mãos firmes nas minhas enquanto eu me esfregava contra a coxa e ereção úmidas. Não fizeram nenhum movimento porque nós... nós tínhamos chegado àquele ponto. A ponta afiada da lâmina. O limite. A beira do precipício. Nós estávamos ali, e eu estava dançando bem na beirada. Eles ficaram comigo, com os corações batendo em uníssono, e eu percebi que seria fácil me afastar e colocar um fim naquilo. Sabia que eles ficariam como estavam, permitindo que eu buscasse descaradamente o prazer que estava tão perto de sentir. Sabia que eles me seguiriam aonde quer que eu os levasse.

Eles esperaram.

Os cordões sibilantes da essência crepitante esperaram ao nosso redor e um par de olhos dourados se fixou nos meus. Minha agitação incessante diminuiu, e eu sabia que éramos fagulhas selvagens prestes a incendiar até que não restasse nada além de carne e fogo.

E eu *queria* ser o fogo.

Eu queria arder.

— Sim — sussurrei, e os cordões latejaram.

Casteel estremeceu. Os dois estremeceram. Mas nenhum deles se mexeu por um bom tempo. Então, Cas levou nossas mãos até a boca e beijou as costas da minha mão. Kieran fez a mesma coisa com a minha mão direita. Estremeci.

— Eu não mereço você — rosnou Casteel, e antes que eu pudesse corrigi-lo, ele levou a boca até a minha.

Ah, deuses.

Aquele beijo foi diferente de tudo que eu já tinha experimentado. Senti o gosto do meu sangue nos lábios dele. Senti o gosto do sangue de Kieran quando ele enfiou a língua dentro da minha boca. Ele bebeu de mim enquanto uma mão áspera deslizava pelas curvas do meu quadril e depois na minha cintura. Minhas mãos ainda estavam dadas com as deles, e eu não fazia a menor ideia de quem estava me tocando, mas os cordões continuaram ali. Eu os ouvi sibilando e rodopiando enquanto aquela mão subia pelo meu abdome, se fechando sobre um seio latejante. Dei um gemido na boca de Casteel. Seus lábios capturaram o meu lamento enquanto dedos encontravam o bico latejante do meu outro seio.

A boca de Casteel deixou a minha quando pensei que fosse desmaiar e desceu pelo meu pescoço, passando pelas marcas das mordidas. Sua língua lambeu meu seio por cima dos dedos ali. Meu gemido se perdeu em meio ao ronco que senti ao longo das costas.

Os dois soltaram minhas mãos, mas os cordões continuaram ali, cintilando no ar ao redor, entre nós e dentro de nós. Fechei a mão atrás da nuca de Casteel. Passei o braço ao redor do de Kieran, pressionando a pele do seu bíceps. Casteel colocou a carne sensível do meu mamilo e o dedo que estava atormentando a mesma pele na boca. Ele me chupou com força, arrancando um suspiro de mim.

— Filho da mãe — grunhiu Kieran.

A risada de Casteel deu lugar a um rosnado quando arqueei o corpo mais uma vez. Senti uma mão no meu quadril, me incitando a me remexer. Arfei quando senti os pelos que provocavam a carne inchada ali, o deslizamento indecente ao longo da ereção. Dedos roçaram no meu abdome, descendo até o meu umbigo e mais para baixo. Prendi a respiração quando a ponta áspera de um dedo deslizou sobre o feixe de nervos no vértice das minhas coxas. O dedo brincou ali enquanto Casteel levava a boca para o outro seio.

— Não quero que esse aqui se sinta sozinho — disse ele, apalpando a carne e levando-a até a boca.

Kieran pousou a mão no outro seio, úmido das lambidas de Casteel, e eu não sabia de quem era a mão no meu quadril, o dedo de quem estava me provocando, nem de quem era...

Dei um gritinho quando o dedo deslizou pelo calor crescente ali e entrou em mim. Meu corpo ficou em brasas conforme o dedo se movia em uníssono com a boca no meu seio, mergulhando cada vez mais dentro de mim. Apertei a mão de Casteel. Cravei as unhas no braço de Kieran.

— Ah, deuses — ofeguei.

— Você vai começar a rezar? — perguntou Kieran, com o hálito quente sobre as marcas de mordida no meu pescoço, me provocando um arrepio.

— É bem possível — admiti, e o dedo mergulhou mais rápido e fundo.

Casteel riu e levantou a cabeça. Em seguida, passou a língua pelos meus lábios.

— O que você vai pedir nas suas preces? — perguntou Kieran, com a bochecha encostada na minha.

— O quê...? — Casteel abafou minhas palavras com um beijo. — O quê?

— Ele perguntou o que você vai pedir nas suas preces — repetiu Casteel, e outro dedo se juntou àquele dentro de mim. — Acho que já sei o que é.

Kieran deu uma risada sombria e sensual. Senti dentes puxando o lóbulo da minha orelha.

— Aposto que sim, mas quero ouvir a resposta de Poppy.

— Eu... eu não acredito que você está me fazendo perguntas. — Dei um gemido quando dedos puxaram o meu mamilo e mergulhavam mais fundo dentro de mim. — Logo quem?

— É o único momento em que alguém tem a chance de fazer uma pergunta — retrucou Kieran, e eu senti um beliscão no ombro que podia apostar que foi ele quem me deu. — O que você vai pedir nas suas preces?

— Algo que lhe dê mais prazer que um dedo? Ou dois? — Casteel puxou minha boca com a dele. — Ou você quer uma língua no meio das suas belas coxas?

Meu sangue ficou em brasas.

Uma lambida quente aliviou a dor no meu ombro. Talvez fosse Kieran no meu ombro. Talvez fosse ele na minha boca. Quando abri os olhos, nenhum dos dois estava no meu ombro ou na minha boca. Comecei a olhar para baixo, mas então Casteel apareceu, erguendo o meu queixo e levando a minha boca até a dele.

Senti uma mão apertando a minha bunda, me esfregando ainda mais naquela coxa, naquele pau. Os dois estremeceram.

— Ou vai pedir para gozar? — sussurrou uma voz sensual no meu ouvido. — Acho que é isso.

— Acho que não gosto de nenhum dos dois no momento — arfei.

— Você é uma péssima mentirosa, *meyaah Liessa* — zombou Kieran. — Sei que não é verdade. Quase consigo sentir o quanto você gosta de nós dois no momento.

— É o seu ego inflado — respondi. Antes que eu pudesse dizer mais alguma coisa, alguém inclinou a minha cabeça para trás e a minha boca foi tomada por outro beijo profundo.

— Acho que ele quer ouvir você dizer uma palavra inapropriada — comentou Casteel, e era definitivamente a boca dele na minha naquele momento — Pau. Excitada. Gozar. Você alegraria a vida dele.

— Acho que é você que quer ouvir isso — falei, respirando fundo quando os lábios dele deixaram os meus.

— Não deixa de ser verdade — confirmou ele, rindo. — Diga-nos o que você quer, minha Rainha.

Tudo parou. Os dedos. Os beijos. As mãos. Meus quadris. Dei um gemido muito maduro de frustração.

— O que você quer? — perguntou Kieran.

Cravei as unhas com força na sua pele, arrancando uma risada dele.

— Eu... eu quero gozar — vociferei. — Pronto. Está contente agora?

— Emocionado pra cacete — afirmou Casteel.

— E mais um pouco — acrescentou Kieran.

Minha cabeça foi inclinada de novo e uma língua entrou na minha boca. Eu nem percebi que estava sendo abaixada no chão até que senti a grama úmida nos joelhos. Abri os olhos quando soltaram a minha boca e vi que os cordões... continuavam ao nosso redor, tão ofuscantes na sua intensidade que não passavam de sombras.

E tudo se tornou *ávido*. Mãos. Bocas. Línguas. Dentes. Presas. Nós ficamos tão ávidos que a fagulha no meu sangue finalmente se acendeu. Eu era a chama que se espalhou na direção deles e tomou conta de tudo.

Não faço a menor ideia de quem eram as mãos que seguraram meus quadris nem de quem era a boca que desceu sobre a minha, só sei que fui deitada em cima de um peito e imprensada contra outro. Só sei que havia uma boca na minha, abafando o meu berro de alívio quando senti uma rigidez quente e grossa me perfurando tão rapidamente quanto as presas de Cas. Só sei que a minha mão foi levada até outra rigidez, juntando-se à mão que já estava ali. Logo senti o que tinha pedido, com o êxtase vindo em ondas incessantes. O grunhido rouco no meu pescoço, o jeito com que aquelas mãos me agarraram, me segurando ali, me dizia que eu não tinha atingido o clímax sozinha. Nem estava sozinha quando fui deitada de lado, com a boca tomada por quem me segurava por trás, mantendo a minha perna levantada por cima do quadril enquanto aquele que estava na minha frente me chupava de forma constante e implacável, e eu caí no precipício mais uma vez. Era possível que os dois tivessem estado dentro de mim naquela noite, não ao mesmo tempo, mas em momentos diferentes. Ou que só um deles tivesse me penetrado. Mas eu sabia quem tinha me deitado de costas, no colo de quem estava enquanto uma cabeça morena e uma boca indecente desciam até o meio das minhas pernas, lambendo e me atormentando, provando e me provocando até que eu perdesse o controle. Até que senti um jato quente na lombar; um clímax provocado pelos meus movimentos frenéticos conforme era devorada.

— Mel — murmurou Casteel, levantando a cabeça enquanto eu ficava com o corpo todo mole.

Não me lembro de ter sido tomada nos braços de Casteel nem como nós três acabamos abraçados, com o corpo mole e exaustos sob os cordões cintilantes. Mas ficamos ali até que os cordões se desvanecessem e entrassem na nossa carne, unidos pelas nossas essências, respirações e corpos — de agora e até a hora da nossa morte.

45

Nossa pele demorou a esfriar depois que nos deitamos na relva à margem do rio, com os corpos banhados pelo luar. Continuamos abraçados, com as pernas e braços entrelaçados e comigo aninhada a Casteel, como sempre. Pousei a bochecha no peito dele e Kieran encostou a cabeça em seu ombro.

No fundo do peito, onde o éter zumbia baixinho, eu sabia que a União tinha dado certo. Era o que significavam aqueles cordões prateados e cintilantes, nos conectando daquele momento até o *fim*.

Nenhum de nós disse nada enquanto os pássaros trinavam suavemente uns para os outros na copa das glicínias. Não foi um silêncio constrangedor, mas confortável e satisfeito, conforme eu sentia o coração de Casteel batendo firme sob a bochecha e o de Kieran nas minhas costas.

Cercada pelo calor dos dois, sentindo seus cheiros terrosos e exuberantes com cada respiração, procurei por algum indício de vergonha ou arrependimento por ter feito com que ultrapassássemos o limite e dançássemos na beira do precipício, fazendo com que a União se tornasse algo infinitamente *maior*. Durante os minutos de tranquilidade e silêncio em que comecei a perceber que nossos corações batiam em uníssono e nossas respirações tinham o mesmo ritmo, não senti vergonha nenhuma. Nem senti o gosto do arrependimento ou da confusão de nenhum dos dois. Só captei emoções suaves e tranquilas.

Paz.

Eu senti a paz deles.

E senti a minha paz.

E não sei se deveria me sentir confusa sobre o que compartilhamos. Para falar a verdade, sei, sim. Eu me dei conta de que não havia nada que *devesse* sentir. Não importava o que teria pensado ou sentido sobre isso um ano atrás. Tudo o que contava era o que eu sentia agora. O que nós sentíamos. E era uma coisa boa. *Certa*. Tranquila.

Bonita.

Casteel se remexeu de leve, virando a cabeça na direção da minha. Abri um sorriso quando senti sua boca no topo da cabeça. A mão dele estava entrelaçada à minha, descansando logo abaixo do seu peito. Uma parte tola de mim gostaria de poder continuar ali na margem do rio, debaixo das glicínias, naquela fatia do reino que tínhamos reivindicado e que agora nos pertencia.

Mas não podíamos fazer isso. O resto do mundo estava logo ali e todas as coisas em que não pensei antes me aguardavam.

Kieran se mexeu, tirando o braço de baixo de Casteel e de mim, e foi então que me lembrei. Virei-me para trás.

— E a cicatriz no seu braço?

Kieran parou e levantou o braço esquerdo.

— Sumiu — sussurrou ele, virando o braço enquanto eu sentia o gosto doce e borbulhante da surpresa na garganta.

Senti um alívio hesitante conforme olhava para a pele imaculada dele.

— Você acha que isso significa que a União acabou com a maldição?

— Não sei — respondeu Casteel, com a voz grossa. — Acho que só vamos descobrir se Isbeth tentar quebrar o acordo e se recusar a tirar a maldição.

— O que quer dizer que ainda temos de levar Malec até ela. — Olhei para Kieran.

Ele assentiu.

— Sei que você não quer esperar para ver — anunciou Kieran, com toda a razão. — Mas acho que isso significa que temos de continuar conforme o planejado.

— Só para ter certeza. — Mordi o lábio inferior enquanto pousava a cabeça de volta no peito de Casteel. Sabia que a União tinha funcionado. Todos vimos os cordões prateados. A cicatriz havia sumido da pele de Kieran, mas ninguém sabia se uma União era capaz de neutralizar o poder de uma Maldição Primordial. — Vocês estão sentindo algo diferente?

Casteel pigarreou.

— Eu senti um... formigamento.

Franzi a testa.

— Não sei se você está falando sério ou sendo indecente.

— E quando é que eu *não* sou indecente? — perguntou Casteel com uma risada.

— É um bom argumento — observou Kieran, colocando a mão em meu ombro. — Mas acho que é uma das raras ocasiões em que ele foi só um pouco indecente. Porque sei do que Casteel está falando. Eu também senti um... formigamento. Por todo o corpo.

— Quando os cordões se enroscaram em nós — acrescentou Casteel, virando a cabeça na direção da minha. — Eu senti isso dentro de mim. Um calor. — Ele fez uma pausa. — Um formigamento.

Abri um sorriso.

— E agora?

— Normal — respondeu Kieran.

Casteel passou o polegar nas costas da minha mão.

— Indecente.

— Então, nada de diferente? — supus.

— Não.

Kieran tirou a mão do meu ombro conforme se sentava, parando para dar um beijo ali antes de se levantar. A doçura do gesto deixou o meu coração cheio de afeto. Levantei a cabeça e o vi andando na direção do rio.

— O que ele vai fazer?

Casteel levantou o braço e o passou pelos meus ombros, substituindo a falta de calor que senti com a ausência de Kieran.

— Acho que ele vai nadar.

Arregalei os olhos quando Kieran foi até a água corrente e mergulhou, voltando à superfície alguns segundos depois.

— A água deve estar muito fria.

— Não está tão ruim assim. — Kieran olhou por cima do ombro para nós conforme a água descia pelo seu pescoço e coluna. — Vocês deveriam experimentar.

Sacudi a cabeça.

— Obrigado, mas não quero que as minhas partes divertidas congelem — respondeu Casteel enquanto traçava pequenos círculos no meu ombro e braço.

— Covardes — provocou Kieran enquanto entrava mais fundo dentro do rio.

Casteel deu uma risada.

— Poppy vai ficar chateada se sua parte favorita do meu corpo for danificada.

Revirei os olhos enquanto Kieran ria.

— Você é ridículo — murmurei.

— Mas você me ama mesmo assim. — Casteel mudou de posição, me deitando de costas e subindo em cima de mim. — Principalmente toda a minha bobeira.

Espalmei a mão em seu peito.

— Amo mesmo.

A covinha apareceu em sua bochecha direita enquanto ele afastava uma mecha de cabelo do meu rosto.

— Como *você* está? E não estou perguntando se está formigando por dentro.

— Estou... normal. — Estendi a mão, enroscando os dedos nas mechas macias do cabelo dele.

— Preciso de mais detalhes, minha Rainha. O que *normal* significa pra você?

— Significa que estou bem. Não estou arrependida. — Deslizei os dedos pelo seu rosto até chegar no pequeno entalhe na bochecha direita. — Nem envergonhada. Estou aliviada por termos feito a União. Tomara que tenha dado certo, e eu... eu gostei de tudo.

Casteel me estudou com atenção.

— Estou tão feliz por ouvir isso.

— Você achou que eu iria me arrepender?

— Não, ou pelo menos esperava que não — respondeu ele, com um tom de voz baixo enquanto traçava o contorno do meu maxilar. — Mas pensar em algo, fazer e depois *sentir* são coisas muito diferentes.

Ele tinha razão.

— E você?

— Como eu me sinto sobre isso? — Ele abaixou a cabeça e beijou a ponte do meu nariz. — Por que a pergunta quando você já sabe?

Apertei os lábios.

Casteel riu.

— Eu me sinto honrado, *meyaah Liessa*. Lisonjeado. — Os lábios dele roçaram no canto dos meus. — Admirado. Aliviado. Escolhido. Sim, eu me sinto escolhido. Amado. — Ele mordiscou o meu lábio inferior, deixando o meu corpo todo quente. — *Intrigado.* — Então levantou a cabeça, e eu vi que a outra covinha tinha aparecido. — Mas voltando à parte do formigamento. — Ele passou a mão pelo meu braço, roçando a curva do meu seio com as pontas dos dedos. — Você também sente isso?

— Sempre sinto isso quando se trata de você.

— Sabia — murmurou ele, me beijando de novo. Dessa vez, o beijo foi mais demorado, profundo e lânguido. — Estou pensando em desafiar o destino a congelar as minhas partes interessantes e me juntar a Kieran. Vem comigo?

Sacudi a cabeça.

— Acho que vou continuar bem aqui.

— Tem certeza?

— Sim. — Quando ele hesitou, dei-lhe um empurrãozinho. — Vai logo.

Ele abaixou a cabeça, e eu me perdi no seu beijo de despedida até que dar um mergulho naquela água gelada não me parecesse mais uma má ideia. Casteel se levantou, parando para pegar uma das capas no chão. Em seguida, se ajoelhou, gesticulando para que eu me sentasse. Quando obedeci, ele ajeitou a capa sobre os meus ombros, puxando as pontas ao redor do meu corpo.

— Aliás — disse ele, enfiando os dedos sob o meu queixo —, você fica linda só de capa. Tão bonita quanto fica vestida com roupas de seda ou de calças e túnica. E hoje à noite, quando você se remexeu no meio de nós dois? Quando você se abriu para nós — disse ele, e eu prendi a respiração — e a sua essência se projetou e nos cercou? Entrando em nós? Entrando em *mim*? Eu me senti *digno* de um presente tão lindo como você.

Fiquei com os olhos cheios de lágrimas quando ele me deu um beijo suave. Não consegui dizer nada enquanto ele se levantava e entrava no rio, juntando-se a Kieran. Pisquei para conter as lágrimas, peguei a capa e a levei até o queixo. Observei Casteel e Kieran, com a água até a cintura, e esperei que ambos soubessem o quanto eram dignos.

Como eu era sortuda.

Segurei a capa perto do corpo, tentando desesperadamente ignorar o vazio que voltava como um visitante indesejado, e fiz preces para os deuses em hibernação para que eu também fosse digna deles.

Acordei na manhã do dia seguinte, aninhada nos braços de Casteel. Não demorou muito tempo para que ele me deitasse de costas e começássemos a nos acariciar, beijando e explorando o corpo um do outro como se tivéssemos todo o tempo do mundo.

Mas não tínhamos.

O relógio estava em contagem regressiva, mas aproveitamos muito bem cada um desses segundos enquanto os raios frios e cinzentos do amanhecer entravam no quarto.

— Quando você vai conversar com seu pai? — perguntei sentada na cama, de olhos fechados enquanto Casteel passava a escova pelos meus cabelos.

— Em breve — respondeu ele.

Arqueei a sobrancelha.

— Vamos partir para o Templo dos Ossos daqui a algumas horas, então espero que *em breve* seja logo.

— Vai ser. — Ele passou a escova por um nó com delicadeza. — Como foi que seu cabelo ficou tão embaraçado depois de andar só alguns metros?

Bufei.

— Já me fiz essa mesma pergunta milhares de vezes antes.

Casteel deu uma risada suave e doce, e eu sorri, amando o som tanto quanto o amava. Ele ficou calado enquanto desembaraçava o cabelo e passava para outra seção.

— Meu pai não vai gostar nem um pouco da nossa decisão.

Não, não vai mesmo.

Depois de voltar das margens do Rio de Rhain, passamos a maior parte da manhã de ontem na cama, dormindo... e definitivamente sem dormir. Em seguida, finalmente conseguimos agir com responsabilidade e nos reunimos com os generais para discutir os planos mais detalhadamente. Casteel e eu tínhamos decidido algumas coisas que precisavam ser compartilhadas.

Nenhum de nós sabia o que Isbeth pretendia ou o que era capaz de fazer enquanto falsa deusa, e já que estava a dias ou até semanas de completar a Seleção, eu não era — por mais que Casteel não quisesse admitir — infalível. Poderia ser gravemente ferida... ou coisa pior. O que significava que Casteel e Kieran também...

Só de pensar nisso já me dava vontade de vomitar, mas era a realidade. E por causa disso, tínhamos que ter alguém para governar no nosso lugar. Por sorte, já tínhamos a pessoa certa.

Vonetta era a Regente da Coroa.

Caso nem Casteel, nem eu pudéssemos governar, Vonetta assumiria o trono. Ela tinha de estar sã e salva. Sendo assim, Casteel e eu... exercemos a nossa autoridade e ordenamos que Vonetta permanecesse na Padônia com uma tropa de cerca de cinquenta mil soldados. É claro que ela não ficou nada satisfeita quando soube disso, mas quando percebeu o que aquilo significava, quase teve de se sentar para não desmaiar.

Não foi o choque de saber que governaria Atlântia que a deixou sem fôlego. Mas a percepção do que teria que acontecer para provocar isso.

E Casteel teria, como Kieran nos disse quando contamos a ele o que havíamos decidido, que exercer sua autoridade mais uma vez quando fosse falar com o pai.

— Pronto. — Casteel passou os cabelos pesados sobre o meu ombro enquanto se inclinava e dava um beijo na minha nuca.

— Obrigada.

— O prazer é meu. — Ele desceu da cama com um movimento gracioso que eu jamais conseguiria replicar, nem mesmo enquanto Primordial.

Observei o contorno definido do seu peito e abdome enquanto ele vestia a túnica preta que seria usada sob a armadura, aliviada ao ver que estava mais encorpado. Imaginei que voltaria ao peso normal dali a um ou dois dias. Meu sangue fazia milagres.

Ele voltou para a cama para calçar as botas.

— Vou conversar com ele agora.

— Quer que eu vá com você? — perguntei.

Casteel sacudiu a cabeça.

— É melhor não. — Ele olhou de relance para mim enquanto apertava as fivelas das botas. — Meu pai vai querer falar sobre as coisas que ele e minha mãe deveriam ter me contado anos atrás. Então vou olhar pra você e pensar em como as coisas poderiam ter sido diferentes se soubéssemos a verdade e querer dar um soco na cara dele.

— Não dê um soco em seu pai, Casteel.

Um ligeiro sorriso surgiu nos seus lábios quando ele passou para a outra bota.

— É uma ordem, minha Rainha?

— Não devia ter que ser uma ordem.

— Mas?

— É sim.

Ele se inclinou e me roubou um beijo.

— Kieran vai estar lá comigo. Ele não vai me deixar socar meu pai.

Não tinha tanta certeza disso, já que que Kieran deixou que Casteel socasse o irmão sem parar.

— Encontro você no salão de visitas? — Casteel tocou na minha bochecha. Assenti, e ele me deu um beijo tão demorado... que me fez querer que tivéssemos mais tempo.

Depois que Casteel saiu, trancei o cabelo e me levantei, colocando um traje semelhante ao que ele havia vestido. As leggings eram quase tão grossas quanto calças, e eu coloquei a camisa preta para dentro delas, por baixo de um colete enfeitado por bordados dourados. Prendi a adaga de osso de lupino na coxa, sorrindo ao pensar em como Isbeth acharia a roupa inadequada para uma Rainha. Não vesti a armadura nem tirei as coroas da caixa. Ficariam para depois. Saí do quarto e fiz uma parada rápida na cozinha, onde peguei um bolinho, e depois fui lá para fora, dando tempo para que Casteel falasse com o pai.

Avistei Thad empoleirado na Colina que dava para o estábulo, com as asas dobradas perto do corpo esguio e preto-amarronzado. Segui seu olhar atento, com o coração aos pulos.

Acabei de comer o bolinho, atravessei o pátio coberto de mato e entrei no estábulo. Havia poucos cavalos ali dentro, já que a maioria estava com os soldados, sendo equipados com armaduras. Parei para dar um cubo de açúcar a Setti e cobri-lo de carinho antes de seguir até a parte de trás da construção. A palha ficou esmagada sob os meus pés quando estendi a mão, segurando no poste assim que virei a esquina.

O caixão de madeira de Malec continuava na carroça, pronto para ser conduzido pelas portas fechadas do estábulo ali atrás. Havia metros de ossos cinza-esbranquiçados dispostos no topo do caixão e percebi que muitos esporões estavam cravados na madeira.

Passei o braço pela cintura, reprimindo um calafrio. O caixão. A presença de Malec. Era difícil não notar seu impacto, que deixava o ar gelado. Fiquei toda arrepiada. Eu me aproximei, prendendo a respiração como uma criança enquanto colocava a palma da mão em cima do caixão.

A madeira estava *quente*.

Tirei a mão dali e a coloquei no peito, onde o éter zumbia e aquele lugar frio dentro de mim latejava.

Será que a madeira da minha tumba ficaria fria?

Respirei fundo, perturbada pelos meus pensamentos sombrios. Eu não teria o mesmo destino que Malec...

Desembainhei a adaga quando ouvi um barulho na palha e me virei.

Malik estava no corredor do lado de fora da baia, com os olhos arregalados atrás de uma mecha de cabelo castanho-claro que havia caído na frente deles.

— Assustada?

— Prefiro chamar isso de cuidado — respondi, abaixando a adaga, mas sem guardá-la. Não havia ninguém com ele. — Está aqui sozinho?

— Embora não devesse. — Um sorrisinho surgiu nos lábios dele tão parecido com o de Casteel que chegava a ser bizarro. — Mas sou especialista em estar onde não devia.

— Aham.

— Aposto que Naill logo vai se dar conta de que não estou na minha cela... Quero dizer, nos meus *aposentos* — corrigiu ele.

Eu o observei conforme ele se aproximava de mim.

— Por que você está aqui fora?

— Vi pela janela quando veio pra cá. — Ele parou na parte de trás da carroça e fez a mesma coisa que eu, colocando a mão em cima do caixão. Mas não reagiu à temperatura, o que me fez pensar.

— A madeira parece quente pra você?

Ele fez que não com a cabeça.

— Você acha?

Comecei a responder, mas dei de ombros.

— Espero que você não tenha vindo aqui para fazer algo com ele em uma tentativa de nos deter.

Malik deu uma risada áspera.

— Não posso dizer que isso não passou pela minha cabeça.

— Você colocaria Kieran em risco? — indaguei, com o estômago revirado pois detestava, *odiava*, ter que esperar para ver se a União tinha acabado com a maldição ou se Isbeth a tiraria dele.

— Um monte de coisas passou pela minha cabeça — respondeu ele. — Mas prefiro não ser queimado vivo por um dragontino.

— Não deveria ser a única coisa que o impede de fazer isso.

— Não, não deveria ser. E não teria sido antes — começou, e eu sabia que ele queria dizer antes que a Rainha de Sangue o capturasse. — Mas não sou mais a mesma pessoa — concluiu ele, e eu senti o gosto ácido da tristeza na garganta.

— É alguém que sacrificaria aqueles que se importam com você?

Ele repuxou os lábios em sorriso fingido.

— Quem você sacrificaria para libertar Casteel?

— Eu não sacrifiquei ninguém — rebati.

Malik olhou para mim.

— Ah, não?

Retesei o corpo.

— Eu vou libertar o meu pai.

Um bom tempo se passou.

— Mas nós dois sabemos que, se tivesse que escolher, você não pensaria duas vezes. — Ele olhou para o caixão. — Para ser sincero, fico aliviado por saber disso. Casteel merece alguém que bote fogo no reino inteiro por ele.

— E você não?

Ele soltou uma risada seca.

— É uma pergunta séria?

Estudei seu rosto friamente bonito.

— Você se submeteu a décadas de só os deuses sabem o que por Millicent. Ela não faria o mesmo por você?

Malik deu outra risada e, dessa vez, o som foi genuíno.

— Não. É mais provável que ela bote fogo em mim do que no reino.

Franzi o cenho.

— Você me disse que eram corações gêmeos...

— E somos. — Ele se virou na minha direção. — Mas ela não sabe disso.

Fui tomada pela confusão, mas então lembrei que ele disse que tinha feito coisas inimagináveis que ela jamais iria saber.

— Como ela pode não saber?

— Não sabendo.

— Então como é que *você* sabe?

Ele inclinou a cabeça.

— Você faz perguntas demais.

— Foi o que me disseram.

— Alguém já lhe disse que fazer perguntas é um sinal de inteligência?

— Não preciso que me digam isso — respondi. — Porque já sei.

Malik abriu um sorriso.

— Simplesmente sei.

Senti que não ia arrancar mais nada dele sobre o assunto e passei para coisas sobre as quais estava bastante curiosa.

— Você acha que Millicent vai estar com Isbeth quando nos encontrarmos com ela?

Ele contraiu os ombros.

— Deuses, espero que não. Mas é bem provável. Isbeth vai exigir sua presença.

Mordisquei o lábio inferior enquanto olhava para as correntes de ossos.

— Por que Millicent não tentou impedi-la?

— O que a faz pensar que ela não tentou? — rebateu Malik. — Você viu do que Isbeth é capaz. Millie é forte e corajosa, mas não é uma falsa deusa.

Ele tinha razão, mas...

— Então por que ela não tentou me matar? Millicent acredita que eu seja o Arauto, não? Ela teve várias oportunidades, assim como você, principalmente quando eu era mais nova.

— Millie nunca tentou convencer a si mesma de que seria capaz de matar uma criança ou a própria *irmã*. — Malik me lançou um olhar penetrante. — Ela não é má só porque é filha de Isbeth.

Mas eles pareciam achar que *eu* era.

— E você? Você é mau a ponto de achar que fosse capaz de fazer isso?

— Eu estava desesperado. — Malik fez uma pausa. — E tão destroçado a ponto de me agarrar a qualquer objetivo.

Lembrei-me do que Casteel tinha dito a ele.

— Por causa da lupina vinculada a você? Preela? Como foi que isso te destruiu?

— Jalara a matou na minha frente — respondeu ele tão categoricamente que quase pensei que o turbilhão de dor fosse meu. — Não foi uma morte rápida ou honrosa a que ele e os outros deram a ela. — Ele me encarou. — E não precisa me perguntar como foi. Você carrega uma parte dela consigo. Você a tem nas próprias mãos.

Lentamente, olhei para a adaga de pedra de sangue que empunhava, para o cabo de osso de *lupino* que nunca esquentava com o meu toque.

— Não.

Malik não disse nada.

Olhei de volta para ele.

— Como é que você sabe?

— Eu vi todas as adagas que foram feitas com os ossos dela. Jamais vou me esquecer da sua aparência.

Senti a mão trêmula.

— Ela foi dada de presente para Coralena, que, por sua vez, a deu para Leopold — continuou ele, flexionando um músculo na têmpora. — Estou curioso para saber como você ficou de posse dela depois disso.

— Vikter a deu para mim — sussurrei. — Ele também era um *viktor*.

Malik deu um sorriso tenso.

— Bem, parece que foi o *destino*, não é?

46

Casteel

Da janela do salão de visitas, vi quando vários soldados cavalgaram na direção da Colina para se juntar ao restante do exército além dos portões da Padônia.

Duzentos mil homens e mulheres preparados para acabar com a guerra. Dispostos a lutar. Dispostos a morrer. O peso da sua lealdade e determinação pesava mais sobre os meus ombros que a armadura que eu usava.

Kieran se juntou a mim na janela, roçando o ombro no meu. Olhei para ele. Estava vestido de preto com detalhes em dourado, mas sem a armadura. E tinha aparado o cabelo depois da última vez em que o vi. Examinei seu braço, onde o corte costumava estar. A União tinha funcionado. Por mais próximos que fôssemos, nossos corações nunca bateram no mesmo ritmo, nem com o vínculo. Mas será que tinha acabado com a maldição?

O salto no meu coração ecoou no dele. Ele olhou para mim.

— Será que quero saber em que você pensando?

Ele não precisava saber, pois tinha certeza de que aquilo já o atormentava demais.

Voltei-me para a janela.

— Estava pensando que gostaria que todos os soldados sobrevivessem para ver o reino em paz. — Não era mentira. — Mas sei que nem todos vão conseguir.

Ele assentiu.

— Eu te diria a mesma coisa que disse a Poppy, mas você já sabe o que é, pois foi você quem me disse isso quando saímos de Atlântia.

Sabia do que ele estava falando.

— Não podemos salvar a todos, mas podemos salvar aqueles que amamos — falei. — E como Poppy reagiu a isso?

Kieran repuxou um canto dos lábios.

— Você está aqui, não está?

— E você também.

— Exatamente. — Ele fez uma pausa. — Chamei o seu pai, como me pediu. Ele já está chegando. Você ainda pretende exercer sua autoridade?

Fiz que sim com a cabeça.

— Ele não vai gostar nada disso.

— Eu sei, mas vai ter que lidar com isso. — Respirei fundo e me virei assim que meu pai entrou no salão de visitas junto com Lorde Sven, com o elmo que não precisaria usar debaixo do braço.

— Você me chamou? — perguntou meu pai, com as rugas nos cantos dos olhos mais fundas que no dia anterior.

Era surreal convocar o meu próprio pai. Kieran se virou para ficar ao meu lado enquanto eu dizia:

— Há uma coisa que não discuti com você ontem.

Meu pai inclinou a cabeça, mas Sven estreitou os olhos de um jeito que me dizia que o maldito homem tinha uma boa ideia do que eu estava prestes a dizer. Ele cerrou o maxilar, mas deu um aceno rápido que meu pai não viu.

— A Rainha e eu... — comecei, e o meu pai se retesou ao ouvir nossos títulos. Depois de ser Rei por tanto tempo, ele sabia muito bem que não teria como argumentar comigo. — Nós decidimos que, com Netta na Padônia como Regente, ela vai precisar de uma liderança forte ao seu lado.

Duas manchas vermelhas apareceram nas bochechas dele.

— Cas...

— Alguém em quem o exército e o povo de Atlântia confiem — continuei, endurecendo o tom de voz conforme sustentava seu olhar. — E com quem a Regente possa contar se nem a Rainha, nem eu pudermos governar.

Meu pai respirou fundo e aquelas manchas sumiram rapidamente.

— Você sabe que é uma possibilidade — concluí. Detestava ter que admitir isso, mas era a dura realidade. Poppy não tinha completado a Seleção. Ela ainda era tecnicamente uma deusa, e era mais fácil matar deuses que Primordiais. Se fosse morta, Kieran e eu morreríamos com ela.

Ora, eu morreria mesmo que não estivéssemos Unidos.

— É claro que é uma possibilidade — afirmou meu pai. — Mas Jasper também está aqui.

— Jasper nunca liderou um exército — interveio Sven. — Sim, ele tem a confiança do povo de Atlântia, mas não está em posição de liderar o exército.

Meu pai flexionou um músculo na têmpora.

— E você acha que sou digno de sua confiança? — perguntou ele. Retesei o corpo.

— Eu acredito que você vai aconselhar a Regente a fazer o que é melhor para o reino e não será tolo a ponto de cometer os mesmos erros.

Ele olhou de relance para Kieran.

— O seu Conselheiro deveria ficar...

— Se fracassarmos, Kieran não será capaz de apoiar a Regente — eu o interrompi.

A compreensão cintilou em seus olhos, assim como um certo alívio. Ele sabia o que eu queria dizer com aquilo, assim como sabia que Kieran e eu teríamos mais proteção que qualquer um no campo de batalha.

— Devo ficar aqui enquanto os meus dois filhos vão para a guerra?

— Sim — respondi. — Como deve ser.

Ele permaneceu calado por um bom tempo e então deu um suspiro entrecortado.

— Se é uma ordem, então vou obedecê-la.

Inclinei a cabeça.

— Você não tem escolha.

Seus ombros ficaram tensos.

— Me diga uma coisa, de filho para pai: foi a confiança do povo e a minha experiência que orientou a sua decisão?

Meu pai e eu tínhamos muitas coisas para discutir depois que a guerra acabasse. E embora tivéssemos feito planos para o caso de fracassarmos, só fizemos isso porque era o que uma Rainha e um Rei responsáveis faziam. No entanto, eu não acreditava nem por um segundo que não nos encontraríamos depois. Ainda assim, eu disse o que precisava dizer:

— Foi você quem me ensinou que não podemos salvar a todos — comecei. — Mas podemos salvar aqueles que amamos.

Poppy entrou com Tawny e Vonetta pouco depois da reunião com meu pai, mas só notei sua presença porque meu coração palpitou dentro do peito. Não sei se a sensação veio de Kieran ou de mim, pois ele também ficou olhando fixamente para ela.

Sua trança grossa, cor de vinho, cobria a armadura ajustada dos ombros aos quadris. Placas protegiam suas coxas e canelas. O punho de uma espada aparecia logo acima do seu quadril. Não havia nada diferente na armadura ou no manto branco sobre as suas costas. Não havia enfeites nem marcas especiais além do brasão dourado de Atlântia pintado no peitoral das armaduras de todo o exército. Mas ninguém parecia tão majestoso quanto ela, nem tão forte.

Poppy parecia uma Deusa da Guerra. Não, uma *Primordial* da Guerra.

Senti uma luxúria pura, absoluta e ardente ao vê-la atravessar as janelas que revestiam o saguão. O sentimento era quase tão intenso quanto o respeito. Cada passo que ela dava estava impregnado não da confiança de uma Rainha, mas de um soldado, alguém que, assim como *seus* soldados, estava disposta a lutar até a morte.

Ela repuxou os cantos dos lábios de leve quando olhou para mim, e um ligeiro rubor surgiu na cicatriz da sua bochecha. Sequer tentei esconder o que sentia. Queria que ela soubesse como era magnífica enquanto diminuía a distância entre nós dois.

Tomei as mãos dela nas minhas e me inclinei para encostar a boca no seu ouvido enquanto sussurrava:

— Quero foder você nessa armadura. Podemos fazer isso?

A perda de fôlego de Poppy me fez abrir um sorriso.

— Pode ser desconfortável para você.

— Vale a pena. — Beijei a cicatriz na sua têmpora e me endireitei. — Já falei com meu pai.

O rubor começou a sumir das bochechas dela, mas seu coração ainda batia forte. Assim como o meu. E o de Kieran.

— Como foi que ele recebeu a notícia?

— Como era de se esperar — respondi, olhando para a caixa de charutos que Netta tinha nas mãos.

— Melhor do que pensei — acrescentou Kieran, se aproximando de nós. Ele estendeu a mão e puxou a ponta da trança de Poppy. Ela lhe deu um sorriso.

— Espero que seja verdade — disse Netta. — Porque sou eu que vou ficar presa a ele nos próximos tempos.

— O tem aí nessa caixa? — perguntei.

Tawny arqueou a sobrancelha.

— Estava me perguntando a mesma coisa.

— As coroas — respondeu Netta, segurando a caixa para mim. — Poppy saiu sem elas. Não sei se ela realmente se esqueceu ou se foi de propósito.

Poppy deu de ombros.

— Ah. — Tawny arregalou os olhos, e eu notei que havia um pouco de cor neles. — Ainda não vi as coroas.

Levantei a tampa, e Tawny deu um suspiro. Os ossos dourados estavam lado a lado, brilhando sob a luz do sol que entrava pela janela.

— São lindas. — Tawny olhou para Poppy. — Eu a usaria dia e noite. Até na hora de dormir.

Arqueei a sobrancelha quando me dei conta de que ainda não tinha feito amor com Poppy de coroa na cabeça. Um sorriso começou a surgir no meu rosto. Poppy olhou de volta para mim.

Kieran deu um suspiro.

— Sem querer, você acabou dando ideias a Cas.

— Estou curiosa sobre essas ideias — comentou Tawny enquanto eu pegava uma coroa.

— Não está, não — disparou Poppy.

— Fique quieta — murmurei para Poppy enquanto colocava a coroa em sua cabeça. — Perfeito.

Tawny observou Poppy pegar a outra coroa.

— Elas são feitas de ossos de verdade?

— São sim — respondi.

— Sério? — Tawny não pareceu mais tão encantada com as coroas quanto alguns momentos atrás.

Poppy estremeceu enquanto eu abaixava a cabeça.

— Tento não pensar nisso.

— De quem são os ossos? — perguntou ela.

— Acho que ninguém sabe — respondeu Kieran. — Tudo o que sabemos é que não são ossos de uma divindade. Algumas pessoas acreditam que sejam os ossos de um deus.

— Ou de um Primordial — acrescentou Netta. — Mas só revelam a sua aparência verdadeira quando uma divindade ou deus se senta no trono. — Ela fez uma pausa. — Ou um Primordial.

Poppy colocou a coroa na minha cabeça.

— Pronto — sussurrou ela, com os olhos brilhando enquanto suas mãos se demoravam ali por um momento. Nós nos entreolhamos e todo o maldito reino desapareceu. — Agora está perfeito.

Senti um nó de emoção na garganta. Não por causa da coroa, mas das mãos que a colocaram na minha cabeça.

Uma trombeta soou do lado de fora da Colina. Toquei na bochecha de Poppy e então me afastei para lhe dar alguns momentos com Netta e Tawny antes da hora de partir. Meu pai voltou, juntando-se às duas enquanto íamos lá para fora, onde os cavalos foram preparados para nós e Naill e Emil nos aguardavam com os lupinos. O corcel cinza ao lado de Setti era da mesma linhagem. Phobas tinha recebido o nome do cavalo de guerra da Deusa da Paz e da Vingança. Fiquei surpreso ao vê-lo ali, mas ele seria um bom cavalo para Poppy.

Outra trombeta soou e flâmulas brancas e douradas foram erguidas ao longo da estrada que levava aos portões da Padônia. Nós três paramos no topo da escadaria. Os lupinos abaixaram as cabeças quando um estrondo baixo ecoou das glicínias. Olhei para cima, sem conseguir me conter. Quatro sombras recaíram sobre as fileiras de soldados conforme Poppy passava no meio de nós dois, pegando as minhas mãos e as de Kieran.

— De sangue e cinzas — gritei, levantando a mão unida à de Poppy. O povo repetiu as palavras por toda a cidade e vale.

Poppy olhou para mim e então encarou a multidão enquanto levantava a mão que segurava a de Kieran.

— Nós ressurgimos!

Poppy

A viagem de dois dias até o Templo dos Ossos, que nos fez atravessar uma pequena seção da Floresta Sangrenta, correu praticamente sem incidentes. Houve alguns ataques de Vorazes, mas foram resolvidos rapidamente quando o General Murin e suas tropas se juntaram a nós com a divisão de La'Sere, logo depois de virem de Ponte Branca e Três Rios.

O exército acampou nos arredores da Floresta Sangrenta para passar a noite, e enquanto o luar iluminava o teto da barraca, Casteel bebeu da veia no meu pescoço, e eu, com a garantia de que ele já havia se recuperado, bebi o sangue do corte no seu peito. O gesto íntimo se tornou tão natural quanto respirar, e não hesitei nem por um segundo quando ele levou meus lábios até seu sangue.

O gosto dele...

Era forte como sempre, como frutas cítricas na neve, aquecendo as minhas veias e aquele lugar vazio dentro de mim enquanto ele se deitava sobre o meu corpo e me penetrava, com seu sangue na minha língua e sussurrando meu nome. Adormeci em seus braços e acordei no meio da noite, desorientada pelo sonho que tive. Só me lembrei de algumas partes dele. As costas de uma mulher com uma coroa de diamantes pretos na cabeça de cabelos platinados, sentada em um trono muito parecido com o que tinha visto no Templo de Nyktos. Ela estava *pranteando*. Havia um homem de cabelos loiros à sua esquerda. Havia algo tão familiar nele. Ele começou a se virar e disse uma única palavra. Mas acordei antes que pudesse ver o seu rosto.

Ainda assim, a tristeza do sonho deixou um gosto de cerveja azeda na minha garganta.

A mulher... Era a Consorte. Eu tinha certeza. E o homem...

Ele se *parecia* com Vikter.

Mas mesmo que fosse um *viktor*, por que ele estaria com a Consorte? Não fazia sentido. Pouco a pouco, percebi os cobertores enrolados sob o meu corpo e o calor no meu peito e costas. Logo parei de pensar sobre o sonho estranho.

Minha bochecha estava aninhada na curva do ombro de Casteel, e eu estava enroscada com ele como se fosse um urso, com a perna jogada sobre a dele e seu braço em volta da minha cintura. Ele me segurava com força, como se temesse que eu fosse fugir dele mesmo durante o sono

Mas Casteel não era a única fonte de calor.

Respirei fundo, sentindo o cheiro inebriante de pinho, especiarias e cedro, e me lembrei imediatamente da noite encoberta pela névoa nas Montanhas Skotos.

Kieran estava dormindo atrás de mim.

Não sei quando ele se juntou a nós, mas Kieran estava com a perna entre as minhas e o braço logo abaixo do de Casteel no meu quadril. Abri os olhos. Sob o luar que entrava pela lona da barraca, vi a minha mão e a de Kieran logo abaixo da minha no abdome de Casteel.

Não havia espaço entre nós três. Nem sequer um centímetro. Senti suas respirações constantes e profundas e tive certeza de que se me concentrasse, descobriria que, assim como os nossos corações, nossas respirações também seguiam o mesmo padrão.

Foi então que percebi que tinha me voltado para Casteel, assim como Kieran, como na noite nas montanhas. Casteel tinha uma força gravitacional à qual nós dois reagíamos mesmo durante o sono. Além disso, como naquela noite, não havia nada de pecaminoso no modo como estávamos... aconchegados. A única coisa diferente era que agora parecia natural. Bem, isso e o fato de estarmos Unidos.

Esperei me sentir constrangida. Havia soldados e lupinos à nossa volta. Muitos deles devem ter visto Kieran entrar na barraca, mas eu não sentia vergonha nenhuma. Em vez disso, parecia que era para ser assim. E pensar nisso era um sinal de que deveria voltar a dormir.

Ou me dar um soco.

Porque parecia tolice.

Será que conseguiria me nocautear?

Deuses, eu estava quase disposta a descobrir.

Fechei os olhos, mas o sono não veio, não importava como estivesse confortável ou me sentisse segura aninhada entre eles. Era fácil esquecer o que estava por vir.

Kieran se mexeu atrás de mim, e eu prendi a respiração. As peles que Casteel tinha colocado ao meu redor estavam entre o corpo de Kieran e o meu, mas a mudança de posição fez com que ele deslizasse a perna entre as minhas. A movimentação fez com que Casteel se agitasse e apertasse o meu quadril por um breve momento. Mordi o lábio quando senti o pulso acelerado pela pressão da coxa de Kieran e a sensação do corpo de Casteel contra o meu. Senti um arrepio. Fiquei de olhos fechados e...

Não sei o que fiz, mas a minha mente voltou para aquela noite nas margens do Rio de Rhain conforme apertava o abdome de Casteel. Kieran voltou a dormir depois de algum tempo, com o peito subindo e descendo enquanto eu ficava ali, imóvel. Segundos viraram minutos, e a minha mente começou a vagar ao som do farfalhar das folhas e dos roncos abafados dos sortudos que conseguiam dormir. Foi então que me dei conta de uma coisa. De todas as vezes que Kieran dormiu ao meu lado enquanto Casteel estava ausente, ele só permaneceu na forma mortal uma vez, na noite em que pedi a ele para me sepultar caso eu me tornasse algo a ser temido. Não sei se isso tinha algum significado. Mas nada e tudo havia mudado entre nós três desde a União. Nosso relacionamento continuou como antes, mas havia uma intimidade agora que não existia antes. Uma proximidade. Um vínculo que vinha à nossa mente toda vez que sentíamos nossos corações batendo em uníssono. Eu adoraria estar dormindo em vez de ficar pensando nisso.

Senti dedos no meu queixo e me sobressaltei. Abri os olhos quando alguém virou minha cabeça para trás. Um brilho dourado rompeu a escuridão da noite. Meu coração bateu mais rápido quando Casteel passou o polegar pelo meu lábio inferior. Comecei a me desculpar por acordá-lo, mas ele abaixou a cabeça, roçando os lábios nos meus. O beijo foi suave e doce. Jamais conseguiria escolher um beijo favorito, mas aqueles... *aqueles* eram especiais, com gosto de amor e devoção.

Assim como os beijos mais profundos, cheios de urgência e desejo. E foi o que aquele beijo se tornou. Ele deslizou a língua entre os meus lábios e contra a minha, silenciando qualquer som que eu pudesse ter feito. Em seguida, apertou minha cintura, afundando os dedos no meu quadril e me puxando para perto de si, provocando um prazer libertino bastante desaconselhável.

Casteel tirou os lábios dos meus, mas não se afastou.

— Vá dormir, minha Rainha.

— É melhor vocês dois irem dormir. — A voz baixa de Kieran retumbou nas minhas costas.

Arregalei os olhos enquanto sentia os lábios de Casteel repuxados em um sorriso contra os meus.

— Vá dormir — repetiu ele, me beijando mais uma vez antes de encostar a minha bochecha no ombro. Ele tirou a mão do meu queixo e a deslizou pelo peito até chegar na minha. Na de Kieran. Na de nós dois. Casteel não usou de persuasão, mas eu fechei os olhos e voltei a dormir de mãos dadas com os dois.

47

Chegamos ao Vale de Niel assim que o sol começou a se pôr, deixando o céu azul e violeta. Kieran cavalgava à direita de Casteel enquanto Delano e os demais lupinos viajavam ao meu lado quando avistamos a parte norte da Colina que cercava a Carsodônia. A região do Templo dos Ossos e de Pensdurth era mais elevada, bem parecida com a Masadônia, e o ar era mais frio e menos úmido ali. Olhei para Sage, com as mãos firmes nas rédeas de Phobas.

A lupina se afastou do bando, seguida pelas divisões dos generais Sven e Murin, e partiu para os portões da frente da Carsodônia como planejado. Os dragontinos ficaram na área densamente arborizada lá atrás, já que não tínhamos certeza se a Coroa de Sangue sabia quantos sobreviveram ao ataque. Caso contrário, era melhor que continuassem sem saber. Com sua velocidade, eles levariam poucos minutos para nos alcançar quando fosse necessário.

Olhei por cima do ombro para Hisa e os Guardas da Coroa que cavalgavam ao lado da carroça. Não parava de espiá-la, como se esperasse que o caixão de Malec fosse sumir de algum modo.

O que era tão bobo quanto a maioria dos pensamentos que tive durante a noite.

Nossos corações estavam sossegados conforme seguíamos em frente, vigiados pelos guardas ao longo da Colina. Eles estavam de arcos a postos, mas não dispararam contra nós conforme cavalgávamos, com as flâmulas Atlantes balançando sob a brisa salgada do mar. O silêncio era enervante, mas foi quebrado pelas trombetas que soaram da Colina.

As mesmas trombetas que tocaram quando avistaram a névoa. Fiquei imaginando se o povo estava se refugiando dentro de casa, dessa vez se escondendo de quem acreditavam ser o Arauto da Morte e da Destruição em vez dos Vorazes.

Olhei para os arqueiros na Colina e agucei os sentidos. Senti o gosto amargo do medo na garganta, agitando o éter irrequieto.

— Eles estão com medo.

— Como deveriam estar — comentou Casteel, e eu desviei a atenção deles e me concentrei no Rei. Ele também os encarava. — O exército Atlante nunca veio tão longe.

— Nem mesmo durante a Guerra dos Dois Reis — acrescentou Kieran. — A maioria dos guardas lá em cima nunca deve ter *visto* um Atlante ou lupino, ou saber que viu um.

— Eles vão ficar chocados quando descobrirem que nos parecemos com eles — observou Emil atrás de nós, onde cavalgava ao lado de Naill e Malik. — E não com Vorazes.

— É bem provável — concordei. — Quando isso terminar, depois que acabarmos com a Coroa de Sangue, teremos que provar ao povo da Carsodônia e ao resto de Solis que não somos os monstros que eles pensam. Não vai ser tão fácil como foi na Padônia e nas cidades a leste — argumentei, embora achasse que só a Padônia tinha sido exatamente *fácil*.

— Sim, teremos. — O olhar de Casteel encontrou o meu. — Vai demorar, mas o tempo está do nosso lado.

Assenti. Nós teríamos tempo, assim como os Ascendidos que fugiram das cidades, abandonando-as ou deixando a morte no seu encalço. Eles estavam atrás daquela muralha. Também teríamos que lidar com eles.

Mas era o que estava diante de nós que requeria toda a nossa atenção no momento.

O Templo dos Ossos surgiu no horizonte, uma vasta construção feita de milhares de blocos de pedra que continham os corpos dos Sacerdotes e Sacerdotisas sepultados. O Templo era tão alto quanto a própria Colina, com colunas de mármore e calcário que se estendiam lá no céu e degraus íngremes que subiam pelo lado norte e sul. As trepadeiras tomaram conta dos degraus do lado leste e oeste e começaram a subir pelas colunas.

— Bom — anunciou Naill de modo arrastado quando avistamos o terreno atrás do Templo. — Parece que a Rainha de Sangue trouxe alguns amigos.

— Com toda a certeza — murmurou Casteel. — Era de se esperar.

E era mesmo. Não havia como Isbeth nos encontrar em campo aberto sem uma tropa de tamanho considerável. E tampouco nós.

Sob a luz da lua crescente, o chão estava tomado de vermelho atrás do Templo, bloqueando os portões ao norte até onde a vista alcançava. Soldados de armadura preta e vermelha estavam postados lado a lado, de escudos em riste, com os rostos cobertos por elmos ou máscaras de tecido.

— O que estamos vendo? — perguntou Casteel quando nos aproximamos.

Agucei os sentidos na direção deles. Captei um turbilhão de emoções. Determinação. Indiferença. Medo. O vazio superficial daqueles que escondiam seus pensamentos.

— Mortais, cavaleiros e Espectros — informei.

— Como a Rainha de Sangue é inclusiva — murmurou Kieran.

Vasculhei o pátio do Templo. Não consegui ver quem estava ali. Será que Millicent estava com nossa mãe? Será que interviria por ela assim que descobrisse o que pretendíamos fazer? Ou será que nos ajudaria?

Casteel deu um sinal, e os cavalos diminuíram a velocidade antes de parar na base do Templo. Ele olhou para mim e eu respirei fundo, assentindo.

Soltei as rédeas e desci do cavalo enquanto Casteel fazia o mesmo. Aqueles que se juntariam a nós no Templo nos seguiram quando ele caminhou na direção dos generais.

— Lembrem-se do plano — pediu. — Os lupinos vão alertá-los quando for a hora.

Os generais Aylard e Sven assentiram enquanto Naill e Emil tiravam o caixão de Malec da carroça com cuidado.

— Tomem cuidado — gritou Sven para nós dois.

Lembrei-me do que tinha ouvido antes e respondi:

— Mas tenham coragem.

Hisa olhou para mim e sorriu, ajudando Naill e Emil. Retribuí o sorriso e vi que Casteel pegou Malik pelo braço. O sorriso sumiu dos meus lábios.

— Fique perto de mim — ordenou Casteel, com a voz baixa enquanto encarava o irmão. — Não faça nada que possa pôr em risco sua vida ou o que vamos fazer aqui.

Malik tinha uma expressão impassível no rosto, mas assentiu.

— Você podia dar um sorriso — Kieran sugeriu a Malik quando Casteel soltou seu braço. — Pelo menos tem uma espada dessa vez.

— Puxa, obrigado — murmurou Malik enquanto Casteel lhe lançava um olhar que teria feito com que uma pessoa inteligente se calasse. — Por deixar que eu tenha o mínimo de proteção.

— Que tal parar de reclamar e nos dar uma ajuda? — grunhiu Naill. — Para um deus em hibernação, o filho da mãe é bem pesado.

Malik praguejou baixinho e foi até o caixão.

— Talvez ele não seja tão pesado assim. Vocês é que são fracos demais.

— Repita isso — advertiu Hisa, com os olhos cor de âmbar cintilando acima do protetor facial do elmo — e eu vou te encher de porrada.

Malik não disse nada conforme ajudava a colocar o caixão no chão. Mas apertou os lábios, e eu senti um gosto doce na boca.

— Por que os Da'Neer se divertem quando são ameaçados por mulheres? — perguntei.

Kieran bufou, pegando minha mão e me virando para encará-lo.

— A explicação é complicada — respondeu ele, levantando minha coroa com cuidado para que não ficasse presa no meu cabelo. Nem Casteel, nem eu usaríamos as coroas. Já seríamos um alvo no campo de batalha e não precisávamos de nada que facilitasse nossa localização. — Enraizada em traumas que abrangem muitas gerações.

— Acho isso *extremamente* ofensivo — comentou Casteel, vindo até nós enquanto eu sorria.

— É claro que acha. — Kieran pegou minha coroa e a colocou na caixa que um Guarda da Coroa tinha nas mãos, uma coisa muito mais ornamentada de madeira, com o Brasão Atlante em relevo. Suponho que as pessoas tenham se cansado de ver as coroas numa caixa de charutos. Em seguida, ele se virou para Casteel e tirou sua coroa com a mesma delicadeza, colocando-a ao lado da minha. Ele olhou para nós dois enquanto o guarda montava no cavalo e partia para manter as coroas a salvo. — Prontos?

Casteel olhou para mim.

— Minha Rainha?

Senti o pulso acelerado e um nervosismo no peito. A essência vibrou.

— Sim.

— Então está na hora. — Casteel encostou a boca na minha. Seus lábios tinham o gosto da brisa do mar quando ele pegou minha mão esquerda. Deslizou o polegar pelo redemoinho dourado. — Acabaremos com isso hoje à noite, de um jeito ou de outro. Depois, vou procurar o diamante que te falei. — Ele me deu mais um beijo. — Mas antes disso, vou conseguir o que quero. Você. De armadura.

— Deuses — arfou Kieran, quase rindo.

Casteel repuxou os lábios em um sorriso contra os meus.

— Até parece que você não pensou nisso.

Arregalei os olhos quando Kieran pareceu ter engasgado. O que captei dele enquanto Casteel gargalhava não era vergonha. Era algo intenso e pesado, mas muito fugaz para que eu conseguisse discernir. Estreitei os olhos para ele quando Casteel pegou minha mão.

— Você está escondendo as emoções de mim?

— Jamais faria uma coisa dessas — respondeu Kieran, com uma expressão inocente no rosto.

— Aham — murmurei enquanto Casteel nos fazia contornar a carroça e seguir na direção do Templo.

No momento em que começamos a subir os degraus íngremes, seguidos por Delano e os demais lupinos, o que quer que Kieran estivesse sentindo passou para segundo plano. O que estava prestes a acontecer era mais importante do que eu, do que Casteel *e* eu. Mais importante do que Kieran. O futuro dos reinos dependia do que acontecesse hoje à noite. Não havia como me preparar para isso. Não quando usava um véu até pouco tempo atrás e era conhecida como a Donzela. Meu coração batia tão rápido quanto no dia em que fomos até a Colina da Trilha dos Carvalhos, e senti um calafrio.

Quando nos aproximamos do topo da escada e senti as pernas bambas, Casteel se deteve. Ele se virou para mim e apertou minha mão.

— Você se lembra do que lhe dissemos em Evaemon?

Sacudi a cabeça, com a mente acelerada demais para conseguir me lembrar do que ele estava falando.

Seus olhos encontraram os meus, com o dourado brilhando sob a luz das estrelas.

— Você enfrentou Vorazes e vampiros, homens que usavam máscaras de carne mortal. Encarou Atlantes que queriam te machucar, invadiu cidades e me libertou — afirmou ele, tocando na minha bochecha.

— Você não é só uma Rainha. Ou uma deusa prestes a se tornar uma Primordial. Você é Penellaphe Da'Neer, uma mulher destemida.

Prendi a respiração.

Kieran tocou o outro lado da minha bochecha, virando o meu rosto para ele.

E abriu um sorriso.

— Você não foge de nada nem de ninguém.

Senti um nó na garganta e, como em Evaemon, as palavras dos dois eram tão poderosas quanto o éter que pulsava no meu peito.

Eles tinham razão.

Eu era corajosa.

Forte.

E não estava com medo.

Assenti e olhei para a frente enquanto Delano roçava nas minhas pernas e os lupinos passavam por nós. Ergui o queixo e endireitei os ombros, com o coração firme quando chegamos no topo da escada.

Delano ficou ao meu lado enquanto os lupinos se espalhavam, com os corpos lustrosos sob a luz da lua ziguezagueando entre as estátuas de pedra pálida dos deuses ajoelhados que ladeavam o caminho até *ela*.

Vestida com um casaco e vestido vermelhos ajustados ao corpo, a Rainha de Sangue estava diante de um altar que era usado para exibir os corpos dos Sacerdotes e Sacerdotisas falecidos. A coroa de rubis e diamantes brilhava em sua cabeça como as estrelas do céu, assim como o piercing de rubi no nariz e o cinto largo e cravado de joias na cintura, visível sob o casaco. Seus lábios eram tão vermelhos quanto a roupa. De pé ali, ela era tão bela quanto pavorosa.

Minha mãe.

Minha inimiga

Ela não estava sozinha. Callum estava à sua direita, tão dourado quanto o próprio sol. Dezenas de Guardas Reais e cavaleiros a flanqueavam, e havia uma fileira de Aias atrás do altar, mas uma delas chamou minha atenção.

Millicent estava vestida como as outras Aias, com uma túnica vermelha sem mangas e ajustada nos quadris. Fendas exibiam a calça da mesma cor com adagas embainhadas em ambas as coxas. Havia desenhos em seus braços e a máscara preto-avermelhada pintada em seu rosto ocultava o que Casteel tinha visto. Os traços parecidos com os meus. Os cabelos dela estavam trançados como os meus e penteados para trás, de um tom de preto opaco.

Só de olhar para Millicent, percebi que ela não estava escondendo as emoções. Seu nervosismo era intenso e ácido, misturado com a preocupação, conforme ela olhava atrás de nós, muito provavelmente procurando por Malik. Não fazia ideia do que se passava entre os dois — por que ela não gostava de Malik como ele dizia, mas continuava preocupada com ele. Não sabia a quem Millicent era leal, mas nada disso importava agora.

Apenas a nossa mãe.

— Você trouxe um exército e está vestida para a batalha — observou a Rainha de Sangue. — Devo me preocupar?

Eu a encarei, me recusando a buscar algum sentimento em relação a ela.

— Você sempre deveria se preocupar.

Isbeth abriu um sorriso tenso e deu um passo à frente, com as mãos entrelaçadas na cintura.

— Espero que não tenha vindo até aqui só para ser engraçadinha. Onde está Malec?

— Nós o trouxemos, mas você tem que acabar com a maldição primeiro — afirmei.

— E se não fizermos isso? — respondeu Callum.

Delano abaixou a cabeça e repuxou os lábios para trás, rosnando baixinho. Comuniquei-me através do Estigma, acalmando-o e tranquilizando os demais lupinos que rondavam pelo chão do Templo, agitados por causa de todos os vampiros e Espectros ali.

— Então botamos fogo no caixão dele — respondeu Casteel friamente. — E depois te matamos.

— Você não para de dizer isso — retrucou o Espectro —, mas eu continuo aqui.

Casteel se virou para Callum e lhe lançou um ligeiro sorriso.

— E eu aqui.

— Vou acabar com a maldição depois de ver que você trouxe Malec vivo — interveio Isbeth antes que Callum pudesse falar mais alguma coisa. — Preciso de uma prova de que cumpriu sua parte do acordo antes de cumprir a minha.

Olhei para Casteel. Ele me deu um aceno de cabeça e eu me comuniquei com Rune através do Estigma. A resposta do lupino foi rápida.

— Ele já está a caminho.

Isbeth tirou os olhos de mim e se voltou para os degraus enquanto Casteel dizia:

— Ele ainda está hibernando.

— É claro — respondeu ela com um olhar rápido. Virei-me para a esquerda quando Millicent se aproximou em silêncio. — Malec vai continuar em hibernação até que receba sangue.

Observei Millicent avançar cada vez mais e me retesei.

— Ele vai continuar dormindo profundamente até lá — continuou Isbeth. — Nada em nenhum dos planos poderia acordá-lo agora.

— E, no entanto, você acredita que ele vai despertar assim que for alimentado e imediatamente lhe dar o que quer? — indagou Casteel conforme eu avançava, bloqueando parcialmente ele e Kieran.

— Eu sei que vai — afirmou Isbeth.

Vi o momento em que Malik e os demais chegaram no topo dos degraus do Templo. Isbeth tirou as mãos da cintura e levou uma delas até o peito enquanto eles caminhavam entre os deuses ajoelhados e sem rosto. Millicent hesitou, e senti o peso de sua preocupação nos ombros.

Eles colocaram o caixão diante de nós e então recuaram. Avancei, estendendo a mão para a bolsinha no meu quadril. Meus dedos roçaram no cavalinho de brinquedo enquanto eu tirava o anel dali. Coloquei-o na superfície plana do caixão, ao lado das correntes de ossos. Isbeth ergueu a mão. Os cavaleiros avançaram, só com os olhos escuros e sem alma à mostra, pegaram o caixão e o levaram até o altar enquanto Millicent se aproximava de mim.

Delano olhou para ela desconfiado quando seus olhos pálidos se voltaram para Malik e depois para mim.

— Onde está o loiro? — perguntou ela baixinho. — O tal de Reaver. O dragontino.

— Você está preocupada que ele esteja à espreita? — retrucou Casteel quando Isbeth deu as costas para nós.

Millicent não olhou para ele.

673

— Não. — Ela continuou olhando para mim e, tão perto como estávamos, percebi que tínhamos a mesma altura. — Mas você deveria estar.

Arqueei as sobrancelhas enquanto os cavaleiros começaram a arrancar as correntes de ossos do caixão.

— Por quê?

Ela olhou por cima do ombro para os ossos que tilintavam no chão do Templo.

— Porque *ela* não perguntou onde ele está — respondeu ela, e Kieran virou a cabeça em sua direção. — Era de se esperar que Isbeth ficasse preocupada com a única coisa capaz de matar uma grande parte do exército no terreno do Templo.

Olhei para o altar. Isbeth estava colocando o diamante de Atlântia de volta no dedo — não sei por que me dei ao trabalho de devolvê-lo — enquanto um cavaleiro enfiava a ponta da espada na fresta do caixão. A madeira rangeu. Não era muito provável que Isbeth soubesse onde Millicent estava agora. Ela estava concentrada no caixão, depois de ter passado para o outro lado do altar. Mas Callum estava atento.

— Nem mencionou o fato de que você tem cerca de cinquenta mil soldados a menos do que quando cruzou o Vale de Niel — continuou Millicent, olhando para baixo. Outro cavaleiro trabalhava no meio da tampa, e eu ouvi mais um rangido. — Ela sabe muito bem que eles não estão mais com você, o que só pode significar que foram para outro lugar.

Encarei Millicent, com centenas de perguntas na ponta da língua. Havia tanta coisa que eu queria saber, mas tudo que disse foi:

— Eu sei.

Millicent retribuiu o meu olhar, e eu percebi que ela tinha entendido o que eu queria dizer. Que eu sabia quem ela era.

Ela repuxou o canto dos lábios por um ínfimo segundo.

— Então também deve saber que há algo muito errado nisso.

Fiquei toda arrepiada quando os cavaleiros soltaram o topo do caixão e levantaram a tampa. Millicent se virou para trás quando eles a colocaram no chão. Em seguida, os cavaleiros recuaram. Somente Isbeth avançou lentamente, quase com medo.

Malik foi até o lado de Kieran. Ele não olhou para Millicent, mas eu sabia que estava falando com ela quando sussurrou:

— Você está bem?

Não sei o que Millicent respondeu. Estava absorta em Isbeth, que segurava na borda do caixão e olhava para dentro. Senti uma pontada de agonia intensa e latejante e fiquei surpresa. A emoção vinha de Isbeth. A Rainha de Sangue estremeceu.

O que pude ver de Malec... não era nada bom. Mechas de cabelo castanho-avermelhado caídos sobre as bochechas emaciadas. Lábios ressecados entreabertos, repuxados sobre as presas como se ele tivesse perdido a consciência no meio de um grito. Ele estava esquelético, mais couro envelhecido do que homem. Uma casca de quem deve ter sido antes. A visão, independente do que suas ações possam ter causado, era lamentável.

— Ah, meu amor — sussurrou Isbeth, e então passou para uma língua que eu não entendia.

— Atlante antigo — explicou Kieran.

Não entendi o que ela dizia, mas distingui a agonia misturada com a doçura do amor. A tristeza. Ela não sentiu alívio. Nem alegria ou expectativa. Só uma angústia gélida e profunda que doía mais do que qualquer dor física.

— Como pode ver, nós cumprimos nossa parte do acordo — declarou Casteel, silenciando Isbeth. — Retire a maldição.

Isbeth não se mexeu nem respondeu nada pelo que me pareceu uma eternidade. Meu coração palpitou. Se ela não cumprisse sua promessa e a União não tivesse acabado com a maldição...

Peguei a mão de Kieran na minha. Ele estava impassível, escondendo as emoções, enquanto Casteel parecia uma tempestade de raiva.

Então Isbeth assentiu.

Callum avançou, empurrando Millicent para trás. Sua reação a ele foi perturbadora. Eu a tinha visto lidar com Delano na forma mortal como se ele não passasse de uma criança. Mas aquele Espectro era velho, um verdadeiro ancião. A essência se agitou quando ele se aproximou. Através do Estigma, pedi que Delano recuasse.

— Levante o braço ferido — pediu Callum com um sorriso agradável. O Espectro não se incomodou nem um pouco com a cara feia dos lupinos e Atlantes.

Soltei a mão de Kieran, e ele fez o que Callum pediu. O Espectro inclinou a cabeça.

— Cadê a marca da maldição? — Ele arqueou a sobrancelha pintada quando olhou para mim. Seu sorriso se alargou. — Sumiu.

— É — respondeu Casteel.

— Pois não devia.

— E? — A voz de Casteel era suave, daquele jeito que era sempre um alerta.

— Nada. Mas é interessante. — Callum fechou os dedos ao redor do braço de Kieran enquanto desembainhava uma adaga feita com uma pedra branca leitosa que eu nunca tinha visto antes. — Pode doer.

— Se o machucar, você vai se arrepender — adverti.

— Só preciso fazer um corte superficial — explicou Callum. — Mas suspeito que não há muito que possa fazer para machucá-lo. — Ele foi rápido, fazendo um corte superficial na mesma área do antebraço de Kieran que antes. — Não é mesmo?

Nem me dei ao trabalho de responder conforme via uma sombra débil subindo do corte. Meu coração palpitou. Será que a União não tinha acabado com a maldição? Não sei, e acho que nunca vou saber ao certo. Mas não importa.

— Deuses — murmurou Naill enquanto a névoa escura saía do sangue de Kieran e subia até desaparecer na escuridão.

— Pronto. — Callum soltou o braço de Kieran, embainhando a estranha adaga com um sorriso jovial no rosto.

— Só isso? — perguntou Casteel.

O Espectro assentiu.

O braço de Kieran voou de repente. Vi o brilho da pedra de sangue, e então o punho da adaga se projetou no peito de Callum.

— Obrigado — rosnou ele, puxando a adaga para cima e para fora. — Idiota.

Callum cambaleou para trás. Sangue escorria da sua boca.

— Maldição...

Millicent deu uma risada rouca quando Callum caiu no chão.

— Nunca perde a graça — disse ela, passando por cima do seu corpo. — Mas ele se recupera bem rápido. Corte a cabeça dele na próxima vez.

— Conselho recebido e aceito — murmurou Kieran, olhando para mim enquanto eu segurava seu braço. — Estou bem... — Ele deu um suspiro quando sentiu o calor da cura e olhou para Casteel.

— Deixe Poppy usar seu dom — respondeu Casteel, com a atenção voltada para Isbeth. — Ela gosta disso.

Kieran se aquietou e, quando afastei a mão, não havia mais nenhuma marca ali.

— Você está bem mesmo? — perguntei, sem confiar no Espectro.

Ele assentiu.

— Ele está bem — vociferou Millicent. — Ao contrário da Rainha, que parece estar prestes a entrar no caixão.

— E qual é o problema com isso? — perguntou Emil.

Dei uma risada abafada, mas parei de rir assim que vi Isbeth se inclinando sobre o corpo de Malec.

— Ele é o meu coração gêmeo, uma parte de mim. Meu coração. Minha alma. Ele é tudo para mim. Se Nyktos tivesse permitido que fizéssemos os testes, nós estaríamos juntos agora.

— Reinando sobre Atlântia? — presumiu Casteel.

— Acho que não. Ele já estava farto daquele reino esquecido pelos deuses — respondeu ela. — Nós teríamos viajado pelo plano e encontrado um lugar para ficar em paz. Ficaríamos ali. Juntos. Com o nosso filho. Os nossos filhos.

Quem sabe se o que ela estava falando era verdade para mais alguém além de si mesma, mas não deixava de ser doloroso ver aquilo.

Isbeth passou a mão trêmula pelo rosto de Malec e se abaixou, levando a boca até os lábios secos e pálidos dele.

— Eu te amo tanto quanto te amei quando nos encontramos pela primeira vez no jardim das roseiras. E sempre vou te amar, Malec. Sempre.

Mudei de posição para suportar o peso da emoção intensa que Isbeth não tentou esconder. As lágrimas desceram pelas suas bochechas, deixando rastros no pó branco que ela usava.

— Você sabe disso, não sabe? — Ela abaixou a voz e levou a mão até o cinto cravado de joias. — Você tem que saber, mesmo durante um sono tão profundo. Você tem que saber o quanto eu te amo. — Os dedos de Isbeth desceram pela lateral do seu pescoço enquanto ela dava um beijo nos lábios imóveis dele.

— Isso é nojento — murmurou Emil.

E era mesmo.

Mas também era triste. Por mais horrível e má que Isbeth fosse, ela ainda o amava profundamente. Ela sofreria mais ainda quando se desse conta de que não tínhamos a menor intenção de deixar que ficasse com ele.

— O cretino acordou — murmurou Kieran enquanto Callum se levantava. — Atenção.

Casteel pegou minha mão na sua e piscou para mim. Além de provar que conseguia fazer aquilo sem parecer ridículo, também era um sinal. Estava na hora. Desviei o olhar da cena triste que se desenrolava diante de nós, aguçando os sentidos para me comunicar através do Estigma e procurar a assinatura de chuva primaveril de Sage.

— E é por isso... É por isso que você tem que entender — Isbeth disse para a silhueta adormecida de Malec. — Você sabe o quanto eu amava nosso filho. Você entende por que tem de ser assim. Não pode ser de outra forma.

Perdi a concentração e me voltei para Isbeth ao mesmo tempo que Millicent. Isbeth levantou o braço. Casteel me puxou contra si assim que viu o brilho da pedra das sombras. O cinto de joias na cintura dela escondia uma adaga de pedra das sombras. Invoquei o éter, preocupada que ela apontasse a adaga para as pessoas que estavam por perto.

Isbeth deu um grito... E, deuses, foi o som da mais pura angústia. Ela cravou a adaga no peito de Malec. Bem no seu coração.

Fiquei boquiaberta.

Isbeth tinha...

Ela apunhalou Malec no coração com a pedra das sombras.

A pedra das sombras podia matar um deus. Reaver tinha me dito isso.

O que acabamos de testemunhar não fazia sentido. Em nenhum dos planos. Mas ela tinha... ela tinha matado Malec. Seu coração gêmeo.

— Que *porra* foi essa?! — exclamou Casteel, soltando minha mão enquanto Millicent cambaleava para trás, de olhos arregalados.

Kieran praguejou quando Isbeth soltou a adaga e se curvou sobre Malec.

— Sinto muito. Eu sinto muito — choramingou ela. — De verdade.

Meus braços ficaram flácidos ao lado do corpo. O choque de ver o cabo brilhante e incrustado de rubis se projetando do peito de Malec me deixou paralisada. O espanto irradiava de todos que estavam ali — todos, menos um.

O Espectro dourado e agora ensanguentado.

Callum *sorria*.

Tive uma sensação quase avassaladora de pavor quando Callum virou a cabeça na minha direção. Ele entrelaçou as mãos e fez uma reverência.

— Obrigado.

A essência se agitou violentamente dentro de mim. Estendi a mão, agarrando o braço de Casteel.

— Obrigado por cumprir a profecia feita há tanto tempo. Obrigado por cumprir seu objetivo, Arauto. — Os olhos claros de Callum brilharam por trás da máscara dourada, e o éter pulsou nas minhas veias.

— Não foi exatamente como previsto, e muitos não entenderam, mas as profecias... Bem, os detalhes nem sempre são exatos e as interpretações variam muito.

— Eu não entendo — balbuciou Millicent, virando os olhos arregalados de Callum para a nossa mãe.

— O que você não entende?

— Nada — fervilhou ela. — Nada do que acabou de acontecer.

— Você está falando do que poderia ter acontecido com você se não tivesse sido um fracasso? — retrucou Callum, e Malik avançou, mas foi impedido por Casteel, que foi mais rápido. — Você teria sangrado por ele, e ele teria te recompensado por isso.

Millicent deu um passo para trás, empalidecendo sob a máscara. Ela olhou para mim e, de repente, compreendi. Olhei de volta para Malec, com a boca seca.

— Era para ser eu, não era?

— Você conseguiu fazer o que ela não foi capaz — disse Callum. — Esperei muito tempo por você. *Ele* estava esperando pelo sacrifício. Pelo equilíbrio em que os Arae insistem. Esperando por aquele nascido da carne mortal e prestes a se tornar um grande Poder Primordial. Você chegou como foi prometido, mas... — Ele estendeu o braço. — Não era a única. Enquanto as duas compartilhassem o sangue do Primordial da Vida e fossem amadas, isso o *restauraria*. Ela só precisava de você, alguém da linhagem dele, para encontrar Malec. Todo mundo sabe que Ires nunca faria isso. Nós teríamos que libertá-lo. E, bem, ele está meio... irritado, para dizer o mínimo.

— Mas que história é essa? — indagou Naill.

Callum inclinou a cabeça.

— Só não achei que ela fosse fazer *isso*. Não antes que pedisse por ele. E mesmo assim, não achei que Isbeth fosse seguir em frente, para ser sincero. — Ele deu uma risada. — Achei que sua escolha estivesse empatada. Ou você. Ou Malec.

Com o coração acelerado, botei a mão no peito enquanto nuvens surgiam acima do mar, escurecendo o céu noturno. Estava prestes a me tornar uma Primordial e finalmente entendi o *porquê* de tudo aquilo. Por que Isbeth esperou até *agora* para executar seu plano de séculos. Ela tinha que esperar até que eu entrasse na Seleção para que pudesse... Olhei para o altar. Para que pudesse *me* matar. Mas ela tinha...

Mas não era eu naquele altar.

Malec não era o Verdadeiro Rei dos Planos como acreditávamos. Aquilo não tinha nada a ver com ele nem comigo. Nós éramos só peões.

De repente, lembrei-me da profecia.

— *"O Portador da Morte e da Destruição"* — murmurei, e Casteel olhou para mim. — Não a Morte e a Destruição, mas o *portador* disso. — Levei a mão até a boca. Aquela maldita profecia... — Foi o que acabei de fazer.

— Puta merda — rosnou Malik.

— Sei que não é o momento certo — disse Casteel em voz baixa —, mas só quero salientar que sempre disse que você não era a morte e a destruição.

Kieran olhou para ele de cara feia porque não era mesmo o momento certo. E embora a relutância de Malik em entregar Malec a Isbeth pudesse não estar baseada no conhecimento do que estava por vir, se tivéssemos dado ouvidos a ele...

Não. Mesmo que soubéssemos, nós ainda teríamos feito isso. Jamais arriscaríamos a vida de Kieran. Não importa se fosse certo ou errado, era simples assim.

— Então qual é a verdade? — indagou Millicent. — Quem é o Arauto?

— Ela é a Arauto. — Callum virou a cabeça na direção dela. — O alerta. — Ele arregalou os olhos. — O que foi que você achou, querida? Que era *ela* quem destruiria os planos? — Ele olhou de esguelha para mim. — Uma Primordial nascida da carne mortal? Ela? — Sua risada ecoou pelo vale. — Sério?

Retesei o corpo.

— Em outra ocasião, eu acharia o seu comentário bastante grosseiro.

— Não tive a intenção de ofendê-la, Vossa Alteza — disse ele com uma reverência fingida. — É só que levaria eras para você se tornar *tão* poderosa assim, isso se o poder não a enlouquecesse antes.

Os cabelos lisos de Millicent caíram sobre seu rosto conforme ela sacudia a cabeça, e Isbeth soluçava sem parar. O pavor tomou conta de mim. Teria que deixar para me preocupar com a última parte do comentário de Callum mais tarde.

— Não.

— Sim. — Callum jogou a cabeça para trás e me encarou. — Era para ser você no altar. Esse *era* o plano. É disso que se tratava. De você. — Ele apontou para Millicent e depois para mim. — E *você*. Sim, vamos ter que cuidar de vocês *duas* mais tarde. — Callum deu uma piscadela. — Mas já está na hora.

— Hora de quê, seu idiota de merda? — rosnou Kieran, segurando o punho da espada.

O Espectro fechou os olhos.

— Hora de se curvar ao Verdadeiro Rei dos Planos.

Casteel deu um passo na direção dele.

— E quem é esse?

Senti um peso nos ombros. Uma constatação que deixou minha nuca toda arrepiada. Fui tomada por um sentimento opressor, o mesmo que senti na noite em que Vessa massacrou os dragontinos e em meio à floresta nos arredores de Três Rios. Tinha sentido aquilo quando estávamos na Colina das Pedras e ouvi uma *voz* me incitando a perder o controle.

A mesma voz que ouvi naquela noite em Lockswood quando vaguei em direção ao nada.

— Ele estava esperando. — Callum ignorou Kieran e ficou de cabeça baixa, com um olhar ansioso e a voz suave, cheio de adoração, muito parecido com os Sacerdotes e Sacerdotisas na Trilha dos Carvalhos. — Ele também teve um sono irregular esse tempo todo e foi muito bem alimentado sob o Templo de Theon.

Kieran empalideceu ao mesmo tempo em que um calafrio percorreu meu corpo.

— As crianças — arfei. — O Ritual extra.

— Ele tinha que estar forte para despertar, e estava. — Callum passou os dentes pelo lábio inferior. — Quando você se livrou da carne mortal e iniciou a Ascensão, isso o libertou. E assim que Malec der o último suspiro, ele vai recuperar toda a sua força. Ele ficou esperando por séculos a fio. Com o sono ainda mais agitado após seu nascimento, sentindo você. Ficou esperando pela chave, pela... linda papoula para colher e vê-la sangrar.

Uma raiva incandescente irradiou de Casteel, e eu a senti como uma poça de ácido na garganta. Ele foi tão rápido que não vi sua mão até que ele rasgasse o peito de Callum e pegasse o coração do Espectro, derramando sangue no chão.

Malik e Millicent se viraram para ele.

— O que foi? — rosnou Casteel, jogando o coração fora. — Não podia ouvir mais nenhuma palavra. Nem vou pedir desculpas. Que se foda.

Senti a assinatura de Delano nos meus pensamentos. *Tem alguma coisa se aproximando...*

Não, alguém já estava ali

A morte.

A destruição.

Lilases podres.

Ah, meus deuses.

O pavor virou pânico quando eu me esquivei para o lado.

— Kolis

Uma explosão de energia irradiou de Malec, invisível, mas perceptível. Sombria. Oleosa. Sufocante assim que nos atingiu. Não recebemos um alerta nem tivemos tempo para nos preparar. As estátuas dos deuses ajoelhados explodiram por todo o Templo. Casteel e eu tropeçamos para trás e esbarramos em Kieran. Ele nos pegou pelo braço enquanto Malik perdia o equilíbrio e caía de joelhos no chão. Millicent foi jogada contra uma coluna. Girei o corpo e vi Delano e vários lupinos agachados no chão, de orelhas baixas e dentes à mostra. Aquela energia persistente e com cheiro de lilases podres deixou minha pele toda arrepiada.

Casteel segurou meu braço e se endireitou enquanto se virava para Kieran.

— Você está bem?

Kieran assentiu conforme os pedregulhos chacoalhavam pelo chão. Olhei para baixo quando um som se seguiu, um estrondo baixo que vinha das profundezas e ficava cada vez mais alto até que a terra tremesse, sacudindo o Templo dos Ossos. A estrutura do altar em que Malec foi colocado quebrou e cedeu uns trinta centímetros. Rachaduras profundas surgiram na laje, forçando os lupinos a recuarem. Uma névoa cinzenta saiu das fissuras, trazendo o cheiro de lilases podres.

De morte.

— Ainda podemos impedir isso! — gritou Millicent. — Se requer um sacrifício, uma morte, quer dizer que Malec ainda não faleceu. Ele ainda está respirando. Nós não podemos...

As rachaduras explodiram, lançando nacos de pedra pelos ares. Dei um grito quando uma pedra grande acertou a cabeça de Millicent, jogando seu queixo para trás. Ela cambaleou e suas pernas cederam, mas Malik se virou e a pegou antes que ela caísse no chão. Sangue escorreu pelo seu rosto quando Malik pousou a mão na parte de trás da cabeça dela.

— Ela vai ficar bem — disse ele, com a voz entrecortada. — Ela vai ficar bem. Só tem que acordar.

Eu esperava que isso acontecesse logo. O tremor fazia com que fosse difícil continuar de pé, e as rachaduras se espalhavam, aumentando à medida que percorriam o chão, seguindo na direção de Casteel. Ele deu um salto, se esquivando do vão com agilidade, mas muitos Guardas Reais não tiveram a mesma sorte. Eles desapareceram por entre as fissuras, com os gritos ecoando até que ultrapassassem o limiar do som. As colunas tremeram quando as rachaduras desceram os degraus em ambos os lados do Templo dos Ossos, onde o exército Atlante aguardava atrás de nós e os Espectros, à nossa frente. Ambos os lados se dispersaram para se esquivar das rachaduras.

O tremor cessou, mas a névoa cinzenta continuou subindo. Os lupinos avançaram, farejando a névoa enquanto um guarda gritava:

— Socorro! Socorro!

Naill se virou para o guarda que se segurava na beirada de um vão, com os dedos esbranquiçados.

— Maldição — grunhiu ele, começando a avançar.

— Espere — ordenou Casteel, levantando a mão. Naill se deteve. — Você ouviu isso?

— Por favor. Deuses, me ajudem! — gritou o guarda.

— Eu não... — Parei de falar quando ouvi um barulho. O som de algo... *arranhando* a pedra.

Por todo o lado, os soldados olharam para baixo conforme Delano e Rune avançavam, seguidos por vários lupinos. Eles farejaram a névoa e as rachaduras largas o bastante para que alguém desaparecesse nelas.

Naill se abaixou, estendendo a mão para o guarda quando o homem gritou. Captei uma pontada de dor lancinante quando o Atlante deu um passo para trás e o guarda desapareceu.

— Mas que...? — Naill se levantou, com a mão ainda suspensa no ar.

De repente, senti o gosto amargo do medo na boca. Virei-me e vi os lupinos no terreno abaixo do Templo começarem a se afastar das rachaduras. Eles se viraram bruscamente e *dispararam*, deslizando as patas na grama úmida e esbarrando uns nos outros.

— Nunca vi lupinos fugirem antes. — Emil desembainhou a espada. — De nada.

— Nem eu. — Casteel brandiu a espada.

O grito aterrorizado de um soldado Atlante soou pelos ares quando ele foi *puxado* para dentro do buraco.

— Há alguma coisa lá embaixo — anunciou Emil.

— Não é uma coisa. — Callum se deitou de lado, com a ferida... Bons deuses, o buraco continuava no seu peito, mas o sangue não escorria mais. — São os guardas do Verdadeiro Rei. Os dakkais.

— O quê? — Kieran empunhou ambas as espadas.

— Não importa o que sejam — falei, fechando as mãos em punhos e invocando a essência. — Não vão ficar aqui por muito tempo.

Callum deu um sorriso.

— Nem você — adverti, deixando que a minha vontade convocasse os dragontinos.

— Seja lá o que forem, eles estão vindo — gritou Casteel, e o som que me fazia lembrar dos jarratos correndo pelas pedras ficou mais alto. Ele olhou para mim. — Cuide dos nossos homens e mulheres. Nós vamos cuidar disso aqui.

Os cantos dos meus olhos ficaram prateados quando assenti.

Uma covinha surgiu em seu rosto antes que ele se preparasse. Um instante depois, as criaturas irromperam do buraco, quase do tamanho de Setti, com a pele dura e lisa da cor da meia-noite. Tinham a forma dos lupinos, mas eram maiores e... sem rosto, exceto por duas fendas no lugar do nariz e uma boca larga cheia de dentes afiados.

Ora, era um pesadelo em cheio bem ali.

Um dos dakkais saltou na direção de Emil, mas seus reflexos foram rápidos. Ele enterrou a espada no peito da criatura. O éter prateado desceu pelos meus braços conforme Casteel girava o corpo, cortando a cabeça de um deles, e Delano pulava por cima de um vão, colidindo com um dakkai que tinha ido atrás de Malik enquanto ele ajudava Millicent a se sentar.

Olhei para os soldados lá embaixo e fiquei aliviada ao ver que Setti e os demais cavalos foram soltos e fugiram enquanto mais criaturas saíam do buraco. Soltei uma rajada de essência, acertando uma fileira de dakkais. Senti o estômago revirado quando ouvi o som dos ossos quebrados. Eles caíram no chão, mas outros tomaram seu lugar. Segui na direção dos degraus enquanto o éter pulsava no meu peito. Uma rajada ainda mais forte devastou as criaturas.

— Lá vêm eles! — gritou Naill, agarrando a nuca de Rune e puxando-o para trás quando uma sombra atravessou as nuvens lá no alto, recaindo sobre nós.

Uma torrente de fogo prateado percorreu o piso do Templo, tornando o reino prateado conforme Aurelia voava baixo, acertando as criaturas. Duas chamas luminosas atingiram o chão quando Nithe e Thad chegaram.

— Protejam o Rei! — gritou Isbeth do altar, com a cabeça levantada e as bochechas manchadas de lápis preto.

Um berro ecoou do exército de Espectros. Eles investiram sobre nós em um mar de vermelho que inundava as laterais do Templo. Nithe e Thad pousaram perto dos soldados quando avistei Malik lutando contra Callum.

— Merda! — Casteel girou o corpo, dando um chute em um dakkai. Ele saltou sobre o buraco e me pegou pela cintura, me puxando para trás da coluna.

Casteel me imprensou contra a coluna enquanto uma saraivada de flechas descia no chão do Templo e no terreno ao redor. Por um breve segundo, senti apenas ele e seu cheiro, e então esse segundo terminou. Estremeci quando captei uma dor ardente, seguida de perto por gritos.

— As flechas vêm da Colina. — Senti o hálito de Casteel na bochecha. — Você pode cuidar deles?

Espiei atrás da coluna para saber quantos arqueiros estavam ali quando outra saraivada de flechas desceu sobre nós. Estremeci...

— Bloqueie os sentidos. — Ele pousou a mão na minha bochecha. — Bloqueie tudo, minha Rainha.

Respirei fundo e assenti. Bloqueei tudo que pude.

— Você vai cuidar disso?

Retribuí o olhar dele.

— Vou.

Casteel deu um passo para trás, virando-se para cravar a espada em um dakkai, e saí de trás da coluna. Concentrei-me na Colina, e a essência respondeu imediatamente. Os arcos escorregaram das mãos dos arqueiros quando quebrei o pescoço deles. Eles tombaram e, embora soubesse que outros tomariam seu lugar, tivemos uma trégua.

Virei-me e praguejei quando uma horda de dakkais invadiu o Templo. O éter saiu de mim em uma onda de fogo, transformando-os em cinzas. À minha frente, os dakkais giraram o corpo e uivaram, parando de atacar Naill e Emil. Ergueram a cabeça e dispararam na minha direção conforme Kieran se juntava a Casteel. A essência vibrou dentro de mim quando posicionei as mãos para aqueles que subiam os degraus e que saltavam pelo Templo. Um fogo não muito diferente daquele que vinha dos dragontinos se manifestou, acendendo nas minhas palmas e atingindo as criaturas. Eles caíram no chão, se contorcendo no meio das chamas. Não tínhamos tempo a perder com eles.

— Vão até Malec — disse a Kieran e Casteel. — E tirem a adaga do peito dele.

— Pode deixar. — Casteel pegou o meu queixo na palma da mão e beijou a minha bochecha antes de sair correndo.

Visualizei a essência viajando ao meu redor por todo o Templo, onde recuou dos Espectros, mas irradiou sobre os dakkais. Minha visão ficou toda prateada quando *senti* aquele gosto na garganta. Aquele lugar frio dentro de mim latejou. Respirei fundo conforme dezenas de raios de luz se projetavam de mim, percorrendo o Templo e o terreno lá embaixo.

Quando contive o éter, não vi nenhuma criatura viva e sem rosto entre os que lutavam aos pés do Templo. Dei um sorriso tenso e me comuniquei com Sage através do Estigma enquanto me virava...

Mas não senti *nada*.

Prendi a respiração quando meus olhos se fixaram nos de Isbeth. Ela estava com as mãos espalmadas no peito de Malec, que subia e descia, ofegante.

— Tem mais! — gritou Emil.

Girei o corpo, e meu coração disparou dentro do peito quando vi os dakkais. Eles vinham do buraco, mas dessa vez, havia *centenas* deles, subindo uns sobre os outros e cravando as garras afiadas como lâminas no solo e na pedra. E então...

Bons deuses, eles cercaram o exército e os lupinos com uma onda de gritos e ganidos. Sangue espirrou pelo ar. Aurelia alçou voo, mas não com a rapidez necessária. As criaturas saltaram sobre suas costas e asas, arranhando e mordendo a dragontina.

— Não! — gritei, evocando o éter e ordenando que os dragontinos voassem para longe dali. Thad subiu, se desvencilhando dos dakkais enquanto os soldados Atlantes disparavam flechas contra os que subiam em cima de Aurelia. A essência se projetou de mim enquanto os dakkais desciam os degraus, rosnando e estalando a boca.

Uma sombra recaiu sobre mim com uma rajada de vento que soprou a trança no meu rosto. Reaver pousou, sacudindo o Templo inteiro enquanto colocava as asas para trás e esticava o pescoço, lançando um jato de fogo sobre os dakkais no Templo e nos degraus. As chamas eram tão brilhantes que ofuscaram minha visão e não vi Reaver antes que ele assumisse a forma mortal.

— Não use a essência. Ela está atraindo os dakkais. Você não vai conseguir enfrentar todos eles — informou Reaver, agachado e nu ao meu lado. — Você tem que deter o que eles fizeram para libertá-los. É isso que deve fazer.

Prendi a respiração quando olhei para Callum. Aquele maldito sorriso. Ele sabia.

— Que seja — disparei, desembainhando as espadas. Não tinha tempo para explicar. — É Malec. Ele está morrendo. É o que está causando isso. Se ele morrer, Kolis vai recuperar toda a sua força.

— Se isso acontecer, vamos desejar estar mortos. Vá até ele. *Agora* — disse Reaver, e então se levantou. Uma luz brilhante e prateada irrompeu por todo o seu corpo conforme ele se alongava e crescia. As escamas substituíram a carne e asas brotaram em suas costas.

Reaver alçou voo, lançando uma torrente de fogo por cima da minha cabeça quando acertei um dakkai que corria na minha direção. Senti um nó na garganta quando olhei por cima do ombro para o terreno do Templo enquanto Reaver botava fogo ali e... sabia que não podia fazer nada para ajudar os soldados lá embaixo. Malec não podia morrer. Essa era a prioridade. Virei-me, desembainhando a adaga de lupino enquanto cravava a espada no abdome de um dakkai e girava o corpo, me deparando com um Guarda Real. Não me permiti pensar ou sentir nada conforme enterrava a adaga em seu pescoço.

Dei um passo para trás quando as chamas prateadas irromperam a centímetros do meu rosto, e Nithe sobrevoou. Pulei para onde as rachaduras no Templo não eram tão largas. Deuses, aquilo estava um caos — os rosnados e grunhidos que soavam em meio ao fogo, à névoa e à fumaça, os corpos retorcidos e caídos no chão. Avistei Hisa, sem elmo e com sangue salpicado no rosto enquanto cravava a espada em um dakkai. Ela girou o corpo e me encarou.

— Nós podemos...

Estremeci quando ela parou de falar, suas palavras terminando em um gorgolejo. Nós duas olhamos para o peito dela, atravessado por uma lâmina de pedra das sombras.

O soldado puxou a lâmina e Hisa se curvou e tombou no chão, com o corpo mole e os olhos abertos. Sabia que se uma adaga de pedra das sombras era capaz de matar um deus, então mataria um Atlante mais rápido ainda. Olhei para o Espectro que a matou e avancei sobre ele, cortando couro e ossos. Passei a espada pelos ombros do Espectro, cortando seus braços, sentindo uma ardência na garganta e o éter pulsando contra a minha pele. Tomei impulso e chutei o Espectro no caminho do fogo de Reaver, e então me voltei para Hisa. Comecei a seguir na direção dela.

— A adaga! — Millicent enfiou a espada no peito de um Espectro. — Temos que tirar a adaga do peito dele!

Voltei a atenção para Isbeth, com a mão no punho da adaga e os olhos fechados. *Hisa.* Ah, deuses, eu não tinha tempo. Fui tomada pela fúria e praguejei, me forçando a me afastar de Hisa.

Golpeei um dakkai quando ele deu um salto, enterrando a espada em sua nuca enquanto suas garras arranhavam meu braço. A dor era lancinante, mas eu a ignorei enquanto girava o corpo, enfiando a adaga de lupino no peito de um guarda. Em meio ao caos de morte, fumaça e névoa, vi Casteel lutando contra dakkais e guardas. Ele tinha sangue no pescoço e no braço. Avistei Kieran mais perto dali, não se saindo muito melhor conforme afastava um dakkai de um soldado com um chute. Um grito agudo me fez dar meia-volta. Os dakkais cercaram o lupino preto e marrom, derrubando Rune no chão. Comecei a avançar, mas o caminho foi bloqueado quando um Espectro surgiu do meio da névoa e fumaça.

— Merda. — Bloqueei o golpe com o antebraço enquanto procurava por Rune através do Estigma, sentindo uma ardência na garganta quando não captei nada. O éter pulsou violentamente no meu peito quando girei o corpo, dando um chute no peito do Espectro. Ignorei o chamado para usar a essência, virei-me e passei a espada pela garganta, cortando sua cabeça.

Um borrão branco saltou da fumaça. Respirei um o ar denso e cheio de sangue quando Delano pousou as patas no meu peito, me jogando para trás, para fora do caminho de um jato de fogo.

— Obrigada — arfei, apertando a nuca dele enquanto dava um beijo em sua testa. — Temos que chegar até Malec.

Vou com você, veio a resposta dele.

Nos levantamos e começamos a atravessar o Templo. Delano saltou, derrubando um guarda que corria pelo muro da construção. Saí em disparada, enterrando a espada em outro quando um dakkai derrubou um guarda, rasgando a garganta do homem com os dentes pontiagudos. Era evidente que embora evitassem os Espectros, os dakkais não abriam exceção para os guardas mortais.

— Naill! — gritou Emil, empurrando o corpo de um dakkai de cima dele enquanto se levantava, com o peitoral da armadura rasgado. Havia sangue em seu abdome. — Merda! — grunhiu ele, brandindo a espada para trás quando outro dakkai saltou em sua direção.

E Naill... Ele estava caído no chão, deitado de costas, com as mãos abertas e a armadura rasgada. Meu coração se partiu dentro do peito.

— *Não*. — Casteel girou o corpo, com os olhos dourados brilhantes quando uma fera saltou do muro, derrubando um lupino. Ele pegou impulso e passou por baixo da criatura, arrastando a espada pela sua barriga. Em seguida, se levantou e correu na direção de Naill.

— Vá até ela! — gritou Millicent enquanto puxava o braço de Malik, empurrando-o para o lado. A armadura dele também estava rasgada pelas garras dos dakkais. Prendi a respiração quando Millicent voou para trás, com um dakkai em cima dela. Não tinha tempo para cuidar disso.

Bloqueei os sentidos e me voltei para o altar. Isbeth tinha pegado uma espada.

Gritos ecoaram atrás de nós. Derrapei até parar, olhando por cima do ombro para ver os guardas correndo pelas ameias da Colina, mirando as flechas acesas. Eles não dispararam contra nós, mas contra os dakkais que subiam a Colina. Meu coração palpitou. Se os dakkais entrassem na cidade..

Impus a minha vontade aos dragontinos e vi as asas da cor da meia-noite de Nithe se virarem bruscamente conforme ele mirava para a Colina. Não procurei Aurelia. Não consegui. Não podia fazer isso enquanto começava a correr, pulando por cima de um corpo. Segurei a adaga com força. Todo o meu ser se concentrou em Isbeth, que erguia a espada com as mãos trêmulas sobre o pescoço de Malec. Meu coração bateu descompassado quando me dei conta do que ela pretendia fazer. Joguei o braço para trás e atirei a adaga.

Prendi a respiração enquanto a lâmina voava pelos ares na direção de Isbeth. Ela levantou a cabeça e a adaga girou para trás.

— Merda. — Derrapei, escorregando quando Delano esbarrou em mim, me jogando para o lado.

O ar escapou dos meus pulmões quando caí no chão, com força. Delano pousou em cima de mim, e gemi, colocando as mãos em seus ombros enquanto levantava a cabeça para encontrar os olhos azuis dele.

— Isso foi desnecessário. Eu ia... — Algo quente e úmido pingou na minha mão. Olhei para as listras vermelhas no pelo dele. Horrorizada, vi a *minha* adaga se projetando do seu peito. A espada escorregou da minha mão. — Não.

Delano estremeceu.

Invoquei o éter, canalizando toda a energia de cura que podia. Não me importei com os dakkais. Não me importei com Malec nem Kolis, porque não podia perder Delano. Eu me recusava. Eu me recusava a perder...

Pele substituiu o pelo que sumiu sob as minhas mãos. Seus cabelos loiros caíram por cima de olhos que não piscavam. Não focavam em nada. Não enxergam mais.

— Não! — Deitei Delano de lado com cuidado, peguei-o pelos ombros e o sacudi. Nada. Estendi a mão para a adaga, mas hesitei. — Por favor. Por favor, não faça isso. Levante-se, Delano. Por favor. *Por favor.*

Não havia nada.

As lágrimas me cegaram quando um fogo prateado irrompeu sobre a minha cabeça, assomando sobre os dakkais que corriam em nossa direção. Fui tomada pela tristeza, que obliterou todo o resto. Peguei Delano e o puxei para longe da beirada enquanto alguém gritava. Emil cambaleou para trás, soltando as espadas conforme se ajoelhava diante do Espectro que enfiou uma lança em seu peito. Kieran apareceu de repente, rugindo e golpeando a espada no pescoço do Espectro.

Casteel girou o corpo, com as presas à mostra quando atravessou um Espectro. Havia sangue em seu rosto e armadura. E, sob as minhas mãos, a pele de Delano já estava começando a esfriar.

— Eu te avisei, minha filha. — A voz de Isbeth era suave, mas audível em meio à algazarra. — Avisei que você ia me dar o que eu queria.

A rachadura que se abriu em mim com a morte de Vikter se escancarou, vinda daquele lugar vazio dentro de mim. Senti o corpo inteiro estremecer quando a fúria entremeada à dor se derramou de mim, gélida e infinita. A espada caiu da minha mão enquanto a outra se afastava de Delano. A raiva se juntou à essência dos Primordiais, pressionando minha pele enquanto eu me levantava e me virava lentamente.

Olhei para Isbeth enquanto ela erguia a espada sobre Malec mais uma vez e gritei.

A energia se projetou de mim, crepitando conforme se derramava pelo chão e colidia com Isbeth, empurrando-a para trás. Ela soltou a espada quando tentou se equilibrar. O Templo tremeu quando o éter vibrou de mim, atingindo os dakkais que vinham em minha direção.

Isbeth se levantou e deu um passo para trás. Ela se preparou e ergueu a mão.

— Não me obrigue a fazer isso, Penellaphe.

— Eu vou te matar — vociferei conforme seguia em frente, com aquela voz, a voz cheia de fumaça e sombras. — Vou deixá-la em pedacinhos.

Ela arregalou os olhos e derrapou alguns centímetros para trás. Em seguida, soltou uma rajada de éter.

E eu *gargalhei*.

A energia me atingiu, e eu a absorvi — a dor lancinante, a ardência —, deixando que penetrasse na minha pele e se tornasse uma parte de mim. E então a lancei de volta para ela.

Isbeth voou para trás e colidiu com uma coluna. O impacto rachou o mármore quando ela caiu de joelhos no chão.

— Ai — gemeu ela, levantando a cabeça.

Sorri enquanto o sangue escorria de mim — dos golpes que ela acertou — e gotejavam sobre a pedra. Raízes saíram das novas rachaduras na pedra conforme eu avançava, estreitando olhos para ela.

Sua pele se abriu na altura do couro cabeludo enquanto eu seguia em frente, com outra árvore de sangue se enraizando atrás de mim, seguida por outra e mais outra. Sangue brotou do corte em sua têmpora, errando por pouco o olho esquerdo. Outro corte fundo surgiu em sua testa, descendo pela sobrancelha

Outra rajada de éter me atingiu conforme ela se levantava. Eu o absorvi e senti uma ardência na garganta, uma dor no meio das costas e um latejamento no maxilar. Ergui as mãos, e todas as armas caídas se levantaram do chão do Templo e voaram na direção dela.

Isbeth sacudiu o braço, mandando-as para longe.

— Belo truque de mágica.

Diminuí a distância entre nós e inclinei a cabeça quando um naco de pedra bateu na cabeça dela. Sangue jorrou do seu nariz e boca.

— O que você acha desse truque de mágica, *Mãe?*

Isbeth tropeçou, mas se equilibrou e olhou para mim.

— Você quer me matar? Isso não vai trazê-los de volta. Nem impedir o que está por vir...

Uma explosão de éter se projetou de mim, atingindo Isbeth. Ela caiu para trás, rindo.

O ar ficou carregado à minha volta e um trovão retumbou no céu. Suguei aquela energia quando vi Millicent tentando chegar até Malec. Isbeth me atacou. Um pulso de luz acertou minha perna e se dividiu em dois, acertando Millicent no instante em que ela tirava a adaga do peito de Malec. Ela girou para trás, caindo em uma poça de sangue ao lado de uma coluna tombada, com a lâmina na mão.

— Traída pelas minhas duas filhas. — Isbeth limpou o sangue do rosto. — Estou tão orgulhosa.

Avancei e segurei a coroa. Ela gemeu quando as joias arrancaram tufos de cabelo conforme eu a puxava de sua cabeça. Fui tomada pela raiva e bati no rosto dela com a coroa, derrubando-a no chão.

— Deuses — grunhiu ela, cuspindo sangue e dentes. — Que desnecessário.

A energia aumentou dentro de mim, e eu quebrei a coroa, jogando os rubis e diamantes no chão. Abaixei-me e a puxei pelos cabelos. As sombras e a luz se agitaram sob minha pele quando ela retribuiu o meu olhar.

— O seu reinado terminou.

— Eu escolhi Malec — disse Isbeth, segurando meu braço com a mão ardente. — Tinha que ser ele, porque eu não conseguiria te matar. Eu *jamais* a mataria porque te amo — sussurrou ela, batendo com a mão no meu peito.

O éter me perpassou, sobrecarregando meu controle conforme me levantava do chão e me fazia voar para trás. Todos os meus nervos berraram de dor quando o éter passou por mim. Era como ser atingida por um raio, me deixando sem fôlego nem controle muscular. Sabia que estava caindo, mas não pude fazer nada para amenizar o impacto.

— Poppy! — gritou Casteel.

Todos os ossos do meu corpo tremeram quando atingi o chão. Vi pontos de luz atrás dos olhos quando me deitei de lado. A respiração ardeu nos meus pulmões. Minhas costelas protestaram quando tentei me sentar. A dor nas costas subiu para os ombros enquanto aquelas luzes não paravam de piscar, não deixando que eu visse muita coisa do caos ao meu redor. Reaver estava caído, com as luzes faiscando dele conforme tentava se livrar dos dakkais. Malik estava deitado com o braço em cima de Millicent como se tentasse protegê-la mesmo na hora da morte. O corpo inteiro dos dois estava chamuscado ou dilacerado. Os dragontinos não estavam mais voando. E Kieran gritou meu nome enquanto as luzes piscavam

De repente, não havia mais luz. Nem cor ou som.

Em seguida, uma partícula de prata pulsou e se expandiu, ficando cada vez mais brilhante, e naquela luz estava *ela*. Seus cabelos da cor do luar caíam sobre os ombros em uma massa de cachos e ondas emaranhadas. Um brilho luminoso quase mascarava as sardas no seu nariz e bochecha e emprestavam à pele um brilho perolado. Eu a reconheci dos meus sonhos que não eram sonhos. Ela abriu os olhos, e eu vi que eram da cor da grama na primavera: verdes entremeados ao éter cintilante.

— Não era para ser assim — sussurrou ela, mas não havia lágrimas de sangue agora. Uma raiva ácida e incandescente recaiu sobre mim. Uma fúria infinita que nunca senti antes e não poderia *jamais* experimentar, pois havia crescido ao longo de décadas. De séculos.

Meu corpo inteiro estremeceu quando me lembrei do que Reaver havia me dito, do que Vikter disse a Tawny. O primeiro verso da profecia. *Nascido da carne mortal, um grande Poder Primordial surge como herdeiro das terras e mares, dos céus e de todos os planos. Uma sombra na brasa, uma luz na chama, para se tornar um fogo na carne...*

Falar o nome dela é trazer as estrelas dos céus e aerrubar as montanhas no mar.

Seu nome era poderoso, mas apenas quando pronunciado por alguém nascido como ela, de um grande Poder Primordial.

Ele me disse que você já sabia o nome dela, dissera Tawny.

Ela olhou para mim, e eu nos vi quando estava flutuando à deriva no meio do nada até que ela surgisse na minha frente. Até que dissesse: *"Não era para ser assim"*. E então me contasse que sempre tive o poder dentro de mim.

Mas não foi só isso. Agora eu me lembrava. Ela me disse seu nome. Ela me implorou para despertá-la.

Como é que a Consorte podia ser tão poderosa?

Porque ela não era a Consorte.

Ela sustentou meu olhar e sorriu, e eu... eu *compreendi*. Ela também estava esperando.

Abri os olhos e, através da fumaça e da névoa, vi Casteel e Kieran cercados por dakkais e Espectros. Eles se aproximavam cada vez mais quando espalmei as mãos no chão e elas *afundaram* na pedra conforme eu jogava a cabeça para trás e gritava seu nome. Não o do Rei dos Deuses, mas o da Rainha dos Deuses.

A *verdadeira* Primordial da Vida.

49

Isbeth arregalou os olhos escuros e fixos nos meus. Seus lábios se moveram, mas não consegui ouvir o que ela dizia. Casteel se virou, espirrando o sangue no ar quando um raio atingiu o Templo, me atingiu.

Senti a dor de Casteel e o medo de Kieran quando minha armadura e botas explodiram. Minha roupa se rasgou quando todas as células se acenderam no meu corpo, e a dor foi avassaladora. Aquilo me mataria. E mataria os dois.

Meus pulmões pareceram entrar em colapso.

Meu coração disparou.

Senti o gosto de sangue na boca. Os dentes se soltaram e dois caíram da minha boca aberta. O Templo não tremeu. Era o *plano* que tremia violentamente. Senti um peso nas minhas omoplatas, que se entrincheirou profundamente e percorreu todo o caminho até chegar ao éter pulsante. Meu sangue esfriou e depois aqueceu. Um zumbido atingiu os ossos e passou para os meus músculos. Minha pele vibrou. Um trovão ensurdecedor retumbou no céu. O ar ficou carregado, e o meu corpo... *mudou*. Começou com um ronco e depois se tornou um rugido, como o som de milhares de cavalos correndo na minha direção, mas nenhum cavalo ou soldado se levantou. O som ficou mais alto enquanto eu me levantava sobre os pés agora descalços. Pelos meus braços, manchas de sombra e luz se agitavam dentro da minha pele. Ergui os olhos e vi uma silhueta estranha diante de mim: o contorno da minha cabeça e ombros com mais duas... *asas*. Como as asas das estátuas que vigiavam a cidade de Dalos e outrora protegiam os Primordiais lá dentro. Só que aquelas asas eram feitas de éter, uma massa rodopiante de luz e escuridão. Minha silhueta não passava de uma luz prateada e flamejante e de sombras intermináveis.

Vagamente, tomei consciência de Casteel e Kieran, de olhos arregalados e com a admiração borbulhando na minha garganta e pele.

Nuvens espessas e cheias de sombras apareceram. O vento soprou com força, afastando meu cabelo para trás do rosto e repuxando minhas roupas rasgadas. Aquele vento tinha cheiro de lilases *frescos*.

E então o próprio ar se abriu, cuspindo uma luz crepitante conforme uma névoa densa e branca saía do rasgo, se derramando sobre mim e sobre o chão destruído para cobrir os corpos ali.

Uma imensa silhueta preta e cinza muito maior que Setti saiu do abismo e voou pelos ares, com asas tão gigantescas que bloquearam a lua nascente. Outro rugido ensurdecedor reverberou quando o dragontino pairou sobre o Templo, abrindo as poderosas mandíbulas. Um jato de fogo prateado intenso irrompeu dele, saindo em uma torrente que se chocou contra as criaturas que subiam a Colina.

— *Nektas* — murmurou Casteel.

Todo o meu ser se concentrou em Isbeth. Ela estava atrás do altar, parecendo hipnotizada. E a fúria sem fim que captei *dela* juntou-se à minha.

Ela.

Seraphena.

A verdadeira Primordial da Vida.

De quem herdei o dom da vida e da cura. Não de Nyktos. O dom dele eram as sombras na minha pele, a morte no meu toque e a frieza no meu peito.

Minha *vontade* se projetou de mim, percorrendo o Templo dos Ossos e o terreno lá embaixo. Dei um passo, o primeiro passo como algo infinito. Algo *Primordial*.

Poder inundou o ar quando a aura se dissipou o suficiente para que eu pudesse ver que o brilho luminoso havia abrandado e se tornado um brilho perolado, prateado e sombrio. A cada passo que eu dava, a pedra tremia e rachava, e a névoa me seguia, recaindo sobre os corpos e embalando-os.

Segui em frente, com os pés descalços sobre o sangue, os escudos quebrados e as espadas partidas. E então *flutuei*, pairando sobre o chão.

Os corpos machucados dos soldados, lupinos e dragontinos — dos meus amigos e daqueles com quem me importava — se levantaram comigo. Delano. Naill. Emil. Hisa...

— É muito cedo — gritou Isbeth, e o medo dela, seu *pavor*, era tão intenso quanto sua dor, caindo como uma chuva gelada em cima de mim. Ela tropeçou no corpo de um dakkai e se encostou no altar em que Malec estava. — O que foi que você fez?

Senti meu corpo se elevando enquanto os corpos de Reaver e Malik se erguiam das poças de sangue, com a cabeça virada para trás. E então, tudo parou. O vento. Os gemidos. Meu coração. O único movimento vinha de Nektas, que voava ao longo da Colina, deixando uma onda de fogo repleto de essência em seu rastro. Abri os dedos ao lado do corpo.

Dei som à minha raiva. À raiva *dela*. O grito que saiu da minha garganta não era só meu. Era *nosso*.

O som ecoou pelos ares como uma onda de energia, quebrando as pedras e derrubando as árvores de sangue recém-enraizadas. Casteel se virou, tentando proteger Kieran, mas não havia necessidade. Eles não seriam feridos pela minha fúria que reverberava lá em cima, rasgando o céu. A chuva caiu, vermelha como o sangue, encharcando tudo.

Definitiva.

Millicent se sentou lentamente, arregalando os olhos pálidos enquanto um dakkai corria da fumaça — dois e depois quatro e cinco, chutando nacos de pedra. Virei-me na direção deles, e isso foi tudo. Os dakkais simplesmente *desapareceram* no meio da corrida ou de um salto, obliterados pelo meu olhar. Não restou nada deles. Nem mesmo cinzas enquanto a onda de energia se espalhava, pegando o resto dos dakkais e dos Espectros e transformando-os em pó.

A chuva de sangue parou de cair e nem sequer uma gota me tocou quando voltei a atenção para Isbeth.

— Você. — Essa única palavra possuía tanto poder, tanta violência incontida, que um calafrio percorreu minha espinha. Pois aquela era eu... E também era Seraphena. A essência, a consciência dela, agia dentro de mim.

— É tarde demais — disse Isbeth. E eu *senti* que era e não era. Ela passou o braço pelo rosto ensanguentado. — Já foi feito.

— *Ela* já sabia o que você pretendia fazer — eu disse a ela. — *Ela* viu durante a hibernação. Ela viu *tudo*.

O pavor de Isbeth me sufocou quando ela sacudiu a cabeça.

— Então ela deve saber que fiz isso por Malec. Foi tudo pelo filho e o neto dela que foram tirados de mim!

— Foi tudo em *vão*. — Ergui a mão, e Isbeth ficou com o corpo rígido, a boca aberta, mas sem dar nem um pio. Nenhuma palavra. Nada. As nuvens se adensaram quando ela se ergueu ao ar, suspensa a vários metros do chão. — Foi o amor que a criou. Ela teria perdoado Malec pelo que ele fez ao criá-la. Mas o ódio? A dor? A sede de vingança? Tudo isso apodreceu sua mente de um jeito que o sangue de um deus jamais poderia ter feito. O que você se tornou, o que você causou aos planos, não vai te salvar.

O braço direito de Isbeth foi puxado para trás. O osso estalou alto, e a pontada de dor que senti foi lancinante.

— O que você fez e causou aos planos não vai te curar nem aliviar a sua dor — disse, e o outro braço dela estalou. — Não lhe trará glória, paz ou amor.

As pernas esquerda e direita de Isbeth se quebraram na altura do joelho, e eu suportei a dor, deixando que ela se tornasse parte de mim.

— E pelo que fez com os membros do sangue dela, você será apagada — proclamei. O sangue escorreu dos olhos de Isbeth. Do seu nariz e boca. — Nada a seu respeito vai ficar registrado nas histórias que ainda serão escritas. Você não será conhecida, nem pelos atos que cometeu enquanto mortal, nem pela sua infâmia enquanto Rainha. Você não é digna de ser lembrada.

A espinha de Isbeth se *partiu*. A parte superior do seu corpo dobrou para trás, e a dor... era absoluta.

Uma consciência se apoderou de mim. Um despertar que ecoou não por aquele plano, mas no Iliseu e nos confins da Cidade dos Deuses conforme Nektas pousava atrás de mim. Uma presença tomou meu corpo e, quando falei, foi com a voz da verdadeira Primordial da Vida.

— Certa vez, me ensinaram que todos os seres são dignos de uma morte honrosa e rápida. Já não acredito mais nisso. Pois a sua morte será desonrosa e interminável. Nyktos aguarda o início da sua eternidade no Abismo.

A presença saiu de dentro de mim e Nektas abriu as asas, espalhando as cinzas daqueles que foram destruídos. No momento que se seguiu, tudo o que senti foram *contradições*. Apatia e tristeza. Aversão e amor.

Alívio e receio. Tive pena da mulher alquebrada diante de mim e que já tinha sido destroçada havia muito tempo. Eu odiava o que ela se tornou.

Isbeth nunca foi uma mãe para mim, mas eu... eu a amei, e ela me amava do seu jeito distorcido. Já era alguma coisa.

Mas não o bastante.

Abaixei a mão e pontos de sangue surgiram por toda a pele de Isbeth. Seus poros sangravam. Estremeci conforme a carne rachava e descascava, os músculos e ligamentos se rasgavam, os ossos se estilhaçavam e os cabelos caíam, não mais enraizados na pele dela.

— Não olhe — ouvi Casteel dizendo enquanto tentava me alcançar. — Feche os olhos. *Não...*

Mas eu olhei.

Obriguei-me a assistir enquanto minha mãe, a Rainha de Sangue, dava seu último suspiro. Obriguei-me a olhar até que Isbeth não existisse mais, até que o plano se desprendesse de mim.

50

Pouco a pouco, percebi um toque suave na bochecha. Um roçar de dedos no contorno do maxilar e sob os lábios. Uma mão alisando meu cabelo. Uma voz. Vozes. Duas delas se destacaram mais do que as outras.

— Poppy — chamou um.

— Abra os olhos, minha Rainha — disse outro; implorou, na verdade, e eu jamais conseguiria negar algo a ele.

Abri os olhos e me deparei com olhos cor de mel emoldurados por cílios volumosos. *Ele*. Meu marido e Rei. Meu coração gêmeo. Tudo para mim. Havia sangue em seu rosto e cabelos, mas a pele macia e quente não tinha ferimentos. Senti os dedos afetuosos dele na pele sob os meus lábios.

— Cas.

Casteel emitiu um som áspero que parecia uma mistura de risada e gemido e vinha de um lugar profundo dentro de si. Ele levou os lábios até a minha testa.

— *Rainha*.

Estendi a mão e toquei seu maxilar. Ele estremeceu quando pressionou os lábios na minha testa. Pouco a pouco, percebi que estava com a cabeça aninhada em seu colo, mas não era o braço dele que apoiava meu pescoço nem sua a mão na minha bochecha. Casteel levantou a cabeça, e eu desviei o olhar para os olhos da cor do inverno.

Kieran sorriu para mim enquanto deslizava o polegar pela minha bochecha.

— Que gentileza da sua parte decidir se juntar a nós.

— Eu não... — Engoli em seco. Minha boca estava estranha. Estendi a mão.

Kieran segurou o meu pulso.

— Antes que você pergunte, a resposta é *sim*.

Prendi a respiração conforme passava a língua pelos dentes da arcada superior. Eles pareciam normais até que atingi uma ponta pequena e afiada, arrancando sangue de mim mesma. Estremeci.

— Cuidado — murmurou Casteel. — Você vai demorar um pouco para se acostumar com elas.

Ah, meus deuses.

— Eu tenho presas.

Kieran assentiu.

— Cas vai ter que ensiná-la a se acostumar com elas. Não é da minha alçada.

Olhei de volta para Casteel.

— Como elas são?

Ele franziu os lábios.

— Iguais a... presas.

— Isso não quer dizer nada.

— São adoráveis.

— Como presas podem ser adoráveis? *Espere aí.* — As presas não eram a questão mais urgente no momento nem o fato de eu ter completado a Seleção. Sentei-me tão rapidamente que Casteel e Kieran recuaram para que eu não esbarrasse neles. Vasculhei as colunas rachadas e Naill...

Naill estava encostado em uma delas, sentado com a cabeça inclinada para cima, de olhos fechados, mas com o peito subindo e descendo — um peito que havia sido rasgado. Sua pele negra havia perdido a palidez medonha da morte.

Fiquei olhando para ele, ciente de que o tinha visto perecer. Vi quando do ele morreu.

— Eu... eu não...

Um focinho frio cutucou meu braço, e eu virei a cabeça para o lado. Olhos azuis encontraram os meus em meio a uma pelagem branca salpicada de vermelho. Um tremor sacudiu meu corpo inteiro.

— Delano...?

Captei a sua assinatura primaveril nos meus pensamentos. *Poppy.*

Dei um grito e joguei os braços ao redor do lupino. Casteel deu uma risada rouca conforme eu enterrava o rosto no pescoço de Delano. Não sabia como ele estava ali, e não conseguia parar de tremer enquanto o abraçava, apreciando a sensação do seu pelo macio entre os dedos e na bochecha. Kieran passou a mão pelas minhas costas, e foi então que me dei conta de que estava chorando — de soluçar — enquanto quase estrangulava Delano. Mas ele deixou que eu fizesse isso, espremendo o corpo contra o meu. Ele estava *vivo*.

— Poppy — sussurrou Casteel, me puxando pelos ombros com delicadeza. — Ele precisa respirar.

Relutantemente, soltei Delano, mas ele não foi muito longe quando Casteel enlaçou minha cintura por trás. Senti sua cabeça no ombro enquanto Kieran enxugava as lágrimas do meu rosto com um toque suave. Olhei e...

Meu coração parou de bater quando vi Emil de pé, sem a armadura destruída e com o rasgo feito pela lança que vi perfurar seu peito ainda mais visível na camisa. Ele estava... ele estava ao lado de Hisa, sentada em um muro baixo, com as mãos penduradas entre os joelhos enquanto olhava para mim.

— Como? — perguntei, com a voz entrecortada. — Como eles estão vivos?

— Você — respondeu Kieran.

Franzi o cenho.

— O quê?

— Você — repetiu Casteel, pressionando os lábios na minha bochecha. — Você os trouxe de volta à vida. Todos eles.

— Veja. — Kieran tocou no meu queixo, virando minha cabeça para o terreno abaixo do Templo.

O que vi me deixou sem chão.

Os soldados circulavam por ali, contornando as rachaduras no chão Alguns estavam sentados como Naill e Hisa. Mas todos tinham vestígios da batalha. Armadura destruída. Roupas rasgadas. Sangue seco.

— Você desmaiou — explicou Casteel, com a testa encostada na minha têmpora. — E foi aí que eles voltaram. Todos eles. Até mesmo os malditos guardas.

— Foi a coisa mais insana e... — a voz de Kieran falhou — ...e mais bonita que eu já vi.

— Pequenos... não sei o quê — arriscou Casteel, dando uma risada cheia de emoção. — Orbes? Milhares deles desceram do céu. Era como se as estrelas estivessem caindo.

Falar o nome dela é trazer as estrelas dos céus...

Retesei o corpo e me voltei para a Colina, onde vi Aurelia e Nithe empoleirados ao lado de Thad. Mas não vi...

— E Reaver?

— Ele levou Malec para o Iliseu.

Meu coração deu um salto quando ouvi a voz que só tinha escutado uma vez antes, no Iliseu. Kieran se virou para trás, e então vi Nektas agachado diante do altar, com os longos cabelos grisalhos sobre os ombros nus e a estampa visível das escamas em sua pele acobreada.

— Como é que você está de calças? — disparei.

Casteel deu uma risadinha silenciosa enquanto me abraçava com força.

— De tudo que poderia perguntar, essa é a sua pergunta?

— Se tivesse visto Reaver pelado tantas vezes quanto nós dois — murmurou Kieran —, você também acharia que é uma boa pergunta.

Nektas fixou os olhos de pupilas estreitas e verticais em mim.

— Sou capaz de criar a imagem de roupas se quiser. Reaver não tem idade para isso.

Arqueei as sobrancelhas.

— Ah, não?

— Ele pode ser mais velho do que tudo o que você conhece, mas ainda é jovem — explicou Nektas, e senti um aperto no peito, pois me lembrei da filha dele. Jadis. — E muitos de nós ainda o chamam de Reaver Bundão.

Reaver Bundão? Casteel se retesou atrás de mim.

— Espere um pouco. — Kieran pestanejou. — O que foi que você disse?

— É um apelido de que ele gostava quando era mais novo. — Nektas deu de ombros. — A questão é que ele não tem o poder de criar roupas.

Tive que deixar aquele apelido para lá por enquanto.

— Sinto muito por Jadis. Eu... — Fiquei em silêncio, desejando saber o que dizer, mas não havia nada.

Nektas fechou os olhos por um instante, enrugando a pele em torno deles.

— Ela não pereceu.

Olhei para Kieran e Casteel.

— O quê? Reaver acha que ela foi... — Não queria dizer *morta*. — Como você sabe?

— Posso senti-la. Ela está aqui, nesse plano. — Nektas olhou para o céu. — Sou o pai dela. Reaver não é capaz de senti-la como eu. Ela ainda está viva.

Chocada com a revelação, disse a mim mesma que aquela era uma boa notícia. E era mesmo. Só que... Onde será que ela estava? E por que Isbeth não a usou?

— Nós vamos encontrá-la.

Nektas assentiu.

— Vamos, sim.

— Reaver levou Malec para o Iliseu? — perguntei, olhando para o caixão em pedaços no altar. — Quer dizer que Malec ainda está vivo?

— Por enquanto — respondeu Nektas.

Bem, isso não era lá muito reconfortante, mas fiquei aliviada mesmo assim. Aproximei-me de Casteel.

— Graças aos deuses — murmurei, olhando para Hisa e Emil enquanto Delano se sentava sobre as patas traseiras, encostado nas minhas pernas. Espere aí. Girei o corpo, procurando por... — Onde está Malik? — Meu coração palpitou. — E Millicent?

— Millicent fugiu — explicou Casteel. — Malik foi atrás dela.

A constatação de que os dois estavam vivos me trouxe um pouco de conforto. Mas será que Millicent fugiu porque testemunhou a morte da nossa mãe? Pelas minhas próprias mãos? Eu não tinha feito aquilo sozinha, mas será que ela temia que fosse acontecer a mesma coisa com ela? Será que estava chateada? Com raiva?

Engoli em seco e deixei aqueles pensamentos de lado para quando tivesse tempo de entendê-los.

— Como foi que eu trouxe todo mundo...? — Foi a minha *vontade*. Agora eu me lembrava. Projetei a minha *vontade* conforme a névoa embalava os corpos deles, só que eu não era a Primordial da Vida.

— Você não os trouxe de volta à vida sozinha. Não é tão poderosa assim. Mas teve ajuda — disse Nektas, e eu olhei de volta para ele. — A Primordial da Vida a ajudou e Nyktos apanhou suas almas antes que entrassem no Vale ou no Abismo e as libertou.

— Seria melhor não trazer os guardas de volta — murmurou Kieran.

O dragontino olhou para ele.

— Equilíbrio. Sempre deve haver equilíbrio — disse ele. — Ainda mais quando a Primordial da Vida concede um ato de tamanha grandeza.

Um calafrio percorreu o meu corpo.

— Seraphena, a Consorte. Ela é a verdadeira Primordial da Vida.

— Ela é a herdeira das terras e dos mares, dos céus e dos planos — disse Nektas, com um tom de voz suave. Mas suas palavras... estavam cheias de respeito e reverberaram no meu peito como um trovão. — O fogo na carne, a Primordial da Vida, a Rainha dos Deuses. A Primordial mais poderosa de todos. — Ele fez uma pausa. — Por enquanto.

Por enquanto?

— Como foi que isso aconteceu? — perguntou Casteel.

— A história de como a Consorte se tornou uma Primordial é complicada — respondeu Nektas, olhando para mim. — Mas tudo começou com o seu bisavô, Eythos, quando ele era o Primordial da Vida e o irmão, Kolis, o verdadeiro Primordial da Morte.

— Kolis é o meu tio-avô?! — exclamei, esquecendo aquela parte de "por enquanto".

Nektas assentiu enquanto Emil e Naill se aproximavam, caminhando ao lado do dragontino ancestral e prestando atenção.

— Sua família é ainda mais interessante do que eu achava — murmurou Casteel, e Kieran bufou. — O que ele tem a ver com isso?

— Para encurtar a história, Kolis se apaixonou por uma mortal. Ele a assustou quando ela estava colhendo flores para um casamento. Quando fugiu dele, ela caiu dos...

— Penhascos da Tristeza. — Arregalei os olhos. — O nome dela era Sotoria, não era? Essa história é verdadeira? Ian... — Olhei de relance para Casteel. — Ian me contou essa história depois que Ascendeu. Pensei que ele a tivesse inventado.

— Que interessante — murmurou Nektas. — É verdadeira, sim. Kolis procurou Eythos para lhe pedir que a trouxesse de volta à vida. Eythos se recusou, sabendo que não deveria restaurar a vida aos mortos com muita frequência. — Ele me encarou, e tive vontade de me enfiar a cabeça no chão para evitar seu olhar penetrante. — O episódio criou uma animosidade entre os irmãos, o que fez com que Kolis roubasse a essência do irmão com o auxílio de algum tipo de magia, permitindo que ele se tornasse o Primordial da Vida e Eythos, o Primordial da Morte.

Mas nenhum dos dois tinha o controle total desses poderes. Kolis não conseguiu retirar toda a essência de Eythos nem apagar a sua por completo. Uma fagulha de vida permaneceu em Eythos e outra foi passada para Nyktos. Mas Eythos temia que Kolis descobrisse a fagulha dentro de Nyktos e então a pegou.

— E a colocou em uma mortal — concluí. — Na Consorte. É por isso que ela era apenas metade mortal.

Kieran se inclinou para a frente.

— Então, o que Nyktos é? Pensei que ele fosse o Primordial da Vida e da Morte.

— Ele é *um* Primordial da Morte — explicou Nektas. — Mas não é o *verdadeiro* Primordial da Morte nem nunca houve um Primordial da Vida *e* da Morte. Esse título foi dado a Nyktos muito tempo depois de ter ido hibernar, e ele jamais o aceitaria.

— Acho melhor me sentar, só que já estou sentada — murmurei, e Casteel apertou minha nuca com delicadeza. Muitas coisas que Reaver revelou ou *omitiu* faziam sentido agora. — Quer dizer que é por isso que o nome dela não pode ser pronunciado? Porque ela é a Primordial da Vida? Que... *babaquice*.

Vários pares de olhos me encararam.

— Mas é mesmo! Todo mundo sempre fala: *Ah, Nyktos fez isso* e *Nyktos fez aquilo* quando deveriam dizer: *Seraphena fez isso* e *Seraphena fez aquilo*. Foi mesmo Nyktos quem criou os lupinos? Foi ele quem se encontrou com Elian para tranquilizar os ânimos depois que as divindades foram mortas?

— Nyktos se encontrou com o Atlante e com os lobos kiyou — confidenciou Nektas. — Mas foi a essência da Consorte que deu vida aos lupinos.

Eu o encarei pelo que me pareceu uma eternidade.

— Mas que babaquice machista e patriarcal!

Casteel sacudiu o corpo contra o meu outra vez.

— É um bom argumento.

— É. — Nektas ergueu o queixo. — E não é. Foi a Consorte quem escolheu continuar desconhecida. Nyktos só aceitou porque é o que ela deseja.

— Mas por quê? — indaguei.

— Quer saber de uma coisa? — perguntou Kieran. — Dessa vez, eu também gostaria de ouvir a resposta para a pergunta dela.

Olhei para ele de cara feia.

— Por causa disso. — Nektas abriu os braços. — Tudo o que Nyktos e a Consorte fizeram e sacrificaram foi para impedir que isso acontecesse.

Um alarme começou a soar dentro da minha cabeça.

O divertimento de Casteel logo desapareceu.

— De qual parte de *tudo* o que aconteceu você está falando?

O dragontino se concentrou no tom de voz de Casteel e inclinou a cabeça.

— O que Kolis fez ao roubar a essência de Eythos teve consequências catastróficas, impedindo que outros Primordiais nascessem. A Ascensão da Consorte foi como um... recomeço cósmico — explicou ele. — Mas esse recomeço só teria início quando uma descendente mulher nascesse e Ascendesse. Vai começar com você e os seus filhos, se decidir tê-los. Eles serão os primeiros Primordiais a nascer desde Nyktos.

— Eu... — comecei a falar, com a cabeça a mil. — Isso é demais pra mim.

— É mesmo — Casteel deslizou o polegar pela curva do meu pescoço. — Por que tinha que ser uma mulher?

— Para seguir a Primordial da Vida atual.

— Quer dizer que se Kolis não tivesse roubado a essência de Eythos, e Nyktos se tornasse o Primordial da Vida como deveria ter sido, então Malec e Ires teriam sido Primordiais? — argumentou Casteel. — E eles só não eram porque uma descendente mulher tinha que nascer primeiro?

Nektas assentiu, e eu fiquei grata por Casteel ter entendido isso porque eu não sabia muito bem se entendia.

— Mas o que isso tem a ver com impedir o que aconteceu? — perguntou Kieran.

Nektas olhou de volta para mim.

— Porque o que Nyktos e a Consorte fizeram para deter Kolis, e restaurar o equilíbrio que os Destinos exigiam, implicava em não nascerem mais Primordiais. O *motivo* por trás disso, bem, nós não temos tempo para entrar em detalhes agora — respondeu Nektas. — Mas Nyktos deveria ser o último Primordial nascido e a Consorte a última Primordial nascida de carne mortal. Você — disse ele baixinho — não deveria existir.

— Como é que é? — sussurrei.

O dragontino deu um sorrisinho. Foi fugaz, mas eu vi.

— Você não é culpada pela trama que provocou a sua criação — tranquilizou, suavizando o tom de voz. — Malec e Ires já estavam quase nascendo a essa altura. Mas o que foi feito para deter Kolis implicava que Malec e Ires jamais pudessem se arriscar a ter filhos. Malec fez isso mesmo assim, o que é... típico dele — disse ele com um suspiro. — Mas demos sorte antes.

— Porque eles podiam acabar tendo uma filha. — Senti a pele fria. — Foi por isso que ficaram no Iliseu.

— Até que não ficaram mais. — Nektas olhou para o céu noturno. — Eles não foram proibidos de vir aqui. Os dois nasceram nesse plano. Mas foram aconselhados a não vir. O risco era grande demais. Criar o reinício cósmico daria margem para que o que Nyktos e a Consorte fizeram para deter que Kolis fosse desfeito.

Mas nós impedimos que isso acontecesse. Malec está vivo. Por enquanto.

— Por que eles nasceram no plano mortal?

— Nyktos e a Consorte acharam que seria mais seguro.

Sua resposta me deixou com mais dúvidas, mas eu tinha coisas mais importantes para perguntar agora.

— Então, o que eu sou? Uma falha? — perguntei, e Kieran fez uma careta. — Uma brecha que Isbeth descobriu e explorou? — Malec pode ter contado a ela sobre isso ou então... — Callum. Onde é que ele está?

Um ronco retumbou do corpo de Casteel.

— Acho que ele deu o fora quando você pronunciou o nome da Consorte.

— Ele sabia o que isso significava. — Nektas contraiu o rosto. — Vocês têm que encontrar Callum e cuidar dele.

— É a minha prioridade no momento — disse Kieran.

— Ótimo. — Nektas se voltou para mim. — Você não é apenas uma falha. Você é muitas coisas. A Primordial de Sangue e Osso, a verdadeira Primordial da Vida *e* da Morte. — Ele disse aquilo do mesmo jeito que falou da Consorte, e a essência pulsou dentro de mim. — As duas essências nunca existiram em uma única pessoa. Nem na Consorte, nem em Nyktos.

— Isso é bom ou ruim? — sussurrei.

— Ainda não se sabe.

Os braços de Casteel se apertaram ao meu redor.

— Nós já sabemos que é algo bom.

Nektas olhou para ele enquanto eu ficava cada vez mais inquieta.

— Então certifique-se disso. — Ele se levantou com uma graça fluida que contrastava com o seu tamanho. — E Ires? Você o encontrou?

Deixei as preocupações de lado, pigarreei e acabei passando a língua pelas presas. Estremeci quando me dei conta de que já deveria estar de pé. Levantei-me, reprimindo um sorriso quando Casteel e Kieran me seguraram como se tivessem medo de que eu fosse desmaiar outra vez.

— Sei onde ele está.

— Então me leve até ele — pediu Nektas.

Comecei a me virar, mas me detive e olhei para baixo. Algo estranho chamou a minha atenção.

— O que é isso?

Kieran chutou uma espada que havia caído nas vinhas que cresciam sobre os degraus. Embora a maior parte das trepadeiras fosse verde--escura sob a luz das estrelas, aquela seção era da cor das cinzas. Não carbonizada. Apenas cinza.

E dali se espalhava em veias finas e opacas, deixando o musgo ali embaixo da mesma tonalidade desbotada.

Inclinei-me na direção da videira, mas Casteel pegou minha mão.

— Por que — perguntou ele, com os olhos dourados cansados, mas repletos de divertimento — você tem que tocar em tudo?

— Não sei. Talvez porque eu seja uma pessoa tátil? — respondi, e ele repuxou um canto dos lábios, exibindo uma covinha. Fechei os dedos em volta do nada. — O que acha que é isso?

— Kolis — respondeu Nektas atrás de nós. — Como disse antes, o que foi feito para detê-lo foi desfeito.

Nós três o encaramos, com os corações palpitando ao mesmo tempo. Casteel estreitou os olhos.

— Malec está vivo. Nós impedimos os planos de Isbeth.

Nektas inclinou a cabeça.

— Vocês não impediram nada.

Senti o estômago revirado quando entendi o que Callum e Isbeth queriam dizer, por que tive a impressão de que não os tínhamos impedido e que já era tarde demais.

— Kolis já estava desperto.

Nektas assentiu.

— E o que foi feito hoje à noite o libertou.

— Filho da mãe — rosnou Kieran, e Casteel ficou de boca aberta.

— Vocês só retardaram as coisas, impedindo que Kolis recuperasse todo o poder e voltasse em carne e osso. Mas ele vai voltar se não for controlado. — Nektas olhou para a videira cinzenta, franzindo os lábios. — Sua corrupção já está aqui, envenenando o solo. Foi por isso que a Primordial da Vida a ajudou a restaurar a vida de tantas pessoas. Você vai precisar de cada uma delas para detê-lo.

— Temos que sepultá-lo de novo? — perguntei.

— Matá-lo.

Fiquei de queixo caído.

— E como é que vamos fazer isso? — A raiva e a frustração irradiaram de Casteel. — Se nem a Primordial da Vida e Nyktos conseguiram matá-lo?

— Se soubesse a resposta, você acha que eu estaria aqui? — indagou Nektas, e calei a boca. Suas pupilas verticais se contraíram e depois se expandiram. — Leve-me até Ires. Temos que encontrar Jadis. Depois disso, vou voltar para o Iliseu e vocês, todos vocês, devem se preparar. Kolis não foi o único que despertou. A Consorte e Nyktos não estão mais hibernando. Isso significa que os deuses vão despertar em todas as Cortes do Iliseu e no plano mortal, e muitos deles não são leais à Primordial da Vida. A guerra ainda não acabou. Pelo contrário, está só começando.

Agradecimentos

Agradeço à incrível equipe da Blue Box: Liz Berry, Jillian Stein, M. J. Rose, Chelle Olson, Kim Guidroz e os demais que ajudaram a dar vida ao mundo de Sangue e Cinzas.

Agradeço aos meus agentes, Kevan Lyon, Taryn Fagerness e Jenn Watson, e à minha assistente, Malissa Coy, pelo trabalho duro e apoio. E a Stephanie Brown e Jen Fisher, por criarem produtos incríveis.

Muito obrigada, Hang Le, por criar capas tão lindas e impressionantes.

Um agradecimento especial a Sarah J. Maas, Stacey Morgan, Lesa, J. R. Ward, Laura Kaye, Andrea Joan, Brigid Kemmerer, K. A. Tucker, Tijan, Vonetta Young, Mona Awad e muitos outros que me ajudaram a manter a sanidade, o riso e a criatividade.

Agradeço à equipe da Arc pelo apoio e críticas sinceras.

Um grande agradecimento ao JLAnders por ser o melhor grupo de leitores que uma autora pode ter, e ao Blood and Ash Spoiler Group por tornar a fase de elaboração tão divertida e por serem absolutamente incríveis.

Mas nada disso seria possível sem você, leitor. Jamais conseguirei agradecer a você o suficiente.

Este livro foi composto na tipografia Adobe
Caslon Pro, em corpo 11/14, e impresso em
papel off-white no Sistema Cameron da
Divisão Gráfica da Distribuidora Record.